BASTEI
LÜBBE

Von Meagan McKinney sind bereits
als BASTEI-LÜBBE-TASCHENBUCH erschienen:

11858 Bis die Liebe das Dunkel besiegt
11890 Wenn Engel fallen
11972 Kampf der Liebe
12004 Brennende Küsse
12033 Der Gigant und die Lady

Meagan McKinney

Geheimnisvoll wie die Rose

Aus dem Englischen
von Kerstin Winter

BASTEI LÜBBE

BASTEI-LÜBBE-TASCHENBUCH
Band 12 181

1. Auflage 1994
2. Auflage 1995
3. Auflage 1997

Deutsche Erstveröffentlichung
Titel der amerikanischen Originalausgabe:
Fair Is the Rose

Published by arrangement with Dell Publishing,
a division of Bantam Dell Publishing Group, Inc.

Printed in France
Einbandgestaltung: Roland Winkler
Titelzeichnung: L. Pellegrino/Agentur T. Schlück
Satz: Kremerdruck GmbH, Lindlar-Hartegasse
Druck und Bindung: Brodard & Taupin, La Flèche
ISBN 3-404-12181-3

Der Preis dieses Bandes versteht sich
einschließlich der gesetzlichen Mehrwertsteuer.

GEHEIMNISVOLL WIE DIE ROSE

Für den, der jemandem lieb ist
Und für Tom und Tommy, die mir sehr lieb sind

DANKSAGUNGEN

An Betsy McGovern und Tommy Makem, die die wunderschönen Lieder beigesteuert haben, und für meinen lieben Freund Pat Warner, Mitglied der Mississippi 3rd, der mich mag, obwohl ich eine verdammte Yankee bin.

Und schließlich an Damaris Rowland, Associate Publisher von Dell Books und meiner Agentin Pamela Gray, die wie Millionen andere Frauen den Feminismus und die Kraft in Liebesromanen sehen (und die kein »Nein« als Antwort akzeptieren!). Ich danke Gott, daß es Euch alle gibt.

WEARING OF THE GRAY

The fearful struggle's ended now,
And peace smiles on our land,
And though we've yielded,
We have proved ourselves a faithful band.
We fought them long, we fought them well
We fought them night and day.
And bravely struggled for our rights
While wearing off the Gray.

IM GRAUEN ROCK

Der schreckliche Kampf ist nun vorbei,
Frieden herrscht wieder in unserem Land.
Und obwohl wir aufgeben mußten,
Bewiesen wir Stärke in der Treue.
Wir bekämpften sie lange, wir kämpften gut,
Wir bekämpften sie Tag und Nacht.
Wir kämpften tapfer für unsere Rechte
und alles im grauen Rock.

Lagerlied der Konföderierten

Kapitel 1

Juni 1875

Es war eine unsaubere Hinrichtung gewesen.

Und wenn es etwas gab, das Doc Amoss wirklich verabscheute, dann war es eine schlechte Hinrichtung. Er überblickte die sieben in weiße Tücher eingewickelten Leichen, die in seinem kleinen Zimmer auf dem Boden lagen. Selbst diese Männer, die einst die berüchtigte Dover Gang darstellten, hatten den Respekt eines kurzen, schmerzlosen Genickbruchs durch den Strang und eine schnelle Beförderung zur Hölle verdient. Sie aber waren unsauber gehenkt worden. Jedenfalls war ihr Tod nicht schnell gewesen.

Der Doc schüttelte den Kopf, schob seine Brille hoch und machte sich wieder an die Arbeit. Er hatte schon den ganzen Tag mit der Dover Gang zugebracht. Zuerst hatte er zugesehen, wie sie gehenkt wurden, einer nach dem anderen, bis ihre Leichen von den Galgen reglos und feierlich im durch Pferde aufgewirbelten Staub herabhingen. Danach hatte er geholfen, sie herunterzuschneiden und sie in seine Arbeitsräume zu verfrachten. Landon war eine kleine Stadt und besaß keinen Totengräber, also war es die Aufgabe des Arztes, die Leichen für das Begräbnis vorzubereiten. Er hatte den ganzen Nachmittag gebraucht, fünf von ihnen in die Tücher zu wickeln. Jetzt kam Nummer sechs an die Reihe.

Doc zielte auf den Spucknapf, verfehlte ihn und hinterließ einen kleinen Krater im Staub der nackten Bodendielen. Er sah unter seinem Geschäftsschild *›Haareschneiden, Baden und Rasieren, 10 Cents – schnelle Behandlungen‹* hindurch zum Ausgang des Städtchens, wo sieben Männer sieben Gräber in der anonymen, braunen Erde des flachen Niemandslandes aushoben.

Die Schatten in seinem Büro wurden dunkler. Es war schon spät. Er zog dem sechsten Mann die Stiefel aus und untersuchte seine Mundhöhle, für den Fall, daß der Kerl einen Elfenbeinzahn besaß, den die Stadt verkaufen konnte, um die Hinrichtung zu bezahlen. Doc wickelte ihn ein, dann strich er den Namen auf der Liste aus.

Nun konnte er es nicht mehr länger hinauszögern. Er mußte sich um den letzten Mann kümmern. Den siebten und den übelsten.

Macaulay Cain. Allein die Nennung dieses Namens schickte Doc Amoss einen kalten Schauder über den Rücken. Er hatte den Namen auf genügend *Wanted*-Plakaten gesehen, um ihn vorwärts und rückwärts buchstabieren zu können. Er hatte sich immer gewünscht, niemals etwas mit diesem berüchtigten Revolverhelden und seinesgleichen zu tun haben zu müssen. Gott und sein Sinn für Gerechtigkeit! Einmal ging die Hinrichtung schief, und dann traf es Macaulay Cain.

Widerwillig sah Doc zu der siebten Gestalt unter dem weißen Tuch hinüber. In seinem ganzen Leben hatte er noch nie einen Mann gesehen, der soviel Schwierigkeiten machte, auf ein Pferd gesetzt zu werden und sich die Schlinge um den Hals legen zu lassen. Der Sheriff hatte all seine Männer einsetzen müssen. und selbst als Cains Gesicht am Ende schon durch die schwarze Kapuze verhüllt gewesen war und die Männer bereit waren. dem Pferd die Peitsche zu geben. hatte er noch gekämpft und verlangt. daß sie auf das Telegramm warteten. das ihn freisprechen würde.

Das Telegramm. das niemals kam.

»Verfluchter Mist.« Doc verabscheute unsaubere Hinrichtungen. Es konnte einem schon den Magen umdrehen. wenn man an das steigende Pferd dachte und an Cain. der am Strick zappelte und sich wand. ohne daß ein Genickbruch ihn erlöste. Als schließlich alles vorbei war. hatten die Hilfssheriffs Cain in Docs Haus gebracht. Sie hatten die Fesseln seiner Hände zerschnitten und über seiner Brust in der Art der Geistlichen das Kreuz geschlagen. Doch Doc war derjenige, der ihm die schwarze Kapuze vom Kopf ziehen mußte. Kein anderer hätte es getan. Wenn beim Henken unsaubere Arbeit geleistet wurde. hing die Zunge des Verurteilten heraus und der Gesichtsausdruck war zu einer Maske puren Entsetzens verzerrt. weil der arme Bastard verzweifelt nach Luft schnappte. während sich das Seil um seinen Hals zuzog. Die Hilfssheriffs zuckten sichtlich zusammen. als Doc die Kapuze entfernte, weil sie sich vor dem Anblick fürchteten. Doch bevor das weiße Tuch über Cains Kopf gezogen wurde, konnten sie alle erleichtert aufatmen: Die Miene des Toten unter den struppigen Bartstoppeln war friedlich und gelöst.

Resigniert ging Doc zu dem letzten Körper hinüber. Der Sheriff würde bald kommen. um die Bande zu ihren Gräbern zu bringen. Er mußte sich beeilen.

Er bückte sich, um den Strick aufzuheben, der das Leichentuch zusammenbinden sollte. Es war still in dem Raum. Nur das Summen der grünen Fliegen an den Fensterläden und Docs Atem war zu hören. Er beugte sich mit ausgestreckten Armen über die Leiche, um das Tuch zu fassen.

Dann spürte er es.

Ein anderer hätte den kleinen Tropfen Blut, der auf Docs schwarzen Schuh fiel, vielleicht nicht bemerkt. Ein Mann, der in der Kunst der Medizin weniger geschult war, hätte dieser Kleinigkeit vielleicht keinerlei Beachtung geschenkt, doch John Edward Amoss hatte in den vierzig Jahren Berufserfahrung seines etwa sechzigjährigen Lebens vor allem eins gelernt: Tote Männer bluten nicht!

Natürlich gab es nach einer Hinrichtung durch den Strang leichte Verletzungen um den Hals, aber niemals genug, um einen Blutstropfen über den Tisch zu schicken und auf seine Füße hinuntertropfen zu lassen.

Docs Nackenhaare richteten sich auf. Seine Hand zuckte vor, um das Tuch wegzuziehen, doch instinktiv wich er zurück.

Zu spät.

Eine Hand schoß unter dem Leichentuch hervor und klammerte sich um seine Kehle. Doc quiekte wie ein Präriehund, der von einem Koyoten gebissen wird, doch niemand hörte ihn. Die Bewohner der Stadt hatten sich alle draußen auf dem Feld versammelt, um auf das Begräbnis zu warten.

Ein langer Augenblick verstrich, ohne daß sich einer der Männer bewegte. Doc und der berüchtigte Verbrecher waren wie zu einem seltsamen Standbild erstarrt. In der Stille hörte Doc das rasselnde, mühsame Atmen, als Cain seine Lungen zu füllen versuchte.

In Ermangelung einer klugen Bemerkung krächzte Doc: »Bist du gerade wieder zum Leben erwacht, Sohn?«

Der Outlaw zog das Tuch von seinem Gesicht. Er sah übel aus. Zu übel für ein Wunder. Seine Stimme klang heiser und schmerzverzerrt. »Ja. Sicher. Ich bin die Zweite Auferstehung.«

Doc nickte – nach Lachen war ihm nicht zumute.

»Das Telegramm. Wo ist das gottverdammte Telegramm?« brachte der Verbrecher hustend hervor. Seine Worte waren kaum zu verstehen.

»Niemand hat dich freigesprochen, Sohn. Es kam kein Telegramm.« Während er dies sagte, dachte Doc an die zwölf Morde, für die die Dover Gang verurteilt worden war, und überlegte, wie viele davon wohl auf das Konto dieses einen Mannes vor ihm gegangen waren. Und er fragte sich auch, ob das Endergebnis schließlich dreizehn lauten würde.

Cains Hand krampfte sich enger um seine Kehle. Doc konnte kaum noch schlucken.

»Du belügst mich doch?« Seine Gesichtszüge, die durch das Hängen bereits blaß und ausgezehrt wirkten, spannten sich an.

»In solch einem Moment lüge ich nicht, Sohn.«

Cain sah Doc direkt in die Augen. Dann lächelte er, doch das Lächeln erreichte die Augen nicht. »Ich fürchte, ich werde dich mit mir nehmen müssen, Doc. Ich bin wild entschlossen, aus dieser verdammten Stadt zu fliehen. Auf die eine oder andere Art.« Das Lächeln verschwand. Seine Handgelenke bluteten, die Haut am Hals blutete. Und bei Gott, dachte Doc, seine Augen sind eiskalt.

Doc schluckte, was nicht leicht war, solange dieser Mann ihn in seinem stahlharten Griff hielt. »Man wird dich nicht ein zweites Mal hängen. Das schulden sie dir. Sie haben verdammt schlechte Arbeit geleistet.«

»Das kann man wohl sagen«, hustete der Mann.

Doc gab keine Antwort. Sein Blick blieb am Hals des Mannes hängen. Der Strick hatte blutige Wunden gerissen.

»Hast du ein Pferd?«

Doc löste seinen Blick von den Wunden. »Ja. Hinterm Haus. Kräftiges Indianerpony. Nimm es.«

»Eine Waffe?«

»Hab' ich nicht. Glaub' nicht so recht an so was. Ein Doc hat so seine Prinzipien.«

»Dann wirst du wohl mitkommen müssen. Ich muß mich absichern.« Der Mann begann, seine Kehle zu massieren, dann schwang er die Beine über die Kante des Tisches, auf dem er lag. Der Saum seiner Lederchaps war fast ganz abgewetzt, für Doc ein sicheres Zeichen für einen Abtrünnigen. Männer, die vor dem Gesetz davonliefen, würden gewiß nicht in einer Stadt herumbummeln, während ihr Rüstzeug repariert wurde. Der Saum wurde stets abgeschnitten, um für alles mögliche zu dienen – von Ärmelhaltern bis zu Schnürsenkel.

Doc schluckte wieder. Er war sich überdeutlich der Hand an seiner Kehle bewußt, die ihm jeden Moment das Leben abdrücken konnte. Die Angst ließ ihm das Blut aus dem Gesicht weichen. »Was glaubst du denn, wie weit du kommst, wenn du mich hinter dir herschleifen mußt?«

Der Outlaw starrte ihn an. Seine eisigen Augen musterten Docs Wampe und seinen kahlwerdenden

Schädel. »Ich brauche Zeit«, war alles, was er sagte.

Doc begriff. »Ich werde nichts sagen. Jedenfalls eine ganze Weile nicht. Dann hast du Zeit. Nur verschwinde von hier!«

Die Augen verengten sich zu Schlitzen und erinnerten Doc an den Wolf, den er einmal mitten im Winter gesehen hatte. »Warum solltest du das für mich tun wollen?«

»Ich finde es einfach unsinnig, einen Mann zweimal zu hängen. Du hast das erste Mal überlebt. Muß ja'n Grund haben. Ich will nicht Gott spielen.«

Der Mann hielt Doc mit seinem Blick fest, wie seine Hand Docs Kehle im Griff hatte. »Ich brauche fünf Minuten«, sagte er schließlich mit heiserer Stimme. »Wenn ich es nicht schaffe, wenn du mich belügst, dann komme ich noch aus meinem Grab zu dir, um mich zu rächen.«

»Ich schwöre, du wirst deine fünf Minuten bekommen. Und wenn ich die Hilfssheriffs einsperren muß.« Doc nickte so überzeugend, wie er es konnte.

Vorsichtig glitt der Mann vom Tisch, ohne den Griff um Docs Hals zu lösen. Gemeinsam gingen sie zur Hintertür. Einen kurzen Augenblick sahen sich die beiden in einem seltsamen Gefühl des Einvernehmens an. Doc mußte wieder an den Wolf denken, daran, wie er das Gewehr gesenkt hatte, und der Wolf schließlich kehrt machte und fortlief und nur die Erinnerung an die eisigen Augen zurückließ.

Der Mann war mindestens einen Fuß größer als Doc, er war schmal, durchtrainiert und durch die Jahre im Sattel geschickt und agil. Doc hatte keinen Grund, es zu sagen, doch er konnte nicht anders, obwohl seine Kehle noch von dem Griff des Mannes schmerzte. »Viel Glück, Macaulay Cain.«

Verblüfft sah der Outlaw ihn an. Er sah ihn an, als wollte er sagen, er bräuchte keine gute Wünsche von jemandem, der versucht hatte. ihn zu henken. Statt dessen jedoch nahm er wie der Wolf die Gelegenheit wahr und rannte plötzlich und unvermittelt durch die Hintertür hinaus. Mit einem Satz sprang er auf den Rücken des erschreckten Appaloosa im Corral, gab ihm die Sporen und ritt in westlicher Richtung davon, gerade wie ein Indianer. der weder Sattel noch Zaumzeug brauchte, um das Pferd zu den Bergen dem blauen Horizont entgegenzutreiben.

Doc sah ihm nach. Und er empfand eine seltsame Genugtuung, ihn wie den Wolf frei und ungebunden zu sehen.

Red is the rose
That in yonder garden grows
Fair is the lily of the valley
Clear is the water that flows from the Boyne
But my love is fairer than any ...

(Rot ist die Rose,
Die in den fernen Gärten blüht,
Rein ist die Lilie im Tal,
Klar das Wasser, das aus dem Boyne fließt.
Doch meine Liebe ist reiner als alles andere ...)

Irisches Volkslied, geschrieben von Tommy Makem

August 1875

Sie trug stets schwarz, wenn sie auf Reisen war. Witwen wurden keine Fragen gestellt. Sie drückten alles, was zu sagen war, durch die Farbe ihrer Kleidung aus.

Und genau deswegen hatte Christal van Alen gelernt, schwarz zu tragen. Und sie hatte gelernt, schwarze wollene Handschuh zu tragen, so daß niemand sehen konnte, daß sie keinen Ehering trug und daher auch keinen Gatten zu betrauern hatte. Und noch mehr: Sie hatte gelernt, den schwarzen Netzschleier über dem Gesicht zu tragen, der sie nicht nur als Witwe glaubwürdiger machte, sondern auch ihre Gesichtzüge verhüllte und ihr Alter unbestimmbar machte. In solcher Aufmachung wurde sie nur selten ausgefragt, wollte sich kaum jemand mit ihr unterhalten. Und so war sie sicherer. Man hätte denken können, daß eine alleinreisende Frau sich den Trost und Beistand der Mitfahrer wünschen würde, doch Christal hatte in der Zeit, die sie im Westen war, ebenfalls erfahren, daß es nur eins gab, was gefährlicher war als ein Trupp abtrünniger Pawnees: ein Fremder, der sich zu sehr für ihre Vergangenheit interessierte.

Die Overland Express-Kutsche krachte in eine Spur-Rinne in der Straße, und Christal wurde gegen etwas Kantiges geschleudert, das sich neben ihr auf dem Sitz befand. Sie warf einen Blick darauf. Es war eine Miniaturnachbildung einer Kommode, der ganze Stolz des untersetzten Möbelhändlers, der ebenfalls mitreiste.

Sie streckte sich wieder und beneidete den Händler fast um seinen Leibesumfang. Die Kutsche konnte sechs Passagiere befördern, doch der Mann neben ihr hatte doppelt lösen müssen, um mit seiner Körperfülle und seinen Möbelmustern im Fahrzeug Platz zu finden. Zwischen ihm und der Kutschenwand eingezwängt, konnte Christal kaum verhindern, daß ihre Röcke zerknautschten. Ihre zierliche Gestalt machte alles nur noch schlimmer. Während der Handelsmann so schwer war, daß ihm die Erschütterungen kaum etwas ausmachten, wurde Christal unablässig bei jeder kleinen Unebenheit der Straße gegen das kantige Werkstück geschleudert.

Sie umklammerte ihre gerippte kleine Tasche und setzte sich wieder gerade mit gekreuzten Fußknöcheln und brav in den Schoß gelegten Händen hin. Als die Straße ebener wurde, warf sie den anderen drei Passagieren, die in Burnt Station eingestiegen waren, einen verstohlenen Blick zu.

Einer davon war ein alter Mann mit einem sanften, großväterlichem Gesicht. Christal hielt ihn zunächst für einen Prediger, als er in seine Tasche griff und eine Bibel herauszog, doch als sie bemerkte, daß das Innere des Buches ausgehöhlt war, um einer kleinen Metallflasche Platz zu bieten, aus der sich der Mann unbekümmert bediente, war sie sich über seinen Beruf nicht mehr ganz so sicher.

Der junge Mann neben ihm, eigentlich noch ein Kind, sah unruhig aus dem Fenster, als würde er sich dafür schämen, bequem in der Kutsche zu reisen, statt, wie es sich für einen Mann gehörte, auf einem Pony nebenher zu reiten. Sein Reisebegleiter konnte durchaus sein Vater sein: eine ergraute Gestalt in einer verblichenen indigofarbenen Jacke und einem gewaltigen grauen, strähnigen Bart, der gut einen Schnitt vertragen konnte.

Niemand plauderte. Der »Prediger« trank, der Mann in der blauen Jacke döste. Der Händler starrte liebevoll auf seine Möbelmuster und dachte wahrscheinlich an seine nächsten Gewinne. Wieder machte die Kutsche einen Satz, der Christal gegen die spitze Kante der Kommode preßte. Diesmal rieb sie sich die Seite, als sie sich zurücksetzte.

»Heiße Henry Glassie, Ma'am.«

Sie sah auf und entdeckte, daß der Händler sie anlächelte. Er hatte ein ausgesprochen freundliches Gesicht, und sie konnte ihn sich gut als Begleitung für eine lange, staubige Reise wie diese durch die Prärie vorstellen. Doch sie wollte keine Begleitung. Sie zog das Schweigen vor. Im Schweigen konnte sie sich verstecken. Wenn auch nicht vor sich selbst.

Durch den Schutz ihres Schleiers starrte sie den Mann an. Mit Bitterkeit überlegte sie, ob die Freundlichkeit in seinen Augen wohl verschwinden würde, wenn sie ihm sagte, wer sie war. Daß Plakate mit ihrem Gesicht von Maine bis Missouri hingen. Daß die Handschuhe, die sie trug, nicht nur den fehlenden Ehering verbergen sollten, sondern auch die Narbe auf ihrer Handfläche, die auf jedem dieser Plakate nachgezeichnet war. Das letzte Plakat hatte sie in Chicago gesehen, und das war drei Jahre her gewesen. Das Gebiet hier in Wyoming schien weit genug davon entfernt, daß sie sich sicher fühlen konnte. Doch jeden Tag machte sie sich aufs neue Sorgen, daß sie sich vielleicht täuschte. In New York war sie in einem Alptraum gefangen gewesen. Nun rannte sie von diesem Alptraum und vor ihrem eigenen Gesicht davon. Und vor dem grausamen Mann, der sie umbringen würde, bevor sie die Wahrheit über ein Verbrechen verkündete, daß sie nicht begangen hatte.

»Madam, darf ich fragen, wie ich die Ehre habe, Sie ansprechen zu können?« Der Mann hob die Augenbrauen, als wollte er um ihren Namen flehen. Er schien wild entschlossen, mit ihr Konversation zu machen.

»Ich bin Mrs. Smith«, antwortete sie mit tiefer, höflicher Stimme.

Sein Lächeln wurde breiter. »Ein reizender Name, *Smith*. So demokratisch. Und leicht zu behalten.«

Nun hätte sie fast gelächelt. Er hatte ihr förmlich gesagt, wie gewöhnlich ihr Name war ... und er hatte recht. Deswegen hatte sie ihn ja auch gewählt. Dennoch hatte Mr. Glassie es auch geschafft, daß sie sich geschmeichelt fühlte. Er besaß offensichtlich das Handwerkszeug eines brillianten Verkäufers: Er redete mit silberner Zunge, sah freundlich und ordentlich aus, und sein Auftreten in seinem modischen grüngrauen Anzug und der großen, perlenbesetzten Nadel in seiner passenden Krawatte ließ darauf schließen, daß er in seinem Beruf sehr erfolgreich war.

Doch arme Witwen kauften kaum neue Möbel, und so war die Unterhaltung zu ihrer großen Erleichterung bald erschöpft. Erneut konnte sie in Ruhe in die platte Prärielandschaft schauen. Gelegentlich zog sie ihr Taschentuch heraus, schob ihre Hand unter den dunklen Schleier und tupfte die Schweißperlen von ihrer Stirn. Die Sonne brannte über ihnen, und Staub drang durch das offene Fenster, um ihr Kleid mit einer schiefergrauen pudrigen Schicht zu bedecken. Sie waren eben erst losgefahren. Noble war eine lange Tagesreise entfernt. Christal war begierig darauf, endlich anzukommen.

In den letzten drei Jahren hatte sie viel über Noble gehört. All ihre Hoffnungen ruhten in dieser kleinen Stadt. Sie hatte es satt davonzulaufen, und sie hatte gehört, daß Noble ein gutes Versteck war. Viele Spieler, viele Frauen und niemand, der überflüssige Fragen stellte. Nicht einmal ein Sheriff. Seit Jahren hatten sie dort keinen mehr gehabt. Man sprach über Noble so wie man über South Pass und Miners Delight redete. Die Stadt war im Zuge des Goldrauschs aus dem Nichts entstanden und genauso schnell wieder untergegangen. Doch die unbekümmerte Art Nobles hatte die Stadt am Leben gehalten, die nun hauptsächlich von Cowboys und Männern bevölkert wurde, die mit der Union Pacific auf dem Weg nach Norden waren. Christal hoffte, dort eine Weile in Ruhe bleiben zu können und sich ihr Geld in einer Küche, beim Faro[1] oder, wenn es sein mußte, mit Tanzen zu verdienen, da es keinen Mann des Gesetzes geben würde, der etwas dagegen haben könnte. Es war nicht gerade ihre Lieblingsbeschäftigung, Tänze zu verkaufen – die Männer waren meistens ungehobelt, und manchmal rochen sie schlecht. Aber wenn sie keine andere Wahl hätte, würde sie es tun ... das Wichtigste war schließlich das Überleben. Und es gab sehr viel schlechtere Möglichkeiten, Geld zu verdienen. Gerade für eine Frau.

Christals Augen verdunkelten sich, als würde sie die Szenerie um sie herum ausschließen. *Lasterhaft.* Sie haßte es, über dieses Wort nachzudenken, doch es folgte ihr wie ein Schatten, der noch blieb, wenn die Sonne schon untergangen war. Vor langer, langer Zeit, als sie ein Leben lebte, an das sie sich kaum noch erinnern konnte, hätte ein Wort wie *Laster* niemals Platz in ihrem Vokabular gehabt. Wörter wie diese existierten im Familienwortschatz nicht. In jener Welt blieb das *Laster* stets unübersetzt und unerklärt. Für ein junges, wohlerzogenes Knickerbockermädchen[2] war ein solcher Ausdruck so bedeutungslos und unverständlich wie etwas auf Gälisch – eine Sprache, die auf Miss Bailey's Konservatorium für Junge Damen

---

1 Faro: Kartenglücksspiel
2 Knickerbocker: Die Obersten der New Yorker Gesellschaft im 19. Jahrhundert.

ganz gewiß nicht gelehrt wurde. Diese exklusive Mädchenschule in der Fifth Avenue, die ihr vom Schicksal bestimmt gewesen war, hätte ihr derartige Begriffe nicht beigebracht.

Aber das Schicksal war plötzlich aus den Gleisen gesprungen, und nun war sie hier in Wyoming und führte ein Leben, wie sie es sich niemals hätte vorstellen können. Und sie verstand nur zu gut, was *Laster* bedeuten sollte. Sie hatte drei qualvolle Jahre damit verbracht, seinen Klauen zu entgehen.

»Wir sollten auch draußen auf den Gäulen reiten, Pa. Wegen der Sioux ... man weiß nie, wann die angreifen!« Der Junge sah seinen Vater an, der versuchte, unter seinem tiefgezogenen Hut zu schlafen.

»Du bis' jetzt 'n Gentleman, Pete. Wir ham Geld. Wir reiten nich' mehr auf Gäulen nebenher. Wenn wir ers'ma' in St. Louie sind, kaufen wir uns Klamotten und benehmen uns wie echte feine Herr'n.«

»Wir ham aber keine Eskorte. Nur der Kutscher und 'n Kerl mit'm Gewehr. Was is', wenn die Sioux uns anhalten? Das hier is' ihr Gebiet. Und die Cheyenne – jeder weiß doch, wie stinkig die im Moment sind!«

»Noble is' nur noch 'n Katzensprung entfernt. Die brauchen dich nich', Pete. Dafür ham wir se ja teuer bezahlt. Und was willste machen, wenn wir in den Zug in St. Louie einsteigen? Willste schieben?«

»Ohhh, Pa!« stöhnte der Junge. Er warf einen verlegenen Blick in Christals Richtung, war offensichtlich glücklich über ihren Schleier und wandte sich dann dem Fenster zu, um seinen Beobachtungsposten wieder aufzunehmen.

Indianer. Jedesmal wenn jemand das Wort erwähnte, richteten sich ihre Nackenhaare auf. Auf ihren letzten Fahrten hatte sie grausige Geschichten über die Kootenai, die Flathead, die Shoshone und die Blackfoot Indianer gehört. Die Geschichten waren schrecklich genug, um ihr Alpträume zu verschaffen. Aber Alpträume waren nicht so schlimm, wenn man selbst in einem lebte. Sie hatte keine Angst vor Indianern.

In diesem Moment hielt die Kutsche an.

Im ersten Augenblick wußte keiner, was geschehen sein konnte. Es gab nichts außer Stille, eine Art schweigende Erstarrung, die nur den Geruch der Angst ausströmte. Dann war das Geräusch von Stiefeln auf dem Dach zu hören, doch Christal begriff, daß es nur der Mann mit dem Gewehr war, der sein Gewicht verlagerte.

»Warum haben wir angehalten?« fragte Mr. Glassie, umklammerte seine kleine Kommode und blickte sich um, als wüßte ein anderer in der Kutsche die Antwort.

»In Dry Fork soll'n wir gar nich' halten.« Der grauhaarige Mann runzelte die Stirn und steckte dann seinen Kopf aus dem Fenster. Er öffnete den Mund, um dem Kutscher etwas zuzurufen, doch aus irgendeinem Grund blieben ihm die Worte im Halse stecken. Als er seinen Kopf wieder hineinzog, hatte er den Lauf einer Flinte direkt vor der Nase.

Christal packte ihre Börse so fest, daß die Knöchel weiß hervortraten. Plötzlich schoßen ihr all die Geschichten über Indianer und Outlaws in den Sinn, so daß sie wie gelähmt dasaß. Ihr Mund wurde trocken. Durch ihren Schleier hindurch sah sie den Prediger seine Bibel zuschlagen, während sein Gesicht vom ernüchterten Schock gekennzeichnet war. Der Junge wirkte, als wäre er verrückt genug, sich denjenigen vorzunehmen, der seinem Vater die Waffe unter die Nase hielt. Sie hörte, wie draußen die Pferde unruhig aufstampften. Eine Sekunde später ertönte über ihnen auf dem Kutschdach ein schlurfendes Geräusch. Dann knallte ein Gewehr zu Boden.

Eine Hand, kräftig, weiß und ganz und gar nicht indianisch griff in die Kutsche und öffnete den Riegel. Christal drückte sich ängstlich in ihren Sitz. Dann wurde ein abgenutzter Stiefel auf die Schwelle gestellt, und sein Besitzer lehnte sich hinein, wobei er sich auf dem Knie abstützte. »Schönen guten Tag, Leutchen.« Der Mann grinste und entblößte eine Reihe schlechter Zähne. Er war unrasiert und schmutzig, und seine kleinen, bösen Augen musterten blitzschnell die Passagiere. Als er sah, daß seine Drohung deutlich war, lachte er.

»Ist das ein Überfall?« fragte Mr. Glassie keuchend. Er hielt sein Miniaturmöbel wie einen Schild vor die Brust.

Christal betrachtete den Outlaw durch ihren schützenden Schleier hindurch, und sie spürte, wie ihr Herz so heftig klopfte, als würde es ihr Korsett sprengen wollen.

»Cain!« brüllte der Mann und senkte sein Gewehr. »Die wollen wissen, ob das ein Überfall ist!« Er lachte wieder und zog sein Tuch über Mund und Nase, um sich über sie lustig zu machen.

»Warten Sie!« sagte Mr. Glassie hastig, doch bevor er noch zu Ende gesprochen hatte, wurde der Mann an der Tür zur Seite gezogen, und ein anderer nahm seinen Platz ein.

Noch nie hatte Christal einen solchen Mann gesehen. Oberflächlich betrachtet wirkte er wie der andere, vielleicht etwas größer und breitschultriger.

Doch er war ebenfalls unrasiert, seine Bartstoppeln wiesen einige Tage Wachstum auf. Sein Hemd war verstaubt und abgenutzt und um seinen Hals hatte er ein verblichenes, scharlachrotes Tuch gebunden, mit dem er sich bei Bedarf maskieren konnte. Doch etwas war anders, bemerkenswerter. Er schien gefährlicher als der andere. Und seine Augen ließen ihr Herz aussetzen. Noch nie hatte sie solche stählernen Augen gesehen. Augen, die einen erfrieren ließen.

»Männer raus!« knurrte er. Die Augen bohrten sich in Christals Gestalt, und sie wand sich unter seinem eisigen Blick. Sie wußte, daß er sie unter dem Schleier nicht sehen konnte, doch es war nur ein kleiner Trost.

Christal hatte den Eindruck, als hätte er sie angegriffen, und als er sich zu ihrer Erleichterung abwandte, um die männlichen Mitreisenden zu mustern, sackten ihre Schultern nach vorne, und sie stieß den Atem aus, den sie, ohne es zu bemerken, angehalten hatte.

»Ist das ein Überfall?« wiederholte Mr. Glassie. Er schien nicht gewillt, sich aus der Kutsche zu bewegen, bevor die Situation nicht etwas klarer war. »Wie die Herren sicher sehen, haben wir eine Lady im Wagen. Wir können nicht einfach aus der Kutsche steigen und sie hier allein zurücklassen –«

»Ich sagte, die Männer raus!« Der Outlaw mit den kalten, grauen Augen warf Mr. Glassie einen Blick zu, der genügte, um den Händler endlich davon zu überzeugen, seine Möbelmuster im Stich zu lassen und auszusteigen.

Einer nach dem andere kletterte aus der Kutsche. Pete setzte eine trotzige Miene auf, die wohl besagen sollte, daß er keine Angst vor diesen Männer hatte. Sein Vater dagegen wirkte angstvoll, als befürchtete er, soweit gekommen zu sein. nur um seine Träume auf einmal durch einen Überfall zerschlagen zu sehen. Christal beobachtete den Prediger durch das Fenster. Seine Hände zitterten. als er sie über seinen Kopf hob. Ihre eigenen Hände. die sich an den Fensterrahmen klammerten, waren feucht vom kalten Schweiß.

Sie blickte in die Ferne und suchte den Horizont ohne Hoffnung nach Hilfe ab. Die Brücke von Dry Work hatte diesen Räubern augenscheinlich als Versteck gedient, während ihre Beute auf sie zugerollt kam. Christal konnte ihre Pferde unter der Brücke ausmachen. Es waren fünf.

»... ich bin ein Vertreter der Paterson Furniture Company in Paterson, New Jersey, und meine Firma wird von dieser unerhörten Behandlung zu hören bekommen, verlassen Sie sich darauf, meine Herren!« verkündete Mr. Glassie dem ersten Mann, der ihn auf Waffen durchsuchte. Der zweite, der Mann mit den Stahlaugen, tastete die blaue Jacke des alten Mannes ab, während Pete ihn zornig anstarrte.

»Ich bin ein armer, armer Mann, Mister«, jammerte Petes Vater, als er durchsucht wurde. »Sie brauchen mich nich' zu bestehlen, ich hab' doch nix.«

»Keine Waffen, Cain«, rief der erste Mann.

Cain nickte. Er hob Petes Mantel an, griff an seine Hüften und fand einen sechsschüssigen Revolver im Bund seiner Jeans. Er nahm sie und schob den Jungen beiseite.

»Alle herhören.« Cain schoß ein paarmal in die Luft, und augenblicklich schenkten ihm alle ihre volle Aufmerksamkeit, der Kutscher und der Mann, der als Schutz mitgereist war und nun auf der Erde stand, eingeschlossen. »Die Männer werden den Rest des

Weges zu Fuß gehen. Ihr werdet der Kutsche folgen.« Cain sah zu den zwei Reitern, die die Pferde unter der Brücke hervorgeholt hatten. »Die Jungs werden dafür sorgen, daß ihr sicher ankommt.«

»Wo?« fragte Pete tapfer.

Cain warf ihm einen finsteren Blick zu. »In einer Stadt namens Falling Water. Schon mal davon gehört, Junge?«

Pete schob trotzig sein Kinn vor. »Klar. Is' 'ne verdammte Geisterstadt. Seit Jahren lebt da keiner mehr.«

»Stimmt. Aber du wirst jetzt eine Weile dort sein.«

»Sie entführen uns?«

»Genau.«

»Warum?«

Christal klammerte sich an der Tür fest und wartete angstvoll auf die Antwort. War dies wirklich nur ein einfacher Überfall, oder ging es hier um etwas Komplexeres, etwas Schlimmeres? In ihrem Geist spielte sie ein Szenario nach dem anderen durch. Das schlimmste davon war, daß ihr Onkel sie irgendwie gefunden hatte.

»Der Overland Express schickt am Dienstag seine Löhne auf den Weg. Wir brauchen euch alle als Tauschobjekte.« Cain steckte die Waffe des Jungen in den Bund seiner eigenen Hose. »Ihr Männer geht hinter der Kutsche her. Wenn jemand aus der Reihe tanzt, hat Zeke hier die Erlaubnis, ihn mit der Peitsche wieder reinzutreiben.« Der Mann, der Zeke genannt worden war, trieb seinen Fuchs auf die Gruppe zu. In seiner Hand hielt er eine gewaltige, brutal aussehende Peitsche, die gewiß leicht die Haut eines Mannes vom Rücken ziehen konnte.

Christal sah, wie sich dumpfer Schrecken in die

Mienen der anderen Fahrgäste schlich. Auch sie hatte Angst, aber es war tröstend, daß nicht ihr Onkel hinter dieser Sache steckte. Wenn Baldwin Didier sie gefunden hätte, würde sie den Abend nicht überlebt haben. Bei diesen Verbrechern hatte sie wenigstens noch eine Chance.

»Solange können Sie uns nicht festhalten! Dienstag ist erst in vier Tagen!« rief Mr. Glassie aus, und dachte dabei offenbar an seine nun fehlenden Gewinne.

Cain zuckte die Schultern. Was kümmerte es ihn?

»Wer sind Sie denn, guter Mann, daß Sie glauben, Sie könnten uns einfach so behandeln?«

»Macaulay Cain.«

Pete keuchte auf. »Macaulay Cain! Macaulay Cain ist doch vor einem Monat in Landen gehängt worden!«

»So sagen einige Leute.«

»Und einige sagen, Macaulay Cain wäre davongekommen und hätte sich der Kineson Gang angeschlossen. Is' das hier die Kineson Gang?« fragte der Vater des Jungen, das Entsetzen stand ihm im Gesicht geschrieben.

»Vielleicht ist es so, und wenn ihr recht habt, dann solltet ihr uns besser keinen Ärger machen.« Cains Stimme war so leise, daß Christal ihn nicht hätte hören können, wenn er nicht direkt neben dem Kutschfenster gestanden hätte. Die Drohung, die durch die Worte des Mannes drang, sandte ihr einen eiskalten Schauder den Rücken hinunter. Nun begriff sie, daß ihre Erleichterung zu voreilig gewesen war. Diese Männer waren Outlaws. Sie hatten schreckliche Verbrechen begangen, hatten sogar Menschen umgebracht. Sie wurden gesucht und gejagt, und sie hatten nichts zu verlieren. Und sie war die einzige Frau.

Ein weiterer Mann kam von der Brücke herübergeritten. Er führte die letzten zwei Pferde an den Zügeln, machte sie an der Kutsche fest und gesellte sich zu Zeke.

Christal hing fast aus dem Kutschenfenster heraus, als Zeke die sechs Männer hinter die Kutsche trieb, wo sie sie nicht länger sehen konnte.

Christal biß sich auf die Lippe und nahm wieder ihren Platz ein. Zwei Pferde waren an die Kutsche gebunden worden. Das bedeutete, einer würde den Wagen lenken. Dann blieb einer der Outlaws übrig und mußte entweder zu Fuß gehen ... oder mit ihr in der Kutsche fahren.

Ein plötzlicher Anfall von Panik überfiel sie, und sie wäre am liebsten aus der Kutsche gesprungen, um bei den anderen Passagieren mitzulaufen. Sie wollte nicht alleine im Wagen fahren. Und noch weniger wollte sie mit einem dieser Verbrecher fahren. Am allerwenigsten mit dem Mann mit den eisigen grauen Augen.

»Behandeln Sie ja die Witwe gut«, hörte sie Pete nun drohen. »Wir stehen hier bestimmt nicht rum und sehen zu, wenn Sie ihr was tun!« Seine Worte rührten sie. Wie tapfer war dieser Junge doch, so etwas zu sagen. Sie konnte sich nicht erinnern, wann sich ein Mann zum letzten Mal um ihr Wohlergehen gekümmert hatte.

Das Geräusch eines schrillen Gelächter jagte ihr eine Gänsehaut den Rücken hinunter. »Keine Sorge, Bursche. Ich nehm sie zu mir!«

»Ich fahre mit ihr.« Die zweite Stimme klang bestimmt und ließ keine Diskussionen zu.

Ein langes haßerfülltes Schweigen entstand, bevor der andere Verbrecher sagte: »Okay, Cain. Geh hin und sieh sie dir an. Wahrscheinlich ist sie sowieso zu alt, um mit ihr was anzufangen.«

Die Kutsche quietschte, als die eisernen Räder sich ein Stück bewegten. Die Anzahl der Pferde hatte sich verdoppelt, und das Geklirre von Zaumzeug und das Knarren der Sättel war nun viel lauter. Zeke ließ seine Bullenpeitsche knallen, doch es war offenbar nur zur Einschüchterung gedacht, denn keiner der anderen Fahrgäste schrie auf. Dennoch zerschnitt das Geräusch die Stille der Prärie wie ein Revolverschuß.

Christals Herz hämmerte vor Furcht. Sie trug eine kleine Muffpistole in ihrer Börse – eine winzige Waffe, die so genannt wurde, weil die Ladies in London diese in ihrem Muff versteckten, wenn sie durch weniger anheimelnde Gegenden gehen mußten. Doch sie hatte sie sich nur leisten können, weil sie schon sehr alt war und, anders als die modernen Repetierwaffen, bloß einen Schuß hatte. Sie hätte schon eine Närrin sein müssen, um die Pistole hier in der Kutsche, umgeben von bewaffneten Outlaws zu ziehen. Ihr blieb nichts anderes, als ihre Angst zu unterdrücken und abzuwarten. In diesem Moment ging die Tür auf.

Der Verbrecher namens Cain sprang mit seinem Gewehr hinein. Er zog die Tür geräuschvoll zu, hämmerte dann zweimal mit dem Gewehrkolben gegen das Dach und die Kutsche zog an. Ohne ihre Gegenwart zur Kenntnis zu nehmen, warf er sich auf die andere Bank, trat Mr. Glassies Miniaturkommode zu Boden und legte die Beine auf das geschätzte Stück.

Sie starrte ihn durch den Schleier an, während ihr das Blut vor Furcht in den Ohren rauschte. Er hatte das Gewehr über die Knie gelegt und zog damit ihren Blick auf die langen kraftvollen Beine. Er trug Chaps, deren Leder an den Innenseiten der Schenkel von den vielen Stunden im Sattel blankgescheuert war. Die Messingsporen, die an seinen Stiefeln befestigt waren, zerkratzten das Holz von Mr. Glassies Möbel. Der Mann war dreckig, voller Staub und schweißverklebt. Er strömte einen Geruch von Schwarzpulver aus, das seine Hände und sein Hemd befleckt hatte. Christal erwartete, daß nun ein übler Tiergeruch in ihre Nase dringen würde, von der Art, wie der erste Verbrecher mit den verrotteten Zähne ausgedünstet hatte. Statt dessen nahm sie einen moschusartigen männlichen Duft wahr, der sie gleichzeitig abstieß und anzog.

Es war heiß in der Kutsche. Die Sonne stand im Zenit, und der Staub wehte in das offene Fenster. Christal sehnte sich danach, sich den Schweiß abzutupfen, aber sie traute sich nicht. Sie hielt die Hand an ihrer Börse, preßte sie von außen gegen den Pistolengriff und beobachtete den Mann im Schutz ihres Schleiers. Die Schweißtropfen perlten ihre Schläfen hinunter und fielen zwischen ihre eingeschnürten Brüste.

Cain starrte aus dem Fenster, während er sich mit Zeigefinger und Daumen den Schweiß von den Augenlidern rieb. Schließlich löste er den Knoten seines Halstuches, damit er damit sein Gesicht abwischen konnte.

Sie keuchte vor Schreck auf. Der Hals des Mannes war rundherum mit einer häßlichen, schlechtverheilten Narbe umgeben. Und sie konnte sich nur eine Ursache für eine derartige Wunde vorstellen.

Der kalte, stahlharte Blick wandte sich ihr zu. Er berührte die Narbe und lächelte sie zynisch an, wobei er starke, weiße Zähne entblößte.

Dann beugte er sich vor. »Haben Sie schon mal die Schlinge um den Hals gespürt, Ma'am?« Sein Lachen war polternd und rauh.

Instinktiv wanderte ihre Hand zu ihrem Hals. Die andere Hand, unter deren Handschuh ebenfalls eine Narbe verborgen war, ballte sich zusammen, als wollte sie sie vor Blicken schützen. Sie schluckte und zwang sich, nicht an ihre Vergangenheit, nicht an Baldwin Didier zu denken. Ihr Onkel wollte ihren Tod. Wenn er nach ihm gegangen wäre, hätte er sie hängen sehen. Doch statt dessen hatte man sie nur ihrer Jugend beraubt. Bis vor drei Jahren war sie in der Park View Anstalt eingesperrt gewesen.

Der Räuber setzte sich nun in den Polstern zurück und musterte ihre schwarzgewandete Gestalt. Ohne Warnung riß er sein Gewehr hoch und zielte auf sie. Christals Herz setzte aus. Sie wartete darauf, daß er den Hahn zog. Doch statt dessen schob er den Lauf unter ihren Schleier und hob ihn an.

Ihre Hände griffen nach dem Lauf, um ihn aufzuhalten. Sie brauchte den Schutz des Schleiers. Wenn sie in seine Augen sah, wußte sie, daß es sein mußte. Er durfte ihr Gesicht nicht sehen. Er durfte sie nicht so verletzbar machen.

Sie versuchte, das Gewehr wegzuschlagen, aber er hielt es fest. Plötzlich wurde sie sich sehr deutlich des schwarzen, glänzenden Laufes bewußt, und entsetzt starrte sie ihn an, während er langsam den Schleier hob.

Dann enthüllte er mit einem Ruck ihr Gesicht.

Überraschung und Wohlwollen funkelten augenblicklich in seinen Augen auf. Er hatte ganz sicher nicht erwartet, ein blondes, neunzehnjähriges Mädchen zu sehen, das seinem Blick trotzig standhielt.

Cain sagte kein Wort. Sie starrten sich einen langen Moment gegenseitig an und schätzten den anderen ab. Christal hatte Angst, aber die Erfahrung hatte sie gelehrt, dies niemals zu zeigen. So bot sie ihm eine reglose, marmorne Fassade dar, was für ein Mädchen, die in der edlen Knickerbockergesellschaft herangewachsen war, keine große Schwierigkeit bedeutete. Cain erwiderte den Blick mit einem rätselhaften Ausdruck auf seinem Gesicht.

Christal wandte ihr Gesicht ab und sah teilnahmslos aus dem Fenster, als würde sie einen niederen Bediensteten entlassen.

Doch Cain setzte den Lauf an ihre Wange und zwang sie, ihn wieder anzusehen.

Ihre Augen funkelten vor Zorn und Angst. Wieder erwiderte sie seinen Blick. Seine Augen waren so kalt und stählern wie der Lauf des Gewehrs an ihrer Wange. Dann tat er etwas Seltsames. Langsam senkte er die Waffe. Ihr Herz machte einen Satz, als er sich mit ausgestrecktem Arm zu ihr herüberbeugte, doch er zog ihr nur den Schleier wieder über das Gesicht. Dann setzte er sich zurück, warf ihr einen letzten, merkwürdigem Blick zu und sah gedankenverloren wieder aus dem Fenster.

»Warum hat man Sie hängen wollen?« fragte sie.

Er wandte sich ihr erneut zu und starrte ihr ins Gesicht, als wäre der Schleier nicht vorhanden. Sie glaubte ihm jedes der nun folgenden Worte.

»Vielleicht, weil ich es nötig hatte.«

Sie zog sich in ihre Ecke zurück und versuchte, die Angst in ihrer Kehle niederzuhalten. Sein Lächeln war sowohl freudlos als auch zufrieden. Dann sah er schließlich wieder in die endlosen Prärie hinaus, als würde Christal gar nicht existieren.

Kapitel 2

Je weiter sie nach Westen fuhren, desto hügeliger wurde das Gelände. Die flache Prärie mit seinem Beifuß und den struppigen Gräsern wich niedrigen Pinienwäldern. Durch das offene Fenster konnte Christal das Knurren und Fluchen der anderen Passagiere hören, die mit der Kutsche Schritt halten mußten, doch als das Terrain schwieriger wurde, drangen die Stimmen immer schwächer an ihr Ohr. Bis sie schließlich ganz aufhörten.

Die Kutsche kletterte nun in die Vorläufer der Rokkie Mountains. Schneebedeckte Felsspitzen aus Granit ragten in der Ferne empor, und als sie eine besonders steile Straße erklommen, wo der Grat des Berges mit den Wolken zu verschmelzen schien, glaubte Christal, sie könne geradewegs in den Himmel schauen. Aber die Strecke war unwegsam, und sie hatte kaum Zeit, sich in Staunen zu ergehen. Die Kutsche schwankte und holperte über einen weniger ausgefahrenen Pfad, und sie mußte ihre ganze Aufmerksamkeit darauf verwenden, auf ihrer Bank sitzen zu bleiben, damit sie nicht auf den Boden geschleudert wurde. Oder noch schlimmer: in den Armen dieses Mannes landete.

Schließlich kam die Kutsche schwankend zum Stehen. Christal warf einen verstohlenen Blick aus dem Fenster. Doch alles was sie entdecken konnte, waren Felsen, Pinien und der holprige Pfad hinter ihnen, der durch die wettergegerbten, zerklüfteten Berge führte. Eingeschüchtert warf sie dem Outlaw einen anklagenden Blick zu.

Cain, den die ruppige Reise kaum mitgenommen hatte, nahm seine Füße von Mr. Glassies geliebtem

Muster. Er sah sie nicht an, sondern stieß die Tür auf und bedeutete ihr knapp auszusteigen.

Einerseits wollte sie verzweifelt dieser Kutsche entfliehen und nachsehen, ob die anderen Passagiere aufgeholt hatten, doch andererseits hätte sie sich am liebsten gar nicht gerührt, um nicht die Pistole in der Börse loslassen zu müssen.

»Ich sehe keine Bewegung Ihrerseits, Ma'am.«

Sie starrte ihn an. Selbst durch ihren Schleier konnte sie seine erstaunlichen, grauen Augen erkennen. Tapfer kletterte sie aus der Kutsche.

Zu ihrer Überraschung befanden sie sich in einem Ort. Vor ihr ragten drei Gebäude auf, von denen zwei brüchig und zerfallen war. Blauer Himmel schimmerte wie Flicken durch Löcher in den Wänden. Das dritte Gebäude war einst ein Saloon gewesen, doch das oberste Stück der Fassade war heruntergekommen und versperrte nun den Eingang. Christal hob die Hand, um die Sonne abzuschirmen. Über den Schwingtüren des Saloons hing noch ein Schild, das jedoch derart viele Einschußlöcher hatte, daß die Schrift nicht mehr lesbar war. Das Geräusch von rauschendem Wasser, das aus der Schlucht hinter dem Saloon kam, bot den einzigen Anhaltspunkt, wo sie sich befanden. Die Männer hatten gesagt, sie wollten sie zu einer Geisterstadt namens Falling Water bringen. Und dort waren sie zweifellos angekommen.

Sie wandte sich um, um ihren Gefängniswächter anzusehen. Von den Männern aus der Kutsche war auf der staubigen Straße noch nichts zu sehen. Statt dessen kamen nun drei andere mit Gewehren hinter dem Saloon hervor. Cain starrte sie mit unbewegter Miene an.

»Wo sind die anderen?« fragte er einen der Männer, der sich ein veraltetes Sharps-Gewehr umgehängt hatte.

Cain machte mit dem Kopf eine Bewegung die Straße hinunter. »Sie kommen.«

Die Männer stießen ein Gebrüll aus. und stiegen über die hinabgestürzten Planken. wobei ihr Unbehagen sich zusehends in Jubeln verwandelte.

»Wir haben sie! Hey. wir haben sie!« tönte einer der Männer. Ein zweiter stieß schrille Pfiffe aus, während der dritte zu Cain hastete.

»Hab' 'n Raum gefunden, wo wir sie einsperren können. Wie du gesagt hast.« Der Mann war klein und picklig. Obwohl ihr Gesicht durch den Schleier verborgen war, grinste er sie schmierig an, daß sie unwillkürlich einen Schritt zurücktrat. »Es ist oben im Saloon. Könnte nich' besser sein. Ehrlich, Könnte nich' besser sein.«

»Wo ist der Schlüssel?« wollte Cain wissen, der sich offenbar nicht von der Begeisterung des Mannes anstecken ließ. Er streckte die Hand aus, und der kleine Mann reichte ihm gehorsam den Schlüssel.

»Was haben wir denn da?« Ein zweiter Mann, groß, mit häßlich grobem Gesicht, der seine fettigen Haare mit einem Lederband zurückgebunden hatte, kam herüber. Er wirkte mehr als nur neugierig, als er vor Christal trat und den Schleier anheben wollte. Christal schreckte zurück und prallte an Cains Brust.

»Das reicht«, knurrte Cain den Großen an.

Und dieser zog sich zurück.

Cain legte einen Arm fest um ihre Taille. Sie wußte nicht, ob er sie am Fliehen hindern oder vor den anderen schützen wollte. »Wir haben eine Menge zu tun, bevor die anderen kommen. Boone«, sagte er und winkte dem Grobian zu, »gib den Pferden Wasser.« Er wandte sich zu dem Mann mit dem gemeinen Grinsen und dem dritten Kumpanen, einem alten Mann um die sechzig, der gerade über die Bretter stolperte. »Ihr zwei besorgt etwas zu essen. Ich habe Hunger, und ich werde unangenehm, wenn ich hungrig bin.«

Die zwei nickten, schulterten ihre Gewehre und verschwanden wieder hinter dem Saloon. Boone warf Christal noch einen Blick zu, bevor er und der Verbrecher, der die Kutsche gefahren hatte, die Pferde zum Paddock südlich vom Saloon führten.

Wieder war sie allein mit Cain. Nur sie und er, verlassene Häuser, Staub und der erbarmungslose, blaue Himmel. Ihre Kehle war so trocken wie die Straße, und sie schluckte. Sie wollte nicht ohne die anderen Fahrgäste irgendwohin gebracht werden, und ihre Gedanken rasten auf der Suche nach einem Fluchtweg in ihrem Kopf umher. Ihre Hand umklammerte die Börse fester, ihre Finger tasteten nach dem Hahn, aber schon packte Cain wieder ihren Arm. Der Drang wegzulaufen war so stark, daß sie bereits die Röcke anhob, um die Beine ungehindert bewegen zu können, doch Cain griff nun mit beiden Händen zu und zog sie in Richtung Saloon, bevor sie noch ein Wort des Protestes stammeln konnte.

»Wohin gehen wir?« fragte sie, während sie gegen seinen eisernen Griff kämpfte und ihr Herz wild in ihrer Brust hämmerte.

Er hielt an. Dann riß er den Schleier von ihrem Gesicht und warf ihn auf die Straße. Ein Windstoß packte ihn und wirbelte ihn davon.

»Ich brauche den Schleier«, sagte sie und verbarg ihre Angst hinter ihrer trotzigen Miene..

Zum ersten Mal entdeckte sie ein winziges Aufleuchten von Mitgefühl in seinen Augen. Ruhig antwortete er: »Ja. Sie müssen dieses Gesicht wirklich vor den anderen Männer verstecken. Aber im Moment will ich sehen, mit wem ich rede.« Er drückte ihren Arm und schob sie wieder auf den Saloon zu, wobei ihre Börse und die Pistole darin außer Reichweite von ihrem freien Arm baumelte.

Man hatte die Trümmer vor dem Eingang so weggeräumt, daß ein kleiner Durchlaß entstanden war. Als er sie durch die Schwingtür geschoben hatte, ließ er sie los. Christal ging ein paar Schritte und traute ihren Augen nicht. Im Saloon sah es nicht anders aus als auf der Straße. Eine dicke Staubschicht bedeckte die rohen Bodenbretter, die Bar, die umgestürzten Stühle – alles.

»Die Treppe rauf.«

Ihr Atem stockte. Sie wirbelte zu ihm herum. Sie war entschlossen, nicht mit ihm in die Schlafzimmer des Saloons zu gehen. Lieber würde sie ihn auf der Stelle erschießen, als sich vergewaltigen zu lassen.

»Los doch«, forderte er sie auf.

Sie blickte sich nach einer Fluchtmöglichkeit um. Doch die einzige Tür war die, die er versperrte.

Er trat auf sie zu, und seine Gesichtszüge wirkten im Dämmerlicht des Saloons noch härter. »Wie heißen Sie?«

»Christal«, flüsterte sie, ohne ihn anzusehen.

»Christal was?«

»Christal Smith.«

Ein Hauch von einem Lächeln flog über seine Lippen. »Nicht *Mrs.*?«

»Doch. *Mrs.* Christal Smith«, fauchte sie.

»Wie lange ist er schon tot?«

Sie hätte fast »wer?« gefragt, besann sich dann

aber schnell. »Mein Mann ist vor sechs Wochen gestorben.«

»Sie können nicht besonders lange verheiratet gewesen sein.«

Sie gab ihm keine Antwort.

Cain zuckte die Schultern. Mit einem tiefen Knurren sagte er: »Wir alle müssen sterben.« War da ein Hauch von Gefühl in seiner Stimme gewesen? Wenn ja, so betete Christal, daß sie daran appellieren konnte. Wenn nicht, konnte sie nur hoffen, daß Gott gnädig mit ihrer Seele sein würde.

»Wollen Sie wissen, wer ich bin?« Er verschränkte die Arme über seiner breiten Brust. Das Gewehr hatte er in der Kutsche zurückgelassen, aber mit den beiden Sechsschüssern, die in zwei Holstern an seiner Hüfte hingen, brauchte er es nicht. Nun trat er auf sie zu. Christal versuchte, ihre Stimme kühl und emotionslos zu halten. Je weiter er von der Tür wegging, desto größer waren ihre Chancen zu fliehen.

Langsam antwortete sie: »Ich weiß, wer Sie sind.«

Er lächelte. »Wer bin ich denn?«

Sie blickte noch einmal verstohlen zu Tür, während ihre Nerven bis zum Zerreißen angespannt waren. »Sie sind Macaulay Cain, der gesuchte Verbrecher.«

Er machte noch einen Schritt auf sie zu. Und plötzlich stürzte sie los. Sie rannte los, als wäre der Teufel hinter ihr her, erreichte die Schwingtüren und spürte Hoffnung in sich aufkeimen. Doch er folgte ihr, und hatte keine Mühe, sie in ihren hinderlichen Röcken einzuholen. Sie stolperte, fiel auf die Straße, ihre Börse flog ihr aus der Hand und landete in unerreichbarem Abstand im dicken Staub vor dem Saloon.

Er ließ sich auf die Knie fallen, riß sie auf den Rükken herum und hielt ihr die Arme über dem Kopf fest.

Sie kämpfte, um sich loszumachen, sah sein dunkles Gesicht vor dem leuchtenden Himmel dicht über sich. Sie riß ihr Knie hoch, traf ihn jedoch nicht, und so bäumte sie sich wie ein Fohlen auf, das seinen Reiter abwerfen wollte. Cain schien keine Mühe zu haben, sie festzuhalten und gluckste vergnügt. Dafür hätte sie ihn erschießen können. Sie tastete nach der Börse, die nur knapp aus ihrer Reichweite entfernt lag und konnte bereits die Seidenkordel spüren, doch im gleichen Moment riß er ihre Arme zur Seite. Sie war gefangen.

Ihr Atem kam stoßweise und zornig, und sie konnte sich nicht wehren, als er die dicke Strähne streichelte, die sich aus den Haarnadeln gelöst hatte. Er hob eine Locke an, deren helle Farbe auffallend mit den schwarzen Härchen auf seiner Hand kontrastierte. »Lassen Sie mich los!« fauchte sie.

»Ihre Haare haben die Farbe von Butter, wußten Sie das?« Seine Mundwinkel verzogen sich, als versuchte, er etwas zu unterdrücken, was er nicht empfinden wollte.

»Ich sagte, lassen Sie mich los!«

Er strich sanft über ihren hohen Kragen, der schmucklos war, weil sie zu wenig besaß, um sich selbst die schlichteste Brosche leisten zu können. Ihr Kinn in der Hand, zwang er sie, ihn anzusehen. »Nun kann ich auch Ihre wunderschönen Augen sehen. Die Farbe des Himmels. Hat Ihr Gatte Ihnen das jemals gesagt?«

»Was geht Sie das an?« fragte sie wütend.

Er ignorierte ihre Erwiderung. Seine Hand glitt zu ihrer Taille. Sie wand sich, doch er bewegte sich keinen Zentimeter. Er liebkoste den schäbigen Stoff ihres Rockansatzes, strich dann mit den Knöcheln über die Rundung ihrer Hüften. Seine Stimme war heiser, als er sagte: »Sie haben eine wunderschöne Wespentaille. Sehr schmal«. wiederholte er fast widerwillig.

Langsam wanderte sein Blick zu ihren Brüsten. Aus dem Funkeln seiner Augen konnte sie schließen, daß es ihm gefiel. wie ihr Busen sich unter ihren heftigen, verzweifelten Atemstößen hob und senkte. Oh ja, und wie es ihm gefiel.

Sie schürzte ihre Lippen. um ihn anzuspucken. Niemand durfte sie so ansehen. Niemand.

»Wenn Sie mich anspucken. Ma'am. wird dieser Yankee-General Butler neben mir wie ein verdammter Ritter wirken.«

Heiße Wut traf auf Eis. Ihre Kenntnisse über die Kriegsereignisse waren begrenzt. aber sie wußte. wer Butler war. Er hatte die Frauen von New Orleans als Prostituierte freigegeben. als sie es gewagt hatten. auf einen seiner Soldaten zu spucken. Christal gab ihr Vorhaben auf.

Statt dessen stieß sie ein wütendes Heulen aus. und er ließ sie schließlich los. Er half ihr auf die Füße. und als sie nach ihrer Börse greifen wollte. zog er diese an der Seidenkordel aus dem Staub. Dann umfaßte er ihre Taille, und während sie sich wand. nach ihm kratzte und trat, zog er sie wieder auf den Saloon zu. Doch so sehr sie sich auch wehrte. mit seiner gewaltigen Kraft hielt er sie im Arm. als wäre sie nichts als eine Puppe. Sie mußte sich fügen.

Er zerrte sie durch die Schwingtüren und auf die Treppe zu, wo er sie vor sich her schubste. Wieder wehrte sie sich verzweifelt. doch er ging einfach Stufe für Stufe nach oben. wobei seine schweren Stiefel laut durch den Raum dröhnten.

»Nein«, keuchte sie und versuchte. sich aus seinem

Griff zu lösen, doch er beendete ihre Versuche, indem er sie plötzlich packte und sie wie einen Sack über die Schulter hievte. Sie trat nach ihm und zappelte so heftig, daß ihre Unterröcke bis zu ihren Oberschenkeln hochrutschten, doch es nützte alles nichts. Er hielt sie in seinem eisernen Griff und trug sie die Treppe hoch. Oben angelangt betrat er ein Zimmer, ließ sie auf eine dreckige Matratze fallen und warf ihre Börse auf einen Stuhl, der viel zu weit von ihr entfernt war.

Durch den Staub, der aus der Matratze aufwirbelte, starrte sie ihn haßerfüllt an. Er stand zwischen ihr und ihrer Börse – sie hatte keine Chance. Er würde sie vergewaltigen, ohne daß sie vorher an ihre Pistole kam.

Doch sie würde sich nicht kampflos ergeben. Und wenn er sie umbringen würde!

Er beugte sich über sie, und seine Größe schüchterte sie ein. Trotzig sah sie ihm in die Augen. Drei Jahre hatte sie damit verbracht, sich vor Männern wie ihm zu schützen, drei Jahre hatte sie gekämpft und war davongelaufen. Andere Frauen um sie herum hatten ihre Ehre für etwas Eßbares geopfert, doch sie hatte widerstanden, selbst wenn sie nicht genug Arbeit fand, um das nagende Gefühl in ihrem Magen zu betäuben. Niemals hatte sie sich prostituiert, um überleben zu können. Und sie würde es auch niemals tun. Ihre Erscheinung wirkte hart, kalt und distanziert. Sie war zu dem Wesen geworden, zu dem das Leben sie gezwungen hatte. Doch der Sinn war nur, ihr Inneres zu schützen, das zerbrechlich und verletzbar war. In ihrem Inneren war sie immer noch das Mädchen, das sie in New York gewesen war, bevor das Verbrechen ihres Onkels ihr Leben zerstört hatte, ein Mädchen, das geben und vertrauen wollte, das lieben konnte und sich Liebe wünschte. Und dieser Schurke sollte keine Gelegenheit bekommen, sie zu vergewaltigen und das zarte Kind in ihr zu zerstören. Nicht, solange sie noch atmete und sich wehren konnte. Sie würde dieses Kind mit all ihrer Kraft verteidigen. Denn wenn er es tat, wenn er sie zerstörte, dann würde er ihr auch jeden Sinn nehmen, zu überleben, zu kämpfen. Wenn das Mädchen fort war, dann konnte Christal van Alen nie wieder heimkehren. Niemals würde sie diesen Namen mehr tragen können.

Er berührte ihre Wange und schien etwas sagen zu wollen. Doch sie ließ ihm keine Zeit. Sie griff ohne Vorwarnung an, schwor sich, sich lieber einen Arm zu brechen, als ihn heranzulassen. Er knurrte irgend etwas und versuchte, sie festzuhalten, doch die Panik verlieh ihr Kräfte, die sie sonst nicht gehabt hätte. Ihre Fäuste hämmerten auf ihn ein, und schlugen überall hin, wo sie ihn verletzlich glaubte. Sie tat ihr Bestes, ihm Schaden zuzufügen, doch sie spürte seine steinharten Muskeln und wußte, es war vergeblich. In seiner Miene zeichnete sich weder Schmerz noch Ärger ab ... nichts, außer Überraschung. Dennoch schaffte er es nicht, sie festzuhalten. Sie kämpfte weiter gegen ihn an, bis er einen ihrer Arme zu fassen bekam. In einem Reflex, der angelernt war, holte sie mit dem freien Arm aus und ohrfeigte ihn so fest, daß er für einen Moment wie erstarrt dasaß.

»Wildkatze!« knurrte er heiser, bevor er ohne Schwierigkeiten die zweite Hand einfing.

»Sie werden mich nicht anrühren. Niemals!« Sie öffnete den Mund, um ihn zu beißen. Cain fuhr zurück und stieß einen Laut des Zornes aus.

Schließlich hielten beide atemlos inne und starrten

sich an. Mit zusammengepreßten Lippen rieb er sich die Stelle am Kiefer, die sie getroffen hatte. In seinen Augen lag eine Art väterlichen Zornes, als wäre sie ein ungehorsames, kleines Kind. »Lassen Sie mich Ihnen einen Rat geben, Mrs. Smith«, sagte er heiser. »Sie sind eine wunderschöne, junge Frau und Sie sollten wirklich lernen zu gehorchen, denn es gibt eine Menge einsamer Männer hier in unserem Lager.«

Sie biß sich auf die Lippe. Er sollte sie nicht erbeben sehen.

Cain beugte sich näher zu ihr, so daß sie jeden silbernen Sprenkel in seinen unglaublichen Augen sehen konnte. »Sie halten sich für sehr tapfer, aber das nützt Ihnen wenig. Ohne mich haben Sie nicht den Hauch einer Chance. Hier draußen kann ein Mann eine Frau auf eine Meile Entfernung riechen.«

»W ... was soll das heißen?«

Seine Hand berührte ihr Haar, ohne daß er den Blick von ihr wandte. »Ich meine damit, Lady, daß ich Sie *riechen* kann. Alles an Ihnen hat einen Duft. Ihr Haar ist mit Rosenwasser gespült worden, wahrscheinlich erst heute morgen. Das Kleid tragen Sie wohl nicht besonders oft – Sie haben es erst heute aus der Tasche genommen, denn ich nehme noch den Lavendel wahr, den Sie zwischen Ihre Sachen packen, um die Motten fernzuhalten. Parfum nehmen Sie keins – wahrscheinlich, weil Sie es sich nicht leisten können. Dennoch riechen Sie immer noch besser als alles andere, denn wenn ich näher komme, kann ich den Duft der Frauen wahrnehmen, aber wenn ich Ihnen den näher beschreibe, schlagen Sie wieder zu.« Seine Stimme wurde drohend und tief. »Was ich Ihnen damit sagen will, Lady, ist folgendes: Dies alles veranlaßt einen Mann zum Grübeln. Und zu *begehren!*«

»Ich wehre mich«, flüsterte Christal.

Er lachte freudlos. »Sie hätten keine Chance.« Seine Miene wurde grimmig. »Aber wenn Sie auf mich hören, und nur auf mich, dann haben Sie gute Chancen, bis Dienstag durchzuhalten, ohne wie eine zerlumpte Decke herumgereicht zu werden. Haben Sie mich verstanden?«

Alle Farbe wich aus Christals Gesicht, ihre Augen waren voller Angst. Sie nickte. Oh ja, sie hatte verstanden. Er wollte das alleinige Recht, sie zu vergewaltigen und zu mißbrauchen. Aber sie würde sich dennoch wehren. Bis zu ihrem letzten Atemzug.

Dann stand er auf. Nackte Panik erfaßte sie, als sie darauf wartete, daß er sein staubiges Hemd abstreifte. Sie krabbelte ganz ans Ende des Bettes und machte sich zum Sprung bereit, sobald er sich der Matratze näher würde. Doch dann sagte Cain: »Es wird eine harte Woche werden, Mrs. Smith. Bereiten Sie sich darauf vor.«

Dann ging er und schloß die Tür hinter sich ab.

Verdutzt starrte sie eine lange Weile auf die geschlossene Tür. Wie durch ein Wunder war sie nicht vergewaltigt worden. Und ein Mann hatte sie verschont, dessen Augen deutlich machten, daß er niemals im Leben Gnade, Mitleid oder Wärme empfunden hatte.

Aber es war nur aufgeschoben. Er würde zurückkommen. Er würde wiederkommen, wenn er den Männern Aufgaben zugeteilt und die restlichen Passagiere eingesperrt hatte.

In Panik hastete sie zu dem Stuhl, auf dem ihre Börse lag. Ihre Finger zitterten so sehr, daß sie Mühe hatte, die Tasche zu öffnen, doch dann lag die Pistole endlich in ihrer Hand. Sie zog den Stuhl in die hinterste Ecke, setzte sich und richtete den Lauf der kleinen Waffe bebend auf die Tür.

Christal bewegte sich wie ein Schatten in der Dunkelheit des Zimmers. Sie war seit Stunden hier eingeschlossen, und nun ging die Sonne unter und nahm ihre Hoffnungen auf Rettung mit sich. Sie begriff immer noch nicht, warum der Outlaw sie verschont hatte. Pete hatte erwähnt. daß die Bande nach einem Mann namens Kineson benannt war. Wahrscheinlich mußte Cain ihm Meldung machen und hatte deshalb keine Zeit für sie gehabt. Doch ganz gewiß würde er zurückkommen, um die Chance zu ergreifen. Sie legte die Arme um ihren Körper und schauderte.

Ein Licht schien unter dem Türspalt durch. Sie trat ans andere Ende des Bettes, und wußte nicht ob sie entsetzt oder erleichtert sein sollte, daß ihr Schicksal sich nun endlich erfüllen würde.

Dann trat Cain ein. Die Laterne in seiner Hand sandte ein warmes Licht aus, und zeigte seine Gesichtszüge, die ohne jede Regung zu sein schienen. Sie konnte jedoch nicht anders, als ihn anstarren. Die Saloonmädchen, die sie kannte, hätten diesen Mann bestimmt als schönen Teufel bezeichnet. In diesem Fall, fand sie, lag die Betonung auf *Teufel*.

Nun hielt er die Laterne hoch, um sie besser sehen zu können. Sie bemerkte ausgesprochen zufrieden das Flackern in seinem Blick, als er entdeckte, was sie in der Hand hielt.

»Sie überraschen mich immer wieder, Ma'am«, sagte er ruhig.

Sie starrte ihn nur von ihrer Position hinter dem Bett an. Ihr Gesicht war bleich und entschlossen.

Sein Blick wanderte zu der Pistole. »Das ist die

kleinste Waffe, die ich je gesehen habe. Und sie ist alt.« Er sah ihr wieder ins Gesicht. »Sie haben nur einen einzigen Schuß.«

»Das reicht.«

»Klar, das reicht. Wenn Sie richtig treffen, und mich nicht nur verwunden.« Er trat einen Schritt auf sie zu.

»Bleiben Sie stehen.« Christal richtete die Pistole ein Stück höher aus.

Er hielt inne.

»Geben Sie mir die Schlüssel!« sagte sie und streckte ihm eine offene Hand entgegen.

Er ließ sie an einem Finger baumeln. »Was wollen Sie denn da draußen machen, Mädchen? Da ist niemand, der Ihnen helfen kann.«

»Ich will weg von Ihnen. So weit wie möglich.«

Er machte ein glucksendes Geräusch, aber es klang nicht sehr freundlich. »Die Männer da draußen sind weit schlimmer als ich.«

»Darüber mache ich mir Sorgen, wenn es soweit ist.« Christal trat tapfer einen Schritt auf ihn zu. »Geben Sie mir die Schlüssel!«

Schweigend sah er sie an, während die Schlüssel an seinem Finger baumelten und leise klirrten. Sie fröstelte und bemerkte, daß sie vor einem Fenster stand, durch dessen zerbrochene Scheibe die kalte Bergluft hereindrang. Sie trat ein Stück beiseite, ohne den Blick von ihm zu wenden.

»Sie wollen sie haben?« Er schloß die Hand um den Schlüsselbund.

Christal nickte.

»Dann sollen Sie sie haben.« Und mit aller Kraft schleuderte er sie auf Christal zu. Wie eine Gewehrkugel sauste das Metall durch die Luft und schlugen durch einen andere Fensterscheibe. Glassplitter stoben durch die Luft. Christal keuchte entsetzt auf, aber sie ließ ihn nicht aus den Augen. Sie hatte erwartet, daß er sie hereinlegen wollte.

Doch wenn er noch nicht genug Zeit gewonnen hatte, sich sein Gewehr zu schnappen, so hatte er doch an Boden gewinnen können. Er stand plötzlich nur noch wenige Zentimeter von ihr entfernt.

»Na los. Verschwinden Sie, Mädchen«, spottete er. »Rennen Sie die Treppe hinunter und holen Sie sich die Schlüssel aus dem Staub. Ich bleibe hier oben, und Sie können mich einschließen, wenn Sie zurückkommen.«

Ihre Hand zitterte, als sie die Waffe auf ihn richtete. Ihre Blicke trafen sich. Seine Augen waren entschlossen und nüchtern, narkotisierend und drohend. Sie konnte ihren Blick nicht abwenden. »Ich bringe Sie um, wenn Sie einen Schritt näher kommen«, flüsterte sie.

»Sie können unmöglich allein zurechtkommen. Es gibt zu vieles, worüber Sie nicht Bescheid wissen. Sie werden sich selbst umbringen. Also geben Sie mir das Ding, Mädchen.« Er kam wieder ein Stückchen vor.

Sie bewegte die Pistole, um ihn zurückzudrängen.

Er rührte sich nicht.

»Wollen Sie, daß ich auf Sie schieße?« fragte sie mit ungläubiger Stimme. Konnte er so verrückt sein, sie provozieren zu wollen?

Er flüsterte: »Sie machen alle meine Pläne zunichte, Mrs. Smith. Das kann ich nicht zulassen.«

»Sie haben keine andere Wahl. Kommen Sie ja nicht näher!« Ihre Hand bebte, und sie nahm die andere zu Hilfe, um die Pistole festzuhalten.

Er bewegte sich vorwärts, wie ein hungriger Wolf,

der seine Beute beobachtet. Christal biß sich auf die Lippe und wünschte sich verzweifelt, sie müßte es nicht tun. Sie hatte noch nie auf jemanden geschossen. Sie wollte diesen Mann nicht töten.

Plötzlich berührte ihr Rücken die Wand – sie hatte nicht einmal bemerkt, daß sie die ganze Zeit vor ihm zurückgewichen war. Er kam noch einen Schritt auf sie zu, dann noch einen und noch einen, ohne auch nur einmal den Blick von ihr zu lassen.

Christal zog den Bolzen zurück.

Er hielt an.

Die Sekunden verstrichen wie eine Ewigkeit, während sie sich beide abschätzten, taxierten. Er schien nicht recht zu glauben, daß sie den Hahn ziehen würde. Doch sie wußte, daß sie es tun würde, obwohl sie sich inständig wünschte, Cain würde aufgeben. Zu ihrer unaussprechlichen Erleichterung wich er schließlich einen kleinen Schritt zurück.

Dann stürzte er sich auf sie. Christal schrie auf und zog den Hahn, doch gleichzeitig wurde ihr Arm gegen die Wand gerammt. Die Kugel durchschoß mit einem lauten Knall die Decke über ihnen.

»Wie … wie konnte Sie wissen, daß ich schieße?« schrie sie voller Zorn und Verzweiflung.

»Es stand in Ihren Augen, Mrs. Smith.« Er drängte sich näher an sie heran, als wollte er sie mit seinem Körper bedrohen. »Wenn jemand eine Waffe auf einen richtet, sieht man ihm nicht auf die Hand. Man schaut in seine Augen.« Mit einem heftigen Schubs stieß er sie von sich. Sie stolperte aus seiner Reichweite, wobei sie immer noch die nun nutzlose Waffe umklammerte.

Er ging zum Bett hinüber, auf dem ihre schwarze Börse lag. »Nein!« schrie sie, doch er kümmerte sich nicht um ihren Protest. Statt dessen öffnete er die Tasche und kippte den Inhalt auf die Matratze. Heraus fielen ein Elfenbeinkamm, etwas Kleingeld und fünf in Papier gewickelte Patronen. Offenbar war er es gewohnt, ein Gewehr durch den Lauf zu laden, denn er biß gekonnt die gedrehten Spitzen der Patronen ab, spuckte das Papier auf den Boden, und ließ das Pulver durch das Fenster rieseln. Danach warf er die Hüllen hinterher.

»Haben Sie noch mehr davon?« fragte er.

»Nein«, flüsterte sie verzweifelt.

»Also gut. Kommen Sie.« Er nahm sie am Arm und schob sie auf die Tür zu.

»Wohin gehen wir?«

»Ins Lager hinunter«, antwortete er knapp. »Als dieses Haus hier verlassen wurde, hat man den Herd mitgenommen. Sie sehen so aus wie eine Frau, deswegen werden Sie kochen. Runter jetzt.«

Sie wünschte, sie hätte ihm sagen können, daß sie nicht kochen konnte und daß er sich eine andere Dienerin suchen sollte. Daß sie nicht in dem exklusiven Braunsteinhaus am Washington Square erzogen worden war, um Küchenmädchen zu spielen. Musik und Kunst hatten ihre Tage erfüllt, Stickereien ihre Abende. Selbst jetzt noch konnte sie sich leicht ihre Mutter vorstellen, wie sie in ihrem Sessel am Fenster saß und sich auf ihre Näharbeiten konzentrierte. Obwohl es schon sechs Jahre her war, konnte sie sich an jede Einzelheit erinnern: Das blonde Haar ihrer Mutter, das in einem sauberen Knoten im Nacken zusammengesteckt war, der indigoblaue Paisleyschal, den ihr Vater ihr aus Paris mitgebracht hatte, um die Schultern. Ihr braunes Seidenkleid raschelte leise, wenn sie sich über ihren Stickrahmen beugte und die

Stiche auf dem Tuch zählte, während sie sich am lodernden Feuer wärmte.

Das Feuer.

Christals Blick verschleierte sich. Sie sah Cain an. Sie wußte durchaus, wie man kochte. Denn das behagliche Bild in ihrem Kopf war nichts weiter als eine Vision, eine Erinnerung, nicht mehr. Und in den vergangenen Jahren hatte sie oft und lange genug in Saloons gearbeitet, um zu wissen, was man mit einem heißen Herd und einem Sack Bohnen anstellte.

Sie verließen den Saloon. Draußen bückte sich Cain und hob die Schlüssel aus dem Staub auf, die nun zusätzlich mit Schwarzpulver eingestäubt waren. Er zeigte ihr den Weg, der sich hinter die Gebäude schlängelte und dann steil in die Schlucht abfiel. Das Geräusch herabstürzenden Wassers wurde lauter, während sie den Pfad hinabgingen, doch sie kamen nur langsam voran, denn das flackernde, gelbe Licht der Laterne beleuchtete nur mangelhaft den steilen, felsigen Pfad.

Cain ließ sie neben sich hergehen, ohne sie festzuhalten, doch er mußte in ihren Augen die Absicht zu fliehen gelesen haben, denn plötzlich nahm er ihren Arm wieder und führte sie den Rest des Weges hinunter. Sie wollte sich gegen seinen eisernen Griff wehren, doch ihre Röcke behinderten sie mehr als einmal und ihre Stiefel glitten ständig auf dem knochentrokkenen Boden aus. Einmal wäre sie fast die letzten fünfzig Fuß bis in die Schlucht gerutscht, doch er war stets nah genug, um sie festzuhalten. Und sie zum Weitergehen zu zwingen.

Endlich hatten sie den Grund der Schlucht erreicht, und sie entdeckte ein Stück weiter fort ein Feuer, das durch die Bäume flackerte. Als sie näherkamen, sah sie, daß das Feuer in einem freistehenden Steinschornstein brannte. Die dazugehörige Goldgräberhütte war vor langer Zeit niedergebrannt. Überall verteilten sich Männer mit Gewehren, die sich hin und wieder aus dem Halbkreis aus Licht herausbewegten, wenn sie an dem Kamin vorbeikamen. Sie zählte neun, Cain eingeschlossen. Es gab nur einen, den sie bisher nicht gesehen hatte: Er hatte weißes, langes Haar, das bis zu seinen Schultern reichte, einen gewaltigen Schnurrbart und eine Brust, die faßartige Ausmaße hatte. Er war fast so groß wie Cain, und mit seiner Fransenlederjacke hätte er gut und gerne die Attraktion in Buntlines *Buffalo Bill*-Produktion sein können. Doch er war kein Schauspieler, der einen Cowboy mimte. Die Lederjacke war mit schimmernden Messingknöpfen versehen, die einst einen Infantriemantel geziert hatten. Und seine Augen waren wie die eines Doberman-Pinschers, jenes angsteinflößenden Hundes, den Christal einmal in New York auf einer Ausstellung gesehen hatte.

Christal sah sich suchend nach den anderen Passagieren der Kutsche um. Hinter ihr sagte Cain jetzt: »In Ordnung, ihr könnt sie jetzt raufbringen und einsperren. Boone, du bringst ihnen was von dem Fraß, wenn er fertig ist.« Dann wurde Mr. Glassie in den Lichtkreis geschubst. Sein schönes Jackett war hell vom Staub der Straße, doch was Christal wirklich Angst einjagte, war weder sein furchtsamer Ausdruck noch sein Stolpern, das von Erschöpfung zeugte. Es waren die eisernen Ringe um seine Hand- und Fußknöchel, mit denen er an Pete gekettet war, dieser an seinen Vater, sein Vater wiederum an den Prediger und jener schließlich an den Kutscher. Die Bandenmitglieder hatten an alles gedacht. Keiner der ehemaligen Kutscheninsassen würde fliehen können und den Plan der Gang zunichte machen. Sie, Christal, war die einzige, die einen Hauch einer Chance hatte.

Die Passagiere gingen hintereinander an ihr vorüber wie Häftlinge. Hilflos hörte sie zu, wie Pete verlangte, sie solle zu ihrem eigenen Schutz mit ihnen gehen, doch der Outlaw mit der Bullenpeitsche brachte ihn zum Schweigen, indem er drohend die Hand hob. Die Ketten rasselten und knirschten in einer häßlichen Melodie, als die Männer im Dunkeln auf dem Pfad verschwanden, der zum Ort hinauf führte. Christal packte erneut die nackte Angst.

»Das ist also die Frau.«

Christals Blut schien zu gefrieren. Sie wandte sich um und sah, daß der weißhaarige Mann sie anstarrte. Und dann bemerkte sie, daß alle Männer sie anstarrten und die Unterhaltung am Lagerfeuer erstorben war.

Einer von ihnen leckte sich die Lippen. Die Härchen in ihrem Nacken stellten sich auf. Entsetzt stand sie wie eine Statue da, unfähig, nur eine kleine Bewegung zu machen.

»Sie wird kochen, Kineson.«

Cains tiefe und ernste Stimme riß sie aus ihrem Trancezustand. Ihr Geist reagierte wieder und endlich nahm sie wahr, daß Cain den Mann Kineson genannt hatte. Kinseon – der Mann, nachdem die Gang benannt worden war.

Sie konnte ihre Angst nicht bezähmen, als sie in seine raubtierähnlichen Augen blickte. Sie wich unwillkürlich zurück, doch Cain verhinderte ihre Flucht. Wohin hätte sie auch laufen sollen?

»Dann leg mal los, Kindchen«, sagte Kineson und nickte zur Feuerstelle hinüber. Ein bösartiges Grinsen verzog seine Lippen. »Ich habe mächtig Appetit.« Er lachte, und sie hätte ihm am liebsten ins Gesicht gespuckt, doch Cain zog sie zum Feuer herüber.

Sie wand sich aus seinem Griff und warf ihm einen Blick zu, der ihn hätte töten können. Verächtlicht wandte sie sich also ihrer Aufgabe zu, wobei sie sich inständig wünschte, sie könnte statt des Rehs auf dem Spieß jedes einzelne Bandenmitglied rösten. Ihre Nerven waren zum Zerreißen gespannt, während sie einen Topf und einige Dosen Bohnen in einem alten Rupfensack fand. Sie schüttete die Bohnen in den Topf und stellte ihn auf das Feuer. Die ganze Zeit waren die Augen der Männer auf sie gerichtet, als wären sie ein Rudel hungriger, räudiger Köter.

Sie spürte, daß sie jemand am Rock zog. Sie wirbelte herum und entdeckte, daß die Männer nun im Kreis um das Feuer saßen und sie umzingelten. Alle, abgesehen von Cain, der lässig am Kamin lehnte und einen seiner Revolver zu untersuchen schien. Wieder grabschte eine Hand nach ihrem Rock. Sie wich hastig von dem Mann zurück und warf ihm einen haßerfüllten Blick zu, doch da sie eingekreist war, gab sie sich bloß in die Hände des nächsten, der versuchte, einen Blick unter ihre Röcke zu erhaschen. Die Männer lachten, und begannen, an dem Spiel Gefallen zu finden. Christal war bald den Tränen nah, aber sie zwang sich, keine Regung zu zeigen. Wenn sie jetzt zusammenbrach, hatten sie, was sie wollten.

Also wurde das Spiel fortgesetzt. Die Outlaws rückten immer näher, schlossen den Kreis enger um sie und genossen ganz offensichtlich ihre Verzweiflung und Angst. Sie hastete von einem zum anderen und wieder zu einem anderen, ohne wirklich fliehen zu können. Dann wurde der Zeitvertreib rüde beendet. Kineson griff unter ihrem Rock ihren Knöchel. Sie konnte seine Hand nicht abschütteln. Er zog feste und sie landete im Dreck, atemlos durch den heftigen Sturz.

Die Männer stießen ein johlendes Lachen aus. Kineson streckte seine Hand nach ihr aus, doch bevor er sie anfassen konnte, riß Cain sie plötzlich vom Boden hoch. Sie schlug nach ihm, boxte in ihrer Angst auf ihn ein, daß er sich nun seinen Teil holen würde. Doch Cain sagte nur barsch: »Sie haben Arbeit. Also tun Sie sie.«

Sie hielt den Atem an und starrte ihn an, ohne den Blick von ihm lösen zu können. Konnte es sein, daß er sie gerettet hatte? Nein, sie wußte es besser. Aber er hatte das Spiel nicht mitgemacht. Er hatte im Schatten des Kamins gestanden und zugesehen. Bis sie gestürzt war.

Sie kehrte wieder zu dem Topf mit Bohnen zurück, während sie eine gewaltige Dankbarkeit verspürte. Es war verrückt, solche Gefühle für Macaulay Cain, ihren Kidnapper, zu hegen. Wahrscheinlich hatte er sie nur von ihren Qualen erlöst, damit er pünktlich sein Essen bekam. Sie sah sich verstohlen nach ihm um. Cain war wieder zum Kamin herübergegangen und widmete sich erneut seinem Revolver, als hätte sich nichts ereignet. Christal nahm einen hölzernen Löffel und begann, im Topf herumzukratzen, wo die Bohnen inzwischen angebrannt waren. Im Stillen schalt sie sich für den unsinnigen Glauben, daß der Mann ihr hatte helfen wollen.

»Cain ... manchmal frage ich mich, wer eigentlich der Anführer dieser Bande ist ... du oder ich.« Kineson stand auf und sein Blick war drohend.

Die Männer schwiegen plötzlich. Alle Augen

wandten sich Kineson und Cain zu, der immer noch gelassen am Kamin lehnte und seine Waffe polierte.

»Ich warte auf eine Antwort, Junge.«

Cain senkte langsam seinen Revolver und hob seinen Blick zu Kineson. Christal hielt den Atem an und vergaß den Holzlöffel in ihrer Hand, den sie über dem Topf hielt. Die gereizte Stimmung kochte schneller auf als die Bohnen.

»Das hier ist die Kineson Gang. Sie haben das verdammte Ding nicht nach mir benannt.« Cains Worte kamen kalt, sehr verständlich und ruhig.

Kineson sah Christal wie ein siegreicher Kriegsherr an. Er lächelte und setzte sich wieder. »Dann denk immer daran, Junge.«

Cains nächsten Worte hallten wir Donnerschlag nach. »Ich bin kein Junge. Denk du immer *daran*, sonst liegst du schneller im Grab, als dir lieb ist.«

Keiner rührte sich. Nun war Kineson wieder an der Reihe. Christals Blick glitt langsam zu dem Anführer der Gang.

Kineson starrte Cain mit Unbehagen an. Ein seltsamen Ungleichgewicht herrschte zwischen ihnen. Kineson war der Anführer, aber der Mann, den alle am meisten zu fürchten schienen, war eindeutig Cain. Cain war geschickt. Bei einem Duell der beiden würden sie wahrscheinlich alle ihr Geld auf Cain setzen. Und auch Kineson wußte es. Er forderte Cain nicht heraus. Stattdessen kratzte er sich am Kinn, rief nach etwas zu trinken und beendete damit den Zwischenfall.

Doch Christal mußte bald feststellen, daß es ganz und gar noch nicht vorbei war. Auch wenn die Männer sich wieder ihren Beschäftigung zuwandten und sie weiter in den Bohnen rührte, blieb die Stimmung seltsam vergiftet. Und als sie sich einmal verstohlen umblickte, sah sie, wie Kineson mit brennenden, bösen Augen haßerfüllt auf Cain starrten.

Kapitel 3

Die Bohnen schienen eine Ewigkeit zu brauchen. Die Männer unterhielten sich leise und warfen Cain gelegentlich einen Blick zu, der nun sein Gewehr beim Feuer reinigte. Kineson ignorierte sie alle – außer Christal. Sie konnte nicht eine Bewegung machen, ohne seinen Blick zu spüren, der sich in ihren Rücken bohrte.

Irgendwann nahm einer der Männer ein Banjo und begann, darauf herumzuschrammen. Schließlich fing er an zu singen. Und die Worte des Liedchens fuhren Christal ins Blut wie Eiszapfen.

Ich bin ein Rebell, und das will ich sein
Dies ›Land der Freiheit‹, verdammt soll es sein.
Wir lehnten uns auf, auch wenn wir nicht siegten,
Und ich will kein Pardon für meine Taten kriegen.

Der Krieg war schon seit zehn Jahren vorüber. Christal konnte sich kaum daran erinnern, denn sie hatte nur ganz wenig davon mitbekommen. In New York war das Leben für die Knickerbocker Gesellschaft ohne Störungen verlaufen. Es waren Iren gewesen, die man zum Kampf in den Süden geschickt hatte, und selbst als die Einziehung abgeschafft worden war, mußte die Iren gehen, denn sie fanden kaum andere Arbeit. Christal kannte keine einzige Menschenseele, die durch den Krieg zwischen den Staaten in Mitleidenschaft gezogen worden war. Bis sie nun dieses Lied hörte.

Ich hasse die Verfassung, ich hasse die Republik.
Ich hasse die Freigelassenen in ihrem blauen Schick.
Ich hasse den häßlichen Adler in all seinem Ruhm und seiner Pracht
Und die hinterhältigen Yankees hass' ich mit aller Macht.

Ihre einzige echte Erinnerung an den Krieg war die Hand ihres Vaters, der die ihre in der Menge hielt, während sie zuschauten, wie Lincolns Leiche die Fifth Avenue hinuntergefahren wurde. Sie war damals neun Jahre alt, und es war ihr unbegreiflich gewesen, wieso jemand den Präsidenten erschießen konnte. Doch der Westen hatte ihr eine Menge über den Krieg beigebracht. Nicht selten schlossen sich verbitterte Konföderierte zu Banden zusammen, um den glorreichen Süden wieder auferstehen zu lassen. Sie begannen die Überfälle und Gewalttaten aus politischen Gründen, degenerierten aber meist sehr schnell zu Verbrechern, die nur ihren eigenen Vorteil sahen. Der ursprüngliche Grund verzerrte sich. Aber wie John Wilkes Booth[1] hielten sie bis zum bitteren, tödlichen Ende durch.

Ich folgte dem alten Robert, vier Jahre insgesamt
Zählte dreimal Wunden, hungerte in Nimmerland.
Das Rheuma plagte mich manchmal sehr.
Doch viele Yankees sind nicht mehr –
Und gerne gäb' ich noch mehr her!

---

1 John Wilkes Booth: Der Mörder von Präsident Lincoln

Der Gesang hallte in ihrem Kopf wieder. Die Kineson Gang war also nichts weiter als ein Haufen verbrecherischer Südstaatensympathisanten. Wenn sie jetzt darüber nachdachte, dann fiel ihr auf, daß sogar Cain gelegentlich in dem südlichen Akzent sprach. Die bedauernswerten Passagiere des Overland Express' waren einer Gruppe abtrünniger Konföderierter in die Hände gefallen.

Einer nach dem anderen stimmte in die Melodie mit ein, so daß Christal bald den Drang niederkämpfen mußte, sich die Ohren zuzuhalten.

Dreihunderttausend Yankees liegen kalt im Dreck.
Wir kriegten dreihunderttausend, dann schossen sie uns weg.
Sie starben am Südenfieber, an Kugel und an Stahl,
ich wollt, es wären Millionen an der Totenzahl.

Christal sah zu Cain hinüber. Er hatte aufgehört, seinen Revolver zu polieren. Bei der letzten Strophe setzte auch er ein und sang die Worte mit einem melancholischen, distanzierten Blick mit den anderen Männern.

Ich will nicht mehr kämpfen, ich will nicht mehr schießen.
Doch ich werd' sie nicht lieben, weil sie gegen uns siegten.
Ich will kein Pardon für was ich bin und tat,
Ich will nicht bekehrt sein, ich spucke auf den Staat!

Nervös rührte Christal in den Bohnen, während sie im stillen betete, die Männer mochten niemals herausfinden, daß sie aus New York stammte. Sie zuckte innerlich zusammen, als sie daran dachte, daß Mr. Glassie ihnen gesagt hatte, er käme aus Paterson, New Jersey. Das brachte ihm garantiert keine Pluspunkte ein.

Die Männer riefen nun langsam ungeduldig nach ihrem Essen. Absichtlich lieblos klatschte sie die Bohnen auf die Teller, und sie setzten sich auf den Boden und stopften ihre Mahlzeit in sich hinein. Christal stand erschöpft am Feuer, als ihr ein Gedanke kam. War dies nicht der geeigneteste Moment zum Fliehen? Nun waren diese Schurken allesamt beschäftigt.

Wohin sie fliehen sollte, wußte sie allerdings nicht. Verstohlen blickte sie zu dem Espengehölz jenseits des Feuerscheins hinüber. Wenn sie in das Wäldchen flüchten könnte, schaffte sie es vielleicht, sich in der Dunkelheit vor den Männer zu verstecken. Und wenn ihr Glück sie bis dahin gebracht hatte, würde sie möglicherweise morgen auf ein Goldgräberlager oder einen Trapper stoßen, der ihr helfen konnte.

Langsam zählte sie die Männer, um sich zu vergewissern, daß sie ausschließlich auf ihre Bohnen achteten, nicht aber auf sie. Und tatsächlich – selbst Kineson ersparte ihr anzügliche Blicke und konzentrierte sich auf seinen hungrigen Magen. Plötzlich pochte ihr Herz heftig vor Erregung. Wieder sah sie in die Dunkelheit zum Gehölz hinüber. Dann traf Cains Blick sie mit voller Wucht.

Seitdem sie ans Lagerfeuer gekommen waren, hatte er sein Bestes getan, sie vollkommen zu ignorieren. Doch das war nun anscheinend vorbei. Sie konnte in seiner Miene lesen, daß er wußte, was in ihrem Kopf vorgegangen war. Und sie sah ebenfalls das kleine, schiefe Lächeln auf seinen Lippen, mit dem er sie zu einem Versuch herausfordern wollte. Er mochte sie durchaus vor der Schändung durch diese

Männer gerettet haben. aber was die Gefangenschaft anging, war er ebenso voll und ganz bei der Sache wie die anderen Männer. Und wenn sie fortlief, würde er sie wieder einfangen.

Ihre Schultern sackten zusammen. Ihr gingen langsam die Ideen aus! Was konnte sie noch tun? Ganz versunken in ihre Grübeleien. bemerkte sie gar nicht, daß Kineson aufgestanden war. bis er direkt vor ihr stand.

Er grinste sie an. Panik schoß durch ihre Adern wie flüssiges Feuer. Sie wollte sich abwenden. doch der Kamin schnitt ihr den Weg ab. Derart in die Enge betrieben, versuchte sie, ihn von sich zu drücken. doch er war zu stark. Er nahm ihr Gesicht in beide Hände und blickte auf ihre bleichen, angstverzerrten Züge hinab. Voller Zorn und Furcht nahm sie seine Hände von ihrem Gesicht, aber das schien ihn höchstens zu amüsieren. Er lächelte wieder. packte sie dann um die Taille und riß sie brutal an sich. Christal wehrte sich und kämpfte gegen ihn an, damit er sie nicht küssen konnte.

»Sie gehört mir, Kineson.«

Kineson warf einen Blick über die Schulter. Cain stand abwartend dort. eine Hand locker an der Hüfte, und deutlich entschlossen. Kineson über den Haufen zu schießen, wenn es nötig wäre.

»Retten Sie mich vor diesem Schuft«, keuchte Christal angstvoll und zornig zugleich. Sie sah Cain an, doch seine Augen wurden eiskalt und gefühllos. Also wollte er ihr gar nicht helfen. Er wollte nur haben, was ihm zustand.

Trotzdem war Kineson wutentbrannt. »Was soll das heißen, Cain«, fauchte er. »Warum hilfst du diesem Mädchen? Meldest du Anspruch auf sie an?«

»Ja.« Cain kreuzte die Arme lässig vor der Brust.

»Und du willst nicht teilen?«

»Nein.«

Kineson starrte ihn stumm an. Cain erwiderte den Blick, ohne mit der Wimper zu zucken. Zwischen ihnen tobte ein schweigender Kampf. Doch es brachte sie nicht weiter. Keiner der beiden wollte nachgeben. Schon bald schien Kinesons Hand langsam zu seinem Revolver zu gleiten. Er legte die Finger um den perlmuttenen Griff, und sah dann auf auf Cains Hand. Was sein Fehler war. Cain hatte sich den Ruf als berüchtigter Revolverheld durch seine Geschwindigkeit, Treffsicherheit und, wie Christal inzwischen nur zu gut wußte, durch seine Fähigkeit, in den Augen des anderen zu lesen, erworben. So konnte er immer schneller ziehen. Kineson hatte unterdessen seinen Blick wieder zu Cains Gesicht erhoben, und er selbst schien zu wissen, daß er keine Chance haben würde. Vorsichtig trat er einen Schritt von ihr weg.

Christal konnte es kaum fassen. Die Bande war nach Kineson benannt. Cain war nur einer seiner Schergen, die die Entführung ausgeführt hatten. Doch sie war sich schon lange nicht mehr sicher, wer der eigentliche Anführer war. Nun entdeckte sie, daß selbst Kineson sich von Cain einschüchtern ließ.

Kineson wandte sich um und wies dann plötzlich auf sie. Seine weißen Haare und sein Schnurrbart traten im hellen Kontrast zu seiner vor Wut dunklen Gesichtsfarbe hervor. Er schnauzte Cain an: »Gut, dann nimm sie. Aber ich werde genau im Auge behalten, was du mit ihr machst. Sie ist eine Gefangene, vergiß das bloß nicht.« Er nickte zornig. »Los, mach schon. Mach sie zu deiner Frau. Aber tu es jetzt, oder tritt sie ab.«

Cains fantastische kalte Augen richteten sich auf sie. Kineson wollte seine Loyalität auf die Probe stellen. Er konnte sie vergewaltigen, und hätte bestanden. Oder er konnte sie verschonen und wäre erledigt. Christal spürte, wie ein Schauder über ihren Rücken lief. Cains Miene war verschlossen und zeigte keine Regung. Ihre Wahrnehmung spielte ihr Streiche ... denn für einen Bruchteil einer Sekunde wirkte er so, als bedauerte er, was er tun mußte, doch diese Empfindung, wenn sie überhaupt dagewesen war, verschwand, noch bevor er nach ihr griff.

Christal rannte los, stieß seine Hand weg, ein Schrei blieb ihr in der Kehle stecken. Die Angst verlieh ihr ungeahnte Kräfte, während sie den Kreis der Männer durchbrach und aus dem Lichtschein hinauslief. Cain hatte ihr befohlen, ihm zu gehorchen, damit er sie vor der Vergewaltigung durch die anderen Männer schützen konnte. Er hatte nicht erwähnt, wer sie davor schützen würde, von ihm vergewaltigt zu werden.

Sie hatte fast das rettende Dunkel des Waldes erreicht, als er sie erwischte. Mit einer heftigen, brutalen Bewegung zog er sie in seine Arme, dann preßte er seinen Mund auf ihren. Die Männer johlten und pfiffen, je mehr sie sich zu wehren versuchte. Ihre Fäuste donnerten auf seine Brust, aber sie hätte ebenso auf Granit herumhämmern können. Sie warf den Kopf nach links und rechts, um seinen schmerzenden Kuß zu vermeiden, doch sie hatte keine Chance. Seine Lippen lagen fest und unnachgiebig auf ihren, und sein unrasiertes Kinn kratzte auf ihrer zarten Haut, wann immer er sie damit berührte.

Dann stieß er seine Zunge in ihren Mund. Hätte

der Schock sie nicht einen Moment gelähmt, hätte sie ihn gewiß gebissen. Endlich gelang es ihr, ihren Kopf wegzudrehen und dieser Scheußlichkeit zu entgehen. Im schummrigen Feuerschein starrte sie voller Haß und Angst zu ihm auf.

In seinem Gesicht lag keine Gefühlsregung. Er würde sich nicht aufhalten lassen. Er hatte die Aufgabe zu erledigen, sie zu schänden und zu demütigen, um seine Loyalität zu der Bande zu beweisen. Er war entschlossen, es zu tun. Er wollte ihr ihre Würde und ihren Stolz entreißen, doch für ihn würde es nur ein paar Minuten Vergnügen bedeuten.

Und küßte sie wieder, und diesmal besaß sie die Geistesgegenwart, ihn zu beißen. Sie drückte die Zähne fest in seine vorstoßende Zunge. Fast gleichzeitig riß er den Kopf zurück, und sie sah Blut auf seiner Lippe. »Himmel«, murmelte er und starrte auf das Blut auf seiner Hand, mit der er sich über den Mund gefahren war. Das war die Sekunde, die sie brauchte. Sie rannte los. Doch Cains Hand schoß vor, um sie festzuhalten und zerriß die Schulter ihres Oberteils. Kleine schwarze Knöpfe sprangen ins Gras, und plötzlich bot sich den Männern ein Anblick von weißen, prallem Fleisch über dem spitzengesäumten Rand ihres Korsetts. Instinktiv bedeckte Christal ihre Brust mit den Händen. Ein fataler Fehler, denn sofort schlossen sich seine Arme wieder um sie. In seinen Augen leuchtete Triumph, aber seltsamerweise keine Befriedigung.

»Möge Gott Ihrer Seele gnädig sein, wenn Sie meine mißachten«, flüsterte sie bitter, bevor er sie mit einem Kuß zum Schweigen brachte. Er konnte sie mit seiner körperlichen Kraft unterwerfen, und er war entschlossen, es zu tun. Er zwang ihre Lippen auseinander, und sie schmeckte die salzige, metallische Essenz seines Blutes, nahm den animalischen Geruch wahr – der wilde Duft eines Leitwolfs, der sein Gebiet verteidigt. In ihrem Inneren stieß sie einen Schluchzer aus.

Sie bot all ihre Kräfte auf, um sich gegen ihn zu wehren, doch wie er bereits im Saloon bewiesen hatte, war sie kein ernsthafter Gegner für ihn. Bald schon schmerzten ihre Hände von den unnützen Schlägen, brannten ihre Lippen von den Versuchen, sich von ihm zu lösen. Langsam aber sicher schwand ihre Kraft, und sie mußte sich seinen Armen ergeben. Die Erkenntnis, daß sie verloren hatte, war entsetzlich. Er mußte sie nur noch auf den Boden legen, die Röcke über ihren Kopf schlagen, und sie vor all den Männern hier durch den offenen Schlitz ihrer langen Unterhosen vergewaltigen. Die Unschuld, die sie stets in ihrem Inneren beschützt und behütet hatte, würde ein für allemal vernichtet werden. Nach diesem Abend wäre das Mädchen, das sie einst gewesen war, für immer verschwunden. Ein anderes Mädchen, ein gedemütigtes, geschändetes Mädchen, würde den Platz einnehmen.

Ihre Knie gaben plötzlich nach, und seine Hände legten sich auf ihr Hinterteil, um sie zu stützen. Hinter ihr hörte sie das Johlen und Lachen der Männer, die Cains Sieg über sie bejubelten. Wie betäubt dachte sie, was für ein Ungeheuer er sein mußte, dies einer Frau anzutun. Sie spürte kaum noch seine Hände, die über ihre Brust strichen, bemerkte wie durch einen Nebel, daß er aufhörte, sie zu küssen und sie aus dem hellen Lichtkreis des Feuers herausführte. Jenseits des Feuerscheins stand ein baufälliger Verschlag, der jeden Moment zusammenzufallen schien. Er schubste sie dahinter, als bräuchte sein Schamgefühl Schutz und Privatsphäre.

Hinter diesem Verschlag konnte sie erst noch die Anfeuerungsrufe der Männer hören, dann wurde es still. Die Show war vorbei, nun wollten sie lauschen. Cain stieß sie zu Boden. Die vom heißen Sommer ausgetrockneten Piniennadeln knisterten unter ihren Röcken, doch der Boden war kalt, und ihr plötzliches Frösteln gab ihr neue Kraft. Wieder wand und wehrte sie sich, und der untere Teil ihres Ärmel zerriß. Die Bande schien das Geräusch von reißendem Stoff anzuregen, denn sie hörte Gemurmel und Gelächter. Schließlich fingen seine Hände ihre ein, und er preßte sie auf den nackten Boden. Dann schob er sich über sie.

Sie spürte sein schweres Gewicht auf ihrem zarten Körper. In Erwartung seines Angriffs atmete sie hart und stoßweise. Jeden Moment würde er anfangen, die Knöpfe seiner Jeans zu öffnen, und Christal versuchte verzweifelt, ihren Geist von ihrem Körper zu lösen, damit es nicht allzu unerträglich wurde.

»Schreien Sie«, hauchte er in ihr Ohr, während er sein Gewicht verlagerte und dabei grunzte.

Sie schloß ihre Augen und weigerte sich, ihm auch noch bei seinen perversen Wünschen zu Willen zu sein. Wenigstens konnte sie ihn in der Dunkelheit nicht sehen.

Er stöhnte und verlagerte wieder sein Gewicht. »Ich sagte, schreien Sie, stöhnen Sie. Wimmern Sie. Los doch«, flüsterte er. »Tun Sie es.«

Ihre Augen öffneten sich schlagartig. Sie konnte sein Gesicht nicht sehen, und nun verfluchte sie die Dunkelheit. Es schien fast unmöglich, aber sie hätte schwören können, daß da etwas in seiner Stimme lag. Wollte er ihr doch helfen?

Wieder schob er seinen Körper über sie, bis seine Beine nun zwischen ihren offenen Schenkeln lagen. Sie spürte die Härte seiner Männlichkeit, doch er hatte bisher weder seine Jeans geöffnet, noch ihre Röcke hochgezogen.

»Ich sagte, wimmer', verdammt nochmal«, grunzte er, wobei er die Piniennadeln heftig zum Rascheln brachte.

Sie wimmerte.

Sie hatte keine Mühe, überzeugend zu klingen, denn sie war durch und durch verängstigt und erschöpft. Das Geräusch klang wie das inständige Flehen um Gnade, und sie hörte die Männer spotten und witzeln. Ihre scheinbare Unterwerfung erregte sie.

»Weiter«, stöhnte er und stieß nun lautere Geräusche aus.

Endlich begriff sie, was er tat. Ein Schluchzer entrang sich ihrer Kehle. Dieser Schurke spielte Gott mit ihrem Leben, maßte sich an, über ihre Verdammung oder ihr Seelenheil zu bestimmen, und nun hatte er entschieden, sie zu verschonen. Er war nur ein Verbrecher, der ihr eine Schandtat ersparte, die er sonst ohne weiteres begehen würde, und dennoch empfand sie plötzlich ein überwältigendes Gefühl der Dankbarkeit, daß er sie überhaupt verschonte.

Er wurde lauter und klang nun drängender, animalischer. Sie begann zu weinen, unfähig, ihre verwirrten, widerstreitenden Gefühle zu beherrschen. Schließlich stieß er einen Laut aus, der aus den Tiefen seines Körpers zu kommen schien, und blieb dann auf ihr liegen, als wartete er, ob sie ein glaubwürdiges Schauspiel geboten hatten.

Das einziges Geräusch war jedoch ihr leises Weinen. Jenseits des brüchigen Verschlages schwiegen die Männer. Doch dann begannnen sie ihre Unterhaltung wieder, als hätten sie gar nicht hingehört.

Christal kam langsam wieder zu sich. Cains Körper lag schwer auf ihr. Ihr Rücken war eiskalt, doch ihre Brust fühlte sich durch seinen Berührung warm an. Cain atmete schwer. Sie waren sich so nah, daß sie das Hämmern seines Herzens spüren konnte.

»Warum-?« flüsterte sie, doch er berührte ihre Lippen, um sie zum Schweigen zu bringen.

Seine Worte kamen tief und kalt. »Wenn Sie etwas sagen, bin ich tot. Und Sie auch.«

Sie nickte, doch die Frage ging ihr nicht aus dem Kopf. Warum hatte er sie gerettet? Er hätte sie so leicht vergewaltigen können, aber er hatte den Männer nichts als ein Schauspiel geboten, um sie davon zu überzeugen. Er hatte ihr kein Haar gekrümmt. Auch wenn sie sich gegen den Gedanken auflehnte, überlegte sie plötzlich, ob er ihr nicht ein wenig ähnelte, ob hinter seiner eiskalten, harten Fassade nicht ein anderes Wesen versteckt sein mochte, ein Wesen, das in Freundlichkeit und Wärme herangewachsen war und das Mitgefühl und Gnade kannte. Ein Wesen, das vielleicht durch Unrecht dazu gezwungen worden war, sich zu verbergen und nur selten hervorzukommen.

Voller verwirrender Gefühle sah sie zu, wie er von ihr herabglitt. Immer noch rannen Tränen über ihre Wangen. Ihre Nerven waren überstrapaziert, was sie fühlte, konnte sie selbst nicht mehr ausmachen. Macaulay Cain war die Verkörperung des Teufels. Er hatte sie entführt und behandelte sie nur wenig besser als eine Sklavin. Doch als ihr Schicksal in seinen Händen lag, hatte er sie gerettet. Und nun erschien seine Barmherzigkeit fünfmal gnädiger, als sie wirklich war, denn niemand erwartete von einem Outlaw, überhaupt Barmherzigkeit zu zeigen.

Er setzte sich auf, und seine Finger verfingen sich in dem Riß an ihrer Schulter. Zögernd liebkoste er sie dort, nur ganz kurz ließ er seine Fingerspitzen über ihre Haut gleiten. Dann kniete er sich, zog sein Hemd aus der Hose und knöpfte die Jeans auf. Sie fröstelte, als sein Körper ihren nicht mehr wärmte. Dann zog er sie auf die Füße, und sie wischte sich die Tränen aus dem Gesicht.

Grimmig stieß er sie vor sich her, wie er es an diesem Tag schon so oft getan hatte. Sie traten ins Licht des Feuers zurück, sie verängstigt und verstört, er zufrieden und Herr der Lage, der langsam das Hemd in den Bund zurückstopfte und die Hose zuknöpfte. Die Bandenmitglieder betrachteten die beiden vergnügt. Kineson musterte Christals unordentliche Erscheinung und grinste schmierig. »Hier kommt die lustige Witwe.«

Alle lachten. Mit Ausnahme von Cain. Er warf ihr einen rätselhaften Blick zu und begann dann wieder, seine Waffen zu reinigen.

Sie setzte sich tief in Gedanken versunken ans Feuer. Die Männer begannen nun, sich in ihre Schlafdecken zu wickeln, und einer brachte die Teller zurück, die die Gefangenen oben im Saloon benutzt hatten. Dankbar, daß sie etwas bekam, mit dem sie sich beschäftigen konnte, sammelte sie die Blechnäpfe auf, die die Verbrecher überall hatten herumliegen lassen, streifte die Handschuhe ab, wobei sie darauf bedacht war, die Narbe in ihrer Handfläche zu verbergen, und begann, das Geschirr abzuwaschen. Als sie fertig war, zog sie die Handschuhe wieder an und setzte sich müde an einen Felsen gelehnt erneut ans Feuer.

Sie hatte den ganzen Tag noch nichts gegessen, und sie war erschöpft. Doch sie wollte weder essen noch schlafen. Die Angst hatte alle Sinne auf das gerichtet, was um sie herum geschah, nicht auf das, was in ihrem Inneren vorging.

Schließlich waren immer mehr Schnarchlaute zu hören, als einer nach dem anderen in Schlaf versank. Sie brauchte nicht hinzusehen, um zu wissen, daß Kineson sie von seiner Schlafstatt aus anstarrte – sie fühlte seinen Blick aus der Entfernung. Nach einer langen Weile wagte sie es schließlich, den Kopf zu ihm zu drehen, und war unglaublich erleichtert, daß auch er endlich eingeschlafen war. Eine kurzen Augenblick keimte die Hoffnung in ihr auf, daß vielleicht alle Männer einschlafen würden, so daß sie sich heimlich in die Wälder davonstehlen konnte, aber sie wußte, daß dies nur ein Traum war. Cain würde das zu verhindern wissen.

Sie sah zu, wie er seine Decke der Länge nach hinter dem Kamin ausrollte – am besten Platz im ganzen Lager. Sie war inzwischen nicht mehr erstaunt, daß die Gang ihm diesen Platz zugestand, wohl aber, daß einen solch abgehärteter Outlaw nach der Behaglichkeit des Kamins verlangte. Doch dann setzte ihr Herz einen Schlag aus, als ihr einfiel, daß er sich die Bequemlichkeit wünschte, weil er mit einer Frau dort schlafen wollte. Sie ließ ihren Blick nicht von ihm, während er sich bückte und die Lederriemen um seine Schenkel löste, die die Revolverhalfter fixierten. Dann öffnete er den Halftergürtel. Mit einer hielt er seine Waffen, die andere streckte er nach ihr aus.

Sie hätte es sich denken können. Die Bande betrachtete sie nun als seine Beute, und es war notwendig, sie um jeden Preis an der Flucht zu hindern. Dennoch wich sie zurück. und er mußte sie auf seine Decke niederzwingen. In unerwarteter Ritterlichkeit legte er sie an die Seite des Kamins. so daß sein Rükken der Kälte der Nacht ausgesetzt sein würde. Das Revolverhalfter legte er zwischen sie und schob es tiefer in Reichweite seiner Hände. Dann. ohne ein einziges Wort. zog er die Decke über seine Schultern und schloß die Augen.

Eine Stunde verstrich. während der sie auf die Rückseite des Kamines starrte. Ihr war warm. unglaublich herrlich warm. so warm. daß sie gegen den Schlaf ankämpfen mußte. Doch was sie wachhielt, war der Gedanke an Cains Revolver. die sich in ihre Hinterbacken drückten. Sie konnte nicht aufhören, daran zu denken. daß die Freiheit greifbar war, wenn sie die Waffen zu packen bekam.

Noch eine Stunde verstrich. Langsam und behutsam drehte sie sich auf die Seite. um Cain ins Gesicht zu sehen. Sein Atem ging gleichmäßig und tief. Millimeter für Millimeter glitt ihre Hand unter der Decke hinab, bis sie den glatten Griff seines Revolvers berührte. Ihr Herzschlag beschleunigte sich. als sie in der Ferne das Heulen eines Wolfes hörte. Ihre Finger tasteten sich an den Abzug heran. bis sie ihn spürte. Dann glitt ihre andere Hand hinunter und packte das Halfter. Sie zog an der Waffe. Und eine Hand schloß sich um ihre.

»Wenn Sie da unten etwas suchen. könnten Sie durchaus etwas finden. Mrs. Smith.«

Es war zu dunkel. um sein Gesicht zu erkennen. Sie stöhnte leise auf, als er ihr Handgelenk drückte. Ein kurzer Schmerz schoß durch ihren Arm. Sie ließ die Waffe los und versuchte. ihre Hand zurückzuziehen, doch er ließ sie nicht. Statt dessen preßte er sie zwischen seine Beine, bis sie seine Härte spürte. Sie schien ihre Hand zu verbrennen.

Christal schrie auf, und versuchte verzweifelt, ihre Hand zu befreien. Dieses Mal ließ er sie los und stieß sie von sich, um das Halfter an sich zu nehmen. Sie versuchte, unter der Decke hervorzukrabbeln, aber er packte sie und zog sie heftig zurück an seine Brust und schlang die Arme um sie. Sein Gewicht drückte sie vollkommen bewegungslos auf die Matte. Er hielt das Pistolenhalfter in der Hand und ihr direkt vors Gesicht, doch obwohl so nah, war es unerreichbar für sie.

Aus seiner Atmung konnte sie heraushören, daß er lange brauchte, um einzuschlafen. Unfähig sich zu bewegen, lag sie in seiner eisernen Umarmung, während seine harte Männlichkeit sich durch ihre Röcke in ihr zartes Fleisch brannte. Eine lange Zeit lagen sie so nebeneinander, als er, scheinbar unvermittelt, mit leiser, überraschend sanfter Stimme fragte: »Haben Sie ein Baby, daß Sie im Augenblick vermissen könnte?«

Sie bekam kaum ein Flüstern heraus. »Nein.«

Er stieß geräuschvoll den Atem aus, als wäre er erleichtert. Dann schlief er ein, wie er aufgewacht war, und wie die Gewohnheit es ihn gelehrt hatte – von einer Sekunde zur anderen.

In der Dunkelheit kamen die Gedanken an seine gespielte Vergewaltigung zurück. Ungebeten drängte sich ihr die Erinnerung an seine Bewegungen, sein Stöhnen und schließlich an den tiefen, animalischen Laut auf, der aus dem Innersten seiner Seele geströmt zu sein schien. Plötzlich empfand sie Dinge, die sie verzweifelt nicht empfinden wollte. Während sie unbeweglich in seiner eisenharten Umarmung lag, verfluchte sie ihn. Und der Schlaf ließ lange, lange auf sich warten.

Kapitel 4

»Beeilung, Mädchen. Gib mir noch eine Waffel«, sagte Kineson und wirkte, als hätte er sie am liebsten getreten, damit sie schneller reagierte.

Christal strich sich eine verklebte Haarsträhne aus dem Gesicht und warf ihm einen tödlichen Blick zu. Da sie aber keine Wahl hatte, ließ sie eine weitere Waffel aus der Pfanne auf einen Teller gleiten und ging damit zu ihm.

Der Morgen war kühl, aber Christal, die über der Hitze des Feuers gestanden hatte, bemerkte es kaum. Die Sonne brauchte in den Bergen Zeit, bis sie wärmte, und nun stand sie erst knapp über den Wipfeln der Espen. Im Westen war der Himmel tiefblau, aber in der engen Schlucht herrschte noch der Schatten vor. Sie hob ihren Blick zu dem felsigen Pfad, der zum Ort hinaufführte. Ganz oben konnte sie gerade das Dach des Saloons ausmachen. Vielleicht hatten die anderen Passagiere einen Fluchtplan erdacht, aber sie konnte sich nur daran beteiligen, wenn sie wußte, wie sie entkommen wollten, und so sehnte sie sich danach, mit einem der anderen Gefangenen zu reden. Ihr Blick wandte sich wieder ihren Entführern zu. Boone lungerte am Kamin herum und beobachtete sie mit seinen stumpfen, lüsternen Augen. Der älteste der Männer – sie kannte seinen Namen nicht – streckte und beugte seine Knie, während er im Lager umherlief, als würde er von Rheumatismus geplagt.

Drei Männer, Kineson eingeschlossen, saßen ums Feuer herum und aßen Waffeln. Wo die anderen waren, wußte sie nicht.

»Wieso ziehst du eigentlich nie deine Handschuhe aus, Mädchen?«

Sie reichte Kineson den Teller und ignorierte seine Frage. Doch als sie sich von ihm abwandte, ballte sie unwillkürlich die Hand mit der Narbe zur Faust. Die schwarzen Wollhandschuhe waren von Schweiß, Dreck und Fett starr geworden.

Plötzlich tauchte Cain auf. Sein Haar war zurückgekämmt, und die nassen Strähnen wirkten schwarz. Er war zwar nicht rasiert, hatte aber offenbar eine Art Morgentoilette am Wasserfall, der donnernd hinter dem Espenwäldchen herabstürzte, absolviert. Das war auf jeden Fall mehr, als die anderen Männer getan hatten. Wanzen und Flöhe, das Markenzeichen der Konföderierten, war auch ihr Markenzeichen. Ihr Geruch war abstoßend.

»Nehmen Sie ein paar von den Waffeln. Sie können Sie zum Saloon raufbringen«, sagte Cain. Kaum, daß sie von dem Gebäck genug auf den Teller geladen hatte, zog er sie schon am Arm mit sich und führte sie den Pfad hinauf.

Sie stolperte und schwankte, während sie mit Schrecken an den Tag dachte, der vor ihr lag. Ihre Fluchtversuche waren alle gescheitert. Es schien, als könnte sie nur noch auf Dienstag warten ... wenn dieser Dienstag denn jemals kam. Obwohl ein kleiner Teil, ein sehr kleiner Teil von ihr, Cain nach der letzten Nacht vertraute, so war er doch immer noch ein Outlaw und sie seine Gefangene. Sie brauchte verzweifelt eine Sicherheit, daß sie diese Zeit überleben würde. Wenn der Overland Express das Lösegeld zahlen würde, konnte sie unter Cains Schutz bis Dienstag durchhalten. Wenn irgend etwas schiefginge, mußte sie wissen, was auf sie zukommen konnte.

Es war schwierig, den Teller zu balancieren, während sie den Pfad hinaufkletterte. Immer wieder strauchelte sie und verlor einige Stücke des Gebäcks, bis er die Arme ausstreckte und sie stützte. Doch wenn sie wieder sicher auftreten konnte, schob sie jedesmal seine Hände fort, als hätte er eine anstekkende Krankheit. Seine Berührung schien eine Art Urinstinkt in ihr zu wecken und zwang sie, sich an den Morgen zu erinnern.

In der Dämmerung war sie erwacht, weil eisige Luft ihren Rücken auskühlte. Zitternd setzte sie sich auf und sah Cain, der sein Halfter um die Hüften schnallte und sie dabei anstarrte. Er senkte seinen Blick auf ihre aufgelösten Haare, und verschüchtert fuhr sie sich mit den Fingern durch die wilden Strähnen. Die meisten Nadeln waren herausgerutscht, als sie sich heftig gegen ihn gewehrt hatte. Als ob er ihre Gedanken lesen konnte, hatte er sich gebückt und einen Streifen Leder vom Saum seiner abgenutzten Chaps abgerissen. Er reichte es ihr mit einer seltsamen, überlegten Geste, und sie nahm es, wobei sie sich innerlich für die dumme Dankbarkeit verachtete, die sie empfand.

Und sie verachtete sich für das Rasen ihres Herzens unter seinem durchdringenden Blick.

Die Erinnerung an diesen Blick verwirrte sie selbst jetzt noch. Ihre Röcke verfingen sich an ihren Stiefeln, und sie stolperte. Der volle Teller flog ihr aus der Hand, als sie nach einem Ast griff, um zu verhindern, den steilen Pfad wieder hinunterzurutschen. Doch der spitze, dornige Ast verfing sich in ihrem Handschuh und riß ihre Handfläche auf. Christal stöhnte vor Schmerz auf.

Er fing sie auf und machte ihre Hand von dem Ast los. Gepreßt sagte er: »Ziehen Sie diesen verdammten Handschuh aus!«

»Die Waffeln«, rief sie, ohne auf ihre blutende Hand zu achten. Der Gedanke daran, wieder ins Lager zurückzukehren, um neue zu backen, war ihr zuwider.

Er blickte auf die verkohlten, wahrscheinlich ungenießbaren Waffeln, die auf dem Pfad verstreut lagen. Dann schüttelte er den Kopf. »Ein bißchen Dreck kann diese Katastrophe auch nicht schlimmer machen.«

In einer anderen Situation hätte sie sich beleidigt gefühlt, aber er hatte ja recht. Ihre Kochkünste waren äußerst bescheiden, und sie war froh darüber. Die Kineson Gang hatte es verdient, daß man sie vergiftete.

Sie beugte sich hinunter, um das Gebäck aufzusammeln und den Staub abzuschütteln. Doch er hielt sie zurück. »Ich sagte, Sie sollen die Handschuhe ausziehen.«

»Nein –« Sie hatte das Wort kaum ausgesprochen, als er sie schon auf ihre Füße zog und den Handschuh von ihrer linken Hand riß.

Sein Blick musterte ihre Hand, an der verdächtigerweise der Ehering fehlte, und bevor sie sich zurückhalten konnte, stammelte sie bereits eine Erklärung heraus: »Ich ... ich brauchte Geld, nachdem mein Mann gestorben war. Ich mußte den Ring verkaufen!«

Er musterte intensiv ihr Gesicht. Ihre Nervosität entging ihm nicht.

»Wie lange waren Sie verheiratet?«

»Zwei Jahre.« Die Lüge kam ihr leicht von den Lippen.

»Und er ist seit sechs Wochen tot?«

»Ja.«

Er sah wieder auf den Finger und rieb mit dem Daumen über die Stelle, wo er gesessen haben sollte. Seine Mundwinkel verzogen sich zu einem Grinsen, als freute er sich, daß sie in eine Falle getappt war. »Ich sehe keinen weißen Hautstreifen.«

Sie gab keine Antwort. Wenn sie ihm mehr gestand, wäre sie verloren.

Plötzlich griff er nach ihrer rechten Hand und zog auch den Handschuh ab.

Augenblicklich durchfuhr Christal ein Gefühl der Panik. Er durfte die Narbe nicht sehen. Die Plakate, mit denen nach ihr gesucht wurde, konnten durchaus vereinzelt auch hier im Westen hängen. Und wenn er jemals eins gesehen hatte, wußte er, daß eine hohe Belohnung auf sie ausgesetzt war.

Sie riß sich los, bereit, lieber zu kämpfen, als zu enthüllen, was der Handschuh verbergen sollte. Während sie mit ihm rang, schmierte sie ihm Blut über das Hemd, aber er kümmerte sich nicht darum. Dann hatte er ihre Hand wieder eingefangen und hielt sie in einem Griff wie ein Schraubstock. Er streifte ihn ganz ab und sah sich an, was sie so verzweifelt zu schützen versuchte.

Die Narbe nahm den größten Teil der Handinnenfläche ein. Es war der seltsam schöne, exakt eingebrannte Umriß einer Rose. Sie musterte seinen Gesichtsausdruck genau, während er das Mal betrachtete, und war erleichtert, nur Neugier, vielleicht ein wenig Überraschung, aber keinesfalls Wiedererkennen zu entdecken.

Er ließ ihre Hand wieder los. Langsam hob er seinen Blick zu ihren Augen. Es war offensichtlich, daß er ihr viele Fragen stellen wollte – aber auch, daß er wußte, sie würde ihm nicht antworten. Ohne ein Wort zu sagen, kniete Christal sich nieder und sammelte das verstreute Gebäck auf.

Sein Blick folgte jeder ihrer Bewegungen, als könnte dies ihre Gedanken offenbaren, ihre Vergangenheit verraten. Doch sie behielt seit vier Jahren Geheimnisse für sich, und sie würde dies jetzt nicht ändern. Während sie die schwärzlichen Waffeln aufsammelte und den Staub abblies, kehrte die qualvolle Erinnerung an die Tragödie zurück, die sie in ihrem Herzen verschlossen hatte.

Sie war dreizehn gewesen, als sich der Brand ereignete. Ihre Familie, die Van Alens, gehörte zu den exklusivsten und berühmtesten der Knickerbocker-Familien in Manhattan. Sie waren vermögend, doch nicht protzig, und lebten ruhig und unauffällig in ihrem alten Stadthaus am Washington Square. Wenn sie an ihr Leben damals zurückdachte, kam es ihr so unwirklich vor wie ein Theaterstück. Ihre Eltern hatten sich geliebt, und ihre Töchter, Christal und Alana, hatten ihre Eltern geliebt. Ihr Familienverband war voller Wärme und Freundlichkeit gewesen, und oft hatten sie den Ehemann der verstorbenen Tante in ihrem Haus willkommen geheißen, als wäre er von ihrem eigenen Blut gewesen. Für die jungen Mädchen war er in vieler Hinsicht eine einschüchternde Persönlichkeit. Mit seinem grauen Van-Dyke-Bart und seinen stechenden, hellen Augen mochte Christal ihn instinktiv nicht leiden. Aber er war auch ein Lebemann, und sie erinnerte sich daran, wie ihre Eltern oftmals über seine trockenen Erzählungen gelacht und seine Gesellschaft genossen hatten. Doch während Clarisse und John van Alen sich am ersterbenden abendlichen Feuer mit ihrem Schwager amüsierten, schmiedete Baldwin Didier finstere Pläne. Die Gerüchte besagten, daß das Van-Alen-Vermögen gewaltig war – Aktienpakete der alten Dutch West Indian Company, Anteile an der Knickerbocker und New-York Bank, Grundstücke, die sich von der Wall Street bis zum Harlem River erstreckten.

Und es gab nur sehr wenig Verwandte. Clarisses Schwester, Didiers Frau, war an einer Magenkrankheit gestorben.

Eines Nachts, kurz nachdem Christal dreizehn geworden war, wachte sie von dem beißenden Geruch von Qualm auf. Sie sprang aus dem Bett und folgte dem Rauch, der aus dem Schlafzimmern ihrer Eltern drang. Die Räume brannten lichterloh. Und Baldwin Didier stand über dem Bett gebeugt und starrte ihre Eltern nachdenklich an, die bewußtlos unter den brennenden Betthimmeln lagen.

Sie schrie auf. Didier floh. Sie betete, daß er die Feuerwehr holen würde, doch sie begriff schnell, daß er nicht die Absicht haben würde. Denn als sie durch den verqualmten Raum zu ihren Eltern taumelte, sah sie Blut und den goldenen Kerzenleuchter, der deutlich Spuren aufwies, daß er auf die Schädel ihrer Eltern geschlagen worden war.

Christal war sich sicher, daß dies der Moment war, in dem ihr Geist zusammengebrochen war. Sie hatte diesen schrecklichen Anblick nicht verkraften können, wollte sich unter keinen Umständen jemals wieder daran erinnern. Einerseits war dies ein gnädiges Vergessen – etwas, daß sie vor dem völligen Zusammenbruch schützte. Andererseits aber war es der Grund gewesen, warum sie schließlich in die Anstalt eingewiesen worden war. Ohne Erinnerung an das, was sie gesehen hatte, konnte sie keinerlei Beweise vorlegen, daß sie an der Tat unschuldig war. Und daß sie in dem Zimmer war, als der Brand sich ereignete, war ganz sicher. Man brauchte nur in ihre Hand zu sehen.

Die Einrichtung des Elternschlafzimmers war mit silbernen Türgriffen aus Paris ausgestattet gewesen, die die Form einer Rose besaßen. Sie war aus der exklusiven Anstalt geflohen, als ihre Erinnerung zurückgekehrt war, und inzwischen konnte Christal jede schreckliche Sekunde des Geschehens neu durchleben. Sie hatte instinktiv gespürt, daß sie ihren Eltern nicht mehr helfen konnte. Die Flammen wurden immer drohender, und so war sie zur Tür gelaufen, um ihnen zu entkommen. Doch Didier hatte sie von außen abgeschlossen. Wie ein gefangenes Tier hatte sie an den glühenden Türknöpfen gerüttelt, bis ihre Kräfte sie verließen und sich das Mal der Rose unleugbar in ihre Haut eingebrannt hatte. Sie wußte noch, daß sie in ihrem weißen Nachtkleid, das der Qualm grau eingefärbt hatte, auf die Knie gesunken war. Bis zu diesem Tag konnte sie nicht sagen, ob ihre Gebete oder etwas anderes sie gerettet hatten. Sie erinnerte sich nur noch daran, daß sie es irgendwie bis zu den Fenstern geschafft hatte, die zum Washington Square gingen. Sie hatte eins geöffnet und war auf den Sims hinausgeklettert. Zu ihrem Zimmer waren es nur weniger Meter gewesen, und so kletterte sie hinüber, ohne sich darum zu kümmern, daß sie gut sechs Meter auf die Straße hinunterstürzen konnte, während sie schrie, weinte und in der klaren Nacht nach Luft schnappte. Der Schock über das, was sie gesehen hatte, mußte einen Teil ihrer Empfindungen ausgeschaltet haben. Seltsamerweise konnte sie sich nicht erinnern, Schmerz in ihrer Hand gespürt zu haben. Doch es mußte so gewesen sein. denn sie hatte anschließend fast ein halbes Jahr Bandagen getragen.

Die Feuerwehrleute hatten sie in ihrem Schrank zusammengekauert gefunden. rußverschmiert von Kopf bis Fuß. ihre rechte Hand baumelte wie bei einer Marionette an ihrer Seite. Ihr Verstand weigerte sich wahrzunehmen, was sie erlebt hatte. und sie konnte auf die Fragen der Polizei nicht antworten. Das Feuer hatte so schrecklich gewütet. daß die Leichen ihrer Eltern bis zur Unkenntlichkeit verschmort waren. Es gab keine Beweise dafür. daß sie erschlagen worden waren, es gab keine Beweise für Didiers entsetzliches Verbrechen. Es gab nur die Form des Türgriffes. die sich auf ewig in ihre Hand gebrannt hatte. und ihre Amnesie, die ihr schließlich das Attribut des Wahnsinns einbrachte.

Die schreckliche Schuld hing über ihr. bis ihr Onkel Baldwin Erbarmen hatte und mit der Polizei handelte, so daß sie schließlich in das private. erstklassige Park View Asyl draußen in Brooklyn eingewiesen wurde. Es war natürlich kein Wunder. daß er so großzügig war. Das Vermögen ihrer Schwester Alana unterstand seiner Kontrolle. Christal saß als Irre in einer Anstalt, und Baldwin Didier hatte dadurch sozusagen das perfekte Verbrechen vollbracht – und eines seiner Opfer, sie, hatte ihm das Handwerkszeug dazu gegeben.

Jedes Mal, wenn sie daran dachte. daß er ungestraft davongekommen war. flammten Zorn und Haß in ihr auf. Ihr einziger Sinn zu leben und zu überleben lag darin, Didier zu entlarven. doch es war an ihr, und an ihr ganz allein, es zu vollbringen. Und es ging so langsam voran. Sie wollte keinesfalls Alanas Hilfe erbitten und damit vielleicht die einzige Person auf der Welt, die sie liebte, in Gefahr bringen. Noch immer sah sie Alanas Gesicht vor sich, wenn diese sie in Brooklyn besuchten. Alanas Gesicht, so bleich und schön wie das ihrer Mutter, aber dennoch ganz anders, Alanas Gesicht, voller Angst um sie und Entschlossenheit, sie zu rehabilitieren. Alana hatte niemals an die schrecklichen Anschuldigungen geglaubt. Sie hatte mit allem, was sie besaß, gekämpft, um Christal aus der Anstalt zu holen. Und obwohl sie es nicht geschafft hatte, war es Alanas Glaube an die Wahrheit, der Christal antrieb, wenn sie der Verzweiflung nah war. Und deswegen war die Liebe zu ihrer Schwester größer und tiefer, als die Liebe zu sich selbst.

Nun machte Cain eine unwillige Bewegung, daß sie weiterklettern sollte. Sie balancierte den Teller mit einer Hand, mit der anderen hob sie ihre Röcke an und ging dann weiter, während die Erinnerungen immer noch in ihrem Kopf nachhallten.

Ihr Gedächtnis war zurückgekehrt, als sie sechzehn war. Die Wärter der Anstalt hatten gedacht, nun wäre sie vollständig verrückt geworden, als sie plötzlich begann, vom Verbrechen ihres Onkels zu stammeln. Sie spritzten ihr Morphium, bis sie fast selbst glaubte, sie würde delirieren. Doch dann benahm sie sich eine Weile unauffällig, daß die Schwestern überzeugt waren, sie bräuchte keine Injektionen mehr. Und eines Morgens, es war nun drei Jahre her, zog sie eine gestohlene Schwesternuniform an und verließ das Asyl für immer. Ein Flüchtling.

Sie warf einen Blick über die Schulter auf Cain. Es war immer noch kein Aufblitzen von Erkennen in seinen Augen zu entdecken, nichts als ein Hauch von Neugier. Ohne den Handschuh, der die Narbe verdecken konnte, schloß sie die Finger über dem Mal zusammen. Jahrelang hatte sie sich inständig gewünscht, es würde nicht existieren, doch es war stets da, immer drohte es, sie für ein Verbrechen zu verraten, das sie nicht begangen hatte. Einmal hatte sie sogar schon daran gedacht, die Rose auszubrennen, aber als das Schüreisen schon rotglühend war, verließ sie schließlich der Mut, die Schmerzen aushalten zu können. Sie hatte das Eisen wieder ins Feuer gestoßen, und sich damit dazu verurteilt, ein Leben lang davonzulaufen.

Ihr Herzschlag verlangsamte sich nun wieder. Plötzlich fragte sie sich, wie sie solche Angst hatte empfinden können. Hier im Westen lebten doch nur Flüchtlinge. Sie warf wieder einen Blick auf Cain. Flüchtlinge – verschiedenster Art.

Oben im Ort stand einer der Männer Wache vor dem Saloon. Cain nickte ihm zu, und sie traten durch die Schwingtüren ein. Der Saloon war kaum wiederzuerkennen. Der Staub war an so vielen Stellen aufgewirbelt worden, daß sie nun sogar Holz entdecken konnte. Die Fußspuren auf der Treppe gaben den Eindruck, als wäre eine ganze Armee hinaufgetrampelt.

Sie stieg mit Cain hinauf und klopfte an die Tür. Zeke öffnete, seine Bullenpeitsche in der Hand, und Christal reichte ihm den Teller mit den Waffeln. Sie sah an ihm vorbei und zählte die Passagiere. Alle wirkten erschöpft. Mr. Glassie schwitzte schon, obwohl der Morgen noch kühl war. Die Hand des Predigers zitterte, als er nach dem Teller griff. Offenbar brauchte er dringend einen Whisky. Der Kutscher und Petes Vater schliefen mit den Köpfen an die schwäbige Wand gelehnt. Immer wenn sich einer bewegte, schreckte das Rasseln der Ketten sie wieder auf.

Ihr Blick traf Petes. Der Junge hatte sich in einer Ecke niedergelassen und wirkte verängstigt, aber dennoch trotzig. Seine Wangen färbten sich rot vor Zorn, als er ihr zerrissenes Oberteil sah. »Warum ist sie nicht hier bei uns?« wollte er wissen und verweigerte die Waffeln. Er versuchte, sich auf die Füße zu stellen, aber Boone, der ebenfalls im Raum war, stieß ihn wieder zu Boden.

»Sie ist jetzt Cains Frau, deswegen«, zischte Boone. Der Blick, den er ihr zuwarf, sagte Christal, daß Boone am vorherigen Abend unten am Feuer gewesen war.

»Ihr habt kein Recht-!« Pete begann, Cain zu verfluchen, aber Boone trat ihn in den Bauch.

Sofort bewegte sich Christal vorwärts, doch Cain packte sie um die Taille und hielt sie zurück. »Sie können dem Jungen nicht helfen«, sagte er ruppig.

»Tut ihm nichts, bitte!« schrie Christal.

Boone schien noch einmal treten zu wollen, doch Cain griff ein. »Laß ihn in Ruhe!« sagte er knapp, und Boone gehorchte. Das Mißfallen darüber, daß der Befehl indirekt von ihr kam, war ihm deutlich anzusehen. Doch selbst Boone hatte begriffen, daß man sich mit Cain besser nicht anlegte.

»Haben sie heute schon Wasser bekommen?« fragte Cain nun.

Boone schüttelte den Kopf.

»Dann hol was!«

Der andere Mann nickte.

Cain musterte die Passagiere. Zufrieden mit ihrem Zustand, packte er ihre Hand und zog sie hinaus, ohne sich um Petes zornigen Blick zu kümmern.

Sie stiegen wieder die Treppen hinab. Unfähig, die Frage zu unterdrücken, machte Christal einen Vorstoß. »Wie groß sind die Chancen, daß wir alle bis Dienstag überleben?«

Cain sah sie mit zusammengepreßten Lippen an. »Warum kümmern Sie sich nicht einfach nur darum, ob *Sie* es schaffen oder nicht?«

Ihr Blick hielt den seinen fest, und sie dachte an die vergangene Nacht, daran, wie er sie gerettet hatte. »Sie werden uns nicht sterben lassen«, flüsterte sie mit Überzeugung.

Er sah zur Seite. Dann wurden seinen Augen kalt und wanderten plötzlich ruhelos umher. »Ich gebe keine Garantien.«

Cain trieb seinen Appaloosa die Schienen entlang. Sie ritten langsam durch die Ebene, an einem zerfallenen Wasserturm vorbei, während die heiße Sonne auf ihre Rücken brannte. Er prägte sich die Spur ein, die Gleisführung, die Beschaffenheit des Landes. Instinktiv wußte Christal, daß dies die Stelle war, an der der Overland Express das Lohngeld herauswerfen sollte.

»Sind Sie derjenige, der das Geld holen soll?« fragte sie. Sie saß vor ihm auf dem nackten Rücken des Appaloosa und spürte seine Arme, die sich fest um sie schlossen. Nachdem sie den Saloon verlassen hatten, hatte er sie auf sein Pferd gesetzt, und sie waren schweigend in die Ebene hinausgeritten.

»Kineson wird auch dabeisein. Die anderen werden entweder hier im Gras lauern oder oben beim Saloon warten.«

Er zog am linken Zügel und das Pferd trabte über die Gleise. Christal klammerte sich an die Mähne, bis ihre Knöchel sich weiß abzeichneten. In seinen Armen zu reiten, ließ ihre Nerven vibrieren. Sie spürte jeden Muskel seiner breiten Brust, jeden Stoß seiner Hüften gegen ihren, wenn das Pferd trabte. Die Kraft seines Körpers war so viel größer als ihre eigene. Wenn sie entkommen wollte, dann würde sie es nur mit ihrem Verstand schaffen.

»Was wird geschehen, nachdem Sie und Kineson das Geld haben?« Sie fürchtete die Anwort auf ihre Frage, aber das Verbrechen, das die Gang plante, war so groß, daß sie sich des Gedankens nicht erwehren konnte, sie bräuchten garantiert keine Zeugen.

Cains Gesichtszüge verhärteten sich. Er hielt inne.

Mit ruhiger, fast gleichmütiger Stimme fragte sie: »Wollen die uns umbringen?« Als er nicht antwortete, setzte sie hinzu: »Ich sage *die*, weil –«

»Ich weiß, warum.«

»Wir sind doch bloß Passagiere in einer Kutsche gewesen. Was haben wir mit dieser Sache zu tun?«

»Sie sind das Mittel, um diese Sache durchzuführen. Kineson und ich kämpften in demselben Georgia Regiment, das bei Sharpsburg weggepustet worden ist. Terence Scott, der Besitzer von Overland, war der Kommandant des Unionsregiments, das uns aufgemischt hat.«

Cain war also aus Georgia. Christal speicherte diesen Bruchteil einer Information. Wer konnte wissen, ob sie ihn später einmal verwenden konnte? »Sie wollen es Mr. Scott also auf diese Weise heimzahlen? Indem ihr ihn bestehlt? Ihr Feiglinge!«

Sie wappnete sich gegen Cains Wut, aber dieser sagte nur: »Terence Scott ist ein verdammter Blaurock und Kineson ein Südstaatler. Daran kann man nichts ändern.« Bei diesen Worten fiel ihr wieder der leichte Akzent auf.

»Sie können wohl etwas tun«, sagte sie beharrlich.

Endlich war er doch wütend. Seine Stimme klang beißend, als er sagte: »Ich tue, was Kineson mir sagt. Sie sollten sich diese Tatsache einprägen, als würde Ihr Leben davon abhängen, Mrs. Smith, denn genau so ist es.«

»Sie tun nicht immer, was er Ihnen sagt.« Sie dachte wieder an den Abend zuvor. Er wollte gerade etwas erwidern, als sie schnell fortfuhr. »Wir könnten fliehen, Cain. Sie und ich könnten zum Camp Brown reiten und verraten, wo die anderen sind. Sie bekommen bestimmt eine Amnestie. Mr. Glassie, Pete ... sie werden so glücklich sein, daß sie bestimmt nicht auf eine Verurteilung bestehen werden.«

Er blickte sie mit eiskalten Augen an.

Sie konnte die Verzweiflung in ihrer Stimme nicht unterdrücken. »Sie *können* es. Der Mann von gestern abend, er wollte niemandem ein Haar krümmen. Sie haben sich mit einem üblen Haufen zusammengetan. Der Krieg ist vorbei, Cain, und Sie und Kineson, Sie werden ihn niemals wieder aufleben lassen.«

»Was wissen Sie schon von dem Krieg? Sie sind doch nur ein Yankeemädchen, das zu der Zeit wahrscheinlich zu jung war, um überhaupt etwas davon mitzubekommen.«

Sie keuchte erschreckt auf. »Woher ... woher wissen Sie, daß ich aus dem Norden komme?«

Er grinste. »Ihnen steht *Yankee* auf die Stirn geschrieben. Sie kleiden sich nicht zu protzig, doch Sie sind an Geld und schöne Dinge gewöhnt. Das sieht man an Ihrem Verhalten. Dauernd tragen Sie die Nase hoch. Ich kenne keine einzige Südstaatenfrau, die sich das noch leisten würde.«

Sie war schockiert, daß er soviel über sie wußte,

ohne daß sie ihm ein Wort gesagt hatte. Er wußte also, daß sie nicht zur richtigen Seite gehörte, und das machte ihre Bitte nur noch schwieriger. Dennoch – am Abend zuvor hatte er ihr geholfen, obwohl er wußte, daß sie eine Yankee war. Irgendwo in seinem Inneren steckte ein gutherziger Mann. Wenn sie diesen Mann finden konnte, war es ihr viellicht möglich, sie alle zu retten. »Wenn wir weglaufen, Cain, wenn wir flüchten, dann können wir Ihnen vielleicht helfen. Mr. Glassies Gesellschaft zeigt sich bestimmt erkenntlich, und« – sie dachte daran, wie Petes Vater gesagt hatte, sie wären endlich reich – »vielleicht bekommen wir Passagiere Geld zusammen, um Sie zu belohnen. Sie könnten zurück nach Georgia, nach Hause. Sie könnten ein neues Leben beginnen.«

»Ich habe kein Zuhause mehr. Sherman hat gründlich dafür gesorgt, als er sich über den Atlantik verpißt hat.«

Sie erbleichte. Sie verlor so schnell an Boden. Dieser Mann hatte nichts zu gewinnen, nichts zu verlieren. Sie kam nicht an ihn heran. Schließlich sagte sie: »Es muß doch etwas geben, daß Sie haben möchten.«

Er sah sie an und senkte seinen Blick auf ihr zerrissenes und schmutziges Oberteil. Sein Blick brannte sich förmlich in die zarte Haut über ihrem Busen. Er sagte kein einziges Wort. Aber es war auch nicht nötig.

Christal schwieg ebenfalls. Sie würde niemals mit ihrem Körper handeln. Die Ehre und der Stolz in ihrem Inneren waren etwas, mit dem sie leben würde – oder sterben.

Sein Blick hob sich wieder, und er sah den Trotz in ihren Augen. Er wandte sich ab. »Ich werde Sie nicht freilassen, egal, was Sie tun, egal, was Sie mir geben wollen.« Er ließ seine Augen über die weite Prärie schweifen. »Wenn ich mit Ihnen in die Stadt reiten würde, werden sie mich hängen, da gibt es keinen Zweifel.« Er zog das scharlachrote Tuch an seinem Hals etwas tiefer. Die Narbe entsetzte sie immer noch. »Ich werde keine zweite Chance bekommen, dem Henker zu entrinnen.«

Verzweifelt spielte sie ihre allerletzte Karte aus. »Wenn Sie mich nach Camp Brown bringen, erzähle ich kein Wort von Ihnen. Sie werden leicht entkommen können.«

»Nein.«

»Aber sehen Sie denn nicht, daß Kineson Sie haßt? Sie wollen Gold, aber was, wenn Kineson nicht vorhat, zu teilen?« Ein frustrierter Schluchzer blieb in ihrer Kehle stecken. »Ich werde Sie nie verraten, wenn Sie mich nach Camp Brown bringen. Retten Sie sich selbst. Der Mann gestern abend hatte ein gutes Herz ...«

»Vergessen Sie das endlich«, fauchte er. »Wenn Sie meinen, ich könnte die Pläne ändern, dann liegen Sie falsch. Was geschehen wird, wird geschehen. Wenn Sie mitarbeiten, dann kommen wir vielleicht alle lebend hier raus.«

Ihre Hoffnungen zerrannen wie Butter in der Sonne. Sie löste sich von ihm so weit wie möglich und starrte in die weite, grasbewachsene Prärie. Es gab nichts mehr zu sagen.

Wütend zog er an den Zügeln seines Pferdes, das anhielt. »Was geht Sie das überhaupt an, ob ich meinen Hals rette oder nicht? Sie haben doch genug Probleme, Ihren eigenen Arsch zu retten.«

Als sie nicht antwortete, schüttelte er sie. »Was kümmert es Sie eigentlich so sehr?«

Ihre Augen wandten sich langsam seinen zu. Sie war genauso wütend wie er. »Sie und ich sind uns ähnlich, Cain, das ist alles. Ich kann Sie verstehen. Wir sind beide wie Tiere gejagt worden. Ich habe es nicht verdient. Sie vielleicht auch nicht. Also beweisen Sie es. Bringen Sie mich nach Camp Brown.«

Sein Griff um ihre Taille wurde fester. »Ihr angeblicher Ehemann ... Ist er es, der Sie jagt, oder ...« Er brach den Satz ab, als er über all die Möglichkeiten nachdachte.

»Nun, weiter, denken Sie ruhig das Schlimmste. Das hat bisher noch jeder getan.« Sie brauchte nicht erst daran erinnert zu werden, wie wahr ihre Worte waren.

Er suchte ihre Augen, Augen die in der glühenden Sonne kristallblau waren. Langsam sagte er: »Nein ... Sie haben ihn nicht umgebracht. Sie würden diese Kleider nicht tragen, wenn Sie es getan hätten. Man betrauert keinen Mann, den man getötet hat.«

»Nein«, flüsterte sie und empfand wieder diese schreckliche Dankbarkeit. Sie war drei Jahre davongelaufen. Macaulay Cain war der erste Mensch, der sie für unschuldig hielt, weil keine Schuld bewiesen war.

»Wie war er?«

Eine einfache Frage, unmöglich zu beantworten. Er fragte nach ihrem Ehemann, aber sie wußte, er wollte alles wissen. Er wollte wissen, warum sie in der Overland Express-Kutsche gesessen hatte, was ihr Ziel gewesen war, warum sie keinen Ehering trug, warum sie keine Kinder hatte. Er wollte ihre Ehe, ihre Vergangenheit beurteilen und ihre Zukunft voraussagen. Wenn sie eine hatte.

Sie blickte in die unglaubliche Weite der Prärie, in

das intensive Blau des Himmels, der sich darüber erstreckte. Die Prärie schien sie zu ermahnen. Sie versprach Raum und Anonymität. Sie konnte diese Anonymität jetzt nicht aufgeben, obwohl etwas in ihrem Inneren sich wünschte, ihm zu vertrauen, ihm von ihrem Onkel zu erzählen, daß er nach ihr suchte, daß sie eines Verbrechens angeklagt war, die sie nicht begangen hatte. Vielleicht wollte sie ihm alles erzählen, damit er sah, daß sie sich ähnelten, daß sie es wert war, mit den anderen Passagieren gerettet zu werden.

Aber sie hatte Angst, sie könnte ihn niemals überzeugen, und dann hätte sie sich für nichts preisgegeben.

Sie holte tief Atem und sog die Weite um sich herum in sich auf. In New York hatte sie drei qualvolle Jahren in einer Anstalt verbracht, verwirrt, durcheinander und voller Angst, daß die Lügen, die ihr Onkel verbreitet hatte, vielleicht wahr wären. Dann war sie wie aus einem schlechten Traum aufgewacht und konnte sich an die Wahrheit erinnern. Sie hatte geglaubt, daß sie eines Tages Gerechtigkeit finden würde. Oder daß ihr Onkel *sie* finden würde. Weder das eine noch das andere war bisher geschehen. Sie mußte ihr Geheimnis also noch für sich behalten.

»Was hat dieser Schweinehund Ihnen angetan?« Er legte ihr einen schwieligen Finger an die Wange und drehte ihren Kopf zu sich, so daß sie ihn ansehen mußte.

Sein Blick verriet, daß ihre Augen ihn verwirrten. Die meisten Menschen empfanden so. In diesen Augen stand die Qual über einen furchtbaren und unerklärlichen Schicksalsschlag.

»Was macht das schon aus?« flüsterte sie. »Meine Vergangenheit gehört mir allein. Ich wollte Ihnen erklären, daß ich verstehen kann, warum Sie solch ein Leben führen. Auch ich habe Gründe für meins.«

»Ich bin ein Outlaw. Eine Frau wie Sie sollte nichts mit mir gemein haben.«

Der Vorwurf in seiner Stimme entging ihr nicht. »Was wissen Sie denn schon über Frauen wie mich?«

»Ich dachte, eine ganze Menge.«

Ihr Blick suchte den seinen. »Laufen Sie weg, Cain. Retten wir diese Männer in Falling Water, retten wir uns. Sie können fortlaufen und nie mehr zurückblicken. Und ich auch.«

Der leichte Wind der Prärie zerrte an seinen Haaren, die Sonne glitzerte in seinen Augen, die wie ein Stück winterlichen Himmels wirkten. Eine kurze Sekunde lang glaubte sie, sie wären verbunden, sie hatte eine Art Verständnis erreicht, wären wie zwei Kreaturen im Wald geworden, die sich trotz dem Mantel der Dunkelheit erkennen. Doch dieser Moment ging schnell vorbei. Cain gab seinem Pferd die Sporen. Sie ritten im wilden Galopp nach Falling Water zurück, als wäre ein Flächenbrand hinter ihnen her. Christal kehrte entmutigt ins Lager zurück. Macaulay Cain war nicht der Mann, den sie sich in ihrer Hoffnung vorgestellt hatte.

Kapitel 5

Es dämmerte schon, als sie das Lager erreichten. Cain fütterte und tränkte sein Pferd, bevor er Christal befreite, damit sie sich um das Essen kümmern konnte. Ihr Geist rebellierte bei dem Gedanken, eine Sklavin zu sein, aber sie wollte um jeden Preis überleben. Und sie hatte im Moment keine andere Wahl, als mehr schlecht als recht das Essen für ihre Kidnapper zuzubereiten.

Als sie in den Bohnen rührte, wurde ihr schlecht von der Hitze des Feuers. Der intensive Geruch ließ sie schwindeln, und mehr als einmal mußte sie sich setzen. Bis auf eine halbe Waffel hatte sie noch nichts gegessen, seit sie in der Gewalt der Männer war. Sie mußte unbedingt bei Kräften bleiben, aber wenn dieser Abend so wie der vergangene werden würde, war das Nahrungsangebot zu gering und kam zu spät. Sie sollte den Männer das Essen bringen, einen zweiten Topf vorbereiten, der nach oben zum Saloon gebracht wurde, dann erneut Wasser aufsetzen, um das ranzige Fett von den Blechschüsseln zu waschen. Am Abend zuvor hatte sie all dies getan, und als sie fertig war und essen konnte, war alles aufgegessen – bis auf die Reste, die die Männer übriggelassen hatten. Christal wollte lieber Hungers sterben, als die Bohnen zu essen, die Kineson verschmäht hatte.

Sie bediente die Männer, dann lehnte sie die Stirn an die Steine des Kamins und schloß die Augen. Cain nahm sich gerade ein zweites Mal von dem Essen, womit er den Topf leer machte. Auch diesen Abend würde für sie nichts übrigbleiben.

Sie ließ sich auf den Boden gleiten und versuchte, nicht an den nagenden Hunger zu denken. Jeder Muskel in ihrem Körper schmerzte vor Erschöpfung. Der Ritt auf Cains Appaloosa hatte ihr Hinterteil wundgerieben, vom Heben und Tragen der Eisentöpfe tat ihr der Rücken weh. Ohne Nahrung, die sie stärkte, konnte sie förmlich spüren, wie die Energie aus ihrem Körper und ihrer Seele schwand.

Cain stupste sie an der Schulter an, und sie öffnete

die Augen. Er hatte zu Ende gegessen, aber statt seinen Teller auf dem Boden stehenzulassen, bot er ihn ihr an. Halbvoll. Der Entführer, der sich um das Wohl der Geisel kümmert. Sie konnte seine Reste essen oder verhungern. Sie sah auf die Gabel, die Gabel, mit der er gegessen hatte. Die Gabel, die zwischen Zunge und Gaumen geglitten war. So, wie seine Zunge es bei ihr getan hatte, als er sie küßte.

Ihr Verstand befahl ihr, ihren Stolz zu wahren und sein Angebot zurückzuweisen, aber ihr Überlebensinstinkt überstimmte den Verstand. Sie nahm den Teller und aß. Und trotz aller Versuche, es zu unterdrükken, überkam sie wieder diese unsinnige Dankbarkeit, weil er ihr erspart hatte, von den Tellern dieser widerlichen Kerle zu essen.

Er wartete, bis sie alles abgewaschen hatte, und führte sie dann in die Wälder. Seitdem die Nacht angebrochen war, starrten die Männer sie an. In den Bergen kam die Dunkelheit früh und mit ihr die Kälte. Und wie Koyoten, die auf neue Beute warteten, beobachteten die Männer sie und leckten sich dabei die Lippen, als wäre sie eine Art Delikatesse, die sie unbedingt probieren wollten. So war sie wieder einmal fast dankbar, als Cain sie an der Hand packte und sie aus dem Feuerschein herausführte. Diesmal zog er sie nicht hinter den Verschlag, sondern führte sie tief in den Wald hinein, und ihr Herz hämmerte mit der aufkommenden Furcht, als die Männer am Feuer hinter ihnen her grölten und johlten.

Sie gingen bis zum Fuß des Wasserfalls, wo das Wasser in ein kleines Becken donnerte – ein betäubendes Geräusch, da es zu dunkel war, etwas zu sehen, woran man sich orientieren konnte. Cain führte sie zu einem Findling und bewegte sich geschmeidig und sicher wie eine Katze in der Nacht. Er kletterte hinauf, zog sie hoch, und so saßen sie eine lange Weile da, hörten dem Fluß zu, der von oben herabrauschte und beobachtete die wenigen Sterne, die durch das dichte Dach der Baumwipfel blinkten.

Es war eine seltsame Gemeinschaft. Sie saßen dort zusammen, weil er sie vergewaltigen sollte und sie aus irgendeinem Grund verschonte. Sie warteten auf diesem großen, dicken Stein die Zeit ab, die es brauche würde, die schreckliche Tat an ihr zu begehen, während Christal von Emotionen geplagt wurde, die zwischen Dankbarkeit und Haß hin und herpendelten, bis sie schließlich beide nicht mehr auseinanderhalten konnte. Cain schwieg und hielt seine Gefühle, wenn er überhaupt welche besaß, verschlossen und unantastbar.

Er umfaßte sie nur leicht mit einem Arm um die Taille, ohne sie wirklich zu berühren. Es war August – die Tage waren heiß und voller Mücken, die Nächte aber bitterkalt. Unwillkürlich schauderte sie zusammen und sehnte sich nach ihrer Stola, die in ihrer Tasche gepackt war, welche sie zuletzt festgeschnallt auf dem Dach der Overland Express-Kutsche gesehen hatte. Der Wald um sie herum schien in seiner erstarrten Stille besonders bedrohlich, und sie dachte angstvoll an die Wesen da draußen, Nachttiere, die sie vielleicht beobachteten, während sie sie nicht sahen.

»Ist es sicher, hier zu sein?« fragte sie sanft. Sie waren sich so nah, daß er sie trotz des donnernden Wassers hören würde. »Gibt es Bären hier draußen?«

»Bluten Sie?«

»Bluten?«

»Tragen Sie Lumpen zwischen Ihren Beinen? Haben Sie ihre monatliche Unpäßlichkeit?«

Eine kurze Sekunde dachte sie entsetzt, er wollte solche intimen Dinge von ihr wissen, weil er sie nun doch vergewaltigen würde. »W-warum fragen Sie?« stammelte sie.

Er antwortete knapp. »Weil Bären auf eine Meile Entfernung Blut wittern können. Es ist nur gefährlich, hier zu sitzen, wenn einer von uns blutet. Also?«

»Nein.« Sie war dankbar für die Dunkelheit, denn sie spürte, wie ihre Wangen erröteten. Miss Bulfinch, ihre geliebte Gouvernante aus vergangenen Tagen, würde sich in ihrem Grab umdrehen, wenn sie gewußt hätte, daß Christal mit diesem Outlaw ihre weibliche Natur besprechen mußte.

Cain schwieg, als würde er über etwas nachgrübeln. Er schien den ganzen Abend schon vor sich hingebrütet zu haben, und seine seltsame Laune verschaffte ihr Unbehagen. Sie rutschte nervös in seinem Arm herum, bis er schließlich fester zupackte und sie zwang stillzusitzen.

Schließlich begann er: »Ich frage mich die ganze Zeit ... was hat eine Frau wie Sie allein im Overland Express zu suchen? Wir hatten nicht erwartet, eine Frau in der Kutsche vorzufinden. Diese Sache war nicht vorgesehen. Wo sind Ihre Angehörigen? Wo ist Ihre Familie, Christal?«

Die Nennung ihres Vornamens ließ sie innehalten. Sie hatte ihre Antworten – die Lügen – bereits auf der Zunge gehabt – drei Jahre Übung hatten es ihr leicht gemacht, sie auszusprechen. Doch als sie hörte, wie diese rauhe, tiefe Stimme ihren Namen aussprach, empfand sie seine Fragen plötzlich als unerträglich persönlich. Und sie mußte feststellen, daß sie ihn nicht belügen wollte.

»Sie antworten mir nicht, Mädchen.«

»Ich will nicht über mich sprechen. Das habe ich schon gesagt.«

»Sie werden es müssen. Ich kann Sie dazu zwingen. Sagen Sie mir, wo Sie an jenem Tag hinfahren wollten. Und sagen Sie mir auch, warum.«

»Nein«, flüsterte sie und wappnete sich gegen seinen Zorn, der nun kommen mußte. Sie brauchte nicht lange zu warten.

Er packte ihre Arme. In seiner Stimme lag leise Anklage. »Sie laufen fort, nicht wahr?«

Sie antwortete nicht, und Cain wurde wütend. »Ich will wissen warum. Und vor wem Sie davonlaufen!«

Sie versteifte sich und wußte, daß er es spüren mußte, denn er hatte sie mit dem Rücken fest an seine Brust gezogen. »Sagen Sie es mir«, sagte er, und sie spürte seine heißen Atem an ihrer Wange.

Wieder empfand sie dieses seltsame Bedürfnis, ihm zu vertrauen. Sie hatten so viel gemein. Sein Zuhause war zerstört worden wie ihres. Er war auf der Flucht, sie war es auch. Er hatte den Strick um seinen Hals gespürt, während sie in ihren Alpträumen jedesmal für den Tod ihrer Eltern, für Didiers Verbrechen, am Galgen geendet hatte. Aber war dies alles genug, um ihm vertrauen zu können? Sie konnte nicht sicher sein.

»Was kümmert es Sie, warum ich in der Kutsche war?« flüsterte sie. »Nach diesem Dienstag werden wir uns nie wieder sehen. Was soll es Ihnen also bringen?« *Und wenn das Lösegeld kommt, wirst du vor dem Marshal davonlaufen. Es würde mich nicht wundern, wenn er dich abknallt, bevor du noch Falling Water verlassen hast.* Der Gedanke ließ ihr Herz aussetzen. Aus irgendeinem merkwürdigen Grund konnte sie es nicht ertragen, an seinen Tod zu denken. Es gab eine Art Verwandtschaft zwischen ihnen, und unter anderen Umständen hätte dies vielleicht zu mehr führen können. Sie glaubte fest daran, daß er in seinem Inneren ein anderer, ein guter Mensch war, der sich durch sein gewaltsames, rauhes Äußeres schützte. Er hatte ihr bisher nicht wirklich etwas angetan, bis auf die Tatsache, daß er sie gefangenhielt, und dennoch beschützte er sie dabei, setzte sich selbst deswegen sogar Gefahren aus.

Sie spürte seine Wärme an ihrem Rücken, spürte sein Herz im Takt mit dem Rauschen des Wassers schlagen. Sie versuchte, das Bild von ihm blutend zu ihren Füßen zu verdrängen, er, tödlich verwundet durch den Marshal, der die Geiseln rettete. Doch es ging nicht, und seltsame Trauer erfaßte sie.

»Gehen wir«, sagte er und schob sich von dem Fels, und während sie ihm folgte, konnte sie nur noch an den Moment denken, in dem die Hand, die so warm um ihre lag, auf einmal kalt werden würde.

»Gib mir den Spiegel«, knurrte Boone Jake an.

Cain und Christal waren gerade vom Wasserfall zurückgekommen und beobachteten die Szene, die sich vor ihren Augen abspielte. Christal war froh, daß es einen Kampf geben würde. Sie haßte die beiden Männer – Boone wegen seines dumpfen Glotzens, Jake um sein schmieriges Grinsen. Außerdem lenkte die schwelende Feindseligkeit zwischen den beiden von ihr ab. Sie konnte die Blicke der Männer nicht ertragen. Am wenigsten nun, da sie aus dem Wald zurückgekehrt waren. Ihr Schamgefühl allein bei dem Gedanken an das, was die Kerle dachten, reichte bereits aus.

Die Spannung stieg, als Boone und Jake sich im

Licht des Feuers umkreisten. Boone griff einmal, zweimal nach dem Spiegel, dann trat er Jake ohne Warnung kräftig in die Eingeweide. Ein Handgemenge entstand, und Jake stürzte mit fliegenden Fäusten auf Boone zu. Zeke versuchte, die beiden Männer zu trennen, doch dann bekam auch er einen heftigen Kinnhaken ab und prügelte sich lieber mit, als die beiden Streithähne zum Einlenken zu bewegen. Ein richtiggehender Krieg wollte entbrennen, als Cain in den Lichtkreis trat.

Die Männer hielten augenblicklich inne. Es war deutlich zu sehen, daß sie befürchteten, seinen Zorn erregt zu haben. Cain warf ihnen nacheinander einen verächtlichen Blick zu, dann setzte er sich schweigend ans Feuer. Die unausgesprochenen Drohung allein brachte die Männer dazu, die Fäuste zu senken. Streitsüchtig folgten sie Cain mit den Augen, als wären sie Kinder – allerdings gefährliche Kinder – die soeben von ihrem Lehrer zurechtgewiesen worden waren. Sie trennten sich. Jake knurrte und murmelte etwas und warf den Spiegel auf einen Haufen Kleider.

Christal starrte den Stoffhaufen an, der ihr plötzlich so vertraut vorkam. In der plötzlichen Erkenntnis, daß die Männer sich wegen ihrer Habseligkeiten gestritten hatten, rannte sie zu dem Stapel hin und durchwühlte aufgebracht ihre Sachen. Der Gedanke, daß diese Schufte ihren einzigen Besitz mit ihren schmutzigen Fingern berührt hatten, ekelte sie an. Doch bevor sie die Sachen aufgesammelt hatte, machte Kineson, der gerade den Pfad vom Saloon herunterkam, sich bemerkbar.

»Geh weg da, Mädchen. Das Zeugs gehört jetzt uns«, sagte er mit einem häßlichen Grinsen.

»Aber das sind meine Sachen! Ihr habt sie aus meiner Tasche genommen!« fauchte sie voller Zorn. Sie umklammerte ihr einziges Kleid zum Wechseln – ein blaues, verblichenes, Kalikokleid – und fuhr wütend fort: »Ihr bekommt genug Geld von der Overland Gesellschaft. Ihr habt es nicht nötig, meine wenigen Sachen zu verscherbeln.«

»Wenn wir einen Penny dafür kriegen, dann nehmen wir den auch!« Kineson trat zu ihr und nahm ihr das Kleid aus der Hand. Sie zerrte daran, und sie begannen eine Art Tauziehen. Plötzlich ließ Kineson los – sie taumelte zurück und fiel fast in Cains Arme.

»Habt ihr die anderen schon ausgezogen?« fragte Cain, ohne auf sie zu achten.

Kineson grinste. Er warf einen Blick hinter sich, wo zwei Männer mit Kleidern beladen den Pfad hinunterkamen. Ganz oben auf einem Stapel war Mr. Glassies grüngrauer Anzug zu erkennen.

»Die haben nur noch ihre Hemdhosen an.« Kineson lachte. »In der Jacke des Alten war richtig viel Gold. Oh, Mann, er fauchte und spuckte, als wir's gefunden haben!«

Christals Herz wurde schwer. Sie hatten das Geld von Petes Vater genommen. Eines jeden Zukunft schien in Falling Water ein schnelles Ende zu finden.

»Zieh deine Unterröcke aus, Mädel«, sagte Kineson nun und wandte sich wieder ihr zu. »Wir brauchen die auch. Frauenzeug bringt hier draußen 'ne Menge mehr als Männerklamotten.«

»Das tue ich nicht!« zischte sie. Sie hatte mehr als nur ihr Schamgefühl zu verlieren, wenn sie ihm ihre Röcke gab. Sie schwor sich, sie zu behalten.

»Ich sagte, du sollst sie ausziehen.«

»Nein«, sagte sie und sah ihn drohend an.

»Ausziehen«, sagte Cain hinter ihr.

Sie wirbelte herum und sah ihn an. Er verriet sie. Sie hatte dummerweise geglaubt, er würde sie verteidigen. Aber natürlich – das war zuviel verlangt. Er war nur ein Outlaw. Sie verfluchte ihn im stillen und wandte sich langsam wieder zu Kineson um. »Meine Kleider gehören mir, und ich werde sie behalten. Komm ja nicht näher.«

Kineson lachte nur. In Sekundenschnelle hatte er sie gegriffen und reichte mit einer Hand unter ihren Rock, um die Unterröcke hinunterzureißen. Empört schrie sie auf, aber bevor sie Kineson abschütteln konnte, hatte er ihre drei Petticoats schon in der Hand. Aus jedem fielen Goldstücke in den Staub.

»Was haben wir denn da?« sagte Kineson und hob die Münzen auf. Sieben war also doch eine Unglückszahl. Drei Jahre hatte sie geschuftet, um sieben Zehndollargoldstücke zu sparen. Manchmal hatte sie sogar auf Essen verzichtet, nur um ihre Ersparnisse zu vergrößern, denn was sie antrieb, war weit stärker als Hunger: Es war Rache. Sie wollte ihre Ehre wieder hergestellt und ihren Onkel für schuldig befunden sehen, doch sie brauchte Geld, um das zu erreichen. Endlich hatte sie etwas gespart – nur um ihre sieben Goldstücke, die sie sorgfältig in den Saum ihrer Unterröcke eingenäht hatte, den Outlaws wie wertlose Spieljetons vor die Füße kullern zu sehen.

Verzweifelt und ohne darüber nachzudenken, rannte sie auf Kineson los, wild entschlossen um ihr Habe zu kämpfen. Doch Cain hielt sie zurück. Empört, daß er sie im Stich ließ, holte sie bereits aus, um ihn zu schlagen, doch er bedachte sie mit einem Blick, der ihr das Blut in den Adern gefrieren ließ.

Natürlich – wenn sie ihn schlug, wäre er gezwungen, vor Kineson seine Überlegenheit zu demonstrieren. Er wäre gezwungen, sie zurückzuschlagen – und das würde nicht sanft sein. Christal versuchte, Tränen und Zorn zu unterdrücken, und senkte die erhobene Hand. »Das ist alles, was ich auf dieser Welt besitze. Sieben Goldstücke. Bitte, sie dürfen mir sie nicht nehmen«, flüsterte sie und war stolz, daß man ihr die Tränen nicht anhören konnte.

»Ich weiß«, war alles, was Cain antwortete. Kineson lachte und warf eine Münze in die Luft, um sie zu verspotten. Cain bedeutete ihr mit einem Kopfnikken, daß sie zum Feuer zurückgehen sollte. Christal starrte ihn einen Moment an und flehte ihn schweigend um ihr Gold an. Doch dann hob sie trotzig ihr Kinn und drehte sich um. Er sollte nicht sehen, wie erschüttert sie war. Er sollte die Tränen nicht sehen, die nun schließlich doch ihren Blick trübten.

Eine Stunde verstrich, dann legten sich die Männer zum Schlafen nieder. Kineson schnarchte bald am Rand des Lichtscheins. Christal beobachtete ihn und dachte sich aus, wie riesige Wölfe in das Lager eindringen und ihn mit sich ziehen würden. Wahrscheinlich wäre sie selbst müde und schläfrig gewesen, wenn die Anspannung des Tages nicht verhindert hätte, daß sie zur Ruhe kam. Nun hatte sie kein Geld mehr, nicht einen Penny. Sie würde wieder ganz von vorne beginnen müssen. Dieser Gedanke deprimierte sie mehr als alles andere. Sie wußte sehr gut, daß sie froh sein mußte, wenn sie bis Mittwoch überlebte, um überhaupt eine Chance zu haben, wieder neu zu beginnen. Aber in diesem Augenblick, mit nur diesem düsteren, wortkargen Outlaw als Beschützer, konnte sie ohnehin nicht viel Optimismus empfinden. Cains Schutz war außerdem anscheinend eine zweischneidige Sache. Er hätte ihr Geld für sie retten können. Sie wußte, daß er es leicht hätte tun können. Die Bandenmitglieder hasteten zur Seite wie Wiesel im Tageslicht, wenn Cain vorbeiging. Er hatte bewiesen, daß er Kineson als Anführer ablösen konnte – was wiederum Kinesons größte Angst zu sein schien. Und dennoch fügte sich Cain seinen Anweisungen. Und warum? Weil er wie alle anderen mit dieser Bande verwachsen war.

Ihr Blick wanderte zu Cain. Entsetzt stellte sie fest, daß er sie anstarrte. Im sterbenden Feuerschein waren seine Augen plötzlich nicht mehr ganz so kalt, sein Gesicht wirkte ein wenig weicher. Sein Gesicht trug einen seltsamen angespannten Ausdruck, so, als wollte er sie nicht ansehen, könnte es aber aus irgendeinem Grunde nicht verhindern. Sie sah ihm in die Augen und hielt seinem Blick stand. Sie faszinierte ihn, was auch immer der Grund dafür sein mochte. Ihre Vergangenheit, die einen Gesetzlosen sicher nicht interessieren sollte, reizte ihn. Sie wußte es aus der Art, wie er sie hatte ausfragen wollen, nun sagte sein Blick ihr dasselbe. Es wäre ein Spiel mit dem Feuer gewesen, sich auf einen Mann wie Cain einzulassen, das war ihr klar. Aber wenn sie sein Vertrauen gewinnen konnte, wenn sie einen Riß in seinem Panzer fand, dann konnte sie ihn vielleicht überzeugen, auf ihre Seite überzuwechseln und ihr wirklich zu helfen.

Sie senkte den Blick und sah, daß er einmal mehr seine Waffe polierte. Seine Energie, was das betraf, schien unerschöpflich zu sein. Als wollte er stets für die große Schlußszene bereit sein. Christal fragte sich, ob das die anderen Verbrecher nervös machte.

Sie ging zu ihm und versuchte, ihn in eine Unterhaltung zu verwickeln. »Das müssen ja wirklich außergewöhnliche Waffen sein, da Sie ihnen soviel Aufmerksamkeit widmen.«

»Sie sind nichts, was nicht Millionen anderer Männer auch besitzen.« Wie gewöhnlich kam seine Antwort knapp und unfreundlich. Er senkte seinen Blick wieder auf die Waffen und war unnahbarer und einschüchternder denn je.

»Das heißt, sie waren Konföderierteneigentum, nicht wahr?«

»Ja.« Er knickte einen Lauf ab und sah hinein.

»Sie pflegen sie sehr gut. Ich nehme an, Sie tragen sie seit dem Krieg. Offensichtlich hüten Sie sie wie einen Schatz.«

Er warf ihr einen Blick zu, während Verachtung seine Lippen verzog. »Hier draußen hütet ein Mann seine Waffe nicht, er ist ihr Sklave, Mrs. Smith. Ich bin vielleicht nur ein unterwürfigerer als die anderen.« Er ließ den Revolver wieder zuschnappen. »Im übrigen sind die Yankeewaffen, Remingtons, besser als unsere.«

»Warum haben Sie dann keine Remington?«

Wieder sah sie die Verachtung in seinem Blick. »Wozu? Ein toter Mann merkt den Unterschied ohnehin nicht.«

Sie schwieg, da ihr nichts einfiel, was sie auf diese unleugbare Tatsache hätte erwidern können. Nach einer langen Pause sagte er: »Wofür haben Sie das Geld gespart?« Er sah sie dabei nicht an, sondern fuhr fort, seinen Revolver zu polieren und zu ölen, als wäre sie gar nicht da. Doch sie wußte, daß er wieder zu ihr aufsehen würde, wenn sie ihm keine Antwort gab. Und der bedrohende Blick seiner eisgrauen Augen reichte aus.

»Ich war eine Lehrerin, die auf ein Haus gespart hat.«

»Aha«, bemerkte er, ohne seinen Unglauben zu verbergen.

»Es gehörte meinem Mann.«

»Nein.« Nun sah er sie wieder an. »Sie besaßen all das Gold und haben dennoch Ihren Ehering verkauft?« Er lächelte plötzlich, und Christal jagte ein Schauder den Rücken hinunter. Er hatte sie bei einer Lüge ertappt, und sie konnte sich nicht mehr herauswinden. Also sagte sie nichts. Schweigen war besser, als schwache Ausreden zusammenstammeln.

»Sie haßten ihn, nicht wahr?« fragte er in einem seltsamen Tonfall.

Nun mochte sie ihn nicht ansehen. »Stellen Sie mir keine Fragen über meine Vergangenheit, wenn Sie mir nicht helfen wollen.«

Er warf einen Blick zu den schlafenden Männern hinüber. Das Schnarchen ertönte im Einklang mit dem klagenden Ruf einer Eule. Dann sah er sie wieder an, und ihre Blicke hielten einander fest. Er schien etwas sagen zu wollen, aber offenbar konnte er es nicht. Wieder blickte er zu den Männern hin. Sie fragte sich, ob er glaubte, der eine oder andere würde vielleicht nicht wirklich schlafen und ihrem Gespräch lauschen. Sie wollte ihn fragen, doch schon war dieser Augenblick des seltsamen Einvernehmens vorbei. Er schob seine Waffen in das Halfter zurück und rollte seine Decke aus. Dann zwang er sie auf der anderen Seite des Kamins darauf nieder.

Bebend wartete sie, daß er sich zu ihr legte und fürchtete seinen Zorn, der vielleicht kommen würde. Doch er berührte sie nicht einmal. Statt dessen setzte er sich mit dem Rücken an den warmen Kamin gelehnt und grub eine Mundharmonika aus seiner Satteltasche aus. Er begann, »Tom Dooley« anzustimmen, und einer der Männer – sie glaubte, daß es Kineson war – rief plötzlich: »Cain, du bist vielleicht ein Kerl. Spielst die Mundharmonika. Mann, wenn das mein Weib wäre, würde ich nur noch mit ihr spielen!«

Das Gelächter der Männer drang zu ihr herüber. Christal fröstelte. Cain begann zu singen. *Hang yo' head, Tom Doolah, Hang yo' head and cry, You killed Laurie Foster and now you're gonna die.* Die Worte brannten sich in ihren Kopf. *Now you're gonna die – nun mußt du sterben.*

Kapitel 6

Der Sonntag brach mit einer Verschlechterung an. Über Nacht hatte eine winterlicher Kälte die Luft durchdrungen und weißer, frostiger Reif bedeckte alles – auch die Decke, unter der sie schliefen. Christal graute es davor, die Wärme von Cains Körper zu verlassen, doch die Morgendämmerung kam und färbte die schroffen Felswände am entgegensetzten Ende der Schlucht, lange bevor die Dunkelheit wirklich wich und die Sonne über die Gipfel lugte. Dies war eins der seltsamen Dinge, an die man sich in den Bergen gewöhnen mußte: Die Dämmerung war zuerst im Westen zu sehen.

Obwohl er in ihrem Rücken lag und sie ihn nicht sehen konnte, wußte Christal doch, daß Cain wach war. Er bewegte sich nicht, als ob auch er zögerte, die Wärme der Decken zu verlassen. Nun waren nur noch zwei Tage zu überstehen, bis das Lösegeld gezahlt werden sollte. Noch zwei Tage in der Hölle der Gefangenschaft durch die Kineson Gang, zwei Tage voller widersprüchlicher Gefühle für diesen Mann, der sie unter den warmen, bereiften Decken festhielt. Wie es ausgehen würde, war nicht vorauszusehen. Christal stellte sich die verschiedensten Situationen vor, doch einer Sache war sie sich sicher: Cain würde nicht zulassen, daß man ihr etwas tat. Er hatte sie zu oft in Schutz genommen, hatte zu viele Risiken in Kauf genommen, um Kineson und den anderen Männern zu erlauben, sie wie ein Lamm abzuschlachten, wenn sie erst einmal das Lösegeld hatten. Sie wünschte nur, sie hätte auch so zuversichtlich sein können, was Mr. Glassie, Pete und die anderen Mitreisenden anging. Ihre Zukunft war verschwommen und unsicher. Aber war ihre denn wirklich besser und sicherer? Schließlich hing ihr Schicksal nicht wirklich von Cain ab. Er konnte nicht alles kontrollieren. In Wirklichkeit war auch er ein Gefangener – ein Gefangener des Verbrechens, an dem er beteiligt war wie die anderen.

Ein schwaches Licht schimmerte über die östlichen Gipfel, kaum kräftig genug, den Frost zu schmelzen. Cain bewegte sich, und sie wartete auf den Zug der kalten Luft, wenn er die Decken zur Seite stieß. Doch die Kälte kam nicht. Neugierig, was er wohl tun mochte, rollte sie sich herum und begegnete seinem Blick nur Zentimeter von ihrem Gesicht entfernt. Er lag immer noch auf seiner Seite, hielt mit einer Hand einen der Revolver fest, während der andere unter seinem dunklen Schopf steckte.

Er war so nah, daß der Hauch seines Atems ihre Wangen wärmte. Und sie war gefangen wie ein Vogel im Netz, als sie endlich erkannte, was die Kälte seiner Augen ausmachte, wie die Farbe seiner Iris in eisblaue Splitter um die Pupillen herum zerbrach, was den Effekt schuf, daß seinen Augen jegliche Wärme fehlte, sie gleichzeitig jedoch unendlich anziehender wirken ließ. Und somit gefährlicher war.

Sie senkte den Blick, verwirrt durch den Anflug plötzlichen Verlangens. Die geringe Distanz zwischen ihnen konnte schon durch einen Hauch eines Seufzers überbrückt werden, konnte ihre Lippen zusammenführen und sie zu einem bebenden Kuß verführen. Und daß er sie küssen wollte, sagte ihr ihr weiblicher Instinkt. Sie wußte, daß der Gedanke an einen Kuß seine Gedanken genauso erfüllten wie die ihren.

Sie sah auf seine Kehle, wo die furchtbare Narbe oberhalb des roten Halstuches zu sehen war. Sie wollte es nicht empfinden, doch der erotische Rhythmus seiner pulsierenden Halsschlagader machte sie nervös. Sie ließ ihren Blick noch ein Stück tiefer gleiten, erlaubte sich diesmal jedoch nicht, daß das Heben und Senken seines Brustkorbs wieder eine andere Saite in ihrem Körper anschlug.

Unter dem Kragen seines Hemdes konnte sie ein weißes wollenes Unterhemd erkennen, das eine Wäsche bitter nötig hatte. Eigentlich hätte er stinken müssen, aber er tat es nicht. Ob er nun wirklich reinlicher war als die anderen Männer, oder ob sie sich bloß schon an seine Nähe gewöhnt hatte, daß sie die Fähigkeit, ihn zu riechen, verloren hatte, vermochte sie nicht zu sagen. Alles, was sie wußte, war, daß die obersten Schichten seines Geruches fort waren, und sie nun vor allem seine Essenz wahrnehmen konnte, ein Geruch, der wie der eines Pferdes war – natürlich, animalisch, hitzig. Vom ästhetischen Standpunkt aus betrachtet, wäre er nach einem Bad gewiß anziehender – ihnen *beiden* hätte es gut getan. Sie konnte sich nicht erinnern, wann sie zum letzten Mal in heißes Wasser getaucht war oder auch nur ihr Haar gekämmt hatte. Doch hier war nun die seltsame, fast unheimliche Macht dieses Outlaws. Er ließ alles so elementar erscheinen. Das Unwichtige wurde durch seine Präsenz überlagert. Er war gefährlich, rücksichtslos und bot Schutz im gleichen Atemzug. Und vielleicht gerade, weil die Umstände so verzwickt waren, gab es Momente, in denen er ihr ganzes Sein auf die Tatsache reduzieren konnte, daß sie beide schlichtweg menschliche Wesen waren, einzigartig männlich und weiblich. Und was sie dabei am meisten erschreckte ... es schien auch fast genug zu sein.

Seine Hand glitt unter ihr Kinn, und sie stöhnte. Er würde sie küssen, und – entsetzlich genug – auch sie wollte es. Er hob ihr Kinn und ihre Blicke trafen sich wieder. Sie sehnte sich nach dem Gefühl seiner rauhen Lippen auf ihrer zarten Haut. Sie empfand dieses Bedürfnis als krank, sündig und vollkommen verrückt, aber sie verspürte es, und ihr Verlangen erstickte sie fast.

»Was denken Sie, wenn Sie mich so ansehen ... wie jetzt?« flüsterte er.

Ein Schluchzer ließ ihre Stimme brechen. Sie konnte ihm nur die Wahrheit sagen. »Ich wünschte, alles wäre anders.«

Seine Fingerknöchel strichen sanft über ihre Wange, und sie verabscheute sich für die Reaktion, die seine Berührung in ihr hervorrief.

Cain küßte sie nicht. Als wüßte er, welchen Schaden er damit anrichten würde, ließ er sie einfach los, wobei seine Miene ernst und besorgt wirkte. Dann erhob er sich auf seine Füße und zog die Decke von ihrem Körper. Christal hätte fast aufgeschrien, als die eisige Morgenluft über sie strömte und sie gnädig in die Wirklichkeit zurückholte.

Den ganzen Tag durch schien Christal ein Ritual zu durchlaufen. Sie kochte eine klägliche Mahlzeit nach der anderen und servierte sie den Männern. Cain reduzierte jedesmal seine Ration und teilte die zweite Portion mit ihr. Stets suchte er sich eine Aufgabe, die ihn in der Nähe des Kamins, also an ihrer Seite, beschäftigt hielt. Zweimal an diesem Tag nahm er sie bei der Hand und führte sie in die Wälder. Beide Male johlten die Männer hinter ihnen her, und sie haßte diese Kerle mit jeder Stunde mehr. Sie als Tiere zu bezeichnen, hieße, Gottes Kreaturen zu beleidigen. Sie Teufel zu nennen, würde bedeuten, ihnen mehr Geschick zuzutrauen, als sie jemals besitzen würden. Tatsächlich kam sie zu dem Schluß, daß diese Bande von Verbrechern einer ganz neue Spezies zuzuordnen waren, von der sie bisher nur ein einziges Exemplar kennengelernt hatte: Ihren Onkel Baldwin Didier.

Aber da war noch Cain. Ihr Rätsel, ihre Rettung, ihre Verdammnis, ein finsteres Fragezeichen, daß im hintersten Winkel ihres Bewußtseins lauerte. Sie fürchtete ihn aus gutem Grund. Da lag eine grausame Wildheit in seinem Gang, ein tödliches Potential in seinem Blick. Er war wie ein Gewehr, das nutzlos herumlag und auf die richtige – oder die falsche – Person wartete, die den Hahn zog. In Wyoming hatte sie tausend Gewehre und tausend brutale Männer gesehen. Niemals hatte sie die Kombination erlebt, die den Outlaw Macaulay Cain ausmachte.

Doch so sehr sie ihn auch fürchtete, sie brauchte ihn. Und dies war ein Teil ihrer Angst. Er war wie Russisches Roulette. Er konnte sich jederzeit, aus welchem Grund auch immer. gegen sie wenden. So kämpfte sie mit den widerstreitenden Gefühlen. die ihr Inneres zu zerreißen drohten. Emotionen. die nur noch schlimmer wurden. als er sie weit fort vom Lager führte, als er sie in seinen Armen hielt und sie schweigend dem Wind lauschte. der durch die Wipfeln der Espen strich.

Am Abend des Sonntags sollte sie nicht nur für die Bande kochen. sondern auch für die Gefangenen oben im Saloon. Sie war erschöpft. und es war eine schwere Arbeit, den Bohnentopf den steilen Pfad nach Falling Water hinaufzuschleppen. Sie rutschte mehrmals aus, bis Cain ihr endlich den massigen Eisentopf aus der Hand nah und ihn selbst nach oben trug. Dennoch war sie froh. zum Saloon gehen zu können. Sie wollte die anderen Passagiere sehen. Wenn es ihnen gutging. konnte sie sich vielleicht einreden, daß ihre schrecklichen Visionen nur in ihrem Kopf existierten.

Von außen sahen sie, daß ein einziges gelbes Licht durch das zerbrochene Fenster im Saloon schimmerte, wo die Passagiere gefangengehalten wurden. Cain hielt die Laterne, damit sie keine Möglichkeit hatte, sie als Waffe zu benutzen. Er durchquerte den verlassenen Saloon und blieb dann an der Treppe stehen, um sie vorgehen zu lassen.

Sie hatte den ganzen Weg hinauf an Flucht gedacht. Cain konnte mit dem schweren Topf und der Laterne in der Hand nicht viel tun. Sie schaffte es sogar, sich zu überzeugen, daß sie einen Meter vorwärtskommen konnte. Doch schließlich versuchte sie es doch gar nicht erst. Die Nacht war mondlos. der Wald tintenschwarz. Sie würde nur stolpern. gegen Sträuche und Bäume stoßen. Der Mann dagegen hatte eine unheimliche Fähigkeit, im Dunkeln zu sehen, und er hätte sie schon bald wieder eingefangen. Und noch schlimmer: Er würde dazu den Topf mit Bohnen fallenlassen, und sie müßte die ganze Nacht aufbleiben, um eine neue Mahlzeit für die Gefangenen zu kochen. Sie würde wertvolle Zeit verlieren, sich zu erholen und Kraft zu schöpfen, um sich neue Wege und Möglichkeiten auszudenken, sich und ihre sieben Goldmünzen zu retten, die nun in Kinesons Tasche klimperten.

So stieg sie nun also die Treppen hinauf und klopfte an die verschlossene Tür. Cain nickte. Sie öffnete sie und trat ein, um die Passagiere alle in ihrer wollenen Unterwäsche an einer Wand sitzen zu sehen. Pete lehnte an einem Ende neben einem der Bandenmitglieder, der Marmet genannt wurde. Marmet saß auf der einzigen Sitzgelegenheit, einem Schaukelstuhl, und hielt seine Winchester lässig vor der Brust. Er war betrunken.

»Verdammt, ich muß dringend pissen. Wo zur Hölle warst du solange?« Doch plötzlich erkannte Marmet, wer gekommen war und kam in dem Stuhl hoch, der leise quietschte. »W-wußte nicht, daß du es bist, Cain ...«, stammelte er.

»Sie wird sie heute abend füttern«, sagte Cain und sein drohender Blick war genug.

»Gut.« Der Outlaw nickte demütig und sah dann Christal an. »Dann mach schon, Mädchen«, sagte er und schien Kineson nachahmen zu wollen. Dann begann er zu lachen, hielt jedoch schnell wieder inne, als er feststellte, daß Cain ernst blieb.

Christal beugte sich hinunter, um Mr. Glassies Napf zu füllen, als ihre Hände zu zittern begannen. Wenn sie wirklich glaubte, der Zustand der Gefangenen könnte ihr verraten, was am Ende mit ihnen allen geschehen würde, dann waren sie verloren. Angekettet, auf dem Boden niedergesunken und in seinem Unterzeug, daß eine Wäsche bitter nötig hatte, starrte Mr. Glassie sie an, wie ein getretenes Hündchen. Er hatte sich weder rasieren noch kämmen können, und sah nun staubig, grau und unsauber aus wie die anderen Verbrecher oder Gefangenen. Sie wußte, daß auch sie furchtbar aussehen mußte mit ihrem verfilztem Haar und ihrem zerrissenen Mieder, aber sie konnte sich wenigstens nicht in einem Spiegel betrachten. Statt dessen sah sie nun einen heruntergekommenen, schmutzigen Menschen am Boden zusammengekauert, der im krassen Gegensatz zu dem gewandten und gepflegten Handelsreisenden in dem schicken, modischen Anzug stand. Christal konnte die Mißhandlungen der Männer hinnehmen, denn sie erwartete nichts anderes, und sie war schon früher schlecht behandelt worden. Aus irgendeinem Grund fand sie es viel schwerer zu ertragen, was sie Mr. Glassie angetan hatten. Tränen brannten in ihren Augen, als sie ihn betrachtete. Er war in gewisser Weise ein Spiegelbild ihres eigenen Zustands. Zitternd und gegen die Aufwallung des Entsetzens ankämpfend, füllte sie seinen Napf. Ihre Hände bebten so sehr, daß Mr. Glassie ihr schließlich die Kelle abnahm.

Mit sorgenvollen Augen sagte er höflich: »Ah, Mrs. Smith, Gott sei Dank sehen Sie wohlauf aus. Doch es bekümmert mich, daß Sie mich in solch einem unbekleideten Zustand betrachten müssen.«

Sie hatten ihm seinen Anzug abgenommen, sie hatten ihn dreckig und ungepflegt gemacht. Doch nichts hatte den Gentleman in ihm vernichten können. Sein Geist war unbesiegt.

Und ihrer würde es auch sein.

Über sich selbst überrascht, warf sie ihm impulsiv die Arme um den Hals und drückte ihn. Sie vergrub ihren Kopf an seiner gewaltigen Brust und kämpfte gegen den Drang zu weinen an. Sie würde alles tun – sie gäbe sogar ihre Goldstücke her –, um diesen Mann noch einmal in seinem Anzug zu sehen.

»Na, na, meine liebe Frau ...« tröstete er sie, und sie konnte aus seiner Stimme heraushören, wie verblüfft er durch ihre unerwartete Zuneigung war. »Wir kommen hier schon wieder raus, haben Sie keine Angst. Die Paterson Furniture Company wird mich nicht verlieren wollen. Sie werden für unsere sichere Rückkehr sorgen, Sie werden schon sehen.«

Sie hörte seine Worte und preßte die Augenlider fest zusammen, so als könnte sie alles ausschließen, was sie nicht mehr ertragen konnte. Er wollte sie festhalten, aber seine Hände trauten sich nicht, und nachdem er schüchtern ihren Rücken gestreichelt hatte, ließ er die Arme sinken.

Christal hätte sich nicht bewegt, wäre an der tröstenden Brust liegen geblieben, wenn sie nicht Cains Hand auf ihrer Schulter gespürt hätte. Er drückte sie fest, ohne ihr wehzutun, aber doch unmißverständlich mit dem Befehl, sie solle sich anders benehmen oder würde die Konsequenzen tragen müssen. Mit heftigem Kraftaufwand löste sich Christal schließlich von Mr. Glassie und machte sich wieder daran, die Näpfe der Gefangenen zu füllen, während sie versuchte, ihr blasses Gesicht emotionslos zu halten und die Tränen zu unterdrücken. Nur einmal warf sie Cain einen Blick zu und hoffte inständig auf einen Hauch von Schuld in seiner Miene, weil er den Passagieren des Overland Express' so etwas angetan hatte. Aber sie entdeckte nichts dergleichen. Er starrte sie nur an – mit einem Blick, den sie schon vorher bei ihm gesehen hatte, am Feuer im Lager. Er sah sein Eigentum an.

Sie füllte den Napf des Kutschers, dann den des Gewehrträgers. Der Prediger sah aus, als würde er vor Durst auf Alkohol fast umkommen, aber sie reichte ihm trotzdem einen Napf. Danach war Petes Vater an der Reihe.

Pete war der letzte. Er sah sie mit deutlicher Sorge über ihren Zusammenbruch bei Mr. Glassie an. Christal hatte Angst, er würde wieder etwas Verrücktes unternehmen, um sie zu beschützen, doch er tat nichts. Ohne ein Wort ließ er sich den Napf füllen. Dann legte er ihr die Hand auf ihr Handgelenk.

Es hatte nur eine Sekunde gedauert, aber er hatte ihre Aufmerksamkeit erregt. Er bedeutete ihr schweigend seinem Blick zu folgen, und da, in seinem Schoß, versteckt unter seinen gekreuzten Beinen, sah sie einen Sechsschüsser. Angstvoll warf sie dem betrunkenen Wächter einen Blick zu. Marmet sagte gerade etwas zu Cain und lehnte sich wieder in seinem Stuhl zurück. Jetzt erst sah sie, daß in Marmets rechtem Halfter kein Revolver mehr steckte.

Christal stand erregt und verängstigt auf. Sie würden fliehen. Oder erschossen werden.

»Wo ist mein Essen?« fragte Marmet sie nun mit schwerer Zunge. Christal war von dem Revolver noch derart schockiert, daß sie gar nicht registrierte, daß er sie anfaßte, bis sie schließlich durch ihre Röcke seine Hand an ihrem Schenkel spürte.

»Hol's dir selbst«, gab Cain mit einem verärgerten Unterton in der Stimme zurück. Er stieß den Bohnentopf mit dem Fuß auf Marmet zu und packte sie. Pete nutzte die kurzfristige Ablenkung, um den Revolver aufzunehmen. Mit beiden Händen zielte er auf den betrunkenen Mann im Schaukelstuhl. »Laß sie los, Cain, oder ich schieße ihm ein Loch in den Wanst.«

Blitzartig hatte Cain seine Waffe gezogen, aber es war zu spät. Pete hatte bereits eine Geisel. Marmet ruckte in seinem Stuhl nach vorne und blickte erstaunt in den Lauf der Pistole. Seine Hand fuhr zu seinem Halfter, und sein Entsetzen wuchs, als er es leer vorfand.

»Ich sagte, laß sie los, Cain. Der Kerl da wird sterben, und danach du, wenn du es nicht tust«, drohte Pete mit vor Anspannung brüchiger Stimme.

Im Raum war es totenstill. Das einzige Geräusch, daß Christal hörte, war das Hämmern ihres Herzen in ihrer Brust. Die Männer rührten sich nicht. Jeder hielt den Atem an. Was würde Cain tun?

»Laß die Waffe fallen, Junge. Du weißt nicht, was du da anrichtest«, antwortete Cain, dessen Stimme so ruhig klang wie der Griff um seine Pistole war.

Marmet griff nach seiner Winchester. Er zielte auf Pete und fummelte unsicher am Hahn herum. Pete drückte ab, und Sekundenbruchteile später fiel Marmet mit einem sauberen Loch in der Stirn zu Boden.

Christal biß sich auf die Unterlippen, um nicht zu schreien. Der Schuß klang in ihren Ohren. Blauer Qualm drang aus Petes Revolver und hing in der Luft, und der beißende Gestank brannte ihr in der Nase. Die anderen Gefangenen saßen wie erstarrt da. Niemand bewegte auch nur einen Muskel.

Pete zielte nun auf Cain. Seine Hand zitterte wild. »Laß sie los!« kreischte er. In seinem Gesicht lag das nackte Entsetzen darüber, einen Menschen – vielleicht bald zwei – getötet zu haben.

Cain zögerte einen winzigen Augenblick, vielleicht, weil er an Petes Jugend dachte. Das war ein Fehler. Pete drückte zum zweitenmal ab. Die Kugel schnitt durch Cains Arm und prallte an der getäfelten Wand hinter ihm ab.

Cain stieß sie aus dem Weg und warf sich auf den Jungen. Pete kämpfte tapfer um die Waffe in seiner Hand, aber er war kein Gegner für den abgehärteten Outlaw, der sich mit blitzartiger Geschwindigkeit bewegte. Er hatte Marmets Revolver in der Hand, bevor Christal entsetzt Luft holen konnte.

»Tun Sie meinem Sohn nichts. Bitte tun Sie ihm nichts!« rief Petes Vater, als Cain die Waffe auf den Jungen richtete. Die Ketten rasselten laut, als der alte Mann verzweifelt versuchte, sich zu befreien. Pete lag auf dem Boden zusammengekauert.

»Das können Sie nicht tun!« schrie Christal auf und zerrte an Cains Arm. Dann war sie mit einem Satz bei dem Jungen auf dem Boden und riß ihn in ihre Arme, um ihn vor Cains Zorn zu schützen.

Cain überragte die beiden drohend, sein Gesicht kalt wie Stein. Er entsicherte die Waffe, und sie wußte, daß der Instinkt zu töten wild durch seine Adern pulsierte. Sein eigenes Blut tropfte geräuschlos seinen Arm hinunter.

Christal sah ihn mit schreckensbleicher Miene an. Flehend flüsterte sie »Macaulay«, dann wandte sie den Kopf ab. Sie wollte nichts sehen müssen.

Cains Blick dagegen blieb an ihr hängen. Und langsam senkte er seine Waffe. Die mörderische Wut in seinen Augen wich einer Art Verstehen. Er streckte sich, schob Marmets Revolver in seinen Gürtel und hob das Gewehr auf, das neben der Leiche lag. Dann packte er Christal und riß sie grob auf die Füße, als wäre sie genauso leblos wie die Winchester. Sie streckte den Arm aus, um sich vor seiner Gewalt zu schützen und berührte warmes, klebriges Blut.

Sie sah zu ihm hoch. Von seinem linken kleinen Finger tropfte karminrotes Blut, so rot, daß es schon fast schwarz wirkte. Als er sie zur Tür führte, hinterließ es eine dünne Spur auf den Bodendielen.

Ihr war übel. Aber Cains Miene erlaubte keinen Ungehorsam. Er bedeutete ihr zu folgen, und sein Griff an ihrem Arm wurde fast schmerzvoll. Dennoch drehte sie sich noch einmal um, um einen Blick auf die Gefangenen zu werfen.

Alles sechs waren deutlich schockiert von dem Ausgang ihres Fluchtversuchs. Marmet war tot, und seine Leiche lag fast auf ihren Füßen. Durch die zerborstenen Fensterscheiben konnten sie Rufe hören und das flackernde Licht von herannahenden Laternen sehen.

»Kommen Sie«, sagte Cain, packte sie fest am Arm und zog sie aus der Tür.

»Ich will bei ihnen bleiben«, bettelte sie, während sie die hölzerne Treppe in der Dunkelheit hinuntertaumelte.

»Nein.«

»Aber sie werden sie umbringen!«

»Nein.«

»Bitte! Ich möchte bei ihnen bleiben!« Sie legte ihm beschwörend die Hände auf die Brust. »Ich wußte, daß Pete die Waffe hatte. Er hat sie mir gezeigt, als ich ihm Essen gab. Ich bin also genauso schuld an der Sache. Wenn sie dafür bezahlen müssen, muß ich es auch, Ich kann doch nicht zulassen, daß Kineson diese Männer umbringt, weil –«

»Nein«, wiederholte er und stieß sie vor sich her.

»O Gott, bitte, Macaulay, bitte ...!« Das letzte Wort erstickte in einem erschreckten Aufkeuchen.

Cain schwankte plötzlich bedrohlich – und das alte Treppengeländer schwankte mit. Er versuchte, sich daran festzuhalten, doch das morsche Holz gab nach. Christal packte ihn gerade noch, bevor das Geländer krachend auf die Holzbohlen stürzte. Durch ihren Schwung fiel er schwer gegen sie, doch irgendwie schaffte sie es, seinen Körper, der doppelt so schwer war wie der ihre, aufrechtzuhalten.

Dann begann er zu sprechen, und seine Worte kamen undeutlich und stammelnd. »Du verstehst nicht, Christal ... du verstehst es nicht ... wir müssen das durchziehen. Die Sache muß durchgezogen werden ...«

Christal hatte keine Ahnung, wovon er sprach. Er war ihr ein Rätsel. Er hatte sie davor bewahrt, von der Gang geschändet zu werden, obwohl er selbst so tief in der Sache steckte, wie es möglich war. War er ein Schuft oder ein Heiliger?

»Hörst du ... mir zu ... Christal?« flüsterte er.

»Kineson-«

»Ich nehme mir Kineson vor ... du mußt nur weitermachen. Verdammt nochmal ... wir werden alle sterben – *versprich* mir, daß du es durchziehst!«

»O Gott, du blutest so sehr ...« flüsterte sie, während sie die warme, klebrige Flüssigkeit an ihrer Hand spürte. In ihrem Inneren schrie etwas, ihm nicht zu helfen. Er war ein Outlaw, der letztendlich ihr Leben ruinieren konnte, aber die Frau in ihr, die Lady, die für ein freundliches, sorgloseres Leben erzogen worden war, konnte ihm die Hilfe nicht verweigern.

Ohne ihm das Versprechen zu geben, führte sie ihn die Treppe hinunter und zu einem wackligen Stuhl hinüber. Sie zündete eine Laterne an, die von den Outlaws hier zurückgelassen worden war, und griff unter ihr Kleid, um den letzten Unterrock in schmale Streifen zu reißen. Dann begann sie, seinen Arm zu verbinden. Einmal versuchte sie dabei, nach seiner Pistole zu greifen, in der Hoffnung, sie könnte die Gefangenen über ihnen vielleicht doch verteidigen. Doch er hielt sie fest, wobei sein Gesicht ausdruckslos blieb, entweder, weil der Schmerz zu stark war, oder weil er nichts anderes erwartet hatte. Nach diesem gescheiterten Versuch verband sie ihn weiter, als wäre überhaupt nichts geschehen, und so verstrich dieser Augenblick in Schweigen, als wollte keiner von beiden ein Wort darüber fallen lassen.

»Cain! Wir haben Schüsse gehört!« bellte Kineson von der zerbrochen Schwingtür her. Er hielt die Laterne hoch, um im Dämmerlicht des staubigen Saloons besser sehen zu können.

»Marmet ist tot.« Cain knirschte mit den Zähnen, als sie den Verband festzog, um die Blutung endgültig zu stoppen.

»Was zur Hölle ist passiert?« Kineson trat näher. Seine gefährlichen Augen waren auf Christal geheftet, die ihr Bestes gab, um ihre zitternden Hände zu verbergen und sich auf Cains Arm zu konzentrieren.

»Marmet hatte mal wieder zuviel Whisky getrunken. Er war so besoffen, daß er mich nicht erkannt hat. Er hat auf mich geschossen ... wahrscheinlich hat er mich für eine der Geiseln gehalten. Ich hab' ihn abgeknallt.«

Ihre Hände hörten auf zu zittern. Sie starrte Cain an, der ihrem Blick auswich.

»Verdammter Idiot«, flüsterte Kineson kaum hörbar. Er schickte die Männer hinauf, um die Leiche zu holen und eine Wache für die Gefangenen abzustellen.

Langsam hob sich Cains Blick, bis er ihren traf. Sie wußte nicht, ob ihre Gefühle in ihrem Gesicht abzulesen waren. Er war ein Schauspieler. Nach außen hin stellte er den furchtbaren Revolverhelden Macaulay Cain dar, doch in seinem Inneren steckte jemand anderes, jemand der Mitgefühl und Gerechtigkeit kannte. Jemand, der ihr vielleicht sehr ähnlich war.

Sie hob ihre Hand und berührte seine Wange. Fast flehend flüsterte sie: »Macaulay ...«

Doch er riß den Kopf von ihrer Hand weg und unterbrach fast grob den Blickkontakt. Ohne die Nähe noch einmal zuzulassen, stand er auf und bedeutete ihr mit einem Nicken, zur Tür zu gehen.

Ein paar Minuten zuvor, hätte er sie noch zwingen müssen. Nun gehorchte sie. Sie konnte nicht gegen einen Mann kämpfen, der erst ihr Leben gerettet hatte, und dann noch seltsamerweise das des Jungen. Mit verwirrten Gefühlen ging sie zur Tür und wartete, bis er eine Laterne geholt hatte.

Kineson beobachtete sie mit Augen voller Zorn. Bisher war Cain fast brutal mit ihr umgegangen, und sie hatte sich dagegen aufgelehnt. Das hatte Kineson gefallen. Doch nun hatte sich etwas zwischen Verbrecher und Geisel geändert. Und Christal sah, daß Kineson es wußte.

Cain nahm ihren Arm und führte sie aus dem Saloon. Sie hörte noch Kinesons zornige Worte, als er den Männern befahl, die Leiche in die Schlucht zu werfen. »Und zwar weit genug weg, so daß der Idiot nicht stinkt.«

Kapitel 7

Ein Gruppe, die ihren Helden Ehrung versagt,
wird bald keine Helden mehr zu ehren haben.

John S. Tilley über die Konföderation,
Harvard Universität 1959

Morgen sollte das Lösegeld gezahlt werden. Dienstag bedeutete der Beginn eines neuen Lebens. Oder das Ende.

Christal kochte Kaffee und bediente die Männer, die knurrig nach ihr griffen. Das Essen war vorüber und einige der Männer machten sich schon zum Schlafen bereit, um nicht darüber nachdenken zu müssen, was der nächste Tag wohl bringen mochte. Es war noch kälter geworden, und das Wetter machte die Männer reizbar. Kalte Finger konnten nicht so gut mit Waffen umgehen. Kineson hatte die übelste Laune von allen. Er nahm seinen Kaffee, und als sie gehen wollte, stellte er ihr ein Bein. Christal stürzte auf den harten Boden, während der Kaffee zischend ins Feuer spritzte.

»Vielleicht nehm' ich dich einfach mit, wenn wir morgen hier abhauen. Wie findest du das, Mädchen? Cain kann dich ja nicht immer benutzen. Ich will auch mal an die Reihe kommen.«

Cain erhob sich im Schatten des Kamins, doch er half ihr nicht hoch.

Christal kam auf die Füße, und die Empörung brannte auf ihren Wangen. Sie haßte Kineson fast so, wie sie Didier haßte. Bevor sie es verhindern konnte, ließ sie ihrer Wut freien Lauf. »Du bringst mich besser jetzt sofort um, denn ich werde niemals zulassen, daß du mich anfaßt!«

Plötzlich fühlte sie Cains Hand auf der Schulter, die sie zurückzog.

Kineson stand auf, sein Gesicht war rot vor Zorn.

Cain warf sich eine Decke über die Schulter und führte sie ohne ein weiteres Wort in den Wald. »Und sie kommt doch mit uns«, rief Kineson hinter ihnen her. »Ich will sie auch haben! Das bist du mir schuldig!«

Cain antwortete nicht.

Es war zu kalt, um zum Wasserfall zu gehen. Statt dessen brachte er sie zu einem kleinen Espenhain in der Schlucht, wo sie Schutz vor dem Wind fanden. Er breitete die Decke über sich aus, setzte sich und zwang sie an seine Seite. Sie wünschte, sie hätte den Mut gehabt, sich aus seinen Armen loszumachen, doch sie fror und sie hatte nicht einmal eine Stola, die sie sich hätte umwickeln können. Also gab sie auf und lehnte sich an seine Brust, während er die Decke über sie zog.

Das Licht des Vollmonds lag über dem nächtlichen Wald. Sie konnte die zitternden Blätter über ihnen ausmachen, und wenn sie es gewollt hätte, auch Cains steinernen Gesichtsausdruck. Es war ein Glück, daß es nicht geregnet hatte, seit sie und die anderen Overland Passagiere gefangengenommen worden waren. Wie die meisten Outlaws besaßen Kineson und seine Männer keine Zelte. Es machte ihnen nicht viel aus, im Freien zu lagern.

Cain bewegte sich und legte ihr die Arme über die Brust, um sie fester an sich zu ziehen. Sie konnte ihm nun nicht mehr ins Gesicht sehen, aber sie wußte, er wäre ihrem Blick ohnehin nicht begegnet. Sie hatten den ganzen Tag nicht miteinander gesprochen, weder über seinen steifen, schmerzenden Arm noch über das, was er er am Abend zuvor getan hatte, um die Gefangenen zu schützen. Er schien es so zu wollen. Aber Christal nicht. Christal wollte alles über ihn wissen. Vor allem interessierte sie, warum er zu einem brutalen Verbrecher geworden war.

»Kineson wird versuchen, aus deinem verletzten Arm Vorteile zu ziehen«, sagte sie. Er gab keine Antwort. Also fuhr sie fort. »Ich mache mir Sorgen, daß –«

»Nicht nötig. Ich kann auf mich selbst aufpassen.«

Sie schwieg eine Weile. Als sie wieder sprach, bemühte sie sich um einen möglichst gleichförmigen Tonfall. »Und was, wenn er dich umbringt?«

»Er braucht mich.«

»Nach dem morgigen Tag nicht mehr. Ich glaube, deswegen will er, daß ich mit ihm komme ... weil du nicht mehr da sein wirst.«

Er schlang seinen Arm fester um sie.

Sie senkte ihren Blick und berührte den Arm. »Ich will nicht, daß du getötet wirst. Du kannst fliehen. Jetzt, in diesem Augenblick. Wir verdanken dir alle so viel. Niemand wird das bestreiten. Nicht nachdem, was du gestern abend getan hast –«

»Hör zu«, unterbrach er sie. »Das gestern abend hatte nichts mit dir oder den anderen Gefangenen zu tun. Ich tat, was ich mußte, um meinen Hintern zu retten. Das ist alles.«

»Ich glaube dir kein Wort.« Ihre Stimme klang überzeugt. Es gab einen guten Kern in Macaulay Cain, dessen war sie sich absolut sicher, auch wenn es ihn immer wieder wütend machte, wenn sie das Thema ansprach.

»Das ist, was du glaubst. Ich sage etwas anderes.«

»Wie kannst du Kineson die Treue halten? Er bringt

dich um, sobald er kann.« Nun konnte sie die Gefühle nicht mehr aus ihrer Stimme verbannen.

Er mußte es gehört haben, denn er antwortete ihr langsam und bedächtig. »Paß auf, Mädchen, mach dir wegen mir keine Sorgen. Kineson war im gleichen Regiment wie ich, Siebenundsechzigstes Georgia. Wir kämpften Seite an Seite. Wir waren lange zusammen. Wir verstanden uns. Und das ist der Grund, warum er mich in seine Gang aufgenommen hat.«

»Aber das ist Jahre her. Der Krieg ist lange vorbei. Kineson kämpft immer noch, obwohl die Vereinigten Staaten gewonnen haben.«

»Ja. Daran brauchst du mich nicht zu erinnern.« Die Bitterkeit in seiner Stimme überraschte sie. Dann dachte sie daran, wie er die letzte Strophe von »Good Ol' Rebel« mitgesungen hatte.

»Erzähl mir vom Krieg«, bat sie in dem verzweifelten Versuch, zu ihm durchzudringen. »Ich war damals zu jung, um viel davon mitzubekommen. Aber ich möchte verstehen ...« *Warum du so geworden bist*, setzte sie im stillen hinzu. Sie fühlte sich seltsamerweise, als würde sie mit ihrem Geliebten sprechen, mit dem sie im Dunkeln das Schicksal ihrer Liebe beklagte. Aber er war nicht ihr Geliebter. Der Vergleich war absurd. Er war ein Abtrünniger, und sie war ein Opfer. Und dennoch waren die Gefühle ähnlich. Und sie verwirrten sie.

»Du wirst nicht sterben. Nicht solange ich es verhindern kann«, sagte er ohne eine besondere Gefühlsregung. Er sprach es wie eine Tatsache aus, als wäre es seine Aufgabe, sie zu beschützen.

»Aber *du* wirst sterben.« Ihre Stimme klang weniger ruhig. »Wenn Kineson dich nicht erwischt, dann tut es der Marshal. Terence Scott wird nicht soviel

Gold ausspucken und dann zusehen, wie ihr es verschleudert.« Sie hielt inne. »Und wenn du stirbst, Cain, dann weiß ich, was mit mir passiert.« Sie hielt erneut inne und flüsterte schließlich: »Ich gehe nicht mit Kineson.«

Er drehte ihr Gesicht zu ihm und in das Mondlicht. Ihre Blicke trafen sich, und das Verständnis zwischen ihnen ging über die Ausdruckskraft der Worte hinaus. Sie wußte, er wollte es mit einem Kuß besiegeln. Sie sah sein Verlangen in der Art, wie er seine Lippen zusammenpreßte, als müßte er etwas zurückhalten.

»Ich will alles über dich wissen«, flüsterte sie. »Erzähl mir vom Krieg. Erzähl mir von Georgia.«

»Da gibt es nichts zu erzählen.«

»Ich will es wissen.«

Er sah sie prüfend an, als wollte er ihr Interesse abschätzen. Er brauchte lange, bis er endlich sprach. Er schien es nicht zu wollen, und einen kurzen Augenblick dachte sie, er wollte sich wieder zurückziehen. Aber ob er zum Schluß kam, daß es ihm nicht schaden konnte, ihr von sich zu erzählen, oder ob er einfach nur in diesen letzten Stunden mit ihr eine Nähe herstellen wollte – sie wußte es nicht zu sagen. Sie wußte nur, daß sie sich nach den Informationen sehnte, als wäre es Brot und sie stünde kurz vor dem Verhungern.

»Bis ich siebzehn war, half ich meinem Vater auf seiner Farm, Erdnüsse zu pflanzen.« Sein Blick ging in die Ferne, als würde er zu diesem Ort zurückkehren. »Meine Familie war nicht gerade bitterarm, aber wir besaßen auch keine Sklaven – wir erledigten die Arbeit selbst. Als der Krieg ausbrach, ging ich zum Siebenundsechzigsten und machte es zu meiner Sache. Heute sagt man, ich tat es aus einem anderen Grund. Washington brandmarkte mich und eine

Menge anderer als Teufel, die den schwarzen Mann in Ketten halten wollten. Aber es hatte damit nichts zu tun. Wir waren arm. Ich wollte nicht für Sklaven sterben, die wir uns nicht einmal leisten konnten.«

»Und warum hast du dann gekämpft?«

Er holte tief Atem. »Zuerst ging es um meine Heimat. Du hörst, die Army vom Potomac ist in Virginia eingefallen, und du siehst deine Ma an und denkst: Bald sind sie auch in Georgia, stehlen die Schweine und brennen dein Haus nieder. Du mußt etwas tun, um sie aufzuhalten. Also meldest du dich.«

Seine Stimme wurde rauh und zornig, voller Haß und Wut, die solange unterdrückt worden war. »Dann wird es kalt. Du trägst bloß Fetzen auf deinem Körper und kämpfst gegen Männer in blauen Uniformen, die es warm und trocken haben. Dann bekommst du Hunger und du hast nur Zwieback voller Maden, während die blauen Bäuche auf der anderen Seite voller weißer Armeebohnen sind, für die du deinen rechten Arm gegeben hättest. Dann siehst du einen Nachbarsjungen, dem der Kopf wegpustet wird« – seine Stimme wurde leiser – »und plötzlich geht es dich persönlich an. Du wirst durch Hunger und Kälte immer härter. Der Kampf wird dein Lebenszweck. Als siebzehnjähriger Junge bin ich in den Krieg gezogen, und eines Tages wachte ich auf und war ein dreiundzwanzigjähriger Mann. Mein ganzes Leben schien in der Konföderation verschwunden zu sein. Ich kämpfte meine Schlachten, und ich bezahlte niemals irgendeinen Irenbauern wie die Yankees, damit er es für mich tat. Doch in diesen fünf Jahren war die Sache irgendwie nicht mehr dasselbe. Es war zu etwas geworden, das ich nicht mehr erkennen konnte. Ich verlor meinen Vater und zwei Brüder im Krieg, und schließlich wollte ich nur noch nach Hause kehren und vergessen, was geschehen war.«

»Doch Sherman sorgte dafür, daß du es nicht mehr konntest«, antwortete sie mit den Gedanken bei dem, was er ihr gesagt hatte. Sie spürte das Würgen in der Kehle, als sie die Gefühle unterdrücken mußte. Der Krieg hatte sie nie beeinträchtigt. Alles, was sie wirklich darüber wußte, stammte nun aus seinen Erzählungen. Er war noch ein Kind gewesen, als man ihm sagte, er sollte alles für seine Heimat opfern. Er hatte es getan, nur um am Ende von allem, wofür er gekämpft hatte, betrogen zu werden.

Er fuhr fort, als würden die Worte ihn entlasten. »Als meine Mutter ihren jüngsten Sohn, Walker, verlor, der zweite, der im Krieg sein Leben ließ, konnte sie es nicht länger ertragen. Sie war eine einfach Frau, geboren in Manchester als Tochter von Eisenbahnarbeitern. Sie begriff diesen Krieg nicht. Die Rechte der Staaten bedeuteten ihr nichts, und sie hatte nichts mit der Feindschaft zwischen Weiß und Schwarz zu tun. Ihre Familie war alles, das ihr je etwas bedeutet hatte, und als Walker tot war, weigerte sie sich, den Schmerz auszuhalten. Sie trank ein Glas Laudanum und wachte nie wieder auf. Sie erfuhr nicht mal mehr, daß sie bereits Witwe war.« Er brach ab, und sie wußte, er durchlebte den Schmerz noch einmal.

Schweigend ließ er sein Kinn auf ihrem Kopf ruhen. Eine lange Zeit saßen sie nur da, beide in ihre Gedanken versunken, bis sie fühlte, wie sein Kinn sich auf ihrem Kopf langsam hin und her bewegte, als würde er das weiche Gefühl ihrer Haare genießen. Sie wollte etwas sagen, wollte ihn auf irgendeine Art wissen lassen, daß seine Geschichte sie berührte und daß sie nun vieles besser verstehen konnte. Doch sie brachte die Worte nicht hervor. Sie war wie gelähmt. Bis seine Knöchel sanft über ihre Lippen strichen.

Sie wandte den Kopf, um ihn anzusehen. Der Mond schien hell genug, um seine ernste Miene erkennen zu lassen. Unendlich langsam beugte er den Kopf zu ihr herunter. »Hier hast du einen Outlaw«, flüsterte er, »der mit dir spricht, der dich küssen will. Du weißt, du solltest es ihm nicht erlauben, Mädchen. Du weißt es ...«

Dann lagen seine Lippen auf den ihren.

Sein Kuß war so, wie sie es erwartet hatte: tief und befriedigend und hinterließ den Wunsch, mehr von ihm zu bekommen. Sein Mund war so hart, wie er aussah, und tief in ihrem Inneren genoß sie den Kuß, denn diese Härte ließ eine Kraft vermuten, die sie selbst nicht besaß. Ihr Geist, ihr Körper, ihr ganzes Wesen mahnten sie, ihn nicht zu verführen, denn es mußte zu ihrem Untergang führen, doch sie konnte nicht. Statt dessen spürte sie das verzweifelte Sehnen ihres Herzens und öffnete ihre Lippen, um seine Zunge in ihrem Mund willkommen zu heißen. Sie wehrte sich nicht gegen den Arm, der sich nun um ihren Rücken schlang, um sie an ihn zu ziehen, als sie beide auf der Decke voreinander knieten.

Sein Mund saugte an ihrer Unterlippe, und seine Zähne liebkosten die Innenseite, dann drang seine Zunge zwischen ihre Zähne, und ihre Vernunft schrie auf. Sie sollte weglaufen, denn es gab Millionen Gründe zur Flucht und keinen einzigen zu bleiben. Mit diesem Mann gab es keine Zukunft, und morgen wäre wahrscheinlich alles vorbei, was sie gemeinsam hatten. Wenn sie schon nicht erschossen werden würde – ihn würde es gewiß treffen.

Seine Zunge wanderte in ihrem Mund umher, und

sie stöhnte innerlich auf. Ihre Seele war mit seiner verwandt. Sie beide waren gezwungen, Menschen darzustellen, die sie nicht waren: Er durch den Krieg, sie durch Didier. Und vielleicht konnten sie sich ändern. Wenn sie ihm nur vertrauen durfte ...

»Ich habe schon mit vielen Frauen geschlafen, Christal«, flüsterte er mit seinem heißen Atem in ihr Ohr, als er sich von ihr losgemacht hatte. »Aber dies hier ist anders. Mehr. Ich will dich, wie ich noch keine begehrt habe. Schon als ich dich zum ersten Mal sah, wollte ich dich.«

Sie zitterte, als sie sich daran erinnerte, wie sehr er sie verängstigt hatte, als er in der Kutsche den Schleier mit dem Gewehrlauf angehoben hatte. Immer noch machte er ihr Angst, doch nun war ihr Verlangen stärker und wischte die Angst beiseite. Sie konnte nicht mehr denken, konnte nur noch ihn fühlen.

»Gott, ich wünschte, wir hätten ein Bett. Ich wünschte, ich könnte dich nehmen, wie es dein Mann getan hat, nicht hier auf dem kalten Boden.«

Ein kleiner Schrei entrang sich ihrer Kehle. Es ging alles zu schnell. Sie konnte ihm nicht einmal sagen, daß sie nie einen Mann gehabt hatte, der sie auf zivilisierte Art im Bett geliebt hatte.

»Macaulay«, flüsterte sie, doch seine Lippen brachten sie zum Schweigen.

Er legte sie auf die Decke, bedeckte sie mit seinem großen, harten Körper und ihre Gedanken wurden unzusammenhängend. Er hielt ihr Gesicht in seinen starken Händen und küßte sie, als bekäme er niemals genug von dem Geschmack ihrer Lippen. Christal konnte kaum Luft holen, aber sie wollte es auch gar nicht. Plötzlich wünschte sie sich nur noch, daß sie nichts mehr bräuchte außer ihm, und er schien diesen Wunsch erfüllen zu wollen, als er seine Zunge immer und immer wieder in ihren Mund stieß, während seine Finger rastlos über ihren Hals strichen.

»Ich werde auf dich aufpassen, Mädchen. Mach dir keine Sorgen wegen morgen«, flüsterte er ihr ins Ohr. Dann glitt seine Hand zu ihren Brüsten, und er streichelte und drückte sie leicht durch die Schichten ihres Kleides und ihres Korsetts.

Christal hätte schockiert sein müssen, denn bisher hatte sie jeden Mann gehaßt, der sie zu berühren versucht hatte. Doch seine Berührung schien so natürlich – er behandelte sie, wie ein Mann eine Frau behandeln sollte, und seine Sanftheit war nur um so anziehender, weil seine körperliche Kraft soviel größer war als ihre.

Fast instinktiv liebkoste sie sein Gesicht. Sie wollte alles kennenlernen, und sie strich über den gerade Nasenrücken, seine stoppeligen Kiefer. Schließlich ließ sie ihre Finger seinen Hals entlanggleiten, unter das Halstuch und sie berührte den Narbenwulst auf seiner Haut. Ein Schauder lief ihr den Rücken hinunter, als ihr einfiel, woher die Narbe stammte, doch die Haut war warm und pulsierte unter ihren Fingerspitzen. Das war alles, woran sie denken wollte. »Es tut nicht mehr weh«, sagte er ruhig.

»Was immer du getan hast«, flüsterte sie mit einem Schluchzen in der Stimme. »Ich werde nicht fragen.«

»Du kannst aber fragen. Ich habe es nicht getan.«

Sie glaubte ihm nicht wirklich, aber sie vergrub ihr Gesicht an seiner Schulter und versuchte, ihre Zweifel auszuschließen. Er sollte es ihr nicht erklären müssen. Sie wußte, daß er ihr etwas verheimlichte, so wie sie es tat. Es steckte mehr hinter Macaulay Cain, als sie verstand, aber es war wohl besser so. Sie lebte weniger gefährlich, wenn sie nichts wußte. Zumindest für eine Weile.

Er machte sich von ihr los, und seine Finger strichen ihr die blonden Strähnchen aus der Stirn. Ohne Warnung nahm er ihre rechte Hand, führte sie an die Lippen und küßte die Rose, die sich in die Innenfläche eingebrannt hatte. »Erzähl mir davon, Christal«, flüsterte er.

Sie entzog ihm seine Hand. Hier so weit im Westen würde der Marshal vermutlich nichts davon wissen, aber die Prämie galt auf jeden Fall, ob man sie nun hier schnappte oder in New York. Alles, was sie Cain erzählen konnte, war, daß man sie fälschlicherweise wegen des Todes ihrer Eltern suchte. Und obwohl sie sich ihm offenbaren und ihn um Verständnis bitten wollte, vertraute ein großer Teil in ihrem Inneren ihm immer noch nicht. Er war ein Outlaw. Das Kopfgeld, das auf sie ausgesetzt war, konnte zu verlockend für ihn sein. Vielleicht glaubte er sogar, daß sie im Park View Asyl besser lebte, als sich hier im Westen durchzuschlagen. Vielleicht würde er glauben, es wäre nur zu ihrem Besten, während er sie so zum Tode verurteilte.

»Erzähl es mir, Christal.«

»Bitte«, flehte sie und bereute plötzlich die Nähe, die sie erreicht hatten.

»Du hast mir noch nichts von deinem Mann erzählt. Ich möchte etwas über ihn wissen ...« Christal versuchte, sich von ihm loszumachen, aber er schlang erneut seine Arme um sie. Er schüttelte sie leicht, als könnte er so die Wahrheit aus ihr herausbekommen. »Ich möchte etwas über ihn erfahren, Christal. Hat er dir etwas angetan? Hat er die Narbe verursacht?«

»Mein Mann hat nichts mit dieser ... dieser Narbe zu tun.« Sie schüttelte seine Hand in seinem Griff, wütend, daß er sie nicht losließ, wütend, daß er sie in ihrer Einsamkeit und in ihrer Angst dazu gebracht hatte, Geborgenheit zu erhoffen.

»Sag mir, ob du ihn geliebt hast.«

Schockiert von der Frage, starrte sie ihn an. Wieso fragte er so etwas? Warum wollte er derartige Dinge wissen? Dann plötzlich wußte sie es. Er mochte keinen Mann neben sich, tot oder lebendig. Er wollte sie für sich und nur für sich allein.

»Hast du ihn geliebt, Christal?« fragte er mit rauher, fordernder Stimme.

»Nein«, brachte sie heraus.

»Erzähl mir von der Narbe.«

»Nein.« Sie riß sich los und wandte den Blick von ihm ab.

»Warum nicht?«

Sie hörte den Zorn in seinem Tonfall. Ihre Vergangenheit schien ihn brennend zu interessieren. Nun blieb ihr nur eine Waffe: Die Wahrheit! »Weil du ein Verbrecher bist. Ein Outlaw. Wie könnte ich dir meine Geheimnisse beichten?«

Er schwieg und schien seine Gefühle wieder unter Kontrolle bekommen zu müssen. »Ja«, sagte er schließlich, »du siehst in mir nur den Outlaw. Deswegen machst du hier auf dem kalten, dreckigen Waldboden auch die Beine breit. Ist es dir egal, daß du vielleicht mit einem Killer schlafen könntest, Mädchen? So muß es wohl sein, denn du willst ja nicht mal, daß ich dir meine Unschuld beweise. Also, was bist du eigentlich für eine Lady?«

Sie keuchte auf. Zorn brannte auf ihren Wangen. Wie konnte er solche Dinge von ihr sagen? Er verdrehte die Tatsachen, stellte sie als Luder da. »Du küßt mich, dann verachtest du mich, weil es mir gefällt –«

Er nahm ihr Kinn in die Hand und zwang sie, ihn anzusehen. Nichts konnte den Kontakt ihrer Blicke stören, nicht die Finsternis, nicht das Geräusch des Windes über ihnen.

»Es gefällt mir nicht, daß du es mir nicht sagen willst«, knurrte er.

»Nun, du wirst dich daran gewöhnen müssen«, sagte sie kalt und erhob sich von der Decke, wobei sie sich zwang, das plötzliche Fehlen seiner Körperwärme zu ignorieren..

Ohne ein weiteres Wort miteinander zu sprechen, gingen sie zum Lager zurück. Als sie sich schließlich in die Decken rollten, schlief der Rest der Gang bereits. Sie war so erschöpft und so deprimiert, daß sie kaum seinen Arm um sie herum wahrnahm. Ihre Gefühle, ihre Bedürfnisse, ihre Zukunft – alles war durcheinander geraten. Endlich fiel sie in Schlaf, wobei sie sich wünschte, niemals mehr aufwachen zu müssen, niemals den nächsten Tag mitzuerleben, niemals sehen zu müssen, wie der Outlaw neben ihr wie ein fliehender Wolf niedergeschossen werden würde.

Ihre Flucht war jedoch nur von kurzer Dauer. Sie hatte kaum eine Stunde geschlafen, als sich eine Hand auf ihren Mund preßte. Sie wollte aufschreien, doch Macaulays Worte beruhigten sie sofort. »Keinen Laut.«

Sie gehorchte, und er ließ sie los, jedoch nur, um ihre Hände zu nehmen und ein Seil um die Gelenke zu winden. »Warum tust du das?« flüsterte sie, verängstigt durch die Bewegung eines der anderen Männer – wahrscheinlich Kineson –, der sich in seinen Decken herumrollte und zu schnarchen begann.

»Ich habe ein bißchen Gold in den Bergen in der Nähe von Cirque of the Towers versteckt. Ich habe keine Lust, daß du oder Kineson oder wer auch immer erfährt, wo ich meine Reserve hingebracht habe.« Er verzog das Gesicht, weil er seinen verletzten Arm benutzen mußte, um den Strick an einem Eisenring zu befestigen, der in den Kamin gemauert war.

»Aber warum mußt du jetzt dort hingehen? Kann das nicht bis morgen warten?« Plötzlich wurde ihr klar, daß er sie zum ersten Mal allein ließ, und diese Aussicht erschreckte sie.

»Ich muß heute nacht noch hin.«

»Aber ...« Sie zog an dem Seil, doch der Strick hielt sie zu ihrem Entsetzen fest.

Er zuckte die Schultern. »Ich will nicht, daß du verschwindest, während ich weg bin.«

»Das heißt, du gehst?« Sie konnte die Worte *für immer* nicht aussprechen.

Er beugte sich zu ihr hinab, und ihre Blicke trafen sich. Zart berührte er ihre weiche Wange. »Ich komme zurück. Sag einfach kein Wort, und niemand wird wissen, daß ich fort war.«

»Macaulay«, flüsterte sie in plötzlicher Angst, sie könnte ihn vielleicht nie wiedersehen. War es nicht nur logisch, daß er seine Chance ergriff und floh? Daß er sie mit Kineson und den Männern zurückließ? Angst erfaßte ihr Herz, aber sie konnte es ihm kaum verübeln. Er war ein Outlaw. Sie kannte seinen Menschenschlag nur zu gut. Er würde sich stets zuerst retten.

»Ich verspreche, daß ich zurückkomme«, flüsterte er, und seine Worte klangen eindringlich und seltsam.

Dann strichen seine Lippen flüchtig über die ihren, als wollte er ihr Mut machen und sein Versprechen bekräftigen. »Du gibst keinen Laut von dir, tust du das?«

Sie nickte und wandte sich schnell ab, damit er die Tränen nicht sah, die ihre Augen verschwimmen ließen. Cain stand auf und ging zu seinem Pferd, das in den Schatten wartete. Sie hörte, wie der Appaloosa seine Kopf schnaubend hochwarf. Und dann war er fort.

Der Reiter hatte die Felsen erreicht, wo die Granitoberfläche des Cirque of Towers im Mondlicht nachtblau erschien, während sein Pferd sich über den schmalen, fast unsichtbaren, weißen Büffelpfad durch das Felsengebiet seinen Weg suchte. Er durchbrach die Baumlinie, wo das Unterholz in Steppe überging und schließlich zu Schneefeldern wurde, und trieb sein Pferd zum Galopp. Das Pferd nahm die Steigung in schnellem Schritt, und auf seiner kräftigen Hinterhand glitzerte bald der Schweiß, doch es war keine Zeit, um zu verschnaufen. Die Umrisse einer Gruppe von Reitern zeigten sich auf einem Felsvorsprung über ihm, und er war wild entschlossen, sie zu treffen.

»Was haben Sie für uns?« Der Anführer, ein untersetzter Mann mit einem gewaltigen, grauen Schnurrbart, löste sich aus der Reihe.

»Scheiße habe ich.« Der Reiter zügelte sein Pferd.

»Immer noch sauer wegen der Sache mit dem Hängen, was Cain?« Der Mann kicherte fast.

»Ich sollte mir einen Yankee Richter suchen und euch verdammte Blaurock-Bastards fertigmachen.« Der einzelne Reiter knurrte. »Ist dieses Telegramm überhaupt jemals angekommen? Wieso ist das verdammte Drecksding nicht pünktlich dagewesen?«

»He, Sie sind bloß immer noch wütend, daß Sie den Krieg verloren haben, geben Sie es zu. Und es war nicht unser Fehler, daß der Mann am Telegraph in Washington D.C. zu genau dieser Stunde zum Essen gehen mußte.«

»Oh, ja, ihr nennt das Unionsgewalt.« Cain spuckte das Wort förmlich aus. »Rollins, geben Sie mir diesen Telegraphvermittler, und ich zeige ihm Konföderiertengerechtigkeit.« Kopfschüttelnd setzte er hinzu: »Ich muß raus aus diesem Job ... er bringt mich um!«

»Machen Sie nur diese letzte Sache, und Sie werden nie wieder etwas damit zu tun haben, wenn Sie nicht wollen. Overland hält eine nette Prämie für Sie bereit, und Sie können in Washington jede Stelle bekommen. Das kommt vom Präsidenten selbst.«

Macaulay knurrte wieder. »Sicher. Für euch ist es leicht, so verdammt großzügig zu sein. Wie stehen die Chancen, daß ich da lebend rauskomme – eins zu hundert?«

Rollins brüllte vor Lachen. Er klatschte seinem Pony geräuschvoll auf die Flanke.

»Kommen Sie, Junge. So schlimm kann's doch nicht sein. Wenn Kineson sich das Geld von Overland holt, sind wir da, um sie einzukreisen. Und Sie haben Ihre letzte und spektakulärste Aufgabe erfüllt. Terence Scott ist Ihnen sehr dankbar, Cain. Er hat eine Millionen Dollar in der Kutsche. Sie werden ein Held sein.«

»Ein toter Held. Scott hat's in Sharpsburg nicht geschafft, also schafft er's hier.«

»Was hat Ihnen denn die Laune verhagelt? Ist man

Ihnen gefolgt?« Rollins warf seinen Männern einen Blick zu. Beide saßen mit maskenhaften Gesichter, ihre Repetiergewehre unter den Armen, auf ihren Pferden und durchforsteten mit Blicken die Dunkelheit. Eine stille Dunkelheit.

»Unsinn. Ich lasse mich nicht verfolgen.« Cain zügelte sein Pferd, das nervös tänzelte und immer wieder gefährlich nah an den Abgrund kam. »Da unten ist eine Frau bei den Passagieren. Sie haben mir gesagt, es würden keine Frauen da mit reingezogen.« Seine Gesichtszüge verhärteten sich. »Gestern hat mich ein Junge angeschossen, der wild entschlossen ist, die Ehre der Frau zu verteidigen. Mein Arm ist praktisch nicht mehr zu gebrauchen. Und auch wenn das vorbei ist, wird er es noch lange nicht sein.«

»Kineson hatte vor, die Passagiere irgendeines Overland Express' zu kidnappen. Wir hatten alle Namenslisten. Aber daß eine Frau allein reisen würde ... daran haben wir nicht gedacht.« Rollins Miene wurde grimmig.

»Wegen ihr gibt es ständig Ärger. Ich bin froh, daß ich die Männer einigermaßen unter Kontrolle habe, wenn sie in der Nähe ist.« Er schien an einen seiner nächtlichen Ausflüge in den Wald zu denken, und schüttelte den Kopf. »Sie würden nicht glauben, zu welchen Aktionen ich gezwungen worden bin.«

Rollins hätte über Cains Andeutung grinsen können. Aber beide waren Profis, die eine Aufgabe zu erledigen hatten. Die Gegenwart einer Frau war eine Komponente, mit der niemand gerechnet hatte. Sie bedeutete ein zusätzliches Risiko.

Rollins rieb sich nervös die Seiten seines Schnurrbarts. »Morgen sind wir da. Bis dahin müssen Sie damit klarkommen.«

»Ja, wunderbar. Ein toller Job. Scheiße ...« Macaulays Stimme war kaum zu hören.

Rollins wendete sein Pferd auf der Hinterhand und bedeutete seinen Männers, zu folgen. »Wir sehen uns morgen beim großen Finale«, sagte er, und es klang fast bekümmert.

Cain nickte mit einem sarkastischen Lächeln auf den Lippen.

»Fein. Aber ich bleibe immer noch ein Outlaw. Sagen Sie das denen in Washington, wenn ich tot und begraben bin. Schreiben Sie auf meinen Grabstein, ich hätte gesagt, es muß etwas Schöneres im Leben geben.«

Rollins stieß ein rauhes Gelächter aus, als er sein Pony den steilen Pfad hinuntertrieb. »Sie lügen, Cain. Sie lieben diesen Job. Und Sie sind der Beste, den es dafür gibt, das weißt selbst der Präsident. Wer würde je denken, daß der berüchtigste Outlaw des Westens, Mister Rebell persönlich, einer von uns ist?«

Macaulay schüttelte angewidert den Kopf. Rollins Gelächter hallte von den Bergen wider. Die drei Männer verschwanden mit ihren Laternen, deren goldenes Licht die silbernen Sterne auf ihren Westen noch einmal gefährlich aufblitzen ließ. Silberne Sterne, auf denen *U.S. Marshal* eingraviert war.

Kapitel 8

Christal lauschte dem Schnarchen der Männer, während sie mit heftig klopfendem Herzen versuchte, den Strick um ihre Hände zu lösen. Bald würde der Tag anbrechen, und wenn Kineson feststellte, daß Cain fort war, würde sie ihm hoffnungslos ausgeliefert sein. Sie mußte sich befreien. Sie holte also tief Atem und versuchte erneut, den Knoten zu lösen, während sie die Dunkelheit verfluchte, die sie wie blind herumtasten ließ.

Sie gab sich Mühe, nicht an Cain zu denken. Er war geflohen, und mehr gab es darüber nicht nachzudenken. Schließlich hatte er mehr für sie getan, als sie je hatte erwarten dürfen. Er hatte es verdient zu überleben. Aber so sehr sie auch versuchte, vernünftige Gründe zu finden, war es dennoch schwer, sein Verschwinden zu akzeptieren. Er hatte sie ohne jeden Schutz allein gelassen. Und sie hatte nicht mehr nur Angst. So sehr sie es auch wurmte, sie mußte feststellen, daß sie begonnen hatte, etwas für ihn zu empfinden – woher sonst kam dieser dumpfe Schmerz in ihrer Brust? Wenn sie den morgigen Tag überlebte, konnte ihre Angst ein wenig nachlassen. Aber sie wußte, sie würde niemals den Schmerz vergessen, den sie empfunden hatte, als er ein paar Stunden zuvor verschwunden war.

»Verdammt«, flüsterte sie. Sie konnte den Knoten einfach nicht sehen. Ihre Finger verdrehten sich in jede mögliche und unmögliche Richtung, aber sie bekam ihn einfach nicht los. Schließlich benutzte sie ihre Zähne, um das Band zu lösen, aber der Knoten schien fest wie ein Stein. Christal setzte sich zurück und ließ die Welle der Verzweiflung über sich hereinbrechen.

Dann spürte sie eine Hand auf ihrem Mund.

Entsetzen packte sie. Es mußte Kineson sein. Er wollte sie vergewaltigen, während sie gefesselt war. Das würde ihm gefallen.

Sie drehte den Kopf, um dem Feind ins Auge zu blicken. Und dann wußte sie, daß es nicht Kineson war. Cain war zurückgekommen. Sie erkannte ihn selbst in der absoluten Dunkelheit. Sie erkannte seinen Atem, sie kannte seinen Geruch, ja, sogar seine Art, sie zu berühren.

Ohne ein Geräusch senkte er seine Hand und band sie los. Christal war hin und hergerissen zwischen dem Bedürfnis, ihn zu umarmen und sein schrecklich schönes Gesicht zu ohrfeigen. Er zog sie an sich, aber sie wehrte sich gegen ihn. Doch ohne einen Laut von sich zu geben, drückte er sie auf die Decken nieder, und bald lagen sie wieder zusammen und taten beide so, als würden sie schlafen.

In ihrem Kopf schwirrten unbeantwortete Fragen umher. Sie wollte ihn fragen, warum er zurückgekommen war, wohin er geritten war, was er dachte, aber sie wußte, er würde nicht von seiner Erklärung mit dem versteckten Gold abweichen, die er ihr zuvor schon gegeben hatte. Vielleicht war es ja die Wahrheit. Trotzdem war sie wütend, daß er fortgegangen war. Er hatte ihr Gefühle verdeutlicht, die sie niemals ihm gegenüber empfinden wollte. Und nun, da er wieder bei ihr war, schwand ihr Schrecken und sie fühlte erneut diese widerwärtige Dankbarkeit. Sie schwor sich, dies und alle andere Gefühle für ihn mit Gewalt zu verdrängen, aber wie konnte sie das, solange sie in seiner stählernen Umarmung lag? Schlimmer noch ... zum ersten Mal in ihrem Leben konnte sie sich keinen Ort vorstellen, an dem sie jetzt lieber gewesen wäre.

Bis das bläuliche Licht der Dämmerung über die Berge kroch. Der Dienstag war angebrochen.

Die Gang erwachte früh, und in nervösem, angstvollem Schweigen wurden die Pferde gesattelt und das Frühstück heruntergeschlungen. Kineson wirkte besonders unruhig, was ihn aber nicht davon abhielt,

Christal mit den Augen überallhin zu folgen, als wäre sie das Lösegeld.

Schließlich war es so weit. Die Männer brachen das Lager ab und stiegen auf. Kineson saß auf seinem Schecken und teilte Befehle aus. »Zeke bewacht die Passagiere, während wir die Beute holen.« Sein animalischer Blick glitt zu Cain, hinter dem Christal mit einem Arm um seine Taille auf dem Rüken seines Appaloosas saß. Cain erwiderte mit steinerner Miene seinen Blick, einen Blick, den Christal nur zu gut kannte. »Cain, du und ich werden das Lösegeld holen. Die Jungs geben uns Deckung.«

Cain nickte. Christals Herz setzte einen Schlag aus. Sie hätte ihre Seele darauf verwetten können, daß Kineson allein zurückkommen würde, wenn er erst einmal das Geld hatte. Er inszenierte Cains Ermordung. Sie drehte sich zu Macaulay um in der Hoffnung, er würde es auch erkennen, aber Cain knurrte nur seine Zustimmung.

»Die Frau geht mit Zeke in den Saloon.«

»Sie bleibt bei mir.« Cains Finger glitten fast unmerklich näher an sein Halfter heran. Christal hielt den Atem an. Das Pferd unter ihnen tänzelte nervös.

Kinesons Blick folgte seiner Hand. »Sie ist bloß eine Behinderung. Du kannst dich auf dem Pferd nicht bewegen, wenn sie sich von hinten an dich klammert.«

»Sie ist unsere Sicherheit. Niemand wird auf uns schießen, wenn sie sehen, daß ich sie bei mir habe.«

Kineson sah Cain an, dann Christal. Ein Lächeln huschte über seine Lippen, und er sagte. »Klar, Cain, klar.« Das Lächeln wurde breiter, als er sein Pferd in östliche Richtung wendete. Die Männer schlossen sich an. Cain gab seinem Appaloosa die Zügel.

Sie ritten am Valentine Lake vorbei, nahmen dann einen Pfad, der sich zwischen Cathedral und Lizard Head Peaks entlangwand. Die Berge ragten felsig oder schneebedeckt in den Himmel hinein, ein machtvoller, atemberaubender Anblick, aber niemand hatte Muße, sie zu betrachten. Jeder war zu sehr in seinen eigenen Gedanken versunken, in persönlichen Tragödien oder zukünftigem Triumph, um das fantastische, natürliche Theater um sie herum zu bemerken. Bald schon erreichten sie die Ausläufer und überblickten das Popo Agie Valley, während in der Ferne die Feuer von Camp Brown auszumachen waren. Dort lebten nur noch Trapper und einige Arapahoe Indianer, denn die Regierung hatte das alte Fort für verlassen erklärt. Aus diesem Grund hatte Kineson den Wasserturm in der Nähe ausgewählt, wo die Beute herausgeworfen werden sollte.

Die Sonne stieg am Himmel, und es war fast schon warm, als sie aus dem Schutz der Berge in die Prärie unter ihnen hinabstiegen. Der Himmel über ihnen wurde nun zu einer gewaltigen blauen Kuppel, und Christal wünschte sich, er könnte sie, Cain und die anderen Overland Passagiere einfach verschlingen. Wie eine führungslose Lokomotive jagte das Unvermeidliche auf sie zu. So sehr sie auch über eine Möglichkeit nachdachte, das Furchtbare zu vermeiden, so schien es doch keinen Ausweg zu geben. Ihre einzige Hoffnung lag bei Cain und seiner Erkenntnis, wie verrückt es war, allein mit Kineson hinauszureiten. Doch er schien nicht daran zu denken. Ja, er hatte Kinesons Pläne förmlich unterstützt. Und wenn es ihr auch fast das Herz brach, so durfte sie doch keinesfalls vergessen, daß der Mann, der sie geküßt und nachts in seinen Armen gehalten hatte, auch ihr Entführer war. Cain gehörte zu dem Plan, die Overland Gesellschaft zu schädigen wie jeder andere der Gang um Kineson. Cain war ein Verbrecher, ebenso wie der nun tote Marmet oder Boone. Da gab es nichts zu beschönigen, nichts zu leugnen.

Am Rande der Ebene begann Christal sich wieder an den Weg zu erinnern, der zu der Übergabestelle führte. Es schien Jahre her zu sein, daß Cain sie dort hin mitgenommen hatte. Damals hatte das Schweigen zwischen ihnen gestanden wie jetzt, doch nun war es ein anderes Schweigen. An jenem Tag war es eindimensional gewesen, leer, einfach Schweigen, doch nun war es fast etwas Lebendes, wie eine Gestalt, die zwischen ihnen saß und verzerrt war von Emotionen und Erinnerungen, was vielleicht hätte sein können. Das Schweigen war in Schwarz gekleidet.

Christal weigerte sich, an das Kommende zu denken. Sie klammerte sich fester an Cain, legte ihre Wange an den weichen, verblichenen Stoff seines Hemdes und suchte Trost in dem geschmeidigen Spiel seiner Muskeln auf dem Rücken, während er sein Pferd vorantrieb. Das Mädchen, das sie sein sollte, hätte niemals einen Revolverhelden umarmt, doch das Mädchen, das sie geworden war, fühlte sich verzweifelt und einsam. Es war, als hätte man ihr einen kurzen Blick auf etwas Wundervolles, Gutes und Schönes gewährt, und in dem Augenblick, als sie erkannte hatte, was sie bekommen könnte, die Tür wieder zugeschlagen. Nun stand sie alleine draußen in der Kälte, die nur noch schlimmer war, da sie jetzt wußte, was sie niemals besitzen konnte.

Cain spürte ihre Trauer und sagte weich: »Alles wird gut, Mädchen.«

Sie gab keine Antwort, sie sah ihn nicht an. Sie fürchtete zu sehr, daß die Tränen strömen würden.

Die Gang erreichte den Wasserturm lange vor Mittag. Die Pferde der anderen Männer wurden in einem kleinen Wäldchen unter einem Felsvorsprung außer Sicht der Bahnschienen angebunden. Cain und Kineson saßen auf ihren Pferden in den Schatten und hielten sich bereit. Christal hielt sich an Cains Hüften fest und spürte, wie ihre Angst immer mehr wuchs, während die Sonne sich auf den Zenit zubewegte. Die restlichen Gangmitglieder krochen mit den Winchestern in der Hand durch das hohe Gras, um sich strategisch günstig in der Nähe der Abwurfstelle zu positionieren.

Sie sahen die Lokomotive schon, als sie noch etwa fünf Meilen weit fort war. Aus der Entfernung wirkte sie wie ein nettes kleines Spielzeug, die einer Gang von brutalen Outlaws nichts entgegenzusetzen hatte. Doch je näher sie kam, desto finsterer und gewaltiger wirkte sie. Das Kreischen geölten Stahls und das Hämmern der Räder erinnerten an eine zornige Bestie. Das Zischen des Dampfes war wie ein Kampfschrei, der Aufruf zu einer grausamen Schlacht.

»Wir haben den Plan mehrmals durchgesprochen. Noch Fragen?« Kineson hatte sich an Cain gewandt, sah aber Christal an. Sie zuckte zurück.

»Keine Fragen«, antwortete Cain automatisch. Er nickte, seine Augen waren kalt.

Sie beobachteten, wie die Lokomotive kreischend unter dem Wasserturm zum Stehen kam – ein seltsamer Anblick hier in der weiten Leere der Prärie ohne Menschen, Gebäude, winzig in der Unendlichkeit des Landes. Der Zug bestand nur aus Lok, dem Tender und einem einzigen Wagen – genau, wie Kineson es verlangt hatte.

Cain und Kineson trieben ihre Pferde im Trab zum wartenden Zug hinunter. Cain sollte an den Wagen heranreiten, und Christal hing an ihm wie ein verängstigtes Kätzchen. Cain lenkte sein Pferd an den Zug und hämmerte mit dem Gewehrkolben gegen die Wagentür.

Die Tür öffnete sich ein paar Zentimeter.

Sofort wurde ein kleiner Canvas-Beutel herausgeschoben, der mit einem dumpfen Laut zu Boden fiel. Dann kam noch einer und noch einer, bis neben den Schienen ein ganzer Haufen davon lag. Cain schlitzte eines der Säckchen auf. Und Kineson stieß ein lautes Lachen aus, als er den warmen Schimmer des Goldes darin sah.

Dann kam der letzte Beutel, die Tür wurde zugezogen, und der Zug erwachte stampfend zum Leben. Christal sah zu, wie er verschwand, ohne zu bemerken, daß sich ihre Nägel in Cains Rücken bohrten. Als der Zug nur noch ein Fleckchen in der Ferne war, stieg Kineson ab. Die Outlaws, die im Gras gelauert hatten, sprangen auf, johlten und jubelten wie Indianer, während Kineson so viele Säckchen wie möglich in seinem Hemd verstaute.

»Bringt die Pferde hier herüber, dann laden wir ihnen den Rest auf«, rief Kineson. Boone nickte. Er war der erste, der zu dem Wäldchen hinüberlief, begierig, so schnell wie möglich seinen Anteil der Beute zu bekommen.

»Gib mir das Mädchen, Cain.« In der Aufregung hatte weder Cain noch Christal auf Kineson geachtet. Er war wieder aufgestiegen und befand sich nun mit seinem vollgestopften Hemd an ihrer Seite.

Cain packte seine Revolver. Er zielte auf Kineson, bevor Christal noch entsetzt aufschreien konnte. »Sie wird nicht mit dir kommen. Krieg das endlich in deinen Schädel.«

»Das einzige, was du in deinen Schädel kriegst, ist eine Kugel, Cain. Dreh dich mal um.«

Christal wandte den Kopf. Einer der Outlaws zielte mit seinem Gewehr direkt auf sie. Sie hatten Cains Ermordung geplant, genau wie sie es befürchtet hatte.

Ihr Herz krampfte sich zusammen. Sie hielt sich an Cain fest und schwor, niemals loszulassen. Ihr Geist wollte auf gar keinen Fall akzeptieren, daß sie ihn nun sterben sehen mußte.

»Was ist los, Kineson? Glaubst du, ich hätte dich betrogen?« Jedes von Cains Worten kam langsam und vorsichtig.

»Aber nein. Du bist nur zu großkotzig. Jetzt, wo wir das Gold haben, brauchen wir dich nicht mehr.« Zorn verzerrte plötzlich Kinesons Züge. Er nickte in Christals Richtung. »Und ich kann es nicht ausstehen, daß du nicht teilst, Junge. Also gib mir das Mädchen, oder ich puste euch beide direkt in die ewigen Jagdgründe.«

Cain schwieg. Dann auf einmal stieß er sie an, zu Kineson hinüberzugehen.

»Nein, Macaulay«, flüsterte sie eindringlich. »Sie knallen dich ab, sobald ich vom Pferd herunter bin. Das darfst du nicht zulassen. Tu's nicht!«

»Nimm sie, Kineson! Sie gehört dir!« sagte Cain, wobei er ihrem Blick auswich.

Sie klammerte sich an seinen Rücken, sie wollte ihn auf gar keinen Fall verlassen. »Sie werden dich umbringen!«

»Oder sie bringen uns beide um.« Aus seinen Augen blitzte der Zorn. »Steig ab. Geh zu ihm.«

Jemand schlang einen Arm um ihre Taille. Sie hielt sich an Cain fest, doch Kineson hatte mehr Kraft. Einen Augenblick später hatte er sie auf seinem Schoß plaziert.

»Laß mich los!« fauchte sie und versuchte, vom Pferd herunterzukommen, um den Verbrecher aufzuhalten, der seine Waffe auf Cain gerichtet hielt.

Doch in diesem Moment erklang der panische Schrei eines Mannes durch die Prärie. Christals Kopf schoß herum, und sie keuchte auf, als sie zu dem Wäldchen hinübersah. Wie Gespenster auf einem Friedhof kamen Männer in dunklen Mänteln auf Armeepferden hinter den Bäumen hervor, an denen die Pferde der Gang angebunden waren. Christal hielt den Atem an. Sie war hin- und hergerissen zwischen Angst und Freude..

Die Outlaws, die auf dem Weg zu ihren Pferden gewesen waren, bremsten im hohen Gras ab. Sie brauchten nur einen kurzen Augenblick, um die Situation abzuschätzen, dann brachen sie durchs Unterholz wie fliehende Wiesel.

Kineson fluchte. Der Mann hinter Cain hatte ebenfalls die Beine in die Hand genommen. Cain war nun der einzige mit einer Waffe in der Hand.

»Laß sie los«, sagte Cain drohend.

Kinesons Pferd stieg. Er riß es auf der Hinterhand herum, während er Christal in seinem stählernen Griff hielt. »Sie ist jetzt meine Sicherheit.« Dann rammte er dem Pferd die Sporen in die Flanken und jagte im vollen Galopp davon.

Christal wehrte sich heftig, doch Kineson war mindestens so stark wie Cain. Sie warf einen ängstlichen

Blick zurück und sah Cain, der sie mit haßerfülltem Blick verfolgte.

Sie jagten über die Schienen und in die unendliche Prärie hinein. »Ich krieg' dich, Cain«, brüllte Kineson und zog seinen Sechsschüsser. Christal stieß einen Wutschrei aus und versuchte, ihm die Waffe abzunehmen, aber Kineson stieß sie mit dem Ellenbogen zurück. Unbeeindruckt kämpfte Christal weiter, hämmerte ihre Fäuste gegen seine goldgepolsterte Brust, zerrte mit den Nägeln an seinem durchgeschwitzten Hemd. Sie klammerte sich an die Hand, die die Waffe hielt, doch Kineson schlug ihr mit dem Handrücken ins Gesicht. Vor Schmerz stöhnend hielt sie einen Augenblick inne. Sofort zielte Kineson wieder auf Cain, doch Christal zog brutal an dem Zügel des Pferdes, so daß das Tier langsamer wurde. Mehr brauchte Cain nicht. Er stieß einen wilden Schrei aus und warf sich auf seinen Gegner. Alle drei wurden vom Pferd gerissen und stürzten zu Boden.

»Du willst dich wegen dieser Frau hängen lassen? Du bist ein Narr, Cain. Los, springen wir auf die Pferde und nichts wie weg von hier!« grollte Kineson, als er sich auf die Füße erhob. Er hatte seine Waffe in der Hand, doch Cains 45er Colt hielt dagegen.

Cain zog Christal auf die Füße und schob sie hinter sich. In der Ferne sah sie die Männer mit den langen Mänteln über die Gleise springen. Es war nur noch eine Frage der Zeit, bis der Marshal sie eingeholt hatte. Cains Stimme war weich. »Du wirst sie niemals bekommen, Kineson. Niemals.«

»Mein Gott«, schluchzte Christal hinter ihm. »Er hat recht. Du mußt aufsitzen und verschwinden. Kineson zählt doch nicht mehr. Was immer ich zu deiner Entlastung sagen würde, sie hängen dich in jedem

Fall. Also geh! Geh doch!« Die letzte Worte kamen fast als Schrei.

Die beiden Männer standen sich gegenüber, Waffe gegen Waffe, unter der grellen Präriesonne. Kineson schien noch verzweifelter. Immer wieder flog sein Blick zu den herannahenden Männern. Cains Blick war nur auf ihn gerichtet.

»Vergiß die Frau«, bettelte Kineson nun. »Wir sind Männer vom Siebenundsechzigsten. Wir müssen zusammenhalten. Wir können uns doch nicht diesen dreckigen Yankees ergeben.«

»Tut mir leid«, flüsterte Cain, und in seinem Gesicht stand der Konflikt geschrieben, den der Krieg seinem Ehrgefühl aufgezwängt hatte. »Wir kämpfen nicht mehr für Georgia. Nur noch wir sind da, Kineson. Nur du und ich ...«

Die Wut verzerrte Kinesons Züge.

Christal schrie auf und wollte hinter Cains Rücken hervorkommen, doch er hielt sie mit stahlhartem Griff fest. Sie schrie, Kineson würde gleich schießen, doch Cain schien sich nicht darum zu kümmern. Er stand einfach nur da. Und starrte in Kinesons Augen.

Er hatte ihr erzählt, daß er in den Augen lesen konnte, wann sein Gegner schießen würde. Aber Christal konnte nicht anders, als auf Kinesons Hand mit der Waffe zu starren. Später wußte sie nicht, ob das lauten Klingen in ihren Ohren von dem Schuß oder ihren eigenen Schreien herrührte.

Der Knall hallte über das offene Grasland. Sie packte Cain, um ihn festzuhalten, wenn er tödlich getroffen zusammenbrach, wie sie es sich wohl tausendmal in ihrem Geist vorgestellt hatte. Aber er fiel nicht. Er schob seine unbenutzte Waffe in sein Halfter und beobachtete Kineson.

Pures Entsetzen war in Kinesons Gesicht zu lesen. Der Outlaw starrte auf das Loch in seiner Brust, aus dem Gold quoll. Nur war es kein Gold. Schockiert weiteten sich seine Augen als er zu Boden sah. Zu seinen Füßen lagen durchbohrte goldgefärbte Blechscheiben, die mit seinem eigenen Blut beschmiert waren. Mit einem letzten Wutschrei fiel Kineson um. Er war tot.

»Nun, Volltreffer, würde ich sagen«, verkündete eine unbekannte Stimme.

Christal wirbelte herum, um einen korpulentem Mann zu entdecken, der gerade von seinem Pferd abstieg. Seine Winchester qualmte noch. Er hatte einen gewaltigen Schnurrbart und trug ein rotes Hemd, wie die Goldsucher es gewöhnlich anzogen. Doch sie sah den dunkelblauen Armeemantel, der hinter dem Sattel festgeschnallt war. Der blitzende, silberne Stern daran war nicht zu verkennen. Christals zitterte.

»Alles in Ordnung, Ma'am? Heiße Rollins.« Er tippte sich an den Stetson und kam zu ihr herüber. Sie wich zurück, mußte jedoch sehen, wie andere Marshals – Hunderte, wie es ihr schien! – auf ihren Pferden auf sie zu trabten.

»Ich muß mich dafür entschuldigen, was Sie durchgemacht haben. Als wir wußten, daß die Kutsche voraussichtlich entführt werden sollte, hatten wir nicht mit einer Frau unter den Passagieren gerechnet.« Rollins spürte ihr Unbehagen. Er blickte auf die Gestalt im Gras, die Kineson gewesen war. »Warum haben Sie ihn nicht erledigt, Cain? Gott weiß, daß Sie doch mit Teufels Hand geboren wurden, wenn es um Zielsicherheit geht.«

Cains Stimme war angespannt und unergründlich.

»Sie haben mich davor bewahrt, einen meiner eigenen Art umzubringen.«

Rollins nickte nur – er schien Cains Gründe zu respektieren.

Die anderen Männer stiegen von ihren Pferden ab. Kavalleristen waren bei ihnen, und sie waren von Männern in blauen Röcken umgeben. Christal schluckte mühsam ihre Tränen hinunter, während sie darauf wartete, daß die Männer Cain in Ketten abführten. Im Geiste formulierte sie jede Erklärung, die Cain vielleicht entlasten konnte. Aber als Rollins auf sie zutrat, war es mit ihrer Vernunft vorbei. Sie konnte sich nur noch vor Cain stellen, als wollte sie ihn mit ihrem Körper abschirmen und unsinnige Worte der Verteidigung stammeln, ohne dabei das Bild aus ihrem Kopf verdrängen zu können, wie Cain am Galgen baumelte.

»Du mußt mich nicht schützen, Christal.«

Cains Worte ließ ihre letzte Haltung zusammenbrechen. Sie drehte sich zu ihm um und warf sich in seine Arme. Stets hatte sie sich für eine starke Person gehalten, doch auf einmal war der Gedanke, er müßte sterben, für sie unerträglich und schmerzender als eine Kugel durch ihr Herz.

»Was ist denn das?« fragte Cain weich, der offensichtlich bestürzt war. Er strich ihr sanft die Strähnen aus der Stirn, die über ihren tränenfeuchten Augen hingen. »Du brauchst keine Angst mehr zu haben, Christal. Jetzt wird alles gut.«

»Nein«, schluchzte sie, ohne ihre Augen von ihm lassen zu können. »Nichts wird gut. Siehst du denn nicht? Sie wollen dich festnehmen und hängen!« Mit einem verzweifelten Blick sah sie, daß die Männer näher kamen. Sie sehnte sich danach, die Uhr zurückdrehen zu können, denn nun würden sie ihn gleich von ihr nehmen und ihn für seine Verbrechen büßen lassen. Bitterkeit durchdrang ihr ganzes Sein. Sie hatten nicht einmal eine Chance gehabt. Von Anfang an hatte sich alles – die Vergangenheit und ihrer beider Zukunft – gegen sie gerichtet.

Und die Sekunden verstrichen gnadenlos.

Rollins machte noch einen Schritt auf sie zu. Christal grub ihre Finger in Cains Arm.

»Mädchen, alles wird gut«, flüsterte Cain in ihr Ohr.

»Sie dürfen dich nicht mitnehmen. Das lasse ich nicht zu!« sagte sie und klammerte sich an seine Hemdbrust.

Seine Arme umschlangen sie fester. »Sch-sch«, machte er, um sie wie ein Kind zu beruhigen. »Sieh doch, Christal, ich bin immer noch bewaffnet. Glaubst du, sie ließen mich dich so in den Armen halten, wenn ich noch eine Waffe habe?«

Sie hob den Kopf, um ihn anzusehen. Er wirkte nicht verängstigt, noch nicht einmal besorgt. Neben ihr kümmerten sich die Marshals um Kinesons Leiche. In der Ferne trieben Kavalleristen die anderen Bandenmitglieder zusammen. Sie zählte fünf. Sie hatten alle gefangen.

Außer Cain.

Wieder hob sie ihren Blick zu ihm. Ein fast unsichtbares Lächeln umspielte seine Lippen.

»Ich ... ich verstehe nicht ...«, murmelte sie und fühlte sich plötzlich verunsichert.

»Er gehört zu uns, Ma'am«, meldete sich Rollins zu Wort. Ein breites Grinsen lag auf seinem Gesicht. »Schon lange übrigens.«

»Aber er ist ein Outlaw ...« Sie sah Rollins an, ihre

Augen geweitet und voller Verwirrung. »Man hat doch schon versucht, ihn zu hängen. In Landen.«

»Wollen Sie ihr das erklären, oder soll ich?« fragte Cain den Mann trocken.

Rollins seufzte. »Ah, nun ja, das war ein Irrtum.« Dann konnte er sich nicht mehr zusammenreißen und lachte. »Aber Irrtümer kommen vor, nicht wahr? Im Interesse der U.S.-Regierung können wir nur froh sein, daß diese Sache hier reibungslos verlaufen ist.« Sein Blick wanderte zu Kinesons Leiche, dann zu Christal, deren Anwesenheit ganz gewiß nicht eingeplant war. »Nun, fast reibungslos«, setzte er hinzu.

Christal starrte Cain an. Sie würden ihn nicht hängen. Er war gerettet. Er würde weiterleben, weil ... Ihre Knie gaben nach. Cain packte sie schnell und stützte sie.

»Vorsicht, mein Mädchen«, flüsterte er.

»Du bist ... du bist ein Marshal?« stammelte sie, während ihr Herz sich voller Entsetzen zusammenzog.

»Hattest du wirklich Angst vor mir?« Zärtlich sah er auf sie hinab.

Sie konnte ihn nur mit weit aufgerissenen Augen ansehen.

Seine Fingerknöchel, so rauh und doch so zart, strichen über ihre Wange. »Wir haben viel miteinander zu besprechen, Christal.«

Sie konnte immer noch nicht antworten. Er war ein U.S.-Marshal.

Unwillkürlich schloß sie die Finger über der Narbe in der Handfläche. Wenn sie zuvor hatte fliehen wollen, so war das Bedürfnis jetzt um ein Vielfaches stärker. In dem innigen Wunsch davonzulaufen, schien ihr Blut fast zu brodeln. Ihr Blick wanderte über die

Männer, die sie umringten. Sie stand mitten in der endlosen Prärie und hatte mehr Männer des Gesetzes um sich herum, als sie in ihrem ganzen Leben gesehen hatte. Und Cain. Sie konnte es einfach nicht hinnehmen. Er war ein Marshal.

»Wir haben die anderen Gefangenen und einen Outlaw, der sie bewachte, oben in Falling Water gefunden«, sagte Rollins und holte sie in die Wirklichkeit zurück. »Die Bande wird direkt nach Fort Laramie gebracht. Wir haben dort einen Richter. Die Gefangenen bringen wir aber zunächst mal zum Erholen nach Camp Brown – das ist näher. Der Overland Express hat versprochen, Kutschen zu schicken, damit jeder hingehen kann, wo immer es ihn hinzieht.« Er tippte sich wieder an den Hut. »Das gilt natürlich auch für Sie, Ma'am. Ich hoffe, es macht Ihnen nichts aus, noch einmal bei Cain mitzureiten.« Christal gab keinen Protestlaut von sich. Sie war wie betäubt. Sie war gerade noch fähig, hölzern zu gehorchen. Sie mußte die Formalitäten durchstehen und ihr Bestes geben, ihre wahre Identität zu verbergen, Und dann mußte sie *fortlaufen*.

Cain hob sie in seinen Sattel und trieb sein Pferd an, das mit einem Satz in Galopp fiel. Wieder lag sie in seinen Armen, doch diesmal war sie wie erschlagen von der plötzlichen Schicksalswendung. So starrte sie auf die flache Landschaft und wollte nur noch fliehen. Nein, sie wollte nicht wirklich gehen, wollte ihn nicht verlassen. Nun, da sie beide dem Tod ins Anlitz geblickt hatten, wußte sie über ihre Gefühle zu ihm besser Bescheid, und der Gedanke, ihn verlassen zu müssen, erfüllte ihr Herz mit Bedauern und Bitterkeit.

Doch wenn es zuvor gefährlich gewesen war, bedeutete es nun Selbstmord. Ja, sie hatte gewußt, daß eine Lady sich nicht mit einem Outlaw einlassen durfte.

Aber eine Frau, die in New York gesucht wurde, konnte noch nicht einmal einen Blick auf einen Gesetzeshüter riskieren.

Kapitel 9

Christal hatte keine Ahnung, wie sie es schaffen sollte. Vor Outlaws zu fliehen, war vergleichsweise einfach. Sie erwarteten, daß man es tat, und sie hatten keinerlei moralische Pflicht, die Flüchtlinge sicher ins Lager zurückzubringen. Die Kavallerie war eine ganz andere Sache. Wenn sie eine weiße Frau aus den Händen von Verbrechern gerettet hatten, erwarteten sie von dieser, daß sie sich ausruhte, daß sie Zeit brauchte, sich von den schrecklichen Ereignissen zu erholen. Ganz gewiß erwarteten sie nicht, daß sie fliehen wollte. Und wenn sich ein solch seltsamer Vorfall ereignete, wenn wirklich ein Mädchen davonlief, dann würden sie die moralische Verpflichtung verspüren, das arme, verwirrte Wesen zu suchen und zu »retten«. Und Christal wußte, sie würden es wieder und wieder tun, bis sie endlich begriffen haben würde, daß die Army ihr nichts Böses wollte.

Obwohl sie erst ein paar Stunden dort war, stöhnte sie im stillen vor Verzweiflung auf. Camp Brown, das alte aufgegebene Fort, war Meilen von allem entfernt. Die nächste Siedlung war das Wind River Indianerreservat, und sie war dort mit ihrem flachsblonden Haar schlecht aufgehoben.

Sie streckte die Hände über den Kopf, damit die

Frauen, die um sie herumschwarwenzelten, ihr ein viel zu großes, schäbiges rosafarbenes Seidenballkleid überstreifen konnten. Es waren indianische Squaws, die sich um sie kümmerten – Mandan Frauen, die bekannt dafür waren, daß sie sich ungezwungen zwischen den Weißen bewegten. Christal hatte in den Städten der Ebenen schon viele von ihnen gesehen. Ihr Stamm war durch die Windpocken enorm dezimiert worden, und so versuchten sie sich ihren Lebensunterhalt zusammenzukratzen, indem sie in Forts und Goldgräberstädten herumlungerten, und die Sachen nahmen, die die Mädchen in den Saloons zurückließen. Mit ihren groben Gesichtszügen, ihrer dunklen Haut und dem stämmigen Körperbau wurden sie selten gut behandelt. Nun empfand Christal nur noch mehr Sympathie für sie. Sie waren auf seltsame Art miteinander verwandt. Die Squaws waren aus Not genauso gefangen wie sie durch ihre Angst.

Die Mandan Frauen ließen sie schließlich allein. Christal trat an das kleine Fenster ihres Zimmers, das sie für den ehemaligen Raum des Captains hielt. Sie war erschöpft und erschlagen, doch Schlaf kam nicht in Frage – es war zu gefährlich. Außerdem könnte am Nachmittag noch ein Overland Express Kutsche gehen, die Passagiere wegbrachte. Sie würde sie gewiß nicht verpassen, selbst wenn sie deswegen auf ihre sieben Goldstücke verzichten mußte.

Sie wischte die Glascheibe sauber und sah hinaus auf den Hof des Forts. Die Augustsonne hing am Horizont. Schweißperlen standen auf ihrer Stirn und der Staub hatte ihre Kehle ausgetrocknet – sie hatte fast vergessen, wie heiß es in der Prärie sein konnte. Sie sah zu den Toren hinüber und überlegte, ob sie an den beiden Wachen vorbeikommen konnte, die dort postiert waren. Tatsächlich hatten sie kein Recht, sie hier festzuhalten. Sie konnte von Rollins die Goldstücke verlangen, an den Wachen durch das Tor marschieren und einfach weitergehen. Ihre Augen verfinsterten sich. Dem Marshal würde es wohl kaum gefallen, wenn sie ginge, ohne ihm vorher über die Entführung berichtet zu haben. Mit der Kavallerie im Rücken würde er sie innerhalb weniger Minuten zurückholen. Und dann würden sie wissen wollen, warum sie so dringend fort wollte. Sie würde nur noch zwei Möglichkeiten haben: Entweder sie verweigerte die Antwort und nahm in Kauf, daß sie mißtrauisch wurden und vielleicht sogar die Wahrheit über die Narbe in ihrer Hand herausfanden (was sie als weitaus angenehmere Möglichkeit empfand). Oder sie log und behauptete, sie wäre von den Outlaws so entsetzlich mißbraucht worden, daß *jeder* Mann ihr Angst machte, und daß sie möglichst weit von so vielen aus diesem Geschlecht fort gewollt hatte. Der Marshal könnte ihr die Geschichte durchaus abnehmen, aber Cain würde wissen, daß sie log. Und sein Mißtrauen wäre für sie schlimmer als das der ganzen Kavallerie, die gerade auf dem Exerzierplatz Stellung einnahm.

Sie holte tief Atem und fuhr sich mit einer zitternden Hand durchs Haar. Sich vom Gesetz umzingelt zu sehen, ließ ihren schlimmsten Alptraum wahrwerden. Schlimmer war nur noch, Baldwin Didier direkt gegenüberzutreten. Hoffentlich kam die Kutsche bald. Auch wenn ihr Herz bei dem Gedanken zu zerspringen drohte.

Macaulay Cain. Macaulay Cain. Der Name hallte in ihrem Kopf wider. Am liebsten hätte sie niemals mehr an ihn gedacht. Bevor sie gerettet worden war, hatte es schon keine Perspektive für sie beide gegeben. Aber nun war alles noch schlimmer geworden.

Ein Klopfen an der Tür riß sie aus ihren finsteren Grübeleien. Sie zog die Schultern ihres verblichenen Kleides wieder hoch und war peinlich berührt, daß ihre Brüste immer wieder unter ihrem Hemdchen hervorlugten, wenn das schlechtsitzende Kleid verrutschte.

Wieder erklang das Klopfen, diesmal drängender, und die Angst ließ ihr Herz aussetzen. Sie war plötzlich überzeugt von dem unsinnigen Gedanken, daß man ihre Vergangenheit entdeckt hatte, doch dann gewann ihr Verstand wieder Überhand, als sie erkannte, daß es unwahrscheinlich war. Sie drehte ihr Haar mit einer Hand, aber weil sie es nicht hochstekken konnte, warf sie es über eine Schulter und öffnete dann die Tür.

Ihr Herz blieb fast stehen. Vor der Tür stand Cain, der nun sehr anders aussah, als der Mann, den sie kennengelernt hatte. Er hatte sich rasiert, und sein starkes Kinn war nun ganz von dem Bart befreit. Sie mußte erkennen, daß er noch viel besser aussah, als sie vermutet hatte. Doch er war immer noch Macaulay Cain, die harte Linie des Mundes und seine eisigen Augen waren unverändert – und unverändert hypnotisierend.

Sie betrachtete seine restliche Gestalt. Er hatte gebadet und etwas kultivierte Kleidung angezogen. Nun trug er dunkle Hosen, ein weißes Hemd und eine burgunderfarbene Seidenweste. Sein Haar war zurückgekämmt und duftete nach Piment. Wenn sie sich schon von ihm als Outlaw hatte angezogen gefühlt, so war diese Kraft jetzt noch stärker. Er war glattrasiert und wirkte zurückhaltend, und diese Haltung stand ihm gut. Die Gefahr, die von ihm ausging, war nun nur noch unterschwellig zu spüren, aber nichtdestoweniger anziehend und betäubend, so wie ein Flüstern erotischer ist als ein lautes Rufen.

»Ich erkenne dich kaum wieder«, sagte sie langsam und vorsichtig.

Seine Mundwinkel zogen sich zu einem Lächeln hoch. So wie er nun aussah, hätte er gut einer von den Spielern sein können, die in die Saloons kamen, in denen sie gearbeitet hatte, um ihr ergaunertes Vermögen auszugeben – oder zu mehren. Sie hatte diese Glücksritter als mächtige und gewalttätige Männer erlebt, die vor allem durch ihr Aussehen gewannen. Sie besaßen eine enorme Anziehungskraft, und sie hatte sich stets bemüht, ihnen aus dem Weg zu gehen, doch allesamt verblaßten sie neben Macaulay Cain.

Sie trat von der Tür zurück, ohne zu wissen, was sie sagen sollte. Sie sah ihn nicht an, sie bat ihn nicht einzutreten. Sie wußte, er würde eintreten, wenn er es wollte, ob sie es ihm erlaubte oder nicht.

»Das Kleid ist zu groß«, bemerkte er, während er die Tür hinter sich schloß.

Sie zog die verblichene Seide fester um ihren Körper. »Ich werde es abnähen müssen.«

»Das denke ich auch.« Sein Blick hielt ihren fest. Das Leuchten seiner Augen sagte ihr, daß er das Kleid gar nicht so übel fand – er wartete bloß darauf, daß sie herausfiel.

Sie wandte sich ab, plötzlich unsinnigerweise verlegen. Sie hatten sich geküßt, hatten Arm in Arm geschlafen, hatten miteinander gekämpft. Doch nun war er ein Fremder für sie. Und ein sehr gefährlicher Fremder. Der Outlaw, für den sie Gefühle entwickelt hatte, war fort, und nun hatten sie nichts mehr, worüber sie sprechen konnten.

Und doch so vieles.

Also sammelte sie all ihren Mut zusammen und sagte schließlich: »Du hättest mir verraten sollen, daß du ein Marshal bist. Das hätte die ganze Sache einfacher gemacht.«

»Ich war nicht sicher, wieviel Schauspieltalent du besitzt. Ich wollte nicht, daß dir etwas geschieht. Oder daß man mich umbringt«, setzte er hinzu.

»Ich verstehe.« Sie sah an ihrem Kleid herunter. Wieder war eine Schulter verrutscht und enthüllte nun ein gutes Stück glatter, rosiger Haut, die in die sanfte Rundung ihres Brustansatzes überging. Hastig zog sie den Ärmel wieder hoch und hoffte, daß er nicht allzu viel gesehen hatte. Doch aus dem Feuer, daß in seine grauen Augen glomm, schloß sie, daß es genug gewesen war.

Ein langes, unangenehmes Schweigen folgte, währenddessen sie sich beide nur anstarrten. Um die Stille zu durchbrechen, sagte sie schließlich: »Alles ist jetzt ganz anders, nicht wahr? Du bist vor allem ganz anders.«

»Alles ist jetzt besser. Vor allem ich«, konterte er, während er mit dem Daumen über ihr Schlüsselbein strich. »Jetzt kann ich endlich mit dir sprechen, kann dir alles erklären – und du mir auch. Ich bin nicht länger dein Entführer. Ich bin nur ein Mann. Ein Mann, dem du vertrauen darfst.« Ihre Blicke trafen sich.

»Ich hatte ohnehin schon angefangen, dir zu vertrauen«, antwortete sie. Nervös unter seinem forschen Blick, rauschte sie an ihm vorbei zu der eichenen Spiegelkommode und begann, ihr Haar zu flechten. Wieder konnte sie nur an Flucht denken. Sie hatte vor ihm als Mann des Gesetzes Angst, aber noch mehr hatte sie Angst vor ihm als einfachen *Mann*. Er hatte ihre Emotionen bereits derart durcheinandergebracht, daß sie kaum noch wußte, was sie fühlte. Er durfte damit nicht fortfahren. Wenn sie sich in ihn – einen Marshal – verliebte, konnte sie ebensogut Selbstmord begehen.

Er trat hinter sie und betrachtete sie über die Schulter im Spiegel. Ohne sie zu berühren, sagte er: »Langsam habe ich das Gefühl, du vertraust mir jetzt weniger als vorher, als du mich für einen Outlaw hieltest.«

Die Aufgabe, ihr Haar zu flechten, schien nicht zu bewältigen. Sie ließ ihre zitternden Hände sinken. Ein Schuß zerriß die Stille – die Kavallerie exerzierte auf dem Übungsplatz –, und das Geräusch spannte ihre Nerven zum Zerreißen an. Am Rande der Hysterie, fauchte sie: »Ich verstehe es einfach nicht. Du nennst dich einen Rebell, du hast auf der Seite der Konföderierten gekämpft – wie kannst du jetzt bloß für die andere Seite arbeiten? Ich hätte von dir niemals erwartet –« Sie brach ab und schüttelte den Kopf. Die Worte waren ihr herausgerutscht. Nun befürchtete sie, sie hatte zuviel gesagt.

Ein Hauch eines Lächelns überzog sein Gesicht. »Du redest fast schon wie ein Südstaatler. Dabei bist du nur eine weitere behütete Lilie des Nordens, der man vom Krieg wie von einem bösen Märchen erzählt hat. Du mußt es besonders gut gehabt haben, Christal. Der Krieg mußte erst zehn Jahre vorbei sein, bevor du dich dafür interessiertest und einmal einen Menschen danach gefragt hast.«

Zorn flammte in ihr auf. Vielleicht war sie einen kurzen Teil ihres Lebens ein behütetes Mädchen gewesen, aber dann hatte sie ihren eigenen Krieg auszutragen gehabt – sie konnte sich nicht in seinen hineinziehen lassen. Mit angespannter Stimme sagte sie:

»Ich habe dich nach dem Krieg gefragt, weil ich etwas über dich erfahren wollte. Aber alles, was von dir kam, ist eine Lüge gewesen. Auch deine Rebellenvergangenheit muß gelogen gewesen sein, ansonsten begreife ich nicht, wie du den einen Moment Konföderierter sein kannst und im nächsten Föderalist. Ein Rebell hätte diese Aufgabe nicht tun können. Kein richtiger jedenfalls.«

»Gerade weil ich ein Rebell war, konnte ich den Job machen.«

Sie hatte Wut erwartet, aber nicht diese Bitterkeit. Der Unterton in seiner Stimme tat ihr weh.

»Was glaubst du denn, habe ich aus diesem Krieg mitnehmen können? Glaubst du, ich hätte Ehre und Ruhm gewonnen?« Cain holte tief Atem. Es schien ihm Mühe zu bereiten, die Worte auszusprechen. »Ich habe in diesem Krieg nichts außer Tod, Blut und Verluste gesehen. Nun ist es zehn Jahre her, aber ich habe immer noch keinen Sinn darin gefunden, mit dem ich leben kann. In meinem Kopf ist richtig und falsch vollkommen durcheinander geraten. Ich versuche jeden Tag erneut, Ordnung zu schaffen. Und das ist der Grund, warum ich für die Föderalisten arbeiten kann. Der Krieg ist lange vorbei, und ich bin kein Mann aus Georgia mehr, sondern ein Bürger der Vereinigten Staaten, was ich tue, ist schwarz und weiß. Richtig und falsch. Was Kineson getan hat, war ein Verbrechen. Er hat seine Quittung bekommen. Und ich kann zum nächsten Job übergehen, ohne mein Innerstes deswegen verzehren zu lassen.«

»Aber die Dinge sind ja nicht immer so eindeutig.« Sie verfluchte die Panik in ihrer Stimme. »Manchmal ist ein Verbrechen nicht das, was es zu sein scheint. Vielleicht hast du Fakten, die lügen ...«

»Wovon redest du?«

Sie sah ihn im Spiegel an. Er hatte die Stirn gerunzelt. Nein, sie konnte ihm nicht alles sagen. Nach dem, was er ihr eben erzählt hatte, würde er sie vor Gericht schleppen und hängen lassen, bevor ihr Onkel sie noch erwischt hätte.

»Christal, was ist los?« Seine Arme schlangen sich um ihre Taille, und sie spürte die Wärme seiner Hände. Sie wünschte sich nichts sehnlichster, als sich an seine Brust fallen zu lassen, sich in seinen Armen zu verkriechen, ihn zu küssen und zu berühren. Sie wollte, daß er verstand, was der Outlaw Macaulay Cain schon wußte: Daß manche Verbrechen falsch beurteilt werden, daß es Gründe für Verbrechen geben konnte.

Doch nun stand dort ein anderer Macaulay Cain. Ein Mann, der ganz anders dachte als sie. Ein Mann, vor dem sie sich nur mit einer Mauer des Schweigens schützen konnte.

»Behandel mich nicht wie einen Fremden, Christal«, sagte er mit einem drohenden Unterton. »Ich weiß, daß du eine Menge durchmachen mußtest, aber –«

»Aber wir *sind* Fremde«, unterbrach sie ihn. Verzweifelt bemüht, Distanz zu ihm zu erlangen, fuhr sie fort: »Wir haben gemeinsam einige schwierige Tage durchgestanden, aber sie sind nun vorbei. Wir können unsere Leben wieder aufnehmen. Ich warte nur noch auf die Overland-Kutsche, und dann bin ich weg.« Sie drehte sich um und sah ihm ins Gesicht, denn sie wollte unbedingt ein letztes Mal aufrichtig sein. »Ich möchte nur, daß du weißt, wie erleichtert ich bin, daß man dich nicht umgebracht hat. Ich ... ich bin froh, daß du ein Marshal bist. Ich hätte es nicht ertragen, dich hängen zu sehen.«

Ein seiner Stimem lag ein Unterton, als wollte er sie am liebsten schütteln. »Du empfindest etwas für mich, also gesteh mir dasselbe zu. Zieh dich nicht von mir zurück.«

»Das tue ich nicht –«

»Oh, doch.« Er blickte sie im Spiegel an. Er begann, ihre Wange zu streicheln. »Ich möchte so gerne alles von dir wissen, Christal – wo du herkommst, wer dein Mann war, wohin du an jenem Tag in der Kutsche wolltest.«

»Mein Leben ist uninteressant. Meine Vergangenheit würde dich langweilen.«

»Du hast mir noch überhaupt nichts erzählt –«

»Da ist nichts zu erzählen.«

Seine Hand packte ihr Kinn, und er zwang sie, ihn anzusehen. »Wenn es nichts zu erzählen gibt, warum stellst du dich dann so an? Ich dachte, du wolltest mir nichts von dir sagen, weil du glaubtest, ich sei ein Outlaw – der Mann, der dich als Geisel nahm. Doch nun kommt mir der Gedanke, daß mehr dahintersteckt.«

»Wir sind Fremde, die zufällig eine schlechte Erfahrung geteilt haben«, sagte sie, schloß die Augen und versuchte, stark zu sein. Er durfte nicht in ihr Inneres blicken. Nicht, solange sie entschlossen war, bei der ersten Gelegenheit zu fliehen. »Wir müssen nun wieder unser normales Leben weiterführen. Ich gehe meinen Weg, du gehst deinen.«

»Nein.«

Ihr stockte der Atem. Sie öffnete die Augen. Wieder nistete die Angst sich in ihrem Herzen ein. »Was hast du gesagt?«

»Du hast mich gehört. Ich sagte nein. Wir werden nicht getrennte Wege gehen. Noch nicht.«

»Du hast kein Recht. mich länger festzuhalten als –«

»Ich habe jedes Recht.«

Sie starrte ihn an. Das Blut rauschte in ihren Ohren. »Warum?« fragte sie mit fast unhörbarer Stimme.

»Du weißt, warum.« Er drehte ihr Gesicht zu sich. Mit einem Finger strich er ihr zart über die Lippen. »Du weißt es«, flüsterte er.

Die Worte erstarben auf ihren Lippen.

So standen beide da, keiner willens aufzugeben, keiner in der Lage zu gewinnen. Schließlich machte er mit dem Kopf eine Bewegung zum Fenster hin, durch das man die Kavallerie ihre Manöver im Staub ausführen sehen konnte. »Du bist wieder in der Zivilsation, Mädchen. Es sieht nicht gerade so aus, aber die Regel der Zivilisation sind auch hier gültig, wie sie es in Fort Laramie, San Francisco oder Denver sind. Du bist eine alleinstehende Frau, und heute nacht schläfst du in diesem Zimmer, beschützt vor jedem Mann, der dich vielleicht belästigen möchte ... wie ich zum Beispiel.«

Ein Kloß bildete sich in ihrer Kehle. Er war entschlossen, etwas aus ihrer gemeinsamen Zeit in Falling Water herauszuholen, und das durfte sie ihm nicht erlauben. Wenn er dem eine Bedeutung gab, dann wäre es um so schwieriger zu gehen. Und es fiel ihr ohnehin schon schwierig genug, ihn zu verlassen.

Er senkte seine Stimme, seine Augen wirkten plötzlich verschleiert. Sie fand keine Worte, um ihn aufzuhalten.

»Ich werde diese Nacht nicht hier sein«, flüsterte er. »Ich werde deinen Körper nicht an meinem spüren oder deinen Atem im Schlaf hören. Ich kann deinen Ruf nicht ruinieren, weil hier gewisse Regeln gelten.

Du bist das, was man gemeinhin als Lady bezeichnet, Mrs. Smith. Also werde ich dich auch als solche behandeln. Aber du sollst wissen, daß ich diese Regeln verfluche. Was immer zwischen uns in Falling Water vorgefallen ist, hätte nicht geschehen dürfen. Dennoch ändert das nichts an der Tatsache, daß es passiert *ist*. Heute nacht solltest du in meinen Armen liegen, und das weißt du. So wie du weißt, daß dein Herz schlägt ... da drin!« Seine Knöcheln strichen über ihr Schlüsselbein tiefer, dann legte er seine Hand über ihre linke Brust, und beide spürte das wilde Hämmern ihres Herzens.

Sie wandte sich ab, Tränen brannten in ihren Augen. Seine Worte trafen sie mitten ins Herz. Er hatte all das gesagt, was sie nicht zu hören ertragen konnte. Ihre Seele weinte. Seine Worte verwandelten ihr Pläne in eine quälende Prüfung.

Zum ersten Mal seit Jahren spürte sie eine heiße Träne ihre Wange hinunterkullern. Es war so passend gewesen, daß sie ihm in Trauerkleidung begegnet war. Sechs lange Jahre hatte sie den Verlust ihrer Kindheit, ihres früheren Lebens beklagt. Doch noch mehr weinte sie um ihre Einsamkeit, die nur noch schlimmer wurde, als sie zur Frau heranwuchs, denn nun wünschte sie sich nachts einen warmen Körper statt nur einer Phantasie. In Falling Water war sie durch die Hoffnung, einen Menschen gefunden zu haben, mit dem sie leben konnte, verhöhnt worden. Es hatte Momente gegeben, in denen sie vor ihrem inneren Augen sie beide zusammengesehen hatte. Er war nicht der Mann, den sie in ihrem Träumen für sich ausgesucht hatte, aber Träume waren etwas, das sich dumme kleine Gänse erlauben konnten. Und Cain, der Outlaw, den sie geküßt, berührt und an dessen Seite sie geschlafen hatte, war aus Fleisch und Blut gewesen – ein Mann aus Fleisch und Blut, kein Schatten aus Träumen. Und er war genau das bißchen auf der anderen Seite des Gesetzes gewesen, um sie verstehen zu können. Nun war dieser Mann fort. So tot, als wäre er von Kineson erschossen worden. Macaulay hatte sie so oft nach ihrem Mann gefragt. Und nun wußte sie, um wen sie trauerte. Es war Cain.

»Warum tust du das?« flüsterte sie schließlich, voller Wut, daß er sie dahin gebracht hatte.

»Weil ich dich will«, war alles, was er sagte.

Sie schloß die Augen. Flüsternd erwiderte sie: »Wenn ich mich dir wie eine Hure hingebe, glaubst du, du könntest dich auf diese Art von mir befreien?«

»Ich will nicht, daß du dich mir so hingibst. Wenn ich das gewollt hätte, dann hätte ich dich längst genommen. Ich hätte es ein dutzendmal tun können, als wir zusammen waren.«

»Das wäre eine Vergewaltigung gewesen.«

»Auf jeden Fall hätte ich mir nehmen könnte, was ich wollte.«

Sie begann zu zittern.

Er nahm sie in die Arme. »Ich will, daß du mir von dir erzählst.« Er hob ihre Hand mit der eingebrannten Rose und zeichnete jedes der zarten Blätter mit der Fingerspitze nach. Seine Berührung brannte wie ein Feuer, das sie zu verzehren drohte. »Was versteckst du vor mir?«

Sie stöhnte auf.

Sanft hob er ihr Kinn an, so daß sie ihm in die eisgrauen Augen sehen mußte. »Antworte mir.«

Sie sah zur Seite.

»Wovor hast du Angst?« flüsterte er drängend.

»Vor nichts«, sagte sie mit brechender Stimme.

Er drehte ihr Kinn wieder zu sich und schaute ihr tief in die Augen. Es kam ihr wie Minuten vor. Dann stieß er sie mit unerwarteter Gefühlsaufwallung von sich. »Du lügst!«

»Nein«, antwortete sie verzweifelt.

»Ich sehe es doch in deinen blauen Augen. Die Farbe des Himmels, so schön, so blau ...« Seine Stimme wurde drohend. »Und so bewölkt. Du lügst.«

Verängstigt drehte sie sich weg und starrte aus dem Fenster. Mit einem Anflug von Entrüstung straffte sie ihren Körper. »Du beschuldigst mich der Lüge. Aber du bist doch derjenige gewesen, der mich getäuscht hat. Wer bist du wirklich? Bist du der Mann vom Siebenundsechzigsten oder bist du ein U.S.-Marshal? Bist du Rebell oder Yankee? Ein Outlaw oder ein Bürger dieses Landes?«

Seine Miene versteinerte zu einer Maske. »Wenn ich dich jemals belogen habe, dann nur, um dein Leben zu schützen. Aber die Dinge, die ich dir über mich selbst erzählt habe, sind die Wahrheit.«

»Es muß ja sehr angenehm sein, die Loyalität nach Belieben zu wechseln.« Sie wußte, daß sie heiligen Grund betrat, aber in ihrer Angst und Wut kümmerte es sie nicht.

»Wenn du auf meine Rolle in der Entführung anspielst – das war mein Job. Aber« – und nun wurde seine Stimme tief und grollend – »wenn du meine Rolle im Krieg meinst, Ma'am, dann laß dir gesagt sein, ich bin Südstaatler, und ich werde es immer bleiben. Und glaube mir, wenn es nach mir ginge, dann würde Georgia dich und dieses ganze verdammte Land regieren!«

Plötzlich begann sie zu weinen. Warum hatte sie ihn verletzen wollen? Alles, was sie wirklich wünschte, war doch nur, von ihm wegzukommen. Sie hätte nicht so grausam sein dürfen. Er war durch den Krieg in zwei Hälften gerissen worden. Er hatte ihr erzählt, er hätte keine Ehre und keinen Ruhm gefunden. Aber er täuschte sich. Er stand zu seinem Land. Und als es das Land nicht mehr gab, hatte er die Konföderiertenflagge sauber zusammengefaltet und respektvoll weggepackt, damit sie nicht noch mehr befleckt und verhöhnt werden konnte. Er hatte sein Leben weitergelebt, auch wenn Bitterkeit sein Herz schwer machte, und selbst dabei hatte er sich zu einer ehrenvollen Aufgabe entschlossen, indem er seinen ehemaligen Kumpanen, die in der einsamen Prärie und den Bergen des Westens zu Verbrechern geworden waren, bekämpfte.

»Nicht«, hörte sie ihn flüstern. Seine Stimme war plötzlich überraschend sanft.

Ohne es zu wollen, legte sie ihren Kopf an seine Brust. Er trocknete ihr die Tränen mit seinen Daumen, und sie zitterte und vergrub ihr Gesicht in seinem Hemd. Er hatte gebadet, er trug saubere Kleider. Cain hätte wie ein anderer Mann riechen müssen, aber unter dem gestärkten Hemd und dem Pimentöl in den Haaren nahm sie den vertrauten Duft wahr, und sie sog ihn in sich auf. Warum konnte er sie nicht ewig so halten?

Draußen auf dem Exerzierplatz schossen die Soldaten zur Übung und störten die Nähe der beiden im Zimmer oben. Ohne den Kopf von seiner Brust zu nehmen, sprach sie aus, was sie sagen mußte. »Wann wird die Overland Kutsche hier sein?« Ihre Stimme war heiser von unterdrückten Tränen.

»Overland kann erst in zwei Tagen eine schicken«, antwortete er steif.

Ihre Schultern fielen herab. Sie wußte nicht, ob sie es bis dahin aushalten konnte.

»Christal«, sagte Cain, und seine Hände packten sie fester. »Bitte denk nicht daran, direkt abzureisen. Wir haben zwei Tage. Laß uns wenigstens die genießen.«

»Zwei Tage sind wenig ... oder sehr viel. Je nachdem, wie man es sieht«, antwortete sie, hin- und hergerissen zwischen dem Wunsch zu fliehen und dem Wunsch, ihn auf keinen Fall zu verlassen.

Sie wischte sich ihre Wangen mit dem Handrücken ab. Sein Schweigen schien ihre Worte zu bestätigen.

Dann sagte er: »Ich bin gekommen, um dich zum Essen zu bitten. Die anderen Passagiere haben sich nach deinem Wohlergehen erkundigt, und sie wären sicher froh, dich heute abend in der Offiziersmesse am Tisch zu sehen.«

Sie löste sich aus seinen Armen und trat zu dem Spiegeltisch. Sie wandte ihm den Rücken zu, um ihn auszuschließen, doch als sie in den Spiegel sah, fing sein Blick ihren ein und ließ nicht mehr los. Einen Bruchteil der Ewigkeit ließ sie ihre Augen mit bloßer Emotion sprechen, doch dann riß sie sich los, um nicht unterzugehen, und tat, als hätte es dieses Einverständnis nicht gegeben. »Ich freue mich auf das Dinner. Ich will mir nur die Haare hochstecken.«

»Du hast wundervolles Haar. Das wollte ich dir schon immer sagen.«

Sie schloß die Augen und bekämpfte den Wunsch, er möge seine Hand in ihr Haar vergraben, wie er es in Falling Water getan hatte. Wieder sah sie ihm in die Augen und dort, in den eisgrauen Tiefen seiner Iris sah sie sein Verlangen, vielleicht auch ein wenig Schmerz. Für ihn waren die Lügen und die Prüfung vorbei.

Für sie begannen sie erst,
»Ich brauche nur eine Minute«, flüsterte sie.

Kapitel 10

Die Messe des alten Forts war ein roh zusammengezimmertes Holzgebäude mit einem Lehmboden. Es konnte noch nicht lange aufgegeben worden sein, denn der Schlamm zwischen den Baumstämmen, die die Wände bildeten, war noch nicht herausgebröckelt, und der eiserne Ofen funktionierte auch noch.

Christal packte die nackte Angst, als sie sich in dem Raum umsah. Die Messe war voller Männer: Passagiere und Kavallerie. Und *Marshals*. Auf jeder Brust schien ein silbernen Stern zu blitzen und blendete sie mit einem gleißenden Funkeln, wann immer sich das Lampenlicht darin spiegelte.

Ihr Körper hielt sich angespannt zur Flucht bereit, in ihrem Kopf schrie alles nach Entkommen, doch sie lächelte und zwang ihre zitternde Hand, die auf Cains Arm lag, zur Ruhe. Sie durfte auf keinen Fall Mißtrauen erregen, bis sie in aller Stille mit den anderen Passagieren abreisen konnte. Dennoch schlossen sich ihre Finger unwillkürlich über die Narbe in ihrer Hand, und sie schwor sich im stillen, sich lieber die Hand brechen zu lassen, als sie hier vor allen Menschen offen zu zeigen.

Ohne großes Aufheben löste sich Mr. Glassie aus der Menge der berockten Kavalleristen. Er drückte sie herzlich an sich, und wieder spürte sie die Tränen in ihren Augen. Henry Glassie war eine gute Seele, und sie wünschte sich sehnlichst, daß sie Freunde sein könnten. Sie rückte ein Stück von ihm ab und sah, daß er blaß war, vielleicht ein bißchen dünner – obwohl das bei seinem Umfang schlecht zu beurteilen war –, nichtsdestoweniger elegant wie immer. Sein Anzug war ausgebürstet worden und sah fast genauso proper aus wie an dem Tag, als die Overland Kutsche nach Noble gestartet war.

»Gott sei's gedankt, daß es Ihnen gut geht, Mrs. Smith. Ich darf Ihnen gar nicht sagen, wie sehr Mr. Adlemayer und ich uns um sie gesorgt haben«, rief er aus, während er sie festhielt, als wäre sie seine verlorenen Tochter.

Christal lächelte ihn an und ließ ihren Blick zu dem »Prediger« wandern, dessen Name sie zuvor nicht gewußt hatte. Er erwiderte ihr Lächeln, tat es jedoch etwas nervös, als würde er sich immer noch nach einem Drink sehnen.

Mr. Glassie machte eine Kopfbewegung zu Macaulay, der zu den Kavalleristen hinübergegangen war, um einige Leute zu begrüßen. »Ist es zu glauben, daß dieser grobe Schurke ein Marshal ist?«

Christal warf einen verstohlenen Blick zu Cain. Er stand bei den Männer und lachte, als ob einer von ihnen einen besonders guten Scherz gemacht hatte. Seine Zähne leuchteten schneeweiß, sein Grinsen war wölfisch. Und in seinen Augen lag tatsächlich Wärme. Er wirkte entspannt, ja fast glücklich. Bis ihre Blicke sich trafen.

Das Lächeln verschwand. Sie erkannte, daß er sich kummervolle Gedanken über sie machte. So wie sie es in Falling Water über ihn getan hatte.

»Er ist ein Mann voller Überraschungen«, kommentierte sie und war froh, daß Mr. Glassie den Blickwechsel nicht bemerkt hatte, weil er sich darauf konzentrierte, ihr einen Stuhl anzubieten. Er sollte nicht sehen, wie sehr Macaulay sie durcheinanderbrachte. Um sich abzulenken, nickte sie dem Kutscher und der Eskorte mit dem Gewehr zu, die in einer Ecke standen. Beide wirkten immens erleichtert, daß sie dort waren, wo sie waren. »Wo sind Pete und sein Vater?« fragte sie, während sie sich suchend umsah.

»Pete sieht dem Manöver zu. Der alte Elias diskutiert, soviel ich weiß, mit Rollins darüber, wann er sein Geld zurückbekommt.« Er gluckste vergnügt. »Sieht aus, als würde er immer saurer, je länger sie das Geld einbehalten.«

Wahrscheinlich hätte Christal bei der Vorstellung gelacht, wie der alte, grauhaarige Mann sich mit Rollins stritt, aber sie war zu sehr in der Überlegung versunken, wann sie selbst wohl ihr Gold zurückbekommen würde. Sie sehnte sich danach, das Gewicht der sieben Goldstücke in ihrer Hand zu spüren.

Eine Hand auf der Schulter ließ sie aufblicken, und sie sah Cain, der mit einem Drink in der Hand neben ihr stand.

»Hier. Das wird Ihnen helfen, heute nacht gut zu schlafen.« Er reichte ihr die Blechtasse.

»Danke, Mister ...« Sie brach ab, ohne zu wissen, wie sie ihn nennen sollte. Zumal sie fand, daß der Name Cain kaum noch zu ihrer Beziehung paßte.

»Macaulay«, antwortete er, als hätte er ihre Gedanken gelesen.

»Macaulay«, flüsterte sie und nahm den Drink. Dann wandte sie sich ab, zu ängstlich, daß er den Kummer in ihren Augen entdecken konnte. Er war ihr so nahgekommen, als sie ihn für einen Outlaw hielt. Nun war es Zeit – tatsächlich war es unabdinglich –, daß sie sich von ihm zurückzog und Distanz schaffte.

Sie nippte an der Tasse, in der heißer Kaffee mit viel Whisky war. Da sie sich weigerte, Macaulays Blick zu begegnen, wuchs die Spannung zwischen ihnen. Diesmal war Mr. Glassie kein Detail der kurzen Begebenheit entgangen.

Bald kehrte Macaulay zu den Männern zurück, um seine Hilfe beim Zerlegen des Wildbrets anzubieten, und Mr. Glassie zog seinen Stuhl näher heran. Er nahm ihre Hand und sagte: »Ich freue mich, daß wir mal miteinander reden können, Mrs. Smith.«

»Bitte nennen Sie mich Christal.« Sie versuchte, zu lächeln, doch es fiel ihr schwer.

»Ich fühle mich geehrt, daß Sie mich zu Ihren Freunden zählen wollen, aber ...« Mr. Glassies besorgter Blick wanderte einmal mehr zu Macaulay. »Ich kann einfach nicht vergessen, wie Sie aussahen, als Sie an diesem einen Tag in den Saloon zu uns kamen.« Seine freundliche Stimme senkte sich zu einem Flüstern. »Ihr Kleid war zerrissen. Cain schubste Sie vor unseren Augen und kommandierte Sie herum.«

»Er hat mir nichts getan. Er hat mir niemals etwas getan«, flüsterte sie und verfluchte ihre zitternde Stimme.

»Es war eine schlimme Zeit. Aber ich möchte Ihnen klar machen, daß Sie entschädigt werden, für alles, was Ihnen zugestoßen ist. Wenn Mr. Cain die Zeit der Gefangenschaft ... ausgenutzt hat, dann werde ich dafür sorgen, daß er die Konsequenzen tragen muß. Er wird Sie heiraten müssen, wenn –«

»Nein.« Sie schnitt ihm das Wort mit einer Leidenschaft ab, die sie nicht hatte zeigen wollen.

»Na, na, Mrs. Smith. Ich wollte Sie nicht aufregen.«

Sie brachte ein schwaches Lächeln zustande. »Bitte

vergeben Sie mir. Sie haben mich nicht aufgeregt. Mr. Cain hat nichts getan, was er bereuen müßte. Es geht mir wieder gut, sobald die Kutsche kommt. Ich möchte allmählich fort.«

»Das sollten Sie nicht wollen!« Er lachte auf. »Sehen Sie, Terence Scott selbst kommt mit der Union Pacific hierher, um uns ein fettes Sümmchen als Entschädigung für unsere Unannehmlichkeiten zu überbringen. Soviel ich gehört habe, wird er morgen abend spät hier eintreffen.«

Christal konnte ihren Schock nicht verbergen. Sie hätte sich niemals träumen lassen, daß sie Entschuldigung finanzieller Art von Overland erwarten konnten. Das Geld könnte tatsächlich ausreichen, um Didier endlich dem Gesetz zu überantworten. Sie konnte es kaum fassen, aber durch diese Sache schien ihr Vermögen wunderbarerweise vermehrt zu werden. »Haben Sie eine Ahnung, wieviel er uns bringt?« fragte sie in dem Wissen, daß sie sich unverschämt anhörte, doch sie konnte nicht anders.

»Nein, nein. Aber es ist sicher eine nette Stange. Besonders für Sie, Christal. Wie ich gehört habe, hätten sie niemals erwartet, daß eine Frau in der Kutsche sein würde. Es tut ihnen sehr leid, daß Sie das durchstehen mußten.«

»Aha.«

Er wechselte das Thema. »Was mich angeht, ich werde den Besuch leider verpassen. Aber Patterson Furniture wird schon für meine Entschädigung sorgen. Sie werden sich nicht lumpen lassen. Ich bin ein sehr geschätzter Angestellter, müssen Sie wissen. Sie haben mir bereits eine Kutsche besorgt, damit ich morgen ganz früh aufbrechen und meine Geschäfte wieder aufnehmen kann.« Er zupfte an seinen Jakkenaufschlägen herum. »Ich kann mir nicht leisten, meine Zeit hier zu vertrödeln.«

Es brauchte einen Moment, bis die Bedeutung seiner Worte zu ihr durchdrang. Endlich platzte sie heraus: »Sie brechen morgen ganz früh auf? Sie warten nicht auf die Overland-Kutsche?«

»Ich kann nicht noch einen Tag hier herumlungern. Ich bin schon ziemlich im Rückstand.«

Sie trommelte mit den Fingern auf der groben Tischplatte herum. Der Wunsch nach dem Overland-Geld war enorm. Doch es wäre klüger, wenn sie morgen früh das Fort verlassen konnte. Sollte sie auf ihre Vernunft hören und zusehen, daß man sie gehen ließ? Oder sollte sie ihre Vorsicht in den Wind schreiben, nach dem Entschädigungsgeld greifen und hoffen, daß dies die Lösung all ihrer Probleme war?

»Ein Penny für Ihre Gedanken.«

Sie starrte Mr. Glassie an. »Ich ... ich habe Sie nur gerade um Ihre schnelle Abreise beneidet. Macaulay, äh, Mr. Cain sagte mir, daß die Overland-Kutsche erst in zwei Tagen käme.«

»Sind Sie denn so in Eile?«

Sie biß sich auf die Unterlippe und dachte an Cain. Sie konnte zwei schöne Tage mit ihm verbringen, ohne daß er entdecken mußte, wer sie war. Oder er konnte sie verführen, mit ihm ins Bett zu gehen, sie verführen, ihm ihre Ehre und die Wahrheit über ihre Vergangenheit zu schenken, und sie dann den Wölfen vorwerfen, die sich U.S.-Marshals nannten. Ihre Blick verfinsterte sich. »Ich ... ich *könnte* eventuell früher abreisen müssen.«

»Nun, wenn es so sein sollte, dann kann ich Sie natürlich gerne morgen früh mitnehmen. Paterson hat telegraphiert, daß sie die Kutsche bis zur Morgendämmerung geschickt haben wollen. Aber wohin möchten Sie denn?«

Sie zögerte, denn sie wollte ihm nicht sagen, daß es ihr egal war. Es würde ihn nur mißtrauisch machen. »Wo halten Sie zum ersten Mal?«

»South Pass.«

Sie schenkte ihm ein wunderschönes, warmes Lächeln. South Pass war nur einen Steinwurf von Noble, ihrem ursprünglichen Ziel, entfernt. »Wunderbar. Wenn ich mich dazu entschließe, bin ich morgen früh an der Kutsche.«

»Ohne Eskorte?«

»Das geht schon in Ordnung.« Sie lächelte wieder, um ihn einzulullen. »Sie erwähnen niemanden gegenüber etwas davon, ja?«

Ein eindeutig bezauberter Mr. Glassie nickte. »Tja, das geht nur uns beide an. Ich sage nichts.«

Die Mandan Frauen begannen nun, das Essen aufzutragen und machten damit ihrer Unterhaltung ein Ende. Macaulay setzte sich neben sie, und sie erzählte schnell etwas darüber, wie schwierig sie es fand, gute Qualitätsmöbel im Westen zu finden, was Mr. Glassie dazu bewegte, einen zwanzigminütigen Vortrag zu halten. Christal aß schweigend, wobei sie mit halbem Ohr Mr. Glassie lauschte und sich um so stärker Macaulays Anwesenheit bewußt war. Sie nahm jeden Atemzug, jeden Schluck aus der Tasse, jede Gewichtsverlagerung auf der rauhen Bank wahr. Sie hätte gern gewußt, ob er sich ihrer ebenso bewußt war, und blickte zu ihm. Und dann trafen sich ihre Augen jedesmal, wenn sie ihm einen verstohlenen Blick zuwerfen wollte. Die wortlose Unterhaltung zweier Liebenden.

Nach dem Essen packte Judd, der Overland-Kutscher, eine Fidel aus, und begann, einen ruhigen Walzer zu spielen. Kaffee und Whisky ließen sich angenehm trinken, obwohl Christal nicht gewohnt war, Alkohol zu trinken. Sie wollten entspannen, ihre Vorsicht ablegen, was eine unmögliche Sache zu sein schien, solange sie sich im Fort aufhielt und von Gesetzesleuten umgeben war.

Macaulay lehnte sich in seinem Stuhl zurück und legte unbekümmert seine Stiefel auf die Bank, auf der sie saß. Sie überlegte, wie sie das Thema über das Overland Geld anschneiden sollte. Wenn die Entschädigung nicht hoch genug war, wäre ihre Entscheidung, mit Mr. Glassie abzureisen, ein leichtes. Wenn die Summe königlich ausfiel, würde sie bleiben, egal, wie riskant es sein mochte. Noch fehlten ihr die entscheidenden Informationen. Aber sie hatte Zeit bis zum Sonnenaufgang, um es herauszufinden.

»Wann denkst du, wird man uns unsere Besitztümer zurückgeben?« fragte sie, während sie sich umblickte, als wäre sie nicht wirklich an einer Antwort interessiert. »Ihr habt noch sieben Goldstück von mir.«

»Na, mach' dir keine Sorgen. Du kannst sie hier sowieso nicht ausgeben.«

»Ja, aber –«

»Außerdem wirst du mehr als nur die sieben Goldstücke bekommen, wenn Terence Scott ankommt. Ich habe gehört, er will euch alle hübsch für die Ängste bezahlen, die ihr ausgestanden habt.«

»Wie hübsch?« Sie runzelte die Stirn. Hatte ihre Stimme zu hastig geklungen?

»Sind wir etwas gierig, hm?«

Sie sah ihn an. Er schenkte ihr ein spitzbübisches

Grinsen. »Nein, nun ... doch, ja, stimmt«, stammelte sie. »Ich ... ich habe bloß nicht viel Geld. Ich hatte niemals daran gedacht, daß wie von der Gesellschaft etwas bekommen.«

»Ich habe etwas von fünfhundert gehört.«

Christals Augen weiteten sich. »Dollar?« fragte sie keuchend.

»Nun, Kuhfladen wird er nicht dabei haben.«

Sie trank noch einen Schluck von dem versetzten Kaffee. Fünfhundert Dollar geteilt durch sieben Passagiere wären in etwa siebzig pro Person – eine anständige Summe. Sie mußte wieder an ihre sieben Goldstücke denken und daran, wie schwer sie sie verdient hatte. Sie konnte förmlich schmecken, wie gern sie noch mehr haben würde.

»Was heckst du da in deinem Kopf aus, Liebchen?«

Sie wandte ihren Blick wieder Cain zu. Es machte sie nervös, daß er trank. Seine Augen schienen direkt in ihr Innerstes zu sehen. Als könnte er ihre Gedanken lesen. Dabei schlug sein Akzent verstärkt durch, wenn er sprach. Sie konnte nicht sagen, daß ihr das gefiel, denn es klang so ... verführerisch.

Kühl sagte sie: »Ich habe nur an ein neues Kleid gedacht. Mit siebzig Dollar kann ich viele neue Kleider kaufen.«

»Siebzig? Ich sagte fünfhundert. Pro Nase. Und du wirst wahrscheinlich noch mehr bekommen, weil du eine Lady bist und nicht hättest dabei sein sollen. Die Leute haben ein wirklich schlechtes Gewissen, daß du in diese Situation hineingeraten bist.«

Der Whisky brannte in ihre Kehle, und sie verschluckte sich fast. Sie stand förmlich unter Schock. Ihre Träume wurden wahr. Mit fünfhundert Dollar konnte sie Didier festnageln. Sie konnte sich einen

Anwalt nehmen, sogar einen von den Pinkerton-Männern anheuern, um die Beweise zu besorgen, die sie brauchte, um Didier vor Gericht zu stellen.

Er lächelte, als ob er etwas wußte, was sie nicht wußte. »Zu schade, daß du das neue Kleid jetzt noch nicht hast. Das, was du anhast, scheint von dir herunterzurutschen.« Sein Blick wanderte zu einem Punkt zwischen ihrem Kinn und ihrer Taille.

Sie wurde rot und sah an sich hinunter. Ihre ganze Schulter und nicht wenig ihres Busens waren entblößt. Diskret zog sie die rosafarbene Seide wieder hoch.

»Du solltest die Mandans bitten, dir das Kleid noch heute nacht abzunähen. Du willst doch bestimmt hübsch auf dem Bild aussehen, wenn Scott dir das Geld übergibt.«

»Bild?«

»Ja, genau.« Er stieß ein zynisches kleines Lachen aus. »Du glaubst doch nicht, der Yankee kommt den ganzen Weg bis hier heraus, um dir eine Belohnung zu geben, ohne daß er davon profitiert? Das ist nicht Yankee-Art, Liebchen. Tatsächlich werden hier morgen so viele Zeitungsreporter herumwuseln, daß du berühmt wirst. Wenn Scott mit dir fertig ist, wird dir Barnum persönlich wahrscheinlich einen Vertrag als Attraktion seiner Show anbieten.« Er lachte mit purem Abscheu auf seinem Gesicht. »Ich kann die Schlagzeile schon sehen: *Die Wild West Witwe.*« Er nahm noch einen Schluck seines Whisky und setzte dann grimmig hinzu: »Laß nicht zu, daß er das mit dir tut.«

Doch Christal hörte seine Worte kaum. Das Entsetzen machte sie taub. Er hatte von Zeitungsreportern geredet. Sie legte ihre gebrandmarkte Hand um die warme Blechtasse, um die Narbe zu verstecken. Stotternd brachte sie hervor: »Aber wie ... wie können die Reporter so schnell hier sein? Wir sind doch gerade erst gerettet worden.«

Macaulay lehnte sich in seinem Stuhl zurück und kreuzte die Arme hochmütig vor seiner Brust. »Liebchen, wir reden von Yankees. Terence Scott, dieser verdammte Spekulant, hat sie schon vor Tagen hierher geschickt, damit er auch wirklich die ganze Publicity bekommt. In Fort Washakie wimmelt es nur so von Zeitungsleuten. Ich habe gehört, manche sind von verdammt weit her. Chicago. Ja, sogar aus New York.« Er knurrte angewidert. »Was für ein Spektakel.«

Ihre Hände begannen zu zittern. Nervös faltete sie sie in ihrem Schoß.

»Was ist los, Mädchen? Du siehst nicht gut aus.«

»Ich ... ich glaube, der Whisky ist nichts für mich«, stammelte sie. Mit aller Macht versuchte sie sich im Angesicht der Katastrophe ruhig zu verhalten und sagte: »Hast du etwas dagegen, wenn ich mich zurückziehe? Wenn morgen wirklich alles so wird, wie du sagst, dann sollte ich mich jetzt vielleicht ein wenig ausruhen.«

Sie stand auf. Sie wußte nicht, ob es am Whisky, an ihrer Angst oder nur an ihrer Erschöpfung lag, doch plötzlich begann der Raum zu schwanken. Sie griff nach der Tischkannte, um sich aufrecht zu halten, bekam dafür jedoch zwei Splitter in die Hand.

Macaulays Arm wand sich zart um ihre Taille. Seine Finger strichen über die dunklen Schatten unter ihren Augen, die von ihre Übermüdung zeugten. »Ich denke, du solltest im Bett liegen, Mädchen«, sagte er besorgt.

Doch eine feindliche Stimme hielt sie auf. »Haben Sie sie noch nicht genug belästigt, Cain?«

Christal sah an Cain vorbei und entdeckte Pete, der mit seinem haßerfüllten Gesichtsausdruck nur noch jünger aussah. Cain gab keine Antwort. Christal wußte, daß seine Schulter ihm immer noch Beschwerden bereitete, zumal der Kampf mit Kineson die Wunde wieder aufgerissen hatte. Er hatte den ganzen Nachmittag beim Doktor verbracht, und hier stand nun der Junge, der ihn angeschossen hatte. Und er forderte ihn heraus, seine Waffe zu ziehen.

»Sie sollten nicht zulassen, daß er sich Ihnen nähert, Ma'am«, sagte Pete und riß als Zeichen des Respekts seinen Hut vom Kopf. »Es kümmert mich nicht, wer er jetzt ist. Wir haben alle gesehen, wie schlecht er Sie im Saloon behandelt hat.«

»Er konnte nicht anders«, sagte sie, während es in ihrem Kopf zu pochen begann. Sie konnte sich jetzt nicht mit Pete auseinandersetzen. Nicht jetzt, wo sie gerade fünfhundert Dollar verloren hatte und damit die Chance, Gerechtigkeit zu bekommen, nur weil Reporter morgen früh in Camp Brown einfallen würden.

»Ach, nein?« Der Junge zog seine Oberlippe, auf der jugendlicher Flaum zu wachsen begonnen hatte, verächtlich hoch.

»Ich bin es nicht gewohnt, Kinder zu erschießen, Junge«, mischte Cain sich mit eiskalter Stimme ein. »Aber du solltest wissen, daß ich Geschmack daran finden könnte.«

»Oh ja, ich hätte wirklich Lust auf ein Duell mit Ihnen, Cain. Sie müssen lernen, wie man eine Lady behandelt!«

Christal schnappte nach Luft. Der Mut des Jungen konnte ihn zum Verhängnis werden. »Nein, Pete.

Denk nicht einmal daran. Er hat mir nichts getan. Nicht wirklich. Und was er getan hat ... nun, das mußte er. Er mußte die anderen überzeugen, daß er einer von ihnen war. Ich habe ihm verziehen. Und das solltest du auch.«

»Er hat sie schlimm behandelt.« Pete wandte sich ihr zu. Sie sah die Bewunderung in seinen Augen, und wenn sie es nicht besser gewußt hätte, dann würde sie annehmen, dieser Junge von knapp sechzehn Jahren hätte sich in sie verliebt.

Sie berührte seinen Arm. »Was geschehen ist, ist geschehen. Wenn Macaulay sich nicht als Gentleman gezeigt hat, dann nur, weil ihm nichts anderes übrigblieb. Ich kann ihm deswegen nicht böse sein. Du auch nicht.«

»Er ist auf jeden Fall nicht gut genug für Sie, Ma'am.« Er blickte sie mit hoffnungsvollen Augen an. »Eine so schöne Frau wie Sie muß umworben werden. Jetzt, wo Pa und ich unser Geld wiederhaben, bin ich dazu in ... in der Lage.«

Die Leidenschaft und die Aufrichtigkeit des Jungen rührte sie. Während der Gefangenschaft, während den ganzen letzten Jahre, die sie im Westen verbracht hatte, war er bisher der einzige, der sich ihr gegenüber wirklich ritterlich verhielt. Impulsiv streckte sie ihre Hand aus und legte sie auf seine weiche, glatte Wange, wobei sie es bedauerte, ihn nie wieder zu sehen. »Ich habe mich so danach gesehnt, Worte wie diese zu hören, Pete«, flüsterte sie liebevoll. »Du wirst niemals wissen, wie ich sie hüten werde, wenn du verheiratet bist und mich lange vergessen haben wirst.«

Der Junge besaß nicht den Mut, ihre Berührung zu erwidern. Er stand nur da auf einem Fleck, während seine Augen die Gefühle reflektierten, die ihn nun zu einem ungeschickten Liebesgeständnis zu drängen schienen. Dann konnte er sich schließlich nicht mehr beherrschen und platzte heraus: »Mrs. Smith, ich muß Ihnen sagen –«

»Ein andermal, Junge«, unterbrach ihn Macaulay und legte lässig seinen Arm um Christals Taille. Er führte sie fort, und Christal ließ sich mitziehen, erleichtert, daß er es verhindert hatte, daß sie Petes Zuneigung enttäuschen mußte. Aber sie war auch traurig: Sie würde diesen Jungen mit den Mut eines Löwen nie wieder sehen.

»Du hättest freundlicher zu ihm sein können«, beschwerte sie sich, als sie den Exerzierplatz überquerten.

»Dieser verdammte Narr von einem Halbwüchsigen hat auf mich geschossen. Warum sollte ich freundlich zu ihm sein?«

»Er hielt dich für einen Verbrecher.«

»Es scheint mir ein bißchen vermessen von ihm, sich als Beschützer einer erwachsenen Frau aufzuführen.«

»Er ist nicht viel jünger als ich.«

Sein Lächeln war spöttisch. »Warum verteidigst du ihn, Christal? Raubst du gerne Wiegen aus?« Er lachte plötzlich auf. Ihr ging zuviel im Kopf herum, um mitlachen zu können.

Sie hatten die Tür zu ihren Quartieren erreicht. Cain hielt an und sah sie abwartend an.

»Also, ich ... ich muß jetzt gehen. Ich brauche wirklich Schlaf.« Christal fühlte sich plötzlich betrogen. Es gab soviel, was sie ihm sagen wollte, aber sie hatte weder die Zeit noch die Gelegenheit. Sie würde ihn wahrscheinlich niemals wiedersehen. Am Morgen würde sie fort sein. Und Falling Water würde nur noch als Erinnerung bleiben.

Er tappte mit dem Fuß auf den Holzboden, und sie konnte sehen, wie deprimiert er war. Er wollte diese Nacht bei ihr bleiben, aber er hatte keine Möglichkeit, dies hier in der Zivilisation ohne Komplikationen zu tun.

»Pete hat recht, weißt du«, sagte sie, denn sie dachte an all das, was er wollte, begehrte, und wie unanständig dies in den Augen der Gesellschaft eigentlich war. »Du bist nicht gerade ein Gentleman. Ich sehe es dir an den Augen an.«

»Verdammte Situation. Es ist vollkommen albern, dir edle Gedichte vortragen und dir im Salon den Hof machen, nach allem, was wir zusammen erlebt haben.«

»Ja, das ist es wohl.« Sie schwieg einen Moment. Wie wahr seine Worte waren! Mit ihrer Vergangenheit konnte man sie kaum noch als Frau bezeichnen, die sich langatmig umwerben lassen wollte. Und er war kein Romeo. Sie hatte ihn in Falling Water töten sehen. Sie hatte einen Blick auf eine Seite von ihm erhascht, die hart und gewalttätig und mit Gnade und Sanftheit nicht vertraut war. Die Regierung hatte in ihm gewiß einen guten Mann – der Krieg war sein Schulmeister gewesen. Er hatte ihn gelehrt, wie man kämpft. Und wie man gewinnt und verliert. Macaulay Cain war ein Mensch, der tat, was er tun mußte, egal, wie schwierig es sein mochte, und er erwartete dasselbe auch von anderen. Seine Härte machte ihn um so anziehender, denn sie hatte sich der Täuschung hingegeben, daß er sie beschützen könnte, aber sie hatte sich geirrt. Es machte ihn nur gefährlich. Für ihn gab es nur richtig oder falsch, dazwischen war nichts. Als der Krieg verloren war, hatte er nichts mehr gehabt, an das er sich klammern konnte – nur noch dieses Ideal. Und sie konnte verstehen, daß er Marshal geworden war. Seine Welt hatte keine Ordnung mehr besessen – das Gesetz stellte die Ordnung wieder her. Wenn er herausfand, daß sie in New York gesucht wurde, würde sein persönliches Ehrgefühl nichts anderes zulassen, als dem Gesetz zu entsprechen. Und das war es, das ihr am meisten Angst machte. Denn sie glaubte einfach nicht mehr an Gesetz und Gerechtigkeit.

Entschlossen, am Morgen abzureisen, sah sie ihn an. Wie sollte sie ihm nur Lebwohl sagen?

»Wirst du heute nacht gut schlafen?« flüsterte er. Er sprach das Wort *allein* nicht aus.

Sie antwortete nicht. Wenn er Bedauern in ihrer Stimme hörte, würde es sie niemals gehen lassen.

»Du wirst mir fehlen, Liebes«, sagte er weich.

Sie schloß die Augen und roch den Whisky in seinem Atem. Sie wollte ihn so gerne kosten. In dem Versuch, ihre Reaktion zu unterdrücken, sah sie auf ihre Hand, in der die Splitter steckten. Zwei blutrote Tropfen befleckten die Rose. Tränen. Ihre Stimme war heiser, als sie fragte: »Du hast mir nie gesagt, was du für Pläne hast. Wo gehst du hin, wenn du hier fertig bist?«

»Ich habe meinen letzten Job in einer Gang erfüllt. Ich werde mich wohl irgendwo niederlassen und mir eine nette, ruhige Aufgabe suchen. Es gibt Gerüchte, daß in Washington eine auf mich wartet.«

»Was immer du tust, du wirst es gut machen.«

»Willst du mit mir nach Washington kommen?«

Sein Angebot erschütterte sie. Es kam so unerwartet. »Ich –«

»Wir könnte für eine Weile dort hingehen«, schnitt er ihre Antwort ab. »Wir könnten sogar einen Abstecher nach New York machen. Ich würde dir das schönste Kleid diesseits vom Atlantik kaufen.«

Ihr Herz setzte aus. Sie sprach ein stummes Dankgebet, daß sie in der Dunkelheit standen und er ihr Entsetzen nicht aus ihrer Miene ablesen konnte. »Ich ... ich kann nicht ... mit dir gehen. Ich muß woanders hin.«

»Wohin?« fragte er und der Tonfall seiner Stimme ließ kein Schweigen zu.

»Ich muß mein Leben weiterführen.«

»Aber *wo?*« fragte er nochmal, und seine Geduld schien am Ende.

Sie schaute auf in sein Gesicht, das ihr so nah war. Die Sekunden verstrichen. Die restliche Zeit, alles, was sie hatte, rann durch ihre Finger wie feiner, weißer Sand.

»Wir können morgen darüber reden.« Sie packte den Türknopf ihres Zimmers, und in diesem Moment wurde sie sich der Endgültigkeit des Abschieds bewußt.

Sie würde ihn niemals wieder sehen. Nie mehr seine harten Gesichtszüge im weichen Mondlicht sehen. Niemals mehr seine scharfen Befehle oder zärtlichen Worte hören. Es würde keine Gelegenheiten mehr geben.

Sie konnte sich nicht zurückhalten. Sie nahm sein Gesicht in ihre Hände, zog es zu sich herunter und küßte ihn, als könnte sie es unmöglich ertragen, ihn gehen zu lassen. Sie küßte ihn mit einem Verlangen, dem niemals Erfüllung beschert werden würde. Und so war der Kuß um so süßer, um so dringender, denn sie würde sich an jedes Detail erinnern müssen: An das Spiel seiner harten Muskeln, wenn er sie in die Arme nahm, an die Art, wie sein Atem sich beschleunigte, wenn sie den Mund öffnete, um seine Zunge einzulassen. Sie mußte all das noch einmal auskosten und intensiv in sich einsinken lassen, damit es ihr in den einsamen Nächten der Zukunft ein wenig Trost spendete.

Er stöhnte, und sie spürte, wie seine Hände sich auf ihren Po legten. Seine Erregung war kaum zu verhehlen. Wenn sie es zuließ, würde er sie gleich hier nehmen, ohne sich um ihre Röcke oder um die rauhen Holzbohlen zu kümmern. Aber wenn sie ihre Beziehung derartig erfüllten, würde sie niemals morgen früh abreisen können. Und wenn sie das nicht tat, wenn sie nicht so schnell wie möglich von hier floh, dann war sie verloren.

Fast mit Gewalt zog sie sich von ihm zurück, während ihre bebenden Lippen ein Schluchzen unterdrückten. Er flüsterte ihren Namen, wie ein Mann, der litt, aber sie schüttelte den Kopf, ohne ihn ansehen zu können, ohne ihm ihre Tränen zeigen zu wollen. Ein Schweigen breitete sich aus, das nur durch seinen Fluch unterbrochen wurde. Das letzte, was sie hörte, war das Geräusch seine Absätze auf dem hölzernen Boden, Stiefel, die sich entfernten.

Sie schloß die Tür hinter sich und wischte sich langsam die Tränen von den Wangen. *Verflucht soll er sein!* Sie hatte so lange nicht mehr geweint, und nun schien sie nicht mehr aufhören zu können. Wie gerne hätte sie sich ihrem Kummer hingegeben, aber das war ein Luxus, den sie sich nicht leisten konnte. Sie hatte tausend Dinge, über die sie nachdenken mußte, tausend Dinge, mit denen ihr Geist sich beschäftigen sollte. Doch sie konnte nur an das Geräusch der Stiefel denken, die von ihr fortgingen. Ein Geräusch, das ihrem Herzen weh tat.

Kapitel 11

Es dämmerte fast, als Christal die Tür im Nebenzimmer zuschlagen hörte. Seit Stunden hatte sie auf der Bettkante gesessen und auf den ersten rosigen Schimmer der Morgensonne gewartet. Ihr Zimmer lag noch in absoluter Dunkelheit. Sie wagte es nicht, eine Lampe anzuzünden und damit vielleicht Verdacht zu erregen.

Ein lauter Fluch, dann das Geräusch einer Person, die gegen einen Stuhl rannte, drang von nebenan in ihr Zimmer. Gegen alle Vernunft, erhob sie sich lautlos und drückte ihr Ohr an die Wand. Sie war sicher, daß es Macaulay sein mußte. Noch ein Poltern, noch ein Fluch erklang, dann war sie sicher, daß er es war. Sie bekam die Bestätigung, als er betrunken zu singen anfing: »The Bonnie Blue Flag«.

»Hurrah! Hurrah! for the Southern Rights hurrah!« Erst ein Stiefel, dann der nächste fiel krachend zu Boden. Das Singen wurde unterbrochen, und sie war sicher, daß er sich an einer Flasche gütlich tat. Ein zynisches Lächeln umspielte ihre Lippen, als er rülpste.

»Hurrah! for the Bonnie Blue Flag that bears a Single Star!« Das Geräusch einer Handvoll Münzen, die auf den Tisch geworfen wurden, drang durch die Wand. Dann wurde die Stimme verdrießlich. Cain begann unerklärlicherweise ein anderes Lied. Mit seiner whiskygefärbten Stimme hob er an: *»In Amsterdam I met a maid, mark well what I do say«* (»In Amsterdam

traf ich ein Mädchen, hör gut zu, was ich dir sag'«). Er fiel auf das Bett, das sich nur wenige Zentimeter von ihr entfernt befinden mußte. *»In Amsterdam I met a maid, and she was a mistress of her trade. I'll go no more a-rovin' with you, fair maid!« (»In Amsterdam traf ich ein Mädchen, die war Meisterin ihres Fachs. Mit dir will ich nicht mehr herumziehen, edle Maid.«)* Er hämmerte seine Faust gegen die Wand. Wenn sie nicht gewußt hätte, daß er zu betrunken war, um irgend etwas geplant zu tun, dann hätte sie gedacht, er wollte sie aufwecken, damit sie sich über seine Worte ärgerte. *»A-rovin'! A-rovin'! Since rovin's been my rui-in.« (»Herumziehen! Herumziehen! Denn das war mein Ruin!«)* Sein schwerer Körper rollte sich auf die Seite. *»I'll go ... no more ... a'rovin' ... with you ... fair ... maid ...«* Dann vernahm sie nur noch tiefe, gleichmäßige Atemzüge. Er schlief seinen Rausch aus.

Ratlos setzte sie sich wieder auf ihr Bett. Doch ihre Gedanken wanderten immer wieder zu den Münzen. Sie war absolut mittellos. Irgendwann an diesem Tag würde sie in Noble ankommen und nichts weiter haben, als das Kleid auf ihrem Körper, das auch noch zu groß war. Jeder würde sie für eine Hure halten. Sie konnte es auch keinem verdenken. Aber wenn sie etwas Geld besäße, dann könnte sie sich für die Nacht ein billiges Zimmer nehme, Nadel und Faden besorgen, und das Ballkleid in etwas Dezenteres umwandeln. Dann hätte sie wenigstens eine Chance, eine vernünftige Arbeit zu bekommen, indem sie beim Faro Karten ausgab, Getränke servierte und tanzte.

Draußen färbte sich der Himmel zu einem schweren Grau. Sie hatte nicht viel Zeit.

Lautlos öffnete sie die Tür. Das Tor war verschlossen, die Wachen postiert. Die Kutsche war noch nicht angekommen. In dem Schatten glitt sie zur Tür nebenan. Sie legte das Ohr ans Schlüsselloch. Das Atmen kam laut und regelmäßig. Cain schlief wie ein Toter.

Sie öffnete die Tür. Sie quietschte erbärmlich, und Christal hielt mitten in der Bewegung inne. Doch Cain bewegte sich nicht. Mutiger geworden, trat sie in den kleinen Raum. Er lag ausgestreckt auf einer Armeepritsche und war nur mit seiner schwarzen Hose und seinen Hosenträgern bekleidet. Seine Brust, großzügig mit schwarzen Haaren bedeckt, hob und senkte sich bei jedem seiner tiefen Atemzüge. Ein Arm lag über seinen Augen, sein Mund stand leicht offen. Er strömte Whiskygeruch aus. Neben ihm auf einem kleinen Tisch und auf dem Boden lagen die Münzen verstreut herum.

Auf Zehenspitzen näherte sich Christal dem Tisch und freute sich über das Licht, das plötzlich durch das kleine Fenster hineindrang, als die Sonne sich endlich am Horizont erhob. Sie wußte, sie durfte sich jetzt nicht aufhalten, aber sie konnte nicht gehen, ohne wenigstens noch einen letzten Blick auf ihn geworfen zu haben.

Die Zeit schien sich für einen Augenblick ins Unendliche zu dehnen. Sie stand über ihn gebeugt und betrachtete seinen unwürdigen Zustand. Sein Haar war zerzaust und wirkte fast schwarz im Kontrast zur weißen Baumwolle des Lakens. Er hatte sich am Abend zuvor noch rasiert, doch schon erschien wieder der dunkle Schatten nachwachsender Bartstoppeln auf seinem Kinn. Warum war er losgezogen und hatte sich betrunken? Vielleicht rannte sie vor einem seiner Gründe davon. Sie fühlten sich zueinander hingezogen, aber es konnte nicht richtig sein. Es würde niemals richtig sein.

Es tat ihr weh, nur daran zu denken, wie eines Tages seine Frau so wie sie jetzt auf ihn hinabsehen würde. Sie wäre früh auf, um Kaffee zu machen, und würde ihn so daliegen sehen. Sie würde zärtlich seine Stirn berühren und ein kleines wissendes Lächeln lächeln, wenn sie an die wilde Nacht zuvor dachte. Und dann, wenn sie gerade wieder in die Küche gehen wollte, würde Cains Hand hervorschießen und sie ins Bett zurückziehen ...

Cain stieß plötzlich einen lauten Schnarcher aus, der Christal unsanft aus ihren Träumen riß.

Leise begann sie, sich nach jedem Penny zu bükken, der auf dem Boden lag – ein Hungerlohn verglichen mit den sieben Goldstücken, die sie zurücklassen mußte. Alle zusammen ergäben höchstens ein paar Dollar. Wahrscheinlich hatte er den größten Anteil seines Geldes für die Flasche ausgegeben, die nun geleert neben der Pritsche lag.

An einem Haken fand sie neben seinem Mantel sein rotes Halstuch und knotete die Münzen darin ein. Dann schob sie es zwischen ihre eingeschnürten Brüste. Mit ein bißchen Glück – von dem sie in letzter Zeit nichts abbekommen hatte – würde das Geld dort sicher sein.

Cain stöhnte, und ihr Herzschlag beschleunigte sich. Sie machte einen Schritt auf die Tür zu, aber in ihrer Nervosität übersah sie die Flasche. Sie stieß dagegen und hielt den Atem entsetzt an, als diese klakkernd über den Boden rutschte und mit einem dumpfen Laut an der Wand gebremst wurde.

Sie stand reglos wie eine Puppe da, überwältigt von dem schrecklichen Gedanken daran, daß er aufwachen könnte. Erleichtert entdeckte sie, daß er sich nicht bewegte, nur sein Atem war ruhiger geworden. Plötzlich stöhnte er erneut auf und rollte sich auf den Bauch herum, wobei die gelösten Bänder seiner Hose viel Haut zeigten. Dann setzte das Schnarchen wieder ein.

Grimmig wischte sie den Schleier ungeweinter Tränen aus den Augen. Sie hatte keine Zeit mehr. Wahrscheinlich waren die Reporter schon auf dem Weg nach Camp Brown. Ein letztes Mal sah sie ihn an. Aus einem Impuls heraus beugte sie sich hinunter und hauchte ihm einen Kuß auf die Wange. Wie eine Ehefrau streichelte sie ihm zärtlich über die Stirn.

Dann schlich sie sich mit schwerem Herzen aus seinem Zimmer.

She placed her hand upon my toe
Mark well what I do say!
She placed her hand upon my toe,
I said »Young miss, you're rather low!«
I'll go no more a-rovin' with you, fair maid.

(Sie legte die Hand auf meinen Zeh,
Hör zu, was ich dir sag'!
Sie legte die Hand auf meinen Zeh,
Ich sagte: »Miss, Sie sind ziemlich niedrig!«
Mit dir will ich nicht mehr herumziehen, edle Maid.)

Cain stöhnte und warf sich auf der Pritsche hin und her. Er träumte, und er konnte das mit Gewißheit sagen, weil sein Kopf ganz sicher wild hämmern würde, wenn er aufwachte. Er trank normalerweise nicht so wie am Abend zuvor, aber das Fehlen des Katers machte sie nicht weniger real für ihn.

Es nahm ihm nicht die Angst, die er empfand.

Er setzte sich nackt auf seiner Pritsche auf. Sie stand im Türrahmen, von Kopf bis Fuß in Schwarz gekleidet, der tiefschwarze Schleier vor ihrem Gesicht. Ein Engel in Gewitterwolken.

Er starrte sie an, ohne seinen Blick abwenden zu können. Die Angst saß wie ein kalter Klumpen in seinen Eingeweiden. Er wollte sie beschützen. Sie mußte beschützt werden. Aber er wußte nicht wie.

»Wer bist du?« fragte er heiser, und der Wunsch nach einer Antwort brannte in ihm wie der Whisky, den er getrunken hatte.

Sie kam auf ihn zu, ihr schwarzgekleideter Körper, schön geformt wie die Sünde, der Stoff betonte, was er verbergen sollte, zeigte jede Kurve, jede Rundung – so verboten und doch so verführerisch. Er hielt den Atem an.

Vor seiner Pritsche hielt sie an, und er griff zögernd mit der Hand nach dem Schleier. Tod. Er haßte ihn. Er hatte ihn wie Bohnen und Zwieback während des Krieges verzehrt. Gnadenlos riß er den Schleier – den Tod – von ihrem Gesicht. Ihre Schönheit traf ihn wie ein Faustschlag in die Magengrube. Es waren die Augen. So blau wie der Präriehimmel, so magisch wie eine Geisterbeschwörung der Paiute.

»Wer bist du?« flüsterte er und sah den Kummer, der über ihre Gesichtszüge huschte. Sie hatte Angst, sie lief vor etwas davon, das sie verschreckte. Sie war so einsam.

Aber er war derjenige, der hilflos war. Was konnte er nur für sie tun? Nichts – und das verstärkte seine Angst. Er kannte nicht einmal ihren richtigen Namen. Er war nicht einmal sicher, daß sie wirklich eine Witwe war. Sie hatte eine entschlossene Kraft in sich, die ihn verwirrte. Sie hatte mehr von der Welt gesehen, als sie wollte.

Sie küßte ihn.

Ihre Lippen nahmen die seinen wie eine Blume, die Blüte geöffnet, zart und duftend. Ihre Zartheit erweckte das Gegenteil in ihm. Er wollte seine Gefühle kontrollieren, aber er konnte es nicht. Sie beinflußte sein Denken, Tun und Fühlen, auch wenn er sich dagegen sträubte.

Noch etwas, das seine Angst verstärkte.

Ihr Mund bewegte sich tiefer. Zu seinem Hals. Sie leckte seine Narbe. Ihre Zähne saugten und zupften an seiner Haut. Es gefiel ihr, was sie mit ihm tat, sie mochte die Macht. Frauen waren eben so. Doch sie war noch anders. Die Trauer schwand niemals aus ihren Augen.

»Wer bist du?« brachte er keuchend heraus, als sie seine kleinen, flachen Brustwarzen küßte. Ihr Mund wanderte seinen Brust hinunter bis zum Nabel. Er wühlte seine Hände in ihr Haar. Goldene Seide. Er wollte ihr Gesicht sehen, ihre Miene. Alles, nur nicht diese kleine, rosafarbene, feuchte Zunge, die seine Haut verbrannte.

»Sag mir, wer du bist. Laß mich dir helfen. Ich bin das Gesetz ... ich bin das Gesetz ...«

Ihr Mund wanderte tiefer.

»Himmel, wer bist du?« preßte er zwischen zusammengebissenen Zähnen hervor. Stöhnend ließ er sich auf die Liege zurückfallen.

Sie konnte nicht antworten.

»Sag es mir ...«, flüsterte er, doch seine Worte kamen nur noch undeutlich, seine Sicht verschwamm. Die Erregung pulsierte in seinem Blut, so stark wie die Angst, die er um sie hatte. Sie steckte in Schwierigkeiten. Er wußte es. Und er konnte ihr helfen. Er war kein armer Südstaatenbengel mehr, der um ein Almosen betteln mußte. Er war nun das Gesetz. Endlich hatte er die Dinge unter seine Kontrolle gebracht, und nun konnte er ihr helfen. Wenn sie ihm nur vertrauen würde. Warum vertraute sie ihm nicht?

»Wer bist du?« flüsterte er wieder und wollte eine Antwort erzwingen. Sein Atem beschleunigte sich. »Wer bist du?« drängte er, während er in ihrem Haar wühlte. Bis Sprechen nicht mehr möglich war.

Cain riß die Augen auf. Er war schweißgebadet, obwohl das Zimmer so kalt war, daß sich eine hauchdünne Schicht Eis in der Waschschüssel gebildet hatte. Orientierungslos blickte er sich um. Dann sah er an sich herunter auf seine Hose. *Himmel!*

Er stolperte auf seine Füße. Seine Glieder waren bleischwer, sein Kopf schmerzte, als wäre die gesamte Maine 34th darübergetrampelt. Mit einer zitternden Hand strich er sein Haar zurück.

Er mußte sie sehen.

Er griff nach seinem Halstuch, um sich abzuputzen, aber das Tuch war vom Haken verschwunden. Und sein Geld war ebenfalls fort. Die Münzen, die er, soviel er sich erinnerte, auf den Tisch geworfen hatte, waren aufgesammelt worden. Das einzige Indiz, daß er sie gehabt hatte, war ein vergessener Kupferpenny, der zwischen zwei Holzbohlen auf dem Boden gerollt war.

Zähneknirschend zerbrach er das Eis in der Waschschüssel und begann seine Morgentoilette. Er hatte keine Ahnung, warum er sich beeilte. Er wußte ohnehin, was er vorfinden würde. Das furchtbare Gefühl, das er aus den letzten Jahren im Krieg kannte, überfiel ihn. Alles war sinnlos. Manche Dinge konnte man nicht retten, so sehr man sich auch bemühte.

Endlich angzogen, stürzte er in das Zimmer neben dem seinen. Sie war nicht dort. Er konnte in der Messe nachsehen, aber es würde nichts nützen. Tief in seinem Inneren wußte er, daß sie fort war. Fortgelaufen, wie jemand auf der Flucht.

»Wer bist du?« flüsterte er in dem leeren Zimmer, während er wünschte, sie hätte etwas zurückgelassen, was er berühren, riechen konnte. Dann fiel ihm etwas ein, und er wühlte in der Tasche seiner Weste. Sieben Goldstücke funkelten in seiner Hand. Er konnte es nicht begreifen. In ihrer Eile fortzukommen, hatte sie sich mit Pennys begnügt, wo sie ein Vermögen hätte haben können.

Seine kalten, grauen Augen blitzten vor Zorn. Als spräche er einen stummen Schwur, schloß er die Finger um die Münzen. Er würde schon erfahren, warum sie heute geflohen war.

Und er würde dafür sorgen, daß sie selbst es ihm erklärte.

Kapitel 12

I gave this Miss a parting kiss,
Mark well what I do say!
I gave this Miss a parting kiss.
When I got on board, my money I missed.
I'll go no more a-rovin' with you, fair maid.

(Ich gab der Miss einen Abschiedskuß,
hör zu, was ich dir sag'!

Ich gab der Miss einen Abschiedskuß,
als ich an Bord ging, fehlte mein Geld.
Mit dir will ich nichts mehr zu tun haben, edle Maid.)

November 1875

»Bessenheit äußert sich in vielen Symptomen. Er zeigt alle davon, fürchte ich.« Rollins rutschte voller Unbehagen in dem Ledersessel hinter seinem Schreibtisch hin und her, vor dem der Gentleman stand. Dieser blickte gedankenverloren aus dem Fenster. Ein Schneesturm hatte die Stadt überfallen. Die Kutschenräder waren durch Kufen ersetzt worden, es waren mehr Schlitten als Zweispänner auf den Straßen zu sehen. Das Willard's City Hotel war bei diesem ungemütlichem Wetter ungewöhnlich still. Die Fenster, die seit Jahren leidenschaftlos auf die Auswürfe von Macht, Korruption und – seltener – Heldentum gestarrt hatten, waren nun mit weichem Weiß gerahmt. In dem Blizzard wirkte das Gebäude wie eine eckige, geisterhafte Erscheinung mit leeren Augen.

»Ich dachte, Cain wollte die harte Tour aufgeben.«

Rollins Antwort war ein Glucksen.

Dem Mann entging das Komische an seiner Antwort. »Dann geht es also um eine Frau? Gott schütze uns. Hat er deswegen unser Angebot abgelehnt?«

»Wenn Cain diese Sache überlebt, dann wird er mehr als bereit sein, für Sie zu arbeiten, Sir. Geben Sie ihm ein Jahr, dann kratzt er an der Tür zur Schatzkammer, um eingelassen zu werden.«

»Warum entscheidet er sich erst jetzt? Ich dachte, alles wäre geregelt, wenn er einmal in Washington ist.«

Rollins schüttelte den Kopf. »Er hat versucht, sie zu vergessen, Sir, aber Sie wissen ja, wie so was geht. Man versucht, eine bestimmte Vorstellung zu vergessen, und schon wird sie dominierend.«

»Wir brauchen Cain aber hier. Ich war von ihm beeindruckt, seit ich ihn zum ersten Mal bei Shiloh getroffen habe. So wie er hat noch niemand für die Marshals gearbeitet. Er ist der richtige Mann für diese Stelle.«

»Der Geheimdienst wird auch noch im nächsten Jahr hier sein. Und ich kann Ihnen versichern, Mr. President, wenn Cain zurückkommt, kann er dieser Aufgabe seine ganze Aufmerksamkeit widmen.« Rollins lächelte schief. »Aber jetzt nicht.« Grant wandte sich endlich vom Fenster ab. Rollins hatte ihn als beeindruckend in Erinnerung. Das letzte Mal, als er ihn gesehen hatte, war es in der Wildnis gewesen. Grant war inmitten seiner Truppen geritten, seine blaue Lieutenantsuniform so schmutzig wie die der anderen Männer. Doch selbst mit abgerissenen goldenen Tressen und von Schlamm verdreckten Kleidern, hatte niemand würdevoller, niemand stolzer und mutiger wirken können als Grant. Mit Ausnahme vielleicht von Lee.

Nun war Grant weitaus schwerer geworden. Und er sah müde aus. Korruption, dachte Rollins bei sich, war wahrscheinlich ein anstrengender Bettgefährte.

»Wo ist dieser Südstaatler also hin? Ich denke, ich habe ein Recht, es zu wissen, wenn ich ein Jahr auf ihn warten soll. Das ist eine lange Zeit.« Grant hob einen Augenbraue. »Ich denke, ich muß Sie nicht daran erinnern, daß dies meine zweite Amtsperiode *ist.*«

Rollins stieß einen verzweifelten Seufzer aus. Cain benahm sich wie ein manischer Verrückter. Seit dem

Tag im August, an dem diese Lady aus Camp Brown verschwunden war, konnte Cain sie einfach nicht mehr aus seinen Gedanken verbannen. Darauf hätte er wetten können. Als sie sich davongemacht hatte, war Cain so wütend und so schweigsam gewesen, wie Rollins ihn noch nie erlebt hatte. Rollins und ein paar andere Männer hatten ihm angeboten, ihr zu folgen und sie zurückzuholen, aber Cain hatte zornig abgewinkt. Verrat zeigte sich in seinem Gesicht, als er sagte, es gäbe keine lebende Frau auf der Welt, die es wert war, durch Hölle und Verdammnis verfolgt zu werden.

Aber da lag noch mehr in seiner Miene. Und diese Emotion war mit jedem Tag stärker geworden, seit das Mädchen fort war. Rollins war sich nicht sicher, ob er dem Präsidenten erklären könnte, was für ein Typ Cain war – er war nicht mal sicher, ob er es selbst begriff. Alles, was er wußte, war, daß Cain es nun nicht mehr aushielt. Das Mädchen übte auf ihn eine magische Anziehungskraft aus, der er schließlich nachgeben mußte. Morgen früh reiste Cain nach Wyoming ab. Angetrieben von einer fixen Idee seiner Einbildungskraft.

»Erzählen Sie mir von ihr. Erzählen Sie mir etwas von der Frau, die Macaulay Cain eingefangen hat.«

»Sie steckt in Schwierigkeiten. Zumindest das weiß ich sicher.« Rollins senkte seinen Blick. »Ich habe Cain dauernd gesagt, sie könnte mehr Ärger bedeuten, als sie wert ist. Sie hätten ihr Gesicht sehen sollen, als sie herausfand, daß Cain kein Outlaw sondern ein Marshal ist. Ich dachte, sie würde mitten in der Prärie ohnmächtig werden. Das Mädchen hatte auf einmal mehr Angst vor ihm als zuvor vor der gesamten Kineson Gang.«

»Glauben Sie, sie versteckt sich im Westen wegen Verbrechen in der Konföderation?«

»Unwahrscheinlich. Zu jung. Im übrigen kommt sie aus dem Norden. Darauf würde ich mein Leben verwetten. Irgendwas in der Art, wie sie geht. Sah mächtig nach Oberschicht aus. Ich mußte an die Frauen denken, die man in Newport oder Saragota Springs beobachten kann. Reich. Wenn man sie sah, dachte man an Reichtum.«

»War sie reich?«

»Ich bezweifle es schwer. Wäre sie in der Kutsche gewesen, wenn sie sich etwas anderes hätte leisten können? Sie trug übrigens Witwentracht. Wahrscheinlich hat ihr Mann sie arm zurückgelassen.«

»Dann läuft vielleicht die Familie hinter ihr her.«

»Darüber haben wir auch nachgedacht, Cain und ich. Aber wenn sie die Sorte lustige Witwe wäre, die ihren Mann um die Ecke gebracht hätte, warum sollte sie dann Schwarz tragen und ihn betrauern? Und noch wichtiger, warum hätte sie dann kein Geld?«

»Die Frau ist ein Rätsel, das kann ich Ihnen bestätigen. Wo ist sie jetzt?«

»Cain hat ihre Spur in irgendeinem toten Goldgräberkaff in Wyoming gefunden. Ich sagte ihm, er solle hinreiten und die Frau zur Rede stellen, aber er überzeugte mich, daß es nicht funktionieren würde. Er hat entsetzliche Angst, sie zu verscheuchen. Sie könnte so weit wegrennen, daß er sie niemals mehr findet. Sie arbeitet in einem Saloon dort in Noble – so heißt der Ort –, und ich denke, sie verkauft mehr als nur ... nun, ich hasse es, so ordinär zu werden ...«

Grant hatte keine Skrupel. »Sie meinen, sie ist eine Hure?«

Rollins hustete. Er würde sich niemals an den Ausdruck gewöhnen können. »Ja, das denke ich. Und das macht ihn fertig. Was er also getan hat, war, dem Bürgermeister von Noble einen Brief zu schreiben, in dem er sich als Sheriff bewarb – natürlich hat er die meisten seiner Qualifikationen verschwiegen. Na ja, in den letzten fünf Jahren hat es in Noble keinen Sheriff gegeben, und da waren die Leute verdammt glücklich, einen zu bekommen. Er hat eben erfahren, daß der Stadtrat zugestimmt hat. Er packt drüben im Willard seine Sachen.«

»Und all das wegen einer Frau ... schwer zu glauben.«

»Eine verdammt hübsche Frau, Sir. Eine Schönheit, um es genau zu sagen.« Rollins strich sich über den Schnurrbart, wie immer, wenn er nachdenklich war.

»Schönheit ist vergänglich. Weiß Cain das nicht?«

»Doch, das weiß er. Wenn es je einen Mann gab, dem es nicht an schönen Frauen gemangelt hat, dann Cain. Aber diesmal ist es anders, Sir. Und es macht mir fast etwas Sorgen. Ich habe den Eindruck, daß er kopfüber in Ärger reitet.«

»Warum denken Sie das?«

»Sie wissen, wie Cain ist. Er hat im Krieg eine böse Schlappe einstecken müssen. Es hat ihn tollwütig gemacht. Alles, woran er geglaubt hat, war nichtig geworden, als er seine Waffen niederlegen und den Kampf aufgeben mußte. Er hat seine Familie und seine ganze Heimatstadt verloren.« Rollins sah Grant fest an. »Ich meine es ernst, Sir. Als er uns seine Dienste anbot, hätte ich nie geglaubt, daß er es schafft. Er war ein kräftiger Mann und ein guter Kämpfer, das steht fest, aber ich hatte Zweifel, daß er mit denselben Männer zusammenarbeiten könnte, gegen die er bei Shiloh und Gettysburg gekämpft hat. Und dann hat er uns alle überrascht. Er ist dem Gesetz so treu, wie ein Mensch es überhaupt nur sein kann. Ich verstehe jetzt auch, warum.«

Der Präsident schien jedem Wort aufmerksam zuzuhören. »Und zu welchem Schluß sind Sie gekommen?«

Rollins Blick wurde sorgenvoll. »Es ist ganz einfach. Als er sein Land verlor, wurde das Gesetz seine Heimat. Als er seine Familie verlor, wurde das Gesetz seine Familie. Er hütet das Gesetz so liebevoll und behutsam, wie ich es bei noch keinem Menschen beobachtet habe. Ich fürchte, in seiner Auslegung ist er unnachgiebig. Sehen Sie, er kann die Zweischneidigkeit, mit der der Krieg ihn immer wieder konfrontiert hat, nicht mehr ertragen.«

Grant starrte ihn an. Langsam begriff er. »Und die Vergangenheit des Mädchens scheint mit solchen Unsicherheiten gespickt zu sein.«

»So sieht es aus.« Rollins blickte abwesend aus dem Fenster auf die winterliche Pennsylvania Avenue. »Cain könnte sich unversehens wieder im Krieg befinden. Diese Aura des Geheimnisvollen macht das Mädchen sehr anziehend, aber sie kann ihm auch enorm schaden. Ihre Vergangenheit könnte das sein, was ihn zerbricht.«

Der Präsident streckte sich und strahlte plötzlich Autorität aus. »Ich kann ihn bitten hierzubleiben. Ich bin wohl der einzige Mann, auf den er hören würde – abgesehen von Lee, aber – Gott sei seiner Seele gnädig – der weilt nicht mehr unter uns.«

»Sie können ihn fragen. Aber er wird es nicht tun.« Rollins stieß einen tiefen, resignierten Seufzer aus. »Cain wird hinter dem Mädchen herlaufen, und nachdem ich sie gesehen habe, kann ich es fast verstehen. Da ist eine Tristesse an ihr, die sie umgibt wie ein Witwenschleier. Wenn sie Schaupsielerin wäre, würde sie eine großartige Ophelia abgeben.«

Grant wandte sich langsam wieder der blendend weißen Landschaft draußen zu, sein einst so gutaussehndes Gesicht nun aufgedunsen und traurig. »Ich vermute, Shakespeare kannte die menschliche Natur besser als Sie oder ich: ›... denn die Macht der Schönheit wird eher die Tugend in eine Kupplerin verwandeln, als die Kraft der Tugend die Schönheit sich ähnlich machen kann ...‹« Grant schwieg einen Moment, dann flüsterte er: »Die edle Ophelia ... schließ in dein Gebet all meine Sünden ein.«

Januar 1876

Wenn das Stadtarchiv vollständig war, dann hatte es in Noble bisher bloß drei noble Taten gegeben. Wyoming war nicht gerade für seine Nächstenliebe bekannt. Dennoch waren Orte wie Noble ursprünglich mit guten Absichten aus dem Boden hervorgewachsen, um im Laufe der Zeit zu etwas völlig anderem zu mutieren.

Die erste noble Tat, die jemals in Noble vollzogen wurde, war der Aufschrei »Silber!«, als der alte Grizzard vor zehn Jahren eine Ader entdeckte. Teile das Vermögen, war sein Motto, und so geschah es, bis kein Vermögen mehr da war, was unglücklicherweise sehr schnell geschah.

Die zweite Tat ereignete sich vor acht Jahren, als die Bewohner begannen, die Lutheranische Kirche im Westen der Stadt aufzubauen, dort, wo die Ausläufer der Berge den Präriestreifen nach Osten durchbrachen. Es war eine hübsche Kirche mit bunten Glasfenstern, die eigens in St. Louis bestellt worden waren.

Zu der Zeit hatten sie sogar große Hoffnungen, einen Prediger zu bekommen.

Die dritte und letzte edle Tat ereignete sich im vergangenen Frühling.

Die Zeiten für die Stadt waren hart, seit der alte Grizzard tot und sein Silber, wenn man so will, um so mehr verschieden war. Noble wurde nun eher durch seine weniger noblen Taten bekannt. Die Leute verdienten sich ihr Brot so gut sie es konnten, und mit einem letzten resignierten Schulterzucken war dies mit krakeliger, ungelenker Handschrift in die Akten der Stadt geschrieben worden:

13. April 1875 Keinen Pfarrer gefunden. Pfarreizeichen heute von Mrs. Delaneys Puff entfernt.

Aber wenn die meisten Noble auch kopfschüttelnd betrachteten und lieber davonritten, so tat es eine Person nicht – eine junge Frau, die an einem vereisten Fenster von F.A. Welty's Saloon stand und den Rükken streckte, als hätte sie lange Zeit gesessen. Diese Gestalt verachtete Noble nicht, ihr Gesichtsausdruck bezeugte das. Gerade jetzt mit all dem Schnee war ihr die Stadt besonders recht, und sie blickte den Streifen gefrorenen Matsches entlang, der zu dieser Zeit des Jahres die Straße bildete. Die Frau trug einen seltsam besorgten Ausdruck auf ihrem Gesicht, als befürchtete sie, irgendein übermütiger Cowboy käme in die Stadt und würde den ganzen verdammten Frieden vernichten.

Es war sehr schwer zu bestimmen, was für Typ Lady diese Frau war. Die schwere, schwarze Wollstola bedeckte ein Kalikokleid, das verschlissen und am Mieder bleich vom vielen Waschen wirkte, während der Rock mit neueren Flicken des gleichen billigen Baumwollstoffs ausgebessert war. Die Gesamterscheinung wirkte respektabel, wenn das Kleid nicht so offensichtlich ein Tanzkleid gewesen wäre, kurz, um die Unterröcke hervorlugen zu lassen und den Blick auf die scharlachroten Strümpfe und die hohen Schnürstiefel, die sie darunter trug, freizugeben. In Denver, vielleicht sogar in Cheyenne, wäre ihr Kleid wohl aus Satin gewesen. Aber dies war Noble, und hier war nicht genug zu verdienen, um so etwas wie Satinkleider erschwinglich zu machen.

»Christal! Ist er angekommen? Siehst du irgendeine Bewegung draußen?« Die Stimme war laut und ängstlich. Faulty – F.A. Welty, der Besitzer selbst – kam hinter der Bar hoch und hielt einen Krug Whisky, den er aus dem Keller geholt hatte.

Das Mädchen warf einen weiteren Blick die Straße hinunter. Noble bestand nur aus etwa acht oder zehn Holzgebäuden mit falschen Fassaden, außerdem noch Mrs. Delaneys Haus, das ein Stück außerhalb stand, wo man hoffnungsfroh die Kirche und den Friedhof geplant hatte. Die Straße durch den Ort war wie ausgestorben. Nicht eine Bewegung störte das gefrorene Bild der Prärie, die sich bis zum Horizont erstreckte.

Wie im stillen Gebet hob die junge Frau die Augen zum Himmel. Er war bleigrau und schwer vor Schnee, der bald in endlosen Schüben fallen würde. Ein paar Flöckchen segelten jetzt schon herab, und ein hoffnungsfrohes Lächeln umspielte ihre Lippen. Vielleicht würde er nicht kommen. Sie zog die schwarze Stola enger um ihre Schultern und kehrte zur Bar zurück, um Faulty zu helfen, während die Glöckchen an ihren Knöcheln neckisch bei jedem ihrer Schritte klingelten.

»Warum mußten sie sich denn überhaupt einen Sheriff besorgen, Faulty?« fragte ein Mädchen in einem safrangelben Kleid, das am Piano saß. Sie war zierlich und besaß eine glatte, kaffeebraune Haut – eine Mulattin, wie manche glaubten, aber niemand war sich sicher. Sie besaß eine seltsam fremdartige Schönheit und hätte sowohl Cheyenne als auch Japanerin sein können.

»Ivy Rose, du mußt dich gerade beschweren«, schimpfte eine andere Frau aus einer Ecke. Dixiana trug stets Purpur, weil sie der Auffassung war, sie hätte violette Augen. Im dämmrigen Licht des Abends wirkte ihr Rouge auf den Wangen manchmal purpur, ihre Augen jedoch unglücklicherweise niemals. »Ich freu' mich schon uff diesen Sheriff. Solange er unter fuffzig is' und seine Rechnung bezahl'n kann, übernehm' ich ihn.« Dixiana sah mit ihren dunkelblauen Augen verächtlich im Saloon umher. Der Qualm vom letzten Abend hing noch unter der Decke, gemischt mit dem flüchtigen Geruch von Whisky, aber kein Mann war weit und breit zu sehen – mit Ausnahme von Faulty. Und bis wahrscheinlich sieben Uhr, wenn die Cowboys aus der Umgebung eintrafen, würde voraussichtlich auch keiner kommen. Wenn das Wetter sich verschlechterte, würden auch die ausbleiben. Christal wappnete sich für die nächste Jammertirade. Dixiana enttäuschte sie nicht. »In Laramie hadden wa Tag und Nacht Kunden. Mann, ich hab' mer Strümpfe für jeden Tag in der Woche kaufen gekonnt. Und eine Wäscherin kam, um meine Wäsche zu machen –!«

»Wir wissen es«, unterbrach Ivy Rose und übertönte sie mit den Klängen von »Lorena«, die sie in die Tasten des ebenholzschwarzen Pianos hämmerte.

Faulty blickte Christal an. Er war es gewohnt, sich bei Ivys und Dixianas Kabbeleien taub zu stellen. Der Besitzer war ein adretter Mann mit einem grauen Schnurrbart, Koteletten und buschigen, hochgebürsteten Augenbrauen, die ihm einen ständigen überraschten Ausdruck verliehen. »Du bist so still heute, Mädchen. Denkst du auch über den Sheriff nach?«

Ein neuer Sheriff. Christal konnte ihr Pech einfach nicht fassen. Wenn sie die Wahrheit wissen wollten, wünschte sie sich mehr als alle zusammen, daß dieser Sheriff kein Thema sein müßte. »Ich ... ich denke, ich verstehe einfach nicht, warum man meinte, wir bräuchten einen.« Sie begann, die Gläser zu polieren, um sich den Anschein zu geben, als würde es sie nicht wirklich kümmern. Die Strecke war lang und beschwerlich gewesen, seit sie Camp Brown und Macaulay Cain verlassen hatte. Es hatte sie all ihre Kraft und ihr Geld gekostet, hierher zu gelangen, aber es hatte sich gelohnt. Das Versteck war gut gewesen. Solange es eins war.

Sie konnte ihre Furcht nicht länger verbergen. »Ich kann einfach nicht begreifen, warum sie hingehen mußten und einen Fremden gewählt haben, den wir nicht einmal kennen. Wenn es ein Sheriff hätte sein sollen, warum konnten sie nicht einfach Jan Peterson nehmen? Ihm gehört der General Store, und er ist Bürgermeister. Warum nicht gleich auch Sheriff? Das wäre eine viel bessere Wahl gewesen.«

»Das ist tatsächlich überraschend, Liebchen.« Faulty legte ihr einen Arm um die Taille und drückte sie. »Aber mach du dir keine Sorgen. Dieser Sheriff wird an meinem Saloon nichts ändern. Das werde ich schon zu verhindern wissen. Außerdem bekomme *ich* euch Mädchen doch noch nicht mal dazu, zu tun, was ich will – wie soll das da ein neuer Sheriff schaffen?«

Dixiana lachte. Christal warf ihr einen Blick zu, der sie verstummen lassen sollte, doch bevor sie ein Wort geäußert hatte, drehte Faulty Christal weg und drückte ihr ein paar weitere Gläser in die Hand. Christal polierte also und bedachte Faulty hin und wieder mit einem aufmüpfigen Blick. Sie wollte ihm gewiß keinen Ärger machen. Er war das Beste, was ihr hatte passieren können. Sein Gesicht war nicht hübsch – es war rot vom Alkohol und zernarbt von Windpocken, die er sich in New Orleans eingefangen hatte – aber es war ein freundliches Gesicht, und sie war so froh gewesen, als sie es bei ihrer Ankunft im letzten September gesehen hatte. Heruntergekommen und mager wie sie gewesen war, hatte er sie engagiert und bisher seinen Teil der Abmachung eingehalten: Christal brauchte nur zu tanzen. Doch er verhehlte nicht, daß es ihm lieber wäre, wenn sie ihm im oberen Geschoß Geld einbrachte und nicht nur auf dem Tanzboden.

Sie konzentrierte sich auf einen Fleck auf dem Glas, und ihre Gedanken drifteten in eine Richtung ab, die ihr ganz und gar nicht recht war. Trotz Faultys gesegneter Erscheinung im September konnte sie nicht wirklich sagen, daß er das Beste war, was ihr je passiert war. Das Beste, was es für sie je gegeben hatte, war in Camp Brown zurückgeblieben. Er war groß, hatte kalte, graue Augen und ein Lächeln, das einen Puma auf fünfzig Schritte Entfernung erstarren lassen konnte. Selbst jetzt noch fragte sie sich, ob sie sich in Macaulay Cain verliebt hatte. Aber die Situation war so hoffnungslos. Bis sie sich nicht in New

York rehabilitiert hatte, konnte sie sich niemals auf die Suche nach ihm machen, und wenn sie dies endlich geschafft haben sollte, würde er sicher schon verheiratet sein, wahrscheinlich sogar Kinder haben.

Sie seufzte, etwas, das sie häufig tat, seit sie in Noble lebte. Es hatte keinen Sinn, von Dingen zu träumen, die sie niemals haben konnte. Doch die Versuchung war so groß. Liebte sie Macaulay? Sie wußte jedenfalls ganz sicher, daß genau das eintreffen würde, wenn sie Macaulay jemals wiedersehen würde.

Und dann würden ihre Gedanken an ihn sie bis zum Rest ihres verfluchten Lebens quälen. Vielleicht konnte sie von Glück reden, daß alles letztendlich so gekommen war.

Sie stellte das Glas wieder an seinen Platz und nahm ein nächstes, wobei sie sich zu Faulty wandte. »Vielleicht kannst du mich nicht ändern, Faulty, aber ich verdiene dennoch gutes Geld für dich. Du kannst dich nicht beklagen.«

Faulty brummelte vor sich hin und versuchte, entrüstet auszusehen. »Du bist unsere Prinzessin. Möglich, daß ich das einfach akzeptieren muß. Und vielleicht ist genau das auch gut. Deine Standhaftigkeit hält den Preis hoch.« Aber solche Worte zu sagen, war eine Sache – Faulty konnte den Hoffnungsschimmer in seinen Augen nicht unterdrücken. Es war offensichtlich, daß sie ihn aufs höchste aus dem Konzept brachte. »Aber, Liebchen, meinst du nicht, es kommt der Tag, da –«

»Er ist da!« Ivy stand von ihrem Pianohocker auf und rannte ans Fenster. Faulty, Dixiana und dann Christal – als letzte und weitaus langsamer und widerwilliger – folgten.

Durch die vereisten Fensterscheiben sahen sie einen Mann auf einem gutgepflegten, dunklen Pferd über die gefrorene, unebene Straße kommen. Die Flocken fielen nun dichter und erschwerten die Sicht. Dennoch konnte Christal erkennen, daß er einen Armeemantel und die braunen Lederhandschuh der Kavallerie trug. Sie hatte genug Männer in solchen Kleidern in Camp Brown gesehen.

»Wie der wohl aussieht? O bitte, sagt, daß er nicht allzu häßlich is' ... macht mir nich' mal nix, wenn er nich' badet – nur ... nur laß ihn 'n bißchen hübsch sein ... nur 'n bißchen ...« Dixiana preßte ihre Wange an die kalte Scheibe, um besser sehen zu können. Ihre Hände waren gefaltet wie in einem frommen Gebet.

»Er ist auf jeden Fall ganz schön groß«, sagte Faulty, der sich die Hände nervös an seiner Schürze abwischte.

»Der Hut verdeckt sein Gesicht«, flüsterte Ivy mit einer Stimme, aus der Angst herauszuhören war.

Christal strengte sich an, um etwas zu erkennen, aber der Schnee verhinderte es. Der Mann ritt vorbei, sein Gesicht verborgen durch den großen Stetson und die fallenden Schneeflocken. Er hielt ein Stück weiter die Straße herunter an und band sein Pferd vor Jan Petersons General Store fest. Dann verschwand er im Laden, und Christal schien eine Ewigkeit zu brauchen, bis sich ihr Herzschlag beruhigt hatte. Aus irgendeinem Grund jagte er ihr eine Höllenangst ein.

»Na ... ich denke, ich gehe besser mal rüber und heiße den neuen Sheriff in unserer Stadt willkommen. Er soll ja nicht den Eindruck haben, wir wären unfreundliche Leute.« Grimmig band Faulty sich die Schürze ab und ging, um sich seinen Lammfellmantel zu holen.

»Wenn der nur ein bißchen hübsch is', Faulty, dann sag ihm doch, das geht aufs Haus, ja? Sonst machen wa 'n halben Preis, okay, Faulty?« Dixiana hatte ihre Klein-Mädchen-Stimme aufgesetzt.

»Ooooh, hoffentlich macht er uns den Laden nicht dicht«, stöhnte Faulty, als er aus der Tür in die beißende Kälte stapfte.

Die Mädchen beobachteten, wie er sich über die gefrorenen Furchen und Matschhügel arbeitete, wovon manche ihm bis ans Knie reichten. Als auch er in dem Geschäft verschwand, war der Saloon plötzlich still wie ein Friedhof.

»Glaubt ihr, der macht Faulty Ärger?« flüsterte Dixiana.

Ivy seufzte. Sie sah in die andere Richtung. »Keine Ahnung. Aber ausgerechnet heute kommen die Jungs früh. Muß am Wetter liegen.«

Sechs Männer zügelten ihre Pferde vor dem Saloon. Als hätten sie auf ihr Stichwort gewartet, ging Ivy zur Theke hinüber und holte Gläser heraus, Dixiana nahm auf dem Pianohocker Platz, und Christal holte die Spielkarten heraus.

Der Whisky machte die Runde, Christal gab den Männer die Farokarten aus. Drei der Männer waren aus Nevada gekommen und hatten die Taschen voller Goldmünzen, die sie offenbar unbedingt verlieren wollten. Christal gab ein Spiel nach dem anderen, bis ihre Finger vom Kartenverteilen steif wurden. Einer der Männer, ein gutaussehender Blonder mit Bart, warf ihr immer wieder Seitenblicke zu und hoffte offenbar, sie könnte ihm etwas Interessanteres als Karten geben. Doch gut geschult in der Kunst des Vermeidens, hielt Christal ihren Blick konstant auf die Karten gesenkt, wobei sie bei jedem Geben die Sekunden zählte, bis Faulty mit Neuigkeiten über diesen Sheriff zurückkehren würde.

Die Uhr tickte, die Kälte machte ihre Finger unbeweglich, der Wind erhob sich und drückte gegen die Außenwände. Die Männer hatten genug gespielt und verlagerten sich an die Bar, um mehr Whisky zu bestellen. Wenn Joe da wäre, um Piano zu spielen, hätte der blonde Mann sich sicher einen Tanz mit ihr gekauft. Und noch mehr ... wenn es zu verkaufen gewesen wäre.

Es war schon dunkel, als Faulty endlich in den Saloon zurückkam. Er platzte von Kopf bis Fuß mit Schnee bedeckt durch die Tür. Sein Bart war auf der kurzen Strecke vom General Store bis zum Saloon schon vereist.

Dixiana, Ivy und Christal hielten alle mitten in ihrer jeweiligen Bewegung inne und sahen ihn an. War er wütend? Ängstlich? Als müßten sie sich gegen alles wappnen, wollten sie aus seinem Gesicht schon herauslesen, was er ihnen gleich sagen würde.

»Christal, ich muß mit dir reden«, sagte er nun und schüttelte seinen Bart über dem bauchigen Ofen.

Christal spürte ein heftiges Ziehen in ihren Eingeweiden. »W... worum geht's?« Sie konnte sich nicht vorstellen, was der Sheriff gesagt haben könnte, daß Faulty ausgerechnet sie herausfischte. Doch dann begann ihr Herz heftig zu pochen. War sie entdeckt? War der Sheriff von ihrem Onkel geschickt worden?

»Komm hier rüber, Mädchen. Wir haben etwas zu besprechen.« Faulty nahm ihren Arm und führte sie die rohgezimmerten hölzernen Stufen herauf, die sich im hinteren Teil des Saloons befanden. Er zog sie in ihr Zimmer und hielt sich nicht einmal mit dem Anzünden einer Lampe auf. So standen sie in der Dunkelheit, die nur vom Licht von unten aufgehellt wurde.

»Mein Gott, was ist denn?« platzte sie heraus.

Er streckte beide Hände flehentlich zu ihr aus. »Christal, Liebchen, du mußt mir zuhören. Ich habe mit diesem neuen Sheriff gesprochen, und wenn ich an seine Augen denke, dann möchte ich den ganz sicher nicht zum Feind haben.«

»Aber was hat er denn gesagt?« Ihre Stimme klang einigermaßen ruhig, dies jedoch zum Teil, weil die Angst sie erstickte.

»Ich ... ich wollte eine Art Abmachung von ihm. Ich sagte ihm, ich hätte die hübschesten Mädchen in der Stadt, und daß bei uns getanzt würde.« Faulty zögerte, als wüßte er genau, daß das, was er als nächstes sagen mußte, ihr gar nicht gefallen würde. »Er meinte, es würde ihn sehr freuen, mit mir Geschäfte zu machen, aber er würde nur auf Blondinen stehen, Christal, ausschließlich auf *Blondinen*!«

Sie spürte, wie sie sich beruhigte. Ihr Herzschlag wurde langsamer. »Ist es das, was du mir sagen willst? Du hast ihm einen kostenlosen Tanz mit mir versprochen?«

Faulty schüttelte den Kopf. »Nein, Liebchen. Das nicht.«

»Was dann?«

»Wir haben nicht übers Tanzen gesprochen. Ganz und gar nicht.«

Plötzlich begriff sie. Es überraschte sie nicht, daß der neue Sheriff bereits in die Kasse griff. Welcher aufrechte Mann würde schon freiwillig in einem Ort wie Noble Sheriff werden wollen? Mit finsterer Stimme sagte sie: »Du meinst, du hast versucht, mich an ihn zu verkaufen?«

Er packte ihren Arm. »Mädchen, du müßtest seine Augen sehen! Ich mußte es ihm versprechen! Der knallt mich ab, wenn er dich sieht, und du dich ihm verweigerst!«

»Bei Mrs. Delaney gibt es genug Blondinen. Schick ihn dorthin!«

»Och, Christal! Du mußt mir helfen. Wenn wir ihn zufriedenstellen, läßt er uns in Ruhe! Wenn nicht ... dann kann alles passieren. Vielleicht verliere ich sogar den Saloon!«

Angewidert drehte sie sich weg. Ihr Zimmer ging zur Straße, und sie sah, wie Männer aus Jan Petersons Laden herauskamen. Durch die Dunkelheit und den Schnee konnte sie nicht erkennen, welcher der Sheriff war. Die Jungs hatten sein Pferd bereits in den Mietstall gebracht. »Du hast kein Bordell hier, Faulty, sondern einen Saloon. Wenn Ivy und Dixiana gerne ein paar Extradollar verdienen und dir einen Anteil für Kost und Logis abgeben, nun, dann ist dein Laden hier immer noch kein Freudenhaus. Du mußt diesem Mann einfach erklären, daß bei dir nicht jedes Mädchen käuflich ist.«

»Hilf mir, Christal«, flehte er.

Sie holte tief Atem, während in ihrem Kopf Gedanken herumwirbelten. Immer noch träumte sie von dem Overland Geld. Monatelang hatte sie überlegt, ob sie schreiben und sich die fünfhundert Dollar schicken lassen sollte. Aber sie hatte zuviel Angst vor den Reportern und vor Cain gehabt, der sie vielleicht aufspüren würde, um ihr Fragen zu stellen, die sie nicht beantworten wollte. Also hatte sie geschuftet wie ein Ackergaul, um ihre Ehre zu bewahren und dabei dennoch soviel Geld wie möglich zusammenzusparen, damit sie eines Tages, eines entsetzlich fernen

Tages einer düsteren Zukunft, wieder nach New York zurück konnte, einen Weg fand, ihren Onkel anzuklagen und sich selbst zu rehabilitieren. Und manchmal fragte sie sich, ob sie verrückt war oder einfach nur gerne träumte.

Trotzig hob sie das Kinn, und sie wandte sich wieder Faulty zu. »Wenn du dumme Versprechen gemacht hast, dann gibt es jetzt nur eins zu tun. Es schneit nicht mehr so stark. Wenn wir keinen Schneesturm bekommen, werde ich morgen früh verschwinden. Dann kannst du ihm sagen, du hättest keine Blondine, die für dich arbeitet. Nicht mehr.«

»Christal ... tu's doch nur einmal, dann läßt er uns in Ruhe, und du kannst hierbleiben.«

»Nein.« Ihre Antwort kam ruhig und unerschütterlich.

»O Christal ...« Faulty seufzte aus tiefster Verzweiflung.

»Heute abend arbeite ich noch. Geh' ruhig hinunter!«

»Aber wenn er auftaucht? Wenn er dich gesehen hat, wird ihm die verfluchte Rosalie drüben bei Mrs. Delaney bestimmt nicht mehr genügen. Er wird mir niemals verzeihen, daß ich dich habe verschwinden lassen.«

»Was ist das denn für ein Sheriff?« fragte sie plötzlich wütend. »Er soll uns vor Revolverhelden und Bankräubern beschützen und nicht in jedem Saloon der Stadt seinen Anteil machen.«

»Ich weiß nicht, was er für ein Sheriff ist, Mädchen. Aber ich sage dir, einen Blick in seine kalten Augen, und du kannst verdammt sicher sein, daß kein Mensch in diesem Ort ihn danach fragen wird.«

Er ging und schloß die Tür hinter sich. Sie blieb in

der Dunkelheit zurück. Ein paar Schneeflöckchen reflektierten das Licht von unten. Sie blickte aus dem Fenster. In dem Haus neben Jan Petersons General Store brannte eine Lampe – das Schnapsdepot. Dort wurden in einem gut verriegelten Zimmer Fäßchen gelagert, um sie vor Dieben und Eindringlingen zu schützen. Es war ein guter Ort für ein provisorisches Gefängnis. Das Licht brannte allerdings oben. Wahrscheinlich war das nun des neuen Sheriffs Unterkunft.

Eine Gestalt erschien vor der Lampe, und sie konnte eine Silhouette ausmachen, da nun nur noch wenig Schnee fiel. Es war der neue Sheriff, er hatte seinen Hut noch nicht abgenommen. Er stand am Fenster und sah hinaus, genau wie sie es tat. Und obwohl sie sich sagte, daß er sie nicht sehen konnte, weil sie sich im Dunkeln befand, hätte sie schwören können, daß er sie direkt anstarrte.

»Sheriff«, flüsterte sie, und es klang wie ein Fluch. Sie war es so leid, wegzulaufen und sich zu verstekken.

Die blechernen Klänge des Klaviers drangen durch die Bodendielen, und sie wußte, daß Joe gekommen war. Es wurde Zeit, ihren Unterhalt zu verdienen. Der Blonde würde warten. Bei diesem Wetter würde er nirgendwo anders hingehen.

Sie schüttelte den Kopf und fragte sich, wie das alles enden sollte. Ihr Blick wanderte zu der Gestalt des Sheriffs zurück, dessen Stetson sich scharf gegen das Licht abhob.

Vielleicht war es schon zu Ende.

Kapitel 13

Der Saloon war voller als gewöhnlich. Der Schnee war schlimm genug gewesen, die Arbeit früh enden zu lassen, und Männer, die auf der Durchreise waren, hierherzutreiben, aber nicht schlimm genug, um potentielle Kunden zu Hause zu halten. Joe, ein alter Goldgräber, der zu arm und zu gebrechlich zum Weiterziehen war, kam fast jeden Abend in den Saloon, um auf dem Piano Walzer zu spielen.

Es war ihr fünfter Tanz mit dem Blonden, der nicht sehr viel sprach. Er trug ein zerknittertes modisches Hemd und eine dunkelgrüne Jacke und Weste. Seine nußbraunen Augen wirkten nicht besonders freundlich, aber das war nicht ungewöhnlich. Nicht hier draußen im Westen.

Er warf einen weiteren Nickel auf den Tisch, als der Tanz zu Ende war. Sie wollte sich gern etwas ausruhen, aber er zog sie an sich, ohne sie zu fragen. Die Glöckchen an ihren Fußknöcheln klingelten leise, als sie sich auf dem kleinen Tanzboden bewegte. Sie mochte diese Glöckchen nicht. Sie trug sie nur, um Faulty einen Gefallen zu tun. Huren trugen Glöckchen. Sie brachten sie in mehr dumme Situationen als sie es wert waren. Sie wußte jetzt schon, daß der Blonde nicht allzu glücklich sein würde, wenn sie sein Angebot ablehnte, für die oberen Räume zu bezahlen.

Er wirbelte sie herum, seine Hände lagen kalt und drückend auf ihren Rippen. Ein eisiger Luftstrom traf ihren Rücken, als ein neuer Kunde den Saloon betrat. Joe schien sich einen Augenblick auf den Tasten zu verhaspeln, was bei dem komplizierten Walzer kein Wunder war. Doch sie bemerkte es kaum – sie hatte zuviel damit zu tun, ihre Haare aus den Fingern ihres gierig streichelnden Klienten zu lösen. Faulty ließ seine Mädchen die Haare offen tragen. Er sagte, das würde ihnen einen Hauch Unschuld verleihen, was Männern gefiel. Als sie zu dem Blonden nun aufschaute, mußte sie zugeben, daß Faulty recht hatte. Der Blonde mochte es in der Tat. Er lächelte. Obwohl er noch jung war, waren die meisten seiner Vorderzähne entweder abgebrochen oder fehlten ganz.

Das Lied war zu Ende, und dieses Mal hatte sie wirklich genug, aber der Mann hielt sie fest, indem er seinen Arm wie eine Schlange um ihre Taille wand. Er beugte sich herunter, um sie zu küssen. Christal drehte diskret den Kopf zur Seite.

»Du willst zuerst bezahlt werden?«

»Nein.« Sie versuchte, seine Hand von ihrem Mieder zu schieben.

»Komm schon. Es ist Zeit. Für wieviel Tänze soll ich bezahlen?«

»Für so viele, wie Sie möchten. Mehr habe ich nämlich nicht zu bieten.«

»Machst du Witze?« Er dachte nicht daran, sie loszulassen.

Ihre Augen wurden so kalt wie ihre Stimme. »Nein.«

Sein Arm wurde zu einem Schraubstock. Für so einen schlanken Mann war er erstaunlich kräftig und drahtig. »Dann will ich mein Geld zurück.«

»Das werden Sie wohl mit dem Besitzer abmachen müssen.« Sie grub ihre Fingernägel in seinen Handrücken, doch er packte nur noch fester zu. Sie konnte kaum noch atmen.

Faulty kam vorbei, seine Augen waren zu Boden gerichtet, und er wirkte ängstlich. Normalerweise beobachtete er seine Mädchen wie ein Raubvogel. Beim ersten Anzeichen von Ärger war er stets zur Stelle. Doch nun tat er so, als würde er sie gar nicht bemerken.

Sie wollte ihn gerade ansprechen, als er jedem im Saloon laut verkündete: »Um unseren neue Sheriff willkommen zu heißen, gehen alle Drinks aufs Haus.«

Bei dem Wort *Sheriff* ließ der Blonde seinen Arm von ihrer Taille fallen. Christal wich zurück und war dankbar für die Erlösung, selbst wenn das bedeutete, daß sie dem Sheriff gegenübertreten mußte. Sie folgte den Blicken der anderen zur Tür, wo der Fremde stehengeblieben war.

Ihr Herz hörte auf zu schlagen.

Wenn sie blind gewesen wäre, hätte sie dieses Gesicht allein durch Berührung erkannt. Dort stand Nobles neuer Sheriff lässig an die Wand gelehnt, immer noch in seinem Mantel, mit dem er in den Ort geritten war, und sein schwarzer Stetson war so weit ins Gesicht gezogen, daß niemand außer ihr sehen konnte, daß seine kalten, grauen Augen auf sie fixiert waren. Es war Cain.

Sie betete innig, daß die Erde aufreißen möge und sie verschlänge. Doch die Erde blieb so hart und gefroren, wie die Prärie unter den Holzbohlen des Saloons. Sie stand nur da, während Joe »Dixie« zu spielen begann, wie um sie – unwissentlich – zu verspotten.

In jenem Augenblick überlagerten drei Gedanken alles andere in ihrem Kopf. Sie hätte schwören können, daß es das erste Mal war, daß der Südstaatler blau trug. Ihr zweiter Gedanken beantwortete die Frage, die sie seit dem vergangenen August quälte. Hatte sie sich in Macaulay Cain verliebt? Nun wußte sie es.

Nun wußte sie es.

Jemand schenkte dem Sheriff einen Whisky ein, und er wandte seinen Blick von ihr ab, während verschiedene Männer ihm auf die Schulter klopften, um ihn in der Stadt willkommen zu heißen.

Ihr Blick ließ ihn nicht los. Es wäre, als würde man einen sprungbereiten Tiger aus den Augen lassen wollen.

In ihrem Schockzustand begriff sie immer noch nicht, wie er dort neben der Tür als Sheriff von Noble stehen konnte. Sie schloß die Augen und hoffte inständig, daß ihre Augen sie einfach trogen, daß das Gesicht unter dem schwarzen Stetson ein anderes sein würde, wenn sie wieder hinsah. Doch als sie die Augen erneut öffnete, trafen sich ihre Blicke durch den ganzen Saloon hindurch, und sie konnte es sich nicht mehr ausreden. Er hatte sie gefunden. Oder der abgründigste Zufall, den man sich denken konnte, war eingetreten.

Dann traf sie ein dritter Gedanke wie ein Blitz.

Lauf.

»Komm schon, trink wenigstens einen mit mir.«

Christal blinzelte mehrere Male, als wachte sie aus einem Alptraum auf, und sah den Blonden an. Sie warf Cain einen Blick zu, doch diesmal waren seine Augen nicht auf sie gerichtet, sondern auf den Mann neben ihr. Sie konnte aus seiner Miene lesen, daß er zugesehen hatte, wie sie mit ihm getanzt hatte. Und wie er ihr Haar berührt hatte. Und wie er mehr gewollt hatte.

Und sie konnte auch lesen, daß es ihm überhaupt nicht gefiel.

»Ich muß gehen«, murmelte sie, zu verwirrt, um ihren Klienten noch einmal anzusehen.

Er packte sie wieder. »Ich kriege noch was für mein Geld.«

»Nein ... nein ... der Sheriff ...« Sie machte eine Kopfbewegung zu Macaulay hin.

Der Mann warf dem Sheriff einen Blick zu und ließ sie wieder los. Hastig sah sich Christal nach Faulty um. Er befand sich inmitten des Durcheinanders, daß die Männer an der Theke verursachten, um ihren kostenlosen Drink zu bekommen. Der Sheriff sprach derweil mit Dixiana. Und lächelte. Das war ihre Chance.

Christal löste sich heimlich aus der lauten, johlenden Menge und ging auf Zehenspitzen die Treppe hinauf, wobei sie jedes Klingeln der Glöckchen an ihren Knöcheln verfluchte.

Als sie in ihrem Zimmer war, holte sie ohne einmal darüber nachzudenken, einen kleinen, verschlissenen Beutel, den sie in South Pass gekauft hatte, hervor. Dann zog sie ihre »neue« Witwentracht heraus, die sie ebenfalls in South Pass erstanden hatte – von Macaulays Geld.

Sie schluckte die aufkommende Angst hinunter und stopfte wie betäubt ihre wenigen Habseligkeiten in die Tasche, ohne sich darum zu kümmern, ob die Kleider zerknitterten oder zerrissen. Sie war zu verschreckt, um sich um solche Kleinigkeiten zu kümmern. Sie hatte sein Geld gestohlen. Ob er sich daran erinnerte?

Wilde Angst durchzuckte sie. Natürlich erinnerte er sich daran. Sie hatte an seinem Blick erkannt, daß er sich an alles erinnerte.

Sie packte den Rest der Sachen in die Tasche. Wohin sie gehen würde, was sie tun sollte, das alles waren Fragen, die noch keinen Platz in ihrem Kopf gefunden hatten. Sie konnte jetzt nicht vernünftig denken. Dort unten war ein Sheriff, der ihr Fragen stellen würde, Fragen, die sie keinesfalls beantworten wollte. Also mußte sie fort. Sie glaubte nicht an Zufälle. Er war einzig und allein nach Noble gekommen, um sie zu finden. Wenn er sie alleine erwischen konnte, dann würde er die Antworten aus ihr herauspressen, und wenn er sie damit vernichten müßte.

Sie blies die Lampe aus und umklammerte den schweren Beutel. Unter Ivys Zimmer war eine kleine Veranda, von dessen Dach eine Leiter zur Rückseite des Saloons hinunterführte. Sie würde dadurch hinauskommen und dann ...

Gewaltsam riß sie sich aus ihren Gedanken, warf sich ihre schwere Stola über und legte die Hand an die Tür. Sie würde über alles Nötige nachdenken, wenn ihre Füße durch den Schnee liefen und der Saloon weit hinter ihr lag.

Ihre Hand drehte langsam den Türknopf, ihr Kopf summte von unbeantworteten Fragen. Was hatte er in der ganzen Zeit gemacht, seit sie Camp Brown verlassen hatte? Warum hatte er sie erst jetzt verfolgt? Hatte er herausgefunden, daß sie gesucht wurde? War er gekommen, um sie zu ihrem Onkel und in die Anstalt zurückzubringen?

Sie öffnete die Tür.

Ihr Herzschlag setzte aus.

Dort war er, seine Umrisse klar durch das Licht von unten hervorgehoben. Sie versuchte, die Tür wieder zuzuschlagen, doch seine Hand packte die Türkante und hielt sie fest. Ihre Kraft war seiner weit unterlegen. Er schob die Tür auf und trat ein.

Christal wich in der Dunkelheit zurück wie ein gefangenes Tier. Die Szene im Saloon von Falling Water wiederholte sich, doch dieses Mal war ihre Angst eine andere. Er war kein Outlaw, der sie vergewaltigen wollte. Er war ein Sheriff, in den sie sich kindischerweise verliebt hatte, und der sie nun nach New York zurückschleppen wollte.

»Du bist ziemlich gewitzt, Mädchen, das muß ich dir lassen«, sagte er mit der tiefen, rauhen Stimme, von der sie geglaubt hatte, sie würde sie nie wieder hören.

Sie starrte auf seine vertraute Gestalt und grübelte verzweifelt darüber nach, zu welchem Zeitpunkt Wyoming zu klein zum Verstecken geworden war. »Warum bist du hier? Warum haben sie dich zum Sheriff ernannt?«

Er gab keine Antwort. Statt dessen riß er ein Streichholz an und entzündete die Lampe, die sie eben ausgeblasen hatte.

In dem Lampenlicht konnte sie seinen ärgerlichen Gesichtsausdruck erkennen. Es hatte Zeiten gegeben, wo sie sich nichts sehnlichster gewünscht hatte, als sein Gesicht noch einmal zu sehen. Der Wunsch war so dringlich, so bitter und innig gewesen und konnte nie ausgelöscht werden. Aber sie hatte nicht wirklich an seine Erfüllung geglaubt. Schon gar nicht auf diese Art.

Sie wollte irgend etwas sagen, weinen und davonlaufen. Statt dessen stand sie nur wie erstarrt da und sagte mit ruhiger Stimme: »Du bist ein U.S.-Marshal. Du solltest eine Stelle in Washington bekommen. Ich begreife nicht, warum du hier bist und Sheriff spielen willst.«

»Als ich dich zum letzten Mal sah, hast du etwas vergessen.« Er hob seine Hand und ließ sie krachend auf den Nachttisch fallen.

Sie blickte auf den Tisch, um zu sehen, was er meinte. Zu ihrer Überraschung entdeckte sie eins ihrer sieben Goldstücke. Er knallte ein zweites daneben. Dann noch eins und noch eins, bis alle sieben Münzen auf dem Tisch lagen.

Sie betastete eines der Geldstücke und fand dann endlich den Mut, ihn anzusehen. Sie konnte immer noch nicht fassen, daß jemand so kalte, eisige Augen hatte.

Eine überwältigende Angst setzte sich in ihrem Herzen fest. Er war wütend, daß sie ihn bestohlen hatte. Und vielleicht noch wütender, daß sie niemals Lebwohl gesagt hatte.

»Warum bist du hergekommen?« flüsterte sie tapfer.

»Ich habe dir schon gesagt, daß ich keine Bandenjobs mehr annehmen würde. Warum sollte ich nicht hierherkommen?« Er fing ihren Blick auf. »Du bist auch hier.«

Sie schluckte. »Aber ich will gar nicht hier sein. Niemand, der richtig im Kopf ist, kann sich das wünschen.«

Er starrte sie an, und seinem Blick entging keine Einzelheit ihres Aussehens. Sie war gekleidet wie eine Prostituierte, das war nicht zu übersehen. In seinen Augen war ein Hauch von Verwirrung zu sehen, aber auch etwas, das besagte, daß er sich verraten vorkam. »Vielleicht bin ich nicht richtig im Kopf«, flüsterte er.

Sie hatte größte Mühe, die Angst aus ihrer Stimme fernzuhalten. Sie mußte ihn endlich fragen, was sie am liebsten noch länger hinausgezögert hätte. »Du bist also wegen mir gekommen?«

Sein Blick hielt ihren fest. »Wegen dir hergekommen? Weil du mein Geld gestohlen und dich ohne ein

Abschiedswort davongemacht hast, meinst du das? Nein, ich glaube nicht. Wenn ich wegen dir die ganze Strecke auf mich genommen habe, dann muß etwas mehr dahinter stecken, glaubst du nicht auch?«

Sie spürte, wie ihr alles Blut aus dem Gesicht wich. Er wußte von New York. Das war es, was er andeutete. Nun konnte sie nicht mehr fliehen. Leise sagte sie: »Was weißt du über mich, daß du mir bis hierher gefolgt bist?« »Was ich über dich weiß?« Wieder erschien der Ausdruck, verraten worden zu sein, in seinem Gesicht. Seine Lippen verzogen sich verächtlich. »Nicht eine verdammte Kleinigkeit. Wie findest du das? Ich habe mich wegen dir in Falling Water fast zweimal umbringen lassen, und hier stehe ich und weiß wahrscheinlich noch nicht mal deinen richtigen Namen. Als ich dich zum letzten Mal sah, warst du die tugendhafte Witwe, und nun sehe ich dich hier freiwillig in den Armen eines Fremden tanzen und handeln wie eine gewöhnliche –«

»Nicht.« Sie wußte nicht, woher sie die Kraft nahm, aber es gelang ihr, sich aufzurichten und ihr Kinn trotzig vorzuschieben. »Du weißt nicht, was ich bin. Also sag es auch nicht.«

Bittere Neugierde war in jeder gebräunten Linie seine harten Gesichts zu erkennen. »Warum bist du denn hier, Christal? Man sagte mir, du arbeitest in einem Saloon, und ich konnte es einfach nicht glauben. Du kannst es nicht für Geld tun – schließlich sollst du noch fünfhundert Dollar von Terence Scott bekommen. Und ich hatte dir ein Angebot gemacht. Du hättest alles von mir haben können ...« Seine Stimme schien brechen zu wollen, aber er fing sich so schnell wieder, daß sie sicher war, sie hatte es sich nur eingebildet.

Seine Stimme wurde gefährlich ruhig. »Ich hätte mich um dich gekümmert. Himmel, ich habe dich gebeten, mit nach Washington zu kommen. Was ist denn hier besser?« Er blickte sich verächtlich in ihrem kargen, kleinen Zimmer um.

Sie umklammerte ihre Tasche und schwieg. Sie war erleichtert und seltsam erschüttert zugleich. Er wußte nichts von ihr. Sie hatte immer noch eine Chance, der Entdeckung zu entgehen, doch nur dann, wenn sie ihn dazu bewegen konnte, nach Washington zurückzukehren.

»Vielleicht schätzt du mich falsch ein, Macaulay. Vielleicht wollte ich hierherkommen. Vielleicht tue ich hier genau das, was ich will. Ohne Männer, die mich herumkommandieren.«

»Und das ist der Grund, warum du vor fünfhundert Dollar weggelaufen bist?« Sein rauhes Lachen schnitt ihr wie ein Messer ins Herz. »Nein, Mädchen, du bist hier, weil du hierherkommen mußtest. Und ich bin hier, um herauszufinden, warum.«

»Es gibt keinen Grund dafür. Mir gefällt es hier. Ich tue das, was mir paßt.«

Er packte ihren Arm so fest, daß es weh tat. Der Zorn auf seinem Gesicht raubte ihr den Atem: »Herumhuren? Ist es das, was dir paßt? Das kann ich nicht glauben! Die Frau, die ich in Falling Water kennengelernt habe, war keine Hure.«

»Vielleicht weißt du überhaupt nichts von der Frau, die du in Falling Water kennengelernt hast«, sagte sie atemlos und versuchte, ihm ihren Arm zu entziehen. Sie haßte es, ihm zu bestätigen, was er glaubte. Aber er mußte das Interesse an ihr verlieren und wieder nach Washington reisen, und sie sah keine andere Möglichkeit, dies zu erreichen.

»Bist du eine Hure, Christal? Hast du gelernt, es zu genießen, seitdem ich dich das letzte Mal sah?«

Seine Verachtung tat ihr in der Seele weh, doch sie konnte sich nicht erlauben, deswegen aufzugeben. Sie hatten keine gemeinsame Zukunft. Sie hatten nie eine gehabt. Warum sollte sie also das Unvermeidliche hinauszögern? Er mußte wieder dorthin zurückgehen, wo er hergekommen war, und sie mußte weiter Geld verdienen, bis sie genug zusammengespart hatte, daß sie gegen ihren Onkel vorgehen konnte. Sie konnte ihm niemals die Wahrheit sagen, solange er diesen Blechstern auf der Brust trug – sie hatte keinen Beweis, der sie von dem Mord an ihren Eltern freisprechen konnte. Ein Geständnis würde entweder seinen Glauben an das Gesetz oder seinen Glauben an sie vernichten. Und sie wollte lieber die Schande über sich ergehen lassen, sich als das zu bezeichnen, das sie nicht war, als feststellen zu müssen, daß sein Glauben an sie – und seine Gefühle – nicht so stark waren, wie sie es sich in ihren Träumen wünschte.

»Warum gehst du nicht einfach wieder nach Washington zurück, Macaulay?« Ihre Stimme kam als dringendes, verzweifeltes Flüstern. »Du hast hier doch nichts wirklich zu suchen. In Noble gibt es nichts für dich, also kannst du genausogut wieder nach Osten reisen.«

Er starrte sie einen scheinbar unendlichen Moment an, als versuchte er, sich mit dem Gedanken anzufreunden, daß sie wirklich zu dem geworden war, was er befürchtet hatte. Sie konnte die Schlacht sehen, die in seinem Inneren tobte, und sie war sich nicht sicher, welche Seite gewonnen hatte, als er nun ihre Tasche nahm und deren Inhalt auf ihre dünne, strohgefüllte Matratze auskippte.

Es war die Witwentracht, die ihn fesselte. Er berührte das schwarze Kleid und strich fast genießerisch über den Stoff und das Mieder. Sie wich zurück, verängstigt von seiner scheinbar bedeutungslosen Obsession, doch er packte sie blitzschnell um die Taille, und hielt ihr das schwarze Kleid an, als wollte er sich in Erinnerung rufen, wie sie darin aussah.

»Bitte«, sagte sie und versuchte, sich loszumachen. Doch er hielt sie fest.

»Dieser verdammte Anblick verfolgt mich.« Er stand so nah bei ihr, daß sie seinen Atem auf ihrer Wange spüren konnte. »Du hast ziemlich hübsch in dieser Aufmachung ausgesehen, Mädchen. Dein Haar ist wie gesponnes Gold auf dem schwarzen Stoff. Deine Haut ist ... rosig und durchscheinend. Als ich dich in dieser Aufmachung sah, wollte ich dich beschützen. Und nun sagst du mir, das war alles nur gespielt. Du bist gar keine Witwe, richtig?«

Sie hatte das Lügen so satt. Langsam schüttelte sie den Kopf.

Er sah ihr tief in die Augen. Sie sah das Aufleuchten von Zynismus in seinem Blick. In Falling Water hatte er eine Art respektvolle Distanz zu ihr gehalten, weil er sie für eine Lady gehalten hatte. Nun, da sie seine schlimmsten Befürchtungen nicht widerlegt hatte, war dieser Respekt fort und an seiner Stelle war eine Vertraulichkeit getreten, die ihr die Persönlichkeit und ihre Einzigartigkeit nahm. Er sah sie nun an, als hätte er schon gut hundert Frauen wie sie angesehen. Und obwohl sie sich sagte, sie hatte genau das erreichen wollen, ja vielleicht sogar müssen, tat es ihr so weh wie nichts sonst zuvor.

»Hast du jemanden betrogen? Hast du deswegen Witwenkleider angezogen? Um sie auszutricksen?«

Sie schüttelte den Kopf und fand es plötzlich schwer, ihm in die Augen zu blicken. »Ich kleide mich auf Reisen so, weil ich dann besser behandelt werde.«

»Ich verstehe. Vermutlich würde ich dasselbe tun. Selbst ich muß zugeben, daß ich nicht so ritterlich mit dir umgegangen wäre, wenn ich gewußt hätte, daß du bloß eine Hure bist.«

Ihre Wangen röteten sich vor Ärger, aber sie protestierte nicht. Je früher er sie genug verachtete, desto eher würde er auf seinem Pferd die Stadt verlassen. »Ich habe dich nicht gebeten, mir all diesen Ärger zu machen. Wenn du gekommen bist, um Antworten zu bekommen, dann hast du sie jetzt. Du glaubst ich bin eine Hure, fein, dann glaube es meinetwegen, wenn dich das dazu veranlaßt, dich auf dein Pferd zu schwingen und von hier zu verschwinden.«

»Ich bin nicht die ganze Strecke gereist, um direkt wieder abzuhauen.« Er hob seine Augenbraue, als er sie anstarrte. Zuerst war sein Blick verächtlich. Dann wurde er zunehmend spöttisch, während er jede Einzelheit ihres Äußeren, das kurze Kleid, die Glöckchen, ihre Strümpfe, musterte. Dann wanderten seine Augen zu ihrem Hemd. Hinter dem Schleier der Baumwolle war gerade genug Brustansatz zu sehen, daß es sich für eine Lady nicht mehr schickte. Als ihre Blicke sich wieder trafen, hätte sie ihn am liebsten geohrfeigt.

»Ich werde mich nicht für *dich* prostituieren, Cain, wenn es das ist, was du denkst.« Ihr Zorn machte sie kalt und gelassen. Vielleicht konnte sie eisig genug werden, um ihn zu verjagen.

Er grinste sie nur zynisch an. »Ich bin froh, das zu hören, Witwe Smith. Denn ich habe nicht die Absicht, dafür zu bezahlen!«

Sie machte sich von ihm los, ihre Augen waren kalt wie Eis. »Du bekommst gar nichts, ob du nun dafür bezahlst oder nicht.«

»Faulty hat mir eine Münze für dich gegeben. Er tat so, als wäre es ein Souvenir vom Saloon, aber ich weiß schon, wofür er es tut. ›Aufs Haus‹, hat er gesagt. Ich kann dich haben.«

»Dazu hat er kein Recht.«

Er packte sie wieder, wühlte dann in der Brusttasche seiner Seidenweste. Als er gefunden hatte, was er gesucht hatte, drückte er ihr die Münze in die Hand und knurrte: »Wenn du eine Hure bist, Liebchen, kannst du das nicht ablehnen. Also beweise mir, was du wirklich bist. Und zwar noch heute nacht.«

Christal öffnete ihre Hand. Das Messingstück hatte in der Mitte ein Herz. Auf der einen Seite war *Mrs. Buckner's, Fort Laramie* eingraviert. Auf der andere Seite, über die nun sein Daumen strich, stand in Großbuchstaben: GÜLTIG FÜR EINE NUMMER. Faulty hatte davon eine Koffer voll davon aus einem Bordell, das zugemacht hatte. Dixi und Ivy würden die Münze sicher annehmen, sie jedoch ganz gewiß nicht.

»Gib sie Dixiana.« Sie warf die Münze nach ihm, und ihr Gesicht drückte Entrüstung und Zorn aus. Das Messingstück klirrte zu Boden.

Er starrte sie an, seine Miene ebenso wütend und ebenso verzweifelt. »Also bist du es, oder bist du es nicht?«

»Was Sie andeuten, *Sheriff*, ist illegal«, schleuderte sie ihm entgegen. »Ich glaube nicht, daß der Kreisrichter sehr erfreut wäre, davon zu hören.«

Sein Arm rutschte auf ihre Taille, und er zog sie grob an sich. »Und du würdest liebend gern zum

Kreisrichter hinlaufen, nicht wahr, Liebchen? Bei deiner Neigung, vor dem Gesetz zu fliehen ...«

Seine Worte trafen sie wie eine Faust im Gesicht. Sie war sich sicher, daß er das Plakat, mit dem sie gesucht wurde, nicht kannte. Wahrscheinlich hielt er sie für eine Nutte, die irgendeinen kleinen Diebstahl begangen hatte und dann vor dem Gesetz davongelaufen war. Aber sie durfte ihm nicht erlauben, weiter zu spekulieren. Wenn er hierblieb und weiterhin in ihrer Vergangenheit herumwühlte, würde er bald herausgefunden haben, wer sie wirklich war.

»Also was möchtest du lieber, Christal? Wahrheit oder Tat? Wirst du mir jetzt endlich erzählen, warum du bei Nacht und Nebel Camp Brown verlassen hast, oder legst du dich auf den Rücken und löst mir diese Münze ein?«

Sie wagte nicht zu atmen.

Seine Hand strich hinauf und blieb unter der Rundung einer Brust liegen.

»Wenn du eine Hure bist, löst du die Münze ein, nur um mich endlich loszuwerden«, flüsterte er in ihr Haar.

Seine Hand glitt höher.

Ihr Herzschlag beschleunigte sich. In ihrem Inneren tobte ein Kampf. Vielleicht ging er fort, wenn sie sich ihm hingab. Aber wenn sie es tat –

»Stopp!« Sie schob seine Hand fort, bevor er sie auf ihre Brust legen konnte. Aus seinen Armen taumelnd, ging sie zu ihrem Bett, auf dem ihre ganze Habe verstreut lag, und begann, ihre Sachen wahllos in die Tasche zu stopfen.

»Du bist keine Hure, nicht wahr?« fragte er weich, während er ihr zusah.

Sie stritt es weder ab, noch bestätigte sie seine Worte. Sie packte einfach wortlos weiter.

»Du bist immer noch die Frau, die ich in Falling Water kennengelernt habe«, flüsterte er fast ehrfurchtsvoll. »Du kämpfst immer noch um deine Ehre. Warum bist du also hier, Christal? Faulty schlägt dich nicht, damit du für ihn arbeitest – dazu ist er zu gutherzig. Ich sehe keinen einzigen vernünftigen Grund, daß du hier bist und arbeitest. Warum bist du hier, Christal? Warum?«

Tränen drohten. Sie wagte nicht zu antworten, sie raffte nur weiter ihr Hab und Gut zusammen und brachte es in der Tasche unter.

Er legte eine Hand auf ihre und hielt sie auf. Langsam hob er die Hand an und drehte sie um. Die Narbe leuchetet im Schein der Lampe. Er sah in ihre Augen, in denen Tränen glitzerten. Die Fragen blieben unausgesprochen.

Gelächter drang vom Saloon herauf und riß sie wieder in die Wirklichkeit zurück. Hastig zog sie ihre Hand fort und begann wieder, wie verrückt zu pakken.

Er lachte. »Was hast du denn vor? Meinst du, du könntest einfach die Stadt verlassen und weglaufen, wie du es letzten August getan hast?« Er nickte zum Fenster hin, auf dessen Sims zentimeterhoch der Schnee lag. »Du wirst hier bis zum Frühling nicht wegkönnen.« Er kam zu ihr und nahm die Tasche an sich. Er stellte sie auf ihren Ankleidetisch, so daß sie für sie nicht erreichbar war. »Tja, so ist es. Nur du und ich. Und das für einige Monate, Liebchen ... Das sollte reichen, um dich bei wem auch immer in Vergessenheit geraten zu lassen.«

»Ich kann gehen, wann immer ich will.«

»Du wirst gehen, wenn ich dich lasse.« Sein Lächeln erreichte seine furchtbaren, kalten Augen nicht. »Ich bin hier der Sheriff, vergiß das nicht. Niemand hier will mich wütend machen, daß ich vielleicht in seinen Geschäften herumschnüffel'. Wenn das bedeutet, man sagt mir sofort Bescheid, wenn du Anstalten machst, zu verschwinden – um so besser.«

Sie starrte ihn mit brennendem Trotz in den Augen an. Aber sie sah keinen Weg, um aus seiner Falle herauszukommen. Sie würde im Winter in Wyoming nicht weit kommen. Bis das Tauwetter einsetzte und er sein Interesse an ihr verloren hatte, blieb ihr nichts anderes übrig, als sein Spiel mitzuspielen.

»Du hast nichts davon, wenn du in Noble bleibst. Ich werde die Münze nicht einlösen.« Sie preßte entschlossen die Lippen zusammen.

»Wenn die Zeit kommt, brauche ich keine Münze.«

Aufs neue brodelte sie vor Zorn, hielt den Atem an und ging an ihm vorbei, um das Zimmer zu verlassen.

Sein Arm schoß vor, um sie festzuhalten.

»Ich habe Kunden«, sagte sie durch zusammengebissene Zähne.

»Als Faulty andeutete, eines seiner Mädchen würde sich um mich kümmern – ganz legal, versteht sich – , sagte ich ihm, ich hätte dieses Mädchen dann ganz gern für mich allein. Das war ein Teil unserer kleinen Abmachung.«

Sie konnte ihre Wut kaum noch zügeln. »Ich verkaufe Tänze. Sonst nichts!«

»Fein. Also wirst du sowieso mit keinem anderen schlafen. Faulty wird bestimmt ein Auge auf dich haben. Mittlerweile weiß er ja, daß du mir gefällst.«

»Woher soll er das schon wissen?«

Er stieß ein freudloses Lachen aus. »Was wird er wohl glauben, was wir hier oben machen? Reden?« Er warf den Kopf zurück und lachte nur noch mehr.

Sie hätte am liebsten zugeschlagen. Mit tiefer, langsamer Stimme sagte sie: »Ich weiß nicht, warum du hergekommen bist, aber ich schwöre dir, du wirst diesen Tag noch bereuen. Wenn du dich die nächsten Monate hier aufhalten willst, dann verspreche ich dir, daß ich dir deine Zeit so unangenehm wie möglich machen werde.«

Er faßte ihr Kinn und zwang sie, ihn anzusehen. »Ja, bitte. Mach mir mein Leben unangenehm. Ich bin kein Vollidiot. Ich habe schon bemerkt, daß du dich erst dazu entschlossen hast, mich nicht mehr zu mögen, als ich meinen Marshalstern angesteckt habe. Als du mich für einen verfluchten Verbrecher hieltest, hast du dich nicht annähernd so abweisend benommen. Es gibt viele Möglichkeiten, sich zu prostituieren, Mädchen.«

Bevor sie sich zurückhalten konnte, hatte sie ihm schon ins Gesicht geschlagen. Ihre Aggressivität entsetzte sie selbst – es brachte ihr keine Erleichterung. Es war nicht das gewünschte Ventil gewesen, Zorn und Schmerz waren stark wie zuvor. Die Tränen kamen, ohne daß sie es verhindern konnte, vielleicht, weil er sie gefunden hatte, vielleicht aber auch, weil sie dieselbe Verweiflung verspürte, die sie empfunden hatte, als sie in Mr. Glassies Kutsche gestiegen war und ihn verlassen hatte.

Er rieb sich die Wange, Zorn funkelte in seinen Augen. »Christal, erzähl mir doch einfach, warum du letzten August verschwunden bist, und ich verlasse dieses Dreckloch auf der Stelle.«

»Ich erzähle dir überhaupt nichts«, flüsterte sie, während sie auf den sechszackigen Stern auf seiner Brust blickte und die Verzweiflung sie fast erstickte.

Er nickte. »Dann bleibe ich, bis du es tust!«

»Dann mache dich darauf gefaßt, daß erst die Hölle gefriert.«

Er sah aus dem Fenster. Es hatte wieder zu schneien begonnen, feine Eisblumen schmückten die Scheiben. Ein seltsames Verlangen leuchtete in den Tiefen seiner kalten, grauen Augen auf. »Nun, Liebchen, wenn die Hölle nicht gerade dabei ist, zu gefrieren, dann weiß ich nicht, was das da draußen ist.«

Cain verließ ihr Zimmer ohne ein weiteres Wort. Christal konnte sich kaum zusammenreißen, um zu ihren Kunden in den Saloon zurückzukehren. Obwohl sie nicht zugeben wollte, daß er sie derart aufgewühlt hatte, kostete es sie beinahe eine Viertelstunde, bis sie zu zittern aufhörte.

Fast wie im Traum nahm sie die sieben Goldstücke und hob das schwarze Kleid auf, das zu Boden gefallen war. Ihr Herz wurde jedesmal schwer, wenn sie an Macaulay dachte. Sie wollte ihm so gerne vertrauen. Es hatte etwas zu bedeuten, daß er sich auf die Suche nach ihr gemacht hatte. Sicher, vielleicht ging es ihm nur darum, offene Fragen zu klären. Dennoch hatte es eine Bedeutung.

Aber sie konnte ihm nicht trauen.

Sie trat ans Fenster, preßte das schwarze Kleid an ihre Brust, und ihre Gedanken wanderte zurück in die Vergangenheit. Sie konnte Macaulay die Wahrheit sagen, sich ganz und gar in seine Hände begeben und um Verständnis bitten. Aber sie wußte, daß er kein Mitleid haben würde. Und sie wußte, warum.

Gegen ihren Willen spielte sie im Geist eine imaginäre Unterhaltung durch.

»Christal, vertrau mir, und ich werde dir helfen.« Cain starrte sie an und wartete eine Antwort.

»Mein Onkel hat sie getötet. Mein Onkel hat mich für schuldig erklärt, aber er war es, der sie getötet hat«, schluchzte sie.

»Ich glaube dir. Ich werde schon einen Weg finden, deine Unschuld zu beweisen. Wenn du mir die Wahrheit sagst, setze ich Himmel und Hölle in Bewegung, um dich da rauszuholen.«

»Macaulay ...«

»Ja, Liebling? Ist da noch etwas?«

»Ich bin für seine Verbrechen nicht ins Gefängnis gegangen.«

»Was haben sie dann mit dir gemacht?«

»Ich war in einer Anstalt. Einer Anstalt für gefährliche Verrückte.«

Christal verdrängte das Bild von Cains Reaktion. Sie schloß die Augen und drückte den Stoff fester an sich, doch es half nichts. Das Bild seines Gesichts verfolgte sie. Sie konnte jede Reaktion von ihm ertragen, aber nicht den plötzlichen Zweifel, der in seinen Augen aufleuchten würde. Nicht den Meinungsumschwung, der folgen würde. Er würde erkennen, daß er fast jemandem geglaubt hatte, den die Gesellschaft als unzurechnungsfähig gebrandmarkt hatte. Jemanden, der eingesperrt werden mußte, nicht nur, weil er ein Unrecht begangen hatte, sondern vor allem, weil er nicht in der Lage war, das Unrecht zu begreifen. Jemand, der niemals die Grenze zwischen richtig und falsch zu verstehen gelernt hat. Die Grenze zwischen Wahrheit und Lüge.

Sie preßte die Lippen zu einem schmalen Strich zusammen. Sie konnte sich darauf berufen, daß sie sich nicht an das Verbrechen hatte erinnern können, daher auch keine Möglichkeiten besessen hatte, sich zu verteidigen. Aber Erinnerungen waren flüchtig. Sie hatten ihre eigenen Gesetze. An unwichtige Details konnte man sich mit kristallener Schärfe erinnern, und doch Namen und Gesicht des Menschen, der alles vernichtet hatte, jahrelang nur durch einen dumpfen Nebel erkennen. Die Erinnerung hatte sie in einer Hinsicht beschützt, in einer anderen verdammt. Macaulay würde sich immer fragen müssen: War sie aus der Anstalt geflohen, weil ihre Erinnerung zurückgekommen war ... oder hatte sie sie im Grunde nie verloren? War es die Erinnerung, die sie getäuscht hatte, oder mangelte es ihr nur an der Fähigkeit zu begreifen, was sie in Wahrheit getan hatte?

Sie legte das Kleid auf das Bett und strich die Falten in der schwarzen Seide glatt. Sie würde es ihm niemals sagen. Ob er nun das Gesetz vertrat oder nicht, ob sie ihn nun liebte oder nicht, sie würde nichts sagen. Er konnte sie durch die ganze Welt jagen, aber er würde niemals Antworten erhalten.

Denn niemals wollte sie sehen müssen, wie er sich von ihr abwandte.

Den Rest des Abends verbrachte sie damit, mit jedem scheinbar fröhlich zu tanzen, der ihr einen Nickel dafür zahlte. Nur so konnte sie sich von der wütenden Miene des neue Sheriffs ablenken, der an der Bar stand und seinen Blick nicht von ihr ließ.

Als Faulty endlich den Saloon schloß, schmerzten ihre Füße, und ihre Rippen taten von all den groben Männerhänden weh. Sie war erschöpft. Cain verließ den Saloon ruhig und erstaunlich nüchtern, nach all dem Whisky, den er den ganzen Abend in sich hineingeschüttet hatte. Genauso schweigend, genauso nüchtern beobachtete sie, wie er ging. Dann ging sie direkt nach oben in ihr Zimmer, ohne Ivy auch nur beim Spülen der benutzten Gläser zu helfen.

Aber sie konnte keine Ruhe finden. Dreimal in der Nacht stand Christal auf und trat ans Fenster, wobei sie ihre Stola gegen den bitterkalten Lufthauch eng um ihre Schultern zog. Dreimal sah sie Cains Silhouette, der oberhalb des neuen Gefängnisses bei einer Laterne saß und langsam und nachdenklich seinen Whisky trank. Als wenn ihn etwas ebenso langsam in den Wahnsinn trieb.

Als die Nacht in graue Dämmerung überging, schaffte sie es endlich, ein wenig von dem Schock und dem Entsetzen des Abends zu verarbeiten und ihre Lage zu akzeptieren. Mitten im Winter Noble zu verlassen, war purer Unsinn. Das Wetter machte es unmöglich und sogar gefährlich. Sie mußte also erst einmal bleiben. Aber sie mußte nicht reden. Er würde die Wahrheit gewiß nicht von ihr erfahren.

Die Sonne ging auf, und der Schlaf holte sie endlich in seine tiefen Schatten. Sie träumte, die Braut des neuen Sheriffs zu sein. Sie war in weißen Satin und Tüll gekleidet, und hinter ihr hing Baldwin Didier am Galgen, reglos in der Brise, die seine stattliche Gestalt hin und her pendeln ließ. Sie hatte den Mann, den sie liebte, geheiratet. Niemals mehr würde sie Schwarz tragen.

»Kannst du mir mit dem Preis nicht ein wenig entgegenkommen?« fragte Christal, während sie den Ballen himmelblauen Wollstoffs bewunderte. Es war der nächste Tag, und sie hatte ihre Angst vor dem neuen Sheriff bekämpft und war zu Jan Petersons General Store hinübergegangen. Nun zog sie die Stola enger um die Schultern und befeuchtete sich die aufgesprungenen, kalten Lippen, während sie sich ausmalte, wie schön ein Kleid aus diesem Stoff aussehen würde. Und wichtiger noch: wie warm es wäre!

Jan runzelte die Stirn, als er in seinem Buch nachsah, welchen Preis er selbst dafür bezahlt hatte. Währenddessen schaute sich Christal nervös im Laden um. Er war voll von Cowboys, die wegen des Schnees nichts zu tun hatten, und einsamen alten Goldgräber, die sich am Herd aufwärmten, weil sie nicht wußten, was sie sonst machen sollten. Macaulay war nicht zu sehen, und Christal sprach ein stummes Dankgebet.

»Ich weiß nicht, Christal«, sagte Jan und schüttelte seinen blonden, leicht ergrauten Kopf, während seine kantigen, skandinavischen Gesichtszüge sich zweifelnd verzogen. »Der ganze Ballen hat mich zehn Dollar gekostet. Wenn du die Hälfte für fünf willst, sehe ich nicht, wie –«

»Wenn du sechs haben willst, kann ich dir dann drei heute und drei in den nächsten Wochen zahlen?« Sie sah ihn hoffnungsvoll an.

»Meinst du nicht eher, in den nächsten Monaten? Ich habe schon mal einem von euch Mädchen eine Kredit gegeben, und warte immer noch auf mein Restgeld.«

Sie strich mit der Hand über die weiche, kühle Wolle, während ihre Miene eine seltsame Melancholie ausdrückte. Sie konnte die sieben Goldstücke nicht für irgendwelchen Luxus verschwenden. Es waren ihre Ersparnisse. Sie würde sie brauchen, wenn sie Didier finden wollte. Und um vor Macaulay davonzulaufen. Für diesen Ballen Wolle würde sie also sehr viel tanzen müssen.

Zu viel. Immer zu viel.

Dabei gab es einen leichteren, schnelleren Weg. Dixiana und Ivy Rose hatten viele schöne Kleider.

Langsam zog sie die Hand fort. »Also gut. Ich bringe dir das Geld, sobald ich es habe.« Ihre Worte schlossen eine Hoffnung ein, von der sie wußte, daß sie sich damit selbst etwas vormachte. Diesen Winter würde sie kein warmes, neues Kleid bekommen.

»Es tut mir leid, Christal. Ich versuche, ihn für dich zurückzulegen.«

»Danke.« Sie seufzte, streifte die Handschuhe über und drehte sich um. Sie blickte dem neuen Sheriff von Noble direkt in die Augen.

»Einen schönen Tag, Ma'am«, sagte er ruhig und tippte sich an den Stetson. Seine eisgraue Iris raubte ihr den Atem.

»Guten Tag, Sheriff.« Sie beeilte sich, an ihm vorbeizukommen, doch er folgte ihr. Bitter fragte sie sich, warum sie überhaupt versuchte, ihm zu entgehen. Seine Drohungen am Abend zuvor waren klar genug gewesen: Er würde Noble niemals verlassen, bis er die Wahrheit über sie wußte. Wenn es ihr nicht gelang, sein Interesse an die Vergagenheit zu zerschmettern, würde er wie ein Geist an ihrer Seite sein. Sogar dann präsent, wenn er nicht wirklich anwesend war.

»Könnten Sie bitte mit ins Gefängnis kommen, Ma'am? Da ist etwas, was ich Ihnen zeigen möchte.«

Ein Plakat mit dem Gesicht von Christabel van Alen. Der Gedanke überrollte sie wie eine Dampflok in voller Fahrt. Einen Moment lang vergaß sie alles um sich herum und starrte zu ihm auf, als hätte er einen Sechsschüsser auf sie gerichtet.

»Liebchen, du siehst nicht gut aus.«

Sie beruhigte sich und versuchte, vernünftig nachzudenken. Er wollte ihr nicht das Plakat zeigen. Er wußte überhaupt nichts davon. Wenn es so wäre, hätte er sie bereits gestern verhaftet. Außerdem hatte er ihr ja längst gesagt, daß er den Sheriff-Job nur angenommen hatte, um die Wahrheit über sie herauszufinden. Er wußte nichts – und sie würde dafür sorgen, daß es so blieb.

»Ich kann jetzt wirklich nicht. Faulty braucht mich, um –«

»Es ist nur nebenan.« Er nahm sie beim Ellbogen.

Sie blickte sich eilig im Laden um, aber es war niemand da, der sich hätte einmischen wollen. Macaulay war Sheriff. Sie würden tun, was er wollte. Sie war nicht die einzige in Noble, die etwas zu verbergen hatte.

»Worum geht es?« fragte sie hölzern, als er sie zur Tür führte.

»Du wirst schon sehen«, sagte er nur.

Sie gingen schweigend nach nebenan. Das bitterkalte Wetter trug nicht dazu bei, daß sie sich besser fühlte. Der Wind peitschte durch die Hauptstraße, jagte über die gefroreren Schlammrinnen, pfiff durch lockere Fensterläden und rüttelte an den ungestrichenen falschen Fassaden. Die ganze Straße lag wie ausgestorben da. Die gefrorere Stille mitten im Ort war fast unheimlich.

»Hier hinein«, sagte er und bedeutete ihr, durch die Tür zu gehen. Sie betrat das Gefängnis. Sie kannte es bereits gut. Viele Male hatte Faulty sie hergeschickt, um Schnaps für den Saloon zu holen. Sie war überrascht, wie wenig geändert worden war, jetzt, da es als Gefängnis genutzt werden sollte. Nun waren nur Eisenstangen gezogen worden, wo bisher die Fässer mit dem Alkohol gelagert worden waren. Sie blickte nervös in die neu entstandene Zelle. Eine Armeepritsche und ein Strohballen war alles, was sich darin befand. Angst packte sie erneut. Sie würde niemals zulassen, daß er oder irgendein anderer sie dort hineinsteckte. Die Zeit in der Anstalt hatte ihr klargemacht, daß sie sich niemals wieder würde einsperren lassen.

»Setz dich.«

Man hatte aus dem Laden einen Tisch und Stühle herübergebracht. Widerwillig nahm sie den Stuhl, den er ihr anbot. An der gegenüberliegenden Wand hing ein Kalender, der ihre Aufmerksamkeit erregte. Das Gemälde einer rosigen Blondine, die in hermelinverbrämten, blauen Samt gekleidet war, starrte sie von oben an. Das Jahr »1876« war in goldenen Buchstaben auf den gefiederten Hut des Mädchens gedruckt.

1876. Es war nun vier Jahre her, seit sie fortgelaufen war. Der Gedanke deprimierte sie. Sie hatte soviel zu tun, und doch verbrachte sie jeden Tag bloß damit, um ihr Überleben zu kämpfen. Ihr kam der Gedanke, daß es vielleicht idiotisch gewesen war zu glauben, daß sie sich jemals an Didier würde rächen können. Ohne Geld war sie machtlos, und sie mußte ihre Zeit und ihre Kraft darauf verwenden, sich über Wasser zu halten. Plötzlich war sie so nah daran, aufzugeben, wie sie es noch nie zuvor gewesen war. Die blaue Wolle im Geschäft lockte sie. Sie war so warm ... so weich ...

Aber dann traf Macaulays Blick sie, und sie wußte, der Kampf würde weitergehen. Er hatte bereits eine schlechte Meinung von ihr. Er hielt sie für eine Hure. Nun, sie würde es ihm nicht beweisen. Sie würde sich nicht selbst beschämen.

Um ihm zu zeigen, wie wenig ihr das alles ausmachte, lockerte sie ihre Stola und ließ sie auf ihre Arme fallen. Der Raum war gut geheizt, was eine willkommene Abwechslung zum zugigen Saloon darstellte. Während des Winters war das Schnapslager stets der wärmste Ort in der Stadt. Jan ließ den Ofen Tag und Nacht brennen, um die Whiskyflaschen vor dem Frost zu schützen.

Macaulay ging zu dem kleinen Tisch hinüber, auf dem Papiere gestapelt waren. Er wühlte irgend etwas aus einem Stapel heraus. Ohne ein Wort legte er es vor sie hin. Als wollte er ihre Reaktion testen.

Es war ein Foto von ihr und ihrer Schwester. Alana war vielleicht fünfzehn gewesen, Christal zwölf. Christal hatte das Foto mitgenommen, als sie aus New York geflohen war. Es war das einzige Andenken an ihre Familie. Das Foto war in der Tasche gewesen, die Kineson und seine Männer geplündert hatten, nachdem sie sie vom Kutschdach heruntergeholt hatten.

»Du hast mir mein Geld zurückgegeben. Und jetzt dies. Wo ist denn der Rest von meinen Sachen?« fragte sie und versuchte dabei, ihre Stimme so ruhig wie möglich zu halten.

»Ich kann Rollins telegraphieren, sie herüberschicken zu lassen. Es ist nicht viel.«

»Was Kineson mir gestohlen hat, war alles, was ich besitze.«

»Du hättest all dein Habe und fünfhundert Dollar haben können, wenn du nur einen einzigen Tag länger in Camp Brown geblieben wärest. Nun wirst du deine Sachen bekommen, wenn es an der Zeit ist.« Seine Hand lag auf ihrer Schulter. Um sie zu trösten, um sie einzuschüchtern ... sie wußte es nicht. »Erzähl mir von dem Bild.«

Sie starrte auf das Foto. »Warum hast du das mitgebracht, den Rest meiner Sachen aber nicht?«

»Ich bin kein Bote. Es war das Bild, das mich interessiert hat.«

Seine Hand glitt zu ihrer. Langsam streifte er ihr den Handschuh ab. Ein Impuls war, ihre Hand sofort wegzuziehen, ein anderer sagte ihr, nichts zu tun und sich nicht auffällig zu benehmen. Ohne einen Blick auf die Narbe zu werfen, umschloß er ihre Hand mit seiner. Die Wärme auf ihrer Haut jagte ihr einen angenehmen Schauer über den Rücken.

»Erzähl mir davon«, flüsterte er mit lockender, tiefer Stimme. »Das Mädchen neben dir muß deine Schwester sein. Sie sieht dir ähnlich. Wie heißt sie?«

»A –« Sie schloß den Mund, unfähig, den Namen hervorzubringen. Sie konnte es ihm nicht sagen. Nur eine solche Kleinigkeit preiszugeben, konnte schon das Aus bedeuten.

»Wer ist Sarony?«

Sie blickte starr auf das Foto. Der Name Sarony stand in der unteren rechten Ecke geschrieben. Napoleon Sarony war der erste Daguerreotypist in New York. Allein das Foto machen zu lassen, war ein bedeutsames Ereignis gewesen. Es gab nicht viele Mitglieder ihrer Gesellschaftsklasse, die für eine Daguerreotypie gestanden hatte. Knickerbocker ließen ihre Portraits von großen Malern wie Stuart oder Copley anfertigen. Die moderne Darstellung durch Fotografie war etwas, das die meisten Mitglieder der Oberschicht als flüchtig und ordinär verachteten. Nichtsdestoweniger hatte ihre Mutter darauf bestanden, daß die beiden Van-Alen-Mädchen fotografiert wurden.

Saronys Studio befand sich ganz oben in einem

vierstöckigen Gebäude mit großen Scheiben aus La Farge-Glas und Oberlichtern, die den Raum mit Sonnenschein durchfluteten. Das Studio war ohnehin schon ein schöner Ort, aber was ihr Kinderherz wirklich gefangen hatte, war Saronys Sammlung von Exotica. Leopardenfelle lagen auf dem Boden, Palmen in Töpfen wuchsen über die Türrahmen, und in einer Ecke standen persische Sofas, die mit rot-purpurnen Stoffen überzogen waren. Ebenso besaß Sarony einen ungewöhnlichen fuchsroten Affen, den er Orang-Utan nannte, und dem man beigebracht hatte, wartende Kunden mit einem großen Straußenfeder-Fächer zu kühlen.

Sie mußte bei dieser Erinnerung lächeln. Ihre Mutter hatte den Mann für verrückt gehalten, ging aber dennoch nicht von ihrer Idee des Fotos ab. Sie schluckte den Kloß in ihrer Kehle hinunter, zwang sich, wieder auf das Bild zu sehen. Beide Mädchen trugen elegante, umbrafarbene Satinkleider, was auf ihre edle Familienherkunft hinwies.

Ihre Schwester Alana, obwohl kaum sechzehn, wirkte ruhig und ernst, ja fast königlich. Christal allerings überhaupt nicht. In ihren Augen lag solch ein schelmische Funkeln, so daß sie sich unwillkürlich fragte, ob es auch jetzt noch da war und wieder sichtbar würde, sobald sich ihr Schicksal zum Guten wandte.

Sie versuchte zu verbergen, wieviel das Foto ihr bedeutete, aber es machte ihr Mühe, denn sie konnte sich jede Einzelheit jenes Tages noch in Erinnerung rufen. Sie wußte noch genau, daß sie leichte Furcht verspürt hatte, als Mr. Sarony die ganze Maschinerie vor ihnen aufgebaut hatte. So als hätte sie Angst gehabt, daß die Magie der Aufnahme ihr etwas nehmen würde, was sie niemals zurückbekommen konnte. Doch als sie schon entschlossen war, das Bild zu ruinieren, hatte Alana ihre Hand genommen und sie sich in den Schoß gelegt, weil ihr schwesterlicher Instinkt ihr gesagt hatte, daß Christal ermutigt werden mußte.

Selbst jetzt noch konnte Christal das Bild von Alanas Arm vor ihrem geistigen Auge sehen, der ihre Hand fest zu ihr herüberzog. Und jetzt war Christal Mr. Sarony nur noch dankbar – so dankbar, daß sie ihn umarmen und auf beide Wangen küssen würde, wenn sie ihn jemals wiederträfe. Er hatte ihnen überhaupts nichts genommen – er hatte ihnen im Gegenteil einen Augenblick geschenkt, der bis in die Ewigkeit andauern würde und nicht durch schreckliche Erinnerungen getrübt werden konnte.

Ihr Blick löste sich von dem Bild zu Macaulays Hand, die über der ihren lag. Geschwister hielten sich an den Händen. Verwandte und Freunde taten es. Sie vermißte es so sehr. Den Trost, die Geborgenheit dieser Geste: Eine Hand in der anderen, so wie ihre jetzt in Macaulays lag.

Sie starrte auf die physische Verbindung durch ihre Hände. Es sah so natürlich, so richtig aus. Ihre Hand, blaß und feingliedrig, in seiner, die stark, geädert und mit schwarzen Härchen bedeckt war. Dies war die Verbindung zweier Liebenden.

Liebende.

»Danke, daß du es mir mitgebracht hast. Ich muß jetzt gehen.« Sie stand auf und streifte zitternd ihren Handschuh über.

»Ich weiß, daß sie deine Schwester ist. Warum willst du mir denn nicht einmal ihren Namen sagen?«

»Weil ihr Name unwichtig ist.«

Er drückte die Tür zu, die sie gerade geöffnet hatte. Sie zitterte in der hereinströmenden eisigen Luft.

»Wenn er unwichtig wäre, würdest du ihn mir verraten. Also kann ich daraus nur schließen, daß dieser Name von höchster Wichtigkeit ist.« Er sah sie an, und sie konnte jeden einzelnen silbernen Sprenkel in seinen Augen ausmachen. »Wie heißt sie? Ist sie tot?«

Sie schwieg.

Er sah aus, als wollte er sie schlagen. »Was muß ich tun, um dich zum Reden zu bringen? Dich mit einer windigen Anklage einsperren und bei Wasser und Brot verhungern lassen?«

»Ich werde dir niemals irgend etwas erzählen. Also erspar uns diese Qual.«

»Du warst reich, nicht wahr?« Er riß ihr das Foto aus der Hand und zeigte auf die Kleider. »Diese Kleider sind aus Satin. Nur reiche Mädchen können sich so etwas leisten.«

Sie schwieg wieder. Er sah auf sie hinunter, seine schönen Gesichtszüge verzerrt vor Ärger. Sie spielte einen kurzen Moment mit dem Gedanken, ihm alle möglichen Lügen zu erzählen, so daß seine Neugier befriedigt war und er vielleicht endlich verschwinden würde. *Vielleicht*.

Verächtlich verzog er den Mund. »Ich bekomme immer mehr den Eindruck, daß du mir jede Nacht liebend gerne alles ins Ohr schnurren würdest, wenn ich ein verdammter Krimineller wäre.« Er schob sie zur Seite. »Du bist genau wie alle anderen gefallenen Frauen, die ich kennengelernt habe. Du magst einen Mann nur, wenn er ein Schuft ist, der dich schlecht behandelt.«

Ihre Augen funkelten vor Wut. Es gab nichts mehr zu sagen. »Ich muß jetzt gehen. Es warten Leute auf mich.«

»Darauf wette ich«, spie er voller Zorn aus.

»Ich rede von Faulty!«

»Fein! Geh zurück in den Saloon! Dahin gehörst du ja.«

»Ich bin keine Hure. Das weißt du genau«, sagte sie und versuchte, die Zornestränen zu unterdrücken.

»Dann beweis es.« Seine Stimme klang tief und verzweifelt. »Erzähl mir endlich etwas über dich, und *beweise* es. Wenn du es nicht tust, dann schließe ich Faultys Laden und jedes andere ähnliche Geschäft hier wegen Prostitution!«

Sie sehnte sich danach, ihn zu ohrfeigen. »Um Faulty brauchst du dich nicht zu bemühen. Ich werde nicht mehr für ihn arbeiten. Er hat mir zuviel Freundlichkeit entgegengebracht, als daß ich das Risiko eingehe, seine Einkommensbasis zu ruinieren. Ich werde morgen früh abreisen, wenn der Zug von Fort Washakie kommt. Du kannst mir gerne folgen. Dann fahren wir von Ort zu Ort, während wir uns gegenseitig vernichten!«

Sie standen sich gegenüber und starrten sich zornig an.

Schließlich schüttelte er resigniert den Kopf. »Ich habe in jedem Fall den längeren Atem. Aber ich glaube, du würdest lieber sterben, als mir etwas zu erzählen, und ich finde es nicht erstrebenswert, dich hier draußen in der Prärie zu begraben.«

»Warum gehst du dann nicht einfach nach Washington zurück? Außer Jan will hier keiner einen Sheriff haben!«

»Ich hatte mich auf diesen Job gefreut. Hier ist es friedlich, es gibt keine Hetzerei. Ich will eine Weile hierbleiben. Ich bin noch nicht bereit für Washington.«

»Dann bist du ein echter Einzelfall. Niemand außer dir möchte gerne hier sein.« Sie warf ihm einen bösen Blick zu. »Kann ich jetzt gehen, Sheriff?«

»Ja, klar. Geh nur. Aber glaub' nicht, daß es vorbei ist. Eines Tages wirst du reden.«

»Das werde ich nicht. Das habe ich dir doch schon gezeigt!«

»Nein, mein Mädchen. Im Gegenteil. Du warst ganz kurz davor, als wir zusammen in Falling Water waren. Du hattest mir vertraut ... du wirst mir wieder vertrauen.«

Sie starrte auf den Blechstern an seiner Brust. »Daran zweifle ich.«

Er zuckte die Schultern, zog eine Münze aus seiner Tasche und begann, damit zu spielen. Es war die Münze, die Faulty ihm gegeben hatte. In neuer Wutaufwallung öffnete sie die Tür.

»Christal.«

Sie hielt inne.

»Heb dir einen Tanz für mich auf, okay?« sagte er mit einem bösen Glitzern in den Augen.

Sie knallte die Tür hinter sich zu, als sie ging.

»Er will nicht, daß du zu freundlich zu den Kunden bist, Christal. Das hat er mir gestern abend gesagt. Ich denke, er will dich ganz für sich allein.« Faulty wischte sich seine Hände an der Schürze ab und schenkte einem Mann einen Whisky ein. Das Abendgeschäft war flau. Der neue Sheriff war kaum eine Woche in der Stadt, und schon wurde sein Einfluß spürbar.

»Du hast ihn denken lassen, ich wäre eine –« Christal warf Ivy und Dixiana einen verstohlenen Blick zu. Sie mochte das Wort nicht in ihrer Nähe aussprechen.

Hure hatte nur eine körperliche Bedeutung. Es schloß kein Herz ein, das man brechen konnte, keine Träume, keine Gefühle. Sie fuhr mit Zorn in der Stimme fort: »Du hättest einfach nicht andeuten dürfen, daß ich solche Dinge tue, Faulty. Du machst Ausnahmen für diesen Mann. Wenn ich ihm seine Münze nicht einlöse, macht er uns die Hölle heiß.«

Faulty schlug überrascht die Hände zusammen. »Du hast ihm die Münze noch nicht eingelöst?«

»Nein«, antwortete sie trotzig.

»Oh, mein Saloon!« keuchte er und verdrehte die Augen. Dann packte er sie am Arm. »Kommt er deswegen jeden Abend hierher? Wartet er darauf, daß du das verdammte Ding einlöst? Christal, du mußt es ihm gewähren! Er ruiniert mir mein ganzes Geschäft. Die Leute mögen es einfach nicht, wenn er jeden Abend in der Ecke rumsitzt und die Männer wütend anstarrt, die dich anfassen. Sei doch nett zu ihm, Mädchen! Du mußt meinen Saloon retten!«

»So nett werde ich bestimmt nicht zu ihm sein, Faulty!« Sie sah ihn entrüstet an. »Außerdem nehme ich den nächstbesten Wagen, der vorbeikommt, und verschwinde!«

»Und wohin willst du gehen? Komm schon, Christal, die anderen Mädchen machen's doch auch!«

»Aber ich nicht! Du hättest ihm diese Münze nie geben sollen!«

»Wie hätte ich ihm denn erklären sollen, daß du anders bist? Er hätte mir ja doch nicht geglaubt!«

Sie verbarg ihre verletzten Gefühle. Vielleicht hatte sie ja kein Recht mehr auf ihren Stolz. Aber sie war eine Van Alen, eine Knickerbocker aus einer der exklusivsten Familien New Yorks. Stolz war etwas, das sie niemals, niemals aufgeben würde.

Sie reichte ihm das Tablett herüber und bestellte drei Whisky. Faulty schenkte den Alkohol ein, doch seine Stirn blieb besorgt gerunzelt. Plötzlich konnte sie ihm nicht mehr böse sein. Er war wie von Gott gesandt dagewesen, als ihr niemand mehr helfen wollte. Saloonbesitzer waren nicht gerade für ihre Mildtätigkeit berühmt. In Laramie hatte einmal einer versucht, sie mit Schlägen dazu zu bringen, mit einem Kunden nach oben zu gehen. Sie war in der gleichen Nacht gegangen, ohne es zu bereuen. Doch es war ein hartes Brot, stets auf der Flucht zu sein. Kutschenfahrten waren teuer – es kostete sie jedes Mal ein Zehndollargoldstück, wenn sie ein Ticket kaufte. Noble bot in vieler Hinsicht einen Aufschub. Und Faulty war nicht zu fordernd. Sie konnte sich um seine ärmeren Kunden kümmern.

Sie nahm die drei Whisky und brachte zwei zu einem Paar Cowboys, die eine Runde Poker spielten. Mit dem dritten ging sie zu einem Tisch in der Ecke und stellte ihn ab, wobei sie demonstrativ an dem Kunden vorbeiblickte. Joe spielte fröhlich auf dem Piano, und ein Betrunkener drückte ihr eine Münze in die Hand und zog sie auf die Tanzfläche.

In der Ecke nahm Macaulay seinen Whisky auf, trat einen Stuhl vor sich und legte die Füße darauf. Er ließ seinen Blick über die Männer an der Bar gleiten, doch keiner von ihnen wurde so beäugt wie der, der Christal in seinen Armen hielt.

Doch er protestierte nicht, er fing keinen Streit an. Statt dessen tat er, was er den Abend zuvor bereits getan hatte. Und den Abend davor auch.

Er trank und starrte sie an.

Kapitel 14

Somebody's Darling
Into a ward of the whitewashed halls,
Where the dead and dying lay,
Wounded by bayonets, shells and balls,
Somebody's darling was borne one day
Somebody's darling so young and so brave
Wearing yet on his pale sweet face,
Soon to be hid by the dust of the grave,
the lingering light of his boyhood's grace.

(In den weißgetünchten Hallen,
wo die Toten und Sterbenden lagen,
verwundet durch Bajonett, Granaten und Kugeln,
wurde eines Tages eines Menschen Lieb geboren.
Noch trug er auf seinem bleichen, süßen Antlitz,
den bald der Staub des Grabes bedecken würde,
das sehnsuchtsvolle Leuchten jugendlicher Grazie.)

Matted and damp are the curls of gold,
Kissing the snow of his fair, young brow;
Pale are the lips of delicate mold,
Somebody's darling is dying now.
Back from his beautiful blue-veined brow,
Brush all the wandering waves of gold,
Cross his hands on his bosom now –
Somebody's darling is stiff and cold.

(Die goldenen Locken matt und feucht,
küssen die schneeweiße, edle Stirn;
bleich sind die Lippen von köstlicher Form,
Eines Menschen Lieb siecht dahin.
Aus seiner schönen weißen Stirn,
streich' ihm die Wellen von goldnem Haar,
falt' ihm die Hände über der Brust –
denn eines Menschen Lieb ist tot.)

Kiss him once for somebody's sake,
Murmur a prayer soft and low;
One bright curl from his fair mates take –
They were somebody's pride, you know.
Somebody's hand has rested there:
Was it mother's soft and white?
Or had the lips of a sister fair
Been baptied in their waves of light?

(Küß ihn an eines Menschen Stelle,
sprich leise ein Gebet;
nimm eine der hellen Locken an dich –
jemand hat sie einst innig geliebt.
Eine Hand hat dort geruht:
War es Mutters, weich und weiß?
Oder berührten die Lippen einer schönen Schwester
sanft diese Wellen von Gold?

God knows best! He has somebody's love,
Somebody's heart enshrined him there,
Somebody wafted his name above,
Night and morn, on the winds of prayer.
Somebody wept, when he marched away,
Looking so handsome, brave and grand!
Somebody's kiss on his forehead lay,
Somebody clung to his parting hand.

(Gott wird es wissen! Er hat ihn jetzt,
eines Menschen Herz hat ihn dort eingeschlossen,
jemand hat seinen Namen dort hinaufgetragen,
des Nachts und am Tag, im Hauch des Gebetes.
Jemand hat geweint, als er fortging,
wie er so schön und so tapfer aussah!
Jemand hat ihn auf die Stirn geküßt,
jemand hat sich an seine Hand geklammert.)

Somebody's watching and waiting for him,
Yearning to hold him again to her heart;
And there he lies with his blues eyes dim,
And his smiling child-like lips apart.
Tenderly bury the fair young dead,
Pausing to drop on his grave a tear;
Carve in the wooden slab at his dead,
»Somebody's darling slumbers here.«

(Jemand hält wartend nach ihm Ausschau,
Sehnt sich danach, ihn an sich zu drücken;
Und da liegt er nun, seine blauen Augen leer,
Und seine lächelnden, kindlichen Lippen geöffnet.
Begrab' zärtlich den jungen, edlen Toten,
Verweile und weine an seinem Grab;
Schreib auf das Kreuz an seinem Kopf:
»Jemandes Lieb schläft hier.«)

Geschrieben von Marie Revenel de La Coste,
die Soldaten der Konföderation in den Hospitälern von Savannah pflegte, und die ihre Lieben an den Krieg verlor.

Macauly schloß die Augen und griff sehnsuchtsvoll nach dem Schlaf, der immer jenseits seiner Reichweite zu liegen schien. Er redete sich ein, daß es der Whisky war, der ihn wachhielt, aber er wußte genau, was der wirkliche Grund war. Es war das Mädchen. Sie war in seinem Blut, eine Hitze, die durch seine Adern pulsierte. Sie hatte seinen Körper durchdrungen, hatte ihn gefangengenommen. Er konnte sie nicht gehen lassen.

Er verschränkte die Hände hinter dem Kopf und starrte an die dunkle Decke. Die Nacht war still. Die

Lichter im Saloon auf der anderen Straßenseite waren längst erloschen.

War es Begierde, die ihn hierher getrieben hatte? Sie war wunderschön. Eine klassische blonde Schönheit. Doch er hatte Frauen gekannt, die mindestens genauso schön waren, dabei aber weniger Sorgen bereiteten.

Als könnte er dadurch eine Antwort finden, ließ er seinen Geist wandern und fand sich in der Vergangenheit wieder. Auf der Farm in Georgia hatten sie einen Hund gehabt, einen häßlichen, struppigen Bastard, der aussah, als hätte Gott ihn aus den Überresten schönerer, edlerer Rassen zusammengeflickt. Das Tier war eines Tages in ihr Leben getreten, hatte sich halb verhungert und schwerverletzt von einem Kampf auf ihren Hof geschleppt. Seine Mutter hatte Mitleid mit der armen Kreatur gehabt und sie wieder gesundgepflegt. Zwölf lange Jahre lang war der Köter Mutters Schatten gewesen, der glücklich neben ihr hertrottete, wenn sie zum Markt ging, oder während seine Mutter im Haus kochte, am Ofen döste, als seine Knochen schließlich alt und steif geworden waren. Er, Macauly, mußte etwa neun Jahre alt gewesen sein, als er eines Morgens von seinem Porrige aufsah, während seine Mutter den häßlichen Hund mit Kartoffeln und Schweinefett fütterte. »Warum kümmerst du dich um das Vieh, Mutter? Er tut einem ja in den Augen weh«, hatte er naseweis in seiner jugendlichen Arroganz gesagt. Doch seine Mutter war zu ihm an den Tisch gekommen, hatte sein weiches, jungenhaftes Gesicht liebkost und sein Kinn leicht angehoben. »Caulay«, hatte sie voller Zärtlichkeit gesagt, »merk dir eines gut: Es gibt kein schöneres Gesicht, als das, das man liebt.«

Die Erinnerung brannte sich in seinen Kopf ein. Also liebte er Christal? War es Liebe, die ihn hierhergeführt hatte? Er glaubte es nicht. Er empfand vieles für das Mädchen – und ganz sicher verspürte er starkes Verlangen nach ihr. Aber Liebe ... noch nicht! Er wußte noch nicht genug über sie. Alles, was er wußte, war ...

Wieder kamen die Erinnerungen zurück, dieses Mal befand er sich im Krieg. Unerwünschte Bilder verfolgten ihn. Armeen von abgemagerten Jungen auf Krücken – alle mit einem Gesicht wie das seines Bruders –, besiegt, doch noch nicht tot, den Krieg in ihren Augen, denn so furchtbar wie sie aussahen, hatten sie doch noch weit Furchtbareres gesehen und erlebt.

Die geisterhafte Armee der Erinnerung zog vorbei, Hunderte von Jungen, die durch sein Zimmer marschierten. Sie waren fast noch Kinder, denen man die Lüge eingeprägt hatte, daß Männlichkeit und Krieg Hand in Hand gingen. Er flüsterte ein paar Verse in die Dunkelheit, die ein Konföderierter einst gedichtet hatte:

And in our dreams we wove the thread
Of principles for which had bled,
Ans suffered long our own immortal dead,
In the land where we were dreaming.

(Und in unseren Träumen webten wir den Stoff
der Prinzipien, für die unser unsterblicher Tod
Blut vergossen, und unendlich gelitten hat,
In dem Land, in dem wir träumten.)

Er sprach die letzte Zeile zweimal, während sein Innerstes sich in der schmerzlichen Erinnerung und seinem Verlangen zusammenzog. Und dann wußte er, was ihn hierher getrieben hatte. Das Mädchen besaß etwas, das er bisher noch in keiner Frau gesehen hatte. Und weil er einmal hingesehen hatte, konnte er sich nun nicht mehr abwenden.

Auch sie hatte den Krieg in ihren Augen.

Kapitel 15

»Ivy, du sachst bloß solche Sachen, weil Jericho heut' abend inner Stadt is'. Mann, geht dir das nich' auf die Nerven, wenn er dienstags immer hier 'rumschnüffelt? Na ja, mir soll's egal sein. Hauptsache, ich hab' meine niedlichen, kleinen Cowboys, da kannst du meinetwegen alle Jerichos dieser Welt behalten.«

Dixiana, die nur ihre lange Unterhose, ihr Hemd und ihr Korsett trug, ließ sich auf das Bett zurückfallen. Sie betrachtete prüfend ihre Fingernägel, die alle zu einem scharfen Bogen gefeilt waren.

»Ach, laß mich doch in Ruhe.« Ivy saß auf einer Holzbank und betrachtete sich in einem trüben Handspiegel. Christal stand hinter ihr und flocht ihr dickes, schwarzes Haar zu einer kunstvollen Frisur. Obwohl Christal sich gelegentlich überdeutlich bewußt war, welche Unterschiede es in Erziehung und gesellschaftlicher Herkunft zwischen ihr und den beiden anderen Frauen gab, schien es die meiste Zeit keine Rolle zu spielen. Jede von ihnen war auf einem ganz anderen Weg nach Noble gekommen, aber sie waren alle drei alleinstehende Frauen in einem grausamen, gewalttätigen Land. Es hätte Christal schwerfallen müssen, diese Frauen aus einer ganz anderen Schicht zu verstehen. Doch dem war nicht so.

»Warum müßt ihr zwei euch immer kabbeln?« fragte sie, während sie Ivys Haare an den Schläfen glattzog. »Dixiana, manchmal glaube ich, du bist nur neidisch auf Jericho und Ivy.«

»Neidisch?« Dixiana schoß vom Bett hoch und zeigte dabei ihren atemberaubenden Busen. »Ich soll *neidisch* sein? Mann, Jericho is'n –« Sie unterbrach sich abrupt, dann begann sie plötzlich zu lachen. »Oh, schon okay! Du willst mich auf'n Arm nehmen, stimmt's?«

Christal steckte einige von Ivys Locken fest. »Vielleicht willst du nicht unbedingt Jericho. Aber du bist bestimmt neidisch auf die Aufmerksamkeit, die er Ivy zukommen läßt. Komm, Dixi, gib es zu. Du möchtest auch einen Mann, der dir den Hof macht, ähnlich wie die alte Miss Blum sich wünscht, daß Jan Peterson ihr mit einem Veilchenstrauß seine Aufwartung macht.«

Dixiana rollte sich auf den Rücken und starrte an die unbehandelten Holzbalken der Decke. Ihre Schlafzimmer waren nicht so luxuriös wie der Saloon unten, an dessen Wänden bemalter Stoff den Eindruck von Steinen erwecken sollte. Die Zimmer oben waren roh und einfach. Christal fand es seltsam angemessen.

»Ich bin nich' wie die olle Jungfer Sarah Blum.« Dixi seufzte. Ihr hübsches, herzförmiges Gesicht bekam einen melancholischen, abwesenden Ausdruck. »Außerdem war da ma' einer, der sich um mich gekümmert hat. Hab' ihn in Laramie kennengelernt.« Ihre Stimme wurde tiefer, als würde sie ein Gebet sprechen. »Oh, er war was Feines. Schenekl so hart wie Eisen und 'n Gesicht wie 'n Engel.« Sie streckte die Hand zur Decke aus, als könnte sie nach ihm greifen.

»Was ist passiert, Dixi?«

Dixiana zuckte die Schultern. Wenn sie nicht schon soviel hätte einstecken müssen, hätte sie vielleicht Tränen in den Augen gehabt. »Er sachte, er wollte mich heiraten. Ich bin mit ihm nach Nobel gegangen, weil er dachte, hier könnte er noch Gold finden, und er wollte das ganz große Glück machen, Tja, leider war's nix damit, und einen Tag, bevor wir zum Pfaffen gehen wollten, is' er einfach abgehauen. Oh, es macht mir nix, daß er mich nich' heiraten wollte.« Dixianas Miene wurde hart wie Stein. »Ich weiß, daß ich nicht der Typ Frau bin, der 'n Rudel Blagen an der Schürze hängen hat. Aber warum hat er mich nich' wieder mit nach Laramie genommen? Warum hat er mich einfach hier sitzenlassen, ohne Geld und garnix? Ich kann's sogar verstehen, daß er weg is'. In Laramie gibt's so viele Mädels, und die ... die ham ganz weiche, glatte Gesichter.« Dixiana berührte ihr Gesicht, als wollte sie jede der verhaßten Falten spüren. Sie hatte ihnen einmal gesagt, daß sie achtundzwanzig Jahre alt wäre, aber es wurde allgemein angenommen, daß sie zehn Jahre unter den Tisch fallen ließ.

»Dixi«, flüsterte Ivy und drehte sich auf der Bank um. »Es tut mir leid, daß ich dich eben angeschnauzt habe und dir mein Haarband nicht leihen wollte. Jericho hat es oft genug gesehen. Nimm's dir. Es paßt sowieso besser zu deinem lavendelfarbenen Kleid als zu meinem gelben.«

»Vielleicht kommt er zurück. Dixi. Vielleicht war alles bloß ein Irrtum«, fügte Christal hinzu. Sie hatte das Bedürfnis, sie zu trösten, vielleicht gerade deswegen, weil Dixi ihren Schmerz so tapfer verbarg.

»Der kommt nich' zurück. Der Cowboy taugt nichts. Die Sorte dreht sich niemals um.« Dixiana stieß ein kleines, hohles Lachen aus. »Das einzige Gute an diesen Kerls außer ihrem hübschen Gesicht is', daß es so verflixt viele von denen gibt! Und diese Frischlinge, die jungen Cowboys, Mann, die sind so süß. Sie glotzen dich immer ganz verliebt an, und du bist ihre Mama, ihre Schwester und ihr Herzchen, alles in einem.«

Ivy grinste und warf ihr das Haarband zu. Selbst Christal mußte lächeln. Täglich kamen immer mehr Männer in den Westen. Dixi liebte es, für die hübschesten von ihnen »Hof zu halten«. Sie hatte eine bestimmte Ecke im Saloon, die mittlerweile von allen nur noch »Jungbullengehege« genannt wurde. Selbst ein hart arbeitendes Saloonmädchen konnte sich nicht alle vornehmen. Für Dixiana waren es gerade genug.

»Na, los jetzt. Wir haben noch gar nichts über unseren Sheriff gehört.« Ivy sah Christal an. Christal ließ sich auf die Bettkante fallen und tat so, als wüßte sie nicht, wovon Ivy sprach.

»Is' ja wahr!« Nun starrte auch Dixi Christal an.

Christal verschränkte nervös die Finger.

»Nu, komm schon, Yank. Erzähl's uns. Wenn du dir den Typ nich' schnappst, dann nehm ich ihn!« Dixiana zwickte sie.

Christal kam vom Bett hoch und nahm Ivys Drahttournüre vom Bett. Sie reichte sie Ivy mit den Worten: »Da gibt es nichts zu erzählen. Du kannst ihn gerne haben, Dixi. Er macht sowieso nur Ärger. Faulty wird immer hektischer, und ich muß eine Möglichkeit finden, ihn loszuwerden.«

»Aber wieso willst du ihn bloß nich'? Er sieht so

verdammt gut aus. Mann, es haut mich immer wieder um, wenn ich ihn angucke. Und er is' zwar 'n bißchen kalt in den Augen – man überlegt sich schon, was man tut –, benimmt sich aber gar nich' gemein ...« Dixi warf Ivy einen Blick zu, die sich gerade ihre Tournüre festband. Obwohl sie ihn noch brauchen konnte, war Ivys Arm leicht verkrüppelt – das war schon so gewesen, als Ivy vor einem Jahr nach Noble gekommen war. Sie jatte nur kurz erklärt, daß ein Mann ihn ihr gebrochen hatte, weil sie angeblich etwas gestohlen haben sollte. Ivy beteuerte allen, daß sie noch nie im Leben etwas unrechtmäßig genommen habe, und obwohl Faulty sie nur mit Unbehagen angestellt hatte, hatte die Zeit für Ivy gearbeitet. Niemals hatte es Ärger gegeben. Kein Kunde hatte sich je beschwert, daß ihm in Faultys Saloon Geld abhanden gekommen war. Aber Ivys Arm blieb eine ständige Mahnung daran, wie schlecht Männer Frauen aus ihrem Beruf behandelten.

Christal musterte beide Frauen. Sie waren Kinder, wie alle anderen Prostituierten, die Christal kennengelernt hatte. Sie wollten nur nett sein, und hofften im Gegenzug verzweifelt, ebenso nett behandelt zu werden. Doch sie waren wie Lämmer auf der Schlachtbank, waren Opfer ihrer Kunden und ihrer eigenen passiven Natur. Christal blickte sich in Ivys Zimmer um, an dessen rohen Wänden Magazinausschnitte von kleinen Amorfiguren und rosafarbenen Blumenherzen hingen. Das war typisch. Diese Frauen machten sich Illusionen über die Liebe, die in ihrer Unschuld und Zartheit erstaunlich waren. Für sie war die Liebe ein Märchen, etwas, nach dem sie sich sehnten und von dem sie träumten, so wie von dem Ritter in der glänzenden Rüstung, der sie vor all den bösen Dingen rettete, die die Männer ihnen jeden Tag aufs neue antaten. Doch es war eben nur ein Märchen. Christal wußte das besser als jeder andere. Ihr Ritter in glänzender Rüstung war gekommen, aber anstatt sie zu retten, hatte er die Lager gewechselt und sich in einen Schurken verwandelt – einen Schurken mit einem Blechstern auf der Brust.

Christal wandte ihren Blick wieder Ivy zu. Das Mädchen rieb sich gedankenverloren den Arm, als würde er schmerzen. Sie alle hatten ein wenig Angst vor dem neuen Sheriff. Sheriffs konnten alles bekommen, was sie wollten – sie besaßen Macht, die sich leicht mißbrauchen ließ. Doch so viel sie – Christal – auch vor Macauly zu befürchten hatte, so kannte sie ihn doch gut genug, um zu wissen, daß er ihnen niemals körperlichen Schaden zufügen würde, und sie fühlte sich bemüßigt, die Mädchen ein wenig zu beruhigen. »Ivy, Dixi ... ihr braucht euch wegen ihm keine Sorgen zu machen«, sagte sie hastig. »Glaubt mir, ich weiß, daß er euch niemals etwas tun würde.«

Ivy runzelte die Stirn und starrte sie an. »Und woher willst du das wissen?«

Christal hätte zwar am liebsten nicht geantwortet, aber sie wollte den beiden Frauen auch die Angst nehmen. Schließlich gab es in ihrem Leben genug, wovor man sich fürchten mußte.

Mit mehr Gefühl, als sie eigentlich zeigen wollten, sagte sie: »Weil ich ihn schon vorher kannte.« Der Ausdruck auf ihrem Gesicht mußte ihnen deutlich gemacht haben, daß sie keine weitere Fragen beantworten würde. Beide starrten sie schockiert und verblüfft an, dann beschäftigten sie sich plötzlich auffallend intensiv mit dem Ankleiden.

Nach einem Augenblick witzelte Dixi, um die Stimmung zu entschärfen: »Du glaubst also, Sheriff Cain ist der Typ Mann, der auf der Türschwelle mit einem Sträußchen Vergißmeinnicht herumlungert?«

Christal hätte am liebsten laut gelacht. Macauly Cain war ganz sicher *nicht* der Mann, der mit schwitzigen Händen und schüchterner Miene einer Frau einen Strauß zarter Blümchen überreichte.

Dixi sprach weiter. »Wie ich eben schon gesacht habe, er sieht verdammt gut aus, wenn er auch nich' so hübsch ist' wie meine Babys, die aus der Umgebung herkommen. Wenn du ihn nich' haben willst, dann brauchst du nur 'n Wort zu sagen, Christal. Ich glaub', mit so 'nem großen Bock wie ihm könnt' ich jede Menge Spaß kriegen ...«

Christal hatte die Bemerkung auf der Zunge, daß sie in dieser Hinsicht keinerlei Interesse an Cain hatte. Doch ein seltsames Gefühl überkam sie plötzlich. Es war ein bitteres, brennendes Gefühl, fast wie Eifersucht, und es verschloß ihr den Mund. Sie mußte eine Närrin sein. Ihre Vernunft sagte ihr, daß es eine gewaltige Dummheit wäre, es Dixiana nicht versuchen zu lassen, wenn diese Macauly von ihr fernhalten wollte. Aber aus irgendeinem Grund kam ihr die Erlaubnis nicht über die Lippen. Sie mußte sich nur vorstellen, wie Macauly Dixiana auf den Mund küßte, so wie er sie geküßt hatte.

Doch dann wurde sie unbeschreiblich wütend. Sie mußte ihn loswerden, und sie durfte sich keine Schwäche oder Eifersucht erlauben. Als würde sie einen Verband von einer schwelenden Wunde reißen, sagte sie hastig: »Nimm ihn dir, Dixi. Ich will nichts mit ihm zu tun haben. Ich wünschte, er würde wieder dahin gehen, wo er hergekommen ist. Er verdirbt uns bloß das Geschäft, wenn er jeden Abend in der Ecke sitzt und ... und jeden mit seinen kalten, grauen Augen anstarrt.«

»*Dich* anstarrt!« warf Ivy ein. »Er hat nur Augen für dich.«

»Ich glaub', du magst ihn schon 'n bißchen«, setzte Dixi mit fast seligem Gesichtsausdruck hinzu. »Man kann jemanden nich' so leidenschaftlich hassen, wenn man gar nix für ihn empfindet. Also, was is' denn zwischen euch gewesen, bevor du nach Noble kamst? Komm, ich möcht's so gern wissen.«

Christal starrte die beiden Frauen entsetzt an. Sie wollte gerade alles abstreiten, als das Klavier unten einsetzte. Joe begann bereits, für die Kunden zu spielen, und weder Ivy noch Dixi waren fertig angezogen.

Die Frauen schnappten sich ihre Kleider und Unterröcke. Und zu Christals großer Erleichterung war das Thema Sheriff erst einmal erledigt.

Bei Faulty hatte sie allerdings nicht soviel Glück. Es war noch früh am Abend, und sie war hinten in der Küche, um das Abendessen für all die zu bereiten, die einen Penny besaßen, um es zu bezahlen. Falty stürmte in den hinteren Raum, und sein sonst rotes Gesicht war bleich.

»Du mußt ihn uns heute abend irgendwie vom Hals schaffen. Er macht uns das ganze Geschäft kaputt«, flüsterte er ihr zu. Er schaute langsam zur Tür. Sie folgte seinem Blick und sah Cain in den Saloon eintreten. Er nahm seinen Hut ab und ließ sich in der Ecke nieder, wo er jeden Abend zu sitzen pflegte.

Sie schluckte und hatte Mühe, die Worte auszusprechen. »Dixi meint, sie mag ihn. Sie kann ihn doch für dich loswerden. Er wird bestimmt niemanden verhaften, wenn er seinen Teil von dem Spaß bekommt.«

Faulty sah zum Klavier hinüber, an dem Dixi mit

Joe saß. Selbst Christal konnte sehen, in welcher Art und Weise sie den Sheriff beäugte. Verwirrt fragte Faulty: »Meinst du denn, er würde sie nehmen? Sieht aus, als wollte er nur dich!«

»Mich bekommt er aber niemals.«

Faulty öffnete seinen Mund, als wollte er sie einmal mehr anflehen, spürte aber offenbar, daß es sinnlos war. Also seufzte er nur, wandte sich um und ging hinaus zu Dixi.

Christal drehte sich von der Tür weg, um keinesfalls zusehen zu müssen. Sie wußte nicht, ob sie es ertragen konnte, wenn Macauly irgendwann im Laufe des Abends Dixi bei der Hand nehmen und mit ihr nach oben gehen würde.

Ein verhaltenes Klopfen riß sie aus ihrem Elend. Sie ging zur Hintertür und erblickte Jericho, der soeben seine wöchentlichen Einkäufe bei Jan Peterson erledigt hatte. Er hielt seinen Hut in der Hand und stand auf der Schwelle. Er war groß, jung und kräftig. Keine Frau hätte ihn als gutaussehend bezeichnet, doch seine Augen waren warm und aufmerksam, und er besaß gute Manieren. Christal konnte verstehen, warum Ivy in ihn verliebt war.

Sie legte einen Finger auf ihre Lippen. Dann ging sie auf Zehenspitzen zur Küchentür, wobei sie es vermied, nach Cain oder Dixi zu sehen. Nachdem sie die Tür geschlossen hatte, bat sie Jericho in die Küche.

»Möchtest du von den Bohnen? Hast du schon etwas gegessen?«

Jericho schüttelte den Kopf. »Nein, Ma'am.«

»Soll ich Ivy holen, damit ihr zwei vielleicht zusammen essen könnt? Ich passe auf, daß Faulty nicht hereinkommt. Ich könnte euch etwa eine Stunde gewähren.«

»Das ist mächtig nett von Ihnen, Miss Christal.«

Christal lächelte. Sie machte eine Kopfbewegung zu einem Stuhl hin und ging dann hinaus, um Ivy Rose zu holen. Ivys Gesicht strahlte, als sie hörte, daß Jericho in der Küche war. Sie sah nach Faulty, stellte fest, daß er nicht auf sie achtete, und folgte Christal dann zum hinteren Teil des Saloons.

Christal gab ihnen etwas zu essen und paßte auf, daß Faulty nichts bemerkte. Die ganze Zeit über mußte sie daran denken, in was für einer merkwürdigen Welt sie doch lebten. Im Gegensatz zu Faulty, Dixi oder Ivy oder den meisten der Kunden im Saloon war sie in einer reichen Familie aufgewachsen, die ihr den Unterschied zu den Klassen »unter ihr« sehr bewußt gemacht hatte. Doch ihre Erfahrungen im Westen hatten sie gelehrt, daß selbst ein einfacher Mann noch einen finden konnte, der tiefer stand und den er unterdrücken konnte. Das Land hatte einen ganzen Krieg ausgetragen, damit der schwarze Mann frei sein konnte. Dennoch konnte ein Farbiger immer noch nicht einfach in einen Saloon in einer gottverlassenen Stadt wie Noble marschieren und einen Drink bestellen oder mit einem hübschen Mädchen plaudern. Statt dessen mußte er an die Hintertür klopfen und sich in der Küche verstecken. Wenn es draußen warm war, wartete Jericho draußen auf dem Verandadach hinter dem Saloon, bis Ivy sich von den Kunden freimachen konnte, und wenn es kalt war, hatten sie nicht einmal das. Nun konnte Jericho Ivy nur unter Schwierigkeiten und hinter Faultys Rücken treffen.

»Willst du einen Whisky?« fragte Christal den muskulösen Schwarzen.

Jericho nickte. Er legte die nötigen Münzen auf den Tisch.

»Ich hol ihn dir.« Ivy stand vom Tisch auf und drückte seine Hand. Die ihre wirkte fast weiß im Gegensatz zu seiner sehr dunklen Hautfarbe.

»Nein.« Christal hielt sie auf. »Ich geh' schon. Wenn Faulty dich mit dem Whisky in die Küche laufen sieht, weiß er gleich, was gespielt wird.«

»Danke.« Ivy lächelte und sah dann wieder den Mann an. Jericho war ein Freigelassener aus Missouri, der Grundbesitz bekommen hatte – ein Heimstättensiedler. Er war nur mit einem Muli nach Wyoming gekommen, um Weizen anzupflanzen und war damit recht erfolgreich gewesen. Der Boden war nicht fruchtbar genug gewesen, um ihn reich zu machen, aber als der Acker ausgelaugt war, hatte er genug Geld gespart, um Vieh zu kaufen. Viele Leute meinten, darin läge die Zukunft des Landes, aber diese Zukunft war noch nicht eingetreten. Jericho lebte immer noch in seiner klapprigen Hütte, weil er sich nicht genug Holz besorgen konnte, um ein richtiges Haus zu bauen. Und obwohl jedermann wußte, wie sehr er Ivys Beruf haßte, konnte er sich nicht überwinden, sie aus der Wärme und der Bequemlichkeit des Saloons zu holen, bis er ihr etwas Angemessenes bieten konnte.

Doch selbst jetzt konnte Christal erkennen, daß Ivy das Warten nichts ausmachte. Sie würde noch heute abend mit ihm gehen, wenn Jericho sie nur ließe. Kein Mann hatte sie je so liebevoll behandelt wie Jericho. Er redete mit ihr, fragte nach ihren Gefühlen. Er brachte sie zum Lachen. Er erzählte ihr lustige Geschichten über das harte Leben in seiner winzigen Hütte, wie er tagelang dem Himmel nicht sehen konnte, wenn die Bretterbude unter einer zehn Fuß hohen Schneedecke begraben war, wie der Inhalt seines Nachttopfes schon gefror, bevor er noch davon wieder herunterkam. Christal konnte nicht begreifen, warum Menschen wie Jericho nicht in den Saloon durften. Als schwarzer Mann würde man ihm niemals erlauben, mit einem Mädchen hinaufzugehen. Die Cowboys jedoch, die so widerlich werden konnten, besonders wenn sie getrunken hatten, durften es, weil sie weiß waren und daher für »gut genug« befunden worden waren, sich in Ivys oder Dixis Schlafzimmer aufzuhalten.

Die beiden redeten jedoch immer wieder davon, daß sie in diesem Frühling endlich frei und zusammen sein konnten. Jericho hoffte, mit seinem Vieh genug Geld zu verdienen, falls die Kälte und die Wölfe den Bestand nicht bis dahin dezimiert hatten. Wenn er gute Verkäufe machte, würde er ausreichend Geld haben, um Ivy zu heiraten. Christal drückte ihnen feste die Daumen. Wenn Ivy heiratete, dann wäre wenigstens eine entkommen. Denn jedesmal, wenn Christal an den gedankenverlorenen Mann in der Saloonecke dachte, war sie sich nicht mehr sicher, daß sie die erste war.

»Ich komme gleich mit dem Whisky zurück«, sagte sie, während sie sich ihre Schürze abband. Sie wünschte, sie hätte ihn holen können, ohne an die Bar zu müssen. Sie fürchtete sich erstaunlich heftig davor, in den Saloon zu gehen und Dixi beineschwingend auf dem Schoß des Sheriffs zu sehen.

Sie schloß die Tür hinter sich und gab sich größte Mühe, nicht zu Cains Ecke hinüberzuschauen. Das Geschäft lief gut, und Faulty war damit beschäftigt, hinter der Bar Drinks einzuschenken. Sie bestellte einen Whisky, wobei sie es immer noch vermied, nach Dixi zu sehen oder ihren Blick in die Ecke wandern zu lassen.

»Noch einen für diesen verdammten Sheriff?« fluchte Faulty, als er einem Cowboy das Glas hinüberschob.

Sie antwortete nicht und war nur froh, daß er zu beschäftigt war, um zu bemerken, von wo sie gekommen war.

Er gab zwei Finger Whisky in ein Glas und schob es zu ihr. Sie nahm es, und registrierte entmutigt, daß er nun aufschaute und wartete, daß sie es Cain brachte.

Sie wandte sich um. Mit seltsamer, unaussprechlicher Erleichterung entdeckte sie Dixi, die mit einem Cowboy tanzte – sehr weit von dem finsteren Mann in der Ecke entfernt.

»Na los, geh schon. Es fehlte mir gerade noch, daß er sich beschwert, wir würden zu langsam bedienen.« Faulty knallte ärgerlich mit den Flaschen hinter der Bar.

Christal ging zu Macauly hinüber. Sie sah, daß er sie unter dem Rand seines schwarzen Stetsons mit funkelnden Augen anstarrte.

»Das Geschäft läuft gut heute abend«, bemerkte er, bevor sie das Glas hinstellen konnte.

»Kein Wunder«, erwiderte sie kühl. »Schließlich hast du ja Mrs. Delaneys Haus geschlossen.«

»Bordelle sind illegal. Es ist nur eine Frage der Zeit, bis dieser Laden hier auch zumacht. In dem Augenblick, in dem ich sehe, daß eins von euch Mädchen Geld nimmt –«

»Die Mädchen müssen sich ihren Unterhalt verdienen. Was sollen sie denn sonst tun?«

»Sie können einen Saloon oder irgendwelche Automaten, Leierkästen betreiben. Ich habe denen von Delaney's gesagt, daß ich sogar bereit bin, mich zu beteiligen, wenn sie es tun wollen.«

»Du willst also diese Stadt aufräumen. Genau das, was sich jeder wünscht.« Sie gab sich keine Mühe, die Entrüstung in ihrer Miene zu verbergen. Den Mädchen aus Mrs. Delaneys Haus gehörte ihr ganzes Mitgefühl. Einige von ihnen waren wirklich nett. Sie hoffte nur, daß sie eine andere Arbeit fanden.

»Dieser Saloon ist der nächste.« Er spielte mit einer Münze, die vor ihm auf dem Tisch lag, während in seinen Augen unterdrückte Gefühle funkelten.

Sie sah auf den Tisch. Die Münze war die, die Faulty ihm gegeben hatte. Faulty hatte ihm gesagt, es handelte sich um ein Andenken aus dem Saloon, und die meisten Männer betrachteten diese Münzen nur als solches. Die Hurenmünzen waren ein Witz. Niemand löste sie ein. Faulty hatte sie Cain in einem plumpen Versuch gegeben, den neuen Sheriff einschätzen zu können. Ihre Lippen verzogen sich zu einem verächtlichen Lächeln. Faulty hatte wahrscheinlich gedacht, er hätte sich sehr schlau verhalten, aber Cain war nicht dumm. Er wußte genau, was sich im Saloon abspielte. Und bald schon würde er einen Beweis bekommen, mit dem er den Saloon schließen konnte.

Sie beobachtete, wie sein Daumen über die Münze strich. Ihre Blicke trafen sich, und sie konnte kaum den Zorn unterdrücken, der sie plötzlich überfiel. Als er sich für einen Outlaw ausgegeben hatte, hatte er sie mit einem gewissen Respekt behandelt. Nun, da er Sheriff war, schien er nur auf eine Wende zu warten, auf sie zu lauern, als wäre sie eine Art Wild, das vor der Meute davonlief.

»Warum behältst du dieses Ding, wenn du doch weißt, daß ich es niemals einlösen werde?« flüsterte sie mit unterdrücktem Ärger.

Er bedeckte die Münze mit der Hand, dann ließ er sie in seine Tasche gleiten. »Ich habe noch nicht entschieden, was ich mit dir angefangen werde.«

Sie starrte ihn an, ihre Miene war undurchdringlich wie eine Maske. Er war schuld, daß sie in Falling Water Gefühle für ihn zu entwickeln begonnen hatte. Damals hatte sie gewußt, daß sie beide etwas Gutes verband. Doch nun war er zurückgekehrt, und sie wollte ihn nur noch hassen. Und es war ein Fluch, der über ihr lag, daß sie es nicht konnte.

Faulty war im Augenblick hinter einer Menge Männer an der Bar versteckt, seine Aufmerksamkeit gehörte ganz dem Whisky. Ohne ein weiteres Wort zu sagen, wandte sie sich von Macauly ab und wollte in Richtung Küche gehen.

Doch seine Hand schoß vor und hielt sie auf. »Wohin gehst du mit meinem Whisky, Mädchen?«

»Wer hat denn gesagt, daß der für dich ist? Hol dir einen vom Tresen wie die anderen Männer auch.« Sie machte eine Kopfbewegung zur Tanzfläche hin. »Oder laß dir von Dixiana einen bringen. Sie wird dir auch gerne die Münze einlösen. Meinen Segen hat sie.«

»Wenn ich wüßte, daß dich das ärgert, würde ich sie heute nacht nehmen.« Er zog sie näher zu sich, blieb aber sitzen. Dann flüsterte er: »Aber um ehrlich zu sein, Christal, hätte ich lieber dich.«

Sie begegnete seinem Blick. Wenn sie noch das Mädchen wäre, das sie einmal gewesen war, hätte sie Tablett und Glas fallengelassen und ihn geohrfeigt, um dann würdevoll wie eine Herzoginwitwe davonzustolzieren.

Nur war sie nicht mehr dieses Mädchen. Sie hatte neben diesem Mann geschlafen, hatte sich in seinen

Schutz gegeben und fürchtete ihn nun so sehr wie kaum einen anderen. Wenn die Umstände anders gewesen wären, wenn er sie gefragt hätte, ob sie seine Frau werden wollte, wäre sie wahrscheinlich der glücklichste Mensch auf Erden gewesen. Aber nichts war, wie es sein sollte, und ihre Gefühle für ihn waren ein einziges Chaos. Sie wollte, daß er verschwand. Sie hatte zuviel zu verlieren, um sich zu erlauben, ihm noch näher zu kommen.

»Entschuldige mich«, sagte sie kühl, wobei sie seinen Blick mied. Mit langsamen, hölzernen Schritten kehrte sie in die Küche zurück.

Schweigend gab sie Jericho das Glas. Ivy und er flüsterten und lachten so intensiv miteinander, daß sie Christals nachdenkliche Miene kaum zur Kenntnis nahmen. Sie wollte gerade wieder in den Saloon zurückgehen, als Faulty durch die Küchentür platzte.

»Wo zum Teufel seid ihr, Mädchen? Dixiana versucht da draußen, alle zugleich zu unterhalten, während ihr zwei hier hinten ein Schwätzchen haltet und –« Faultys Blick fiel auf Jericho. Jericho stand auf, seine Lippen zu einer trotzigen Linie zusammengepreßt. Ivy wäre fast ohnmächtig geworden. Christal beobachtete die Szene nur entsetzt.

»Was zur Hölle soll das?« keuchte Faulty auf. Instinktiv taumelte er zur Tür zurück, um eventuelle Blicke von Kunden im Saloon abzuschirmen. Dann traf Ivy sein geballter Zorn. »Bist du wahnsinnig, Mädchen? Ich kann keine Nigger hier gebrauchen. Das macht mir das Geschäft schneller kaputt als ein Feuersturm.«

»Sie wollten doch nur einen Moment zusammensein«, unterbrach Christal. »Jericho kommt dienstags immer in die Stadt, um die Verpflegung für die Woche einzukaufen. Er wollte nur eben guten Tag sagen. Ich habe ihn hereingebeten. Es war nicht Ivys Schuld.«

»Nein, Christal ... nicht ...« Ivy stand auf, ihr ganzer Körper bebte vor Angst. »Du weißt, daß er wegen mir hier ist.«

»Ja, aber ich habe ihn eingeladen hereinzukommen.«

Faulty wandte sich nun zu ihr. »Christal, wenn du das nochmal tust, dann verprügel' ich dich. Hast du verstanden? Ich schlag' dich windelweich.«

Christal entgegnete nichts. Sie konnte nichts sagen. Diese ganze Szene ging über ihr Verständnis hinaus.

»Antworte mir, Mädchen. Hast du begriffen, wovon ich spreche, oder muß ich dir jetzt eine verpassen, damit du deinen Fehler einsiehst?«

Sie antwortete immer noch nicht. Sie würde ihm sicher nicht sagen, daß sie verstehen konnte, warum es Jericho nicht erlaubt war, im Saloon zu sein oder Ivy zu besuchen. Sie verstand es nicht, und sie würde es niemals verstehen.

Faulty hob bereits die Hand, doch eine Stimme von der Küchentür ließ ihn vor Schreck fast vornüber fallen.

»Das würde ich an Ihrer Stelle nicht tun.«

Macauly stand im Türrahmen. In dem Durcheinander war er herangekommen, ohne daß einer ihn bemerkt hatte. Nun lehnte er dort mit lässig vor der Brust verschränkten Armen, als würde er ein paar ungehorsame Kinder zur Ordnung rufen.

Faulty wies mit dem Finger auf Jericho. »Sheriff, verhaften Sie diesen Mann wegen Hausfriedensbruch. Im Saloon sind keine Schwarzen erlaubt.«

»Nein!« schrie Ivy und hastete an Jerichos Seite.

»Das ist doch lächerlich!« fauchte Christal. Sie wandte sich an Macauly. »Ich habe diesen Mann hereingebeten. Er ist nicht einfach eingedrungen. Du kannst ihn nicht verhaften.«

Faulty erhob die Stimme. »Dies ist mein Saloon, und ich lasse nicht zu, daß die Leute glauben, ich würde Nigger bedienen. Verhaften Sie ihn, Sheriff!«

Macauly sah die einzelnen Personen kühl und distanziert an,

Inzwischen lugten mehrere Kunden neugierig durch die immer noch offene Küchentür. Faulty hatte keine andere Wahl, als lauthals gegen Jerichos Anwesenheit zu protestieren und den Sheriff zu bedrängen, den unerwünschten Gast abzuführen. Er wurde immer lauter und zeterte: »Nigger sind hier nicht erlaubt! Bringen Sie ihn weg! Nein, bei mir haben Nigger nichts zu suchen!«

Endlich wandte sich Cain an Faulty. »Dieser Mann befindet sich nicht in Ihrem Saloon. Er ist in der Küche! Es gibt kein Gesetz, das besagt, daß jemand nicht in der Küche sein darf, wenn er hereingebeten wird.«

»Aber er war nicht eingeladen! Auf keinen Fall!«

Christal trat vor und warf den Männern, die sich an der Tür drängten einen wütenden Blick zu. »Oh, doch, er war eingeladen! *Ich* habe ihn hereingebeten!«

Faulty stieß ein wimmerndes Geräusch aus und begann, den Kopf zu schütteln, als sähe er den Ruin seines Saloon bereits vor sich.

Cain wandte sich zu den Kunden hinter ihm um. »Los, Leute, geht wieder zu euren Drinks. Hier gibt es nichts zu sehen.«

Die Männer gehorchten und bewegten sich langsam wieder in den Saloon zurück.

Faulty knallte die Tür zu. »Was soll das heißen, Sheriff? Wieso wollen Sie diesen Kerl nicht verhaften? Die Kunden werden einfach wegbleiben, wenn sie glauben, ich würde Nigger bedienen!«

»Dieser Mann hält sich in Ihrer Küche auf, nicht an der Bar, und ich werde niemanden für etwas verhaften, das er nicht getan hat.«

»Aber er ist ein Nigger, und die sind hier nicht erlaubt!«

Macauly nickte Jericho zu. »Ich werde diesen Mann hier nicht abführen, als hätte er eine Bank ausgeraubt. Er hat nichts getan. Er ist nur hierhergekommen, weil er dachte, er hätte ein paar Freunde.«

»Also, das schlägt doch dem Faß den Boden aus!« Faulty blieb der Mund offenstehen. »Hätte nie gedacht, daß ich mal 'n Südstaatler sehe, der für 'nen Nigger eintritt!«

Cains Mund wurde zu einer schmalen Linie. Christals Blick wanderte zu seinem Gesicht. Wenn Cain einen wunden Punkt hatte, dann hatte Faulty ihn soeben berührt. Sie wußte, wie leidenschaftlich Macauly seine Rolle im Krieg betrachtete, wie schuldfrei er sich während der Kämpfe gefühlt hatte, und für wie schuldig der Norden ihn nach Kriegsende bezeichnet hatte.

»So ist das Gesetz. Ich halte mich exakt daran. Und Jericho hat kein Gesetz übertreten. Also werde ich ihn nicht verhaften.«

»Dann schaffen Sie ihn raus!« knurrte Faulty. »Ich lade ihn einfach wieder aus!«

Jericho machte ein Gesicht, als würde er Faulty am liebsten verprügeln. Statt dessen aber sah er nur Cain an.

Cain nickte. »Kommen Sie, wir gehen. Wenn Sie

Whisky haben wollen – ich habe im Gefängnis eine Flasche stehen. Es gibt keinen Grund, länger hierzubleiben.«

In diesem Moment verspürte Christal eine Art Bewunderung für Cain. Er hatte den Tag gerettet. Auch Ivy blickte ihn fast mit Heldenverehrung in den Augen an. Ein schwächerer Mensch wäre nicht für einen Schwarzen eingetreten.

Jericho flüsterte Ivy ein paar ermutigende Worte zu. Dann folgte er Cain hinaus durch den Saloon und zur Vordertür – Ironie des Schicksals, daß er zum ersten Mal mit Erlaubnis durch den Laden ging.

Joe begann ein lustiges Lied zu spielen, und bald tranken und redeten die Männer wieder unbekümmert wie zuvor. Irgendwo in der Menge konnte man Dixi lachen hören, in der Küche aber lachte niemand.

Faulty murmelte irgend etwas von den Kunden, um die er sich kümmern mußte, und ermahnte die Mädchen, wieder an die Arbeit zu gehen, aber Ivy begann zu weinen, und Christal konnte sich nicht dazu durchringen, sie allein zu lassen. Faulty ließ sie also in Ruhe, um sich wieder hinter die Bar zu begeben, wobei er immer weiter lamentierte: »Keine Nigger in meinem Saloon! Die sind hier nicht erlaubt!«

»Eines Tages wird alles anders sein«, flüsterte Christal Ivy zu, die ihr Gesicht mit den Händen bedeckt hatte und schluchzte.

»Er ist so wütend, ich weiß einfach, daß er sich eines Tages in echte Schwierigkeiten bringt. Er wird herkommen, und sie werden ihn verhaften, bis der Richter im Frühling in die Stadt kommt. Und dann ist all sein Vieh tot, und er kann niemals genug Geld verdienen ...« Wieder brach sie in heftiges Schluchzen aus.

»Macauly wird das nicht zulassen«, beruhigte Christal sie.

Ivy sah sie mit tränenüberströmtem Gesicht an. »Woher willst du das wissen? Kennst du ihn denn so gut? Ich hab' doch gehört, daß er einer aus der Konföderation ist. Meine Mama war farbig, und sie sagte immer, die Konföderierten würden sie hassen!«

»Nein ... er ist nicht so ...« flüsterte Christal. Und tief in ihrem Herzen wußte sie, daß sie die Wahrheit sagte. Vielleicht war es sein übersteigerter Sinn für Gerechtigkeit, aber sie konnte sich nicht vorstellen, daß er Jericho nur wegen seiner Hautfarbe und einer lächerlichen Begebenheit alles nahm, was dieser besaß.

»Bist du sicher, Christal? Ich liebe Jericho. Ich könnte es nicht ertragen, wenn das Gesetz sein Leben zerstört!«

Sie tätschelte Ivys Hand und zwang sich, wenigstens für einen kurzen Moment, ebenfalls an ihre eigenen Worte zu glauben. »Das wirst du auch nicht müssen. Das Gesetz ... das Gesetz ... nun, es ist nicht dazu da, das Leben zu ruinieren!«

Kapitel 16

I'll chose me then a lover brave
From all that gallant band;
The soldier lad I loved the best
Shall have my heart and hand.

(Dann such' ich mir einen Geliebten
aus der galanten Schar;

Und der Soldat, der mir am liebsten ist,
soll Herz und Hand bekommen.)

»THE HOMESPUN DRESS«, Carrie Belle Sinclair, Nichte des Konföderierten Robert Fulton, Erfinder des Dampfschiffes, 1872

Gegen halb drei am Morgen warf Faulty den letzten betrunkenen Cowboy hinaus und verriegelte die Vordertür des Saloons. Zwei Kunden waren noch im Haus, aber sie befanden sich im oberen Stockwerk. Die Mädchen würden sie herauslassen, wenn sie fertig waren.

Erschöpft brachte Christal ein paar Glasscherben in die Küche und sagte sich, daß sie den Rest am nächsten Morgen aufsammeln konnte. Sie sehnte sich nur noch nach Schlaf, doch als sie durch den dunklen Saloon ging, spähte sie durch das Fenster, und entdeckte, daß noch Licht im Gefängnis brannte.

Sie unterdrückte den Impuls, zu ihm zu gehen. Cain hatte die Situation mit Jericho so souverän im Griff gehabt, war uneingeschränkt fair gewesen. Die Versuchung war groß. Vielleicht würde er auch ihr gegenüber so fair sein.

Ihr Blick blieb an Ivys schwarzem Umhang haften, den sie über einem Stuhl vergessen hatte. Ohne sich lange mit Grübeleien aufzuhalten, nahm sie ihn und legte ihn sich um.

Die Kälte nehm ihr den Atem, auch wenn es nur knapp hundert Schritte bis zum Gefängnis waren. Schneeflocken fielen aus dem sternenlosen Himmel und tanzten zu Boden. Es war auch möglich, daß bald ein Schneesturm heranziehen würde. Ivys dicker Umhang war auch nur ein kläglicher Schutz gegen die frostige Nacht. Als Christal endlich das Gefängnis erreicht hatte, sehnte sie sich nur noch danach, hereingebeten zu werden, um sich am behaglichen Ofen aufzuwärmen.

Mit ängstlicher Nervosität, die ihren Puls beschleunigte, klopfte sie. Die Tür wurde aufgerissen. Macauly stand mit leicht verärgerter Miene auf der Schwelle. Er sah ihre schmale Gestalt in den schweren Umhang gehüllt, und seine angespannte Miene verwandelte sich schnell in seltsames Vergnügen.

»Na, wenn das nicht die Witwe Smith ist ...« Sein Blick glitt über ihren schwarzen Umhang, als erinnerte er sich an sie in der Trauerkleidung. Nur ihr Gesicht – ein bleiches Oval, umrundet von schwarzem Stoff– war zu sehen.

Er starrte sie lange an, während Schneeflocken ihre Schultern bestäubten und die eisige Luft ihre Wangen röteten.

Ihr wurde unbehaglich zumute. Sein Gesichtsausdruck ließ vermuten, daß er sie liebend gerne aufwärmen würde.

»Ich ... ich wollte dir nur danken. Du hast die Situation heute abend im Saloon großartig gemeistert«, sagte sie weich, während sie sich wünschte, er würde sie nicht mit diesem Blick ansehen, der bis in ihr Innerstes zu dringen schien. »Ich habe noch Licht bei dir brennen sehen. Ich konnte nicht vorher kommen, wir haben eben erst zugemacht. Ich weiß, daß es spät ist, und ich –«

»Komm rein.« Er trat zur Seite, um sie eintreten zu lassen. Zu ihrer Überraschung war das Zimmer nicht leer. Jericho saß am Tisch, auf dem Spielkarten verstreut lagen und Whiskygläser herumstanden. Zigarrenrauch hing an der Decke, und es sah aus, als hätten die beiden Männer schon einige Runden Poker gespielt.

»Ich denke, ich verschwinde jetzt, Cain.« Jericho warf Christal einen Blick zu. »Sagen Sie Ivy Rose, daß ich nächsten Dienstag wiederkomme.«

Sie runzelte die Stirn. »Du weißt, daß Faulty diesmal besonders aufpassen wird. Er wird dich ganz sicher erwischen.«

Jericho zuckte trotzig mit den Schultern. Dann zog er sich seinen gewaltigen Bärenfellmantel über und setzte den Hut auf. Mit einem letzten Nicken zu Macauly, trat er aus dem kleinen Gefängnis und verschwand in der kalten Nacht.

»Es ist nicht fair, daß er heimlich herumschleichen muß, um Ivy zu sehen. Sie liebt ihn, und er liebt sie. Warum können sie nicht zusammensein?«

»Es ist das Gesetz. Er darf keinen Saloon betreten, in dem Schwarze unerwünscht sind.«

»Dann ist es ein unfaires Gesetz. Ich bin froh, daß du selbst nicht wirklich daran glaubst.«

»Ob ich daran glaube oder nicht, macht keinen Unterschied. Solange es so besteht, werde ich dafür sorgen, daß es eingehalten wird.«

»So grausam bist du nicht.«

Er starrte sie an und legte ihr plötzlich die Hand auf die kalte Wange. »Doch, so grausam bin ich, Liebchen.«

Die Angst flatterte wieder in ihrem Magen wie ein gefangener Schmetterling. Es war nicht seine Drohung, sondern vielmehr der Tonfall, in dem er gesprochen hatte. Sie sah ihm tief in die Augen, und eine dumpfe Vorahnung machte sich in ihr breit. »Wenn es so wäre, dann hättest du Jericho vorhin verhaftet. Du hast es aber nicht getan.«

»Er war nicht im Saloon. Du hast ihn in die Küche gebeten. Und, wie ich betonen möchte, dummerweise den Mut besessen, darauf hinzuweisen, daß du es getan hast. Faulty hätte dir deswegen jede Menge Ärger machen können, und das weißt du. Unter Umständen hätte ich dich *und* Jericho einsperren müssen.«

Ein kalter Schauer jagte ihr über das Rückgrat. Sie hatte nie daran gedacht, daß sie dafür hätte verhaftet werden können, daß sie Jericho in Schutz genommen hatte. »Mußt du dich immer so pedantisch an das Gesetz halten? Du weißt doch sehr gut, daß das die Sache heute abend eine Lappalie war –«

Er berührte ihre Lippen, um sie zum Schweigen zu bringen. »Ich bin der Sheriff, und ich setze das Gesetz durch. Und genau das habe ich auch heute abend getan.«

»Aber du hast dafür gesorgt, daß es fair ausging.«

»Es geht gewöhnlich fair aus, wenn man sich nach dem Gesetz richtet.«

Sie starrte ihn an, ohne ihm zustimmen zu können.

Ein Lächeln umspielte seine Lippen. »Warum bist du hergekommen, Christal?«

»Nur um dir zu danken. Ich war froh, daß du Ivy und Jericho nicht wehgetan hast.«

»Und du wolltest mit mir reden, nicht wahr?«

Ihr Magen krampfte sich zusammen. Er schien auf ein Geständnis zu warten. Plötzlich hatte sie überhaupt keinen Drang mehr danach, ihm etwas zu erzählen. »Ich muß jetzt wieder gehen. Es ist schon spät.«

Er ließ seine Hand unter den Umhang gleiten und legte einen Arm um ihre Taille. Dann zog er sie an sich und sagte weich: »Beantworte mir nur eine Frage. Wenn du das tust, lasse ich dich gehen.«

Ihre Augen glitzerten furchtsam. »Was für eine Frage?«

»Du mußt mir versprechen zu antworten, ohne daß du sie gehört hast. Ansonsten könnte ich dich einfach endlos hier festhalten.« Er verstärkte seinen Griff und lächelte fast.

Sie starrte ihn an. Ganz sicher würde er sie fragen, wo sie herkam, wie ihre Schwester hieß oder etwas dergleichen. Aber sie konnte irgendwie um die richtige Antwort herumkommen. Ganz sicher würde es ihr gelingen. »Also gut. Stell deine Frage.«

»Und du sagst mir die Wahrheit?«

Sie sah ihn mit direktem, kühlen Blick an. »Wenn ich lüge, dann nur, weil ich etwas auslasse.«

Sein Lächeln war überhaupt nicht ermutigend. Er zog sie auf einen Stuhl am Tisch, dann nahm er ihr Gesicht in beide Hände und sagte: »Sag mir, welche Person du am meisten liebst.«

Sie konnte ihre Überraschung nicht verbergen. Die Frage kam wirklich unerwartet. Natürlich lautete die Antwort Alana. Sie brauchte also nur die Worte *meine Schwester* auszusprechen, und er würde sie gehenlassen.

Doch als sie seinem Blick begegnete, durchzuckte sie unerwartet ein seltsames und schreckliches Gefühl. Sie liebte ihre Schwester innig, doch vielleicht war die Antwort plötzlich nicht mehr so simpel, wie sie dachte. Sie hatte ihre Schwester seit vier Jahren nicht mehr gesehen und wünschte sich nichts sehnlicher, als sie einmal wieder zu treffen – und das mit einer Verzweiflung, die ihre Gefühle vielleicht verschleierte. Ihre Schwester hatte sie möglicherweise längst vergessen. Alana Sheridan lebte ihr Leben mit Ehemann und mittlerweile sicher auch Kindern in

New York. Manchmal fragte sich Christal sogar, ob ihre Schwester sie überhaupt wiedersehen wollte. Christabel van Alen hatte sich inzwischen verändert. Didier und Wyoming hatten sie hart gemacht. Sie paßte längst nicht mehr in die Gesellschaft der Knikkerbocker. Und sie würde sich wahrscheinlich nie wieder einfügen können.

Und vielleicht war das der Grund, warum sie diese Antwort nicht als einzig wahre aussprechen konnte. Aber wenn sie ehrlich zu sich selbst war, mußte sie sich eingestehen, daß es einen ganz anderen gab. Die Liebe zu ihrer Schwester war stark wie je zuvor, doch wenn sie Macauly in die Augen sah, erkannte sie eine andere Anwort auf seine Frage. Es hallte in ihrem Herzen wieder. Die Antwort lautete *Dich*.

Er hob ihr Kinn, deutlich betroffen über ihr Schweigen. Sanft fragte er: »Was ist los, Christal?«

Sie mied seinen Blick. »Ich kann dir die Frage doch nicht beantworten.«

»Tut die Erinnerung« – seine Stimme wurde rauh vor Zärtlichkeit – »so weh?«

Sie schloß verzweifelt die Augen. *Ich war in einer Anstalt für gefährliche Verrückte. Glaubst du mir? Kannst du mir glauben?* Sie versuchte, ihre quälenden Gedanken beiseite zu schieben. »Ich will nicht darüber reden. Wirklich, ich muß jetzt gehen –«

»War es ein Mann, der dich sitzengelassen hat?« Seine Stimme klang nun ganz ruhig. Eifersüchtig. »Wenn eine Frau allein hier so weit draußen im Westen lebt, steckt meistens ein Mann dahinter. Entweder sterben sie weg, oder sie hauen ab. Was ist dir passiert?«

»Ich kann nicht darüber sprechen –«

»Will er zurückkommen? Ist das der Grund, warum

du Camp Brown so überstürzt verlassen hast? Deckst du ihn? Oder deckst du dich selbst?«

Sie stand auf, wobei der Stuhl quietschend über die Holzdielen rutschte. »Ich will nicht darüber reden. Das habe ich dir schon hundertmal gesagt.«

»Verdammt nochmal, ich habe es satt zu betteln! Kommt er zurück? Was für eine Art Ärger hast du am Hals, Mädchen?« Die Verzweiflung in seiner Stimme ließ sie aufschauen. Er hielt ihren Arm so fest, daß sie vor Schmerz beinahe aufgestöhnt hätte.

»Bitte ...«, flüsterte sie. Sie wußte, daß sie ihm jeden Augenblick alles gestehen und sich damit selbst verdammen würde. *Ich war in einer Anstalt für geistig Verwirrte, für Augestoßene, für Irre. Ich habe es nicht getan, das schwöre ich dir ... Du glaubst mir doch ... bitte, du mußt mir glauben ...*

»Sag's mir, sag's mir doch ...«

Sie hielt sich die Ohren zu, um ihn nicht mehr hören zu müssen. Den Tränen nahe, stieß sie hervor: »Es gibt keinen Mann. Niemand will mich holen kommen. Niemand, an dem mir etwas liegt.«

Er musterte sie einen Augenblick, als wollte er aus ihrem Anblick schließen, ob sie log oder nicht. Vielleicht konnte er es nun nicht herausfinden, vielleicht war es ihm egal – plötzlich zog er sie auf seinen Schoß und preßte seinen Mund auf ihren. Es war ein Kuß, der ihr sagte, er würde sie niemals einfach aufgeben. Sie konnte den Whisky schmecken, den er getrunken hatte, und obwohl es sie hätte abstoßen müssen, tat es das nicht. Tief in ihrem Inneren wollte sie ihn. Sie wollte ihn schmecken, ihn berühren, wollte in seinen Armen liegen. Sie war in ihn verliebt. Sie wollte mehr.

»Laß uns hinaufgehen.« Ruppig zog er sie an der Hand.

Sie musterte sein Gesicht im flackernden Licht der Lampe. Er würde nie wissen, wie sehr auch sie genau das wollte. Wenn es einen Mann gab, den sie wirklich begehrte, dann war es der, der hier vor ihr stand. Ihr Verlangen nach ihm war wie ein Schmerz, den nur er lindern konnte. Sie war so entsetzlich müde, sich allein zu behaupten und zu kämpfen. Und er war so stark!

»Ich möchte dir vertrauen«, flüsterte sie.

Sein Atem an ihrer Schläfe war heiß und hastig. »Wenn es Furcht ist, die dich davon abhält, dann laß dir gesagt sein: Auch ich fürchte dich. Ich möchte frei sein, aber ich bin besessen von dir. Und da ich dich mehr als alles andere will, muß ich dich auch mehr als alles andere fürchten.«

»Ist Besessenheit Liebe?« flüsterte sie fast zu sich selbst. Sie sah tief in diese unergründlichen, kalten Augen, aber sie fand keine Antwort. Vielleicht kannte er sie sogar selbst nicht.

Schweigend nahm er wieder ihre Hand und zog sie auf die Treppe zu. Sie zögerte, wollte ihm folgen, gleichzeitig aber fliehen. Vielleicht lag es am Whisky, aber er behandelte sie grober, als es nötig gewesen wäre. Als wäre er wieder der Outlaw und sie seine Gefangene, schob er sie vor seinen Körper und bedeutete ihr, die Treppen vor ihm hinaufzugehen.

»Nein, nicht heute«, flüsterte sie, obwohl sie sich damit zu einer weiteren Nacht voller unerfüllter Sehnsucht und Träume verdammte.

»Doch. Heute.«

»Nein«, wiederholte sie und zog in die andere Richtung.

»Ich will dich. Du willst mich. Wenn es keinen anderen Mann gibt, was hält dich zurück?«

Ihr Blick glitt unwillkürlich zu dem Stern, der an seiner Brust festgesteckt war. Sechs kleine Blechspitzen. Das war es, was sie rigoroser als jedes Gewehr zurückhielt.

Sein Blick folgte dem ihren. Dann griff er nach dem Stern und zog ihn von seinem Hemd. Fast geräuschlos fiel er zu Boden.

»Der Stern ist fort, aber der Sheriff nicht.«

»Heute nacht schon.«

»Doch nicht wirklich.«

»Das ist es nie.« Er strich ihr übers Haar und über die Wangen, als könnte er nicht genug von ihr bekommen.

»Nein. Du behauptest von dir selbst, dich getreu nach dem Gesetz zu richten. Du weißt nicht, was ich bin, Cain. Du weißt nicht, was ich getan habe.«

Er packte sie an beiden Armen und schüttelte sie. Es lag Zärtlichkeit in dieser Geste, aber die zurückgehaltene Brutalität, die hindurchschimmerte, erinnerte Christal an den Outlaw Cain. »Vielleicht will ich es ja gar nicht wissen. Vielleicht habe ich hier nächtelang gesessen und überlegt, ob ich Rollins eine Beschreibung von dir telegraphieren sollte. Ich habe solange darüber nachgegrübelt, daß selbst der Whisky die Frage nicht mehr ersticken konnte. Dennoch habe ich es nicht getan. Warum, Christal, warum?«

»Die Verbindungen sind durch den Schnee im ganzen Gebiet unterbrochen. Wenn du nicht telegraphiert hast, dann höchstwahrscheinlich, weil du es nicht konntest«, flüsterte sie.

»Du weißt, daß das eine Lüge ist.« Der Unterton in seiner Stimme machte ihr Angst. Genauso wie der Schimmer von Verlangen und Verzweiflung in seinen Augen. Zweifel quälten ihn. Und seltsamerweise konnte sie ihn verstehen. Es war ihr nicht anders gegangen, als sie in Falling Water jenem Verbrecher vertrauen mußte, über den sie nichts wußte. Nun waren die Rollen vertauscht. Nun war er ein Mann des Gesetzes, sie eine Flüchtige.

»Vielleicht ist alles nur eine Lüge«, sagte er mit tiefer, rauher Stimme, »aber dieses nicht. Selbst du weißt es ganz genau.« Seine Lippen legten sich auf ihre, und bewegten sich besitzergreifend hin und her. Sie wollte widerstehen, doch sie wußte, daß er die Wahrheit sagte. Was zwischen ihnen bestand, war aus Gefahr, Angst und Verlangen geboren. Er war ganz anders als alle Männer, die Christal je kennengelernen würde. Ihre Zukunft, wenn sie denn eine gehabt hätten, war dunkel und ungewiß. Doch als er mit seiner Zunge in ihren Mund stieß, und sein drängendes Spiel das Feuer in ihren Lenden schürte, wußte sie, sie konnte ihn nicht mehr von sich stoßen, denn sie wollte nichts mehr, als diesen Augenblick auszukosten, zu genießen und mehr zu bekommen.

Er machte sich von ihr los und zerrte sie die Treppe hinauf, wobei er immer zwei Stufen gleichzeitig nahm. Sein Schlafzimmer war nicht viel luxuriöser als ihres: nackte Bodenbretter, eine brandneue, polierte Kommode von der Art, wie Mr Glassie sie verkaufte. Ein Eisenbett.

Sie schloß die Augen und versuchte nachzudenken. Wenn sie ihm ihre Jungfräulichkeit schenkte, dann würde sie alles verlieren, was sie jahrelang mühsam verteidigt hatte. Sie würde ihm ihren Körper und ihr Herz ausliefern, und wenn er fortging, dann würde sie überhaupt nichts mehr besitzen.

Unwillkürlich trat sie einen Schritt vom Bett zurück. Doch bevor sie noch einmal tief Atem holen konnte, hatte er die Tür schon zugeworfen und seine Lippen auf ihre gepreßt.

Der Kuß war tief, und wenn sie wirklich bereit dafür gewesen wäre, ihn wirklich gewollt hätte, wäre er wohl sogar süß gewesen. Doch sie konnte nur noch daran denken, daß er gehen wollte, alles nehmen wollte, was sie einem Mann zu geben hatte, und sie allein in diesem Nest zurücklassen würde. Sie versuchte verzweifelt, sich aus seinen Armen loszumachen, und als sie endlich frei war, stieß sie keuchend ein »Nein« aus. Doch der Mann, der sich mit ihr im Zimmer befand, war nicht länger der ritterliche Gesetzeshütter. Er war wieder zum Outlaw Cain geworden, der sie in seinen stahlharten Armen gefangenhielt.

Ihre Hand schoß hoch, um ihn wegzuschieben, aber er war viel zu schwer, viel zu stark. Sie starrte ihn panisch an und sagte: »Es darf nicht sein. Ich bin noch nicht bereit dafür. Laß mich los –«

»Dich loslassen?« knurrte er an ihrem zarten Hals. »Ich bin dir bis hierhin nachgelaufen, Christal, meine Gedanken drehen sich nur um dich. Ist Besessenheit Liebe? Ich will es verdammt nochmal herausfinden.« Sein großer, geschmeidiger Körper straffte sich gegen den ihren, und sein Mund nahm ihre Lippen in verzweifelter Begierde in Besitz. Sie versuchte, ihn zu schlagen, doch sie konnte nicht ausholen, solange er sich gegen sie preßte. Sie begann, sein Gesicht zu zerkratzen, bis er sie endlich losließ.

Im flackernden Schein des Lichtes starrte er auf sie herab. So standen sie sich gegenüber, schauten sich reglos an, während sie beide versuchten, wieder zu Atem zu kommen. In ihren Augen brannte nur eine Frage: Warum muß es immer auf diese Art geschehen? Doch sein Mund war entschlossen zusammengepreßt, als würde er sie in jedem Fall nehmen, weil ihn nichts mehr aufhalten konnte.

Langsam wanderte ihr Blick zu ihrer erhobenen Hand. Sie hatten diesen Tanz schon einmal getanzt. Doch dieses Mal wußte sie, daß ihre Vereinigung unvermeidlich war. Es war die Spannung zwischen ihnen, die fast greifbar war, es war die Zärtlichkeit seiner Hand, als er sie berührte, es war ihr Herzschlag, der sich beschleunigte, wenn sie daran dachte, wie sein nackter Körper sich über ihrem erheben würde, wenn er seine ganze Wut und Liebe zwischen ihre Schenkel pumpte. Seine Liebe, sein Liebesspiel würde schmerzhaft für sie sein, aber sie mußte sich selbst eingestehen, daß sie es mehr als alles andere wollte. Tief in ihrem Herzen wollte sie ihn in den Armen halten, wünschte sie sich nichts sehnlicher, als ihn zu lieben, um New York und das Park View Asyl, ja, selbst das abscheuliche Wetter draußen vergessen und wenigstens für einen herrlichen, süßen Moment glauben zu können, daß es auf der Welt nichts Wichtigeres gab, als ihn zu schmecken und zu fühlen.

Langsam ließ sie die Hand an die Seite sinken. Ihr Herz schien in tausend Stücke zu zerbrechen. Der Preis der Hingabe war so hoch. Zu hoch für ein Mädchen aus allerbestem Haus, das vor dem Bett die Ehe erwartete, das so lange und so vehement dafür gekämpft hatte, seine Ehre zu behalten. Doch das war gewesen, bevor sie die Liebe gekannt hatte. Sie hatte stets angenommen, Gewalt und Grausamkeit würden sie zerbrechen. Doch Liebe war noch grausamer.

Und die Liebe hatte gewonnen.

Cain fand wieder ihre Lippen, und er stieß ein tiefes, kehliges Knurren aus, als sie sich ergab. Sie kämpfte nicht mehr. Statt dessen öffnete sie den Mund und stöhnte voller widerstrebendem, verräterischem Verlangen, als seine Zunge in ihre Mundhöhle stieß.

Während sie sich küßten, streifte Cain seine Jacke und sein rotes Flanellhemd ab, ohne nur einen Moment von ihr zu lassen. Sie hob die Hände, um sein Haar zu berühren und stieß versehentlich seinen Hut vom Kopf. Seine Arme legten sich um ihre Taile, und sein Kuß wurde so tief, so intensiv und so drängend, daß er sie fast vom Boden gehoben hätte.

Begierig, sein Ziel zu erreichen, löste er seinen Waffengurt und hängte ihn über den eisernen Pfosten des Bettes. Als nächstes streifte er seine Hosenträger ab und löste dann seine Lippen von ihrem Mund, um ihr Hemd aufzuknöpfen. Seine Finger waren trotz ihrer Größe schnell und geschickt und auffallend vertraut mit dem Entkleiden einer Frau. Sekunden später flatterte der dünne, weiße Spitzenstoff zu Boden und blieb auf dem schwarzen Stetson liegen.

»Komm.« Er nahm ihre Hand und führte sie zum Bett. Dort küßte er sie, dann bückte er sich, um seine Stiefel auszuziehen. Ihre Lippen waren von seinen rauhen Küssen gerötet und geschwollen, und während sie ihm zusah, spiegelten sich ihre Gefüühle in ihren leuchtenden Augen wider, ohne daß sie sie noch länger verbergen konnte.

Seine Stiefel polterten mit lautem Geräusch zu Boden, dann wandte er sich wieder zu ihr um, zog sie in seine Arme und küßte sie erneut. Diesmal erwiderte sie den Kuß, bewegte ihre Lippen rastlos auf den seinen, als wollte sie nun auch endlich ihr Schicksal erfüllen.

Ihre Lippen spielten miteinander, während er quälend langsam die Knöpfe öffnete, die vorne an ihrem Kleid saßen. Seine Hände tasteten gierig nach ihrem Korsett und begannen, es aufzuhaken, bevor sie noch ihr Kleid abgestreift hatte. Ein unterdrücktes Knurren entrang sich seiner Kehle, als er seinen Kopf senkte und mit brennenden Küssen eine Spur von ihrer Kehle bis zu dem prallen Fleisch ihres Brustansatzes zog.

Sie wimmerte leise, einerseits wild nach seiner Berührung, andererseits entsetzt und ängstlich über das, was geschah. Sie griff instinktiv nach seinem gebeugten Kopf, als bräuchte sie etwas zum Festhalten, während er seine Liebkosung fortführte, ohne ihre Tränen zu bemerken.

Bis seine Hand wieder zu ihrem Korsett glitt, und eine einzelne Träne auf seinen Handrücken purzelte und sich in den schwarzen Härchen darauf verfing.

Als wäre sie ein Eindringling, starrte er auf die Träne, die wie ein Diamant auf seiner Haut funkelte. Dann sah er ihr direkt in die Augen, seine eigenen im Schein der Lampe ein undurchdringliches, eisiges Grau der Konföderierten.

Sie bemerkte kaum, daß sie weinte. Ihre Tränen kamen ohne Schluchzen und die erschütternden Krämpfe, sie kamen mit Gefühlen, die jenseits ihres Erklärungsvermögens lagen. Sie berührte ihre Wangen und wischte die Feuchtigkeit ab, als wäre sie selbst überrascht, sie zu spüren. Dann wartete sie, daß er sie wieder küßte. Doch er tat es nicht.

»Sag mir, warum«, flüsterte er mit gequälter Stimme.

Sie antwortete nicht. Statt dessen rieb sie sich weiter die Wangen, an denen die Tränen hinunterliefen.

Er drückte ihre Hände an ihre Seiten und hielt sie

dort fest. Eindringlich flüsterte er: »Ich habe dir niemals wehgetan, Mädchen. Ich will dich nicht vergewaltigen. So gemein ich manchmal sein mag, du weißt, ich höre auf. Es wird mich in den Wahnsinn treiben ... aber ich werde aufhören ...« Seine Worte schienen ihn zu ersticken. »Aber Herr im Himmel, ich wünschte, du würdest dich mir entweder hingeben oder meine Gefühle zu dir vernichten.«

Er ließ ihr die Wahl, und sie hatte gewußt, daß er es tun würde. Das war der Grund, warum sie so sehr dagegen gekämpft hatte. Nun, da sie entscheiden konnte, wußte sie, daß ihr Herz die falsche Wahl treffen würde. Sie würde mit ihm schlafen, und wenn er sie verließ, dann würde sie die Quittung bekommen. Wenn sie ihn erst geliebt hatte, würde der Schmerz zehnmal größer sein als jetzt.

Sie berührte seine Lippen. Sie waren genauso hart, wie sie aussahen. Er küßte die Fingerspitzen und leckte das Salz ihrer Tränen davon. Dann nahm sie ihre Hand fort.

Und ersetzte sie durch ihre Lippen.

Sie küßten sich, und dieses Mal mußte er sie nicht drängen. Statt dessen ergriff sie die Initiative, wie sie es bei ihrem Abschied in Camp Brown getan hatte. Doch dieses Mal würde sie nicht aufhören. Zum ersten Mal würde sie eine Erinnerung bekommen, die es wert war, bewahrt zu werden.

Er zog sie auf das Bett, dann rückte er ein Stück ab, um ihrem Blick zu begegnen. Als hätte er plötzlich das Rätsel in ihren Augen entziffert, knöpfte er seine wollen Unterwäsche auf und streifte sie ab.

Sie konnte sich nicht daran erinnern, seine nackte Brust schon einmal gesehen zu haben, und der Anblick ließ sie erschauern. Seine Brust war muskulös, so breit und dicht übersät mit schwarzem Haar. Sie fühlte sich so unglaublich warm an, daß sie dahinzuschmelzen drohte, als sie ihre Hand darauf preßte und sie über die Muskeln auf seinen Rippen gleiten ließ.

Er kniete sich aufs Bett, um seine Jeans aufzuknöpfen. Sie konnte nicht verhindern, daß ihr das Bild durch den Kopf schoß, wie er mit zurückgebogenem Kopf über ihr aufragte, wobei er ihr die empfindliche Linie seines Halses darbot. In ihrer Phantasie legte sie ihm die Hand um die Narbe in seinem Nakken und zog ihn zu sich hinunter, um ihn fordernd zu küssen. Er sollte uneingeschränkt ihr gehören.

Ohne sich um seine Nacktheit zu kümmern, als ob er schon in hundert Bordellen mit ebenso vielen Frauen geschlafen hatte, zog er sie zu sich und begann, sich ihren Kleidern zu widmen. Das erste, was er entfernte, war die Kette mit den Glöckchen um ihre Fußknöchel. Als er die Kette löste, warf er ihr einen Blick zu, der besagte, sie sollte so etwas nie wieder tragen, dann warf er die Glöckchen in eine Ecke und wandte sich ihrem Korsett zu.

Seine geschickten Hände erzählten ihr von den Frauen, die er vor ihr ausgezogen hatte. Sie bemühte sich verzweifelt, nicht an sie zu denken, doch sie konnte das stechende Gefühl der Eifersucht nicht unterdrücken. Doch er hatte Erbarmen mit ihr. Er senkte seine Lippen zu einem weiteren Kuß auf ihren Mund und befeite sie im Handumdrehen von ihren quälenden Gedanken, den üblen Erinnerungen und fachte statt dessen ihr Verlangen an.

Wie ein Magier kümmerte er sich um ihr Korsett, ihre Strümpfe, ihre Strumpfhalter, bis alles am Fuß des Bettes verstreut lag. Ihr Kleid hatte sich um ihre Taile geschlungen, die verschossene, hauchdünne

Baumwolle war kein Hindernis für seine drängenden Hände. Als er den Stoff von ihren Hüften zog, hörte sie mehr als einmal ein Reißen. Aber es kümmerte sie nicht. Und dann kniete er sich über sie, sein nackter Körper ein herrliches Exemplar der Gattung Mann. Groß, geschmeidig, muskulös. Und offensichtlich bereit für die Paarung.

Sie erbebte, als er seine Hand unter ihr Hemd gleiten ließ. Er band ihre Baumwollunterhose auf und zog sie herunter, wobei seine Knöcheln aufreizend über ihre Pobacken strichen. Nun trug sie nur noch ihr dünnes Hemdchen, das häufiges Waschen so fadenscheinig gemacht hatte, daß es fast durchsichtig war. Der Hauch von Stoff lag eng um ihre Brüste, die Brustspitzen ragten deutlich empor. Sie wollte die Hände schützend über ihre Brust legen, um sie vor seinem intensivem Blick zu verbergen, aber die Geste schien ihr voller falscher Schamhaftigkeit. Sie war körperlich eine Jungfrau, doch im Geiste schon längst nicht mehr. Sie hatte zuviel gesehen, hatte zuviel erlebt, um nicht zu wissen, was sich im Schlafzimmer zwischen Mann und Frau abspielte. Also ließ sie die Hände an ihren Seiten ruhen und gewährte ihm, kleine Kreise um ihre Brustwarzen zu ziehen, bis sie hart wie Knospen hervorstanden und sie in unerfüllter Begierde heftig atmete.

Er küßte sie einmal leicht auf die Lippen, dann packte er den Saum ihres Hemdchens und hob ihn an. Mit einem Daumen strich er über das schwarze Dreieck ihrer Weiblichkeit, und sie keuchte vor Schreck und wildem Verlangen auf. Die Falten in seinem Gesicht vertieften sich, als er sich darauf konzentrierte, den letzten Schutz ihres Schamgefühls zu beseitigen. Er zerrte den Saum ihres Hemdes über ihre Hüften, ihre Taille und schließlich über ihre Brüste. Während der Stoff sich an ihrem Hals bauschte, beugte er den Kopf, um eine Brustwarze in den Mund zu nehmen und sie zu lecken, bis Christal ein kurzes, atemloses Stöhnen ausstieß.

Nun streifte er ihr das Hemd über die Arme, bis sich der Stoff an ihren Handgelenken verfing. So lag sie unter ihm, ihre Arme über ihrem Kopf wie gefesselt, während er sie aufmerksam betrachtete. Seine freie Hand zeichnete ihre Taille nach, als freute er sich unendlich an ihrer Schmalheit, dann wanderte sie aufwärts, als würden ihre schönen blassen Brüste eine zu große Versuchung darstellen. Er legte eine Hand über eine und versengte sie förmlich mit der Hitze seiner Haut und der seines Blickes.

Sie wandte sich ab und schloß die Augen. Sie fühlte sich schamlos und lüstern, bog sich ihm jedoch entgegen, weil sie unfähig war, ihr Verlangen nach seiner Berührung zu verbergen. Als sein heißer Mund ihre andere Brustwarze bedeckte, kämpfte sie gegen seinen Griff an ihren Handgelenken an und stöhnte in dem Wunsch, frei zu kommen. Doch er hielt fest. Als er seine Hand über ihren flachen Bauch gleiten ließ, als seine Finger durch das Haar ihrer Weiblichkeit strichen, wußte sie, sie konnte sich ihm nur ergeben.

Sie dachte sie würde wahnsinnig werden, als er sie weiter liebkoste. Wieder wandte sie sich ab und biß sich auf die Lippen, bis sie den metallischen Geschmack ihres eigenen Blutes schmeckte, nicht gewillt, sich einfach der Lust hinzugeben, die er ihr verschaffte. Als er mit seinen Fingern in sie eindringen wollte, rammte sie instinktiv die Schenkel zusammen, doch er hatte bereits ihre Feuchtigkeit ertastet. In einem seltsam ziehenden Gefühl aus Entsetzen und

Verlangen sah sie zu, wie er ihre Brustspitzen mit der Essenz berührte, dann jede wieder mit seinen Lippen bedeckte, als wollte er sie mit Haut und Haar verschlingen.

Er fuhr fort, sie mit jeder Berührung zu schockieren und zu liebkosen. Sein Duft hüllte ihre Haut überall dort ein, wo er sie berührte, und sie sog ihn genußvoll ein, konnte plötzlich nicht mehr genug bekommen von diesem männlichen Geruch nach Leder und Staub und noch etwas anderem – ein Duft, der sich vollkommen von ihrem unterschied und der sie unwillkürlich die Beine für diesen gefährlichen, unberechenbaren Mann spreizen ließ.

Dann riß er ihr das Hemd von den Handgelenken. »Faß mich an ... überall« flüsterte er, als er seine Härte zwischen ihre Schenkel schob. Sie gehorchte, genoß das Gefühl seines stoppeligen Kinns, seines muskulösen Brustkorbs, seiner steinharten Arme, und ihr Tastsinn ließ sie schwindeln, nur weil er ihr diese Sinnlichkeit so lange vorenthalten hatte.

Er atmete nun schwer, seine angespannte Miene verriet sein Verlangen danach, den Akt zu vollenden. Seine Finger fanden die Pforte zwischen ihren Beinen, und als hätte seine Lust ihn über die Grenzen seiner Zurückhaltung getrieben, stieß er brutal in sie hinein.

Nur um eine unerwartete Barriere zu finden.

Wie vom Donner gerührt, hielt er abrupt inne, sein ganzer Körper hart und angespannt, seine Lungen keuchend. Obwohl er in ihr war, hielt ihre Jungfräulichkeit ihn auf, und nun mußte er eine unliebsame Entscheidung treffen.

Sie sehnte sich danach, dem Mißfallen auf seinem Gesicht entgehen zu können. Nun waren all die alten

Lügen auf einmal enthüllt worden. Sie war keine Hure. Ihre Vergangenheit war wieder zu einem unlösbaren Rätsel geworden.

»Verdammt, Christal«, flüsterte er und preßte die Wange an die weiche Haut ihrer Halsbeuge. »Verdammt nochmal«, wiederholte er seinen Fluch, und dann, so unerwartet, wie er aufgehalten worden war, stieß er kraftvoll in sie hinein, und sie spürte ihr Jungfernhäutchen reißen wie ein dünnes Laken.

Sie hätte sich dem Schmerz ergeben können, doch er ließ ihr keine Zeit dazu. Er bewegte sich wie ein ungezähmtes Pferd, das seinen Sattel abwerfen will. Er drang in sie ein und zog sich wieder zurück und nahm sie mit einer Wildheit, die ihren Schmerz linderte und ihn schließlich zu Lust und Freude erblühen ließ. Die unvertraute Spannung in ihren Lenden wuchs mit jedem Stoß, bis sie sich schließlich kaum noch zurückhalten konnte, seine Bewegungen zu erwidern. Fast gegen ihren Willen, aus Angst, sie könnte ihm zuviel geben, versuchte sie, sich dagegen zu wappnen, aber es war sinnlos. Er kannte ein Geheimnis, und sie würde wahnsinnig werden, wenn er sie nicht einweihte.

Langsam ergab sie sich ihm und ließ zu, daß er sie dorthin brachte, wohin er sie haben wollte, erstaunt, daß seine Lust sich steigerte, nur weil sie ihre zeigte. Er bewegte sich schweratmend, sein Körper glitzerte in einem dünnen Schweißfilm, obwohl der Ofen in dem Zimmer hätte geschürt werden müssen. Sie bemerkte verwundert, wie perfekt ihre Körper zusammenpaßten. Wenn er langsam in sie drang, hielt sie sich instinktiv an ihm fest und bewegte sich mit, wenn er hineinstieß, ergab sie sich ihm, bis sie beide kurz vor einer Explosion zu stehen schienen.

Seine Erpressung kam ohne Warnung. Plötzlich knurrte er gequält, hielt in seiner Bewegung inne und bewies ihr ein für allemal, daß geschmolzener Stahl statt Blut durch seine Aden floß. Sie schrie auf, ihr Körper schmerzte wie der seine vor Verlangen, und sie erkannte, was er bezweckte. In diesem Augenblick hätte sie ihm alles versprochen, hätte ihm alles gegeben, nur damit er weitermachte und ihr die Ekstase schenkte, die er entfacht hatte.

»Lauf niemals mehr vor mir weg«, wisperte er rauh. Er hatte gewaltige Mühe, zu sprechen. Er erschauerte in ihr, und sie dachte, er müßte aus Eis sein, daß er jetzt unterbrechen konnte, obwohl sein ganzer Körper in seiner Zurückhaltung schmerzte. »Versprich es mir, Mädchen ... sag es ... du wirst nie wieder vor mir weglaufen ...«

Sie stöhnte auf und starrte auf den eisernen Bettpfosten, auf die Waffe in dem Gürtelhalfter, auf den schwerzen Sechsschüsser. Sie würde ihr Todesurteil aussprechen. »Ich verspreche es ... ich werde dich nie verlassen ... ich laufe nie mehr weg«, wiederholte sie, um ihn dazu zu bringen, weiterzumachen.

Er gehorchte. Er stieß ein paarmal in sie hinein, dann biß er die Zähne zusammen und schob sich tief in ihren Schoß. Sie fühlte seinen Samen in sich hineinschießen, und das war es, das auch sie schließlich emportrug. Sie grub ihre Nägel in seinen Rücken, warf den Kopf zurück und hieß den Pakt mit dem Teufel willkommen.

Kapitel 17

Christal öffnete mühsam die Augen. Die Morgensonne schien hell durch das Fenster, verstärkt noch durch das gleißende Weiß des Schnees draußen. Sie bedeckte ihre Augen mit der Hand und rollte sich auf die Seite. Obwohl sie wußte, daß sie nicht in ihrem eigenen Bett lag, hätte sie es auf dem Mond nicht merkwürdiger finden können. Sie empfand einen seltsamen Schmerz zwischen ihren Schenkeln, der zwar befriedigend war, aber nichtdestoweniger vollkommen fremd und unbekannt. Jeder Muskel in ihrem Körper schien angestrengt, als wäre sie soeben durch die Wüste marschiert. Doch dies waren alles nur Symptome. Ihre Augen stellten sich endlich auf die Helligkeit ein, die über das Bett floß, und sie entdeckte die Ursache für ihr ungewohntes Befinden.

Macauly lag schlafend neben ihr, und seine Glieder schienen unentwirrbar mit ihren verwunden. Die Laken und Decken lagen zerwühlt über und unter ihnen, als wäre ein Sturm durch den Raum gefegt. Als sie daran dachte, welcher Art dieser Sturm gewesen war, spürte sie, wie das Blut in ihre Wangen schoß.

Sie drehte sie um und sah Macauly an. Es war seltsam, einen nackten Mann neben sich liegen zu sehen. Die Wärme seiner Haut war köstlich, schon weil der Herd lange vor der Dämmerung erloschen war. Doch es war auch beängstigend. Er war zu nah. Es war, als würde sie neben einem schlafenden Wolf liegen. Jede Minute konnte er aufwachen.

Bemüht, ihn nicht zu stören, lag sie reglos da und musterte ihn, während sich eine seltsame und unerwünschte Zärtlichkeit in ihrem Herzen ausbreitete. Sie war es nicht gewohnt, ihn so schutzlos und verletzlich zu sehen, und sie freute sich daran, als wäre es ein Luxus. Er war nicht länger der Outlaw mit den kalten Augen aus der berüchtigten Kineson Gang oder der Sheriff mit dem starken Willen, der die Stadt von allem Laster befreien wollte. Statt dessen war er nur noch ein Mann – zudem ein ziemlich gutaussehender –, der mit besitzergreifender Geste über dem Bett ausgebreitet lag und nach einer durchliebten Nacht tief und fest schlief.

Seine Lippen waren leicht geöffnet, und seine Stirn war frei von der Angespanntheit, die ihn sonst verzehrte. Sie sehnte sich danach, die Falten in seinem Gesicht nachzuzeichnen, eine Locke seines dunkelbraunen Haars zu berühren, das, wie sie erst jetzt bemerkte, von hellen Strähnen durchzogen war – Resultat der vielen Jahre im Sattel unter der gnadenlosen Präriesonne. Seine Brust, die zur Hälfte von der Decke verhüllt war, hob und senkte sich bei seinen tiefen Atemzügen, und sie verspürte eine fast unwiderstehliche Versuchung, die Muskeln unter ihrer Hand hart werden zu sehen, noch einmal die rauhen Haare zu spüren, die über seinem Bauch tiefer zu Körperteilen führten, die zu ihrer großen Erleichterung unter dem Laken verborgen waren.

Er stöhnte und rollte sich auf seinen Rücken, so daß sie die Gelegenheit bekam, aufzustehen. Sie wollte sich anziehen und fort sein, bevor er aufwachte. Es hatte sie in der Nacht verunsichert, ihren nackten Körper dem Blick eines Mannes auszusetzen. Nun, im hellen Schein der Sonne, würde sie sich nur noch nackter fühlen.

Langsam stützte sie sich auf einen Ellbogen. Durch die Anstrengung der Nacht waren ihre Bewegungen vorsichtig und mühsam. Sie versuchte, sich aufzusetzen, aber ihre Haare waren hoffnungslos unter seiner schweren Schulter eingeklemmt.

Sie starrte ihn an, während sie überlegte, wie sie freikommen sollte, ohne ihn zu wecken. Wenn sie eine Schere greifbar gehabt hätte, hätte sie das Haar lieber abgeschnitten, als sich vor ihm nackt im Bett darzubieten und erneut diese Mischung aus Angst, Scham, Begierde und Sehnen zu empfinden. Er hatte sie gezwungen, ihm zu versprechen, nie wieder vor ihm davonzulaufen, aber im erbarmungslosen Licht des Morgens wußte sie nicht, wie sie dieses Versprechen halten konnte. *Ich war in einer Anstalt …* Sie wollte nicht, daß er in ihren Augen eine Lüge sah, denn sie konnte ihm noch nicht die Wahrheit sagen.

Da sie keine andere Lösung fand, packte sie ihr Haar und zog. Es gelang ihr, ein paar Zentimeter zu befreien, ohne daß er sich bewegte, und das ermutigte sie. Sie zog wieder und wieder, wobei mit jeder Bewegung mehr von ihrem Haar unter seiner Schuter hervorkam. Dann zog sie ein letztes Mal fest und heftig, doch seine Hand fuhr hoch und zog sie auf seine Brust.

»Morgen«, knurrte er mit einem unterdrückten Lachen, das seine sonst so kalten Augen wärmte.

»Guten Morgen«, sagte sie und kam sich mehr als albern vor, wie sie ihn so förmlich begrüßte, während sie splitternackt über ihm lag, ihr Busen auf seine haarige Brust gedrückt, und ihre Pobacken als schamlose Stütze für seine Hände dienten – unglaublich warme Hände.

»Wie spät ist es?« Das Vibrieren seiner Stimme in seiner Brust kitzelte ihre eigene.

»Spät«, flüsterte sie. Sie war nicht tapfer genug, um von ihm fortzukrabbeln und ihm mehr von ihrer Nacktheit zuzugestehen.

»Dann stehen wir einfach überhaupt nicht auf.« Er beugte den Kopf und küßte ihren Brustansatz.

Sie wollte sich von ihm losmachen, aber sie wußte, er würde sofort ihre Brustspitze in den Mund nehmen, bevor sie noch ein Stück abrücken oder protestieren konnte. Und dann wäre sie verloren. »Ich ... ich habe wirklich einiges zu tun ... bitte ...«

»Faulty wird schon nicht herkommen und dich von mir fortschleifen. Das weißt du, Liebes.« Er drückte ihren Po. Sie konnte immer noch nicht glauben, wieviel Kraft er besaß.

»Aber –« Er nahm ihr Gesicht in seine Hände und strich ihr die Haare aus der Stirn. »Aber du bist es nicht gewohnt, am Tag Liebe zu machen. Oder es überhaupt zu tun, nicht wahr?«

Sie schwieg, als sie daran dachte, wie er sich vom Bett erhoben hatte, nachdem er sie in der Nacht zum ersten Mal genommen hatte. Vor einem gesprungenen Krug und einer Schüssel hatte er sich das Blut abgewaschen, dann hatte er ihr ein feuchtes Tuch gereicht, damit sie dasselbe tun konnte. Die ganze Szene hatte sich in vollkommenem Schweigen abgespielt, ohne ein Wort, ohne eine einzige Frage. Er war ernst, fast feierlich gewesen, als wäre ihre Entjungferung für ihn eine unerwünschte, aber unvermeidliche Aufgabe gewesen. Doch dann schien er es als gegeben akzeptiert zu haben und war zum Bett zurückgekehrt, und als müßte er sich davon überzeugen, daß sie niemals eine Jungfrau gewesen war, hatte er sie noch zweimal genommen.

»Wofür hast du es dir aufgespart, Christal?« fragte er jetzt ruhig und riß sie damit aus ihren Gedanken.

Für dich, wollte sie sagen, aber sie tat es nicht.

»Laß mich dich ansehen.« Er setzte sich im Bett

auf, und drückte sie von sich. Sie raffte das Laken vor ihre Brüste, doch er nahm es weg. Sie kniete vor ihm wie eine Sklavin und spürte, wie er ihren Körper eingehend betrachtete. Sie war so verlegen, daß sie ihn nicht einmal ansehen konnte.

Er hob ihr Gesicht an. Endlich begegnete sie seinem Blick und wünschte sich, ihrer könnte genauso kühl und abschätzend sein wie der seine, aber sie wußte, sie würde es nicht zustande bringen.

Seine Hand strich über die Knoten in ihrem Haar, die ein weiterer Beweis für ihre Wildheit in der vergangenen Nacht waren. Dann sah er ihr direkt in die Augen. »Du bist wunderschön, Christal. Versteck dich ruhig vor jedem anderen Mann, aber versteck dich nicht vor mir.«

Unfähig, seinem Starren länger ausgesetzt zu sein, packte sie wieder das Laken und hielt es sich vor die Brust. »Bitte ... laß mir wenigstens ein bißchen Schamgefühl.«

»Dazu ist es jetzt zu spät.« Sein Blick flatterte über ihre jungfräuliche Pose. Plötzlich lächelte er. »Wovor hast du Angst? Glaubst du, ich suche nach Schönheitsfehlern?«

»Vielleicht. Ich verstehe nur nicht, was du so faszinierend findest. Und es ist so verdammt hell hier drin.« Sie sah sich um und verfluchte im stillen das Sonnenlicht, das durch die beiden hohen Fenster drang. Nun wußte sie, warum Dixi und Ivy das Schlafzimmer nach Osten mieden. Der Morgen war gnadenlos in seiner Helligkeit.

»Ich will keine Makel finden.« Immer noch zeigte er dieses unergründliche Lächeln. »Aber eines kann ich dir sagen: Du bist zu dünn. Und ich brauche kein Licht, um das festzustellen.«

Ihre Augen schleuderten ihm einen zornigen Blick zu. »Seit ich Camp Brown verlassen habe, war es nicht leicht für mich. Hast du erwartete, ich würde jeden Abend bei Delmonico's essen?« Sie sah abrupt weg. »Du willst mich bloß dicker haben, damit mein Busen so groß wie Dixianas ist.«

»Es ist nicht dein Busen, über den ich mich beklagt habe.« Er strich seine Finger sanft über den Teil ihres Brustkorbs, der nicht von dem Laken verhüllt war. Ihre Rippen waren deutlich genug zusehen, um seine Worte zu unterstreichen.

Aus der Fassung gebracht, zog sie das Laken um ihre Seite, doch es rutschte ihr nur von der Brust.

Er nahm sie in Besitz, bevor sie sich dagegen wehren konnte.

Während er sich über sie beugte und seinen Daumen mit ihren Brustspitzen spielen ließ, flüsterte er: »Ach, Mädchen, mach' dir keine Sorgen ... dein Busen ist groß genug ...« Sein Blick wanderte hinab zu dem üppigen Fleisch unter seiner Hand. »Dixi hat dir nichts entgegenzusetzen ...«

»Und woher weißt du das?« fragte sie atemlos von seiner Berührung, verängstigt durch den Gedanken, er hätte persönliche Erfahrung mit Dixi gemacht.

»Ich kann vielleicht keine Hure von einer Jungfrau unterscheiden. Oder eine Witwe von einer Flüchtenden. Aber wenn es etwas gibt, daß ich beurteilen kann, Liebchen, dann ist es der Umfang einer weiblichen Brust.« Ein dunkles, schiefes Lächeln verzog seine Mundwinkel. Er drückte sie auf die Matratze nieder und nahm sich dann viel, viel Zeit, um noch ein paar Knoten mehr in ihr zerwühltes Haar zu machen.

Kapitel 18

Das Halbblut brauchte einige Zeit, bis er endlich vor dem Hotel absitzen konnte. Der Verkehr kam immer wieder zum Stocken, weil man samtgekleideten Damen aus den Kutschen helfen mußte, denn die Ladies konnten nicht allein aussteigen, weil ihre zarten weißen Hände in pelzgefütterten Muffs steckten. Das Fairleigh Hotel war das beste in St. Louis. Es stand ein wenig abseits von der Eisenbahn, damit Asche und Kohlestaub die verzierte Fassade nicht verdrekken konnte. Das Haus konnte mit solchen Gästen wie Henry Tompkins, Paige Comstock, Mark Twain und General und Mrs. A. Custer prahlen, die schon dort gewohnt hatten. Es warb mit seiner Ausstattung, die es genau mit den Hotels in Boston oder New York auf eine Stufe stellen, die jeden modernen Komfort kombiniert mit geschmackvoller Louis-XV.-Einrichtung besaßen, und für Leute, die sich eine Nacht auf den Federmatratzen des Fairleigh leisten konnten, war es in der Tat eine tiefe Erleichterung nach dem endlosen Geschaukel und Geruckel in den Pullman-Waggons, die nach Westen fuhren.

Doch obwohl sich das Gebäude majestätisch an der schlammigen Straße erhob und einen erhabenen Kontrast zum Gesindel in den Saloons drumherum bot, konnte es das Halbblut nicht einschüchtern. Wie überhaupt weniges. Vielleicht lag der Grund in seiner Körpergröße – Weißer Wolf war gut über sechs Fuß groß! Aber noch wahrscheinlicher war es sein kaltblütiger Blick, den er von seinem Pawnee-Vater geerbt hatte, der bei einem Überfall auf die Eisenbahn seine Mutter vergewaltigt hatte, bevor er die Wagons anzündete.

Nein, Weißer Wolf war gewiß niemand, mit dem man sich gerne anlegte. Zum Unglück vieler hatte seine Mutter ihre Brandwunden überlebt und ihn zur Welt gebracht. Doch gerade wegen dem, was sein Vater ihr angetan hatte, empfand sie keinerlei Gewissenbisse, ihren unerwünschten Bastard nach Herzenslust zu schlagen, bis er sich versteckte – oder sie daran hinderte. Im Alter von fünfzehn beschloß der Junge, sie lieber nur noch daran zu hindern. Er erschlug sie kurzerhand, dann zog er los, um sich in den Prärieforts und Reservaten herumzutreiben, bis er zu dem Mann herangewachsen war, der nun vor dem Fairleigh Hotel abstieg. Ein Mann, der keine Gnade kannte.

»Kann ich Ihnen helfen?« Ein gekünstelt wirkender Portier trat zu dem Halbblut, während er sich pikiert ein Taschentuch vor die Nase hielt, um den Gestank von ranzigem Bärenfett zu dämpfen.

Das Halbblut ignorierte ihn. Er blickte sich in der gold- und kristallverzierten Empfangshalle um, als ob er jemanden suchte, den er kannte.

In einer Ecke erhob sich ein Mann von einer rubinroten Damastbank. Es war ein gutaussehender Gentleman in den Fünfzigern, dessen erstaunliche leuchtendblaue Augen und der graue Van-Dyke-Bart einen nachhaltigen Eindruck hinterließen. Der Mann griff in die Tasche seiner blauen Seidenweste, zog eine goldene Uhr heraus, blickte auf die Zeit und nickte dann.

Der Hotelier schüttelte den Kopf, als das Halbblut mit seiner geschulterten Winchester hinüberschlenderte und sich benahm, als wäre er in der Wildnis von Dakota und nicht mitten in der großartigen Stadt St. Louis.

Es wird Zeit für die Zivilisation, dachte der gepflegte, kleine Mann in resignierter Empörung. Jeden Tag entstanden entlang der Schienen neue Gebäude, so viele, daß man das Klopfen der Hämmer zur National-Hymne des Staates erklären konnte. Doch bis es wirklich so weit ist, dachte der Mann, während er sich hinter seine schwere, reichornamierte Walnußholztheke begab, bis es wirklich so weit ist, daß die Zivilisation Einmarsch erhält, hat es einfach keinen Zweck, die Menschen zu überzeugen, daß sie an einem kultivierten Ort sind, der sich mit einer Ostküstenstadt messen kann. Hier war Missouri. Männer konnten unbehelligt mit ihrem Gewehr in Hotelhallen marschieren. Es war immer noch der alte Westen.

Das Halbblut lehnte es ab, sich auf das rote Sofa zu setzen. Er fühlte sich wahrscheinlich auf einem Ameisenübersäten Baumstamm wohler als auf edlem französischem Damast. Der Gentleman nahm wieder Platz und musterte den Mann vor sich mit einem abschätzenden Blick, der besagte, daß er ihn kaum höher einstufte als die Küchenhilfe.

»Wieviel wollen Sie, um sie zu finden?« Der Gentleman hob eine graue Augenbraue, während sein geringschätziger Blick zu einem goldgerahmten Ölgemälde von Prometheus wanderte.

Weißer Wolf sah sich in der Lobby um, als schätzte er den Wert einer Person ab, die sich diese Bleibe leisten konnte. »Eintausend Dollar.«

Der Mann mit dem Van-Dyke-Bart lachte. Er sah dem Halbblut in die Augen. »Ich gebe Ihnen zweihundert und keinen Penny mehr. Ich habe kaum genug, um dieses Rattenloch hier zu bezahlen.« Er wies mit einer umfassenden Geste durch die Lobby. »Für denselben Preis könnte ich in New York auf der Fifth Avenue wohnen, und das in der besten Suite.«

Das Halbblut sah sich erneut um. Er hatte noch nie ein edleres Hotel als das Fairleigh gesehen. Die Herabsetzung des Gentleman' irritierte ihn.

»Also, können wir eine Abmachung treffen? Man hat mir gesagt, Sie wären derjenige, der sie finden kann, doch ich weiß genau, daß andere es für das Geld gerne tun würden. Sehen Sie sich all diese Mormonen an, die nicht bis Utah gelangen. Ich habe gehört, sie würden fast alles tun, um –«

»Zweihundert, und ich bringe ihr Haar zurück. Dreihundert und ich bringe Ihnen dies.« Weißer Wolf wischte sich seine Hände an seiner Kaninchenfellweste ab und zog dann ein schmieriges Stück Papier heraus. Vorsichtig entfaltete er es und legte es auf den Rosenholztisch neben dem Sofa. Es war eine Zeichnung einer Narbe in der Form einer Rose. Darüber stand das Wort *Wanted* in dicken Buchstaben.

Plötzlich begann der Gentleman zu lachen. Er nahm das Stück Papier auf. »Sie meinen, für dreihundert Dollar bringen Sie mir Ihre *Hand*?«

Weißer Wolf nickte. »Für dreihundert Dollar werden Sie wissen, daß sie tot ist.«

Der Gentleman setzte ein bezauberndes Lächeln auf und wandte sich zu dem Hotelier um. »Hallo ... bringen Sie uns Champagner, ja? Wir haben etwas zu feiern!«

Der kleine Mann nickte, dann verschwand er mit mißbilligend geschürzten, Lippen, um das Gewünschte zu holen.

Der Gentleman wandte sich wieder zum Halbblut zurück. »Ich werde Ihnen heute nacht ein Zimmer in diesem Hotel bezahlen. Ich habe Gerüchte gehört, daß das Mädchen in Wyoming ist, und wenn die Gerüchte stimmen, dann gehört das Geld so gut wie Ihnen. Sie werden gleich morgen früh abreisen.«

»Ich gehe heute abend.« Weißer Wolf machte sich nichts aus Luxus. Er konnte sich natürlich auch keine Meinung über etwas bilden, das er nicht kannte.

»Wunderbar. Wunderbar.« Der Mann mit dem Van-Dyke-Bart grinste wie ein Schakal. »Ich bin begierig darauf, nach New York zurückzukehren, um mein Glück erneut an der Börse zu versuchen. Aber solange das Mädchen lebt, bin ich ein Ausgestoßener. Ich habe die Stadt mit allem Gold, das ich tragen konnte, verlassen, aber ich bin Besseres gewöhnt. Je eher Sie das Mädchen finden, desto eher kann ich zurückkehren. Niemand wird mich für etwas anklagen, wenn sie ihr Ende in den wilden Westgebieten gefunden hat, und ich kann nach New York gehen, ohne mir Sorgen machen zu müssen, daß ihr Gedächtnis mich eines Tages vernichtet. Und ich kann meinen Teil des Van-Alen-Vermögens einklagen, was immer dieser verfluchte Irenbauer noch davon übriggelassen hat. Immerhin habe ich mich Jahre um dieses Mädchen gekümmert. Ich habe jeden Penny an diese verflucht teure Anstalt gezahlt. Habe ich denn kein Recht auf Entschädigung?« Sein Schakalgrinsen wurde noch breiter.

Weißer Wolf musterte den Mann, der den Champagner in die Gläser goß, die nun auf den Rosenholztisch gestellt wurden. Die Probleme dieses Menschen kümmerten ihn nicht. Alles, was ihm wichtig war, lag in der Bezahlung. »Soll ich den Beweis in das Hotel bringen?«

Der Gentleman nickte. »Der Name lautet Didier. Baldwin Didier. Vergessen Sie das nicht.«

Endlich lächelte auch Weißer Wolf. »Keine Sorge.«

Im schwindenden Licht des Abends sah Christal zu, wie Macaulay seinen Waffengürtel umschlang. Er war bereits fertig angezogen. Es fehlte nur noch das rote Flanellhemd ... und das trug sie. Sie saß mit angezogenen Knien auf dem Bett und lehnte sich an das eiserne Kopfteil.

Traurig dachte sie daran, daß sie nun wieder der Wirklichkeit gegenübertreten mußte.

Er ging zu seiner Kommode und fand ein anderes wollenes Hemd. Er streifte es sich über und sagte dann: »Ich erledige eben ein paar Kleinigkeiten unten, und dann essen wir im Saloon etwas, nachdem ich mit Faulty gesprochen habe.«

»Du willst mit Faulty sprechen?« Sie versuchte, sich die Haare aus den Augen zu streichen, aber die langen Ärmel hingen ständig über ihre Finger.

Er setzte sich auf die Bettkante und zog seine Stiefel an. »Glaubst du, ich könnte dich dort lassen, damit du weiterhin Tänze verkaufst? Nachdem was diese Nacht passiert ist?«

»Das ist nichts, was Ivy und Dixi nicht jede Nacht tun.«

Er wandte sich mit festem Blick zu ihr um. »Ganz genau.«

Sie blickte aus dem Fenster. Die untergehende Sonne tauchte die Fensterläden von Faultys Saloon in ein leuchtendes Fuchsia. »Das ist doch keine Sache für ewig. Ich kann es nicht. Und du weißt es.«

Sie wandte sich wieder zu ihm. Er zog sich seinen dunkelblauen Mantel über die Schultern, die dadurch noch breiter wirkten, während die Länge des Stoffes ihn nur noch größer erscheinen ließen. Er war ein hochgewachsener, muskulöser Mann – verglichen mit ihr ein Riese. Doch seine männliche Härte zwischen ihren Schenkel war köstlich gewesen. Er hatte sie für jeden kleiner gebauten Mann verdorben.

»Laß uns nicht an die Ewigkeit denken. Laß uns nur an das Jetzt und Hier denken.«

Sie nickte und sah weg. »Also gut. Wir denken also nicht an das Morgen. Das heißt, bis es morgen ist. Und das wird bald sein. Sehr bald.«

Er nahm seinen Stetson auf, der neben der Tür lag. Regungslos zupfte er das Spitzenhemdchen, das ihn immer noch verhüllte, ab, und plazierte es auf der Kommode. »Ich mache dir einen Vorschlag. Du redest nicht von morgen, und ich rede nicht von New York.«

Ihr gefror das Blut in den Adern. Er hatte niemals angedeutet, daß er etwas wußte. Doch nun erwähnte er New York. »Woher ... woher weißt du das?«

»Du hast diese Nacht etwas von Delmonico's gesagt. Ich kenne es. Es ist ein Restaurant am Union Square mitten in Manhattan.«

Sie starrte ihn mit nackter Angst in ihrem Gesicht an.

Er blieb einen Moment still und sagte dann: »Ich bin nie selbst dort gewesen. Konnte es mir nicht leisten. Man sagt, nur die Vandelbilts könnten es.«

Sie schlang sich die Arme um den Körper, um ihr Zittern zu unterdrücken. Wie dumm von ihr, Delmonico's zu erwähnen. Dieser kleine Ausrutscher hatte ihm mehr verraten, als er in monatelangem Verhör herausgefunden hätte.

»Tja ... ich bin in etwa einer Stunde zurück.« Er wirkte auf einmal müde. Sie fragte sich, ob er sich nun doch überlegte, wegen ihr nach Washington zu telegraphieren. Er hatte schließlich bekommen, was er wollte. Ein Geheimnis von ihr war aufgedeckt worden. Nun blieb nur noch ein anderes.

»Wirst du dich doch über mich erkundigen?«

Er hielt inne, sah sie aber nicht an. »Ich weiß, daß du vor irgend etwas wegrennst. Das weiß ich schon lange. Wenn ich dich überprüfen lasse, was werde ich wohl finden?«

Sie starrte hilflos seinen Rücken an. Sie wußte einfach nicht, wie sie es ihm erklären sollte. Ihre Geschichte klang fantastisch, und er würde sich als Mann des Gesetzes verpflichtet sehen, sie in die Anstalt zurückzubringen.

»Das dachte ich mir«, murmelte er, als sie keine Antwort gab.

»Warte«, flüsterte sie, und ihre Stimme zitterte so heftig wie ihre Hände. »Mein Onkel ... mein Onkel ...« Sie würgte an den Worten, unfähig, den Satz ganz herauszubringen, unfähig, das ganze Ausmaß ihrer Angst zu offenbaren.

»Erzähl mir von deinem Onkel.«

Sie öffnete den Mund, aber die Worte kamen nicht. Sie war verdammt durch ihre Vorstellung seines Blikkes – durch den Ausdruck des Verrats in seinen Augen, wenn man sie fortbrachte, wenn man sie in die Anstalt zurückbrachte, zu ihrem Onkel, der in den Schatten des Todes lauerte.

»Christal, erzähl mir von ihm.« Seine Stimme ließ keine Verweigerung zu.

Sie faltete die Hände fest zusammen, um das Beben zu unterdrücken. Dennoch – sie brachte immer noch kein Wort hervor.

Schließlich sah er sie an. Seine Gesichtszüge schienen aus Stein zu sein. »Christal ... wenn du nur das Geld von Terence Scott genommen und mit den anderen Passagieren die Stadt verlassen hättest, dann wäre ich dir vielleicht nicht gefolgt. Ich hätte mir eingeredet, du könntest dich einfach nicht in einen Mann verlieben, der dir einen Verbrecher vorgespielt hat, dich entführt und gegen deinen Willen festgehalten hat. Aber du hast alles ganz anders gemacht. Du hast mir mein Geld abgenommen, mir dafür aber viel mehr dagelassen, was dir ohnehin gehörte, du bist weggelaufen, als hätte dir jemand Todesangst eingejagt ... Also konnte ich dich nicht in Ruhe lassen. Ich mußte dich finden.« Er schwieg einen langen Augenblick und betrachtete sie, in seinen Augen glitzerte Verlangen.

»Ich will es dir sagen«, flüsterte sie mit einer Stimme voller ungeweinter Tränen. Sie war so müde, den Kampf allein durchzustehen. »Aber du ... du bist ein Sheriff. Deine Pflicht ... der Krieg ... du mußt immer das Richtige tun ... ich will dir ja alles sagen ... aber ich kann nicht. Ich kann einfach nicht.« Sie ließ den Kopf fallen und vergrub ihn in ihren Händen. Das Spiel war aus. Er wußte genug von ihr, um nach New York zu telegraphieren. Die Narbe würde sie verraten. Er konnte innerhalb weniger Stunden alles über sie herausfinden. Und es wäre am besten, wenn sie ihm alles gestand. Was er durch die Verwaltung und Regierung erführe, würde sich schlimmer anhören, als was sie zu sagen hatte. Und vielleicht, nur vielleicht, empfand er genug für sie, um ihr zu glauben.

Sie sah auf die zerwühlten Laken unter ihr. Ihr Herz wurde schwer. Eine Sache war jedenfalls ganz sicher: Wenn er nicht jetzt genug für sie empfand, dann würde er es nie mehr tun.

»Erzähl es mir«, wiederholte er und ließ ihren Widerstand immer mehr bröckeln.

Sie würgte einen Schluchzer hinunter und wagte

nicht, ihn anzusehen. »Du willst dieses schreckliche Geheimnis unbedingt wissen, und ich werde es dir erzählen. Aber zuerst muß du mir eine Frage beantworten: Willst du es auch dann wissen, wenn es bedeutet, daß man mich von hier wegbringt, an einen Ort bringt, wo niemand mehr etwas von mir hören wird? Willst du es auch dann wissen, wenn« – sie schluckte wieder einen Kloß in ihrer Kehle hinunter – »wenn es meinen Tod bedeutet?«

Er sah sie schweigend und sehr ernst an. Reglos stand er da, berührte sie nicht, bot ihr keinerlei tröstende Geste. Er bot ihr nur ein kaltes, berechnendes Schweigen.

Sie brach in heftiges Schluchzen aus. Entsetzt fühlte sie plötzlich, wie er durch ihr langes Haar strich.

»Du überläßt mir also die Wahl?« sagte er mit bewegter, rauher Stimme. »Mein Pflichtgefühl als Mann des Gesetzes. Oder du.«

Eine lange Zeit sagte er nichts. Sie konnte es nicht ertragen, seinem Blick zu begegnen. Dann endlich flüsterte er: »Dann wähle ich dich, Christal. Gott möge mir verzeihen, aber ich wähle dich!«

Sie begann leise in ihre Hände zu weinen, während die Erleichterung in gewaltigen Wellen über ihr zusammenschlug. Es war kein Moment, den man hätte feiern müssen; er brauchte ihr nicht zu sagen, sie sollte in seine Arme kommen. Es war ein Augenblick von belastender Melancholie: Ein Mann verwarf alles, woran er glaubte für eine Frau, eine Frau, die sich vielleicht all dem Vertrauen nicht würdig erweisen mochte.

Er betrachtete ihre zerbrechliche Gestalt und strich ihr erneut durch die blonden, langen Haare.

»Zieh dich an«, sagte er ernst. »Wir haben viel zu tun. Ich muß mit Faulty reden.«

Dann schritt er zur Tür. Bevor er hinausging, drehte er sich noch einmal um und sprach aus, was ihm schwer auf der Seele lasten mußte. Er zögerte einen Moment und schien Mühe zu haben, die Worte herauszubringen: »Ich will nur, daß du eines weißt, Mädchen. Eines Tages wirst du es mir sagen. Ich werde dir glauben, und dann sprechen wir nie wieder davon. Ich will, daß du das weißt.« Er verließ das Zimmer, als könnte alles andere, was gesagt werden mußte, warten, bis sie sich wieder in den Armen halten würden.

Minuten später erhob sich Christal von ihrem Bett. Ihre Gedanken waren angstvoll und verwirrend. Sie wußte nicht, was sie als nächstes tun sollte. Es zerriß sie innerlich, daß Cain allem, an das er glaubte, den Rücken kehrte. Instinktiv wollte sie fliehen und sich in einem ganz anderen Winkel des Landes verlieren, so daß sie beide vergessen konnten, daß sie sich jemals getroffen hatten. Aber dies würde nie geschehen. Sie würde niemals weit genug fortlaufen können, um ihn zu vergessen. Als Macaulay nach Noble gekommen war, hatte sie nur Angst verspürt und das dringende Bedürfnis, vor ihm davonzulaufen. Doch nun waren sie durch ein Band verbunden, das niemals zerreißen würde. Sie liebte ihn, und da sie nirgendwo hingehen konnte und keine Möglichkeit hatte auszubrechen, ergab sie sich, zog sich an und wartete auf seine Rückkehr.

Er kam knapp eine Stunde später wieder und brachte sie zu Faulty. Der Saloon war leer bis auf einen alten Goldgräber namens Brigtsen und Jan Peterson. Dixiana war oben in ihrem Zimmer, Ivy trafen sie in der Küche, wo sie ihnen etwas zu essen servierte. Die Unterhaltung lief schleppend. Christal sah, daß Ivy den Sheriff entsetzt anblickte, und was immer er mit Faulty besprochen hatte, es hatte ihm wilde Angst eingejagt. Der alte Saloonbesitzer verbeugte sich fast, als er in die Küche kam. Er würde sie niemals mehr drängen, Kunden mit in ihr Schlafzimmer zu nehmen. Tatsächlich fürchtete sie, Faulty würde sie geradewegs umbringen, wenn sie die Sache noch einmal zur Sprache brächte.

Ivy verschwand bald, und Faulty kehrte zu seiner Bar zurück, um sich um seine Kunden zu kümmern. Christal und Macaulay aßen ihre Mahlzeit, ohne ein einziges Wort zu wechseln. Sie saßen nicht bei Delmonico's, es gab keine sauberen, weißen Tischtücher oder silbernes Geschirr – nur die nackten, rohen Holzbretter, eine leckende Lampe und ein warmer Platz in der Nähe des Herdes. Doch seltsamerweise machte dies Christal nichts aus. Die Zukunft jagte ihr Angst ein, sie war wie ein formloses Gespenst am Horizont. Eines Tages würde sie seine Gestalt erkennen, doch nun blickte sie nur in Macaulays Augen und sah keine Kälte mehr darin. Und das war alles, was sie jetzt brauchte.

Als sie gegessen hatten, führte Macaulay sie in ihr Schlafzimmer. Sie konnte durch die Wände Dixi mit einem Kunden reden und kichern hören. Schweigend zog Macaulay sie aus und liebte sie ebenso schweigend, als wollte er keinesfalls diesen Moment mit jemandem teilen, als wollte er andere nicht einmal ein Seufzen hören lassen. Doch seine wortlose Liebkosung brachte ihr schnell die Erfüllung, und beim zweiten Mal schien ihr Herz vor Verlangen nach ihm zu bersten, und mit bittersüßer Freude lernte sie etwas Wundervolles kennen, von dem sie wußte, daß es nicht andauern konnte.

Ihre Leidenschaft erstarb nur langsam. Schließlich zog er sie in seine Arme und schlief ein. Sein Atem ging tief und tröstete sie, und sie kuschelte sich an seine Brust, lauschte seinem stetigen, starken Herzschlag und war zufrieden mit der Lüge, daß der morgige Tag genauso schön werden würde. Und daß ein Mann von Ehre seinem Glauben für immer abschwören konnte.

Kapitel 19

Macaulay war fort, als Christal aufwachte. Sie öffnete die Augen und schaute in den sonnendurchfluteten Morgen. Das Licht, das von der Schneedecke draußen reflektiert wurde, strömte durch die Läden und zeichnete den Schatten des Fensterkreuzes auf ihre Bettdecke. Sie konnte das vertraute Geräusch von tropfendem Schmelzwasser hören, als die Eiszapfen unter dem Dach sich in der Sonne erwärmten. Heute würde es nicht so kalt sein, doch der Frühling würde noch lange auf sich warten lassen.

Sie streckte die Hand aus und berührte das Kissen, das noch die Mulde von Macaulays Kopf zeigte. Der Abdruck war kalt. Er mußte schon eine Weile fort sein.

Sie stand auf und zog sich schnell an. Sie wollte ihn bald wiedersehen, zögerte aber gleichzeitig. Sie würde ihm einen Teil von dem erzählen, das endlich gesagt werden mußte. Während sie diesen Gedanken im Kopf wälzte, saß sie eine lange Weile am Fenster und betrachtete das Foto, das sie und ihre Schwester zeigte. Es war so schwierig, nur daran zu denken, ihm etwas über ihre Vergangenheit zu erzählen, doch nur, weil es so üble Dinge darin gab. Die schönen Begebenheiten, die Freuden, wollte sie so gern mit ihm teilen.

Sie berührte das Bild, als könnte sie Alanas Wange streicheln. Tatsächlich hatte es soviel Glück gegeben. Vielleicht zuviel. Vielleicht war Gott so grausam, daß er sie für all die Freuden büßen lassen wollte.

Sie schüttelte diesen Gedanken ab und wandte ihren Blick wieder dem Foto zu. Ein kleines, bittersüßes Lächeln umspielte ihre Lippen, als sie an ein Ereignis aus der Zeit dachte, als sie und ihre Schwester noch kleine Mädchen waren. Ihre Mutter war nach Hause gekommen und brachte die neuste Ausgabe von *Godey's Lady's Book* mit. Mrs. van Alen hatte ihren Kindern immer das Versprechen abgenommen, sorgfältig zu arbeiten, hatte ihnen dann ihre Nähschere gegeben und sie durften die Papierpuppen im hinteren Teil des Werkes ausschneiden. Noch jetzt konnte sich Christal an die eleganten, edlen Kleidermodelle erinnern, die für ihre Puppen gemacht waren: blausamtene Reitkleider mit kecken Zylindern, rosafarbene Taftballkleider, die mit edler Spitze gesäumt waren und – das Schönste von allem – Hochzeitskleider aus Umengen von weißen Satin gebastelt. Mit den altmodischen Gitter-Krinolinen hatten ihre Hochzeitspuppen wie zarte Glokenblumen auf einer Wiese ausgesehen. Sie hatte sie geliebt. Doch ganz besonders hatte sie ihre Mutter dafür geliebt, daß sie ihren Töchter jeden Monat diese Puppen mitbrachte und sie niemals vergaß.

Christals Augen glitzerten bei dieser Erinnerung. Der Tag, an dem das Magazin erschien, war etwas Besonderes. Wenn sie und Alana sehr vorsichtig mit den Modellen umgingen und nicht durch ein Rezept für einen Heiltrank oder die Abbildung der neuste Haarmode schnitten, belohnte ihre Mutter sie damit, daß sie ihnen Tee aufs Zimmer bringen ließ, so daß sie mit all ihren Puppen eine richtige, kleine Teeparty veranstalten konnten. Mit dabei war auch immer Mary Todd, die Puppe, die ihr Vater ihr gekauft hatte, als er aus Paris zurückkam. Für Alana hatte er ein ein sehr teures, blaues Satinkleid mitgebracht, das ihre Schwester erst im nächsten Jahr tragen durfte – eine Knickerbocker-Tradition, ihre Besitztümer immer etwas altern zu lassen, damit man sie nicht für Neureiche halten konnte – doch er hatte vergessen, etwas für Christal mitzubringen. Tieftraurig hatte Christal sich nach dem Tag gesehnt, an dem sie selbst alt genug sein würde, um ein Kleid aus Paris zu bekommen. Obwohl sie ihre Enttäuschung meisterlich verborgen hatte, mußte ihr Vater sie dennoch gespürt haben, denn am nächsten Tag hatte er sie mit Mary Todd überrascht, einer modischen Puppe mit einem Porzellankopf, einem ledernen Körper und einem blauen Satinkleid, das dem von Alana sehr ähnelte. Christal hatte diese Puppe so geliebt, daß die Kleider bald fadenscheinig waren und das Porzellangesicht feine Risse aufwies. Sie erinnerte sich auch noch, daß sie die Puppe nach der Frau des Präsidenten benannt hatte, und als ihr Vater das erfuhr, kam er in den Salon, küßte sie auf die Stirn und umarmte sie ganz fest, während er ihr mit bebender Stimme sagte, wie stolz er auf ihren Patriotismus war.

Erst viel später hatte sie von dem schrecklichen

Kriegstod der Union-Jungs bei Antietam erfahren, von dem der *Chronicle* an diesem Tag berichtet hatte. Und sie wußte auch damals nicht, warum ihr Vater ihnen sagte, sie sollten in der Nähe von Mrs. Malony, ihrer Wäscherin, still sein. Sie erinnerte sich nur noch daran, daß sie arme Frau den ganzen Tag in ihre Schürze weinte. Später fand sie dann heraus, daß ihre beiden Enkel in dieser Schlacht gefallen waren.

Doch Cain war nicht gefallen. Christal atmete tief ein und versuchte die Hoffnung, die in ihr aufkeimte, zu unterdrücken. Cain war ebenfalls in Antietam gewesen und konnte davon berichten. Als Konföderierter nannte er den Ort Sharpsburg, aber die Schlacht war dennoch dieselbe. Das Blutvergießen hatte ihn entsetzt, aber er hatte es überlebt ... und sie gefunden. Sie beide hatten so vieles durchgemacht. Es konnte doch nicht alles mit Verrat und Baldwin Didier enden. Das durfte einfach nicht sein.

Wehmütig stellte sie das Bild zurück auf die Kommode. Dann schloß sie die Augen, sprach ein stummes Gebet und ging dann hinaus, um ihren Geliebten zu suchen.

Weißer Wolf nahm die Spur seiner Beute auf wie sein Namensvetter, doch wo das Tier durch Witterung und Hunger vorangetrieben wurde, waren es bei Weißer Wolf Geschick und Verstand, die ihn auf die Fährte brachten. Er war meistens erfolgreich. Vielleicht war es der Anteil indianischen Blutes in seinen Adern – er besaß einen sicheren Jagdinstinkt. Doch vor allem war es diese Mischung aus Weiß und Rot, die diesen Instinkt bösartig machte und ihn in einen gnadenlosen Mörder verwandelte.

Selbst jetzt, als die Sonne aufging und das Gras der

Prärie im ersten Licht der Dämmerung gelbgold färbte, konnte er die Spur seines Opfers fühlen. Es war wie ein Knoten in seinem Inneren, der sich zusammenzog oder entspannte – je nach dem, wie nah er herankam. Er warf einen Blick auf das *Wanted*-Plakat und zeichnete die Rose nach, als würde er die Hand des Mädchens berühren. Er hatte ihre Spur schon. Es gab nicht viele Frauen in Wyoming. Und wie er sich gedacht hatte, war eine solche Schönheit praktisch jedem aufgefallen.

Er stopfte das Papier unter seine Kaninchenfelljacke zurück. Der Knoten löste sich – ein gutes Zeichen. Laramie lag weit hinter ihm, und er bewegte sich weiter nach Osten, auf die Berge zu ... auf sein Opfer zu.

»Hör auf!« Christal kicherte und rannte noch ein Stück in die schneebedeckte Prärie. Ein Schneeball traf ihren Rücken, dann noch einer und noch einer. Hätte sie nicht Ivys schweren Umhang geliehen, wäre sie schon längst durchnäßt gewesen.

»Wir haben zwar nie viel Schnee in Georgia, aber wir wissen, wie man das bißchen am besten nutzt!« Macaulay nahm die nächste Handvoll des weißen, kalten Stoffs und rannte hinter ihr her.

Sie kreischte und lief in die endlosen Weiten. Hinter ihr war Noble nur noch als winziger Außenposten in einem Meer von stillen, weißen Flächen auszumachen. »Das ist Krieg!« quietschte sie und versuchte, selbst genug Munition zusammen zu bekommen, bevor Macaulay sie einfangen konnte. Aber sie hatte keine Chance. Sie hatte gerade eine Handvoll Schnee aufgehoben, als er sie schon lachend zu Boden riß.

»Du Schuft!« quiekte sie.

»Yankee!« gab er zurück, als wäre es die schlimmste Beleidigung, die ihm einfiel. Doch dann lächelte er und küßte sie. Und sie war darüber so entzückt, daß sie die Handvoll Schnee nicht bemerkte, bis er sie ihr in ihr Haar gedrückt hatte.

»Oooohhh!« Sie schob ihn zur Seite und setzte sich auf. Ihr Haar war nunmehr ein dicker, nasser Strang, und die Nadeln lagen im Schnee verstreut.

»Ich habe gewonnen«, flüsterte er und küßte sie wieder.

Sie hatten einen wundervollen Morgen verbracht. Im Saloon war noch keiner aufgestanden, und sie konnten den Luxus eines Frühstücks zu zweit genießen. Christal hatte Spiegeleier mit Salzfleisch gegessen und eine Kanne starken, schwarzen Kaffee gemacht. Cain war derjenige gewesen, der einen Spaziergang vorgeschlagen hatte. Die Sonne schien hell und warm, und der Schnee war nicht allzu tief – sie konnte nicht nein sagen. So hatte sie sich Ivys Umhang von dem Haken in der Küche genommen, und sie waren Hand in Hand losmarschiert. Bis Macaulay sie mit einem Schneeball beworfen hatte.

»Du Mistkerl! Ich werde eine Stunde brauchen, um mein Haar zu trocknen«, schimpfte sie mit ihm, als sie sich voneinander lösten. In spielerischer Rache raffte nun auch sie neuen Schnee auf und zielte auf seinen Kopf. Doch seine Hand schoß vor und hielt sie mitten in der Bewegung auf, ohne daß sein Stetson sich einen Millimeter bewegte hätte.

»Unerzogener Südstaatler!« flüsterte sie, als er ihre Hand an die Seite zwang.

»Das ist ein Widerspruch in sich, Ma'am.« Er grinste und tippte sich an den Hut.

Ein fataler Fehler. Sie stieß ihm den Hut vom Kopf

und zerbröselte den Schneeball mit ihrer freien Hand in seinem Haar, wobei sie ihn auch noch ordentlich einrieb.

Er schubste sie zurück, und sie fielen wieder zu Boden. Der Schnee war kalt, aber weich. Lachend kämpfte sie gegen seine Arme an. Doch dann gab es etwas in ihrer Miene, daß ihn zu rühren schien. Er nahm ihr Gesicht in seine Hände, und sein Blick wurde durchdringend und ernst, als würde er etwas suchen.

Ihr Lächeln schwand.

»Da ist das Mädchen«, flüsterte er mit einem vestörten, aber seltsam aufgeregten Gesichtausdruck.

»Welches Mädchen?« fragte sie, ohne zu wissen, wovon er sprach.

»Das kleine Mädchen auf dem Bild ... wenn du lachst, kann ich es sehen.«

Ihre Blicke begegneten sich. Ihr Herz erfüllte sich mit einem alten, vertrauten Schmerz. Sie wünschte, daß er die Wahrheit sagte, aber es schien so unmöglich. Dieses Mädchen war für immer fort. Langsam wandte sie sich ab, damit er nicht sah, wie ihre Augen sich mit Heimweh und Qual füllten.

Als wäre plötzlich eine Wand zwischen ihnen errichtet worden, hob er sich schweigend von ihr. Er stand auf, wie ein abgeworfener Rodeoreiter, steif, gebrochen und besiegt, seine Chaps waren hautteng von der Nässe des Schnees. Er zog sie auf die Füße, und sie trollten sich Arm in Arm zurück in Richtung Noble, wobei die unausgesprochene Frage wie eine dunkle Gewitterwolke zwischen ihnen lastete.

»Das is' 'ne Lüge! 'ne Lüge, ganz bestimmt!«

Als Christal und Macaulay in den Saloon kamen, fanden sie Dixiana fast in Tränen aufgelöst.

Wieder schluchzte sie. »Das is' 'ne Lüge!«

John Jameson, ein vermögender Rancher, der außerhalb der Stadt lebte, stand zwischen Dixi und Faulty. Er hatte rote Haare und trug einen schwarzen Anzug mit einer scharlachroten Krawatte. Er warf Macaulay einen Blick zu und murmelte dann: »Sie sind der Sheriff?«

Cain nickte.

Jameson zeigte auf Dixi. »Verhaften Sie sie, Sheriff. Sie hat mein ganzes Geld gestohlen. Ich hatte es in einer grünen Seidenbörse. Gestern abend war es noch da, jetzt ist alles fort.«

Faulty mischte sich ein. »Also, es gibt keinen Grund, Dixi einfach zu beschuldigen. Sie stiehlt nicht, Sir, das weiß ich.«

»Verhaften Sie sie, Sheriff. Ich hatte dreihundert Dollar bei mir.«

Macaulay zog gemächlich seinen Mantel aus. »Wann haben Sie es zuletzt gesehen?«

»Ich hatte es noch im Schlafzimmer dieser Hure. Ich erinnere mich noch sehr gut daran, daß ich die Börse aus meiner Tasche nahm und neben das Bett gelegt hatte.«

»Nein, nein, das ham Se nich'. Ich hab' nie 'ne Börse gesehen!« Wieder begann Dixi zu schluchzen. Das Rouge rann ihr die Wangen hinunter.

»Hey, hey«, flüsterte Christal und nahm ihre Hände in die ihren. Hilfesuchend sah sie Macaulay an.

Macaulay sagte nichts.

»Das Dreckstück sollte dafür gehenkt werden, daß sie das Geld eines ehrbaren Mannes stiehlt. Nichtsnutzige Hure!« spuckte Jameson aus.

»Reden Sie nicht so von ihr! Sie hat Ihr verdammtes Geld nicht gestohlen!« Christal hätte sich auf die Zunge beißen können. Aber Jamesons Worte waren zu hart gewesen. Dixi so zu beschimpfen, war, als würde man ein hilfloses Kind treten.

»Sie haben keinerlei Beweis, daß sie Ihr Geld genommen hat. Ich kann das Mädchen nicht festnehmen, wenn es nichts gibt, was ihre Schuld belegt«, sagte Cain und setzte sich auf einen Tisch.

»Oh, doch, ich habe einen Beweis!« Jameson zeigte mit dem Finger auf Faulty. »Dieser Mann hat die Börse noch eine Minute, bevor ich in das Hurenzimmer gegangen bin, in meiner Hand gesehen. Ich hab' meine Rechnung bezahlt, und er machte sogar noch eine Bemerkung über die Menge an Geld, die drin war.«

»Stimmt das?« fragte Macaulay.

Faulty sah mitleiderregend aus. »Ja.«

»Und diese Hure hat zugesehen, wie ich mich heute morgen angezogen habe. Nirgendwo ist die grüne Börse zu finden. Also, wo ist sie hin? Sie hat sie geklaut, ich sag's Ihnen!«

Er wies auf Christal. »Wahrscheinlich stecken alle Mädchen hier unter einer Decke!«

Zögernd blickte Christal auf Macaulay. Sein Gesichtsausdruck war verschlossen – sie wußte nicht, was er dachte, und das machte ihr Sorgen. Natürlich waren Dixi, Ivy und sie keine Komplizinnen, aber sie konnte das Gefühl nicht abschütteln, daß die Saat des Zweifels bereits gesät worden war. Schließlich hatte ausgerechnet sie vor langer Zeit Geld von ihm genommen.

»Ich denke dennoch nicht, daß das Beweis genug ist, daß diese Frau irgend etwas gestohlen hat«, sagte Cain endlich.

Jameson lief puterrot an, und seine Gesichtsfarbe biß sich entsetzlich mit der seines Haares. »Das soll doch der Richter entscheiden, nicht Sie! Ihr Job ist es, das Weib ins Gefängnis zu stecken, bis der Mann herkommt. Wenn ich Sie daran erinnern darf, Sheriff, bin ich im Stadtrat. Ich war einer der Leute, die Sie hierher nach Noble geholt haben.«

Cain war still. Schließlich sagte er: »Ich muß mir das Zimmer ansehen!« Er wandte sich um und stieg die Treppen hinauf. Christal folgte ihm auf den Fersen.

»Sie hat die Börse nicht gestohlen. Das weißt du doch auch«, flüsterte sie, als Cain Dixis Zimmer betrat. Er ging hinüber zu der klapprigen Kommode und zerrte mühsam eine Schublade auf. Darin befand sich nichts außer Strümpfen, Strumpfhaltern und ein geflicktes Baumwollkorsett. Er öffnete eine andere, dann die nächste. Nichts außer Kleidung.

Er trat an das ordentlich gemachte Bett. Dort riß er die Decke hinunter und hob die dünne Matratze an. Keine grüne Seidenbörse. Schweigend blickte er sich um, untersuchte selbst den kleinsten Winkel. Es schien kein anderes Versteck zu geben.

»Sie würde den Mann nicht bestehlen. Ich weiß, daß Dixi –«

»Christal, darauf kommt es nicht an«, sagte er finster. »Jameson ist eine Stütze dieser Gemeinde – sofern man dieses Rattenloch so bezeichnen kann –, und es gibt keinen Richter auf der Welt, der Dixi eher als ihm glauben würde.« Er sah sie an. »Wenn du irgend etwas über diese Börse weißt oder Dixi dazu bringen kannst, uns etwas zu erzählen, dann kannst du ihr wirklich helfen. Ansonsten bringt Jameson sie ins Gefängnis.«

»Nein, nicht Jameson. *Du*. Du wirst sie ins Gefängnis stecken«, schleuderte sie ihm entgegen, Tränen in den Augen. »Und dabei weißt du, daß sie es nicht getan hat!«

Cain packte sie an den Armen. »Hör mir jetzt genau zu. Es ist vielleicht nicht schön, aber es ist die Wahrheit. Der Richter wird kommen und Dixi als stadtbekannte Hure betrachten, eine Frau mit einer finsteren, undeutlichen Vergangenheit. Niemand wird ihr glauben; alle werden auf Jameson hören. Wenn ich in dieser Angelegenheit Einspruch erhebe, kann ich ebenso in der Wildnis heulen. Es sei denn, wir finden diese Börse.«

»Und wenn er lügt?« fragte sie betäubt. »Was ist, wenn John Jameson irgend etwas gegen Dixi hat und einfach nur diese Lügengeschichte erzählt, um Dixi zu schaden?«

Cain starrte sie an. »Warum sollte er denn so was tun wollen?«

»Ich weiß es nicht. Du müßtest ihn eben fragen, aber er wird bestimmt niemals die Wahrheit sagen. Also ist Dixi so gut wie verurteilt. Ob sie das Geld gestohlen hat oder nicht, sie geht in jedem Fall ins Gefängnis.«

»Nicht, wenn du sie überreden kannst, dieses Ding zu finden.«

»Du redest, als würdest du doch glauben, sie hätte es genommen.« Christal starrte ihn an und bemühte sich verzweifelt, den Schmerz in ihren Augen zu verbergen. *Eine Anstalt für gefährliche Geisteskranke. Du glaubst mir doch? Oh, du mußt mir glauben!*

Plötzlich drehte sie sich von ihm fort, unfähig seinem Blick zu begegnen. Nun war das Ende da. Wenn er Dixi nicht glauben konnte, würde er ihr schon gar nicht glauben können, egal wie leidenschaftlich er es ihr versichert hatte. *Eine Anstalt für gefährliche Geisteskranke.* Würde sie Abscheu in seinen Augen sehen? Ihr Herz schien zu zerspringen.

»Komm«, sagte er grimmig und nahm ihren Arm. Sie folgte ihm.

Unten angelangt, wandte sich Cain an Jameson. »Ich habe die Börse nicht gefunden. Wenn der Richter angekommen ist, können Sie ihm den Fall vortragen. Bis dahin bleibt Dixiana hier unter meiner Aufsicht.«

»Ist das alles, was Sie tun?« Jameson lief wieder zornesrot an.

Macaulay nickte.

Jameson warf Christal einen Blick zu und grinste Macaulay dann böse an. »Fein. Tun Sie einfach nichts, Sheriff. Aber wenn ich vor den Richter trete, werde ich zusehen, daß alle Mädchen angeklagt werden. Dieser Diebstahl war zu schwerwiegend, um von Dixiana allein begangen worden zu sein. Sie stecken doch alle unter einer Decke, auch die Hure an Ihrem Arm.«

Cain sprang auf und packte den Mann an der Kehle, der Stuhl scharrte mit einem ekelhaften Geräusch über den Boden. Christal keuchte erschreckt auf und rannte zu ihm, um ihn davon abzuhalten, den Mann umzubringen. Sie wußte nicht, was Cains Zorn erregt hatte – ob es die Angst war, daß der Mann sie anklagen wollte, oder die Bezeichnung Hure – was auch immer, er hielt Jameson in einem Todesgriff.

»Was haben Sie vor, Sheriff?« würgte der Rancher hervor. »Mich umzubringen, damit ich weg vom Fenster bin? Mein Geld ist gestohlen worden, und Sie behandeln *mich* wie einen Verbrecher.«

Cain schien langsam wieder zur Vernunft zu kommen. Er ließ los und sah dann Christal an, als wollte er die Lage abwägen.

Sie spürte, wie das Blut aus ihrem Gesicht wich. Wenn sie mit Dixi angeklagt wurde, würde Jameson den Sheriff bestimmt veranlassen, Informationen über ihren letzten Aufenthaltsort zu beschaffen, um festzustellen, ob sie dort andere Verbrechen begangen hatte. Er würde gezwungen sein, nach New York zu telegraphieren, und dann wäre alles aus.

Sein Gesicht war vor Resignation angespannt. Mit harter Stimme sagte er zu Dixiana. »Komm mit. Ich muß dich einsperren.«

»O Gott ...« Dixiana schlug schluchzend die Hände vors Gesicht.

Christal war wie betäubt. Sie konnte es nicht ertragen, Dixi im Gefängnis zu sehen. Sie war sich so sicher, daß sie unschuldig war. Aber wenn Cain es nicht tat, würde Jameson sie alle vor den Richter zerren, egal, was sie vorzubringen hatten.

»Nein, warte!« platzte sie heraus, und fragte sich, ob sie sich jetzt selbst ans Messer lieferte. »Cain, du weißt, daß dieser Mann nicht genügend Beweise besitzt, daß Dixi ihn bestohlen hat. Tu das nicht wegen mir ...« Verzweifelt hob sie den Saum ihres Kleides und begann, die sieben Goldstücke aus ihren Unterröcken zu reißen. »Hier!« sagte sie mit bebender Stimme, als sie sich zu dem rothaarigen Mann wandte. »Nehmen Sie das für Ihr verschwundenes Geld und hauen Sie ab!« Sie drückte ihm heftig die Münzen in die Hand.

»Das ist nicht genug«, beschwerte sich Jameson.

»Aber mehr habe ich nicht!«

Cain nahm dem Rancher die Goldstücke ab und

legte sie wieder in Christals Hand. Sie wollte protestieren, als er sie beiseite zog und warnte: »Halt dich da raus! Du machst mehr Ärger, als die Sache wert ist.«

Ihr Blick blieb an seinen Augen hängen. Er versuchte, sie zu beschützen – sogar auf Dixis Kosten. Aber wenn Cain Dixi schon wegen einer unhaltbaren Anschuldigung brandmarkte, was sollte dann erst geschehen, wenn er jemals das Plakat sah, mit dem sie gesucht wurde? Ein greller Schmerz durchzuckte sie. Wahrscheinlich würde er durchdrehen.

»Du kannst Dixi das nicht antun, Cain. Das kannst du einfach nicht tun«, flüsterte sie hilflos, und ihre Augen baten um Gnade. »Sie hat doch nichts getan. Du weißt, daß sie nicht stehlen würde.«

»Das weiß ich nicht. Alles, was ich weiß, ist, daß Dixi ein Saloonmädchen ist, und die sind bekannt dafür, daß sie ihre Kunden bestehlen.« Er sah sie an. »Du hast nichts damit zu tun, und ich werde nicht zulassen, daß Jameson dich da reinzieht.«

Am Boden zerstört sah sie zu, wie er zu Dixiana trat und sie am Arm nahm. Dixi weinte immer noch, und auch Christal spürte die Tränen in ihren Augen. Es war alles wie ein Traum gewesen. Ihre Hoffnungen, ihm vertrauen zu können, die Hoffnung, er würde ihr helfen können, waren geschwunden. Der Traum war ausgeträumt. Sie machte sich etwas vor, wenn sie glaubte, Cains Liebe zu ihr wäre so stark, daß sie seine Pflichten als Sheriff und seine Schwächen als menschliches Wesen überlagern würde. Er würde auf ihr angebliches Verbrechen reagieren, wie jeder andere Mensch es tun würde. Und als Sheriff hatte er schon mehr als einmal bewiesen, daß seine Pflicht an allererster Stelle kam. Und gerade diese

Pflicht würde er mit Leichtigkeit erfüllen, wenn er das Plakat erst einmal gesehen hatte.

Christal beobachtete schweigend, wie die beiden den Saloon verließen. Tief in ihrem Inneren spürte sie, wie ihr verletzliches Herz erkaltete. Sie hatte sich ihm geöffnet und einen kurzen Blick in ihr Wesen gestattet, aber nun würde sie niemals mehr so töricht sein. Sie hatte ihre Lektion gelernt. Sie mußte sich von ihm fernhalten. Er hatte ihr das Versprechen abgepreßt, niemals mehr vor ihm davonzulaufen. Aber sie würde dieses Versprechen brechen und so schnell und so weit laufen, wie sie konnte. Es machte nichts aus, daß sie die Flucht noch einsamer, noch härter machen würde. Sie hatte keine Wahl. Sie mußte sich selbst schützen.

»Was wird mit ihr geschehen?« flüsterte Ivy hinter ihr ihr.

Christal drehte sich um, ihr Gesicht war leichenblaß und verzweifelt. »Ich weiß es nicht.«

»Gott möge ihr gnädig sein ... das wird Dixi vernichten.«

Christal bestritt es nicht. Es hatte bereits sie vernichtet.

Kapitel 20

»Himmel, Sie sin' so kalt!« Dixi ließ sich von den Zehenspitzen herunter. Cain trat auf der andere Seite der Gitterstäbe zurück.

Er kreuzte die Arme vor der Brust. »Tja, was soll ich sagen, Liebchen. Du kommst auf die Art nicht aus dem Gefängnis heraus. Wir werden wohl oder übel auf den Richter warten müssen.«

Dixi begann laut zu schluchzen. Zwischen den Tränenschüben atmete sie tief und dramatisch ein.

Cain zeigte keine Regung. Gelegentlich sagte er: »Nun, komm, so schlimm kann es doch gar nicht sein.«

»O doch! Ich bin 'ne Gefangene. Ich muß in dieser schmuddeligen Zelle sitzen.«

»Schmuddelig? Dixi, die Zelle ist noch nie benutzt worden.« Cain gluckste.

»Oh, Sie gemeiner Mann! Kann ich denn gar nichts tun, um hier raus zu kommen?« Sie schaute ihn mit großen, tränenverschleierten Augen an. »Gar nichts?«

Er schüttelte den Kopf.

Ein verletzter Ausdruck schlich sich in ihre Augen. Sie wandte sich ab und tupfte sich tapfer die Tränen von den Wangen. »Liegt es dran, daß ich 'n bißchen älter bin als die anderen Mädels? Woll'n Se mich deshalb nich'? Finden Se mich ... zu alt?« Die letzten Worte kamen in einem Flüsterton, als ob sie von Toten sprach.

»Du bist eine gutaussehende Frau«, sagte er sanft. Als sie keine Antwort gab, steckte er seine Hand durch die Stäbe und berührte ihre Schulter. »Weißt du, es hat Zeiten gegeben, als ich in der Prärie mit den Gangs geritten bin, da hätte ich ein Vermögen dafür bezahlt, mit einer Frau wie dir die Nacht zu verbringen.«

Dixi warf ihm einen Seitenblick zu und schniefte. Er reichte ihr sein rotes Halstuch.

»Ich habe nur jetzt kein Auge für andere. Es ist Christal. Wegen ihr kann ich kaum an andere Frauen denken.«

»Lieben Sie sie?«

Er schwieg einen Moment und schien sich einen langen Augenblick die gleiche Frage zu stellen. Dann antwortete er ruhig: »Was immer es ist, ich weiß, ich hab' es falsch angestellt.« Dann hellte sich sein Gesicht wieder auf. »Komm, Dixi, du bleibst eine Nacht hier, und morgen telegraphiere ich nach Fort Laramie, wann wir den Richter erwarten können. Ich denke, ich kann Jameson davon überzeugen, daß du bis dahin im Saloon besser aufgehoben bist. Ich werde gleich morgen zu ihm hinausreiten.«

Sie schenkte ihm ein charmantes Lächeln des Dankes. »Können Se auch in den Saloon gehen? Können Se Christal sagen, sie soll mir mein Parfüm und frische Unterwäsche bringen?«

»Es ist mir ein Vergnügen, Ma'am«, antwortete er in seinen verführerischsten Südstaaten-Akzent.

Dixi lächelte ihn hinter den Gitterstäben an. »Ich dank' Gott für Georgia-Gentlemen wie Sie, Macaulay Cain. Ich glaub' wirklich, der Süden is' noch nich' tot!«

Er warf ihr ein strahlendes Lächeln zu und tippte sich an den Hut. »Nein, Ma'am, er ist ganz und gar nicht tot.«

Die Bar war an jenem Abend wie ein Leichenhaus. Jeder in der Stadt hatte die Sache mit Dixiana erfahren. Macaulay war nicht aus dem Gefängnis zurückgekehrt, und Christal redete sich ein, daß sie froh darüber war. Sehr zu Faultys Entsetzen hatte sie wieder begonnen, Tänze zu verkaufen. Einerseits wollte sie damit die Lücke auffüllen, die Dixi hinterlassen hatte, andererseits war es eine Gestes des Trotzes. Cain würde nicht mögen, was sie tat, aber das war wahrscheinlich das Allerbeste. Sie wollte Zorn zwischen ihnen beiden aufbauen, denn Zorn konnte Distanz schaffen, und Distanz war das, was sie dringend benötigte.

Sie schluckte den Kloß in ihre Kehle hinunter. Macaulay hatte sie dazu verführt, ihm zu vertrauen und durch das Verlangen nach ihm und das Bedürfnis, endlich vertrauen zu können, hatte sie die Verführung begrüßt. Jede Minute mit ihm ließ sie wünschen, ihm alles erzählen zu können. Gott sei Dank, daß sie es nicht getan hatte. Wenn sie jetzt zurückblickte, war sie direkt auf den Abgrund zumarschiert und hatte in ihr Verderben geblickt. Doch sie war nicht über den Rand hinausgegangen, und sie würde es auch nicht tun. Sie war zurückgetreten.

Obwohl ein Abschied auch der Abschied von der Liebe bedeuten würde, stählte sie ihr Herz dagegen und wußte, sie würde es tun. Ihr Instinkt zu Überleben war zu stark, zu geschärft von den langen Jahren der Flucht.

Es war an diesem Abend nicht nötig, sich Tanzpartner zu suchen. Dixi saß im Gefängnis, und Ivy war mit einem Kunden oben. Ivy brauchte mehr Zeit als üblich, und Christal hatte schließlich Faulty gefragt, ob er nicht hinaufgehen und an die Tür klopfen konnte. Aber Faulty hatte geantwortet, daß der Herr einen stattliche Summe bezahlt hatte, und daß man ihn besser nicht stören sollte. Ivy konnte gut auf sich selbst aufpassen.

»Gib mir noch'n Drink, okay?«

Als würde sie aus einer Art Trance gerissen, starrte Christal auf den betrunkenen Mann, der neben ihr saß. Sie fand ihn abstoßend. Mehr als alles andere in der Welt wünschte sie sich, von Männern wie ihm fortzukommen, damit sie nie mehr ihre frechen Hände während eines Walzers auf sich spüren mußte. Aber im Augenblick war dies der Preis der Freiheit. Und sie würde ihn bezahlen.

»Noch einen Whisky«, sagte sie zu Faulty an der Bar.

»Christal, Cain legt mich um, wenn er durch die Tür kommt. Er will nicht, daß du tanzt, das hat er mir gesagt.«

»Es ist mir egal, was er dir gesagt hat. Das ist meine Angelegenheit, und ich weiß genau, daß es ganz legal ist, Tänze zu verkaufen. Also hat er in der Hinsicht nichts zu sagen.«

»Gott möge mich schützen. Warum habe ich euch Mädchen bloß angestellt? Ihr drei bedeutet alle nur Ärger. Dicken, fetten Ärger!« Faulty gab ihr das Whiskyglas.

Sie brachte das Glas zu dem Betrunkenen und blickte sich im Saloon um. Die Männer waren die übliche Mischung, alles bekannte Gesichter, bis auf eine Ausnahme. Der Unbekannte saß an Cains Tisch abseits in der Ecke. Er war ungewöhnlich groß und hatte sein dunkles Haar in indianischer Art geflochten. Wenn er ein Halbblut war, dann ein gutaussehendes, doch trotz seines ansprechenden Äußeren hatte sie den Tanz mit ihm kaum genoßen. Er hatte einen Tiergeruch an sich, der sie fast zum Würgen gebracht hätte, als er sie beim Walzer zu nah an sich preßte. Seine Kleider waren dreckig, seine Jacke aus fettigen Kaninchenfellfetzen stank. Aber das Unangenehmste an ihm war sein starrender Blick. Seine braunen, fast unmenschlichen Augen waren noch nicht einmal an diesem Abend von ihr gewichen, und es machte sie langsam nervös.

»Du wirst nur diesen einen Abend arbeiten, wo

Dixi nicht da ist. Versprichst du das, Christal?« Faulty reichte ihr gereizt ein weiteres Glas.

»Mach dir keine Sorgen, Faulty. Ich werde nicht lange arbeiten.« Sie ging mit dem Drink fort, denn sie konnte sich nicht dazu durchringen, ihm von ihrem Plan zu erzählen, mit dem nächsten Cowboy zu verschwinden, der sie nach South Pass mitnehmen konnte.

Christal lieferte den Drink ab, nicht ohne dem Halbblut einen Blick zuzuwerfen. Er bedeutete ihr, ihm nachzuschenken, und sie ging zurück zur Bar, um die Flasche zu holen.

»Noch ein Tanz.«

Innerlich wand sie sich. Sie brachte erst die Flasche zurück und ging dann wieder zu ihm, wobei sie sich im Geist schon eine Entschuldigung zurechtlegte.

»Ich ... ich bin sehr müde, und ...«

Ohne Warnung packte das Halbblut ihre Hand und strich mit seinen schwieligen Finger über die Umrisse der Narbe in ihrer Handfläche. Sie zog sie weg, als hätte sie sich verbrannt.

»Kann ich ... kann ich Ihnen etwas anderes bringen?« Die Worte ließen sich nur mühsam herauspressen. Er jagte ihr Angst ein, aber es war schwierig, den exakten Grund dafür herauszufiltern.

Er nickte zur Treppe hin.

Sie schüttelte den Kopf. »Nein, ich –«

»Dann noch einen Tanz.« Er stand auf und drückte ihr einen Nickel in die Hand. Sie hatte keine Möglichkeit, ihn abzulehnen, ohne daß Faulty Streit mit ihm anfing. Widerwillig ließ sie ihn seine Hand um ihre Taille legen, während Joe »Devilish Mary« anstimmte.

»Wie heißt du?« knurrte er.

»Christal«, flüsterte sie, wobei ihre Angst vor seinem brennenden Blick von einer Sekunde zur anderen wuchs.

Der Ausdruck auf seinem Gesicht zeugte von tiefer Befriedigung.

»Wo kommen Sie her?« Christal empfand plötzlich das dringende Bedürfnis, mehr über ihn zu erfahren. Ihr Gefühl sagte er, daß es wichtig sein könnte.

»Ich bin gerade aus Laramie gekommen. Davor St. Louis. Warst du mal in St. Loius? Die Frauen dort sind nicht annähernd so schön wie du.«

Sein Daumen strich wieder über ihre vernarbte Handfläche, und Christal spürte, wie ihre Knie nachgaben. Sie hatte keine Ahnung, warum, aber nacktes Entsetzen strömte auf einmal durch ihre Adern. Nun wünschte sie sich sehnlichst, daß Macaulay durch die Tür kommen würde.

»Bitte ... ich gebe Ihnen auch den Nickel zurück. Ich ... ich fühle mich auf einmal nicht besonders gut.«

»Ich will aber weitertanzen. Ich habe sonst nie Gelegenheit, mit Frauen wie dir zu tanzen ... also wird es höchste Zeit.«

Sie stolperte. Er hielt sie im eisernen Griff um die Taille. Er drehte sie herum, und seine unerfahreren Füße, traten immer wieder auf die ihren, als kümmerte er sich überhaupt nicht darum, daß er ihr damit weh tat.

»Nein ... bitte ... wir müssen aufhören ...«

»Mir gefällt es aber.« Das Halbblut gab die Antwort, als würde er eher zu sich selbst als zu ihr sprechen.

»Nein, nein ...« Sie versuchte, stehenzubleiben und sich würdevoll aus seinen Armen zu winden, doch er war groß und kräftig und sie nur eine zierliche Frau.

Die einzige Möglichkeit, ihn loszuwerden, war, eine Szene zu veranstalten.

»Wir müssen jetzt sofort aufhören. Ich fühle mich nicht gut.« Sie sah ihn an, aber er erwiderte den Blick nicht. Immer wieder strich er mit dem Daumen über die Narbe in ihrer Hand.

Sie erstarrte voller unerklärlichem Entsetzen, jeder Muskel in ihrem Körper spannte sich an. Er begann wieder, sie im Walzertakt herumzuwirbeln, aber sie schleuderte den Nickel auf ihn, der an seiner Schulter abprallte und klappernd zu Boden fiel – eine geräuschvolle, demütigende Zurückweisung. Es schien ihn noch nicht einmal zu reizen. Er tanzte einfach weiter und zog sie mit sich über die Tanzfläche wie ein Raubtier seine halbtote Beute.

Bis eine Stimme hinter ihr erklang.

»Was zum Teufel machst du da, Mädchen?«

Ein Kopf nach dem anderen wandte sich zu ihnen, bis selbst der alte, taube Joe zu spielen aufhörte, und sich auf seinem Drehhocker umwandte, um zu sehen, was es gab. Aus dem Augenwinkel warf Christal Faulty einen Blick zu, der so aussah, als würde er gleich ohnmächtig hintenüber kippen. Sie sah, wie er einen starken Schluck Feuerwasser nahm und hinter der Theke hervortaumelte.

Das Halbblut ließ sie los, hob die Münze auf und zog sich an seinen Tisch zurück wie ein getretener Hund. Christal wurde schwach vor Erleichterung. Doch dann blickte sie in Cains Gesicht.

Er stand an der Tür und hatte die Arme drohend vor der Brust gekreuzt. Obwohl sie seinen Zorn erwartet hatte, machte er sie doch betroffen.

»Ich habe gesagt, du sollst nicht mehr tanzen«, sagte er mit tödlich ruhiger Stimme.

»Ich habe nur Faulty helfen wollen«, erwiderte sie so trotzig es ihr unter seinem eiskalten Blick möglich war.

»Faulty soll zur Hölle gehen.«

»Zwei Liebende streiten sich. Also, das schlägt doch alles.« Faulty rannte herbei und stieß ein quiekendes, nervöses Lachen aus. »Christal, du mußt nett zu unserem Sheriff Cain sein. Wenn er nicht will, daß du tanzt, dann –«

Macaulay wandte seinen Blick nur ein einziges Mal Faulty zu. Doch es reichte, um Faulty sofort verstummen zu lassen, als hätte Cain ihn an der Gurgel gepackt und zugedrückt.

Er sah wieder Christal an. »Ich schlage vor, wir tragen diese Sache woanders aus. Mir wäre am liebsten oben.«

Aus dem Augenwinkel sah sie, daß das Halbblut sie beide anstarrte. Besonders Macaulay schien sein ganzes Interesse zu besitzen.

Faulty wieselte wieder in den Schutz seiner Theke. Es schien, als würde sich jeder im Saloon auf eine Schießerei vorbereiten. Doch das Finale würde hier unten geschehen, und nicht oben auf ihrer Matratze. Dafür wollte Christal sorgen.

»Nein, Cain. Du kannst mir nicht einfach befehlen, was ich tun soll. Ich wollte Faulty heute abend helfen, und genau das werde ich tun.« Sie wandte ihre Augen von der zornigen Frage in seinen Augen ab. Sie verstand seinen Zorn. Er hatte Dixi im Grunde nur eingesperrt, um sie zu schützen. Nun kam er in den Saloon und stellte fest, daß sie zwar seine Gesellschaft akzeptierte, aber ihm keinerlei Rechte zugestehen wollte.

»Wenn du glaubst, ich stehe hier nur herum und sehe zu, wie jeder beliebige Kerl seine Hände auf dich legt, dann mußt du den Verstand verloren haben, Mädchen.« Er zog seinen Hut ein bißchen mehr in seine Raubtieraugen. »Los, hol deine Sachen, du kommst mit mir ins Gefängnis.«

»Willst du mich einsperren?«

»Soll ich?« Die Drohung in seinen Worten war mehr als nur angedeutet.

»Nein«, flüsterte sie, während sie zurückwich.

»Dann hol deine Sachen, Christal.«

»Nein. Ich habe auch Rechte. Du bist vielleicht der Sheriff hier, aber du bist kein Sklavenhalter.«

Er trat einen Schritt vor, seine Miene voll wütender Verwirrung.

Sie wich zurück.

Er trat vor.

Sie wandte sich zur Treppe um, um hinaufzuhasten, hielt aber mitten in der Bewegung inne. Ivy stand leichenblaß vor ihr.

»O mein Gott, was ist denn mit dir passiert?« keuchte Christal entsetzt auf.

Ivy hob den Kopf. Sie hatte Prellungen auf beiden Wangen und ein Auge war dick, blau und geschwollen. Sie schwankte und mußte sich am Geländer festhalten.

»Wer hat das getan?« rief Christal aus, während die Wut sich in ihrem Inneren schnell aufbaute. Wenn sie nicht die Erinnerung an ihren Vater gehabt hätte, hätte sie in diesem Moment jeden Mann gehaßt, der auf Gottes Erde wandelte.

»Dieser Cowboy von der Henderson Ranch.« Ivys Worte kamen undeutlich, und Christal sah, daß ihr Mund fast zugeschwollen war.

Macaulay warf Christal einen wütenden Blick zu, als wollte er sagen *Wir sind noch nicht fertig miteinan-*

der, und führte dann Ivy vorsichtig zu einem Stuhl in der Nähe. »Ich werde ihn kriegen.«

Ivy packte seine Hand. »Nein.«

»Was soll denn das heißen?« fauchte Cain. »Ein Mann kann doch nicht einfach eine Frau verprügeln, als wäre sie eine Art Fohlen, das sich nicht einreiten läßt!«

»Er ist fort. Für mich gibt es sowieso keine Gerechtigkeit. Das wissen Sie so gut wie ich, Sheriff.« Ivy wischte sich die Tränen aus den Augen. »Er sagte mir, wenn ich nichts sage, dann käme er auch nie wieder.«

»Er sollte ausgepeitscht werden. Und dafür werde ich sorgen.«

Faulty erschien mit einer Schüssel voller Schnee, und Christal begann, Ivys Gesicht wieder ein wenig herzurichten. Die Männer im Saloon fingen an, mit leisen Stimmen zu reden. Nur das Halbblut nicht. Ein Schauder lief Christal das Rückgrat hinunter, als sie feststellte, daß sein Blick immer noch auf Cain lag.

Ivy packte Christals Hand. »Bitte, sag es nicht Jericho. Er wollte heute abend kommen. Sag ihm einfach, ich bin krank. Er wird außer sich geraten, wenn er mich so sieht.«

»Wie kann ich das vor ihm verbergen? Ich muß es ihm sagen!« flehte Christal.

»Das ist nicht mehr nötig.« Macaulay wies mit dem Kopf in Richtung Bar. Dahinter stand Jericho in seinem Bärenfellmantel und seine Miene war starr vor Zorn, als er Ivy musterte.

»Verschwinde, Jericho. Du hast keine Berechtigung, hier zu sein. Du kennst die Vorschriften!« brüllte Faulty ihn an.

Macaulay brachte ihn mit einem Blick zum Schweigen. Dann wandte er sich an die Gäste im Saloon.

»Geht nach Hause, Leute. Der Saloon ist für heute geschlossen. Morgen könnt ihr wiederkommen.«

»Ja, genau«, mischte Faulty sich ein. »Nigger sind hier nicht erlaubt. Morgen werdet ihr sehen, daß es so ist!«

Langsam trollten die Männer sich durch die Vordertür. Das Halbblut war der letzte, und er schien mit seinen schlurfenden Schritten nur widerwillig zu gehen. Ein einziges Mal hielt er inne. Er starrte Macaulay an, und dieses Mal erwiderte Macaulay seinen Blick. Die spontane Antipathie zwischen den beiden Männern war fast greifbar.

»Los, du gehst auch«, knurrte Cain.

Das Halbblut schlurfte mit unbekanntem Ziel in die eisige Nacht.

»Nehmen Sie mich mit, Sheriff. Ich weiß besser als Sie, wo die Henderson Ranch liegt«, sagte Jericho, wobei er Faultys Blick ignorierte.

Cain nickte. »Wir reiten sofort los, bevor der Bastard Zeit bekommt abzuhauen.« Er sah Faulty an. »Schließen Sie den Laden gut ab.« Dann wies er auf Christal, ohne sie anzusehen. »Sie steht unter Ihrem Schutz, während ich weg bin. Ich will, daß Sie sie keine Sekunde aus den Augen lassen. Und riskieren Sie nichts. Wenn es sein muß, sperren Sie sie in ihrem Zimmer ein.«

»Was?« keuchte Christal. Sie traute ihren Ohren kaum.

»Du hast richtig gehört!« Cain wandte sich zu ihr, seine Miene war immer noch wutverzerrt. »Ich weiß nicht, was du heute abend vorhattest, aber von diesem Augenblick an stehst du unter meiner Obhut. Betrachte Faulty als deinen Leibwächter, bis ich zurückkomme.«

In stummem Zorn starrte sie ihn an.

Dann verließen Jericho und er den Saloon ohne ein weiteres Wort.

Kapitel 21

Cain und Jericho kamen gegen Morgen zurück, verdächtigerweise ohne einen Gefangenen. Sie waren so lange fortgewesen, daß Christal begonnen hatte, sich Sorgen zu machen. Selbst der Schrecken, den das Halbblut ihr eingejagt hatte, wurde in den frühen Morgenstunden von ihrer Angst um die beiden Männer verdrängt.

Es gab hundert banale Gründe, daß Cain und Jericho nicht kamen, doch statt an lahmende Pferde und schlechtes Wetter zu denken, fielen ihr nur wilde Bären und bewaffnete Outlaws ein, die sich nicht festnehmen lassen wollten.

Christal war die ganze Nacht bei Ivy geblieben. Sie hatte sie mit Kompressen und heißem Pflanzenbrei gepflegt, aber das Mädchen hatte unablässig geweint, bis sie erschöpft in den Schlaf fiel. Innerlich hatte auch Christal geweint. Sie hatten alle genug Elend erlebt. Wenigstens Ivys Schicksal würde sich verbessern, wenn Jericho sie mit sich nahm.

Vom Fenster aus beobachtete Christal, wie Cain abstieg. Seine Sporen schnitten in das Eis der Straße, als er die Pferde dem Stalljungen übergab. Er hatte sich noch nicht rasieren können, und der dunkle Bartschatten betonte nur noch das kalte Grau seiner Augen. Er trug die abgenutzte Fransenjacke, die sie noch von Falling Water kannte, dazu Chaps – dieselben

Chaps, die vom vielen Tragen an den Innenseiten seiner Schenkel weich und glänzend geworden waren, und die sie nun in Versuchung brachten, ihre Hand dazwischen zu schieben, um erneut zu spüren, wie glatt, hart und warm es dort war.

Er wandte sich zum Saloon um und sah plötzlich zu ihrem Fenster hinauf. Ihre Blicke trafen sich ... ein fataler Fehler. Christal sah zuviel, und sie offenbarte zuviel. Ihre Liebe zu ihm verschlug ihr den Atem, doch es zerriß ihr das Herz, an ihre Zukunft zu denken. In den kurzen Stunden der Nacht hatte sie sich danach gesehnt, er möge zu ihr kommen, unter ihre Decke schlüpfen und ihre gequälten Gedanken auslöschen. Doch nun, im kalten Licht des Morgens, war sie froh, daß er nicht bei ihr gewesen war. Ihre Vernunft hatte wieder Oberhand gewonnen, und sie war davon überzeugt, daß es so am besten war. Halt ihn auf Abstand, sagte sie sich selbst. Sein Zorn machte es leichter.

Nachdem Cain in den Saloon getreten war, hörte sie gedämpfte Stimmen von unten hinaufdringen. Obwohl sie es erwartet hatte, ließ das Klopfen sie dennoch aufschrecken.

»Wer ist da?« rief sie laut und wußte es längst.

»Macaulay.« Seine Stimme war seltsam gedrückt.

Langsam öffnete sie die Tür. Nur mit äußerster Beherrschung konnte sie sich zurückhalten, ihm in die schützenden Arme zu fallen.

»Habt ihr ihn erwischt?« fragte sie.

Er kam in ihr Zimmer und schloß die Tür hinter sich. »Er ist tot.«

»Aber –?« Sie brach ab. »Hast du ihn erschossen?«

Cain rieb sich sein unrasiertes Kinn. Es war zehn Uhr morgens, aber er wirkte, als könnte er einen

Drink gebrauchen. »Jericho hat ihn getötet. Sauberer Kopfschuß. Vielleicht hätte ich ihn nicht mitnehmen dürfen.«

»Hat er ihn ermordet?«

»Ich werde dem Richter sagen, daß es Notwehr war. Wenn man so will, dann war es wohl Notwehr.«

Sie starrte ihn an, während sie über seine Worte nachdachte. »Es ist selbst für einen Sheriff unmöglich, die Welt gerecht und gut zu machen.« Sie sah zur Seite. »Was wird mit Ivy geschehen?«

»Jericho nimmt sie mit zu sich in seine Hütte. In ein paar Jahren werden sie es einfacher haben. Sein Vieh wird ihm einiges einbringen. Sie werden heiraten und ein paar Kinder haben. Es wird nicht das Schlechteste sein.«

»Es hört sich wundervoll an!«

Ihre Blicke begegneten sich. Ein Muskel in Macaulays Gesicht spannte sich an. Der Augenblick war quälend und voller ungestellter Fragen.

»Mädchen, es hat mir nicht gefallen, was du gestern abend getan hast.« Seine Worte waren wie ein eisiger Wind, der ihr in die Knochen fuhr. Die alte Wut und die Angst strömten wieder auf sie ein. »Ich habe dir gesagt, du sollst es nie wieder tun.« Jede Silbe war mit beißendem Zorn herausgepreßt.

»Wie soll ich mein Zimmer und den Unterhalt bezahlen, wenn ich nicht für Faulty arbeite?«

»Ich will nicht mehr, daß du hier bist. Ich will, daß du zu mir kommst.«

»Ich werde nicht mit dir im Gefängnis leben.«

»Was ist nur in dich gefahren?«

Ein entsetzlicher Schmerz legte sich auf ihre Brust. »Ich will überhaupt nichts mehr mit dir zu tun haben, Macaulay. Ich will, daß du nach Washington zurückgehst. Für uns gibt es keine Zukunft. Ich sehe es ganz klar. Und du müßtest das eigentlich auch tun.«

»Wann bist du zu dieser Schlußfolgerung gekommen?« Seine Frage war ruhig und unergründlich.

»Ich habe es schon lange gewußt.«

»Warum?«

Eine winzige, kurze Frage, die zu beantworten ein Leben dauerte. Sie holte tief Atem. Sie konnte ihm keine wirkliche Erklärung geben, wenn sie ihm nicht alles gestand, und das war etwas, das sie niemals tun wollte. Nicht, nachdem sie gesehen hatte, was er mit Dixiana gemacht hatte – sie für schuldig zu erklären, weil ihre Unschuld nicht zu beweisen war.

»Das Warum ändert nichts an dem Unvermeidlichen, Cain«, flüsterte sie.

»Nein.« Er packte sie. Der verzweifelte Ausdruck seiner Augen ließ ihr das Herz brechen. »Das einzige Unvermeidliche ist unser Zusammentreffen, nicht unsere Trennung. Du hast mir dein Wort gegeben, daß du bleibst, weißt du noch?«

Sie schloß die Augen. Es tat weh, sich daran zu erinnern. »Du hast mich erpreßt. Du hast diese Antwort aus mir herausgezwungen. Ich werde es nicht halten.«

»Oh doch, du wirst!«

Sie öffnete die Augen wieder und starrte ihn an. Da lag eine Wildheit in seiner Miene – diese Ungezähmtheit, die sie einst hatte glauben lassen, er wäre ein Outlaw.

»Ich habe keine Lust, dich von einem Ort zum anderen zu verfolgen. Das habe ich bereits getan. Du wirst bei mir bleiben, bis wir das, was zwischen uns ist, geklärt haben. Und wenn ich dich in die Zelle sperren muß, damit du mir nicht davonläufst, dann werde ich das tun.«

»Du kannst mich nicht ständig gegen meinen Willen festhalten. Muß ich dich daran erinnern, daß du nun Sheriff und kein Outlaw mehr bist? Wenn du mich zu einer Gefangenen machen willst, benötigst du wohl einen Haftbefehl.« Ihr Blick funkelte vor Zorn. Sie haßte es, wenn er den Sheriff spielte. Dieser verdammten Stern war bereits wie eine Mauer zwischen ihnen, und er mußte seine Macht nicht noch mehr mißbrauchen, als er es bereits getan hatte.

»Wenn mich mein Instinkt nicht trügt, bekomme ich den schon, wenn ich nach New York telegraphiere.« Seine Worte ätzten sich wie Säure in ihr Herz.

Sie wandte sich von ihm, denn er sollte nicht sehen, wie sehr ihr diese Andeutung zu schaffen machte. Sie hatte sich niemals niedergeschlagener gefühlt. »Wenn du nach New York telegraphierst, werden sie mich von dir wegnehmen. Das Ergebnis ist also dasselbe.«

Er berührte sie, zog sie an seine harte, warme Brust zurück. Es machte es so schwer für sie, stark zu sein. »Pack deine Sachen zusammen, Mädchen. Wir gehen.«

»Wohin?«

»Irgendwohin, wo wir allein sein können. Wo der Rest der Welt uns nicht belästigt. Wir können bei Einbruch der Nacht dort sein. Hol deine Sachen.«

Ihr Schweigen sagte genug, ihr Widerwille war fast greifbar.

Er umfaßte ihr Kinn. »Du wirst aus freien Stücken mitkommen, Christal. Denn selbst jetzt noch sagt dir nämlich genau dein freier Wille, daß du mit mir gehen willst. Ich bin deine einzige Rettung. Ohne mich dauert es höchstens noch zwei Monate, bis du für die paar Pennys herumhurst. Ohne mich wird man dich bald nach New York zurückbringen, denn niemand wird dich beschützen wollen, so wie ich es tue.«

Sie starrte ihn an, schockiert durch das Angebot und schockiert, welches Risiko er auf sich nehmen wollte. Eine unangenehme Dankbarkeit drang in ihr Herz, und es war genau wie damals in Falling Water. Sie wollte die Antwort auf ihre nächste Frage gar nicht hören, aber sie wußte, sie mußte sie jetzt stellen. Es ging um alles oder nichts. Um Kampf oder Tod.

»Liebst du mich, Macaulay?« Ihre Worte waren nur ein Hauch. Sie mied seinen Blick, damit er ihr nicht bis ins Herz sehen konnte. Wenn seine Antwort ja lautete, würde sie mitgehen. Wenn nicht, dann kümmerte es sie nicht mehr, was mit ihr geschehen würde. Sie könnte sich ebensogut selbst ihren Häschern stellen.

Sie zwang sich, ihn anzusehen. Es hatte so viele Lügen zwischen ihnen gegeben, daß es kaum möglich war, daß eine einzige Antwort auf eine einzige Frage plötzlich alles ändern konnte. Doch es war so, und sie wußte es. Ängstlich wartete sie.

»Ja. Ich liebe dich.«

Die Antwort, vielmehr aber der Klang seiner Stimme, überraschte sie. Er hatte die Worte wie einen Fluch ausgestoßen. Wieder sah sie ihn an, und ihre Blicke trafen sich. Seine Augen waren zornig und eiskalt.

»Stell mir diese Frage nie wieder.«

»Ich habe ein Recht, es zu wissen. Wenn ich mit dir gehen soll, dann –«

»Du hast überhaupt kein Recht, es zu wissen. Ich habe alles für dich riskiert. Selbst mein Leben. Und als Ergebnis liebe ich dich. Aber meine Liebe ist nicht süß und zart. Sie ist dunkel und voller Zorn. Versuche nicht, sie zu erforschen.«

Elementare Angst schien sie ersticken zu wollen. »Du redest, als ob du mich dafür haßt, daß du mich liebst.«

»Ich hasse deine schattenhafte Vergangenheit und deine Ausflüchte. Mit jeder Sekunde, die ich dich liebe, verabscheue ich die Lügen, die ebenfalls in dir stecken. Und so ist meine Liebe zu dir zu meiner ganz persönlichen Hölle geworden. Du hast mich einmal gefragt, ob Besessenheit Liebe ist. Ich kann dir jetzt eine Antwort geben. Sie lautet ja. Das Grausame daran ist nur, daß dies bloß die eine Seite ist.«

Sie stand wie eine Statue vor ihm, ihr Herz wie aus Marmor, ihre Zunge wie gelähmt, denn sie konnte nichts von dem, was er sagte, widerlegen. Seine Worte waren die unerträgliche, unleugbare Wahrheit. Er behauptete, er wäre ihre einzige Retttung, aber er war auch ihr Ruin. Sie konnte ihn niemals wirklich besitzen, solange die Vergangenheit zwischen ihnen stand. Doch wenn sie ihm alles enthüllte, die Mauer niederriß, dann würde er ihr nicht länger beistehen, sondern sich auf der anderen Seite befinden.

»Mir ist lieber, wenn man mich entweder haßt oder liebt, als das, was du für mich fühlst. Dann finde die Wahrheit über mich heraus«, sagte sie ruhig. »Telegraphiere nach New York.«

Er drückte sie mit dem Rücken an die Wand, dann betrachtete er ihr Gesicht in seinen Händen. »Du wirst mit mir kommen, Christal. Denn solange ich nichts über deine Vergangenheit weiß, kann ich dich noch lieben. Und solange du etwas zu verbergen hast, kann ich dich dazu bringen, zu tun, was ich will. Wie dies hier ...« Seine Lippen preßten sich auf ihre, und der heiße, verführerische Kuß war mächtig genug, sie aus der Bahn zu werfen.

»Nein ...«, stöhnte sie, als seine Hände über ihre Rippen zu ihren Brüsten strichen.

Er flüsterte in ihr Haar. »Willst du gegen mich kämpfen? Willst du denn, daß ich nach New York telegraphiere? Willst du, daß ich dich hasse?«

»Nein ...«, schluchzte sie, denn sie wollte nur seine Liebe. Sie sehnte sich so verzweifelt nach seiner Liebe.

»Dann küß mich. Nimm mich mit in dein Bett und liebe mich wilder, als ich es je erlebt habe. Nimm mich zwischen deine Schenkel und in deinen Mund, und dann will ich dich hinbringen, wo du sicher bist.«

Ihre Brust hob und senkte sich heftig, ihr Herz schien zwischen dem Verlangen nach ihm und danach zu entkommen zu zerreißen.

Doch schnell ergab sie sich ihm. Sein Mund, seine Hände taten ihr übriges. Sein Kuß war tief, hart, rhythmisch, seine Lippen forderten sie heraus, kalt und gefühllos zu bleiben, wenn sie es konnte, doch jede Bewegung seiner Hände waren wie eine süße Qual und Millimeter für Millimeter gewann er und zauberte ihre Unabhängigkeit wie ein Medizinmann hinwegt, um nichts als eine bebende, dahinschmelzende Frau zurückzulassen, die ihn mit aller Leidenschaft, die sie in ihrer Seele hatte, wiederzuküssen.

»Du bist eine kluge Frau, Christal, eine sehr kluge Frau«, raunte er, als ihre Lippen über seinen Hals strichen und wie die Flügel eines Schmetterlings über seinen Hals und die knotige Haut seiner Narbe flatterten.

»Nein. Ich bin eine Närrin.« Sie berührte sein Gesicht mit ihrer Hand, wollte jede seiner Falten kennenlernen, sich mit den Fingern die gerade Linie seiner Nase einprägen und jedes einzelne Härchen seiner Brauen ertasten. Dann nahm sie mit einer tiefen, herzzerreißenden Traurigkeit seine Hände, führte ihn zum Bett und tat alles, wonach er verlangte.

Kapitel 22

»Aber, Sheriff, was soll ich denn ohne Christal machen? Sie haben mir ja alle Mädchen weggenommen!« Faulty war überhaupt nicht begeistert, daß Christal fort wollte. Normalerweise schlief er bis in den Mittag hinein, und man mußte ihn erst wecken. Nun stand er in seinem Nachthemd hinter der Bar und hielt sich eine zerschossene, löchrige Decke um den Körper.

»Sie wollte sowie keine Tänze mehr verkaufen, also brauchen Sie sie gar nicht mehr hier.« Cains Miene duldete keine Widerspruch.

»Es tut mir leid, Faulty.« Christal konnte seinem Blick kaum begegnen. Sie hatte den Eindruck, als würde er alles sehen: ihre Angst, ihre Liebe, ihre geschwollenen Lippen, die Stelle an ihrer Kehle, wo Cain im Augenblick der Leidenschaft zugebissen hatte.

Sie warf ihm einen schuldbewußten Blick zu. »Ich weiß, daß es eine ziemlich schlechte Zeit ist, danach zu fragen Faulty, aber ich weiß nicht, wann oder ob ich überhaupt zurückkomme, aber da sind noch die fünfunddreißig Cents, die du für mich aufgehoben hast, seit ich eines Abends das Loch in meiner Tasche entdeckt habe ...«

Faulty nickte müde. »Schon gut, schon gut. Ihr habt mich fertiggemacht, all ihr Mädchen. Meinetwegen, nimm die ganze Kasse. Das macht nun auch nichts mehr.«

Sie zuckte unter seine dramatischen Worten zusammen und fühlte sich noch schuldiger. Aber dann sagte sie sich wieder, daß sie das Richtige tat. Wenn sie fort war, hatte Cain keinen Grund mehr, Faulty zu belästigen. Der Sheriff wäre ebenfalls fort. Faulty wußte es noch nicht, aber es war sein Glück, daß sie verschwand. Das Geld lag in einem Blechkasten, versteckt hinter den Krügen mit Sarsaparille. Sie holte den Behälter hervor, zählte unter Faultys wachsamen Augen ihr Geld ab – exakt sieben Nickel –, dann stellte sie ihn wieder hinter die Krüge. Dabei rutschte ihr eine der Münzen aus der Hand und kullerte zu Boden und unter die Bar.

Widerwillig schaudernd, die staubige, unsaubere Dunkelheit unter der Bar ertasten zu müssen, bückte sie sich, denn sie konnte es sich nicht leisten, auch nur einen Nickel ihres kläglichen Besitzes zu verschwenden.

In der Leere berührten ihre Finger plötzlich etwas Seidenes. Christal zog den Gegenstand erwartungsvoll heraus. Und tatsächlich: Es war die vermißte grüne, nun verdreckte Seidenbörse.

»Oje, wird Dixiana aber sauer auf den Sheriff sein«, murmelte Faulty, als Christal ihm die Börse reichte. »Sieht aus, als wäre das Ding die ganze Zeit da unten gewesen. Wahrscheinlich ist es von der Bar gefallen und aus Versehen darunter getreten worden, als Jameson seine Rechnung bezahlt hat.« Er öffnete die Börse und zählte dreihundert Dollar plus Kleingeld.

Cain nahm die Börse an sich. »Ich bringe sie ihm zurück.«

»Klar.« Faulty kratzte sich am Kopf. »Aber meinen Sie, Sheriff, Sie könnten Dixiana direkt zurückschikken, wenn es keine Umstände macht? Ich kann heute abend bestimmt gut ein Mädchen hier gebrauchen. Sehen Sie, gestern abend hatte ich noch drei ...«, fügte er anklagend hinzu.

Cain nickte, ohne erkennen zu lassen, daß er sich dafür schuldig fühlte. Dann nahm er Christal bei der Hand und sie gingen zum Gefängnis.

Mechanisch und wie durch einen dichten Nebel, half Christal Dixiana, sich anzuziehen, während Macaulay sich auf den Weg zu Jameson machte. Dixi klagte die ganze Zeit, obwohl Christals Gedanken weit fort waren und finster über Cain und ihre Zukunft brüteten.

»Männer!« stieß Dixi verächtlich hervor, während sie ihren schwarzen Strickstrumpf glättete und ihre Strumpfhalter festmachte. »Ich hab' dem Sheriff doch gesacht, daß ich nix mit dem Geld zu tun hatte. Und hat er mir geglaubt? Nee!«

»Er brauchte einen Beweis. Das weißt du.« Gedankenverloren hakte Christal Dixis Korsett im Rücken fest.

»Warum muß man immer 'nen Beweis haben? Warum kann man nich' einfach glauben, was der andere sacht?« Dixi wandte sich zu ihr um. »Dieser verdammte Macaulay Cain! Er hätt' ja Faulty fragen können oder dich oder Ivy. Ich stehl' nich'. Hab' ich nich' nötig. Meine Kavaliere sin' nett genug zu mir, daß ich nich' erst stehlen muß. Warum glauben sie bloß nie, was wir sagen, Christal?«

Christal gab keine Antwort, sondern starrte nur schweigend auf die Narbe in ihrer Handfläche. Ihr Gesicht war ausgezehrt, ihre Miene finster.

»Liebchen, du hast mir nie gesacht, wo du die Narbe da herhast.«

Christal schloß die Finger über der Rose. Mit einem bitteren, winzigen Lächeln auf den Lippen streifte sie Dixi das Kleid über und ignorierte die letzte Frage. »Ich weiß auch nicht, Dixi. Ich weiß nur, daß manche Leute sich niemals von der Wahrheit überzeugen lassen werden.«

»Als ob ich das nich' wüßte.« Dixi rückte ihr Korsett zurecht, eine Aktion, die mit viel Gezupfe, Gerüttel und Geschiebe ausgeführt wurde. Dixi zeterte und wetterte die ganze Zeit wie ein Politiker. »Aber eines Tages is' das alles anders. Merk dir gut, was ich sag', Christal. Ich werd' bei dieser Wahl da mitmachen. Was'n Glück, daß wir hier in Wyoming sind. Wir ham' das Recht seit '69, un' jetzt werd' ich's wahrmach'n. Alles wird sich hier ändern. Vielleicht kandidier' ich sogar für'n Friedensrichter, um's ihnen allen zu zeigen. In South Pass hat das 'ne Frau gemacht. Warum können wir das hier nich' auch?«

Dixi starrte sie indigniert an, als könnte Christal ihre Frage beantworten.

»Ich würde für dich stimmen«, bot Christal ihr an.

»Also, ich werd' mir das ehrlich überlegen. Glaub ja nich', ich vergess' das einfach wieder.« Sie befestigte die Häkchen vorne, schob ihre Röcke hinunter und stolzierte als freier Mensch aus dem Gefängnis.

»Faulty wartet im Saloon auf dich, Dixi.« Macaulay war eingetreten und blickte mehrmals mit einem harten, erbarmungslosen Gesichtsausdruck auf Christal.

»Keine Entschuldigung, Sheriff?« schniefte Dixiana.

»Ich habe meinen Job erledigt, das war alles.« Er wandte sich an Christal. »Bist du fertig?«

»Wo geht ihr denn hin?« Dixi warf erst Cain, dann Christal einen Blick zu.

Cain verschränkte die Arme vor der Brust, als wollte er Christal herausfordern zu lügen, wenn sie es wagte.

Sie tat es aber nicht.

»Ich bringe Christal für eine Weile fort. Ich habe eine Hütte oben in den Bergen. Sie wird einige Zeit mit mir dort bleiben.«

»Also sin' Se auch weg, Sheriff? Aber Sie sin' doch eben erst hergekommen.« Dixi sah den Sheriff an und hob eine Augenbraue. Christal war nicht sicher, ob Dixi es bedauerte, daß Cain ging oder nicht. Er war ein undurchschaubarer, einschüchternder Mann – Dixi bevorzugte unerfahrere, heranwachsende Jungen. Dennoch konnte Christal erkennen, wie sehr Dixi sich von Macaulay angezogen fühlte. Sie hatte so etwas noch nie gut verbergen können.

Cain räusperte sich. »Ich werde gelegentlich hinunterkommen, um mich um die wichtigen Dinge zu kümmern, die anstehen könnten. Diese Stadt braucht keinen Sheriff, der jede Minute verfügbar ist. Ich werde da sein, wenn mich einer braucht.«

»Oh. Na, das hoff' ich«, gab Dixi zurück, während ein sarkastisches Lächeln um ihre hübschen Lippen flog. »Ich mein', ich hab' keine Lust, daß noch irgendwem was abhanden kommt, und ich dafür schuldig gemacht werd'.«

Sein Mund verzog sich fast reumütig. »Ich hatte keine andere Wahl. Wenn es an mir gelegen hätte, wärest du nie hier drin gewesen, das weißt du.«

»Ja, ja, sagen Sie das dem Friedensrichter. Ich werd' mich zur Wahl aufstellen lassen, noch nich' gehört?«

Cain schien sich offenbar nicht zurückhalten zu können und gluckste. Dixi gab ihm einen Klaps, und Christal fühlte eine seltsam ziehende Eifersucht.

»Paß auf dich auf, ja, Christal?« sagte Dixi nun zum Abschied.

»Du auch auf dich, Dixiana.« Mit einem elenden Gefühl sah Christal Dixiana nach. Die Eifersucht war schon verebbt. Sie würde Dixi sicher nicht vergessen. Dixi war der Typ Frau, an den man sich erinnerte. Aber sie würde allein zurechtkommen. Es war ihr durchaus zuzutrauen, daß sie das Amt gewann.

Christals Blick wanderte zu Cain. Nun gab es nichts mehr, was noch erledigt werden mußte. Sie konnten gehen.

Er nickte zum Tisch hin. »Nimm das Paket und steck es ein.«

»Was ist es?«

»Sieh nach.«

Sie öffnete das Paket an einer Ecke. Ein himmelblauer Wollstoff kam zum Vorschein.

»Gefällt er dir? Jan sagte mir, daß du ihn so bewundert hast. Man kann ein hübsches Kleid daraus machen. Und ein besseres, als du trägst.« Er kam näher und streichelte über ihre Oberarme.

»Ein wunderschöner Stoff. Danke.« Langsam verpackte sie den Stoff wieder, während sie darüber nachdachte, ob der Ausflug, den sie unternehmen wollten, bloß ein Hinauszögern war, ein künstliches Verlängern der Zeit, die ihnen miteinander blieb. Sie hatte Cain noch nicht davon erzählt, aber das Bild des Halbbluts verfolgte sie noch immer und weckte eine Urangst in ihr, selbst wenn die Vernunft ihr sagte, er wäre längst weitergezogen. Doch wenn sie ihre Augen schloß, war er da und starrte sie mit seelenlosen Augen an, Augen, wie die ihres Onkels, und so erinnerte er sie daran, daß man ihr jederzeit alles nehmen konnte, wofür sie bisher gelebt hatte.

»Wir haben einen langen Ritt vor uns, bis wir die Hütte erreichen.« Er nahm ihr das Paket ab.

»Wem gehört denn die Hütte?«

»Es ist nur ein Unterschlupf, den ich benutzte, als ich mit Kineson zusammen war. Wir haben uns nach den Raubzügen immer dort versteckt. Es ist eine Trapperhütte inmitten der gottverdammten Einöde. Wenn du für eine Weile verschwinden willst, Mädchen, ist das genau der richtige Ort.«

Er führte sie hinaus. Das Appaloosa-Pony wartete schon mit Satteltaschen voller Proviant. Über ihnen funkelten die Sterne am nächtlichen Himmel so weiß und strahlend, daß sie so unwirklich wie Feenstaub erschienen.

Macaulay half ihr beim Aufsteigen, dann schwang er sich hinter sie. »Sag Noble Lebwohl, Christal«, sagte er, als sich das Pferd in Richtung Osten in Bewegung setzte. »Wenn es nach mir geht, wirst du die Stadt nie wieder sehen. Im Frühling könnten wir nach Washington gehen.«

Sie sah auf die verschneite Prärie, die im Mondlicht bläulich leuchtete, und dachte an ihren Onkel. Wo mochte er jetzt sein? Ihr dicht auf der Spur oder auf der anderen Seite der Welt? Sie wußte es nicht zu sagen. Und das war ein einziger Alptraum.

»Du bist dir bei allem immer so sicher, Macaulay. Aber du kannst nicht voraussehen, was uns erwartet.«

»Das einzige, was wartet ist dies!«

Er drehte ihren Kopf zu sich und überraschte sie mit einem Kuß, einem langen, spielerischen Kuß, der sie alles um sich herum vergessen ließ und nur das

Verlangen nach ihm entfachte. Und es war ein Verlangen, das sie verabscheute, denn sie konnte es nicht kontrollieren. Wie als Beweis dafür stellte sie fest, daß ihre Hand sich an der kratzigen Wolle seines Mantels festhielt, als wollte sie um mehr bitten. Und schließlich war er es, der den Kuß beendete und das Pferd ruhig in Richtung Osten lenkte, wo sich die Berge über den nächtlichen Schatten wie gewaltige Giganten erhoben.

Gegen Morgen hatten sie die Hütte erreicht. Sie waren dem North Popo Agie River bis zu seiner Quelle gefolgt, die in einem atemberaubend schönen See zwischen Gletscher und Berg entsprang. Die Holzhütte befand sich in einem Tal, das im Frühling von zartem, grünen Gras bedeckt sein würde. Nun war es nur ein weißes Leichentuch, das zwischen Steinkathedralen ausgebreitet war.

Zuerst fragte Christal sich, wie sie in dem einen fensterlosen Zimmer ohne jeden Komfort zurechtkommen sollten, aber nachdem Cain Feuer im Kamin gemacht hatte, stellte sie fest, daß die Feuerstelle ausreichte, um die Hütte gemütlich warm zu halten. Zumindest gab es Möbel darin, wenn man die Stühle aus den Ästen, an denen noch die Rinde hing, und den klapprigen Tisch, der mit Kratzern übersät war, als solche bezeichnen konnte. Zudem gab es eine Bettstelle, die ebenfalls aus unbehandeltem Holz gezimmert und an den Ecken mit Binsen zusammengehalten war. Draußen stapelte sich Holz für die Feuerstelle, und im See gab es genug Fisch. Es würde gehen. Zumindest für eine Weile.

Sie legte den Ballen himmelblauen Stoff auf den Tisch. Sonnenlicht strömte durch die offene Tür.

Draußen sah sie, wie Cain sein Pferd abrieb. Die Sonne lugte gerade eben über den War Bonnet-Gipfel, und auf der anderen Seite des Tales war die Spitze des Pingora in ein rosiges Licht getaucht, darüber der Himmel in Farben, die kein Maler der ganzen Welt je einfangen könnte. Unter dem blauen Granit funkelte der blaue See lebendig in dem Licht, das das glitzernde Schneebett zurückwarf. Cain hatte den See Lonesome Lake – der einsame See – genannt, und sie verstand, warum. Das kleine Tal war an drei Seiten von Steinwänden umgeben, die steil in den Himmel ragten. Es war ein perfektes Versteck, noch isolierter als Falling Water. Wahrscheinlich waren im ganzen letzten Jahrtausend kaum einmal Indianer hier herumgestromert.

Cain trat in die Hütte und schirmte für kurze Zeit das Licht ab. Das Feuer knisterte und sprühte im Herd und zeichnete wilde Schatten auf ihre Gesichter.

»Können wir für immer hierbleiben?« fragte sie ruhig.

Er hievte die schweren Satteltaschen auf den Tisch, während seine Augen sich mit Wärme erfüllten.

»Von mir aus gerne.«

»Hast du Hunger?«

»Die wichtigere Frage ist: Kannst du kochen? Ich kann mich noch bestens an die Bohnen in Falling Water erinnern.«

Sie verbiß sich ein Lächeln und trat an die Satteltaschen.

Er schloß die Tür und tauchte die Hütte in nächtliche Dunkelheit. Nur noch das Feuer, das im Kamin tanzte, versorgte den Raum mit Licht.

Sie waren allein. Ganz und gar allein. Adam und Eva im verschneiten Paradies. Zum ersten Mal mußten sie sich nicht um die Außenwelt kümmern, denn es gab keine. Es gab nur das Feuer, das Dunkel, ihn.

Er berührte zuerst ihr Haar, strich über ihre langen Strähnen, als wollte er eine Gottheit verehren. Er hatte ihr keine Zeit gegeben, es aufzustecken, bevor sie losgeritten waren. Er mochte es offen und wild, wie er ihr gesagt hatte. Sie gab sich keine Mühe, mit ihm deswegen zu streiten.

Er beugte sich zu ihr, um sie zu küssen. Er schmeckte so gut. Sie wurde rot, als sie daran dachte, wie schamlos sie sich in ihrer letzten Liebesnacht verhalten hatte. Diese Macht, die er offenbar über sie besaß, verwirrte sie zutiefst.

Er drückte die Lippen auf ihr Haar. Seine Arme schlangen sich von hinten um ihre Brust und zogen sie mit dem Rücken an sich. »Du liebst mich, Christal«, flüsterte er. Es war eine Feststellung, keine Frage.

Sie drehte sich um, um ihm in die Augen zu sehen, und wußte nicht, wieviel Schmerz ihre Augen offenbarten. »Ich könnte es abstreiten.«

»Ich kenne die Wahrheit.«

Sie sah weg, denn seine Offenheit nahm ihr jeden Selbstschutz.

»Komm. Gehen wir zu Bett.«

Sie erbebte und schlang die Arme um ihren Körper. Obwohl sie alles Vorstellbare mit diesem Mann im Bett getan hatte, erfüllte das intime Zusammensein mit ihm sie immer noch mit Widerwillen. Irgend etwas war daran nicht richtig. So hart und abgeklärt Wyoming sie auch gemacht hatte, so war ihre Erziehung, die nach einer Ehe verlangte, doch noch zu tief in ihr verwurzelt.

Cain spürte ihr Zögern und flüsterte dicht an ihrem Ohr: »Ich weiß, daß wir sehr unterschiedlich sind,

Christal. Ich stelle es jedesmal fest, wenn du trotzig dein Kinn hebst, wenn du redest. Ich weiß, daß du aus gutem Hause kommst, wahrscheinlich aus einer reichen Familie, denn das Bild von dir und deiner Schwester zeugt von Wohlstand und deine Manieren ebenso. Aber aus irgendeinem Grund, den ich nicht kenne, ist all das Vermögen fort. Es ändert nichts, wenn du die Moral deiner wohlhabenden Klasse aufrecht erhältst.«

»Bist du etwa ohne Moral aufgewachsen? Kein Wunder, daß Georgia den Krieg verloren hat.« Sie wandte sich mit Zornestränen in den Augen ab. Wann würde sie aufhören, ihn mit dem Krieg zu reizen, wenn sie sich stritten? Sie haßte sich selbst dafür, aber er traf jedesmal ihren wunden Punkt. Und da sie nicht wußte, womit sie sich verteidigen sollte, griff sie auf ziemlich billige Taktiken zurück.

»Vielleicht denkst du, daß ich ein verarmter, weißer Untermensch bin, aber zumindest laufe ich nicht ständig vor etwas davon.« Er machte sich keine Mühe, die Bitterkeit in seiner Stimme zu verbergen.

Sie empfand einen Stich, als hätte er ihr ein Messer ins Herz gestoßen. Sie waren quitt.

Er liebkoste ihre Wange. Langsam zog er sie in seine Arme, langsam gab sie sich ihm hin.

»Wir sind nicht hier, um *darüber* nachzudenken«, sagte er ruhig.

»Aber es existiert. Wie sollen wir denn nicht daran denken? Nicht darüber streiten?«

Er lachte. »Meine Eltern haben sich ständig gestritten. Und wie! Ich kann mich an keinen Tag erinnern, wo sie sich nicht lautstark und wütend in den Haaren gelegen haben. Einmal hat meine Mutter meinem Vater eine Pfanne auf den Kopf gehämmert. Er ist zwei Tage nicht mehr aufgewacht!«

Sie sah ihn entsetzt an. Nicht in ihren übelsten Träumen konnte sie sich vorstellen, daß ihre Eltern miteinander so umgegangen wären.

Seine Lippen verzogen sich grimmig. »Ich kann mir denken, daß das ein wenig außerhalb deiner Erfahrung liegt. Aber du mußt auch wissen, daß sie mich und meinen Bruder immer hinausgeschickt haben, wenn sie sich beruhigt hatten. Manchmal für den ganzen Tag. Ich kann nur vermuten, was sie in den langen Stunden in ihrem Schlafzimmer machten. Ich kann sie bis heute noch lachen und scherzen hören.« Er nahm ihr Gesicht zwischen seine großen Hände. »Ich glaube, meine Mutter hatte gespürt, daß Pa tot war. Sie hat damals einfach aufgegeben.«

Der Kummer in seiner Stimme berührte sie. Sie mußte an ihre eigenen Eltern denken. Sie waren zusammen gestorben, und sie konnte sich ein wenig mit dem Gedanken trösten, daß sie es sich bestimmt so gewünscht hätten.

Er nahm sie bei der Hand, um sie zum Bett zu führen, aber sie zögerte immer noch.

»Worauf wartest du? Gefällt es dir nicht? Ich wünsche mir, daß du Gefallen daran hast.«

Sie wandte sich ab. »Du weißt, daß es mir gefällt. Viel zu sehr. Ich kann ohne dich kaum existieren.«

»Doch, du kannst. Du hast es ja bewiesen. Und du wirst es wieder beweisen.«

Ihr Blick fing den seinen ein. Er mochte vorgeben, ein einfacher Junge aus Georgia zu sein, aber der Mann, der sie nun so offen anstarrte, war durch blutigen Krieg geschult und abgehärtet worden. Er wußte, was er wollte. Und er sah keinen Sinn darin, Zeit zu vergeuden. Der Gedanke raubte ihr den Atem, verängstigte sie und erregte sie ganz unangemessen.

Sie spürte seine tröstenden Arme, und sie hatte Angst davor, sich an seinen Schutz zu gewöhnen, solange seine Liebe zu ihr an einem seidenen Faden hing, der so schnell zerreißen konnte, wenn er das *Wanted*-Plakat entdeckte.

»Die Matratze ist dreckig«, flüsterte sie, während sie seine heißen Lippen an ihrem Hals spürte.

Das war nicht gelogen. Die schmutzige Hülle war mit getrocknetem Gras gefüllt, das aus dem zerschlissenen Stoff quoll. Es gab keine Decke, keine Laken.

Unbeeindruckt warf er seinen grauen Mantel über die Matratze. Dann legte er sie langsam darauf und wickelte sie in die Wärme und Vertrautheit, die aus dem Mantel strömte. Sie liebten sich langsam und in dem Glauben, daß die Wirklichkeit draußen niemals in die Welt dringen konnte, die sie sich aufbauten. Danach lag sie sicher in seinen Armen, schloß die Augen und begann zu träumen.

Cain war ihr Geliebter. Aber er war nicht länger ein Outlaw, auch kein Sheriff. In ihrem Traum war er ein Gentleman, ihr Verehrer, der auf der Schwelle des Braunsteinhauses der Van Alens am Washington Square erschien. Er trug einen schwarzen Mantel und eine ebenso distinguierte Krawatte, keinen Hut. Ihre Mutter war nicht ganz zufrieden.

»Er ist so ungezähmt«, sagte sie und beäugte Cain in der offenen Tür, als ob er sie nicht sehen oder hören konnte. Christal stimmte ihr zu. Dennoch bat sie ihn herein, während sie dachte, daß Schwarz ihm gut stand und bestens zu seinem Charakter und seinen eisgrauen Augen paßte.

Er nahm mit ihrem Vater einen Drink in der Bibliothek, während sie und ihre Mutter im Salon Likör tranken. In ihrem Traum fand sie nichts davon befremdlich. In ihrem wirklichen Leben hattte sie niemals einen Verehrer gehabt, der brav seine Aufwartung machte – sie war zu jung gewesen. Doch trotz allem war es nicht schwer, sich vorzustellen, wie es abgelaufen wäre.

Vater mochte den Verehrer natürlich. Seine Lachen drang durch die getäfelte Eichentür und ermutigte sie. Cain war ein Mann, den andere mochten und respektierten – oder fürchteten. Es gab keine Zwischentöne.

»Werde ich Söhne bekommen, Mutter, und werden sie so stark und gutaussehend wie er?« fragte sie in der Unsinnigkeit ihres Traum, der es ihr ermöglichte, Fragen zu stellen, die sie in der Realität niemals zu fragen gewagt hätte.

»Wir haben uns immer als Ergänzung zu dir und Alana Söhne gewünscht. Ja, meine liebe, kleine Christal, du mußt Macaulay Söhne schenken.« Ihre Mutter tätschelte ihre Hand. Ihr engelhaftes Lächeln brachte sie zum Strahlen. Dann wandte sie sich wieder ihrer Handarbeit zu.

»Aber wird er mich jemals so lieben, Mutter, wie Vater dich liebt?« Sie konnte selbst die Sorge in ihrer Stimme hören.

»Natürlich, natürlich, oder wir erlauben nicht, daß er dich heiratet. Wie dumm du bist, Kind.« Wieder tätschelte Mutter ihre Hand. Dann konzentrierte sich Christal ebenfalls wieder auf ihre Näherei, eine Sache, die sie nie besonders gut gekonnt hatte. Alana war die Künstlerin mit der Nadel, nicht sie.

»Hör auf!« Plötzlich ertönte Vaters ärgerliche Stimme gedämpft durch die Wände. Ein Hauch Angst von lag darin. »Ich sagte, hör auf. Das kannst du diesem feinen Kerl nicht antun. Er wird meine Tochter heiraten!«

Ihre Mutter sprang von ihrem Kissen am Feuer und öffnete lautlos die eichenen Flügeltüren. Ein Schrei entrang sich ihrer Kehle, ein Schrei, der Christal eisige Schauer über den Rücken jagte.

Langsam, als hätte die Angst sie alt und gebrechlich gemacht, schob sie ihren Stickrahmen beiseite und erhob sich. Widerwillig, als ob sie wüßte, was sie erwartete, trat sie auf die offene Bibliothek zu.

Didier war gekommen.

Der Raum war in Dunkelheit gehüllt, nur das Licht vom Kamin beleuchtete ihren Onkel. Er trug einen blauen Rock und eine seidene Paisleyweste, die elegant seinen Bauchansatz verbarg. So wie er dastand, konnte Christal gut nachvollziehen, warum ihre Tante sich von ihm angezogen gefühlt hatte. Baldwin Didier war ein gutaussehender Mann mit seinem stattlichen, gepflegten Van-Dyke-Bart, der durch seine kalten, durchdringenden Augen, die Cains ähnelten, wirkte. Doch in seinem Blick lag keine Seele, die nach Rettung schrie, kein kleiner Junge, der Wärme und Geborgenheit suchte, wie sie es selten, aber dennoch bei Cain entdeckt hatte. Wer tief in Didiers Augen sah, fand nur einen eisigen Sumpf, aus dem es keine Wiederkehr gab.

Sie wirbelte herum und suchte in den Schatten nach ihrem Vater, doch er war fort. Vater und Mutter waren in der Dunkelheit verschwunden.

Dann teilten sich die Schatten. Und sie konnte sehen, was ihre Mutter so erschreckt hatte. Macaulay war gefesselt und trug eine Augenbinde, um seinen Hals lag eine Schlinge. Didier stand dort und war bereit, den Stuhl unter Cains Füßen wegzutreten.

»Du bist ein böses Mädchen gewesen, Christal ... Was hältst du von deiner Strafe?« fragte Didier, und seine eisblauen Augen ließen sie erzittern.

»Was ... was habe ich denn getan?« preßte sie heraus, ohne den Blick von Cain wenden zu können, der reglos auf dem Stuhl stand.

»Wenn du ein bessere Tochter gewesen wärst, dann hätte ich vielleicht deine Eltern nicht umgebracht. Wenn du früher in ihr Schlafzimmer gekommen wärst, dann hättest du mich vielleicht davon abhalten können. Was hast du zu deiner Entlastung zu sagen, Mädchen?«

»Woher sollte ich denn wissen, daß du sie umbringen willst? Ich bin aufgewacht, habe ein Geräusch gehört und bin hingelaufen. Ich wünschte, ich hätte sie retten können. Ich habe sie doch geliebt!« Ihre Stimme war rauh vor Sehnsucht und Verzweiflung. »Ich flehe dich an, nimm mir jetzt nicht auch noch Macaulay. Ich flehe dich an. Er ist alles, was ich noch habe.«

»Was kümmert es mich?« Didier stellte seinen glänzend polierten Schuh auf die oberste Strebe des Stuhls und tat, als wollte er ihn fortschieben. »Du bist ein schlechtes Mädchen, Christabel van Alen. Du hättest deine Eltern retten können, aber du hast es nicht getan. Du bist zu spät gekommen. Du verdienst diesen Mann nicht. Deswegen nehme ich ihn dir fort.«

»Nein! Ich flehe dich an! Ich *flehe* dich an!«

Sie schrie auf. Das Dunkel um sie herum kam näher und näher.

Didier trat gegen den Stuhl.

»Christal ... Christal ...« Die Stimme drang durch ihren Schrei. Es war ein rauhes, tiefes Murmeln, das ihre Tränen fließen ließ.

»Nimm mir nicht auch noch ihn! Ich flehe dich an!«

»Es war nur ein Alptraum! Hab keine Angst!«

Sie kämpfte mit dem Mantel, in den sie gewickelt war, wand sich und riß plötzlich die Augen auf. Sie setzte sich in dem rohgezimmerten Bett in der dunklen Hütte auf und klammerte sich an Macaulay, als wäre er immer noch der Outlaw, der gleich in Ketten von ihr genommen werden sollte.

»Laß nicht zu, daß er dich mir wegnimmt! Es tut mir so leid! O Gott, ich wünschte, ich wäre rechtzeitig gekommen!« Sie holte keuchend Atem. Tränen strömten über ihre Wangen.

»Du hast einen Alptraum gehabt. Das ist alles, Mädchen. Niemand wird dir etwas tun. Das schwöre ich dir!« Macaulay strich ihr die Strähnen aus der schweißbedeckten Stirn. »Siehst du? Du bist hier bei mir. Du bist sicher. Niemand wird mich dir wegnehmen.«

»Schlaf mit mir«, flüsterte sie an seiner Brust.

»Du hast dich erschreckt.«

»Schlaf mit mir«, wiederholte sie, während sie ihn festhielt, als könnte sie nicht recht glauben, daß er wirklich bei ihr war, so warm, so lebendig.

»Sag mir, was du geträumt hast –«

Er konnte den Satz nicht zu Ende bringen. Sie kniete sich vor ihn und küßte ihn, forderte ihn so auf, das zu tun, was sie von ihm begehrte. War sie vorher die widerstrebende Jungfrau gewesen, so wurde sie jetzt zur lüsternden Nymphe. Sie wollte vergessen. Sie würde alles tun, um zu vergessen.

Er stöhnte und versteifte sich unter ihren Händen, als hätte er Angst, die Situation auszunutzen. Doch der Kavalier in ihm war auch nur ein Mensch. Mit jedem weichen, sehnsuchtsvollem Kuß auf seinem

Mund schien er dahinzuschmelzen. Bis der Gentleman schließlich verschwunden war und an seiner Stelle der Outlaw trat, den sie so gut kannte, der, der sich seine fleischlichen Genüsse holte, ohne zu fragen.

Mit einem befriedigtem Stöhnen registrierte sie, daß er ihre Küsse endlich erwiderte, spürte seinen eisenharten Arm, der in erwachender Leidenschaft zupackte, seine rauhen Lippen, die sie zu verschlingen schienen, und seine Zunge, die gegen ihre Zähne stieß, bis sie ihn einließ und vor Lust erbebte.

»Mehr«, verlangte sie, nachdem er sich von ihr gelöst hatte.

»Sag mir, was dir solche Angst eingejagt hat!«

Ihre Hände zitternden, als sie nach ihm griff. Sie brauchte das Gefühl seines Körpers über ihr, seine Härte, die Leben in sie hineinpumpte. »Danach.«

Er fing ihre Hände ein und hielt sie fest, sein Blick jedoch glitt zu ihren Brüsten. »Sag es mir jetzt, Christal. Ich muß wissen, wovor du solche Angst hast.«

»Danach.« Sie versuchte, ihre Handgelenke freizubekommen, mußte schließlich aber aufgeben. Sie sah ihm in die Augen. Er wollte eine Antwort hören. Langsam gab sie nach. »Versprich mir, daß kein anderer Moment, kein anderer Ort je zählen wird. Nur Hier und Jetzt.«

Sein Gesicht wurde ernst und sorgenvoll. »Wenn es das ist, was du brauchst ... Nur sag's mir, Christal. Vertrau mir doch dieses eine Mal.«

»Das werde ich«, schluchzte sie. »Aber jetzt nimm mich und laß mich vergessen. Nur eine Weile lang.«

Er nickte, küßte sie tief und lange, ließ seine Lippen über ihr Gesicht, zu ihrem Hals und ihren Brüsten wandern, als könnte seine Leidenschaft ihr etwas von der Angst nehmen.

»Nimm mich«, flüsterte sie. Sie wollte nichts anderes als seinen Herzschlag an ihrem spüren, wollte die kalte Luft auf ihrem nackten Körper fühlen, die ihren Puls beschleunigte und seine Haut, die ihn noch schneller rasen lassen würde.

Er sprach die Worte wie einen Schwur: »Von jetzt an gibt es keinen anderen Mann außer mir, keinen Ort außer diesem und keine Vergangenheit außer der, die wir beide uns schaffen.«

Er hob sich auf die Arme. Sie öffnete die Schenkel und wartete verzweifelt, daß er erfüllte, etwas von der Leere nahm, die sie jedesmal empfand, wenn sie an einen Leben ohne ihn dachte.

»Ich liebe dich, Macaulay. Was immer geschieht, ich liebe dich. Ich liebe dich«, flüsterte sie, als er in sie stieß, als seine Lippen auf ihrem Hals brannten, als seine hungrige Seele ihre eigene verzehrte.

Das Halbblut folgte der Fährte des Appaloosas im Schnee. Sein eigenes Pony war zwar weder so geschickt noch so schnell, aber er kam dennoch zügig voran. Er war schon halb im Tal unten, der Dog Teeth Peak und die Meadows lagen hinter ihm. Vor ihm ragte der Cirque of the Towers auf, und die untergehende Sonne blendete ihn, als er sich nach Westen wandte.

Er hatte sie gefunden. Das Mädchen, mit dem er am Abend zuvor getanzt hatte, war dasselbe, das der Mann in St. Louis tot sehen wollte.

Tot. Er dachte mit blitzenden Augen darüber nach. Er hatte noch nie zuvor solch ein hübsches Mädchen umgebracht. Da war diese Frau in Laramie gewesen. Auch sie war hübsch gewesen, aber nicht annähernd so wie diese. Das blonde Haar war ausschlaggebend.

Vielleicht lag es an seiner eigenen dunklen Haut, daß er unbedingt sehen wollte, wie dieses helle Haar um seine Hand gewickelt aussah. Er hätte es gestern schon berührt, aber er wußte, sie hätte es nicht zugelassen.

Er lächelte vor sich hin. Eine Frau zu töten, verlieh ihm eine Macht, die durch seine Adern brauste wie der Wind durchs hohe Gras der Prärie. Schon als Kind hatte er davon geträumt, Frauen zu töten.

Er zügelte sein Pony und ließ es im flachen Wasser am Ufer des Popo Agie Rivers trinken. Er würde auch den Mann töten müssen. Es war ein Glücksfall gewesen, ihn zu finden. Er hatte in Camp Brown nach dem Mädchen gefragt, aber niemand schien sie wirklich zu kennen. Wohl aber erinnerte man sich an einen Mann, der vor ein paar Monaten wegen eines Mädchens, auf das die Beschreibung paßte, in dumpfe Grübelei verfallen war. Der Mann hieß Macaulay Cain, und man sagte ihm, er sei nun eine Art Sheriff in der Nähe von South Pass. Er hatte weniger als einen Tag gebraucht, um diesen Cain in Noble aufzuspüren. Und weniger als eine Stunde, das Mädchen selbst zu finden, das arglos in einem drittklassigen Saloon ihre Tänze verkaufte.

Er erreichte die Hütte gegen Einbruch der Nacht. Vor dem Häuschen war ein Pferd angebunden – ein Appaloosa. Das Halbblut spürte, wie ihm das Blut in den Kopf schoß. Es war wie eine Droge. Der Reiz war intensiv und süß.

Er stieg ab und kauerte sich unter einen Granitvorsprung. Die Tür der Hütte war durch den Feuerschein im Inneren umrissen. Er wünschte, er hätte jetzt schon dort eindringen können, aber er wußte, daß die Tür von innen verriegelt sein würde. Es war die Hütte eines weißen Mannes, und weiße Männer schliefen nicht, ohne ihre Tür verriegelt zu haben. Nicht, wenn sie an ihren Skalps hingen.

Aber es kümmerte ihn nicht. Er konnte warten. Schließlich würde sich die Tür öffnen, und die Nacht würde nicht allzu kalt werden. Der Schnee wurde bereits zu weich, um sich darin einzugraben und Schutz zu finden.

Er band ein zusammengerolltes Bärenfell auf und schlang es sich um den Oberkörper, während seine Augen die Umrisse der Tür in der Dunkelheit suchten. Ein von Feuer umrahmtes Viereck. Das Tor zur Hölle.

Er wartete.

»Ist dir warm?«

»Hmmm.« Christal kuschelte sich tiefer in Macaulays Armbeuge. Das Feuer knisterte und zischte, und kleine, blaue Flammen leckten am Kamin.

»Erzähl mir von deinem Traum.«

Christal versteifte sich. Es war so herrlich, mit ihrem Geliebten am warmen Feuer zu liegen, während der vom Liebesspiel erschöpfte Körper entspannte und die Gedanken ruhig und bedeutungslos ohne Ziel dahinströmten. Nur widerwillig wollte sie diesen Augenblick aufgeben.

»Ich habe von meinen Eltern geträumt. Ein Verehrer kam, um meinen Eltern seine Aufwartung zu machen.«

»Wer war denn dieser Verehrer?«

»Du«, antwortete sie und sah ihn direkt an.

Sein Mund verzog sich zu einem bitteren Lächeln. »Und weil ich deinen Eltern einen Besuch abstatten wollte, bist du schreiend aufgewacht? Ich kann ja verstehend, daß Väter so etwas tun, aber die Töchter?«

Sie hätte fast aufgelacht. »Nein, das war nicht der Grund. Sie waren sogar mit dir einverstanden.« Sie rollte sich auf seine Brust. »Ich war sehr glücklich.«

Er berührte ihr Haar und wickelte es sich sanft um die Hand. Es fühlte sich an wie ein sinnliches, goldenes Band. »Und was hat dir dann soviel Angst gemacht?«

Ihre Augen verfinsterten sich. Ihr Blick senkte sich zu der Narbe um seinen Hals. Sie berührte sie mit einem Finger und war überrascht, daß er zusammenzuckte. »Du hast mir erzählt, daß du durch einen Irrtum gehenkt worden bist. Du hättest sterben können. Es ist ein Wunder, daß du überlebt hast.«

»Ich nehme an, ich hatte an dem Tag meinen Schutzengel auf der Schulter.«

Sie legte ihren Kopf auf seine nackte Brust und ließ sich von seinem gleichmäßigen Herzschlag beruhigen. »Wenn man dich hingerichtet hätte, dann wären wir nie zusammengekommen.« Sie hielt inne und schluckte die Gefühle hinunter, die ihr die Tränen in die Augen trieben. »Ich habe geträumt, daß man dich hängen wollte.«

»Wolltest du mich retten? Hast du deswegen geweint? Bist du zu spät gekommen?«

»Ja«, flüsterte sie niedergeschlagen. »Wieder einmal zu spät.«

Er hielt sie fest, während seine starke Hand ihr langes Haar hinabstrich, bis er ihren nackten Po drückte. »Christal, warum kannst du mich nicht deinen Eltern vorstellen?«

Sie schloß die Augen, um sich nicht an Einzelheiten erinnern zu müssen. Sie waren so weit von allen Dingen fort, die sie stören und ihr Glück vernichten konnten. »Sie sind tot. Sie sind in einem Feuer umgekommen. Vielleicht hätte ich sie retten können, aber ich war nicht rechtzeitig bei ihnen.«

Er schwieg lange Zeit, und seine Hand glitt immmer wieder über ihr Haar. Schließlich, als ob er die Spannung abmildern wollte, flüsterte er: »Ich liebe dein Haar, Christal. Es duftet nach Rosen.«

»Am Washington Square stand immer eine alte Frau, die Rosen verkaufte. Mein Vater kaufte jeden Tag eine für meine Mutter. Bis er starb.« Sie atmete heftig aus. Es war so schwer, sich an die glücklichen Zeiten zu erinnern, wenn stets der Alptraum alles überlagerte.

»Es ist ein Schuldgefühl, das dich so belastet, nicht wahr?«

Eine Träne kullerte über die Wange, dann noch eine und noch eine.

»Erzähl mir alles.«

»Es ... es ist so schrecklich«, weinte sie.

»Ich will es wissen.«

»Aber ich habe Angst.«

»Das brauchst du nicht. Wir beide, du und ich, in dieser Hütte – das wird alles ändern.«

»Ändere alles, Macaulay.« Sie hob ihr tränenüberströmtes Gesicht, und er küßte sie. Für diesen Moment stellte er keine Fragen mehr, und sie gab ihm keine weiteren freiwilligen Erklärungen. Sie lagen einfach am Feuer, seine Hand streichelte ihre Haare, bis sie schließlich im Schutz seiner starken Arme in einen tiefen, traumlosen Schlaf fiel.

Kapitel 23

»Wohin gehst du?« flüsterte Christal, als Cain sich nackt aus dem Bett erhob und seine Jeans überstreifte. Es mußte mitten in der Nacht sein. Der Tag war gekommen und gegangen, ohne daß sie es in der Dunkelheit der Hütte zur Kenntnis genommen hatten.

»Irgendwas macht das Pferd nervös.« Er sprach, als wären seine Gedanken woanders, und von ihm unbemerkt schlich sich ein leichter Akzent in seine Stimme.

»Könnten es Wölfe sein?«

»Nein ...« Draußen hörte man das Appaloosa schnauben. Cain starrte an die verriegelte Tür und runzelte besorgt die Stirn. »Vielleicht ein Bär. Vielleicht hat es nach einem langen Schlaf auch nur Hunger.«

»Geh nicht.« Sie streckte ihre Hand aus. »Ich habe einmal einen Grizzly gesehen, der seine Beute riß. Das Ungeheuer hatte das Tier erlegt, bevor du noch mit den Augen zwinkern konntest.«

Cain band sich mit präzisen, aber deutlich nervösen Handgriffen seinen Revolvergürtel um. »Verriegle die Tür, wenn ich draußen bin. Wenn es ein Bär ist, wird er unseren Proviant wittern und hier drin sein, bevor ich es verhindern kann.« Er warf einen Blick auf den Tisch, wo die Satteltaschen immer noch unberührt lagen.

Christal streifte sich ihr Hemd über. »Willst du ihn töten?« flüsterte sie, während er in sein Flanellhemd schlüpfte und seine Fransenjacke drüberzog.

»Vielleicht. Erst mal sehen, was es ist.«

»Sei vorsichtig. Bitte.« Das letzte Wort kam flehentlich, wie ein Gebet.

Er nahm sein altes Sharps-Gewehr auf und entriegelte die Tür. Eingewickelt in seinen schweren Mantel rannte sie zur Schwelle und war überrascht, draußen schon wieder die Dämmerung aufziehen zu sehen. Das ganze Tal war in graues Licht getaucht.

Das Appaloosa stand in der Nähe des Sees. Selbst aus der Entfernung und in dem dämmrigen Licht konnte Christal sehen, daß seine Ohren aufgestellt und der Schweif erregt und alarmiert erhoben war. Es witterte etwas in der Luft. Etwas Gefährliches.

Cain wandte sich zu ihr um, seine Augen sandten eine Warnung aus. Sie schloß die Tür so weit sie konnte, um noch etwas sehen zu können. Wenn es ein Bär war, würde sie die Tür schließen, bevor er nah genug herankommen konnte. Bis dahin würde Cain ihren Blick ertragen müssen. Sie würde ihn nicht verschwinden lassen, ohne zu wissen, was vor sich ging.

Sie sah zu, wie er langsam und vorsichtig auf das Ufer des Sees zuging. Das Pferd schien erleichtert bei seinem Anblick – es machte ihm keinerlei Schwierigkeiten, als er seine Mähne packte und es zur Hütte zurückführte.

Doch plötzlich geschah etwas. Äste bewegten sich und zerbarsten. Christal hielt den Atem an und konnte nur mit größter Mühe einen Schrei unterdrükken. Cain bewegte sich nicht. Das Pferd tanzte entsetzt um ihn herum. Irgend etwas im Gebüsch zu ihrer Linken jagte ihm höllische Angst ein.

Gegen alle Vernunft rannte Christal aus der Hütte, um Cain näher zu sein. Sie war nur noch ein paar Meter entfernt, als sie wie angewurzelt stehen blieb. Die Angst drang eiskalt in ihr Herz, so daß sie den Schnee unter ihren nackten Füßen kaum noch spürte.

Es war ein Grizzly. Das Tier erschien oberhalb des Ufers und brach aus dem Unterholz mit der Allgewalt eines Erdbebens. Er war mager – sein goldbraunes Fell hing ihm in Falten an seinem schweren Körper herunter und seine Krallen waren unglaublich lang, was darauf hinwies, daß er lange keine Beute mehr gerissen hatte. Wahrscheinlich hatte er nichts mehr erlegt, seitdem der Schnee das Land überzogen und in eine leblose Wüste verwandelt hatte.

Das Appaloosa stieß ein schrilles Wiehern aus, und Cain warf seine Arme um den Kopf des Pferdes, um ihn an seine Brust zu drücken. Wenn es nichts sehen konnte, würde es weitaus weniger verschreckt reagieren.

»Cain. Cain.« Sie flüsterte die Worte und war erstaunt, daß er sie hörte.

»Ich habe dir gesagt, du sollst in dieser verdammten Hütte bleiben.« Seine Stimme klang ruhig, ohne jegliche Angst.

Der Grizzly war am Ufer stehengeblieben und starrte nun Cain direkt an.

»Soll ich ihn ablenken?« fragte sie mit leiser, bebender Stimme.

»Nein, verdammt.« Das Pferd warf den Kopf hoch. Es kostete Cain viel Kraft, ihn wieder niederzuzwingen.

»Soll ich –« Die Worte blieben ihr im Hals stecken.

Der Bär hob sich auf seine Hinterbeine und war nun mehr als acht Fuß hoch. So auf zwei Beinen wirkte er beunruhigend menschlich. Währenddessen kämpfte Cain mit seinem Pferd, wobei er es vermied, dem Blick des Bären zu begegnen.

»Geh wieder in die Hütte, Christal.« Er sprach den Satz fast zärtlich aus. »Sieh ihm nicht in die Augen und mach keine lauten Geräusche. Das macht ihn nur wütend.«

Christal überlegte, ob Macaulay verrückt geworden war. »Erschieß ihn!« wisperte sie rauh.

»Verschwinde, Mädchen, geh in die Hütte zurück. *Mach schon!*« Er zwang das Pferd nieder und sah sie an.

Sie warf dem gewaltigen Bären eine Blick zu und unterdrückte wieder einen Schrei. »Er wird dich angreifen. Ich kann dich doch nicht alleinlassen ...«

»Er wittert mich nur, das ist alles. Wenn er angreifen wollte, würdest du es merken. Er würde knurren wie ein wütender Hund. Jetzt will er nur herausbekommen, was wir sind, also geh in die gottverdammte Hütte zurück. Es muß sein!«

Sie zog sich langsam zurück, und ihre nackten Füße rutschten auf dem Schnee und Eis aus. Plötzlich sah sie, daß der Bär tatsächlich versuchte, Cains Witterung auszumachen. Seine riesige Nase bewegte sich in der Luft, seine Vorderbeine baumelten nutzlos im Freien herum. Das Pferd stieß ein ängstliches Wimmern aus, das Cain an seiner Brust zu dämpfen versuchte.

Sie stand auf der Schwelle, als der Bär sich schließlich auf alle Viere niederließ. Seine Augen waren zu klein, als daß man etwas daraus lesen konnte, aber sein Gesicht schien in heftigem Abscheu verzogen, als hätte er einen höllischen, ekelhaften Gestank ausgemacht.

Dann wandte sich der Bär plötzlich um. Er verschwand in die andere Richtung des Ufers. Macaulay und Christal standen reglos und schweigend da, während sie beobachteten, wie das Tier sich an den Aufstieg zum Warrior Peak machte.

Christal lehnte sich schwach vor Erleichterung an den Türrahmen. Cain blieb reglos am See stehen, bis der Bär sich weit genug entfernt hatte, um das Pferd nicht mehr aufregen zu können. Sie hätte fast laut aufgelacht, als sie wieder das schwache Wiehern des immer noch nervösen Pferdes hörte.

Dann stürzte der Himmel auf ihren Kopf. Zumindest dachte sie, es wäre der Himmel. Etwas Schweres fiel vom Dach der Hütte und riß sie herum. Als nächstes fand sie sich nach Luft schnappend auf dem Boden wieder und starrte auf die große Gestalt des Halbbluts.

Mit gezogener Waffe stieß er sie in die Hütte und verriegelte die Tür. Sie krabbelte hastig in eine Ecke, wobei ihr Cains Mantel von den Schultern rutschte und in der Mitte des Raumes liegenblieb.

»Was ... was wollen Sie hier?« keuchte sie voller Angst und Entsetzen, das sich mit jedem Atemzug steigerte. »Was wollen Sie?«

»Noch einen Tanz.«

Er lachte, und das Geräusch ließ ihr das Blut in den Adern gefrieren.

Sein Schatten fiel über sie. Sie kauerte sich zusammen. Sie wußte, was er sagen würde, bevor er es ausgesprochen hatte.

»Ein Mann in St. Louis hat mich auf die Suche nach dir geschickt! Er hat mich in Gold bezahlt!« Er kniete sich vor sie und berührte ihr Haar, als hätte er sehr lange auf diesen Augenblick gewartet.

»Mein Onkel.« Die zwei Worte waren ein kaum hörbares Wimmern. Nackte Angst drückte ihr die Kehle zu.

»Ich weiß nicht, wer er ist, aber er hat mich bezahlt, damit ich dich töte. Also töte ich dich.«

»*Sie* werden umgebracht werden«, stieß sie hervor, wobei sie nicht wußte, woher sie den Mut nahm. Sie konnte doch nicht zulassen, daß dieser Mann sie tötete und all das Glück zerstörte, daß sie vielleicht mit Cain finden konnte. »Der Mann da draußen wird Sie umbringen, wenn Sie mir etwas tun. Ich weiß, daß er es kann. Er wird Sie nicht leben lassen.«

»Er hat nicht mal den Bären erschossen.«

Sein Gesichtsausdruck, oder besser, der Mangel an Ausdruck in seinem Gesicht, ließ sie erstarren. Er war nicht menschlicher als der Bär. Sie wußte nun, daß dieser Mann an nichts anderes dachte als an sein Ziel, wie absurd und pervers dieses auch sein mochte.

»Der ... der Bär ist ja von allein fortgegangen«, stammelte sie. »Wenn Sie jetzt gehen und mir nichts tun, dann wird Cain Sie verschonen.« Sie starrte ihn an in der Hoffnung, Mitgefühl in seinen Augen zu finden.

»Ich habe die ganze Nacht darauf gewartet, daß sich die Tür öffnet. Als ich den Bär entdeckte, war ich zufrieden. Ich habe keine Angst vor dem Bär. Und auch nicht vor *ihm*.« Er machte eine Kopfbewegung zur Tür hin.

In ihrer Ecke zusammengekauert sah sie ihn an. Sie hatte vergessen, wie groß er war. Und wie muskulös. Er war in jeder Hinsicht wie der Grizzly, doch da war eine Bösartigkeit in seinen Augen, die kein Tier besaß.

»Der Bär ist umgekehrt. Sie müssen auch gehen. Retten Sie sich selbst«, flüsterte sie, während ihr Herz wild in ihrer Brust hämmerte.

»Christal! Mach die Tür auf! Wieso hast du die Tür verriegelt?« rief Cain in diesem Augenblick zornig von draußen.

»Hilfe –« Sofort preßte sich die schmierige Hand des Halbbluts auf ihren Mund und erstickte ihren Ruf. Schweigend starrte er auf sie herab, wobei sein Blick seltsamerweise immer wieder zu ihrem Haar glitt.

»Verdammt noch mal, mach die Tür auf, Christal!«

Sie konnte Cains Wut heraushören. Aber auch einen Unterton, der ihr sagte, daß er sich Sorgen machte.

»Sag kein Wort.« Das Halbblut legte einen Finger an die Lippen.

Sie beobachtete das Halbblut, das wie in Trance auf ihr Haar starrte. Es war alles aus. Ihr Onkel hatte sie gefunden und gewonnen. Das Halbblut würde sie umbringen, und sobald Cain durch diese Tür kam, würde auch er sterben.

»Tun Sie das nicht«, flüsterte sie flehentlich.

Das Halbblut lächelte. Er hatte gelbe, schiefe Zähne. »Was habe ich denn für eine Wahl? Glaubst du denn, er läßt zu, daß ich dich mitnehme?«

Hilflos dachte sie an all die Male, die Cain sie beschützt hatte. Selbst als er sich für einen Outlaw ausgegeben hatte, war er immer zu ihrem Schutz da gewesen. Für alles, was er für sie getan hatte, schuldete sie ihm ein Leben. Wenn ihr Ende nun gekommen war, dann sollte es so sein, aber sie würde wenigstens für seins kämpfen.

Mit einem Ruck sprang sie auf die Füße und griff nach seiner Waffe. Wie eine Wildkatze stürzte sie sich auf ihn. Das Halbblut sah sie verdutzt und erschreckt an und ließ die Waffe los. Christal zielte damit auf ihn, doch er war schneller und schlug zu. Christal wurde gegen die Wand geschleudert, und das Halbblut riß das Gewehr wieder an sich. Dann blickte er ruhig auf sie hinab, wie sie keuchend und besiegt in der Ecke lag.

Da bemerkte sie, daß Cains Rufe verklungen waren. Es war still. Unheimlich still.

Das Halbblut packte sie am Handgelenk und zog sie auf die Füße. Er fuhr mit seinen schmutzigen Finger durch ihr Haar. Sein ranziger Geruch brannte in ihrer Nase. Ihr Blick suchte nach einer Waffe, die sie packen konnte, aber sie fand nichts.

»Ich werde dein Haar mitnehmen.«

Die Vorstellung jagte ihr einen eisigen Schrecken durch den Körper. »Ein Büschel Haare ist kein befriedigender Weggefährte.« Sie versuchte, die Panik in ihrer Stimme zu unterdrücken. »Wollen Sie ... wollen Sie nicht lieber ... die ganze Frau mitnehmen? Ich ... ich kann sogar für Sie kochen ...« Verzweifelt suchte sie nach etwas, das ihn reizen konnte. »Ich ... ich kann Sie sogar nachts wärmen. Wissen Sie ... ich bin schon mit Outlaws zusammengewesen. Ich ... ich könnte auch mit Ihnen gehen.«

Er blickte auf sie hinab. Sie war nicht ganz sicher, aber sie glaubte, endlich das Aufflackern von menschlichen Gefühlen in seinen schrecklichen, dunklen Augen zu sehen.

»Du lügst mich an. Du wirst ganz bestimmt nicht bei mir bleiben, um mir Wärme zu geben. Du willst bei der ersten Gelegenheit fliehen. Und dann habe ich nichts mehr.«

Christal war verwirrt. Diese Reaktion hatte sie nicht erwartet. »Nein, nein ... ich werde bleiben. Ich wäre es Ihnen für das Leben meines Geliebten schuldig.«

»Wenn wir die Hütte verlassen, wird dein Geliebter versuchen, mich umzubringen. Und dann werde ich ihn erschießen. Ich werde sein Leben nicht verschonen.«

Schwach vor Entsetzen schloß sie die Augen. »Machen Sie die Tür auf. Lassen Sie mich mit ihm reden. Ich werde ihm sagen, ich will mit Ihnen gehen. Daß ich Sie im Saloon kennengelernt habe.«

Er starrte sie eine Weile an, dann setzte er ihr den Lauf an den Kopf. »Mach dir Tür auf.«

Sie schob den Riegel zur Seite, wobei ihr Herz zu zerspringen schien.

Das Halbblut führte sie hinaus, ohne die entsicherte Pistole von ihrer Schläfe zu nehmen.

»Ich nehme sie mit mir!« rief das Halbblut in die Wildnis hinein.

Dann zog er sie langsam einmal im Kreis herum. Cain war nirgendwo zu sehen. Die Stille um sie herum war bedrohlich.

Er drückte ihr die Pistole fester an den Kopf. »Ruf ihn!«

»Cain!« schrie sie. Das Halbblut bohrte ihr die Waffe in den Kopf. Der Schmerz ließ ihr die Tränen in die Augen schießen.

»Laß sie los!«

Die Stimme kam von einem Felsvorsprung hoch über ihnen. Sie sah auf und sah Cain, der mit einem Gewehr auf das Halbblut zielte.

»Sag's ihm«, drängte das Halbblut.

»Ich gehe mit ihm, Cain.« Tränen strömten über ihre Wangen, und diesmal rührten sie nicht von der schmerzenden Stelle an ihrer Schläfe her. »Ich muß. Er ist gekommen, um mich zu holen.«

»Laß sie los, oder ich erschieße dich«, knurrte Cain das Halbblut an.

Der Mann lachte. Er zog Christal fester zu sich,

rammte ihr den Unterarm unters Kinn und nahm sie in den Schwitzkasten. »Du schießt auf mich, und sie ist tot.«

»Ich ziele sehr gut. Laß sie los!«

Er bohrte ihr erneut den Lauf tief in die Haut. Christal zuckte heftig zusammen.

Dann zerriß ein Schuß die kalte Luft.

Der Arm des Halbbluts fiel herunter wie der einer Puppe. Sie wirbelte herum und sah gerade noch, wie er in den Schnee sank. Kein Blut war zu sehen. Nur ein kleines, schwarzes Loch in der Stirn, wo die Kugel eingedrungen war.

Cain sprang von dem Felsen.

Immer noch gelähmt von dem Schrecken, immer noch nicht ın der Lage zu akzeptieren, was geschehen war, beobachtete sie schweigend, wie Macaulay sich zu der Leiche herunterbeugte.

»Er ist ein Indianer, nicht wahr?« fragte sie.

Cains Miene wurde grimmig. »Seine Mokassins sind von Cherokee-Art, aber er ist kein Cherokee.«

»Woher weißt du das?«

»Weil ich diesen Mann kenne. Er ist ein Kopfgeldjäger. Jeder Sheriff im ganzen Gebiet kennt ihn.«

Sie erstarrte. Nun würde die Wahrheit ans Licht kommen. Und unter den schlimmsten aller Umstände.

Am liebsten hätte sie ihn aufgehalten. Aber sie beobachtete nur schweigend, wie Cain ein Stück Papier aus der Jacke des Toten zog. Auf dem Papier war ein Tropfen Blut zu sehen, alt, getrocknet, schwarz. Das Blut eines anderen.

»Sieh es dir nicht an.« Sie konnte die Angst in ihrer Stimme nicht verbergen. Verzweifelt versuchte sie, einen Weg zu finden, wie sie es ihm erklären konnte.

»Du weißt, was darauf steht?«

Sie nickte und mied seinen Blick.

Er warf einen Blick auf die Leiche. »Dann ist er also wegen dir hier.« Es war eine Feststellung, keine Frage.

»Mein ... mein Onkel hat ihn geschickt. Er hat es mir gesagt.« Verzweifelt wandte sie sich ab. Nun war es vorbei.

Langsam faltete Cain das Papier auseinander. Er las es, und sein Gesicht wurde zu einer bleichen, harten Maske, als würde sich in seinem Inneren ein Kampf abspielen.

Es gab nicht mehr viel, das sie ihm sagen konnte. Er wußte nun alles, bis auf den Teil über Didier. Nun würde sie ihn überzeugen müssen, würde ihm nur mit ihrem Charakter und dem Appell an seine Liebe ihre Unschuld beweisen müssen, und sie wußte nicht, ob sie das schaffen konnte.

»Ist das wahr?« Er sprach mit rauher, halb erstickter Stimme, während er das Plakat mit seiner Hand glattstrich.

Sie sah es an, betrachtete die Zeichnung ihres Gesichts und die der Narbe darunter und dachte an die Verbrechen, derer man sie in dem Text darunter anklagte.

»Ist das wahr? Stimmt es, daß du drei Jahre lang in einer Anstalt warst?«

Sie konnte ihn nicht ansehen. Ihre Antwort war ein Krächzen. »Ja.«

»Eine Anstalt für gefährliche Geisteskranke?«

»Ja.«

Das Schweigen war tödlich. Ein Alptraum. Betäubender als der wildeste Lärm.

»Hat man dich dort ... gut behandelt?«

»Meine Familienbeziehungen war sehr gut. Ich bin so gut behandelt worden, wie man verlangen konnte.« Nun brach sie schließlich zusammen. »Ich hab's nicht getan, Cain! Ich war's nicht! Mein Onkel ... mein Onkel hat mich für seine Tat beschuldigt. Man hat mich zu Unrecht verurteilt –«

Sie fand endlich den Mut, ihn anzusehen. Er fixierte den Zettel schweigend, als könnte dieser ihm besser als sie erklären, was wirklich geschehen war.

»Bitte, glaub mir. Du mußt mir glauben.«

Er starrte das Plakat an, als gelänge es ihm nicht, den Blick davon abzuwenden. »Das erklärt vieles ... dein seltsames Benehmen in Falling Water ... deine Angst vor dem Gesetz, deinen Traum ... dein Schuldgefühl ...«

»Ich hab's nicht getan. O Gott, du mußt doch begreifen, wie sehr ich meine Eltern geliebt habe. Es war mein Onkel! Bitte. Bitte glaub' mir doch!« Ein Schluchzer entrang sich ihrer Kehle.

Er schwieg eine lange Zeit. Dann sagte er: »Schon gut, Christal. Wenn du mir sagst, du hast es nicht getan, dann glaube ich dir.« Seine Stimme wurde leise und heiser. »Ich liebe dich. Ich muß dir glauben. Ich *werde* dir glauben.«

»Aber du kannst mich nicht einmal ansehen.«

»Gib mir nur einen Beweis deiner Unschuld. Das ist alles, was ich brauche.«

»Ich bin unschuldig. Warum sonst sollte mein Onkel jemanden schicken, um mich umzubringen?«

»Er war ein Kopfgeldjäger. Es kann gut sein, daß er dich einfach holen wollte, um die Belohnung zu kassieren, die hier auf dem Plakat angegeben ist.« Er schien sich zu zwingen, seinen Blick zu ihr zu erheben, doch seinen Augen blieben verschleiert. »Erzähl mir mehr von der Anstalt ... warum sie dich da hineingesteckt haben.«

»Es war die Alternative zum Gefängnis. Mein Onkel hat alle glauben gemacht, er würde mir helfen.« Sie sah hinab auf ihre Hand und auf die verfluchte Rose, die sich in ihre Handfläche gebrannt hatte. »Diese Narbe bewies, daß ich im Schlafzimmer meiner Eltern war, als sie starben. Das Trauma, die Tat gesehen zu haben, löschte alle Erinnerungen daran aus, was in der Nacht geschehen war. Erst vor vier Jahren kamen sie zurück. Plötzlich wußte ich wieder, daß Didier sie umgebracht hat ... und mich im Zimmer einschloß, damit ich ebenfalls in den Flammen umkommen sollte ...«

»Es muß einen Beweis geben –«

»Wenn es einen gäbe, dann hätte ich schon längst Gerechtigkeit erfahren und müßte nicht davonlaufen. Es gibt nichts, außer meinem Wort.« Sie senkte den Blick und versuchte, ihre Qual zu verbergen. »Ich weiß, was du jetzt denkst. Du denkst, ich könnte tatsächlich verrückt sein. Meine Erinnerung an die Ereignisse könnten nichts mehr als ein Traum gewesen sein, der mich von aller Schuld befreit, indem er sie meinem Onkel zuschiebt.« Tränen rannen ihr über die Wangen. »Ich weiß nicht, was ich dir sonst sagen soll. Ich glaube so sehr an meine Unschuld, daß ich seit Jahren spare, um einen Detektiv bezahlen können, der die Schuld meines Onkels beweisen kann. Aber vielleicht bin ich ja verrückt. Vielleicht ist meine Erinnerung wirklich falsch und ich kann die Tatsache einfach nicht akzeptieren ... was ich getan habe.«

»Nein!« Er fuhr sich mit der Hand durch die Haare. »Du hast das Verbrechen nicht begangen.« Er knüllte das Papier zusammen und warf es zu Boden. »Ich glaube dir, und wir werden nicht mehr darüber reden.«

»Wenn du mir glaubst, dann laß mich in deine Augen sehen.« Ihre Stimme war voller ängstlicher Erwartung.

Er sah sie nicht an.

Langsam mit tiefer, kehliger Stimme, wie ein verwundetes Tier, formulierte er seine Antwort. »Es war die Hölle im Krieg, an Richtig und Falsch zu glauben, denn am Ende war alles nicht mehr so, wie es sein sollte, alles von innen nach außen gekehrt. Ich will das nicht noch einmal erleben. Wir müssen deine Unschuld beweisen.«

»Und wenn es nicht gelingt?«

Nun sah er sie mit unergründlichem Blick an. »Die Entscheidung, in den Krieg zu ziehen, ist leicht. Das, was dann folgt, ist es nicht. Aber wenn wir beide eine Zukunft haben sollen, dann mußt du nach New York zurückkehren und dich der Anklage stellen. Wir werden einen Weg finden, deine Unschuld zu beweisen. Wir werden deinen Onkel finden.« Endlich berührte er sie und zog sie in seine Arme. »Wirst du mit mir nach New York zurückkehren?«

»Ja«, flüsterte sie, doch ihr Herz erfüllte sich mit Verzweiflung. Er tat genau die Dinge, die sie befürchtet hatte. Es gab keine Möglichkeit, ihre Unschuld ohne Didiers Geständnis zu beweisen. Und dies zu bekommen, schien so schwierig, wenn nicht unmöglich. Sie würde bis ans Ende ihrer Tage in der Park View Anstalt verrotten, oder gar gehenkt werden, wenn der Richter beschließen sollte, daß ihre Flucht bestraft werden mußte. Was immer geschehen würde, es war entschieden. Sie hatte ihn verloren. Er konnte niemals ihre Unschuld beweisen. Und da es nicht gelingen würde, konnte sie nie wieder mit ihm zusammensein.

»Ich wünschte, du wärest ein Outlaw, Cain, weißt du das?« sagte sie unumwunden. »Ich wünschte, du wärest wirklich ein Mitglied der Kineson Gang gewesen, und ich wünschte, wir wären in jener Nacht geflohen, als ich dich darum bat.«

»Wenn du diese schreckliche Tat nicht begangen hast, Christal, dann finden wir eine Möglichkeit, es zu beweisen.«

»Dann laß uns nach Noble zurückkehren. Du kannst nach New York telegraphieren und einen Marshal schicken lassen, der mich dorthin bringt.«

»Ich bringe dich hin.«

»Nein.« Sie würde nicht weichen. »Du wirst nicht mit mir kommen. Es gibt nichts, was du tun kannst. Ich könnte nicht ertragen, wenn du sehen mußt, daß ... man mich einsperrt –« Ihre Stimme brach, doch sie riß sich zusammen. »Wenn ich freigelassen werde, komme ich zu dir zurück. Wenn nicht ...« Sie redete nicht weiter. Welchen Sinn hatte es? Sie würde nicht zurückkommen. Alana hatte jahrelang gekämpft, um sie aus der Anstalt herauszubekommen. Es war ein vergeblicher Versuch, den Kampf neu aufzunehmen, aber sie würde es um seinetwillen tun. Selbst wenn sie dieses Mal wirklich zum Wahnsinn getrieben werden sollte.

»In ein paar Wochen wird jemand nach Noble kommen, um uns nach New York zu bringen. Streite dich mit mir, wenn es unbedingt sein muß, aber ich werde mitgehen. Hol deine Sachen. Wir müssen in die Stadt zurück.« Er warf einen Blick auf das tote Halbblut. »Es hat keinen Sinn, länger hierzubleiben.«

Sie nickte und war sich plötzlich gewahr, wie sehr sie hier draußen nur in ihrem kurzen Hemd fror.

Cain sattelte das Pferd, während sie sich anzog. Sie kam aus der Hütte mit dem Ballen himmelblauen Stoff, den sie an ihre Brust gepreßt hielt.

Er sah sie mit verwirrtem Blick an, als wunderte er sich, daß sie sich immer noch um den Wollstoff kümmerte.

»Ich werde mir ein Kleid nähen, während wir auf die Marshals warten.« Sie hatte keine andere Erklärung anzubieten.

Er half ihr beim Aufsitzen. Dann ritten sie aus dem Tal, ließen die eisblauen Gipfel der Berge hinter sich, die sie an versteckte, mythische Orte locken zu wollen schienen.

Doch Christals Gedanken waren nicht so weit entfernt, schon gar nicht so verträumt. Sie hielt sich an Macaulays Rücken fest und dachte an das Kleid, das sie aus dem Wollstoff schneidern würde. Wenn sie ihre Unschuld beweisen könnte, wollte sie in diesem Kleid heiraten. Wenn nicht, wenn sie durch den Strang sterben oder in einer Anstalt einsam alt werden mußte, dann hatte sie wenigstens noch etwas Sinnvolles getan.

Sie rückte näher an Macaulay heran und legte ihre vernarbte Hand an ihre Kehle. Ihre Haut war weich, warm und unverletzt. Ein wenig Mut kehrte zurück. Vielleicht gab es noch Hoffnung.

Kapitel 24

Der Herr, der mit der Overland Express-Kutsche in Noble ankam, war das Gesprächs- und Klatschthema Nummer eins. Es war kein Geheimnis, daß er wegen Christal gekommen war. Er betrat Faultys Saloon, zu dessen roher, ungehobelter Atmosphäre seine würdevollen Manieren heftig kontrastierten. Er fragte nach einem blonden Mädchen mit einer rosenförmigen Narbe in der Handfläche.

Christal und Cain waren zwei Wochen zuvor aus den Bergen zurückgekehrt. Ein Schneesturm hatte die Telegraphen-Verbindungen lahmgelegt, so daß sie schließlich von Fort Washakie ihre Nachricht losschickten. Jericho war mit dem Text hinübergeritten und wurde jeden Tag mit ein paar Marshals im Schlepptau zurückerwartet.

Das Erscheinen des Fremden lenkte die Bewohner von Noble kurzfristig von der Tatsache ab, daß Christal im Gefängnis festgehalten wurde und auf den Marshal wartete, der sie mitnehmen sollte. Einige spekulierten, daß sie an einem anderen Teil des Landes gesucht wurde und der Sheriff ihre Verbrechen aufgedeckt hatte, während andere meinten, der Ärger habe erst begonnen, als der Sheriff das Mädchen zu jener ominösen Hütte in den Bergen geschleppt hatte. Jedermann wußte, daß er in sie verliebt war. Irgend etwas quälte ihn. In seinem Blick lag Kummer und die Lichter im Gefängnis brannten bis tief in die Nacht.

Doch nun hatten sie diesen mysteriösen Fremden, der sie mit Gesprächsstoff versorgte. Faulty erkannte direkt, daß es sich bei dem Mann nicht um einen der erwarteten Marshals handelte. Zum einen waren die

Kleider des Fremden zu edel für einen Marshal. Zum anderen kamen U.S.-Marshals nicht mit Overland Express-Kutschen an, zumal der Overland Express in Noble auch keine Station eingerichtet hatte.

»Sie ist drüben im Gefängnis, Sir. Der Sheriff paßt auf sie auf«, hatte Faulty ihm hastig von sich aus erklärt.

Der Mann nickte. Er bedankte sich nicht – vielleicht kamen die zwei kleinen Wörter »Vielen Dank« in seinem Wortschatz nicht vor.

»Ein Fremder hat sich nach Christal erkundigt, Sheriff. Hab' ihn eben in den Saloon gehen sehen.« Jan Peterson stand vor der Schmiede und fror ganz offensichtlich in seinen Hemdsärmeln.

Cain richtete sich auf und ließ den Huf des Appaloosas los, den der Schmied sich ansehen sollte. »Wer ist er? Wonach sieht er aus?«

»Er sieht nach Macht und Geld aus. Dem möchte ich nicht in die Quere kommen.«

Cain überblickte die ruhige Straße, als würde er nach anderen Ausschau halten. Keine Menschenseele war in Sicht. Der Matsch der Schneeschmelze war zu tief, als das ein Pony ihn hätte bewältigen können. Die Kutsche mußte ihren Passagier an der Straße beim Haus von Mrs. Delaney abgesetzt haben.

Ohne ein Wort verließ Cain die Schmiede und ging auf das Gefängnis zu. Jan beobachtete, wie er fortging. Man konnte das Unbehagen in jedem von Cains Schritten spüren –

»Christal, Mädchen, da ist jemand in der Stadt, der dich sucht.« Cain trat in den Raum, wo Christal am Tisch saß, der mit dem himmelblauen Wollstoff bedeckt war. Das Kleid war fast fertig.

»Wie sieht dein Onkel aus?« Er warf ihr einen angespannten Blick zu.

»Er ist –«

»Er ist kleiner, fetter und älter als ich.«

Cain wirbelte herum.

Christal stieß einen kleinen Schrei aus, als sie den Fremden auf der Schwelle der Tür entdeckte. Er füllte den Rahmen mit seiner geschmeidigen, großen Gestalt fast aus. Sie hatte diesen Mann noch nie zuvor gesehen, aber sie würde ihn nie mehr vergessen. Er sah unglaublich gut aus, hatte blitzende, dunkle Augen und fast schwarzes Haar, das mit Massacar-Öl zurückgekämmt war. Er trat steif in das Gefängnis, wobei er sich bei jedem Schritt leicht auf einen Ebenholzstock stützte.

»Wer sind Sie?« Cain kreuzte die Arme vor der Brust und trat schützend vor Christal. Mißtrauen lag in seinen Gesichtszügen.

»Ich suche Christabel van Alen.« Der Mann hielt am Tisch an und schien Cains Bedürfnis nach Distanz zu akzeptieren. In seiner Stimme lag ein leichter Akzent. Er hatte irische Wurzeln.

»Kennst du diesen Mann, Christal?« Cain blickte mit deutlichem Unbehagen hinter sich.

Sie schüttelte den Kopf, aber sie konnte ihren Blick nicht von dem Fremden lösen. Er hatte sie irgendwie eingefangen.

»Sie kann mich nicht wiedererkennen, da wir uns nie zuvor begegnet sind«, sagte der Fremde. »Aber ich erkenne sie wieder. Sie sieht ihrer Schwester Alana ähnlich ... meiner Frau.«

»O mein Gott!« Christal sank in ihrem Stuhl zurück, der Schock erschütterte ihren ganzen Körper. Sie konnte den Blick nicht von diesem Mann wenden. Er war ihr Schwager. Der Mann ihrer Schwester. Ihre Hochzeit war hastig und eilig inszeniert worden, und sie hatte natürlich keine Erlaubnis bekommen, dabei zu sein. Sie hatte niemals den Mann kennengelernt, den ihre Schwester liebte. Sie wußte nur, daß er Ire war, Trevor Sheridan hieß, und daß Alana ihn über alles liebte. Jedesmal, wenn Alana ihr bei den allzu kurzen Besuchen in der Anstalt von ihm erzählt hatte, hatte Christal die Leidenschaft in ihren Augen sehen können. Und nun stand dieser Mann vor ihr.

»Wie geht es meiner Schwester, Mr. Sheridan?« Sie konnte die Aufregung in ihrer Stimme nicht unterdükken. »Ist sie gesund? Was hat sie in all den Jahren getan?«

»Das einzige, Christal, was sie wirklich beschäftigt hat, warst du.« Er trat vor, doch Macaulay versperrte ihm den Weg.

Die beiden Männer musterten sich einen langen Augenblick. Ärger flammten in Sheridans Augen auf, doch dann schien er etwas in Cains Miene zu entdekken, das ihn zögern ließ. Er betrachtete Cains beschützende, selbstsichere Haltung, dann warf er Christal einen Blick zu, mit dem er jede Einzelheit ihrer Erscheinung in sich aufnahm: Von ihrem offenen Haar und dem billigen, abgetragenen Kleid bis zu ihrer makellosen Nase und dem vollen Mund, beides das Ebenbild ihrer Schwester.

Plötzlich war Sheridan seltsam zufrieden mit ihrer Beziehung, trat einen Schritt zurück und nahm am Tisch Platz, wobei er seinen Stock mit dem goldenen Knauf über seine Schenkel legte. »Wie können wir jetzt vorgehen, Sheriff? Ich muß dieses Mädchen mit nach New York nehmen.«

»Kehren Sie allein nach New York zurück. Ich werde sie hinbringen.«

»Laß mich mit ihm gehen, Cain.« Christal wandte sich an Sheridan, »Bitte erzählen Sie mir von Alana. Wie geht es ihr? Hat sie –?«

»Sie konnte mich nicht begleiten, Christal, obwohl es sie fast umgebrachte hat, daß ich sie zurückließ.« Wieder schlich sich der Akzent des Mannes ein. Christal konnte verstehen, daß ihre Schwester sich in ihn verliebt hatte. Er wirkte düster, ja sogar ein wenig erschreckend, aber da war etwas Ehrliches und Aufrechtes in seinem Wesen, etwas in seinem leichten irischen Akzent, etwas, wie er Cain den Respekt erwies, der angemessen war. »Sie ist schwanger. Mit unserem dritten Kind.«

Ihr Mund öffnete sich sehnsuchtsvoll. »Nichten oder Neffen?«

»Zwei Neffen. Von dem letzten hoffen wir, daß es ein Mädchen wird. Alana sollte vor zwei Wochen niederkommen. Ich bin schon eine lange Zeit unterwegs.«

»Wie haben Sie mich gefunden?« Sie wußte überhaupt nicht, mit welcher der vielen Frage in ihrem Kopf sie beginnen sollte.

»Alana und ich suchen dich schon seit all den Jahren, die du fort bist. Dann hatte ich letzten Herbst ein langes Gespräch mit einem alten Freund, Terence Scott. Seine Mutter stammt aus Galway, so wie ich. Er ist damit reich geworden, Löhne und Passagiere in die Gebiete im Westen zu transportieren. Die Detektive, die ich angeheuert habe, brachten mich zu dem Schluß, daß du irgendwo hier im Westen sein mußtest. Ich sagte Terence vor Jahren, er solle mir mitteilen, wenn er mir irgendwann einmal in dieser Sache helfen könnte. Im letzten Herbst dann erzählte er mir von einem Mädchen, das in die Entführung eine Overland-Kutsche verwickelt war. Sie verschwand, bevor er sie entschädigen konnte. Eine seltsame Sache. Ihre Beschreibung paßte auf dich, und ich sah keine andere Wahl, als dieses Mädchen zu finden. Wenn ich nicht abgereist wäre, dann hätte meine Frau es getan, trotz des Kindes, das in ihr wächst. Alana hat niemals die Hoffnung verloren, dich eines Tages doch wiederzusehen, Christal.«

»Und Sie haben mich gefunden«, flüsterte sie verwundert. Sie streckte die Hand aus, wollte die Hand des Mannes berühren, der die einzige Verbindung zu ihrer Schwester herstellte. Sie sah Cain an, der ihr den Weg versperrte. »Laß mich mit meinem Schwager sprechen. Er ist so weit gereist.«

»Nein.« Cains Gesichtsausdruck duldete keinen Widerspruch. »Du hast diesen Mann nie zuvor gesehen, Christal. Wenn Didier ihn geschickt hat, könnte er mit derselben Absicht hergekommen sein wie das Halbblut!«

»Aber er ist mit meiner Schwester verheiratet!« rief sie entrüstet aus und war überrascht von seinem Mißtrauen.

»Du warst nicht bei der Hochzeit dabei. Er kann durchaus lügen. Er könnte dir all diese Dinge erzählen, um bald mit dir allein zu sein. Und dich dann umzubringen.« Seine Stimme wurde leiser. »Wenn ich an deine Unschuld glauben soll, dann machen wir es so, wie ich es will.«

Sie sah wieder Sheridan an. Sie konnte sich einfach nicht vorstellen, daß er jemand anderes war, als er zu sein vorgab.

Sie versuchte ein letztes Mal, Cain zu überzeugen.

»Ganz sicher können Sie uns beweisen, wer Sie sind, Mr. Sheridan. Sie müssen doch Einzelheiten aus meiner und Alanas Kindheit wissen.« Sie sah den Iren erwartungsvoll an.

Sheridan lächelte ein finsteres, erregendes Lächeln, daß ihre Schwester ganz sicher verzaubert hatte. »Ich könnte viele Dinge über eure Kindheit erzählen, aber nichts, was Baldwin Didier nicht auch in der Zeit herausgefunden haben könnte, die er mit deiner Schwester und dir zusammen war. Ich fürchte, der einzige Beweis, den ich für meine Identität bringen kann, ist die Tatsache, daß Alana tatsächlich meine Frau ist, aber unsere Intimitäten öffentlich aufzudecken, auch vor dir, Christal, ihrer Schwester, ist selbst mir zu plump.«

»Kehren Sie nach New York zurück, Mr. Sheridan, wenn Sie es denn sind. Christal und ich werden kurz nach Ihnen angekommen. Wir werden ihren Prozeß neu aufrollen. Sie wird freigesprochen werden.«

Sheridan starrte Cain erneut an, und sein Lächeln wurde nun offener. »Ich denke doch, Sir, daß wir sie unter uns schon durchaus freisprechen könnten.«

Cains Miene wurde hart. Er schien nicht besonders optimistisch. »Ich will, daß es so gemacht wird. Wenn Sie der sind, der Sie zu sein vorgeben, dann verschwinden Sie jetzt sofort aus Noble, und lassen sich nicht wieder in unserer Nähe blicken, bis dieses Mädchen ihrer Schwester in den Armen liegt. Denn nur wenn Christals Schwester sich als Ihre Gattin zu erkennen gibt, werde ich Ihnen trauen.«

Sheridan nickte. »Ich verstehe. Ich weiß, daß Sie wegen ihr eine Menge durchgemacht haben. Terence Scott sagte mir, daß ein Mann namens Cain bei der Kineson Gang war und jeden einzelnen Passagier gerettet hat. Ich stehe in Ihrer Schuld, Sir, und ich vertraue darauf, daß Sie dieses Mädchen sicher zu seiner Schwester bringen. Aber ich muß Sie dennoch bitten, sie nun mitnehmen zu dürfen. Ich habe Alana versprochen, sie zu finden. Und nun, da es so ist, verweigern Sie mir bitte nicht die Befriedigung, Christal nach Hause zu bringen.«

»Ich bin derjenige, der sie zu Alana van Alen bringt. Niemand anderes.«

Die beiden Männer starrten sich an und fochten einen stummen Kampf aus. Schließlich gab Sheridan auf. Cain hatte etwas an sich, das er zu respektieren schien. Vielleicht war es bloß Cains unermüdliches Bemühen um Christals Schutz. Was auch immer, es schien Sheridan zu beeindrucken.

»Ich möchte noch eine Sache sagen, bevor ich abreise und auf das Treffen in New York warte«, sagte der Ire dann.

»Und was ist das?« Cain ließ sich kein bißchen erweichen.

»Der Name von Christals Schwester ist nicht länger Alana van Alen. Sie heißt jetzt Alana Sheridan. Mrs. Trevor Sheridan in ihren Kreisen.«

Cain schwieg einen Moment, als hätte Sheridans Bemerkung ihn fast überzeugt. »Ich denke daran, wenn wir uns wiedersehen.«

Sheridan warf Christal noch einen Blick zu. Dann verbeugte er sich, wobei seine dunklen Augen blitzten.

Christal unterdrückte die Tränen, während sie ihm nachsah.

»Oh, ich weiß, daß er mein Schwager ist! Wir hätten ihm vertrauen sollen. Cain, warum hast du ihn denn nicht mehr erzählen lassen? Ich möchte so gern mehr über meine Schwester und ihre Babies hören. Meine Neffen«, flüsterte sie sehnsuchtsvoll und konnte immer noch nicht glauben, daß sie Tante war.

»Ich wollte ihm keine weitere Gelegenheit geben. Wenn er Alanas Mann ist, sehen wir ihn an der Seite deiner Schwester, wenn der Zug in Manhattan einrollt.«

Sie sah ihn an. Tiefe Falten hatten sich in seine Wangen gegraben. Sie hatte ihn noch nie so erschöpft, so besorgt gesehen. »Hab keine Angst um mich, mein Geliebter. Ich habe auch keine Angst mehr. Was geschehen wird, wird geschehen.« Ihre Blicke trafen sich. Sie hatte ihm nie gesagt, wie nutzlos sein Versuch sein würde. Er würde schnell genug herausfinden, wie hoffnungslos ihr Fall war. In der Zwischenzeit hatte sie eine Art Glück in seinen Armen gefunden, immer tief in der Nacht, wenn er wütend auf die Welt, aber zärtlich zu ihr war.

Er riß seinen Blick von ihr los, dann ging er zur Tür, um sie zu verriegeln.

Sie sah ihm zu und wußte, daß er jede schützende Geste als qualvoll empfand. Er konnte sie nicht für immer beschützen, und dies Bewußtsein verzehrte ihn.

»Es liegt nicht in deinen Händen.«

»Doch.« Er trat zu ihr und blieb kurz vor ihr stehen. Seine Stimme war emotionsgeladen und heiser. »Ich werde bis zum Tod kämpfen, damit du freikommst. Du weißt das, Mädchen.«

»Aber es ist wie der Krieg, Cain. Vielleicht kannst du einfach nicht gewinnen.«

Seine Hand legte sich zart auf ihren Hinterkopf. Er küßte sie hart und wütend, als könnte er seine Not und seinen Schmerz dadurch läutern.

»Ja, es ist wie der Krieg«, stöhnte er und vergrub sein Gesicht in ihren Haaren. »Wenn ich dich nicht befreien kann, dann gibt es kein Richtig, kein Falsch, kein Ende.«

Sie zog seinen Kopf sanft zu sich und küßte ihn leicht auf die Lippen. »Ich habe einmal gedacht, ich müßte davor weglaufen, wie ich es jahrelang getan habe, aber die Zeit der Flucht ist vorbei. Und du, mein Geliebter, bist kein Mensch, der wegläuft. Wenn du schon nichts an dem Krieg gewonnen hast, dann doch zumindest deine Ehre, und das ist der Grund, warum ich dich liebe.«

»Christal«, flüsterte er und legte seine Hand besitzergreifend auf ihre Brust, als würde sie ihm allein gehören und als hätte er plötzlich Angst, alles zu verlieren.

»Es gibt ein Ende, Lieber. New York wird das Ende sein. Aber ich wünschte mir, du würdest nicht mit mir kommen. Du sollst mich so wie jetzt, in diesem Moment, in Erinnerung behalten. O Gott, ich könnte es nicht ertragen, daß du mich anders siehst ...«

Sie konnte nicht weitersprechen. Sein erotisches Spiel wurde zu intensiv. Es war, als suchte er Vergeben und Vergessen für eine alte, tiefe Qual. Er flüsterte noch einmal ihren Namen. Kurz bevor er seine Erfüllung fand. Kurz bevor sie seine Tränen feucht auf ihren Wangen spürte.

Kapitel 25

Wir haben die nicht zu vermittelnde Erfahrung des Krieges geteilt. Wir fühlten – ja, wir fühlen noch – die höchste Leidenschaft zum Leben …
Oliver Wendel Holmes

Die Marshals ließen sich Zeit. Jericho war vor Wochen losgeritten, und sie hatten immer noch keine Nachricht, wo er bleiben mochte.

Inzwischen tropfte der Frühling in die Stadt und rann in kleinen Bächen in die Prärie hinaus, wo er die zarten, grünen Schößlinge nährte, die sich tapfer durch die Schneedecke bohrten. Vom hinteren Fenster von Macaulays Schlafzimmer beobachtete Christal, wie die Flecken von Schnee zusammenschmolzen, die jeden Tag anders und kleiner aussahen. Doch das Versprechen des Frühlings heiterte sie nicht auf. Der Frühling konnte ihr Schicksal nicht aufhalten. Im Gegenteil: die Wetterverbesserung hätte es beschleunigen sollen. Die Marshals jedoch waren noch nicht aufgetaucht.

»Vielleicht solltest dich auf den Weg machen und ihnen selbst telegraphieren«, sagte sie zu Macaulay, während sie sich vom Fenster abwandte.

Von seinem Stuhl aus starrte er sie an. Er hatte die Beine ausgestreckt, die Arme über der Brust gekreuzt und mimte eine Gelassenheit, die er, wie sie wußte, nicht empfand.

»Sie werden schon kommen«, antwortete er grimmig.

»Vielleicht ist Jericho etwas zugestoßen. Ich mache mir sorgen um Ivy. Sie ist ganz allein in seiner Hütte.«

»Ich werde am Nachmitttag hinüberreiten.«

»Bitte nimm mich mit.« Sie sah ihn hoffnungsvoll an. Was würde sie nicht alles für einen Ritt durch die Prärie gebe. Einen letzten Augenblick der scharfen Winde, des weiten Himmels – und der Freiheit!

»Natürlich. Ich werde dich kaum hierlassen. In einer Stunde reiten wir los.« Er stand auf und warf einen Blick aufs Bett. Darauf lag das blaue Kleid sorgfältig ausgebreitet. »Du hast es fertig genäht. Warum ziehst du es nicht an?«

»Ich spare es mir für eine schöne Gelegenheit auf.«

Er sah sie kurz an, und seine kalten Augen erfüllten sich mit Wut und Schmerz, wie die eines Wolfes, der in eine Falle geraten war. »Dann wirst du es bald tragen. Das verspreche ich dir, Mädchen.«

Sie lächelte nur und hoffte, er würde ihre Trauer nicht sehen.

Ivy brach fast in Tränen aus, als sie die Heimstatt erreichten. Sie war krank vor Sorge über Jericho, und obwohl die Hütte recht gut ausgestattet war, konnte sie doch nicht einmal mit Ivys Zimmer im Saloon konkurrieren. Ohne Jericho hatte Ivy es schwer, mit allem zurechtzukommen.

Ivy und Christal fuhren den Muli-Karren, während Cain auf seinem Appaloosa den Pfad vor ihnen ausmachte. Gegen Abend rollten sie mit einem vollkommen matschverklebten Muli in Noble ein.

Der Schmied nahm sich des Tieres und des Karrens an, dann teilte er Cain kurz etwas mit, was diesen dazu veranlaßte, sich schnell zum Gefängnis hin umzudrehen.

Fünf Pferde waren davor festgemacht. Die Marshals waren angekommen.

»Komm, Liebling. Es ist Zeit.« Cain schlang seinen

Arm um ihre Taille, während Ivy nur die Pferde der Marshals anstarrte, ohne die Sorge in ihren Augen verbergen zu können.

Christal ging mit ihm über den Holzsteig hinüber, als wären sie bloß ein Paar, das ein bißchen herumbummelte. Cain wirkte so stark und selbstsicher. Sie gab sich Mühe, nicht in seine Augen zu schauen.

»Schläfst du?«

Christal schüttelte den Kopf und sah weiter aus dem Zugfenster. Sie waren nach Süden geritten und hatten in Addentown den Union Pacific erwischt, und nun donnerten sie in östlicher Richtung durch die Ebenen. Durch flache, schneebefleckte Monotonie.

»Du scheinst überhaupt nicht mehr zu schlafen, Mädchen. Du mußt doch müde sein.« Cain verlagerte sein Gewicht in seinem Sitz. Der Wagen war voller Leute. Zwei Frauen kümmerten sich um ihre Babies am Herd, während über ihnen Leinen voller wollener Wäsche trockneten. In der kältesten Ecke spielten Rollins und einige andere Marshals, die sie nie zuvor gesehen hatte, mit anderen Männern Karten. Der ganze Wagen stank nach Zigarrenqualm und nassen Schafen, die zur Schur bereit waren.

Macaulay und Christal saßen abseits von den restlichen Passagieren im Waggon. Sie unterhielten sich ruhig und leise und hörten nur dann und wann auf, wenn Christal eindöste und den Kopf auf Cains Brust bettete. Alle schienen sie absichtlich allein zu lassen, als wären sie zwei Verliebte, die nicht gestört werden sollten.

»Was glaubst du, wo er jetzt ist?« flüsterte Christal und sah blicklos in das sonnendurchflutete Grasland, das am Fenster vorbeirauschte.

»Dein Onkel?«

»Ja.«

»Ich weiß nicht.«

»Er kann überall sein. Oder nirgendwo.«

»Wir werden ihn finden. Ich habe jeden, der mir einen Gefallen schuldet, dazu angehalten, sich nach ihm zu erkundigen. Dein Schwager sucht auch. Es wird nicht lange dauern.«

Sie gab keine Antwort. Sie kuschelte sich einfach dichter an ihn, schloß die Augen und ließ das rhythmische Rattern des Zuges ihren Körper und ihr müdes Herz einlullen.

An jenem Mittwoch abend war das Fairleigh Hotel gerammelt voll mit einer ganzen Zugladung wohlhabender Passagiere aus Pittsburgh. Es gab kein einziges freies Zimmer, aber als ein gewisser Gentleman das Haus betrat, schien irgendwie aus dem Nichts eine Suite freizuwerden, was bei den wartenden Menschen, die in der Lobby herumlungerten und darauf warteten, ein angemeldeter Gast würde vielleicht nicht kommen, Murren und handfeste Unzufriedenheit verursachte.

Doch dieser Herr hatte etwas an sich, was andere nicht besaßen. Zudem war er pünktlich wie ein Uhrwerk, kam jeden dritten eines Monats ins Fairleigh und war somit in guten wie in schlechten Zeit ein verläßlicher, zahlender Gast. Deshalb wurde er wie ein König behandelt.

Das Gepäck dieses Gentleman, das aus vielen seltsamen Stücken bestand, wurde unter die Arme von nicht weniger als drei Pagen geklemmt und in sein Zimmer gebracht, während der Herr sich unbelastet an die Bar begeben konnte, wo er sich den angenehmen Komfort des Rum-Punchs, für den der Barkeeper berühmt war, leisten konnte.

Der Gentleman klemmte seine schwere Gestalt hinter einen Tisch und bemerkte zu dem Mann neben ihm: »Es ist ziemlich lange her, daß ich mich in solcher Eleganz aufhalten konnte.«

»Wo sind Sie denn herumgereist?« fragte der andere Mann höflich.

»Oh, hier und da. Hauptsächlich in Wyoming.«

Wenn der Mann ein Hund gewesen wäre, hätte sich nun sicher seine Ohren aufgestellt. »Wyoming, sagen Sie? Ich nehme an, wenn Sie soviel reisen, haben Sie so gut wie alles gesehen, richtig? Mein Name ist Didier, Baldwin Didier, aus New York.«

Der Gentleman lächelte. Er war immer gern bereit, eine neue Bekanntschaft zu machen, besonders, wenn es sich um einen potentiellen Kunden handelte. »Nett, Sie kennenzulernen. Ich bin Henry Glassie von der Paterson Furniture Company, Peterson, New Jersey. Das macht uns hier draußen ja praktisch zu Brüdern.«

»Ja, allerdings, allerdings.« Didier stand auf und strich sich sorgfältig über seinen grauen Van-Dyke-Bart. »Darf ich?« Er machte eine Geste zu dem freien Stuhl am Tisch des Handelsreisenden.

»Aber sicher. Ein Schwätzchen ist jetzt genau das Richtige. Auf dieser Reise habe ich zu viele korrupte, indianische Spione und zu viele traurige Rothäute gesehen, um joviale Gesellschaft zurückzuweisen. Was machen Sie denn so, Didier?«

»Im Augenblick suche ich jemanden. Genauer gesagt, sogar in Wyoming. Vielleicht können Sie mir behilflich sein. Ich suche meine Nichte, die bereits seit vier Jahren fort ist. Ich fürchte, daß es mit ihr ein böses Ende genommen hat und halte verzweifelt Ausschau nach ihr.«

Mr. Glassie stellte sein Glas ab. »Wie schrecklich. Wieso ist sie denn überhaupt hier draußen im Westen?«

»Sie ist weggelaufen.«

»Mit dem Geliebten durchgebrannt?«

Didier lächelte, gab aber keine richtige Antwort.

Henry Glassie schüttelte den Kopf, als könnte er das ungestüme Wesen der Jugend nicht so recht begreifen.

»Wenn es Ihnen nichts ausmacht, Ihr Gedächtnis zu bemühen, jeder Hinweis könnte wichtig sein.«

»Ich freue mich, Ihnen behilflich zu sein. Wie sieht denn Ihre Nichte aus?«

Didier rieb sich die Hände. »Sie ist sehr hübsch, um die zwanzig. Blaue Augen. Von der Farbe des Himmels.«

Glassie wurde ernst. »Ich habe tatsächlich ein Mädchen getroffen, auf das die Beschreibung passen würde. Aber wenn ihre Augen blau waren, dann ist es mir nicht aufgefallen. Sie waren so verhangen von Kummer und Traurigkeit.«

»Meine Nichte ist leicht zu erkennen. Abgesehen von ihrer Schönheit hat sie ein unverwechselbares Merkmal.« Er begann, in seiner Handfläche konzentrische Kreise zu zeichnen, um seine Worte zu unterstreichen. »Christal hat eine sehr ungewöhnliche Narbe in ihrer rechten Hand. Sie hat die Form einer Rose.«

Mr. Glassie setzte sich ruckartig auf. »Haben Sie Christal gesagt?«

»Ja. Christabel van Alen. Haben Sie sie getroffen?«

»Es tut mir schrecklich leid, Ihnen sagen zu müssen, daß sie ihren Mann verloren hat. Sie trug Trauerkleidung, als ich sie kennenlernte.«

Didiers eisigen Augen öffneten sich weit vor Staunen. »Sind Sie sicher, daß wir dasselbe Mädchen meinen?«

»Bestimmt. Die Frau, die ich getroffen habe, hieß Christal, und sie hatte diese Narbe in der Hand. Ich habe diese Narbe nur einmal gesehen, als wir in Camp Brown zu Abend gegessen haben, aber ich bin mir ganz sicher, daß sie so aussah, wie sie es eben beschrieben haben.«

»Ich muß zu ihr.« Didier stand auf, und seine Miene zeigte zuviel dramatische Betroffenheit, um wirklich echt zu sein. Zum ersten Mal empfand Mr. Glassie ein seltsames Unbehagen. »Und Sie sagen, Sie hätten sie an einem Ort namens Camp Brown getroffen? Wo liegt dieses Camp Brown? Wie kann ich dort hingelangen? Es ist wirklich ausgesprochen dringend. Ich kann keine Minute länger warten.«

»Guter Mann, Sie können sich die Eile ersparen. Unglücklicherweise hat sich das Schicksal Ihrer Nichte bereits erfüllt.«

»Wovon reden Sie?« fragte Didier gereizt.

»Es stand in der Zeitung. Im *St. Louis Chronicle.* Haben Sie die Schlagzeilen von heute noch nicht gelesen?«

»Wo kriege ich eine Zeitung her?« fauchte Didier.

»Nun, ich habe zufällig eine da.« Glassie reichte ihm ein zusammengefaltetes Exemplar, das er aus seiner Innentasche gezogen hatte.

Henry Glassie hatte schon viele Dinge auf seinen Reisen erlebt, ja, er war sogar schon von Verbrechern entführt worden. Aber er hatte noch nie gesehen, wie einem Mann so gründlich und schnell das Blut aus dem Gesicht wich wie diesem. »Geht es Ihnen nicht gut, Mister?« fragte er mißtrauisch.

Didier warf die Zeitung auf den Tisch. Die Schlagzeile schrie ihm entgegen:

> VERSCHOLLENE ERBIN GEFUNDEN!
> Christabel van Alen stellt sich der Anklage in New York! Trevor Sheridan bietet Millionen zu Verteidigung auf!

Mr. Glassie räusperte sich. »Natürlich ist das für alle ein rechter Schock. Jeder, der dieses arme Kind kennengelernt hat, muß wissen, daß sie zu Unrecht beschuldigt worden ist. Die Anklage, die gegen sie erhoben worden ist, kann nicht der Wahrheit entsprechen. Aber sorgen Sie sich nicht, guter Mann. Wenn das Vermögen der Sheridans diese Sache nicht beilegen kann, dann wird nichts mehr dem Mädchen helfen.«

»Ich muß gehen.« Didier sah sich plötzlich in der Bar um, als könnte jeden Moment jemand hereinkommen, der ihn kannte – und den er fürchtete. Glassie hätte gern gewußt, wer das sein könnte.

»Ja, aber wollen Sie Ihre Nichte denn nicht mehr treffen? Sie suchen Sie vier Jahre lang und flüchten dann in dem Augenblick, wo sie eintreffen soll?«

»Wovon reden Sie?« Die Betroffenheit war aus der Stimmes des Mannes verschwunden und durch Zorn ersetzt worden.

»Die Zeitung. Sie haben den Artikel nicht zu Ende gelesen. Die Union Pacific trifft morgen hier ein und fährt weiter nach New York. Ihre Nichte wird im Zug sein.«

Glassie war sich nicht sicher, aber er glaubte,

Freude auf Didiers Gesicht zu erkennen. Es könnte die Freude sein, seine Nichte nach all der Zeit wiederzusehen, aber auf einmal kamen Glassie Zweifel.

»Natürlich muß ich sie sehen.« Ein Lächeln erhellte Didiers Gesicht. Glassie fand den Anblick entschieden unangenehm.

Die Männer standen auf, denn plötzlich herrschte zwischen ihnen eine merkwürdig frostige Stimmung. Glassie warf eine Fünfundzwanzigcentnote auf den Tisch, ohne anzubieten, den anderen Mann einzuladen, wie er es bei einem anderen getan hätte, der ihm nicht soviel Unbehagen bereitete. »Gute Nacht, Sir. Ich wünsche Ihnen Glück beim Treffen mit Ihrer Nichte.«

»Vielen Dank.« Didiers Augen waren wie Eis auf einer Teichoberfläche.

Henry Glassie verließ die Bar. Plötzlich wünschte er sich nur noch, sich an einem Herd wärmen zu können.

Kapitel 26

Der Zug hatte zwei Stunden Aufenthalt in St. Louis. Man empfahl den Passagieren, sich in der frischen, kühlen Frühlingsluft die Beine zu vetreten oder sich vielleicht im berühmten Faileigh Hotel einen Rum-Punch zu genehmigen.

Christal wurde kein solcher Luxus zugestanden. Sie blieb unter Aufsicht der Marshals in dem stickigen Wagen und war zufrieden, einfach nur an Cains Brust gekuschelt zu dösen, während er die St. Louis Zeitung las.

Im Handumdrehen setzen sie sich wieder in Bewegung. Der Zug kam ruckend und gemächlich in Fahrt, während der Wasserdampf über den großen Bahnhof waberte. Er war eben erst fertiggestellt worden und sollte schon erweitert werden. Der weite wilde Westen würde bald gezähmt sein.

Stunden verstrichen, während der Zug sich durch weitere Präriestriche pflügte, bis die Gegend sich immer mehr in Akerland, Weiden und Baumbestände verwandelte. Christal war fast eingeschlafen, als plötzlich eine vertraute Stimme durch ihren Schlummer drang.

»Mein guter Mann! Und Mrs. Smith ... oder sollte ich Sie lieber Miss van Alen nennen? Wie schön, Sie mal wieder zu treffen. Ich habe oft an Sie beide denken müssen. Sehr oft!«

Christal öffnete die Augen. Es war kein Traum, sondern Wirklichkeit. Mr. Glassie stand vor ihnen und wirkte ebenso gepflegt wie damals, als er in die Overland Express-Kutsche eingestiegen war.

»Glassie«, grüßte Cain und stand auf. »Was führt Sie denn hierher? Sind Sie in St. Louis zugestiegen?«

»Genau so war es. Ich bin auf dem Weg zurück nach Paterson, um mich mit dem Präsidenten meiner Gesellschaft zu treffen. Die Geschäfte sind gut gelaufen ... sehr erfreulich, um es genau zu sagen. Dennoch war ich sehr bekümmert, die schrecklichen Neuigkeiten über Miss Christal lesen zu müssen. Wie ist es Ihnen ergangen, Miss van Alen?«

»Ich halte mich aufrecht und habe inzwischen Übung darin, wie Sie sich denken können, besonders in Anbetracht der Umstände, als wir uns das letzte Mal trafen.« Christal schenkte ihm ein gezwungenes Lächeln.

Henry Glassie nickte mitfühlend. »Sie brauchen

nichts zu befürchten, Miss van Alen. Wie ich sehe, haben Sie den berühmten Macaulay Cain hinter sich. Seit unserer Zeit in Falling Water habe ich sehr viel von ihm gehört, und alles davon war beeindruckend. Ich habe keine Zweifel, daß Ihnen volle Wiedergutmachung zuteil wird.«

Christal lächelte ihn mit bebenden Lippen an. Glassie kannte wohl die ganze Geschichte. Sie hatte gehört, daß etwas über sie in der Zeitung stehen sollte, aber sie hatte noch nicht den Mut gehabt, den Artikel zu lesen.

»Tja, nun wollte ich nur einen kleinen Spaziergang unternehmen. Ich sitze vorne im Zug und ich dachte mir, ›Glassie, alter Junge, du solltest ein paar alte Freunde aufsuchen‹. Ich muß sagen, Miss van Alen, daß ich überrascht bin. Ich dachte, Sie hier mit Ihrem Onkel zu finden.«

Christals Blut gefror zu Eis. Sie spürte, wie Cains Körper sich versteifte. »Was haben Sie gerade gesagt, Mr. Glassie? Kennen Sie meinen Onkel?«

»Baldwin Didier war sein Name. Ein recht netter Kerl – wenn man von seinen Augen absieht. Ich traf ihn an der Bar im Fairleigh. Er war ganz außer sich, weil er Sie suchte. Ich dachte, er würde im Zug sein.«

Christals Hand glitt instinktiv zu ihrer Kehle. Ihre Worte klangen erstickt, und sie mußte sich zum Sprechen zwingen: »Sie haben meinen Onkel im Fairleigh getroffen? In St. Louis? Wo ... wo wir eben angehalten haben?«

»Er ist gar nicht Ihr Onkel, stimmt's, mein Kind?« Glassies rundes, väterliches Gesicht verfinsterte sich zweifelnd. »Ich dachte mir doch, daß man diesem Mann nicht trauen kann. Wie gut, daß ich Sie finden und Ihnen alles erzählen konnte.«

»Er ist mein Onkel, Mr. Glassie, aber ganz sicher darf man ihm nicht vertrauen. Er ist derjenige, der die Verbrechen begangen hat, derer ich angeklagt bin. Ich fürchte, er will mich tot sehen.«

Mr. Glassie machte ein bestürztes Gesicht. »Und ich habe ihn darauf hingewiesen, daß Sie im Zug sind. Ich hoffe, ich habe Sie jetzt nicht in Gefahr gebracht. Aber als er mich fragte, ob ich je eine Frau in Wyoming gesehen habe, auf die Ihre Beschreibung paßt, da habe ich wohl nicht nachgedacht. Ich dachte, seine Sorge wäre echt. Jedenfalls zuerst.«

»Haben Sie ihn hier im Zug gesehen?« unterbrach Cain ihn. Christal sah ihn an und war von der Mordlust in seinem Blick überrascht.

»Nein. Vielleicht ist er doch nicht zugestiegen.«

»Oder er hat sich verkleidet.« Cain wandte sich an sie. »Christal, du bist die einzige, die weiß, wie er aussieht. Wir werden durch den Zug gehen und uns jeden einzelnen ansehen. Wir müssen ganz sicher sein, daß er nicht in einem der Waggons ist.«

»Lassen Sie mich bitte helfen. Ich fühle mich in gewisser Hinsicht dafür verantwortlich. Wenn ich bloß meinen Mund gehalten hätte, hätte der Zug wahrscheinlich St. Louis passiert, ohne daß dieser Mann Christal in der Liste gesehen hätte.«

»Gut.« Cain machte eine Kopfbewegung hinter sich. »Nehmen Sie sich den Gepäckwagen vor. Die Männer, Christal und ich werden nach vorne gehen und uns alle Passagiere ansehen. Wenn alles in Ordnung ist, können wir uns Ruhe gönnen, bis der Zug das nächste Mal hält. Wenn nicht, haben wir genug Leute, die sich seiner annehmen.«

Mr. Glassie schob die Tür zum Gepäckwagen zurück. Er stand eine Weile zwischen den Waggons, sah den Boden unter ihm vorbeirasen und ließ den Wind an seinen Ohren vorbeipfeifen. Alles, was ihn von einem Unglück trennte, wenn er ausrutschen sollte, war eine winzige Plattform und ein lächerliches Geländer, das kaum ein Kind, geschweige denn einen ausgewachsenen Mann von seinem Gewicht, hätte zurückhalten können. Erleichtert trat er mit einem beherzten Schritt in das Gepäckabteil.

Es gab nicht viel Platz, um sich zu bewegen. Segeltuchsäcke der Post stapelten sich hoch in einer Ecke. An den Seiten standen Reihen von Kisten, auf denen chinesische Schriftzeichen gemalt waren. Holzwolle, die an einigen Spalten hervorlugte, wies darauf hin, daß die Kisten Porzellan-Exporte enthielten, die über den kurzen Weg durch die Prärie aus San Francisco geliefert wurden. Das Gepäck der Reisenden war überall dort dazwischengestopft, wo noch Platz war – außer in einer freien Ecke, wo durch ein Loch im Dach permanent Schmelzwasser hereintropfte. Die einzigen bemerkenswerten Gepäckstücke waren ein oder zwei lederne Koffer, ansonsten war das Abteil mit gewöhnlichen Strohkörben oder großen, abgenutzten Kleidersäcken angefüllt, die ganz offensichtlich Erbstücke der Vorfahren waren.

Glassie seufzte. Hier war niemand. Er drehte sich um, um wieder zurückzugehen.

Den Knüppel, der auf seinen Kopf niedersauste, sah er nicht mehr.

»Es scheint kein Passagier im Zug zu sein, der der Onkel dieses Mädchens ist«, flüsterte Rollins Cain zu. Er warf einen verstohlenen Blick zu Christal, die nervös das vor ihr liegende Abteil absuchte. »Wir haben den ganzen Zug überprüft. Ich denke, wir können jetzt auf unsere Plätze zurückgehen. Wenn wir in Abbeville halten, lassen wir jeden neuen Fahrgast genau inspizieren.«

Cain sah Christal an. Dann nickte er.

Rollins sah sie nun auch unverhohlener an. »Wissen Sie, Cain, man sagt, sie –«

»Es ist mir egal, wer was sagt. Sie hat es nicht getan.« Cains Flüstern klang wie das Zischen des Dampfes.

»Und wenn doch? Was ist, wenn die Geschichte über ihren Onkel bloß eine Erfindung ist – eine Illusion, in der sie sich flüchten kann?«

Rollins trat vor dem eisigen Blick Cains unwillkürlich zurück. »Ich sage es Ihnen nur einmal: *Sie hat es nicht getan.*« Dann gewann er seine Haltung zurück und fügte hinzu: »Im übrigen hat Henry Glassie von ihrem Onkel gesprochen. Wenn es den Mann nicht gäbe, wie hätte Glassie ihn dann treffen können?«

»Vielleicht sucht der Onkel sie ja einfach aus anderen Gründen. Wenn sie aus einer Anstalt geflohen ist –« Wieder warf Cain ihm diesen eiskalten Blick zu, aber Rollins sprach tapfer weiter. »Sie *ist* immerhin aus einer Anstalt geflohen, das bestreiten Sie ja auch nicht. Möglicherweise hat sich ihr Onkel ernsthaft Sorgen gemacht und sich auf die Suche nach ihr begeben. Nun, da er sie gefunden hat, fährt er zurück nach New York, um sich mit dem Rest der Familie zu treffen.« Rollins Miene wurde weicher. Er nickte Cain kumpelhaft zu. »Sie ist wunderschönes Mädcehn, Cain. Sie kann einem schon das Herz brechen. Jeder kann verstehen, daß Sie sich in sie verliebt haben. Dennoch müssen Sie in Betracht ziehen, daß sie vielleicht etwas gestört ist. Sie hat einiges durchgemacht – hat ihre Eltern im Feuer sterben sehen, wurde in eine Anstalt gesteckt ... Gott allein weiß, was sie dort alles hat erleben und ertragen müssen. Vielleicht ist diese Geschichte über ihren Onkel wirklich nur etwas, das sie sich in ihrer Not ausgedacht hat.«

»Wenn wir in New York ankommen, werde ich diese Dinge mit ihrem Schwager und ihrer Schwester besprechen. Und sie werden ihre Version der Geschichte bestätigen.«

»Kein anderer aus der Familie hat je Baldwin Didier angeklagt. Ich habe nach New York telegraphiert, bevor wir nach Noble kamen, um mehr Informationen zu erhalten. Es ist wahr, Cain. Ich konnte bloß nicht ertragen, Sie –«

»Ihr Onkel hat dieses Halbblut geschickt, um sie töten zu lassen. Er hatte das Plakat bei sich. Das beweist ihre Version.«

»Es war ein gewaltiges Kopfgeld auf sie ausgeschrieben. Das Halbblut wollte das Geld, das war's. Wahrscheinlich hat er ihren Onkel niemals getroffen.«

»Warum erzählen Sie mir das alles?« Cain warf erneut Christal einen Blick zu, die den mit Teppich ausgelegten Gang des Erste-Klasse-Wagens entlangging, um sich die Gesichter der Passagiere anzusehen. Sein Blick war voller Sorge – und Liebe.

»Ich erzähle Ihnen das, weil ich denke, Sie sollten sich von diesem Mädchen zurückziehen. Sie können nichts tun, was ihre Familie mit all ihrem Geld nicht zehnmal besser kann. Sheridan ist einer der reichsten Männer New Yorks.«

»Ich weiß das –«

»Was können Sie denn für Sie tun, was er nicht kann? Warum wollen Sie sich von den Problemen dieses Mädchens zugrunderichten lassen? Das ist es nicht wert, die Sache wird böse ausgehen. Sie wird ins Gefängnis müssen, ich sehe keine Möglichkeit, daß sie darum herumkommt. Es gibt keine Beweise daß sie unschuldig ist.«

»Sie *ist* unschuldig.« Cain schloß die Augen, als könnte er den Anblick von Christals Gesicht nicht mehr ertragen, wie sie in ihrer Verzweiflung den Waggon abging.

»Ich war in Fredericksburg, Cain. Ich war in Hookers Regiment, als wir die eingesunkene Straße einnehmen sollten. An diesem Tag haben wir die Hälfte unserer Jungs an euch Konföderierte verloren. Ihr Männer wart hinter dieser Mauer so versteckt wie Schnecken in ihrem Haus, und wir kamen uns vor wie Reihen von Gefangenen vor einem Exekutionskommando, wann immer wir versuchten voranzukommen.«

»Und was hat das damit zu tun, daß –«

»Ich habe Sie gesehen. Jeder in meinem Regiment, der überlebt hat, hat Sie gesehen. Wir hörten die Schreie von Jimmy O'Toole, dessen Beine zur Hälfte weg waren, und der nach einem Schluck Wasser wimmerte, bevor er starb. Wir reden immer noch über den Georgia-Gentleman, als wäre er eine Art Legende, die unsere Ahnen uns erzählt haben. Sie wissen, wer dieser Mann war, Cain. Der Südstaatler, der auf dem Bauch unter der Mauer hervorkroch, um den Feind mit einem Schluck aus seiner Wasserflasche zum Schweigen zu bringen ...«

»Und nochmal, was hat das damit zu tun, daß –«

»Ein Mann, der ein solches Ehrgefühl besitzt,

selbst wenn es nur ein verdammter Konföderierter ist, darf nicht zweimal besiegt werden. Sie haben einen Krieg verloren, Cain, tun Sie sich das nicht noch einmal an. Machen Sie sich jetzt von ihr los. Christabel van Alen ist eine wunderschöne Frau, aber sie steht schon auf verlorenem Posten. Sie wird ins Gefängnis gehen. Vielleicht für immer.«

Cain schwieg. Er betrachtete Christal, wobei er sich um einen neutralen Gesichtsausdruck bemühte. »Ich habe für mein Land gekämpft, obwohl es bereits verloren war. Ich habe es erst im Stich gelassen, als ich dazu gezwungen wurde. Anders werde ich es auch jetzt nicht machen.«

Rollins starrte ihn an, wie ein Yankee einen verrückten Südstaatler anstarren würde, dann seufzte er schließlich und nickte seinen Männer zu, sich zu sammeln. »Also tun wir, was immer nach Ihrer Meinung nötig ist. Sie müssen nur ein Wort sagen, und wir tun es. Das wissen Sie, Cain.« Nach dieser rätselhaften Bemerkung, fügte er hinzu: »... bis wir New York erreichen und es nicht mehr in Ihrer Hand liegt.«

Macaulay verstand.

Im Gepäckwagen hatte sich ein Mann gerade fertig angezogen, während ein anderer, Henry Glassie nämlich, einmal mehr bis auf die Unterwäsche entkleidet, gefesselt und geknebelt dalag und zwischen den Postsäcken halb verborgen worden war. Genau daher mußte dieser Mann gekommen sein, überlegte Glassie, der langsam die Benommenheit abschüttelte, die der Schlag auf seinen Kopf verursacht hatte.

Er blickte an den schmutzigen Segeltuchsäcken auf Baldwin Didier. Dieser war nicht so untersetzt wie

Glassie, aber der Anzug paßte recht gut, nachdem er die Hosenträger angelegt hatte. Auch der Rock war zu groß, aber wenn er aufgeknöpft blieb, war der Schnitt nicht mehr so gut zu erkennen, und man konnte durchaus annehmen, daß er für Didier gemacht worden war.

Didier trat zu den Postsäcken und zog einen zur Seite, der Henry Glassies Gesicht verborgen hatte. Glassie schloß die Augen in dem Augenblick, als das Licht auf sein Gesicht fiel.

Didier musterte ihn lange, dann deckte er wieder einen Postsack über den Mann. Glassie verdrehte seinen Kopf sehr vorsichtig, bis er Didier wieder durch die Säcke sehen konnte. Didier wühlte gerade in einem der Lederkoffer und zog eine silberne Schale heraus. Er kippte weißen Puder hinein und mischte ihn mit Schmelzwasser aus dem Loch im Dach. Henry Glassie hatte keine Ahnung, was er vorhatte, bis Didier einen kleinen Pinsel und einen Spiegel aus dem Koffer holte und begann, sich zu rasieren.

Kapitel 27

Als Christal, Cain und die Marshals in ihren Waggon zurückkehrten, saß Mr. Glassie in der Nähe der Tür zum Gepäckwagen und schlief fest, wobei sein Gesicht zum größten Teil durch seinen Hut beschattet war. Cain machte eine Geste, ihn zu wecken. Christal wußte, er wollte ihn wegen des Gepäckwagens befragen, aber sie hielt ihn auf. »Wenn irgend jemand darin gewesen wäre, dann hätte er bestimmt noch keine Ruhe gefunden. Wir waren so lange unterwegs, daß er wahrscheinlich eingeschlafen ist, während er auf uns wartete.«

Cain nahm die Hand von Glassies Schulter. »Also gut. Lassen wir ihn. Wir müssen ohnehin reden. Und wenn diese Frohnatur erstmal wach ist, wird es schwer. Komm, wir setzen uns da drüben hin.« Er nahm sie an der Hand und führte sie zu der gegenüberliegenden Bank, die am weitesten von den Marshals entfernt war.

Gegenüber stieß Glassie einen lauten, röchelnden Schnarcher aus und bewegte sich, aber Cain ignorierte ihn.

»Was ist denn los? Ich habe gesehen, wie du mit Rollins gesprochen hast.« Sie wartete ruhig auf die schlechten Nachrichten. Schließlich hatte sie nur schlechte Nachrichten zu erwarten.

Cain nahm ihre Hand mit der Narbe in seine und zeichnete jedes kleine Blütenblatt mit seiner Fingerspitze nach. Seine Miene war nachdenklich, entschlossen, furchteinflößend. In dieser Stimmung wirkte er seltsam erschreckend, fand sie. Und was er dann tat, raubte ihr jedesmal den Atem.

»Der Zug wird in einer Stunde in Abbeville halten.«

»Befürchtest du, Didier könnte zusteigen?«

»Nein. Rollins und die Marshals werden dafür sorgen, daß es nicht geschieht.«

Christal sah ihn aufmerksam an. Inzwischen war sie besser in der Lage, in den kalten Tiefen seiner Augen zu lesen. Irgend etwas stimmte ganz entschieden nicht. Er hatte ihr noch einiges mehr zu sagen, aber er schien noch nicht bereit.

»In Abbeville mußt du verschwinden.«

Jeder Muskel in ihrem Körper versteifte sich vor

Schreck. Sie starrte ihn ungläubig an. »Aber … aber wieso jetzt?« stammelte sie.

Er drückte ihre vernarbte Hand, als bräuchte ausgerechnet er etwas, das ihn ermutigte. »Ich weiß besser als jeder andere, daß es Schlachten gibt, die man nicht gewinnen kann. Rollins hat es mir eben noch einmal sehr deutlich gemacht. Ich bin mir nicht mehr sicher, ob wir siegen können, Christal. Wenn ich diesen Krieg verliere, stehe ich das nicht durch. Das Gesetz soll verdammt sein, ich *weiß*, daß du unschuldig bist, und ich werde es bis zu dem Tag glauben, an dem ich sterbe. Wenn wir also in Abbeville halten, steigst du aus, wenn ich dir zunicke und tauchst in der Stadt unter. Ich werde eine Stunde später nachkommen. Wenn wir den Big Crimloe Creek durchqueren, muß der Zug die Steigung zur Brücke langsamer nehmen. An dieser Stelle werde ich abspringen. Es wird einen Tag dauern, bis Rollins den Vorsprung bewältigt hat, denn der nächste Halt kommt erst Stunden später.«

»Rollins weiß Bescheid, nicht wahr? Er wird dir helfen, weil er dein Freund ist. Du brichst für mich das Gesetz –«

»Nein, nicht für dich, Christal. Für uns. Verstehst du? Für uns. Der Krieg hat mir meine ganze Familie genommen, mein Zuhause und mein Land. Ich habe nichts mehr außer dir. Wenn ich dich verliere, besitzte ich gar nichts mehr.«

»Wir werden ewig davonlaufen.«

»Ich kenne diese Art von Leben sehr gut.«

Sie sah ihn an. Er lächelte bitter. Das Lächeln eines Abtrünnigen.

»Mit der Hilfe meines Schwagers könnte ich tatsächlich einen neuen Prozeß bekommen. Sollten wir es nicht wenigstens versuchen?«

»Wenn wir New York erreicht haben, wird man uns nicht mehr alleine atmen lassen. Es wird keine Gelegenheit wie diese mehr geben.«

»Willst du das wirklich tun? Es richtet sich gegen alles, woran du je geglaubt hast.« Sie sah ihm flehend tief in die Augen.

»Ich muß es tun.« Sein durchdringender Blick schien ihre Seele zu suchen. Sanft beugte er sich zu ihr und legte seine Lippen auf ihre. »Es ist nicht das Leben, das ich wähle, Christal, die Wahl heißt kein Leben oder ein Leben ohne dich.«

Der Zug wurde langsamer. Das Pfeifen kündigte Abbeville an.

»O Gott, bist du dir sicher?« flüsterte sie verängstigt. Der Plan schien verrückt, zum Scheitern verurteilt. Es tat weh, aber sie fragte sich, ob er sie nicht doch inzwischen für schuldig hielt.

Sein Gesicht schien sich in eine steinerne Maske verwandelt zu haben. »Ich werde zu Rollins nach vorne gehen und ihn zu einer Partie Poker überreden. Die Marshals werden nachziehen. Wenn der Zug hält, steigst du über die Plattform aus. Ich treffe dich in einer Stunde in Abbeville. Wir werden uns ein Pferd nehmen und vor Einbruch der Nacht verschwunden sein.«

Er stand auf, und sie klammerte sich einen Augenblick an seine Hand. Dann ließ sie ihn gehen und sah ihm in stummer Verzweiflung nach, wie er sich zu den Männern im vorderen Teil des Wagens gesellte.

Mr. Glassie stieß wieder ein geräuschvolles Schnarchen unter seinem Hut hervor. Er schlief immer noch fest. Sie würde ihm nicht einmal Lebwohl sagen können.

Langsam stand sie auf und sah zu Macaulay hinüber. Er mied absichtlich ihren Blick, als würde das möglicherweise ihre Flucht verraten. Sie schob die hintere Tür zurück, die zur Plattform zwischen Personen- und Gepäckwagen führte. Es quietschte entsetzlich. Es war schon fast seltsam, daß keiner der Marshals den Kopf wandte.

Einen kurzen Augenblick stand sie draußen auf der winzigen Plattform allein und atmete die frische Luft der Freiheit ein. Ihr Herz hämmerte heftig in Verzweiflung und banger Erwartung.

Dann öffnete sich die Tür des Personenwagens erneut.

Sie wirbelte herum in dem sicheren Gefühl, daß Rollins oder ein anderer Marshal gesehen hatte, wie sie hinausgegangen war, doch das Gesicht, in das sie blickte, war unbekannt. Und doch bekannt. Eine Sekunde dachte sie, Glassie wollte sich zum Luftschnappen zu ihr gesellen. Doch so war es nicht. Sie sah dem Mann in die Augen.

Dann wußte sie es.

»Oh, Christabel. Endlich, endlich ist unsere Zeit gekommen.«

Die Tür fiel hinter ihm zu. Sie wich zurück und verlor kurz das Gleichgewicht, als sie an den Rand der Plattform gelangte. Er packte sie am Arm und schob sie in den Gepäckwagen.

»Wo ist Henry Glassie?« preßte sie hervor und begriff erst jetzt, in welchem Ausmaß Didier sie Schachmatt gesetzt hatte. Sie starrte ihn an. Ohne sein Markenzeichen, den Van-Dyke-Bart, war er kaum zu erkennen.

»Unser Freund macht ein Nickerchen zwischen den Postsäcken. Soll ich ihn wecken, um euch beide auf einen Schlag zu beseitigen?« Er lächelte sie an.

Bevor sie antworten konnte, gab es draußen auf

der Plattform einige Bewegung. Eine Frau schien sich mit ihrem Mann zu streiten.

»Aber ich habe ihn mitgenommen! Wir haben ihn dem Schaffner gegeben, und er hat ihn in diesen Wagen gebracht. Ich weiß es.«

»Du hast ihn nicht dabei, Martha, ich könnte mich daran erinnern«, rief der Mann verärgert aus.

»Schaffner! Machen Sie den Wagen auf! Wir haben Gepäck darin!«

Didier preßte Christal die Hand auf den Mund und zog sie in den Schatten hinter den chinesischen Porzellankisten. Die Wagentür wurde aufgeschoben.

»Da ist er!« kreischte die Frau und zeigte von draußen auf eine orangefarbene Tasche. »Ich hab's dir doch gesagt. Howard, du bist ein Dummkopf!«

»Ja, Liebes.« Man hörte Geräusche, als Howard in den Wagen kletterte und die Tasche auf Abbevilles rohgezimmerten Bahnhof hinausstieß.

»Möchte noch jemand sein Gepäck?« rief der Schaffner und sah sich suchend nach anderen Passagieren um.

Christal wand sich in Didiers Griff, doch er hielt sie fest an seine Brust gedrückt, ohne seine Hand von ihrem Mund zu nehmen. Mit ihren von Verzweiflung geschärften Sinnen nahm sie sogar das Englische Limonenwasser wahr, das Didier bei Lord and Taylor gekauft hatte. Für Baldwin Didier immer nur das Beste. Alana und ihre Mutter hatten eine Flasche als Hochzeitsgeschenk gekauft, als er ihre Tante heiraten sollte. Christal konnte sich noch gut an das heitere schöne Gesicht ihrer Tante erinnern, die endlich ihren Traum von einer Heirat erfüllt sah. Christal fragte sich, ob ihre Tante jemals erfahren hatte, daß sie ein Ungeheuer geehelicht hatte.

Der Schaffner knallte die Tür wieder zu. Im Inneren des Wagens war es dunkel, bis auf das wenige Licht, das durch das Loch im Dach eindrang.

»Du hattest geglaubt, du wärest mich losgeworden, nicht wahr, meine liebe Nichte?« Didier gab sie frei. Sie prallte gegen die Waggonwand, als der Zug sich ruckend in Bewegung setzte.

»Meine Schwester kennt die Geschichte«, keuchte sie, während sie versuchte, in dem beschleunigenden Zug das Gleichgewicht zu wahren. Ihr Mund war trocken vor Angst. »Bevor ich aus New York weggelaufen bin, habe ich ihr einen Brief geschrieben, in dem alles über die Nacht stand, in der du unsere Eltern umgebracht hast. Wenn du mich jetzt tötest, wird sich nichts ändern. Das Ende wird dasselbe sein. Sie wird dafür sorgen, daß du gehenkt wirst.«

»Wenn deine Schwester irgend etwas gegen mich in der Hand hätte, dann hätte ihr reicher, mächtiger Irenbauer schon längst etwas unternommen.«

»Wahrscheinlich konnten sie dich einfach nicht finden. Wie ich erfahren habe, bist du kurz nach Alanas Hochzeit verschwunden.« Es kostete sie all ihren Mut, ihm zu antworten. Mit ihrem Onkel in diesem Wagen gefangen zu sein, war ein Gefühl, wie in dem Magen eines Ungeheuers auszuharren.

»Ich war auf der Suche nach dir, meine Liebe. Ich bin durch die ganze verdammte Welt gereist, um dich zu finden. Ich habe alles Geld, das ich besaß, aufgewandt, um ans Ziel zu kommen. Oh, es gibt noch andere vermögende, einsame Frauen wie deine Tante. Ich habe Aussichten in Paris, und da war noch eine baskische Witwe in Spanien, die im Schlafzimmer unersättlich ist. Ich werde all das genießen, wenn ich dich erst einmal losgeworden bin.«

»Und wie, glaubst du, wirst du damit davonkommen?« fragte sie, während das Entsetzen sie lähmte wie ein Betäubungsmittel. »Im nächsten Wagen sind fünf U.S.-Marshals und einer davon –«

»Ah, ja. *Er*. Ich habe schon viel von deinem Liebchen gehört. Er ist hier draußen schon fast eine Legende, nicht wahr? Aber nun stell dir mal sein dummes Gesicht vor, wenn er vom Zug springt und in Abbeville ankommt, nur um dich nicht finden zu können ... Ja, ich habe während meines »Nickerchens« eure hübschen Pläne gehört.« Er gluckste.

»Macaulay wird wissen, daß du dahinter steckst. Er weiß, daß ich ihn nur dann nicht treffen werde, wenn mich jemand daran hindert.« Sie war froh, daß es zu dunkel war, als daß er die Angst und den Zweifel in ihren Augen sehen konnte.

»Im Gegenteil, mein Herz. Er wird denken, er hat dir eine Chance zur Flucht gegeben, die du mit vollem Herzen ergriffen hast. Er wird einen bitteren Geschmack auf der Zunge haben, wenn ihr euch nicht in Abbeville trefft, könnte ich mir vorstellen. Dann wird er sich sicher denken, daß all die Verbrechen, derer man dich anklagt, wahr sind. Der Mann wird durchdrehen, wenn er zum Schluß kommt, daß du ihn fürchterlich betrogen hast.«

»Nein ...«, flüsterte sie, und ihr Entsetzen verstärkte sich noch. Sie schüttelte den Kopf, als könnte sie damit seine Worte Lügen strafen, aber seine Logik war schlüssig. Sie würde durch Didiers Hand sterben und Macaulay, ihr Geliebter, würde denken müssen, sie wäre des Mordes schuldig.

»Denk nicht drüber nach, mein schönes Kind. Du und deine Schwester, ihr wart stets so niedliche Kinder. Ich wollte nicht wirklich, daß es so endet. Ich dachte, ihr würdet alle friedlich im Feuer umkommen. Ich finde es geschmacklos, daß ich bei deinem Tod eine derart aktive Rolle spielen muß. Ich hoffe, du kannst mir verzeihen.« Er berührte ihre Wange und hinterließ den Duft von Limonen, den gleiche Geruch, den er nach einem Besuch am Washington Square hinterlassen hatte. Der Geruch hatte im Salon in der Luft gehangen und war ins Foyer gezogen, als wäre er etwas Greifbares. Der frische, tropische Duft des Todes.

»Meine Tante hat dich geliebt. Du hast ihren innigsten Traum erfüllt, als du um ihre Hand anhieltest. Hast du sie wenigstens glücklich gemacht? Hast du je meine Eltern gemocht? Bereust du denn überhaupt nichts von dem, was du getan hast?« Ihre Worte waren anklagend, doch dabei so kindlich. In ihrer Naivität wollte sie Antworten. Sie wollte zumindest Trost in dem Wissen finden, daß die ganze Qual in ihrem Leben nicht nur durch die Laune eines einzigen Mannes verursacht worden war. Wenn sie sogar ohne die sterben mußte, dann war ihr Tod wahrhaftig grausam.

»Deine Tante hat mir in der Nacht vergeben, in der sie starb, Christal. Wenn ich sie nicht geliebt habe, dann hat wenigstens sie mich geliebt. Und ist es nicht das, was uns das wahre Glück verschafft? Zu besitzen, was wir lieben?«

»Hast du sie umgebracht? Hast du auch meine Tante getötet?« Diese Frage war ihr immer wieder durch den Kopf gegangen, seit ihre Erinnerung zurückgekehrt war.

»Nein«, flüsterte er ernst. »In vieler Hinsicht hat unsere Ehe auch mich glücklich gemacht. Deine Tante war keine arme Frau, wie du weißt. Ihr Vermögen hat mir viel Vergnügen bereitet. Zum Beispiel an der Wall

Street. Oder in dem Hotel, wo ich meine Mätresse hielt.«

Er machte einen Schritt vorwärts und kam mit der Zugbewegung schwankend auf sie zu. »Doch nach dem Tod deiner Tante entdeckte ich meinen schrecklichen Appetit. Meinen Appetit auf Geld. Das Vermögen deiner Tante war schließlich ausgegeben, und es waren keine neuen Einnahmen in Aussicht. Ich war in einer ausweglosen Lage. Es sei denn –« Seine Worte klangen plötzlich drohend, während er eine Augenbraue hochzog. »Es sei denn, ich würde einen Weg finden, das gesamte Van-Alen-Vermögen an mich zu reißen. Mit dem Tod deiner Familie wäre ich der einzige Erbe gewesen. Welche Wahl hatte ich denn, außer deine Eltern zu töten und ihr Schlafzimmer in Brand zu stecken?«

»Du bist ein Ungeheuer«, sagte sie. Nun gewann endlich der Haß Oberhand.

Er lächelte bitter, und sie mußte zugeben, daß er für sein Alter noch recht gut aussah. »Ja, ein Ungeheuer. Du hast mich gut charakterisiert, Christal. Du bist ein intelligentes Kind, das habe ich schon immer gewußt. Du sollst wissen, daß es mir keinen Spaß gemacht hat, dich in der Park View Anstalt zu sehen. Ich habe keinen Spaß daran gehabt, deinen Geist zu brechen. Es war nicht geplant, ein unsauberes Ende – selbst für einen Mann wie mich. Ein Ungeheuer. Ich wollte dich und deine Schwester tot sehen, weißt du. Ich wollte das Van-Alen-Geld ohne die Van Alens besitzen, aber als ich nach dem Feuer feststellen mußte, daß du und deine Schwester am Leben wart, da wurde ich zu feige. Als du dann schließlich der Verbrechen angeklagt wurdest, die ich selbst begangen hatte, dachte ich mir, es wäre zu gefährlich, weitere Morde zu riskieren. Ich habe dich und deine Schwester in Ruhe gelassen, und nun muß ich dafür bezahlen. Es war dumm von mir.«

Er starrte sie an. Sie entdeckte eine seltsame Intimität in ihren Augen, als würde er sie als Geliebte betrachten. Doch diese Intimität war mit Blutrausch gemischt. Die Nähe des Mörders zu seinem Opfer.

»Es ist nicht leicht, ein Ungeheuer zu sein, Christal«, flüsterte er.

Sie sagte nichts. Sie starrte ihn nur an und suchte nach Mitgefühl in seinen Augen.

»Ich bin ein Ungeheuer, das mit Intelligenz gestraft ist. Ich verstehe nur zu gut, was ich tue und warum ich es tue. Und dazu verschafft es mir Alpträume, die ich meinem schlimmsten Feind nicht wünschen würde.« Er begegnete ihrem Blick. »Zuerst habe ich deinen Vater getötet. Er schlief. Ich schlug ihn diesen schweren Messingkerzenständer über den Kopf, und er hat nicht einmal die Augen aufgeschlagen. Aber deine Mutter verfolgt mich. Sie war so wunderschön. So lieblich und anmutig. Als ich sie umbrachte, erkannte ich, daß ich ein Ungeheuer bin. Sie wachte auf und wehrte sich. Sie flehte mich an, nicht –«

»Nein ... O Gott, bitte ...« stammelte Christal. Sie konnte es nicht ertragen. Schmerz und Wut schnürten ihr die Kehle zu.

»Mach es nicht wie sie, Christal«, flüsterte er und zog sie an sich. Der Duft der Limonen war überwältigend. »Fleh mich nicht um Gnade an. Laß es schnell und gnädig geschehen. Ich will, daß du tapfer, rein und zerbrechlich bleibst, wie du jetzt bist –«

Sie riß sich von ihm los und rannte auf die Tür zu, schob sie auf und schrie, doch er holte sie zurück. Dann warf er die Tür wieder zu, und über der Prärie herrschte erneut Schweigen. Das einzige künstliche Geräusch war das rhythmische Rattern des Zuges, der über die eisernen Schwellen rauschte.

Kapitel 28

»Was war das für ein Geräusch?« Cain blickte von seinen Karten in der Hand auf und warf einen scharfen Blick zum hinteren Teil des Wagens.

»Nichts ... nur das Quietschen der Räder«, antwortete Rollins hastig. »Mach weiter, Cain, und biete. Ich kann mir nicht leisten, dieses Spiel zu verlieren.«

»Seht mal ... sie ist weg!« Die drei Worte hingen mit aller Dramatik eines Shakespeareschen Ausspruchs in der Luft, der so gar nicht zu einem U.S.-Marshal passen wollte, der eine nüchterne Tatsache feststellte.

Widerwillig hoben die fünf Männer die Köpfe und blickten zurück, wo ihre Gefangene nun nicht mehr zu finden war.

»Also, so was. Sie ist wirklich weg.« Rollins sah seine Männer an.

»Sie ist einfach geflohen, wo wir ihr bloß eine Minute den Rücken zugekehrt haben. Ist das denn möglich?« vermeldete einer der Marshals.

Cain stand auf und fuhr sich mit der Hand durch die Haare, als könnte er die schlechten schauspielerischen Qualitäten der Männer nicht mehr aushalten. »Ich sehe nach, woher das Geräusch kam.«

»Äh ... Moment, Cain.« Rollins kam nah an ihn heran und flüsterte: »Lassen Sie meine Männer nachsehen. Dann kann niemand behaupten, Sie hätten etwas mit Ihrem Verschwinden zu tun.«

Cain starrte zur Tür, die zum Gepäckwagen führte. »Wo ist Glassie? Ist er in Abbeville ausgestiegen? Er hat mir erzählt, er sei auf dem Weg nach New Jersey.«

»Vielleicht ist er in sein eigenes Abteil zurückgegangen –«

»Nein.« Cain ging zur hinteren Tür, wobei seine Pistolen in der Bewegung des Zugs mitschwangen. »Er ist nicht nach vorne gekommen. Wenn er verschwunden ist, dann hier durch.« Cain berührte das Eichenpaneel der hinteren Tür.

Rollins musterte ihn mit gerunzelter Stirn. »Was ist los? Was meinen Sie?«

»Ich weiß es nicht ... aber irgend etwas stimmt hier nicht. Sagen Sie dem Schaffner, er soll den Zug anhalten lassen. Ich will mir den Gepäckwagen sorgfältig ansehen.«

Rollins nickte.

Cain öffnete die Tür zwischen den Wagen.

»Wie möchtest du sterben?«

»Damit kommst du nicht durch! Sie werden mich finden. Sie werden sehen, daß ich umgebracht worden bin –« Betäubt vor Entsetzen wich Christal vor dem eleganten, spanischen Dolch zurück, den Didier in seiner Hand schwang.

»Wenn ich dich einfach aus dem Zug stoße, könntest du dir das Genick brechen. Das Ende wäre dann schnell und gnädig.« Dann wurde er nüchtern. »Leider könntest du dir auch bloß ein Bein oder einen Arm brechen. Du würdest hilflos im schmelzenden Schnee liegen und die Wärme würde langsam aber sicher durch Wind, Frost und Kälte aus deinem Körper gezogen werden. Es könnte Tage dauern, bis du tot bist. Lange, schreckliche Tage. Und ich würde niemals sicher sein können, daß es dich wirklich nicht mehr gibt. Schließlich könnte dich jemand finden.«

Ihre Hände zitterten, als sie sie ihm flehend entgegenstreckte. »Und *er* wird mich finden. Du sagst, Macaulay wird das Schlimmste von mir denken – aber wenn er mit der schrecklichen Wahrheit konfrontiert wird, dann wird er nicht eher Ruhe geben, bis er irgendeinen Beweis hat. Er wird jeden Zentimeter dieser Schienen abreiten. Wenn er meine Leiche findet, wird er wissen, daß du mich umgebracht hast.«

»Dann darf er deine Leiche eben nicht finden.«

»Und wie –?«

»Wenn Cain am Big Crimloe Creek abspringt, wirst du tot sein, meine Liebe. Der Creek mündet in den Mississippi, und die Strömung ist stark genug, einen Körper forzutragen. Wenn man dich endlich findet, wird deine Leiche unkenntlich sein.« Er berührte die Spitze des Dolches mit seinem Daumen, und um die Schärfe der Klinge zu demonstrieren, stach er sich leicht in die Haut. Ein karmesinroter Tropfen fiel auf den Holzboden. »Komm her.«

»Nein!« schrie sie und wich weiter zurück. Dann warf sie einen Blick auf die Verladetür. Didier versperrte ihr den Weg zu der anderen, aber wenn sie die Seitentür aufbekam, würde ein Sprung sie vielleicht retten. Auf jeden Fall wußte sie, daß Didier nicht hinter ihr herspringen würde – dazu hatte er zuviel Angst vor der tödlichen Gefahr.

Er ging auf sie zu, und das Messer blitzte in den Lichtstrahlen auf, die durch die Lecks im Dach eindrangen. Sie hastete zur Seitentür und schob den Riegel zurück. Die Tür schwang nur durch die Geschwindigkeit des Zuges auf, und das Geräusch war ohrenbetäubend. Tausende von Tonnen vib schwarzem Stahl und massivem Holz, die durch die Kraft eines Dampfantriebs über eiserne Streben jagten. Die Prärie sauste als verzerrter, weißgoldener Streifen vorbei.

»Es hat keinen Sinn, Christal. Spring, wenn du willst. Aber du weißt, wenn du überlebst, werde ich dich eines Tages erwischen. Du wirst dich immer umsehen müssen. Und eines Tages werde ich dort stehen. Dein Tod ist unvermeidlich. Gib es mir jetzt!« Er machte einen Satz voran. Christal schrie. Das Messer schien auf ihr Herz zuzufliegen.

Dann plötzlich fiel es zu Boden. Und Didier wurde rückwärts in die starken Arme ihres Geliebten gezogen.

»O mein Gott!« rief sie aus, und Tränen strömten ihr über die Wangen, als Cain Didier in den Schwitzkasten nahm. Der Dolch lag zu ihren Füßen, und sie nahm ihn sicherheitshalber an sich.

»Baldwin Didier?« fragte Cain durch zusammengebissene Zähne.

»Lassen Sie mich los, Sir. Diese Frau wollte mich berauben. Sie wollte aus dem Zug entkommen, als wir vorhin aus Abbeville losfuhren.«

»Nein«, flüsterte Christal kopfschüttelnd. Sie sah Cain an und wußte, er glaubte ihr.

»Es gibt einen Passagier, der Sie als Onkel dieses Mädchens identifizieren kann. Christal behauptet, Sie sind für den Tod ihrer Eltern, der Van Alens, verantwortlich.«

»Nein! Das ist nicht wahr!« preßte Didier aus der eisernen Umklammerung Cains heraus. »Sie haben keinen Beweis dafür. Und wo ist dieser Passagier, von dem Sie reden? Ich wüßte niemanden in diesem Zug, der mich identifizieren könnte.«

»Sie haben Henry Glassie irgend etwas angetan. Das sind seine Kleider, die Sie tragen. Aber wir werden es herausfinden, glauben Sie mir. Ich lasse jeden Marshal im Umkreis von fünfzig Meilen nach Beweisen und Indizien suchen. Also gestehen Sie. Das Spiel ist aus.«

»Niemals!« Didier langte in seine Jacke. Cain rang mit ihm, doch Didier hatte bereits eine Waffe hervorgezogen. Es war eine winzige Derringer, sehr ähnlich der Muffpistole, die Christal damals auf Cain gerichtet hatte. Die Männer rangen und kämpften um die Waffe, und ihre Laute und Flüche wurden durch das gewaltige Rauschen des Fahrtwindes an der offenen Tür gedämpft. Christal hielt den Atem an. Didier war in der Lage, mit der kleinen Pistole auf Cain zu zielen, doch dann packte Cain Didiers Handgelenke. Sie hörte einen Schrei und die Pistole fiel ebenfalls zu Boden.

»Du wirst mich niemals kriegen!« Didier wich vor Cains drohender Gestalt zurück. Dann drehte er sich um, und flüchtete durch die Verbindungstür. Cain riß die Tür hinter ihm auf, um ihn zu verfolgen und hielt dann plötzlich inne, als würde er seinen Augen nicht trauen.

Christal eilte an seine Seite. Sie sah Didier auf der Plattform zwischen den Wagen hangeln und an der Kupplung nesteln. Er war weder geschickt noch wendig. Baldwin Didier war an Bedienstete und Handlanger gewöhnt, aber wenn es um seine Freiheit ging, konnte er auch anpacken. Und nun tat er es, um die Wagen voneinander zu lösen. Er hatte bereits den Kolben zur Hälfte herausgezogen.

»Tun Sie das nicht!« brüllte Cain mit entsetztem Gesicht. Der Zug raste mit voller Geschwindigkeit dahin. Die Wagen auszukuppeln, konnte den ganzen Zug zum Entgleisen bringen.

»Auf Wiedersehen, Christal! Wir sehen uns bestimmt wieder!« Didier zog den Kolben heraus. Er umklammerte ihn mit seiner nun ölverschmierten Hand und lachte. Und dann verlor er das Gleichgewicht. Er griff nach dem Geländer an der Plattform, aber dieses konnte sein Gewicht nicht halten. Es gab nach, erst ein bißchen, dann noch ein Stück, bis Didier die Balance vollständig verlor. Obwohl der Gepäckwagen nicht mehr mit dem restlichen Zug verbunden war, hatte er noch genug Triebkraft um schnell dahinzujagen. Wie in Zeitlupe sah Christal Didier auf die Gleise stürzen. Sie schrie auf und vergrub ihr Gesicht an Cains Brust. Es gab ein lautes, gräßliches Geräusch, dann Stille, als der Wagen ausrollte und schließlich stehenblieb, während der Zug vor ihnen weiterraste. Rollins hatte dem Schaffner wohl noch nicht befohlen, den Zug zu stoppen.

»Verdammt.«

Nach dem Donnergetöse des Zuges schmerzte die Stille der Prärie förmlich in den Ohren. Der Gepäckwagen stand reglos wie eine Hütte auf den Schienen. Cain zog sie von seiner Brust und wiederholte seinen Fluch. »Verdammt.«

»Was?« fragte sie, während sie sich die Tränen von den Wangen wischte. Sie konnte noch nicht glauben, daß Didier tot war. Aber er lag hinter dem Wagen als grauer, nadelgestreifter Klumpen neben den Gleisen.

»Wir haben kein Geständnis, keinen Beweis. Ich wußte, daß so etwas passieren würde. Ich hätte versuchen müssen, ihn zu retten.«

»Du hättest dich dabei selbst umgebracht.«

»Komm. Wir müssen verschwinden. Wenn Rollins den Zug anhalten läßt und uns sucht, will ich weg sein. Ohne ein Geständnis bringen sie dich nach New York und nehmen dich mir weg –«

»Hörst du das Geräusch?« Christal blickte sich besorgt in dem Wagen um. Der Berg der Postsäcke bewegte sich.

Cain begann, die Säcke einen nach dem anderen wegzuziehen. Darunter lag Henry Glassie von der Paterson Furniture Company, gefesselt und geknebelt und reichlich verlegen, weil er nun schon zum zweiten Mal vor der gleichen Frau nur in seiner Unterwäsche auftrat.

»Gott sei Dank, Sie sind am Leben«, flüsterte Christal, als sie an seine Seite eilte. Sie half Cain, die Stricke zu lösen. Als der Knebel fort war, stieß Glassie sofort einen Schwall von Entschuldigungen aus.

»Es tut mir schrecklich leid, Miss van Alen. Ihr Onkel ist ein Teufel. Schlimmer als dieser Kineson.«

»Henry, man wird Sie gleich holen kommen. Aber wir müssen fort.« Cain half ihm aufstehen, dann nahm er Christals Hand. Er blickte aus dem Wagen und sah in einigen Meilen Entfernung den Zug gerade vor der Steigung über den Big Crimloe Creek halten.

»Also wollen Sie wieder das Leben eines Outlaws führen, hm, Cain? Und alles für Miss van Alen?«

»Hab ich eine Wahl?« fauchte Cain, während er in die Prärie hinausschaute, als ob er nach dem besten Fluchtweg suchte.

»Oh, Sie haben eine ganze Menge Möglichkeiten.« Mr. Glassie kicherte. »Und ich würde vorschlagen, Sie beginnen mit dem heiligen Eid der Ehe. Sie sind mit diesem Mädchen viel zu nachlässig umgegangen.

Sie entstammt schließlich der obersten Gesellschaftklasse.«

»Sie wird gar keine mehr haben, wenn sie sie wieder in die Anstalt sperren. Tur mir leid, Glassie, wir hauen lieber ab.«

Christal spürte, daß Cain an ihrer Hand zog. Sie drehte sich noch einmal zu Glassie um, und ihre Augen sagten ihm stumm Lebwohl.

Henry Glassie lachte nur. »Ich glaube nicht, daß der Schwager dieser Frau es schätzen würde, wenn Sie sich wie ein Abtrünniger davonmachen. Hören Sie zu, Cain. Ich war die meiste Zeit unter diesen Säcken bei Bewußtsein. Sie sagen, Sie hätten kein Geständnis von Didier. Das ist nicht wahr, denn ich habe gehört, wie er jedes seiner Verbrechen gestanden hat, jedes einzelne Wort, und ganz sicher werde ich alles vor Gericht wiederholen. Von diesem Augenblick an können Sie Miss Christabel van Alen getrost als freie Frau betrachten.«

Cain stand wie angewurzelt da, als müßten Glassies Worte erst bis zu ihm durchdringen. Dann plötzlich stieß er ein lautes Siegesgeheul aus und riß Christal in seine Arme wie eine Puppe.

Ihr Geist, ihr Körper, waren wie betäubt von dem Schock. Sie war frei.

Sie war frei.

Kapitel 29

Manhattan. Es hatte sich in vier Jahren verändert. Christal hatte die Stadt verlassen, als die höchsten Gebäude noch die Kirchtürme waren. Nun gab es Bürogebäude und Geschäfte, von denen einige höher als sechs Stockwerke waren. Und es gab einen erhöhten Zug, der konstruiert worden war, um das Durcheinander von Kutschen und Omnibussen auf den Straßen zu umgehen. Das Farmland nördlich des Central Parks war für Stadthäuser erschlossen worden. Es wurde sogar davon gesprochen – wie lächerlich! – Wohnungen für die Reicheren zu bauen, und die Pläne sahen vor, das Gebäude im Westen des Parks zu errichten – einem Gebiet, das noch so desolat war, daß die Leute es scherzhaft Dakota Territorium nannten.

Die Stadt hatte sich verändert. *Sie* hatte sich verändert. Christabel van Alen war zurückgekehrt, jedoch war sie nicht mehr das Mädchen, das sie einst gewesen war. Allerdings ... ihr Blick glitt zu Macaulay, der schweigend neben ihr in der gemieteten Kutsche saß. Sie wollte auch nicht mehr wirklich dieses Mädchen sein. Sie wünschte sich, daß sie die Qualen und den Schmerz nie wieder würde empfinden müssen. Aber wäre sie nicht vor ihrem Onkel geflüchtet, dann hätte sie niemals Macaulay Cain kennengelernt. Ihre Liebe. Ihre Rettung.

»Du bist sehr still, mein Geliebter«, flüsterte sie und drückte seine Hand.

»Bist du aufgeregt? Du warst solange nicht mehr zu Hause.« Er lächelte sie an, aber seine Augen waren beschattet. Er verschwieg etwas, da war sie sicher. Seit sie im Grand Central Depot angekommen waren, war er so still, als würden sie zu einem Begräbnis fahren. Sie wünschte, er würde ihr mitteilen, was ihn derart beschäftigte.

»Alles ist so anders geworden. Die Stadt ist enorm schnell gewachsen, ich kann mich gar nicht richtig orientieren.« Sie blickte aus dem Fenster. Telegraphendrähte durchkreuzten den Himmel wie Netze aus Wäscheleinen, die Bürgersteige waren gefleckt von den eisernen Luken der Kohlenschütten, und selbst die Gassen waren nun gepflastert. Manhattan war in jeder Hinsicht modern.

»Christal.«

Sie wandte sich zu ihm um, und ihre Augen funkelten vor Glück und Vorfreude. Er schien dagegen so finster. »Warum bist du denn so nachdenklich?« Sie lachte. »Du machst ein Gesicht, als ob wir zum Galgen führen.«

Sein Mund verzog sich zu einem schiefen Grinsen, während sein Blick über die modisch gekleideten Einkäufer am Broadway glitt. »Das ist alles nur so neu, das ist alles.« Er mied ihren Blick. »Ich habe nie mit ... so etwas gerechnet.« Er machte eine Geste zum Fenster hin.

»Du hast mir doch gesagt, daß du schon in New York warst. Du kanntest Delmonico's.«

»Ich war vor langer Zeit hier ... kurz nach dem Krieg. Und natürlich habe ich schon etwas von Delmonico's gehört. Jeder, der mal hier war, hat das. Aber ganz bestimmt habe ich dort noch nie gegessen.«

»Dann gehen wir hin, wenn du magst.«

»Du weißt, daß ich mir das nicht leisten kann. Du wirst mit Sheridan und deiner Schwester hingehen müssen.«

Sie legte die Hand vertraulich auf seinen Schenkel. »Meine Schwester ist reich, nicht ich. Vergiß das nicht.«

Er warf ihr einen Blick zu. »Du hast dein Erbe, aber ich rede nicht über ein Vermögen ... ich rede von Erziehung, gesellschaftlichem Hintergrund, Familienbanden und Tradition. Egal, was du sagst, Christal, das hier ist alles ein Teil von dir. Ich sehe es in deinen Augen.«

»Vielleicht ist es ja so. Aber was ändert das? Nichts.«

»Es ist ein Teil, den ich kaum kenne.«

Sie berührte seine Wange. Er wandte sich zu ihr. Ihre Blicke versanken ineinander. »Dann laß uns uns doch noch einmal kennenlernen ...«

Sie küßte ihm zärtlich auf die Lippen – ein süßer, liebender Kuß, der so flüchtig wie keusch sein sollte. Doch sie stellte schnell fest, daß er es anders wollte. Er schlang seine Arme um sie, zog sie auf seinen Schoß und vertiefte schamlos den Kuß, als wäre sie immer noch ein beliebiges Saloonmädchen und nicht die berühmte, langvermißte Erbin aus der Fifth Avenue. Trotz der Abgeschlossenheit der Kutsche, konnte Christal draußen auf den steinernen Gehwegen einige Männer höhnisch lachen hören.

»Hör auf ...«, keuchte sie, als sie sich endlich von ihm losmachen konnte. Ihre Wangen waren gerötet, und sie blickte verlegen aus dem Fenster, ob jemand sie beobachtet hatte.

»Du siehst, wie du dich verändert hast.«

»Nein. Ich wollte noch nie wie eine Hure behandelt werden.«

Sein Mund formte sich zu einer steinharten Linie. »Mädchen, so behandele ich keine Hure. So behandele ich die Frau, die ich liebe.«

Sie seufzte. Sie wußte, er war ein Mann, den man nicht zähmen konnte. Und hier mitten in der Stadt erschien er nur noch wilder als sonst.

»Fifth Avenue«, rief der Fahrer aus und klopfte an die Tür der Kutsche.

»Alana.« Christal flüsterte den Namen ihrer Schwester wie ein Gebet.

»Komm.« Cain half ihr aus der Kutsche. Wenn er über das gewaltige Steinhaus vor ihm schockiert war, so ließ er es sich nicht anmerken. Sie rannte viel zu begeistert zur Tür und hämmerte dagegen.

»Ja?« Ein alter, strengwirkender Butler öffnete ihr. Hinter ihm lauerte das marmorne Foyer wie ein Mausoleum.

»Ich ... ich wollte zu Alana.« Christal hielt den Atem an. Sie hatte nicht erwartet, irgend etwas zu erkennen, denn schließlich war sie nie im Anwesen der Sheridans gewesen. Aber hier war alles so befremdlich. Vielleicht war ihre Schwester gar nicht zu Hause? Vielleicht hatte sie auch am falschen Haus geklopft?

»Miss Christabel?«

Christal riß die Augen auf. Der Butler lächelte fast, und in seinen Augen war eine Zuneigung zu ihr zu erkennen, die er keinem Fremden entgegengegebracht hätte. Er kannte Alana, und Christal sah ihrer Schwester ähnlich genug, daß er sie erkennen mußte. Sie war also zumindest im richtigen Haus.

»Ist sie da? Oh, bitte sagen Sie nicht, ich hätte sie verpaßt.«

»Nein, Miss. Ich sage ihr, daß Sie angekommen sind. Bitte kommen Sie doch herein und erlauben Sie mir, Sie in die Bibliothek zu führen. Mein Name ist Whittaker.«

Der Butler trat zur Seite und ließ sie eintreten. Als

Macaulay ihr folgte, tauschten die Männer mißtrauische Blicke aus.

»Und wen, Sir, darf ich in Begleitung von Miss Christabel melden?« Der Butler wartete darauf, daß Cain sich vorstellte, als wäre er ein General, der einen rangniederen Lieutenant zurechtwies. Ihm entging nichts von Macaulays Erscheinung: weder die grobe, kaum zivilisierte Art seines grauen Wollanzugs, die der Mann mit einer unsichtbaren Ungezähmtheit trug, die aus jeder Faser zu strömen schien, noch der saubere, gestärkte Kragen, der nur knapp eine schreckliche Narbe um die Kehle verbarg. Dem alten Butler fiel insbesonders der seltsame schwarze Hut auf, den der Mann immer noch nicht abgesetzt hatte.

»Ich fragte, wen darf ich melden?« wiederholte Whittaker distinguiert.

Cain klatschte sich vor die Stirn. »Himmel, verflucht soll ich sein. Ich hab' meine Visitenkarten vergessen!«

Christal warf Cain einen zornigen Blick zu. »Sagen Sie ihnen einfach, U.S.-Marshal Macaulay Cain begleitet mich.«

»Sehr schön.« Whittaker verbeugte sich vor Cain, während er seine Miene kalkuliert neutral hielt. »Darf ich Ihren Hut nehmen, Sir?«

Cain nahm den Hut ab und fuhr sich mit der Hand durchs Haar. Dann reichte er ihn dem Butler, doch gerade, als Whittaker sich zurückziehen wollte, sagte er in spottender Vertraulichkeit: »Momentchen, Kumpel.«

Whittaker hob indigniert die Augenbraue bei dieser Anrede. Cain lächelte und löste seinen Pistolengürtel unter seiner Jacke. Dann bückte er sich und öffnete die Riemen, die um seine wollbekleideten Schenkel saßen. Lässig ließ Cain die Waffen in die Hand des Butlers fallen.

Whittaker sah hinunter. Die Sechsschüsser sahen gut geölt und oft benutzt aus. Der Gürtel war mit genug Patronen bestückt, um jemanden längere Zeit belagern zu können. Er schluckte. »Ist das alles, Sir?« Mit geweiteten Augen blickte er Cain an.

Cain kreuzte die Arme über der Brust. »Ja.« Seine Antwort kam gedehnt und vergnügt.

Der alte Butler nickte. Er hielt den Gürtel weit von seinem Körper ab. »Die Bibliothek liegt zu Ihrer Rechten, Miss.« Ohne Cain noch eines Blickes zu würdigen, marschierte Whittaker steif davon, wobei er den Gürtel hielt, als wäre er eine Bombe.

»Glaubst du, sie erkennt mich wieder?« Christal wandte sich besorgt an Macaulay.

Aber Cain sah sie nicht an. Statt dessen musterte er die korinthischen Säulen, die das Foyer säumten. Er berührte eine, um zu sehen, ob sie wirklich aus Marmor wären, und sein Gesichtsausdruck sagte ihr, daß sie es waren.

»Diese Leute leben ja in einer Bank.«

Endlich sah sich auch Christal in der Halle um. Es war in der Tat das aufwendigste Foyer, das sie je gesehen hatte, aber sie konnte sich einfach keine Gedanken darüber machen. Sie war zu aufgeregt.

»Komm in die Bibliothek. Da ist es bestimmt bequemer.« Sie nahm seine Hand und zog ihn durch die Tür, die Whittaker ihr gewiesen hatte.

Die Bibliothek war alles andere als gemütlich. Die Wände waren mit Flämischen Wandbehängen aus dem sechzehnten Jahrhundert bekleidet, die die Union von Utrecht zeigten, der Boden war mit Englischen Axminster Teppichen augelegt, die Möbel waren zu verziert und üppig vergoldet. Als Christal einen Blick auf Macaulay wagte, mußte sie sich eingestehen, daß er auf dem Louis-XIV.-Stuhl mit etwa soviel Behagen saß wie auf einem Nagelbrett.

»Christal?«

Christal wandte den Kopf in Richtung des Flüsterns. Ein Schrei entrang sich ihrer Kehle. Alana stand in der Tür. Ihr blondes Haar von der Farbe der Butter war zu einem festen Knoten hochgesteckt. Sie trug ein Kleid aus grasgrünem Taft, das exakt die Farbe ihrer Augen widerspiegelte. Christal konnte nicht fassen, wie sehr sie ihrer Mutter ähnlich sah.

»O Christal«, weinte Alana plötzlich und vergaß alle Förmlichkeiten. Sie rannte auf ihre Schwester zu, und Christal begann zu schluchzen. Die beiden Frauen fielen sich in die Arme und hielten sich fest, als wollten sie sich niemals mehr loslassen.

»Ich habe mir solche Sorgen gemacht. Ich glaube nicht, daß ich in all den Jahren gut geschlafen habe, aber heute Nacht wird es wunderbar sein.« Alana hielt sie für gut eine Minute fest, dann rückte sie ein Stück ab und betrachtete sie.

Christal hatte den Eindruck, als wäre ihre Schwester überhaupt nicht gealtert. Der einzige Unterschied, den sie feststellen konnte, war die tiefe Zufriedenheit in ihren Augen, wähernd sie bei ihren kurzen Besuchen in der Anstalt immer nur Schmerz in ihrem Blick entdecken konnte.

Christal konnte kaum sprechen. Tränen brannten in ihren Augen. »Und du hast Kinder? Ich habe Nichten oder Neffen?«

»Beides. Sollen wir ins Kinderzimmer gehen? Dann kann ich sie dir gleich vorstellen.«

Christal lachte und wischte sich die Tränen von den Wangen. »Ich kann mir nicht vorstellen, was ich in diesem Augenblick lieber täte! Mutter und Vater wären so glücklich. Ich wünschte so sehr, sie hätten sie sehen können.«

»Dann laß uns gehen.«

»Warte.« Christal wandte sich an Cain, der schweigend am Kamin saß. Sie konnte die Unsicherheit in seiner Miene sehen. Der Ausdruck verwirrte sie. Und er gefiel ihr nicht.

»Alana. Das ist Macaulay Cain. Er ... er ...« Sie konnte kaum in Worte fassen, was er ihr bedeutete. Ihre Schwester bemerkte es.

»Mr. Cain.« Sie hielt ihm die Hand hin. Als Cain sie nahm, küßte sie ihn freimütig und herzlich auf die Wange. »Mein Mann hat mir erzählt, daß Sie meine Schwester beschützt haben. Dafür kann ich Ihnen niemals genug danken. Solange ich lebe, werden Sie mir stets ein lieber Freund sein.«

»Vielen Dank, Ma'am«, antwortete er feierlich. Dann glitt sein Blick zu Christal. »Geh nur und schau dir die Kinder an, Christal. Laß dich von mir nicht aufhalten. Ich mach' es mir hier bequem, damit du ein wenig Zeit für deine Schwester hast.«

»Danke.« Christal drückte seine Hand. »Ich werde nicht lange weg sein.«

»Schon gut«, wiederholte er. »Ich mach's mir eine Weile bequem.«

Christal warf einen Blick zurück, bevor sie mit ihrer Schwester das Zimmer verließ. Cain saß wieder auf seinem Louis-XIV.-Stuhl. Sie hätte am liebsten gelacht. Er würde sich nie und nimmer dort wohlfühlen können.

»Er sieht sehr gut aus«, bemerkte Alana, während sie die Treppen zum Kinderzimmer im dritten Stock hinaufgingen.

»Macaulay?« Über Christals Lippen huschte ein heimliches Lächeln. »Ja, er sieht gut aus.«

»Liebst du ihn? Oh, natürlich liebst du ihn. Das kann man dir ansehen.« Der Ausdruck in Alanas Augen wurde bittersüß. »Er wird dich uns wegnehmen.«

»Wenn wir heiraten, können wir in New York bleiben. Warum sollten wir nicht?« Christal mochte die Richtung nicht, die die Unterhaltung nahm. Sie hatten so viele Jahre aufzuholen. Wieso sprachen sie nun bereits wieder über Abschied?

Alana versuchte, ihr Lächeln zu unterdrücken. »Macaulay Cain scheint sich hier in diesem Haus ebenso wohlzufühlen, wie Trevor Sheridan es bei einem Rodeo täte. Mr. Cain wird nicht lange bleiben wollen.«

»Aber ganz sicher kann er noch bis zur Hochzeit warten.«

»Meinst du?« Alana hob eine feingeschwungene dunkelgoldene Augenbraue.

Christal starrte ihr nach, als sie zuerst das Kinderzimmer betrat.

Cain erhob sich von seinem Stuhl und wanderte in der Bibliothek auf der Suche nach einem Drink umher. Schließlich war der Raum ein Herrenzimmer samt Schreibtisch, Ledergarnituren und damit hoffentlich auch Schnaps.

Dann entdeckte er die Karaffen in einem mit Vorhängen aus goldgesäumten grünen Samt abgetrennten Bereich. Ohne sich darum zu kümmern, was für eine Art Alkohol es sein mochte, schenkte er sich eine große Portion aus einer Flasche in ein schweres, geschliffenes Glas und nahm einen gehörigen Schluck davon.

»Himmel.« Er schloß die Augen, in denen sofort Tränen brannten. Seine Kehle schien in Flammen zu stehen. Er schnupperte an dem Inhalt seinen Glases, dann mußte er plötzlich grinsen. Was zum Teufel hatte dieser Fusel in den edlen Sheridan-Karaffen zu tun?

Er nippte noch einmal daran, dieses Mal aber weitaus vorsichtiger. Die Flüssigkeit glitt so weich wie ein schartiges Messer seine Speiseröhre hinunter, aber der Effekt war entschieden angenehm. Er fühlte sich schon besser.

»Wo sind die Frauen?«

Cain sah auf. Der Fremde, der nach Noble gekommen war, um seine angebliche Schwägerin zu suchen, stand in der Tür. Steif und ein bißchen zu schwer auf seinen Ebenholzstock gestützt, trat er nun in die Bibliothek.

»Wie ich sehe, haben Sie die Wahrheit gesagt«, bemerkte Cain und wandte sich wieder seinem Drink zu.

»Ich habe es nicht nötig zu lügen.« Sheridans Blick wanderte zu dem Glas in Sheridans Hand. »Ich habe Besseres, wenn Sie es vorziehen.«

»Nein, das ist in Ordnung – was immer es ist.«

»Das Zeug stammt aus vergangenen Zeiten. Château Margaux muß mich erst noch überzeugen.«

Cain war sich nicht sicher, was Château Margaux war, aber ganz sicher würde er das Sheridan nicht eingestehen. »Christal und Ihre Frau sind zu den Kindern gegangen.«

Sheridan ließ sich auf einer Couch nieder. Cain fand, daß auch er nicht aussah, als würde er sich besonders wohl darauf fühlen. Sheridan wirkte wie ein

Mann, der seine Umgebung beherrschte, aber noch nicht richtig mit ihr verschmolz. Seine Frau, Alana, dagegen war ganz anderes. Cain dachte daran, wie sie im Türrahmen gestanden und Christal angesprochen hatte. Alana Sheridan schien für Marmorsäulen und teure Polstermöbel geboren worden zu sein. Christal ebenfalls. Auch Christal wirkte absolut zu Hause in dieser Umgebung.

Pessimistisch nahm Cain einen tiefen Schluck aus seinem Glas.

»Ich habe Ihnen viele Frage zu stellen.«

Cain wandte seinen Blick zu Sheridan. »Zum Beispiel?«

»Zum Beispiel über Ihre Schlafgewohnheiten. Besonders die, die meine Schwägerin betreffen ...« Sheridans Augen funkelten. Sie hatten eine seltsame Farbe. Nicht wirklich braun, nicht grün oder gold, sondern eine einnehmende Mischung aller drei Farbtöne.

»Ich werde Ihnen ganz sicher nichts über meine Schlafgewohnheiten berichten, Sheridan. Das dürften Sie inzwischen eigentlich schon wissen.«

»Ich bin ihr einziger männlicher Verwandter. Insofern liegt es in meiner Verantwortlichkeit, sie zu schützen.« Sheridans Sprache besaß immer noch einen Hauch von irischem Akzent.

»Beschützen Sie sie, soviel Sie mögen. Aber ob ich mit Christal geschlafen habe oder nicht, ist kein Thema, das ich mit Ihnen diskutieren werde. Weder jetzt, noch sonst irgendwann.«

Sheridan lachte. Es klang fast unpassend. »Gute Antwort. Gefällt mir.«

Cain bedachte Sheridan mit einem Blick, der besagte, daß ihm dies vollkommen egal war.

Der Ire nickte und schien Cains abwehrende Haltung zu akzeptieren. Nachdenklich betrachtete er den goldenen Löwenkopf, der den Griff seines Stocks zierte. »Was täten Sie an meiner Stelle, Cain?«

Cain zuckte die Schultern.

»Sie haben mit ihr geschlafen, das weiß ich. Doch vor allem haben Sie ihr Leben gerettet – und das mehr als einmal, wie ich gehört habe. Ich könnte Sie dazu bringen, Sie zu heiraten, aber ich bin Ihnen sehr dankbar, daß Sie Christabel zu Ihrer Schwester zurückgebracht haben. Wie soll ich also jemanden bevormunden, in dessen Schuld ich stehe?«

»Sie glauben, ich mache mir nichts aus ihr?«

Sheridan schwieg eine Weile. Dann sagte er ernst: »Nein. Ich weiß, daß Sie sich viel aus ihr machen. Ich habe es bereits in Noble erkennen können. Es ist nur –«

»Es ist nur, daß sie plötzlich eine ganz andere Frau ist. Ein Mädchen, das ich nicht kenne.« Cain blickte sich in der opulent ausgestatteten Bibliothek um. »Vielleicht ein Mädchen, das ich auch niemals kennenlernen kann ...«

»In ihrem Inneren hat sie sich nicht verändert. Zumindest ist noch alles vorhanden.«

»Das sagen Sie, Sheridan, aber als sie um die Hand von Christals Schwester anhielten, haben Sie ihr nicht all das abgenommen.« Cain machte eine Geste, die das Zimmer einschloß.

Sheridan lachte wieder sein seltsames Lachen. »Ich habe ihr viel mehr als das abgenommen ... ihren Ruf und ihre Position in der Gesellschaft. Hier in New York hat man es gar nicht gerne, wenn ein Ire eine Frau aus den edlen Kreisen heiratet.«

»Alana wirkt nicht gerade so, als ob sie darunter leidet.«

»Sie hat der Gesellschaft auf die Zehen getreten, als sie mich heiratete. Es war der Skandal des Jahrhunderts.« Sheridan stand auf und goß Cain nach. »Aber die Leute kamen nach einer Weile wieder zu ihr zurück. Nur Alana konnte so etwas erreichen.«

»Sie ist eine bemerkenswerte Frau.«

»Beide Van-Alen-Frauen sind das.«

»Ja.« Cain stellte sein Glas ab. In der Stimmung, in der er sich befand, hätte er es am liebsten gegen diese verdammten, schicken Wandbehänge geworfen. »Christal ist durch die Hölle gegangen. Niemand weiß das besser als ich. Sie verdient all diese Annehmlichkeiten, all den Luxus, auf den sie so lange Jahre verzichten mußte. Sie verdient das Leben, das man ihr gestohlen hat, nachdem Didier ihre Eltern ermordet hatte.«

»Christabel braucht nichts von alledem.« Sheridan wies durch den Raum. »Glauben Sie mir. Sie würde nicht glücklich damit werden.«

»Woher wollen Sie das wissen?«

»Das weiß ich besser als jeder andere, Cain.« Der Hauch eines Lächelns huschte über Sheridans Gesicht. »Meine Frau hat es mir beigebracht.«

Das Dinner wurde im Speisesaal serviert. Fünfzig Leute waren da – eine kleine, intime Versammlung für New Yorker Verhältnisse – eine riesige, unüberschaubare Menge für Cains Geschmack. Die Kinder waren nun in ihrem Kinderzimmer, aber vor dem Essen waren sie heruntergebracht worden, um die Gäste zu begrüßen. Cain bemerkte amüsiert, daß die beiden Jungen mit ihrem dunklen Haar und den braungoldenen Augen ihrem Vater wie aus dem Gesicht geschnitten waren, während das Neugeborene auf die Van

Alens kommen würde. Zu Cains Entsetzen war Christal mit dem Baby auf dem Arm zu ihm gekommen und hatte es ihm gegeben. Ohne zu wissen, was er damit tun sollte, hatte er das Kleine bloß steif und hilflos festgehalten, bis es zu jammern begonnen hatte und die Frauen anfingen zu lachen. Auch Christal hatte gelacht und es ihm schnell wieder abgenommen. Während sie das Baby beruhigte, hatte Cain sie beobachtet. Das Kleine war erst ein paar Wochen alt, blond und hübsch wie die Mutter und die Tante. Christal hatte mit sehnsuchtsvoller Freude den Namen geflüstert: *Christabel.* Cain hatte es mit einem seltsamen Ziehen in seinem Inneren registriert. Das Baby war nur ein weiterer Beweis dafür, daß Christals Leben unentwirrbar mit dem der Sheridans verknüpft war.

Nach dem Dinner beschloß Christal, Cain von dieser Menge zu befreien. Es war eine kalte Nacht, aber sie hatte sich eines von Alanas Satincapes umgewickelt. Sie nahm Cains Hand und führte ihn hinaus auf die steinerne Loggia, die zur Fifth Avenue hinausging.

»Kannst du dich schon an einige Namen erinnern? Es sind wirklich so viele Leute hier.« Sie zupfte ihm ein Fädchen vom Kragenaufschlag – die vertraute Geste einer Ehefrau.

»Sie sind alle sehr nett.«

»Ich mag Eagan besonders – Trevors Bruder.« Sie lachte. »So ein Charmeur. Wenn er nicht bis über beide Ohren in Caitlin verliebt wäre, würde ich ihn hoffnungslos nennen.«

»Ja.«

»Und kannst du dir vorstellen, daß Sheridans Schwester eine Duchess ist? Also wirklich! Ich kann es kaum erwarten, bis sie und der Duke nach New York kommen. Ich habe noch nie eine Duchess kennengelernt –«

»Ja.«

Christal verstummte. Sie betrachtete Cains Profil im schummrigen Licht der Straßenlaternen. Er wirkte angespannt, doch nicht einen Hauch mißbilligend. Sie holte tief Atem. »Warum bist du so unglücklich? Schon seit wir hier angekommen sind, wirkst du auf mich wie ein wilder Stier im Korral.«

Cain fuhr sich durchs Haar. Er hatte es zurückgebunden, doch ein paar Strähnchen hatten sich gelöst und gaben ihm ein betont ungezähmtes Aussehen. »Ich werde fortgehen, Christal. Ich gehöre nicht hierher. Es wird Zeit, daß ich nach Wyoming zurückkehre.«

Sie war entsetzt, aber irgendwie hatte sie seine Worte bereits erwartet. Er wirkte so fehl am Platz in New York und zeigte sein Unbehagen offen. Ruhig stellte sie ihre nächste Frage. »Wann reisen wir ab?«

Er sah sie an. Die Dunkelheit verbarg seine Augen. »Wir?«

»Ich gehe mit dir.«

Er griff nach ihren Armen. »Bist du verrückt? Du bist doch gerade erst zurückgekehrt. Du hast deine Schwester seit Jahren nicht gesehen. Warum solltest du mit mir abreisen?«

»Weil ich dich liebe. Ich will bei dir sein.«

Er ließ ihre Arme los, als würde ihn die Berührung verbrennen. »Hier ist dein Leben, daß du wieder aufnehmen kannst.« Er musterte sie genau. Sie war eine Frau, die geradewegs aus dem Kalender, der in dem Gefängnis in Noble hing, entsprungen zu sein schien. Sie hatte sich ihr Abendkleid, ein tiefblaues Satinkleid mit Kaskaden von Spitze an der Tournüre, von ihrer Schwester geliehen. Widerstrebend berührte er das schwere Saphir- und Diamantenhalsband, daß Alana ihr geschenkt hatte. »Sieh dich nur an, Christal. Wo ist das Mädchen aus Noble mit dem verschlissenen Baumwollkleid und den Glöckchen an ihrem Fußgelenk? Sie ist fort, so wie es auch sein soll. Denn du bist dazu geboren, so wie jetzt auszusehen, um diese kostbaren Juwelen zu tragen, um dich in Spitze und Seide zu hüllen. Begreifst du denn nicht? Meine Liebe kann dir all das nicht bieten. Das Beste, was ich jemals erreichen könnte, ist Washington. Dennoch werde ich dir von meinem Gehalt beim Geheimdienst keine Villa kaufen können.«

»Ich brauche keine Villa.« Seine Rede verwirrte sie. Er sprach, als wäre ihr Zuhause der Sinn ihres Lebens, und tatsächlich war es das in all den Jahren ihrer Einsamkeit auch gewesen. Doch dann hatte sie sich in ihn verliebt, und nun war er ihr Ziel und ihr Lebensinhalt. Wieso konnte er das nur nicht begreifen?

»Du weißt nicht, was du brauchst. Oder was du willst.« Er stieß einen Seufzer aus. »Sieh dich nur an, Mädchen. Vor einer Minute bist du ganz benebelt von dem Gedanken gewesen, daß Sheridans Schwester eine Adelige ist. Du mußt doch die Chance ergreifen, das Leben zu erforschen, daß man dir solange vorenthalten hat. Ich will dich davon nicht abhalten.«

Plötzlich durchschoß sie Panik. Er konnte sie doch nicht wirklich verlassen wollen? »Aber du hältst mich doch gar nicht davon ab. Ich muß es selbst entscheiden. Und ich will mit dir gehen!«

»Ich gehe noch heute abend.«

»Ich will doch nur, daß du noch eine Weile hierbleibst –«

»Nein.« Er blickte über die Fifth Avenue. Leichter Regen fiel, der das Straßenpflaster im Gaslicht rabenschwarz glänzen ließ. Keiner von beiden machte Anstalten hineinzugehen. Er sprach mit einem tiefen, rauhen Flüstern. »Es kommt mir so falsch vor, dich hier so zu sehen, wie du einmal warst, nicht so, wie ich dich kennengelernt habe. Ich muß nach Noble zurückkehren, meinen Job zu Ende machen, und dann werde ich nach Washington gehen. Du kannst jeder Zeit zu mir kommen, Mädchen, das weißt du, aber bleib einfach noch eine Weile hier und probiere aus, ob du nicht doch lieber dieses Leben willst.« Seine Stimme klang plötzlich seltsam bedrückt. »Vielleicht gefällt es dir, Christabel.«

Sie starrte ihn an und empfand ihren echten Namen von seinen Lippen gesprochen unvertraut und falsch. Mit aller Macht die Tränen zurückhaltend, flüsterte sie: »Gib mir Bescheid, wenn du abreisen willst. Ich werde mit dir kommen.«

Er warf einen Blick zurück durch die Flügeltüren ins Innere des Salons. Alana sah sich darin suchend um. »Ich glaube, deine Schwester möchte etwas von dir.«

Christal wandte den Kopf. Alana winkte.

»Sag mir nur, wenn es Zeit zu gehen ist. Ich werde bei dir sein, Cain. Das schwöre ich«, sagte sie.

»Natürlich«, flüsterte er, während er ihr hinterhersah und beobachtete, wie Alana ihre Schwester am Arm nahm, um sie einer Gruppe von Frauen vorzustellen, die genug Edelsteine um ihre Hälse trugen, um die gesamte Konföderiertenarmee finanzieren zu können.

»Natürlich«, wiederholte er für sich, als er sich wieder der Fifth Avenue zuwandte.

Kapitel 30

Du wählst die Rose, Geliebte, und ich spreche den Eid,
Und ich werde für immer deine wahre Liebe sein.
Tommy Marem

»Hast du Macaulay gesehen?« Christals Miene war angespannt, ja, fast verzweifelt, als sie sich zu ihrer Schwester in der Menge durchgekämpft hatte. Es war nach Mitternacht. Sie war mit ihrer Schwester oben im Kinderzimmer gewesen, während Alana das Baby stillte. Sie hatte darum gebetem, das Kind in den Schlaf zurückzuwiegen, und als sie wieder heruntergekommen war, konnte sie Macaulay nirgends finden.

»Liebling, er muß hier irgendwo sein ...« Alana wandte sich um. Ihr Blick suchte ihren Mann unter den Gästen. Mit dem Instinkt eines Liebenden, sah Trevor sofort auf und erblickte seine Frau am anderen Ende des Raumes. »Trevor wird wissen, wo er ist. Oh, Christal, du siehst furchtbar aus. Mach dir doch nicht solche Sorgen. Vielleicht ist er nur zu Bett gegangen.«

»Nein.« Christal rang die Hände und ließ ihren Blick erneut über die Menge schweifen. Aber sie konnte Macaulays große Gestalt nicht unter all den glänzenden Satinroben und schwarzen Fracks entdekken. »Oh, bitte sag mir nicht, daß er fort ist. Bitte nicht!«

»Wohin soll er denn um diese Zeit gehen?« Alana wandte sich zu ihrem Mann um, der plötzlich an ihrer Seite auftauchte. »Trevor, wo ist Macaulay?«

»Cain? Ich habe ihn um Mitternacht noch gesehen. Er hat mit Whittaker gesprochen.«

Christal erbleichte. »Kann ich mit dem Butler reden?«

»Komm.« Trevor nahm ihren Arm. Alana sah mit Sorgenfalten auf ihrer schönen Stirn hinter ihnen her.

Sie fanden den Butler im Speisesaal, wo er die Bediensteten anwies, die Tische abzuräumen.

»Whittaker, wir suchen Mr. Cain. Hat er mit Ihnen gesprochen?« Sheridans dröhnende Stimme drang problemlos durch den Speisesaal.

Whittaker verbeugte sich vor Christal. »Ich habe ihn eben noch gesehen. Er verlangte seine Feuerwaffen zurück.«

»Er wollte seine Pistolen?« keuchte Christal entsetzt.

»Hat er vor, jemanden zu erschießen?« fragte Sheridan trocken.

»Nein ...« Christal ließ den Kopf hängen. Sie mußte heftig gegen ihre Tränen ankämpfen.

»Stimmt etwas nicht?« warf Whittaker ein, dessen Blick trotz seiner professionell unbewegten Miene sein Mitgefühl verriet. »Hätte ich Mr. Cains Waffen nicht herausgeben dürfen? Ich dachte, er hätte sie verlangt, weil er sich zurückziehen wollte. Meines Wissens schlafen Cowboys in Stiefeln und dergleichen. Ich nahm an, er wollte deswegen seine Waffen zurückhaben.«

»Er hat ... mich verlassen.« Christal bekam die Worte kaum heraus. Sie blickte kurz in Sheridans schockiertes Gesicht, dann lief sie auf die Treppe zu, raffte ihre Röcke und hastete in die Einsamkeit ihres Schlafzimmers hinauf, wobei sie immer zwei Stufen der Treppe gleichzeitig nahm.

»Oh, das kann er nicht getan haben! Ihr seid doch heute erst angekommen!« rief Alana aus, während Christal ihre Habseligkeiten in einen Koffer stopfte.

»Er hat wahrscheinlich nach mir gesucht,« – Christal würgte an den Tränen in ihrer Kehle, als sie einen Petticoat in die Tasche drückte – »während ich bei den Kindern war. Er dachte ... er dachte, ich würde mich zu gut amüsieren!«

»Von was redest du, Christal?«

»Oh, wie soll ich es bloß erklären?« Christal sah sich im Zimmer um, ob sie etwas vergessen hatte. Tatsächlich. Das puderblaue Kleid lag über einer malvenfarbenen Satinottomane. Es sah lächerlich billig und selbstgemacht auf dem kunstvollen Möbel aus. Dennoch war es für sie das schönste Kleid der Welt. Sie hob es hoch und drückte es an ihre Brust.

»Mag er uns nicht?« Alana war völlig verwirrt. »Oh, aber das kann doch nicht sein, oder? Er kennt uns doch gar nicht!«

»Ich glaube, er will mir bloß helfen. Er hat mir gesagt, daß er fortwollte und daß es mir hier in New York vermutlich besser gehen würde. Ich sollte meinen Platz in dieser Gesellschaft wieder einnehmen, aber ich sagte ihm, daß ich ihn liebe ... wie konnte er nur gehen, ohne mir ein Wort zu sagen?«

Alana half ihr, das blaue Kleid zu falten, ohne eine einzige Bemerkung darüber zu machen, warum ihre Schwester einem einfachen Wollkleid all den teuren, seidenen Stücken, die sie ihr geschenkt hatte, den Vorzug gab.

»Ich wollte so gern auf deiner Hochzeit tanzen, Christal. Wenn du gehst und ihn in Wyoming heiratest, dann kann ich nicht dort sein.« Christal war fertig und Alana den Tränen nah. »Ich wollte dir so gerne eine wundervolle, gewaltige Hochzeit schenken.«

»Ich denke, ich bekomme ein Kind.«

Alana starrte sie verblüfft an.

»Ich habe meine monatlichen Tage nicht bekommen, und bei allem, was in den letzten Wochen passiert ist, konnte ich einfach nicht darüber nachdenken.« Christal vergrub den Kopf in ihren Händen. »Was soll ich denn tun, Alana? Wenn du an meiner Stelle wärest, was würdest du tun? Ihn hierher zurückrufen und ihn unglücklich machen? Oder zu ihm gehen und ihn lieben?« Sie schüttelte den Kopf. »Versteh doch. Er weiß, daß er nicht hierher paßt. Und jetzt weiß ich, daß ich auch nicht hierher gehöre ... nicht mehr.«

Kein Wort kam über Alanas Lippen. Sie stand einfach nur da, und ließ ihre Tränen stumm über ihre Wangen fallen.

»Ich habe ihm nichts von dem Baby gesagt. Ich wollte erst sicher sein.« Christal spürte, daß auch ihr wieder Tränen drohten. »Ich will dich nicht schon wieder verlassen. Ich liebe dich, Alana. Ich liebe die Kinder und Trevor. Aber was soll ich denn tun? Ich liebe auch ihn so sehr.«

»Geh zu ihm.« Alana nahm den Koffer und legte einen Arm um Christals Taille. »Ich verzichte lieber darauf, auf deiner Hochzeit zu tanzen, um bei der Geburt meines ersten Neffen oder meiner ersten Nichte dabeizusein. Wann wird das sein?«

»In etwa acht Monaten – oder in sieben? Oh, ich weiß es nicht!« Christal lachte plötzlich auf. »Irgendwie war bisher noch keine Zeit, in einem ruhigen Moment den Termin auszurechnen.«

»Wenn wir nach Wyoming kommen, und der Mann hat dir noch keinen Ring über den Finger gestreift, dann bringt Trevor ihn um!«

»Mach dir keine Sorgen. Ich muß Macaulay nur finden. Und ich denke, dann wird sich der Rest von allein erledigen.«

»Telegraphiere uns, sobald du die Möglichkeit hast. Oder wir fangen wieder an, dich zu suchen.« Alana drückte sie fest, Trauer und Liebe standen in ihren Augen. »Und vergiß nie, daß ich dich liebe, Schwester. Ansonsten würde ich dich niemals gehen lassen.«

Nun begann Christal wirklich zu weinen. Verzweifelt zwang sie sich, sich von Alana loszumachen und rannte dann so schnell sie konnte die Marmortreppe hinunter, wo vor der Tür die Kutsche bereits wartete.

Der Zug nach St. Louis setzte sich gerade in Bewegung, als sie auf den Bahnsteig hastete. Sie ging in schnellem Schritt an den Wagen entlang und spähte in jedes Fenster, ob sie Macaulay finden konnte. Tränen der Verzeiflung brannten in ihren Augen. Sie hatte die letzten Tage zuviel durchgemacht, um jetzt so ein Ende ertragen zu können. Sicher, sie konnte später zu ihm fahren, aber sie wollte ihn, brauchte ihn, liebte ihn. *Jetzt*.

»Wo bist du, du verdammter Südstaatler?« schrie sie den langsam vorbeirollenden Zug an. Die Leute auf dem Bahnnsteig sahen sie entsetzt an. Voller Wut rannte sie an zwei weiteren Wagen vorbei. Er war in keinem von beiden.

Und dann sah sie ihn. Er stand am Geländer auf der kleinen Plattform zwischen zwei Wagen und musterte mit finsterem Gesichtsausdruck den Bahnhof, der langsam an ihm vorbeizog.

»Ich hasse dich!« schrie sie und rannte nun, um mit dem schneller werdenden Zug Schritt zu halten.

Macaulays Augen weiteten sich. Er wäre fast von der Plattform gerutscht. »Was in Gottes Namen tust du hier?« rief er aus und kam zur anderen Seite des Geländers.

»Ich werde mit dir gehen, du Bastard! Wie kannst du mich nur einfach verlassen?«

»Du gibst dir keine Chance!« Seine Miene wurde noch finsterer. Sie konnte sehen, wie die Falten in seinem Gesicht sich vertieften. »Du weißt doch gar nicht, was du vermissen wirst. Ich will dich nicht unglücklich machen. Ich habe bessere Dinge in meinem Leben zu tun, als mich mit einer unglücklichen Frau zu belasten!«

»Du willst mich nicht unglücklich machen?« Christal verlor nun schneller die Geduld als an Boden, als der Zug immer mehr Geschwindigkeit bekam. Wütend schleuderte sie ihm ihren Koffer entgegen. Dann griff sie sich in den Nacken und öffnete das edelsteinbesetzte Halsband. »Dann nimm mich mit nach Wyoming! Ich lasse das alles zurück. Ich will es nicht haben!« Um zu beweisen, daß sie es ernst meinte, drückte sie das kostbare Stück der nächsten Person in die Hand, an der sie vorbeikam. Es war eine alte Frau, die in einen schwarzen Schal gehüllt war. Sie wurde fast ohnmächtig, als sie sah, was man ihr gegeben hatte.

»Herrgott!« Macaulay hatte Mühe, sich am Geländer festzuhalten. Entsetzen und Unglaube zeichnete sich in seiner Miene ab.

»Nimm mich mit! Ich habe gelogen ... ich hasse dich nicht! Ich liebe dich! Diese Dinge dürfen nicht zwischen uns stehen!« Sie rannte weiter neben dem Zug her, doch dieser gewann immer mehr an Geschwindigkeit. Christal ließ den Umhang ihrer Schwester auf den Bahnsteig fallen und begann, sich die Diamant-Ohrringe aus den Ohrläppchen zu reißen, um sie einer anderen schockierten Person zu geben.

»Verdammtes Gör, was machst du da?« sagte er, ohne ihr verrücktes Benehmen fassen zu können. Sie hatte gerade ein kleines Vermögen verschenkt.

»Ich beweise dir meine Liebe!« Der Zug war jetzt fast schon zu schnell. Ihre Brust schmerzte vom Atemholen. Der Bahnsteig war gleich zu Ende. Wenn er ihr keine Hand reichte, um ihr zu helfen, würde der Zug ohne sie aus dem Bahnhof herausfahren.

Und ihr Leben würde vorbei sein.

Es gab keine Möglichkeit, ohne ihn zu leben. Sie liebte ihn, und das gesamte Vermögen der Sheridans war nur ein schaler Trost, wenn er ihre Liebe nicht erwiderte.

»Wenn du mit mir kommst, könnte das ein ernster Fehler sein.« Sein Blick huschte zwischen dem Ende des Bahnsteigs und ihrer rennenden Gestalt hin und her.

Sie antwortete nicht. Sie sah ihn nur an, und er sah die Liebe in ihren Augen. Die Schleppe ihres Kleides war verschmutzt vom Staub des Bahnsteigs, und ihr Haar, zuvor kunstvoll frisiert und geglättet, wehte wie ein goldenes Banner hinter ihr her. Die stolze, reiche Erbin war verschwunden. Geblieben war eine Frau, deren Herz zu brechen drohte, weil Macaulay Cain es für das Beste hielt, sie in New York bei ihrem leeren Vermögen und dem gesellschaftlichen Ansehen zu lassen.

»Nein! Ich hasse dich doch!« schrie sie nun verzweifelt, als sie das Ende des Bahnsteigs erreicht hatte.

Dann schoß die Hand vor und packte sie am Rükkenteil ihres Kleides, um sie wie ein streundes, schmutziges Kätzchen hochzuzerren. Sie landete mit einem gewaltigen Schwung an seiner harten, warmen Brust.

»Du verrückte Yankee«, flüsterte er und sah ihr tief in die Augen.

»Ich habe wieder gelogen ... ich hasse dich nicht!«

»Ich will keinerlei Beschwerden hören. Wenn du mich heiratest, wirst du kein Leben wie deine Schwester führen, das steht fest.«

»Nimm mich mit nach Wyoming. Ich will die Berge sehen. Ich will die Seerosen auf dem Lonesome Lake blühen sehen. Ich will deine Frau sein. Ich will, daß du mich liebst!«

Seine kalten, wolfsgrauen Augen füllten sich mit tiefer Leidenschaft. Er packte ihre vernarbte Hand und preßte sie auf seine Brust. »Mädchen, wenn du meine Liebe willst, die hast du! Ohne dich bin ich nichts. Das weiß ich.«

Sie lächelte. Dann bückte sie sich und wühlte in ihrer Tasche. Sie war glücklich, daß sie sie nicht losgelassen hatte.

»Was machst du da?«

Sie zog das himmelblaue Kleid heraus. »Glaubst du, daß es gut genug als Hochzeitskleid ist? Wer weiß, wenn wir nach Noble kommen, ist Dixiana vielleicht schon Friedensrichterin. Dann könnte *sie* uns trauen!«

»Ja, das wäre es!« Er verdrehte die Augen.

»Aber wir können nicht zu lange warten.«

»Und warum nicht?«

Sie lachte und schleuderte ihm das Kleid entgegen. »Weil es nicht ewig passen wird, Cowboy, deswegen!«

Er zog das Kleid von sich. »Was ...?«

Sie lächelte ein stilles, wissendes Lächeln.

»Oh, Himmel ...« Langsam dämmerte es ihm.

»Ich habe aus verläßlicher Quelle erfahren, daß die Sheridan-Männer kommen und dich lynchen werden, wenn nicht schnellstens ein Ring an meinem Finger steckt.«

Er lachte plötzlich auf und stieß einen Jubelschrei aus. Er hallte von der eisenverstrebten Glaskuppel des Bahnhofs wider. Dann küßte er sie, tief und süß, als der Zug unter der Kuppel hervorschoß. Der Mond schien über ihnen und wetteiferte mit den funkelnden Gaslichtern der Stadt. Und der Zug raste nach Westen, zu den Bergen hin, dorthin, wo der Himmel die Erde küßte.

Gott segne Wyoming und erhalte seine ungezähmte Wildheit.
– Letzter Eintrag im Tagebuch eines jungen Mädchen, daß in den Tetons starb.